KB001906

리디머

THE REDEEMER

리디머

요 네스뵈 JO NESBØ 장편소설 | 노진선 옮김

비채

에돔에서 오는 이 누구며, 붉은 옷을 입고 보스라에서 오는 이
누구냐. 그의 화려한 의복 큰 능력으로 걷는 이가 누구냐. 그
는 나이니 공의를 말하는 이요, 구원하는 능력을 가진 이니라.

〈이사야서〉 63장 1절

제1부 강림절

제2부 구세주

제3부 십자가에 못 박히다

제4부 자비

제5부 에필로그

• 본서는 저자 및 저작권사의 공식 인정을 받은 Don Bartlett의 영어판 번역과 노르웨이어판을 바탕으로 번역되었습니다.
• 인명을 포함한 고유명사는 노르웨이 현지 발음을 기준으로 표기하였습니다.
• 모든 주는 옮긴이주입니다.

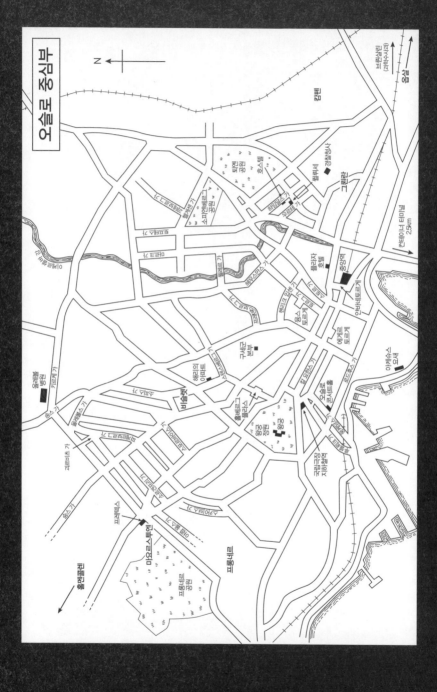

제 1 부   강림절*

*예수 탄생을 준비하고
재림할 구세주를 기다리는
성탄 전 4주간을 말한다

1

1991년 8월. 별들

소녀는 열네 살이었고, 눈을 꼭 감고 정신을 집중하면 지붕 너머의 별을 볼 수 있다고 믿었다.

사방에서 여자들의 숨소리가 들렸다. 잠들었을 때의 규칙적이고 무거운 숨소리. 코를 고는 사람도 있었는데 열린 창문 아래 놓인 매트리스에서 잠든 사라 아줌마였다.

소녀는 눈을 감고 다른 사람들처럼 숨 쉬려고 해보았다. 하지만 좀처럼 잠이 오지 않았다. 특히나 주위의 모든 것들이 너무 새롭고 달라졌기 때문이다. 창문 너머로 펼쳐진 외스트고르의 숲과 밤의 소리가 예전과 달랐다. 늘 예배와 주일학교 여름 캠프에서 보는 사람들도 어쩐지 다르게 느껴졌다. 소녀 역시 달라졌다. 올여름부터 거울에 비친 얼굴과 몸이 예전과 달랐다. 그리고 이 감정, 자신을 바라보는 소년들의 시선을 느낄 때마다 몸을 관통하는 뜨겁고도 차가운 이상한 기운도 전에는 느끼지 못했다. 어느 한 소년의 시선을 느낄 때 유독 그랬다. 로베르트. 올해 들어 로베르트도 달라졌다. 소녀는 다시 눈을 뜨고 지붕을 응시했다. 전능하신 하나님은 기적을 행할 수 있으며, 소녀로 하여금 지붕 너머의 별도 보게 할 수 있음을 소녀는 알고 있다. 그것이 그분의 뜻이라면.

다사다난한 하루였다. 건조한 여름 바람이 옥수숫대 사이로 속삭이며 지나갔고, 나뭇잎은 열에 들뜬 듯 춤추며 들판을 찾아온 손님들에게 떨어지는 햇살을 걸러주었다. 지금 연단에서는 구세군 사관학교의 한 생도가 페로 제도에서 전도사로 일한 경험담을 들려주고 있었다. 잘생긴 생도의 연설에는 감성과 열정이 흘러넘쳤다. 하지만 소녀는 머리 주위에서 계속 왱왱거리는 뒝벌을 쫓아내느라 정신이 없었고, 갑자기 뒝벌이 사라진 후에는 햇빛 때문에 노곤해졌다. 생도의 연설이 끝나자 사람들은 일제히 사령관인 다비드 에크호프를 바라보았다. 쉰이 넘은 나이에도 여전히 생기 넘치는 그의 눈은 시종일관 웃으며 그들을 바라보고 있었다. 사령관은 오른손을 어깨 위로 들어 검지로 천국을 가리키며 "할렐루야!"라고 우렁차게 외치는 구세군식 경례를 했다. 그러고는 빈곤한 최하층민과 함께했던 생도의 봉사활동에 은총을 내려달라고 기도한 후, 〈마태복음〉의 내용을 상기시켰다. 구세주 예수는 그들 안에 있으며 먹을 것과 입을 것이 없는 거리의 낯선 자, 심지어 범죄자가 되어 찾아올 수 있다고. 또한 심판의 날이 오면 약한 자를 도운 정의로운 자들은 영생을 얻게 될 것이라고. 연설이 점점 길어지려는 찰나, 누군가 사령관에게 무어라고 속삭였다. 사령관은 웃음을 터뜨리며 다음은 청년반이 연설할 차례이고 오늘의 연사는 리카르드 닐센이라고 말했다.

사령관에게 고맙다고 인사하는 리카르드의 목소리는 평소보다 더 굵었다. 늘 그렇듯이 리카르드는 자기가 할 말을 미리 써서 완벽하게 암기해두었다. 소년은 연단에 서서 자신이 하나님의 왕국을 건설하기 위한 주님의 싸움에 어떻게 헌신할 것인지 암송했다.

소년의 목소리는 긴장되어 있었지만 최면을 거는 듯 단조로웠다. 리카르드의 내성적이면서도 날카로운 눈초리가 소녀에게 머물렀다. 땀방울이 송송 맺힌 소년의 인중이 움직이며 익숙하고 안전하고 지루한 구절이 흘러나오는 동안 소녀의 눈꺼풀은 무거워졌다. 그래서 누군가 등을 톡 쳤을 때에도 미처 반응하지 못했다. 누군가의 손끝이 척추를 타고 등 아래 움푹 파인 부분으로, 거기서 더 아래로 내려간 후에야 얇은 원피스 안에서 소녀의 몸이 얼어붙었다.

소녀는 뒤를 돌아보았다. 웃음기 가득한 로베르트의 갈색 눈동자가 그녀를 보고 있었다. 자신도 로베르트처럼 피부가 가무잡잡하면 좋을 텐데. 그러면 붉게 달아오른 뺨을 들키지 않았으리라.

"쉿." 욘이 말했다.

로베르트와 욘은 형제였다. 욘이 한 살 위인데도 두 사람은 어릴 때 종종 쌍둥이로 오해받았다. 이제 로베르트는 열일곱 살이고, 두 사람은 얼굴이 비슷하기는 해도 성격은 점점 더 달라졌다. 로베르트는 명랑하고 느긋한 성격으로, 사람들을 놀리기 좋아하며 기타를 잘 쳤다. 하지만 가끔씩 예배에 지각했고, 놀리는 일이 도를 넘곤 했다. 특히 옆 사람들이 깔깔 웃어줄 때면. 그럴 때는 종종 욘이 끼어들었다. 욘은 정직하고 양심적인 소년으로, 다들 욘이 구세군 사관학교에 갈 것이고 구세군 여자와 결혼할 거라고—욘이 직접 말한 적은 없었지만— 생각했다. 그러나 로베르트는 그럴 거라고 장담할 수 없었다. 욘은 로베르트보다 키가 2센티미터 컸는데도 이상하게 더 작아 보였다. 열두 살 때부터 마치 세상의 근심을 모두 짊어진 사람처럼 등이 굽기 시작했다. 두 사람 다 가무잡잡했고 잘생겼으며 이목구비가 반듯했지만 로베르트에게는 욘에게 없는 무언가가 있었다. 눈동자에 어둡고 장난기 넘치는 무언가가 깃

들어 있었다. 소녀는 그게 무엇인지 더 알아내고 싶으면서도 한편으로는 그냥 덮어두고 싶었다.

리카르드가 연설하는 동안 소녀의 눈동자는 익숙한 얼굴들 위를 표류했다. 언젠가는 그녀도 구세군 남자와 결혼할 것이고, 어쩌면 남편과 함께 다른 마을이나 다른 지역으로 발령받을지 모른다. 하지만 그들은 늘 이곳, 외스트고르로 돌아올 것이다. 구세군은 최근에 이 지역을 사들였는데 앞으로 여름 캠프장으로 이용할 예정이었다.

군중에게서 조금 떨어진 곳에 한 소년이 앉아 있었다. 금발 소년은 집 앞 계단에 앉아 무릎 위의 고양이를 쓰다듬고 있었다. 소년은 한동안 소녀를 계속 지켜본 듯했으나 소녀는 모른 척하고 시선을 돌렸다. 이곳에서 소녀가 모르는 사람은 저 아이뿐이었다. 하지만 소년의 이름이 마스 길스트룹이고, 자신보다 두세 살 위이며 길스트룹 가문이 부자라는 사실, 소년의 할아버지가 외스트고르의 원래 소유주였다는 사실은 알고 있었다. 소년은 잘생겼지만 어딘가 외톨이처럼 보였다. 대체 여긴 왜 왔을까? 어젯밤 이곳에 도착한 소년은 화난 얼굴을 찡그린 채 여기저기 돌아다니며 누구하고도 말을 섞지 않았다. 하지만 소녀는 마스 길스트룹의 시선이 몇 차례 자신에게 머무는 것을 느꼈다. 올해는 다들 소녀를 바라보았다. 그 또한 전에 없던 일이었다.

소녀는 퍼뜩 정신을 차렸다. 로베르트가 소녀의 손을 잡으며 무언가 쥐여주더니 이렇게 말했기 때문이다. "꼬마 사령관의 연설이 끝나면 헛간으로 와. 보여줄 게 있어."

로베르트는 자리에서 일어나 가버렸다. 손바닥을 내려다본 소녀는 하마터면 비명을 지를 뻔했다. 소녀는 한 손으로 입을 틀어막은 채 손 안의 물건을 잔디 위로 던졌다. 뒹벌이었다. 다리와 날개가 잘리기는 했어도 여전히 움직이고 있었다.

마침내 리카르드의 연설이 끝나고 소녀는 자신의 부모님과 로베르트, 욘 형제의 부모님이 커피가 마련된 테이블로 다가가는 걸 지켜보았다. 두 집안은 각자 속한 구역에서 '모범이 되는 가족'이었고, 따라서 많은 사람들이 소녀를 주시했다.

소녀는 야외 화장실 쪽으로 걸어갔다. 모퉁이를 돌아 사람들의 시야에서 벗어나자 걸음을 재촉해 헛간으로 갔다.

"이게 뭔지 알아?" 로베르트가 눈웃음을 지으며 올여름부터 갑자기 굵어진 목소리로 물었다.

그는 건초에 등을 대고 누운 채 늘 벨트에 찔러 가지고 다니는 잭나이프로 나무뿌리를 조금씩 깎는 중이었다.

그러더니 그걸 들어 보여주었고 소녀는 그게 무엇인지 깨달았다. 예전에 그림으로 본 적 있었다. 소녀는 헛간 안이 어두워서 또다시 붉게 달아오른 뺨을 들키지 않았기를 바랐다.

"모르겠어." 로베르트 옆에 앉아 있던 소녀는 거짓말했다.

그러자 로베르트는 특유의 놀리는 표정으로 소녀를 바라보았다. 소녀도 아직 모르는 소녀의 무언가를 자기는 알고 있다는 듯이. 소녀는 로베르트를 바라보며 건초 위로 누웠고 양 팔꿈치로 상체를 지탱했다.

"이건 말이야, 여기로 들어가는 물건이야." 그 말이 끝나기가 무섭게 로베르트의 손이 원피스 속으로 들어왔다. 단단한 나무뿌리가 허벅지 안쪽에 닿더니 소녀가 미처 다리를 오므리기도 전에 팬티에 닿았다. 소녀의 목에 로베르트의 뜨거운 숨결이 닿았다.

"싫어, 로베르트." 소녀가 속삭였다.

"하지만 널 주려고 만든 거야." 소년이 씨근거렸다.

"하지 마. 싫어."

"내가 싫다는 거야?"

소녀는 숨을 죽였다. 대답을 할 수도, 비명을 지를 수도 없었다. 그때 갑자기 문 쪽에서 욘의 목소리가 들렸다. "로베르트! 하지 마, 로베르트!"

로베르트의 몸에서 힘이 빠지더니 소녀를 놓아주었다. 그러고는 소녀의 오므린 허벅지 사이에 나무뿌리를 남겨둔 채 손을 뺐다.

"이리 와!" 말 안 듣는 개를 다루듯이 욘이 말했다.

로베르트는 킬킬 웃으며 일어나더니 소녀에게 윙크하고는 형이 서 있는 햇살 속으로 달려 나갔다.

소녀는 몸을 일으켜 옷에 붙은 지푸라기를 털어냈다. 안도감이 드는 동시에 부끄러웠다. 욘이 미친 장난을 중단시켜서 안도했고, 욘이 이것을 장난 이상으로 생각하는 것 같아 부끄러웠다.

나중에 소녀는 저녁식사를 앞에 두고 기도하는 자리에서 눈을 들어 로베르트의 갈색 눈동자를 똑바로 바라보았다. 로베르트의 입술이 한 단어를 만들었다. 그게 무슨 단어인지는 알 수 없었지만 소녀는 큭큭 웃기 시작했다. 로베르트는 미쳤다! 그리고 소녀는…… 글쎄, 뭐라고 해야 할까? 소녀도 미쳤다. 미쳤고말고. 사랑에 빠졌냐고? 그렇다, 사랑에 빠졌다. 열두 살이나 열세 살 때와는 다른 방식으로. 이제는 열네 살이었고 이번 사랑은 더 컸다. 더 중요했다. 더 짜릿했다.

침낭에 누워 지붕 너머를 보려고 애쓰던 소녀의 몸 안에서 웃음이 부글부글 끓어올랐다.

사라 아줌마가 끙 소리를 내더니 코 고는 소리가 멈췄다. 삑 하고 우는 소리가 들렸다. 올빼미일까?

오줌이 마려웠다.

밖에 나가기 싫지만 어쩔 수 없었다. 화장실에 가려면 이슬 맺힌 풀밭을 가로질러 헛간을 지나야 했다. 한밤중의 헛간은 어두컴컴해서 낮에 볼 때와 매우 다르다. 눈을 감아봤지만 전혀 도움이 되지 않았다. 소녀는 침낭에서 살그머니 기어 나와 샌들을 꿰어 신고 까치발로 문지방을 넘었다.

하늘에는 별이 네댓 개 떠 있었지만 한 시간 후에 동쪽에서 해가 뜨면 금세 사라질 것이다. 서둘러 달려가는 소녀의 살갗을 서늘한 밤공기가 어루만졌다. 정체를 알 수 없는 밤의 소리가 들렸다. 낮에는 잠잠했던 곤충의 소리. 사냥하는 짐승의 소리. 리카르드는 멀리 떨어진 잡목림에서 여우를 봤다고 했다. 어쩌면 지금 이 짐승들은 낮에 본 짐승들인지도 모른다. 그저 소리만 다를 뿐이다. 짐승도 달라졌다. 말하자면 허물을 벗은 것이다.

야외 화장실은 헛간 뒤 작은 둔덕에 덩그러니 서 있었다. 소녀는 가까이 다가갈수록 점점 커지는 화장실을 바라보았다. 기괴하게 비뚤어진 화장실은 방부처리를 하지 않아 휘어지고 쪼개지고 잿빛으로 바랜 판자로 지어졌다. 창문도 없었다. 그저 문에 하트가 그려져 있을 뿐이었다. 가장 큰 단점은 안에 사람이 있는지 없는지 알 수 없다는 것이다.

소녀는 안에 누군가 있다는 느낌이 들었다.

그래서 상대가 신호를 보낼 수 있도록 큰 소리로 기침을 했다.

숲 가장자리에서 나뭇가지에 앉아 있던 까치 한 마리가 푸드덕 날아올랐다. 그 외에는 사방이 고요했다.

소녀는 돌계단을 올라가 손잡이 대신 달아놓은 나뭇조각을 움켜쥐고 잡아당겼다. 검은 공간이 입을 벌렸다.

소녀는 숨을 내쉬었다. 변기 옆에 손전등이 있지만 켤 필요는 없었다. 변기 커버를 내리고 문을 닫은 뒤, 걸쇠를 걸었다. 잠옷 자락을 들추고 팬티를 내린 다음, 변기에 앉았다. 이어지는 정적 속에서 어떤 소리가 들린 듯했다. 짐승도 아니고 까치도 아니고 허물 벗는 곤충의 소리도 아니었다. 무언가가 화장실 뒤편의 키 큰 풀 사이를 날쌔게 지나가는 듯한 소리. 그때 오줌이 졸졸 흘러나오면서 소리가 묻혀 버렸다. 하지만 소녀의 심장은 이미 두근거리기 시작했다.

볼일을 마친 후, 소녀는 얼른 팬티를 올리고 어둠 속에 앉아 귀를 기울였다. 하지만 우듬지에 이는 희미한 잔물결과 귀에서 혈액이 고동치는 소리만 들릴 뿐이었다. 놀란 가슴이 진정되기를 기다렸다가 걸쇠를 풀고 문을 열었다. 어두운 형체가 문간 전체를 거의 다 채우고 있었다. 돌계단에 서서 말없이 소녀를 기다린 게 틀림없었다. 다음 순간 소녀는 변기 위로 벌렁 쓰러졌고 그는 소녀를 내려다보며 등 뒤로 문을 닫았다.

"누구세요?" 소녀가 물었다.

"나야." 살짝 떨리는 허스키하고 낯선 목소리로 그가 대답했다.

그러더니 소녀의 몸에 올라탔다. 어둠 속에서 그의 눈동자가 번득였다. 그는 피가 날 때까지 소녀의 아랫입술을 깨물었고, 한 손은 잠옷 아래로 들어가 팬티를 잡아 찢었다. 목을 파고드는 칼날 아래서 소녀가 겁에 질려 꼼짝 못하는 동안 사내는 바지를 벗지도 않은 채 아랫도리를 계속 비벼댔다. 교미하는 미친 개처럼.

"한 마디만 해도 찢어 죽인다." 남자가 속삭였다.

소녀의 입에서는 한 마디도 나오지 않았다. 소녀는 열네 살이었고 눈을 꼭 감고 정신을 집중하면 지붕 너머의 별도 볼 수 있다고 믿기 때문이다. 전능하신 하나님은 그런 기적을 행할 수 있다. 그것이 그분의 뜻이라면.

2
2003년 12월 14일, 일요일. 방문객

남자는 지하철 창문에 비친 자신의 얼굴을 가만히 뜯어보았다. 이 얼굴의 정체가 무엇이고 어디에 비밀이 있는지 알아내려 했다. 하지만 목에 두른 빨간 네커치프 위의 얼굴은 아주 평범했다. 쿠르셀 역과 테른 역 사이의 터널 벽을 배경으로 지하철의 영원한 밤처럼 검은 눈동자와 머리카락, 무표정한 얼굴이 있을 뿐이었다. 무릎에 놓인 〈르몽드〉에서는 오늘 눈이 올 거라고 했지만 지하철 위쪽, 낮게 깔린 두꺼운 먹구름 아래의 파리 시내는 여전히 춥고 인적이 없었다. 그는 콧구멍을 벌름거리며 희미하지만 독특한 냄새를 들이마셨다. 축축한 시멘트, 사람의 땀, 뜨거운 금속, 오 드 콜로뉴, 담배, 푹 젖은 모직, 담즙이 뒤섞인 냄새. 아무리 지하철 시트커버를 세탁하고 내부를 환기해도 절대 사라지지 않는 냄새였다.

맞은편에서 오는 열차와의 압력으로 지하철 창문이 흔들렸고, 어둠이 잠시 물러가며 희미한 사각형 불빛이 줄줄이 지나갔다. 남자는 코트 소매를 끌어 올려 손목시계를 보았다. 세이코 SQ50. 고객에게 사례금의 일부로 받은 시계였다. 받을 때부터 이미 유리가 긁혀 있어서 진품인지도 확실치 않았다. 7시 15분. 일요일 저녁이라 객차 안은 기껏해야 절반 정도만 차 있었다. 그는 주위를 둘러보았다. 다들 자고 있었다. 늘 그랬다. 특히 평일에는. 전원이 꺼진 채 눈을 감고, 매일의 이 통근을 지하철 노선도 속 파란 선과 붉은 선 사이에서 아무것도 하지 않는 휴식 시간으로 삼았다. 일과 자유를 연결하는 무언의 연결선으로 삼았다. 예전에 한 남자가 하루 종일 저렇게 눈을 감고 몸을 좌우로 흔들며 지하철에 앉아 있었는데 운행이 끝난 후에야 청소부들이 그가 죽었다는 사실을 알게 되었다는 기사를 읽은 적이 있다. 어쩌면 그 남자는 그렇게 죽으려고 카타콤으로 내려왔는지 모른다. 연노란색 지하철을 관으로 삼아 누구의 방해도 받지 않은 채 삶과 내세 사이에 연결선을 긋기 위해.

하지만 그는 다른 방향으로 연결선을 그으려는 중이었다. 다시 삶으로 돌아가는 연결선. 오늘 밤에 이 일을 마친 후에는 오슬로에서 해야 할 일이 하나 더 있었다. 그것이 마지막이다. 그다음에는 카타콤에서 영원히 발을 뺄 것이다.

불협화음의 신호음이 요란하게 울리더니 테른 역에서 지하철 문이 닫혔다. 역을 출발한 열차는 속력을 높였다.

남자는 눈을 감고 다른 냄새를 상상하려 했다. 소변기 탈취제 냄새, 그리고 신선하면서 뜨듯한 오줌 냄새. 자유의 냄새. 하지만 아마도 교직에 종사했던 어머니의 말이 맞을 것이다. 인간의 뇌는 보고 들은 것은 모두 세세하게 떠올릴 수 있지만, 냄새는 가장 기본적인 것조차도 떠올릴 수 없다.

냄새. 눈꺼풀 안쪽에서 빠르게 영상이 지나가기 시작했다. 열다섯 살인 그가 부코바르에 있는 한 병원 복도에 앉아 있었다. 어머니는 건축업자의 수호성인인 사도 도마에게 제발 남편을 살려달라고 연신 중얼거리며 기도하고 있었다. 강가에서는 세르비아 포병대의 쿵쿵거리는 발포 소리가 들렸고, 아동 병동에서는 수술받는 사람들의 비명 소리가 들렸다. 아동 병동에는 더 이상 아이들이 없었다. 세르비아군의 포위 작전이 시작된 후로 이 도시의 여자들은 아이를 낳지 않았기 때문이다. 그는 이 병원에서 심부름꾼으로 일했기에 소음과 대포, 비명 소리에 귀를 닫는 법을 배웠다. 하지만 냄새는 불가항력이었다. 특히 한 냄새가 그랬다. 절단수술을 하는 외과의는 먼저 뼈가 있는 곳까지 살을 자른 다음, 환자가 과다출혈로 사망하지 않도록 납땜인두처럼 생긴 물건으로 혈관을 지진다. 피와 살이 타는 냄새는 어떤 냄새와도 달랐다.

의사가 복도로 나오더니 그와 어머니에게 병실로 들어오라고 손짓했다. 침대로 다가가던 그는 아버지를 볼 엄두가 나지 않아 매트리스를 움켜쥔 아버지의 큼직한 갈색 손만 바라보았다. 그 손은 당장이라도 매트리스를 두 동강 내려는 듯이 보였다. 아마 가능했을 것이다. 이 도시에서 가장 힘센 손이었으니까. 아버지는 철근 구부리는 일을 했다. 벽돌공의 일이 끝나면 그 큼직한 손으로 콘크리트를 보강하기 위해 박아 넣은 철근의 끝을 움켜잡았다. 그러고는 한 번의 빠르고 숙련된 움직임으로 철근을 구부려 서로 엮었다. 그는 아버지가 일하는 모습을 본 적이 있는데 아버지의 손은 마치 옷감을 짜는 듯했다. 어떤 기계를 발명한다 해도 아버지보다 더 잘 할 수는 없을 것이다.

아버지가 통증과 괴로움 때문에 비명을 지르자, 그는 눈을 질끈 감았다.

"애 내보내!" 아버지가 소리쳤다.

"하지만 당신을 보고 싶다고—"

"내보내라니까!"

의사의 목소리가 들렸다. "출혈이 멈췄으니 어서 시작합시다!"

누군가가 그의 겨드랑이를 잡아서 들어 올렸다. 그는 발버둥 쳤지만 몸집이 너무 작았다. 너무 가벼웠다. 그때 그 냄새를 맡았다. 피와 살이 타는 냄새.

그가 마지막으로 들은 것은 의사의 목소리였다.

"톱."

등 뒤로 병실 문이 닫혔고, 그는 복도에 털썩 무릎을 꿇은 채 어머니가 중단한 부분부터 기도를 계속했다. 아버지를 살려주세요. 불구가 되더라도 살려주세요. 전능하신 하나님은 그런 기적을 행할 수 있다. 그것이 그분의 뜻이라면.

남자는 누군가의 시선을 느끼고 눈을 떠 다시 지하철로 돌아왔다. 맞은편 자리에 입을 꾹 다문 여자가 앉아 있었다. 그와 눈이 마주치자 피곤에 지친 멍한 눈을 다른 곳으로 돌렸다. 그가 다시 한 번 주소를 중얼거리는 동안 손목시계의 분침이 앞으로 튀어 나갔다. 맥박을 짚어보았다. 정상이다. 약간 몽롱했지만 너무 몽롱하지는 않았다. 덥지도 춥지도, 두렵지도 즐겁지도, 만족스럽지도 불만족스럽지도 않았다. 지하철 속도가 느려졌다. 샤를드골 에투알 역이었다. 그는 마지막으로 여자를 힐끗 보았다. 여자는 그를 골똘히 바라봤지만 설사 오늘 밤에 다시 만난다 해도 그를 알아보지 못할 것이다.

남자는 자리에서 일어나 문 옆에서 기다렸다. 브레이크가 낮은 소리로 탄식했다. 소변기와 소변. 그리고 자유. 하지만 냄새를 떠올리기가 불가능하듯, 자유롭다는 게 도무지 어떤 느낌일지 상상이 가지 않았다. 지하철 문이 양옆으로 열렸다.

해리는 지하철에서 내려 지하의 따뜻한 공기를 들이쉬며 봉투에 적힌 주소를 읽었다. 지하철이 문을 닫고 다시 출발하자 등으로 바람이 훅 밀려왔다. 그는 출구를 향해 걸어갔다. 에스컬레이터 위의 광고판에는 추위를 피하는 방법이 있다고 적혀 있었다. "있기는 개뿔." 해리는 기침을 하며 모직 코트의 깊숙한 주머니에 손을 넣어 힙 플라스크*와 목캔디 밑에 깔린 담뱃갑을 찾아냈다.

지하철 출구 유리문을 빠져나오는 그의 입에서 담배가 위아래로 끄덕거렸다. 오슬로 지하의 부자연스럽고 강렬한 열기를 뒤로한 채, 계단을 올라가 12월 오슬로의 지극히 자연스러운 어둠과 살을 에는 추위 속으로 나갔다. 본능적으로 몸이 움츠러들었다. 에게르토르게. 이 작고 트인 광장은 여러 개의 보행자 도로가 만나는 지점으로, 오슬로 중심부였다. 요즘처럼 추워서 사람들의 왕래가 없는 때에도 중심부라고 할 수 있을지 모르겠지만. 크리스마스를 2주 앞둔 일요일이라서 이례적으로 상점들이 영업 중이었다. 광장을 둘러싼 4층짜리 수수한 상점 건물들의 쇼윈도에서 노란 불빛이 떨어졌고, 광장은 그 불빛 속을 서둘러 오가는 사람들로 붐볐다. 해리는 포장된 선물이 담긴 쇼핑백을 보며 내일이면 경찰청을 떠나는 비아르네 묄레르에게 줄 선물을 사기로 마음먹었다. 해리의 상관이자 오랫동안 경찰청에서 해리를 보호해줬던 묄레르 경정은 일을 줄이겠다는 계획이 마침내 실현되어 다음 주부터 베르겐 경찰청에서 이른바 수석 특별 조사관으로 일하게 되었다. 특별 조사관이라고 해도 실제로는 자기가 하고 싶은 일만 하다가 은퇴하는 자리였다. 편한 직책이기는 하지만 베르겐이라니? 비와 축축한 산

* hip flask, 납작한 형태의 휴대용 스테인리스 술통.

들의 도시. 심지어 묄레르는 베르겐 출신도 아니었다. 해리는 묄레르 경정을 좋아했다. 비록 그가 얼마나 소중한 존재인지는 실감하지 못할 때가 많았지만.

머리부터 발끝까지 패딩 점프슈트로 무장한 남자가 우주비행사처럼 천천히 뒤뚱거리며 지나갔다. 통통한 뺨이 핑크빛으로 상기된 남자는 씩 웃으며 새하얀 입김을 뿜어댔다. 사람들의 굽은 어깨, 타인과 눈을 마주치지 않는 겨울의 표정. 시계방 옆에 서 있는 여자가 해리의 눈에 들어왔다. 여자는 팔꿈치에 구멍이 뚫린 얇은 검정 가죽 재킷만 입은 채 한 발씩 번갈아 들어 올렸다. 눈으로는 곧 적선해주는 사람이 나타나길 바라며 주위를 둘러보고 있었다. 또 다른 거지는 면도도 하지 않은 데다 장발이었지만 십대 취향의 따뜻하고 멋진 옷으로 단단히 무장한 채 책상다리를 하고 앉아 있었다. 그는 가로등에 등을 기대고 명상이라도 하듯 고개를 숙였는데 앞에는 한 카페의 갈색 종이컵이 놓여 있었다. 지난 한 해 동안 거지가 점점 더 늘어났고 생김새도 모두 똑같다는 생각이 들었다. 심지어 종이컵까지 똑같았다. 마치 비밀 암호라도 된다는 듯이. 어쩌면 이들은 외계에서 온 생명체로 그의 도시와 거리를 조용히 점령해나가고 있는 건지 모른다. 상관없다. 마음대로 하시길.

해리는 시계방에 들어섰다.

"고칠 수 있겠습니까?" 그는 할아버지에게 물려받은 시계를 카운터의 청년에게 건넸다. 온달스네스에서 지낸 어린 시절, 어머니를 땅에 묻던 날 받은 시계였다. 해리는 그 시계를 받고 너무 놀라 겁이 날 정도였지만 할아버지는 원래 시계란 다른 사람에게 물려주는 물건이라고 말했다. 그러니 해리도 그 시계를 물려줘야 한다고 했다. "너무 늦기 전에 말이다."

해리는 이 시계를 까맣게 잊고 있었다. 그러다 그의 집에 놀러온 올레그가 겜보이를 찾아 집 안을 뒤지다가 서랍에서 이 은시계를 발견했다. 열 살이지만 오래전부터 해리와 같은 취미—구식 컴퓨터 게임인 테트리스—를 공유해온 올레그는 그토록 고대하던 게임 대결은 까마득히 잊은 채, 의자에 앉아 시계를 만지작거리며 어떻게든 다시 작동하게 하려고 애썼다.

"고장났어." 해리가 말했다.

"흥, 이 세상에 고칠 수 없는 건 없다고요." 올레그가 말했다.

해리도 내심 그 말이 사실이기를 바랐지만 지독한 의심에 시달리는 날이 더 많았다. 그렇기는 해도 올레그에게 요케 오그 발렌티네르네*의 'Alt kan repareres(이 세상에 고칠 수 없는 건 없다)'라는 제목의 앨범을 소개해줄까 고민했다. 하지만 다시 생각해보니 올레그의 엄마인 라켈이 별로 좋아하지 않을 것 같았다. 알코올중독자인 전 남자친구가 알코올중독에 관한 노래를 알려주는 셈이니 말이다. 그것도 이제는 고인이 된 약쟁이가 작곡하고 부른 노래를.

"고칠 수 있겠습니까?" 해리는 카운터의 청년에게 물었다. 그 질문에 대한 대답으로 전문가의 민첩한 손이 시계를 열었다.

"배보다 배꼽이 크겠네요."

"네?"

"골동품 가게에 가면 수리비보다 싼 가격에 더 좋은 시계를 살 수 있으니까요."

"그래도 고쳐주십시오." 해리가 말했다.

---

* Jokke&Valentinerne, 노르웨이 록밴드.

"알겠습니다." 이미 시계 내부를 살펴보기 시작한 청년이 대답했다. 사실 그는 해리의 결정이 꽤나 기쁜 듯했다. "화요일에 다시 오세요."

시계방을 나서자 기타 한 줄을 퉁기는 가냘픈 음이 앰프에서 흘러나왔다. 기타 연주자는 지저분하게 수염을 기르고 손가락 없는 장갑을 낀 십대 소년이었는데, 그가 줄감개를 하나 돌리자 음이 더욱 높아졌다. 매년 이맘때면 에게르토르게에서 구세군 모금 운동을 위해 유명 뮤지션들의 크리스마스 콘서트가 열린다. 광장 한복판에 세 개의 막대 지지대에 매달린 검은색 자선냄비가 있는데 그 뒤편으로 밴드가 자리를 잡는 동안, 사람들은 벌써 그 앞에 모여들기 시작했다.

"너야?"

해리는 뒤를 돌아보았다. 약쟁이의 눈을 한 여자가 서 있었다.

"너 맞지? 스누피 대신 온 거야? 난 지금 당장 약이 필요해. 내가—"

"미안하지만 사람 잘못 봤어." 해리가 여자의 말을 잘랐다.

여자는 그를 빤히 바라보았다. 해리의 말이 거짓인지 아닌지 가늠하려는 듯 고개를 한쪽으로 기울이고 실눈을 떴다. "너 맞아. 전에 어디선가 본 적이 있어."

"난 경찰이야."

여자는 동작을 멈췄다. 해리는 숨을 들이쉬었다. 여자는 반응이 늦었다. 해리의 말이 그을린 뉴런과 망가진 시냅스를 우회한 후에야 전달된다는 듯이. 그러더니 예상대로 눈에서 증오의 광채가 희미하게 피어올랐다.

"짭새라고?"

"우린 계약을 한 걸로 아는데. 마약거래는 플라타*에서만 하는 걸로." 해리는 그렇게 말하며 여자 뒤에 있는 밴드 보컬을 바라보았다.

"흥." 해리 앞에 똑바로 서 있던 여자가 말했다. "넌 마약반 소속이 아냐. 텔레비전에 나왔던 놈이지. 네가 죽인—"

"강력반 소속이지." 해리는 여자의 말을 자르며 그녀의 팔을 붙잡았다. "잘 들어, 당신이 원하는 건 플라타에 가면 얻을 수 있어. 경찰서에 끌려가고 싶진 않겠지?"

"누구 마음대로." 여자가 해리의 손을 뿌리쳤다.

해리는 금방 후회하며 양손을 들어 올렸다. "여기서 거래하지 않겠다고 약속하면 난 그냥 가지. 알겠어?"

여자는 머리를 갸웃했다. 핏기 없는 얇은 입술의 양 끝이 살짝 올라갔다. 이 상황에서 재미있는 일이라도 발견했다는 듯이. "내가 왜 플라타에 갈 수 없는지 말해줄까?"

해리는 기다렸다.

"거긴 우리 아들이 있다고."

그의 배 속이 요동쳤다.

"아들에게 이런 꼴을 보이고 싶진 않아. 알겠어, 경찰 나리?"

해리는 반항심으로 가득한 그녀의 얼굴을 들여다보며 대꾸할 말을 찾았다.

"메리 크리스마스." 그는 그렇게 말하며 몸을 돌렸다.

그러고는 인파로 다져진 갈색 눈 위에 담배를 버리고 자리를 떴다. 지금 하러 가는 일을 빨리 끝내고 싶었다. 맞은편에서 걸어오

---

* 오슬로 중앙역 남쪽 공터로, 마약거래의 온상지.

는 사람들의 시선을 피한 채 푸르스름한 빙판길만 내려다보았다. 그들이 양심도 없는 사람들이라는 듯이. 그들 역시 그의 시선을 피했다. 세상에서 가장 인심 좋은 사회민주주의 국가의 시민인 그들도 자신이 부끄럽다는 듯이. "거긴 우리 아들이 있다고."

오슬로 공립 도서관 옆길인 프레덴스보르그 가에 접어든 해리는 가지고 있던 봉투에 적힌 주소에서 걸음을 멈췄다. 고개를 뒤로 젖히고 위를 올려다보았다. 앞면이 회색과 검은색인 건물이었는데 최근에 페인트를 새로 칠한 듯했다. 그라피티를 그리는 아이들에게 탐나는 먹잇감이리라. 몇몇 창문에는 벌써 크리스마스 장식이 걸려 있는데 따뜻하고 안락해 보이는 가정의 부드럽고 노란 불빛을 배경으로 검은 실루엣을 그렸다. 어쩌면 정말로 따뜻하고 안락한 집일지도 모른다고 해리는 억지로 생각했다. '억지로'인 까닭은 경찰로 12년간 일하다보면 따뜻한 인간미를 경멸하는 직업병이 생기기 때문이다. 그래도 그는 그 병과 열심히 싸웠다. 그 점만큼은 칭찬받아 마땅했다.

초인종 옆에 그가 찾는 이름이 있었다. 해리는 눈을 감고 적당한 말을 생각해내려 했지만 떠오르지 않았다. 여자의 말이 아직도 귓가에 쟁쟁했다.

"아들에게 이런 꼴을 보이고 싶진 않아……."

해리는 포기했다. 애초에 불가능한 말을 만들어내는 방법이 과연 존재할까?

엄지로 차가운 금속 버튼을 누르자, 건물 안쪽 어딘가에서 초인종이 울렸다.

구세군 정위 욘 칼센은 초인종에서 손가락을 뗐다. 묵직한 비닐봉지들을 인도에 내려놓고 건물 앞면을 올려다보았다. 이 아파트 건물은 마치 구경이 작은 대포에 포위 공격이라도 당한 듯했다. 군데군데 회반죽이 큼지막하게 떨어져 나갔고, 2층의 불타버린 집들은 창문이 판자로 막혀 있었다. 처음에는 이 푸른색 건물을 그냥 지나쳐버렸다. 추위가 색채를 모두 빨아들인 듯이 헤우스만스 가에 늘어선 건물들이 다 똑같아 보였기 때문이다. 폐건물 외벽에 '베스트브레덴*'이라고 휘갈겨 쓴 낙서를 본 후에야 욘은 자신이 한참 지나쳐 왔다는 것을 깨달았다. 현관문에 끼워진 유리에는 V자 모양으로 금이 가 있었다. 승리의 사인인 V.

욘은 바람막이 점퍼 안에서 몸을 부르르 떨었다. 점퍼 안에 100퍼센트 모직으로 만든 두툼한 구세군 제복을 입어 다행이었다. 구세군 사관학교를 졸업하면 새 제복이 지급되는데 욘에게는 맞는 사이즈가 없어서 학교에서는 대신 천을 주며 그를 양복점으로 보냈다. 재단사는 욘의 얼굴에 담배연기를 뿜어대며 자기는 예수를 구세주로 받아들이기를 거부했다고 묻지도 않은 말을 했다. 하지만 재단사가 만들어준 옷이 너무도 훌륭했기에 욘은 그에게 진심으로 감사했다. 이런 맞춤옷은 처음이었다. 그의 등이 구부정한 이유도 늘 몸에 안 맞는 기성복만 입기 때문이었다. 그날 오후 차량들이 우레와 같은 소리를 내며 쉴 새 없이 지나다니는 헤우스만스 가에는 12월의 칼바람이 불며 인도 위로 고드름과 얼어붙은 쓰레기가 굴러다녔다. 그 거리를 걸어가는 욘을 본 사람들은 아마 그가 바람을 피하려 구부정하게 걷는다고 생각할 것이다. 하지만 욘 칼센을 아는 사람들은 그가 키를 낮추려고 허리를 숙였다고 말할 것

---

* Vestbredden, 일명 웨스트 뱅크. 요르단 강 서안 지구로, 팔레스타인 분쟁 지역.

이다. 자기보다 작은 사람들에게 더 쉽게 손을 내밀기 위해. 문간 옆에 앉은 거지가 지저분한 손을 부들부들 떨며 내민 갈색 종이컵에 20크로네 동전을 넣어주는 지금처럼.

"지낼 만하세요?" 욘은 온갖 담요를 두른 채 마분지 쪼가리 위에 책상다리를 하고 있는 남자에게 물었다.

"메타돈* 치료를 받으려고 대기 중이야." 가여운 남자가 제대로 연습하지 못한 찬송가를 부르듯 툭툭 끊어지는 단조로운 말투로 말했다. 그의 눈은 욘의 검은색 구세군 제복 바지의 무릎을 바라보고 있었다.

"우르테 가에 있는 저희 카페로 가세요. 거기서 몸도 녹이고 요기도 좀 하고……."

그들 뒤의 신호등이 파란색으로 바뀌는 바람에 욘의 다음 말은 지나가는 차량의 굉음에 묻혀버렸다.

"곧 갈 거야. 근데 혹시 50크로네는 없어?" 인간 담요가 물었다. 욘은 마약중독자들의 한결같은 집념에 놀라지 않을 수 없었다. 그래서 한숨을 쉬며 100크로네짜리 지폐를 종이컵에 넣었다.

"프레텍스**에 가서 따뜻한 옷이 있는지 찾아보세요. 거기 없으면 퓔뤼세***에 새로 들어온 겨울 점퍼가 있을 겁니다. 그렇게 얇은 데님 재킷만 입고 있다가는 얼어 죽어요."

욘은 지금 자신이 이야기하는 상대가 돈만 생기면 곧장 마약을 사버릴 사람이라는 사실은 무시하기로 했다. 어쩌겠는가. 마약중독자만 보면 늘 그렇게 말했지만, 한편으로는 매일 도덕적 딜레마

---

* 헤로인 등의 약물중독 치료에 쓰이는 대체 마약.
** 구세군이 운영하는 중고 의류 체인점.
*** Fyrlyset, 구세군에서 마약중독자들을 위해 운영하는 단체.

에 빠졌다. 해결책이 없는 딜레마.

욘은 다시 초인종을 눌렀다. 출입문 옆 상점의 지저분한 쇼윈도에 그의 모습이 비쳤다. 테아는 그가 훌륭한 사람이라고 했다. 하지만 그는 훌륭한 사람과 거리가 멀었다. 하찮은 사람이었다. 하찮은 구세군 병사. 하지만 이 일이 끝나면 이 소인배 병사는 묄레르 가를 쏜살같이 뛰어 내려가 아케르셀바 강을 건널 것이다. 오슬로 동쪽 지역과 그뤼네르뢰카가 시작되는 그곳에서 소피엔베르그 공원을 지나 구세군 직원들이 세 들어 사는 구세군 소유의 아파트가 있는 괴테보르그 가 4번지로 갈 것이다. 욘이 B동 출입문을 열고 들어가 다른 입주민에게 인사를 건네면, 그들은 욘이 4층에 있는 자기 집으로 가는 줄 알 테지만 그는 엘리베이터를 타고 5층으로 갈 것이다. 다락방을 통과해 A동으로 건너간 다음, 주위에 아무도 없는지 확인하고 테아의 방으로 달려가 둘이 미리 정해둔 신호로 노크할 것이다. 그러면 테아가 문을 열어주며 양팔을 벌릴 테고, 욘은 그녀의 품에서 몸을 녹일 것이다.

무언가 부르르 떨렸다.

처음에는 땅, 이 도시, 지반이 흔들리는 줄 알았다. 욘은 가방을 바닥에 내려놓고 주머니를 뒤졌다. 그의 손에서 휴대전화가 진동했다. 액정에는 랑닐의 번호가 떠 있었다. 오늘만 벌써 세 번째였다. 더는 피할 수 없음을 알고 있었다. 그가 테아와 약혼할 거라는 사실을 알려야 했다. 적당한 말이 생각나면. 욘은 휴대전화를 다시 주머니에 넣고 쇼윈도에 비친 자신을 외면했다. 하지만 이미 마음의 결정을 내렸다. 더는 겁쟁이처럼 굴지 않으리라. 솔직해지리라. 훌륭한 사람이 되리라. 괴테보르그 가에 있는 테아를 위해. 태국에 있는 아버지를 위해. 하늘에 계신 주님을 위해.

"누구세요?" 초인종 위의 스피커에서 고함 소리가 흘러나왔다.

"아, 안녕하세요. 욘입니다."

"누구라고요?"

"구세군에서 나온 욘입니다."

그는 기다렸다.

"용건이 뭐죠?" 목소리가 치직거렸다.

"음식을 좀 가져왔습니다. 필요하시지 않을까—"

"담배는요?"

욘은 침을 삼키고 눈 위에서 양발을 굴렀다. "없습니다. 오늘은 돈이 부족해서요."

"젠장."

다시 조용해졌다.

"여보세요?" 욘이 외쳤다.

"아, 네, 지금 생각 중이에요."

"원하시면 다음에 오겠습니다."

잠금장치에서 왱 소리가 나자 욘은 얼른 문을 밀었다.

계단통에는 신문과 빈 병, 얼어붙은 노란색 오줌 웅덩이가 있었다. 추운 날씨 덕분에 날씨가 따뜻할 때마다 복도에서 진동하던 씁쓸하면서 들척지근한 악취를 들이마실 필요가 없었다.

욘은 조용히 걸어가려 했지만 계단을 올라가는 발소리가 눈치 없이 울려 퍼졌다. 문간에 서서 그를 기다리고 있는 여자는 욘이 든 비닐봉지에 추파를 던졌다. 시선을 피하기 위해서일 거라고 욘은 생각했다. 여자는 오랫동안 마약에 중독된 사람이 으레 그렇듯 얼굴이 퉁퉁 붓고 뚱뚱했으며 가운 안에 꼬질꼬질한 하얀 티셔츠를 입고 있었다. 집 안에서 썩은 내가 풍겼다.

욘은 층계참에서 걸음을 멈추고 비닐봉지를 내려놓았다. "남편 분도 계신가요?"

"네, 있어요." 여자가 감미로운 프랑스어로 말했다.

미인이었다. 도드라진 광대뼈에 큼지막한 아몬드 모양의 눈. 얇고 핏기 없는 입술. 게다가 옷도 잘 차려입었다. 문틈으로밖에 볼 수 없었지만 어쨌거나 그 사이로 보이는 부분은 그랬다.

남자는 본능적으로 목에 맨 빨간 네커치프를 매만졌다.

두 사람 사이의 잠금장치는 견고한 황동으로 만들어져 육중한 떡갈나무 문에 부착되어 있었다. 문패는 없었다. 아까 카르노 가에 위치한 이 건물 앞에서 관리인이 문을 열어주기를 기다리는 동안 남자는 건물 구석구석이 고가의 새 제품으로 지어졌음을 알아차렸다. 문에 달린 부품, 초인종, 실린더 자물쇠까지. 건물의 연노란색 앞면과 하얀 덧문에 보기 싫게 낀 새까만 때는 이 동네가 파리 시내에서 얼마나 유서 깊은 땅인지 강조해주었다. 복도에는 진품 유화가 걸려 있었다.

"무슨 일이시죠?"

여자의 시선과 억양은 친절하지도 불친절하지도 않았지만 아주 약간의 의심이 담겨 있었다. 그의 형편없는 프랑스어 발음 때문이었다.

"전할 말이 있습니다, 마담."

여자는 머뭇거렸지만 결국 그의 예상대로 행동했다.

"알았어요. 여기서 기다리시겠어요? 그이를 데려올게요."

여자가 문을 닫자 잠금장치가 매끄러운 찰칵 소리를 내며 잠겼다. 남자는 바닥에 발을 굴렀다. 프랑스어를 더 공부해야 했다. 어머니는 저녁마다 그에게 억지로 영어를 가르쳤지만 프랑스어는 신경 쓰지 않았다. 남자는 문을 바라보았다.

기오르기를 생각했다. 새하얀 이를 드러내며 미소 짓던 기오르기는 그보다 한 살이 많으니 이제 스물여덟일 것이다. 여전히 잘생겼을까? 금발에 몸집이 작고 여자처럼 예쁘게 생겼을까? 그는 오랫동안 기오르기를 사랑했다. 오로지 어린아이만 할 수 있는, 편견도 조건도 없는 방식으로.

문 너머에서 발소리가 들렸다. 남자의 발소리였다. 누군가 잠금 장치를 만지작거렸다. 일과 자유를 이어주는 파란선. 여기서 비누와 오줌으로 가는 파란선. 곧 눈이 내릴 것이다. 그는 준비했다.

문간에 남자의 얼굴이 나타났다.

"씨발, 뭐야?"

욘은 비닐봉지를 들어 올리며 억지 미소를 지었다. "갓 구운 빵입니다. 냄새 좋죠?"

프레드릭센은 큼지막한 갈색 손을 여자의 어깨에 올리더니 그녀를 옆으로 밀쳐냈다. "냄새라고는 예수쟁이 냄새뿐이구먼……." 맨정신인 사람처럼 또박또박 말했지만 수염이 덥수룩한 얼굴의 빛바랜 홍채로 보아 분명 술에 취한 상태였다. 그의 눈은 비닐봉지에 초점을 맞추려고 했다. 그는 안이 쪼그라든 거구의 힘센 남자처럼 보였다. 온몸의 뼈, 심지어 두개골마저 심술궂은 얼굴의 축 처진 피부 안쪽에서 삼분의 일 크기로 쪼그라들어 있었다. 프레드릭센은 지저분한 손가락으로 콧등에 새로 생긴 흉터를 쓸어내렸다.

"지금 설교를 늘어놓겠다는 건 아니겠지?"

"아닙니다. 사실 전—"

"이거 왜 이래, 구세군 양반. 이걸 주는 대가로 뭔가 원하잖아, 안 그래? 이를테면 내 영혼이라든가."

욘은 구세군 제복 안에서 몸서리를 쳤다. "영혼은 제 소관이 아니에요, 프레드릭센. 하지만 음식을 드릴 순 있죠. 그러니—"

"우선 짤막한 설교부터 해보시지."

"말씀드렸듯이 저는—"

"설교!"

욘은 우두커니 서서 프레드릭센을 바라보았다.

"그 똥내 나는 입으로 설교를 해보라고!" 프레드릭센이 외쳤다. "설교를 들어야 우리가 양심의 가책 없이 그 음식을 먹을 수 있을 거 아냐, 이 잘난 척하는 예수쟁이야. 어서 빨리 끝내. 오늘 주님의 메시지는 뭐야?"

욘은 입을 벌렸다가 다물었다. 침을 삼켰다. 다시 입을 열었고 이번에는 성대에서 소리가 나왔다. "하나님께서 독생자 예수를 보내셨고 예수는…… 우리의 죄를 사하기 위해 죽었다는 것입니다."

"거짓말!"

"유감스럽지만 거짓말이 아닙니다." 해리는 그렇게 말하며 문간에 선 남자의 겁먹은 얼굴을 바라보았다. 저녁식사를 하려던 참인지 뒤편에서 음식 냄새가 풍겨왔고 포크와 나이프가 달그락거렸다. 한 가정의 가장이자 아버지. 이젠 아니지만. 남자는 팔을 긁적이며 해리의 머리 위쪽 한 지점을 응시했다. 거기 누가 있다는 듯이. 남자가 팔을 긁을 때마다 듣기 싫은 서걱서걱 소리가 났다.

포크와 나이프의 달그락거리는 소리가 멈췄다. 발소리가 들리더니 남자 뒤에서 멈췄고, 작은 손이 남자의 어깨로 올라왔다. 크고 겁먹은 눈동자를 한 여자의 얼굴이 나타났다.

"무슨 일이에요, 비르게르?"

"이 경찰이 할 말이 있다는군." 비르게르가 단조로운 어조로 말했다.

"무슨 일이죠?" 여자는 해리를 바라보았다. "우리 아들 소식인가요? 페르 때문이에요?"

"네, 홀멘 부인." 해리는 여자의 눈에 슬그머니 공포가 서리는 것을 보았다. 해리는 불가능한 말을 찾아 헤맸다. "두 시간 전에 아드님을 발견했습니다. 아드님이 사망했습니다."

해리는 시선을 돌려야만 했다.

"하지만 그 애는…… 그 애는…… 어디서요……?" 해리를 바라보던 여자의 시선이 계속 팔을 긁어대는 남자에게로 휙 돌아갔다.

이제 가장 힘든 부분이군. 해리는 그렇게 생각하며 목청을 가다듬었다. "항구 옆 컨테이너에서요. 저희가 우려하는 점은 아드님이 죽은 지 한참 됐다는 겁니다."

비르게르 홀멘은 균형을 잃은 듯이 비틀거리며 뒤로 물러나더니 옷걸이를 붙잡았다. 여자가 앞으로 나왔고, 남자는 여자 뒤에서 바닥에 무릎을 꿇었다.

해리는 숨을 들이쉬며 코트 주머니에 손을 넣었다. 손끝에 닿는 힙 플라스크가 얼음처럼 차가웠다. 찾던 봉투가 손에 잡히자 주머니에서 꺼냈다. 그가 쓴 편지는 아니었지만 내용은 익히 알고 있었다. 군더더기라고는 하나도 없이, 죽음을 알리는 짤막한 공식 통지서. 관료들의 사망 선고 방식이었다.

"죄송합니다만 이걸 전해드리는 게 제 일이라서요."

"뭘 전하러 왔다고?" 작달막한 중년 남자가 지나치게 여성스러운 프랑스어 발음으로 말했다. 상류층이 아니라 상류층에 속하려고 안달하는 사람의 발음이었다. 그는 남자를 자세히 살펴보았다. 모든 것이 봉투 속 사진과 일치했다. 꽁꽁 졸라 맨 넥타이 매듭과 빨간 벨벳으로 만든 헐렁한 스모킹 재킷까지.

이 남자가 무슨 잘못을 했는지는 모른다. 하지만 누구에게 신체적으로 해를 입혔을 것 같지는 않았다. 비록 얼굴에는 짜증이 가득했지만 몸짓 언어는 방어적이다 못해 불안해 보일 정도였기 때문이다. 자기 집 현관에 서 있는데도. 돈을 훔쳤을까? 횡령? 숫자 다루는 일을 하는 사람일 수도 있다. 하지만 큰돈은 아니다. 매력적인 아내를 두긴 했어도 이 남자는 여기저기서 푼돈이나 챙기는 부류로 보였다. 바람을 피웠을까? 건드려서는 안 될 남자의 부인과 잤을까? 아니다. 일반적으로 자기보다 훨씬 매력적인 아내를 두고 평균 이상의 재산을 가진 키 작은 남자는 아내의 바람기에 더 신경 쓰는 편이다. 어쨌거나 짜증 나는 남자였다. 그는 주머니에 손을 집어넣었다.

"이걸," 그는 빼꼼 열린 문틈의 팽팽하게 당겨진 황동 체인 위로 단돈 300달러에 구입한 리마 미니맥스의 총신을 댔다. "전하러 왔지."

그는 소음기를 남자에게 겨눴다. 자그레브의 총기 제작자가 만든 평범한 금속 튜브로, 나사를 돌려 총신에 부착할 수 있었다. 총신과 소음기가 만나는 부분에는 검은색 강력 테이프를 둘둘 감아 공기가 새지 않게 했다. 물론 100유로가 넘는 소위 고품질 소음기를 살 수도 있지만 굳이 그럴 필요가 없었다. 총알이 음속 장벽을 뚫는 소리, 뜨거운 가스가 차가운 공기와 만나고 총의 금속 부품이 맞물려 돌아가는 소리를 사라지게 만드는 소음기는 존재하지 않는다. 소음기를 부착했다고 뚜껑 닫은 냄비 안에서 팝콘이 터지는 듯한 총성이 나는 일은 할리우드 영화에서나 가능하다.

채찍을 휘두르는 듯한 총성이 울렸다. 그는 문틈에 얼굴을 바싹 댔다.

사진에서 본 남자는 사라졌다. 소리도 없이 뒤로 쓰러져 있었다. 현관은 어둠침침했지만 벽에 걸린 거울에 문틈으로 새어들어온 한 줄기 빛과 휘둥그렇게 뜬 자신의 눈이 보였다. 죽은 남자는 두툼한 암적색 카펫에 누워 있었다. 페르시아 카펫일까? 어쩌면 돈이 꽤 많을지도 모르겠다.

하지만 지금 저 남자가 가진 것은 이마의 작은 구멍뿐이다.

그는 고개를 들어 남자의 부인을 바라보았다. 부인인지 정부인지 모르겠지만 그녀는 다른 방 문간에 서 있었고, 뒤로 동양풍의 노란색 대형 등이 보였다. 여자는 손으로 입을 막은 채 그를 바라보고 있었다. 그는 가볍게 목례한 다음 조심스럽게 문을 닫았다. 어깨에 찬 권총집에 권총을 넣고 계단을 내려가기 시작했다. 일을 끝내고 현장을 떠날 때는 절대 엘리베이터를 타지 않는다. 렌터카나 오토바이처럼 고장 날 가능성이 있는 것도 이용하지 않는다. 뛰지도 않는다. 이야기하거나 소리 지르지도 않는다. 목소리는 신원을 노출할 수 있기 때문이다.

현장을 빠져나오는 것은 이 일에서 가장 중요하면서도 그가 가장 좋아하는 과정이다. 아무 생각도, 느낌도 없이 하늘을 나는 것과 비슷했다.

여자 관리인이 1층에 있는 자기 집에서 나와 어리둥절한 표정으로 그를 바라보았다. 그는 "Au revoir, madame(잘 있어요, 부인)"이라고 속삭였지만 관리인은 말없이 그를 바라볼 뿐이었다. 한 시간 후에 경찰이 찾아와 이 관리인에게 그의 생김새를 물어볼 것이다. 그녀는 기꺼이 설명하겠지. 남자, 평범한 외모, 중키. 스무 살. 혹은 서른 살? 절대 마흔 살은 아니라고 할 것이다.

그는 거리로 나갔다. 나직한 파리의 소음이 들렸다. 천둥소리처럼 절대 가까워지지 않으면서 멈추지도 않았다. 미리 정해둔 길거리 쓰레기통에 라마 미니맥스를 버렸다. 같은 총기 제작자가 만든, 아직 한 번도 쓰지 않은 새 총 두 자루가 자그레브에서 그를 기다리고 있었다. 대량 구매한 덕분에 할인까지 받았다.

30분 후 그가 탄 공항버스는 파리와 샤를드골 공항 사이의 고속도로를 달리며 포르트 드 라 샤펠을 지났다. 대기를 가득 채운 눈송이가 잿빛 하늘을 향해 고개를 빳빳이 쳐든 연노란색 밀짚 위에 떨어졌다.

그는 비행기 체크인을 마치고 보안 검색대를 통과한 후, 곧장 남자화장실로 갔다. 일렬로 늘어선 소변기 중에 맨 끝으로 가서 바지 버튼을 풀고 변기 바닥에 있는 하얀색 탈취제에 오줌을 갈겼다. 두 눈을 감고 달콤한 파라디클로로벤젠과 레몬 방향제의 향기에 집중했다. 목적지인 자유까지 이제 한 정거장 남았다. 그는 혀 위에서 그 이름을 굴려보았다. 오슬-로.

3

12월 14일, 일요일. 물리다

노르웨이에서 가장 많은 경찰 인력이 모인 경찰청사. 콘크리트와 유리로 지은 이 건물 7층 레드존 구역, 거기서도 705호 사무실에 해리가 의자를 비스듬히 뒤로 젖힌 채 앉아 있었다. 이 10평방미터의 사무실을 해리와 함께 쓰는 젊은 형사 할보르센은 이곳을 어음교환소*라고 불렀다. 하지만 해리는 가끔씩 할보르센을 따끔하게 가르칠 때면 이곳을 사내 연수실이라고 불렀다.

하지만 지금 이 순간은 해리 혼자서 벽에 창문이 있었을 만한 지점을 바라보았다. 어음교환소에 창문이 있을 리 없지만.

일요일이었다. 보고서도 다 썼으니 이제 집에 갈 수 있다. 그런데 왜 이러고 있는 걸까? 상상 속 창문 너머로 철책이 둘린 비에르비카의 항구가 보였다. 초록색, 빨간색, 푸른색 컨테이너 위로 방금 내린 눈이 색종이 조각처럼 내려앉아 있었다. 사건은 해결되었다. 사는 게 지겨워진 젊은 마약중독자 페르 홀멘이 컨테이너 안에서 주삿바늘 대신 총알을 몸에 쏴서 박았다. 외상 흔적은 전혀 없고,

---

* 서로 다른 은행에 추심해야 될 어음과 수표를 모아서 결제한 뒤 다시 은행으로 보내는 상설 기관. 형사도 범죄자를 잡아 교도소나 법정으로 보내기 때문에 이곳에 비유했다.

총은 그의 옆에 놓여 있었다. 마약반 잠복 형사들이 알아낸 바로는 페르 홀멘은 마약으로 진 빚도 없었다. 게다가 마약상들이 돈을 갚지 않은 약쟁이를 처형할 때는 자살로 위장하지 않는다. 오히려 그 반대다. 두말할 나위 없는 자살사건이다. 그러니 음침한 데다 바람까지 부는 컨테이너 터미널을 기웃거리며 오늘 밤을 낭비할 필요가 없었다. 더 큰 슬픔과 절망감만 맛볼 터였다.

해리는 옷걸이에 걸린 자신의 모직 코트를 바라보았다. 주머니에 든 작은 힙 플라스크에는 술이 가득 들어 있었다. 하지만 10월 이후로 입을 댄 적이 없었다. 빈모노폴에서 자신의 천적인 짐빔을 한 병 사서 힙 플라스크에 가득 채우고 나머지는 싱크대에 모두 버렸다. 그 후로는 늘 이 독약을 지니고 다녔다. 나치들이 신발창에 청산칼리 캡슐을 넣어가지고 다녔듯이. 왜 굳이 이렇게 멍청한 짓을 하는 걸까? 모를 일이었다. 알아야 할 필요도 없고. 어쨌거나 금주에는 효과가 있었다.

해리는 시계를 보았다. 곧 11시가 될 것이다. 집에는 낡은 에스프레소 기계와 오늘 같은 밤을 위해 준비해둔 DVD가 있다. 벳 데이비스와 조지 샌더스 주연에 맹키위츠가 감독한 1950년대 걸작 〈이브의 모든 것〉.

그는 자신의 속마음을 들여다보았다. 그가 가고 싶은 곳은 항구였다.

해리는 코트 소맷부리를 걷고 북풍을 등진 채 서 있었다. 북풍은 앞에 보이는 높은 철책을 그대로 통과해 컨테이너 주위로 눈을 운반했다. 텅 비고 광활한 항구는 꼭 한밤중의 사막 같았다.

철책으로 에워싸인 컨테이너 터미널에는 불이 켜져 있었지만, 세

찬 바람에 가로등이 흔들렸고 두세 개씩 쌓인 컨테이너가 거리에 그림자를 드리웠다. 특히 해리의 시선이 향한 곳은 빨간색 컨테이너였는데 그 주위로 빨간색과 어울리지 않는 오렌지색 폴리스라인이 둘려 있었다. 오슬로의 12월 밤에는 저곳이 훌륭한 피난처가 될 터였다. 면적이나 안락함이 경찰청사의 유치장과 거의 똑같았다.

현장 감식반(고작 형사 하나에 감식 요원 하나가 전부지만)이 작성한 보고서에 따르면 컨테이너는 문이 잠기지 않은 채 한동안 비어 있었다. 경비원의 설명에 따르면 빈 컨테이너는 굳이 문을 잠가두지 않았다. 주위에 철책이 쳐진 데다 CCTV까지 설치됐기 때문이다. 그런데도 마약중독자 한 명이 숨어들었다. 페르 홀멘은 아마 비에르비카를 서성이는 수많은 약쟁이 중 하나였을 것이다. 비에르비카는 약쟁이들의 쇼핑몰인 플라타에서 엎드리면 코 닿을 거리였다. 경비원은 컨테이너에서 추위를 피하는 약쟁이들을 눈감아준 게 아닐까? 그렇게 하면 한두 명의 목숨은 살릴 수 있다는 걸 알고서 말이다.

컨테이너는 잠가두지 않았지만 철책에는 크고 두툼한 맹꽁이자물쇠가 달려 있었다. 해리는 경찰청에서 미리 전화하고 오지 않은 걸 후회했다. 이곳을 지킨다는 경비원은 코빼기도 보이지 않았다.

손목시계를 확인하고는 곰곰이 생각에 잠겨 철망 꼭대기를 훑어보았다. 요즘은 체력이 좋았다. 최근 몇 년 동안 이렇게 좋은 적이 없었다. 작년 여름에 있었던 참사 이후로 술은 입에 대지 않았고, 경찰청 체력단련실에서 규칙적으로 운동했다. 규칙적인 정도가 아니었다. 첫눈이 내리기 전, 외케른에서 열린 장애물 경주에서는 톰 볼레르가 세운 기록도 깨버렸다. 그로부터 며칠 후 할보르센은 이렇게 열심히 운동하는 게 혹시 라켈과 연관이 있느냐고 조심스럽게 물었다. 왠지 두 사람이 헤어진 듯한 느낌이 든다는 것이었다. 해리는 무뚝뚝하면서도 분명한 말투로 후배 형사에게 이렇게 일렀다. 사무실을 공유한다고 해서 사생활까지 공유하는 건 아니라고. 할보르센은 어깨를 으쓱이며 자기 말고 또 이야기할 상대나 있느냐고 대꾸했고, 벌떡 일어나 사무실에서 나가는 해리를 보며 자신의 짐작이 맞다는 걸 확인했다.

높이는 3미터. 위에 가시철조망도 없었다. 그렇다면 식은 죽 먹기다. 해리는 팔을 최대한 높이 뻗어 철망을 잡고 양쪽에 있는 기둥에 양발을 올린 다음, 몸을 쭉 일으켰다. 오른팔을 위로, 다음에는 왼팔. 그렇게 양팔을 쭉 뻗어 매달린 채 양발로 디딜 곳을 찾았다. 애벌레처럼 꿈틀꿈틀. 마침내 철책 반대편으로 훌쩍 넘어갔다.

빗장을 들어 올리고 컨테이너 문을 잡아당겼다. 단단한 검은색 군용 손전등을 꺼낸 다음, 폴리스라인 아래로 몸을 숙여 컨테이너 안으로 들어갔다.

내부는 으스스하리만치 조용했다. 소리마저 얼어버린 듯했다.

해리는 손전등을 켜 주위를 비췄다. 원추형 불빛 속에서 홀멘이 발견된 자리에 그려놓은 하얀 분필 선이 보였다. 브륀살린의 신축 건물로 이전한 과학수사과 베아테 뢴은 그에게 현장 사진을 보여줬다. 홀멘은 등을 기댄 채 앉아 있고, 오른쪽 관자놀이에 구멍이 뚫렸으며 오른쪽에 권총이 놓여 있었다. 혈흔은 거의 없었다. 머리에 총을 쏴서 죽을 때의 장점이다. 유일한 장점. 구경이 꽤 작은 총알이라서 사입구*는 작고 사출구는 없었다. 총알은 두개골 안에서 나올 것이다. 핀볼처럼 두개골 안에서 핑핑 돌아다니면서 한때 페

---

* 총탄이 들어간 곳.

르 홀멘으로 하여금 생각하고 결정을 내리게 한, 그리고 결국에는 집게손가락으로 방아쇠를 당기라고 명령한 뇌를 곤죽으로 만들었을 것이다.

"이해할 수가 없군." 자살을 선택한 젊은이를 보면 동료들은 그렇게 말하곤 했다. 자기 자신을 보호하기 위해, 자살이라는 생각 자체를 거부하기 위해서일 거라고 해리는 생각했다. 그게 아니라면 대체 무슨 뜻으로 하는 말인지 알 수 없었다.

하지만 오늘 저녁에는 해리 역시 아파트 현관에서 똑같이 말했다. 페르 홀멘의 아버지가 현관에 무릎을 꿇은 채 등을 구부리고 온몸을 떨며 흐느끼는 것을 보았을 때. 죽음이나 신, 구원, 사후 세계 혹은 이 모든 일의 의미에 대해 위로가 될 만한 말을 전혀 해줄 수 없었기에 그 역시 이 무력한 주문을 중얼거릴 수밖에 없었다. "정말 이해할 수 없는 일입니다……."

해리는 손전등을 끈 다음, 코트 주머니에 넣었다. 어둠이 그를 감쌌다.

아버지가 생각났다. 은퇴한 교사이자 홀아비가 되어 옵살에서 사는 올라브 홀레. 한 달에 한 번 해리가 여동생과 함께 찾아갈 때면 아버지의 눈동자는 반짝거렸다. 하지만 그들이 커피를 마시며 별 의미 없는 이야기를 늘어놓는 동안 눈동자는 서서히 빛을 잃어 갔다. 아버지에게 의미 있는 것은 한때 어머니가 연주했던 피아노 위에 놓인 어머니 사진뿐이었다. 요즘 아버지는 거의 아무 일도 하지 않았다. 책만 읽었다. 가본 적 없는 나라와 왕국에 관한 책. 실은 가고 싶지도 않을 것이다. 어머니와 함께 갈 수 없으니까. 가끔씩 어머니 이야기가 나올 때면 아버지는 '인생의 가장 큰 빈자리'라고 말했다. 아들의 사망 소식을 전해 듣는다면 과연 아버지는 뭐라고 말할까, 문득 해리는 그런 생각이 들었다.

컨테이너에서 나와 철책 쪽으로 걸어가 양손으로 철망을 잡았다. 다음 순간, 갑자기 이상하게 쥐 죽은 듯이 고요해졌다. 바람마저 소리를 들으려고, 혹은 마음을 바꾸려고 숨죽일 때의 정적이었다. 겨울 어둠에 잠긴 도시의 소음만 들렸다. 그리고 바람에 날린 종이가 아스팔트 도로를 스치는 소리. 하지만 바람은 진작 멈춘 뒤였다. 종이 소리가 아니다. 발소리다. 빠르고 가벼운 발걸음. 사람의 발보다 가벼운 발걸음.

네발 동물의 발이었다.

해리의 심장 박동이 걷잡을 수 없이 빨라졌다. 해리는 철책을 마주 보고 재빨리 무릎을 굽혔다 펴면서 뛰어올랐다. 자신이 그토록 겁에 질린 이유가 무엇인지 나중에 깨달았다. 정적, 그리고 그 정적 속에서 아무 소리도 들리지 않는다는 사실이었다. 으르렁거리는 소리도, 공격한다는 어떤 신호도 없었다. 저 어둠 속에 있는 것은 정체가 무엇이든 간에 그를 겁주고 싶어 하지 않는 듯했다. 오히려 그 반대였다. 녀석은 해리를 사냥하고 있었다. 해리가 개에 대해 잘 알았더라면 겁에 질렸거나 공격할 때 절대 으르렁거리지 않는 개가 딱 하나 있다는 것을 알았으리라. 블랙메츠너 종의 수컷. 철망에 매달린 해리가 양팔을 위로 뻗고 다시 무릎을 구부렸을 때 발소리의 리듬이 변하더니 정적이 흘렀다. 녀석이 뛰어오른 것이다. 해리는 더 위로 올라갔다.

겁에 질려 아드레날린이 분출되면 통증을 느끼지 못한다는 주장은 틀려도 단단히 틀렸다. 근육질 대형견에게 오른쪽 다리를 물리자 해리의 입에서 비명이 나왔다. 개의 이빨은 점점 더 깊이 박혀 뼈 주위의 민감한 조직막까지 눌러댔다. 철망이 소리 내어 울었고, 중력이 해리와 개 모두를 잡아당겼다. 하지만 그는 필사적으로 철망에 매달렸다. 보통 때였다면 지금쯤 안전해졌을 것이다. 블랙메츠너 성견 정도의 무게인 다른 개들은 이쯤 해서 해리의 다리를 놓아주었을 테니까. 하지만 블랙메츠너에게는 뼈도 바스러뜨릴 수 있는 이빨과 턱이 있었고, 따라서 뼈까지 게걸스럽게 먹어치우는 하이에나의 친척이라는 명성을 날렸다. 그런 개였기에 살짝 안쪽으로 구부러진, 위턱 송곳니 두 개와 아래턱 송곳니 하나로 해리의 다리를 꽉 문 채 매달려 있었다. 아래턱 송곳니가 하나뿐인 이유는 생후 3개월에 쇠로 만든 의족을 물어뜯다 부러졌기 때문이었다.

해리는 왼쪽 팔꿈치를 간신히 철책 위로 넘긴 다음, 메츠너가 매달려 있는 자신의 몸을 끌어 올리려고 했다. 하지만 녀석은 한쪽 발을 철망 사이에 찔러 넣고 있었다. 해리는 오른손으로 코트 주머니를 뒤적거리다가 손전등이 잡히자 고무로 된 손잡이를 움켜쥐었다. 고개를 숙여 처음으로 녀석을 보았다. 검은 얼굴, 그리고 그 얼굴과 똑같이 검은 눈동자가 희미하게 번들거렸다. 해리는 손전등으로 정확히 녀석의 두 귀 사이를 내려쳤다. 어찌나 세게 쳤는지 우두둑 소리가 들릴 정도였다. 손전등을 들어 올려 다시 내려쳤다. 이번에는 예민한 주둥이 부분을 강타했다. 메츠너는 꿈쩍도 하지 않았고, 해리는 절망감에 빠져 다시 녀석의 눈을 내려쳤다. 하지만 손전등을 놓쳐버렸고 손전등은 땅에 떨어졌다. 녀석은 여전히 해리의 다리에 들러붙어 있었다. 곧 철망을 잡은 그의 손에서 힘이 빠질 것이다. 그다음에는 어떻게 될지 생각하고 싶지 않았지만 자신도 모르게 끔찍한 장면이 떠올랐다.

"도와줘!"

다시 불기 시작한 바람을 타고 해리의 무력한 절규가 퍼져 나갔다. 철망을 바꿔 쥐던 해리는 불현듯 웃고 싶은 충동을 느꼈다. 설마 이렇게 죽는 건 아니겠지? 경비견에게 목이 뜯긴 채 컨테이너 터미널에서 시체로 발견된다고? 해리는 숨을 깊이 들이쉬었다. 철망의 뾰족한 끝이 겨드랑이를 파고들었다. 손가락에서 급격하게 힘이 빠졌다. 곧 손을 놓아버릴 것이다. 무기만 있어도 좋을 텐데. 힙 플라스크 대신 유리병이 있다면 그걸 박살내서 이 녀석을 찌를 수 있었으리라.

힙 플라스크!

그는 젖 먹던 힘까지 짜내 코트 안쪽에서 힙 플라스크를 꺼냈다. 금속 뚜껑을 이로 꼭 문 채 몸통을 돌렸다. 마개가 느슨해지자 위스키가 흘러나와 입안을 채웠다. 온몸에 전율이 흘렀다. 맙소사. 철망 위로 얼굴을 밀착하자 눈도 함께 눌리며 저 멀리 플라자 호텔과 오페라 호텔의 불빛이 어둠 속에서 하얀 줄로 보였다. 오른손으로 힙 플라스크를 잡아 아래로, 메츠너의 붉게 벌어진 주둥이 위로 가져갔다. 그러고는 입에 들어 있던 뚜껑과 위스키를 뱉으며 "건배"라고 중얼거린 다음, 술을 붓기 시작했다. 2초 동안 메츠너의 검은 눈동자가 도무지 무슨 영문인지 모르겠다는 시선으로 해리를 올려다보았고, 병에서 콸콸 흘러나온 갈색 액체는 해리의 다리를 타고 메츠너의 벌어진 입속으로 들어갔다. 놈의 턱에서 힘이 빠지기 시작했다. 아스팔트 도로에 고깃덩어리가 철꺽 떨어지는 소리가 들렸다. 숨이 끊어질 듯한 소리, 나직이 깨갱거리는 소리가 들리더니 이내 앞발로 도로를 긁는 소리가 들렸다. 그렇게 개는 자신이 솟아올랐던 어둠 속으로 다시 삼켜졌다.

해리는 양 다리를 철책 위로 넘겼다. 바짓단을 걷어보았다. 굳이 손전등을 비춰보지 않아도 오늘 밤은 응급실에서 보내게 되리라는 것을 알 수 있었다. 〈이브의 모든 것〉을 보기는 글렀다.

욘은 테아의 무릎을 베고 누운 채 눈을 감고 규칙적으로 웅얼거리는 텔레비전 소리를 음미했다. 테아가 좋아하는 미국 드라마였다. 〈킹 오브 브롱크스〉, 아니 〈킹 오브 퀸스〉였던가?

"로베르트한테 에게르토르게 근무를 대신 서달라고 부탁했어?" 테아가 물었다.

테아는 한 손을 욘의 눈에 올리고 있었다. 그녀의 살갗에서 달콤한 냄새가 풍겼다. 방금 전에 인슐린 주사를 맞았다는 뜻이다.

"무슨 근무?" 욘이 물었다.

테아가 손을 홱 떼더니 어이없다는 표정으로 욘을 바라보았다.

그가 웃음을 터뜨렸다. "진정해. 진작 말해뒀어. 로베르트도 승낙했고."

테아가 체념하듯 신음했다. 욘은 그녀의 손을 잡아 다시 눈 위에 올렸다.

"하지만 그날이 네 생일이라는 말은 안했어. 그걸 알았다가는 로베르트가 내 부탁을 거절할 테니까."

"왜?"

"왜냐하면 걘 널 좋아하니까. 너도 알잖아."

"괜한 소리."

"그리고 넌 로베르트를 싫어하고."

"그렇지 않아!"

"그럼 왜 내가 로베르트 이야기를 할 때마다 얼굴이 굳는 건데?"

테아는 큰 소리로 깔깔 웃었다. 브롱크스인지 퀸스인지 하는 드라마에서 웃기는 장면이 나온 모양이다.

"레스토랑은 예약했어?" 테아가 물었다.

"응."

테아는 미소를 지으며 욘의 손을 꼭 쥐더니 눈살을 찌푸렸다. "생각해봤는데 그 레스토랑에 가면 들킬지도 몰라."

"구세군 사람들한테? 그럴 리 없어."

"만약 누가 보면 어떡해?"

욘은 아무 대답이 없었다.

"이젠 사람들에게 알려야 할지도 몰라." 테아가 말했다.

"모르겠어. 기다리는 게 최선 아닐까? 확실하게 정해질 때까지—"

"확신이 없는 거야, 욘?"

욘은 테아의 손을 치우고 당황한 표정으로 그녀를 올려다보았다. "그러지 마, 테아. 내가 얼마나 사랑하는지 잘 알잖아. 그것 때문이 아니야."

"그럼 뭐 때문인데?"

욘은 한숨을 쉬며 일어나 그녀 옆에 앉았다. "넌 로베르트를 몰라, 테아."

테아는 쓴웃음을 지었다. "우린 꼬맹이 때부터 알고 지냈어, 욘."

욘은 몸을 꼼지락댔다. "그래, 하지만 네가 모르는 것도 있어. 로베르트가 화나면 얼마나 무서운지 넌 몰라. 걘 아버지를 닮았어. 위험할 수도 있다고, 테아."

테아는 벽에 머리를 기댄 채 허공을 응시했다.

"사람들에게 알리는 건 조금만 더 늦추자." 욘은 자신의 양손을 맞잡고 비틀었다. "네 오빠를 생각해서라도."

"리카르드?" 테아가 깜짝 놀라 물었다.

"그래. 지금 이 시점에 동생인 네가 나와 약혼을 발표하면 리카르드가 뭐라고 하겠어?"

"아, 무슨 말인지 알겠어. 너와 리카르드는 행정 국장 자리를 두고 경쟁하는 중이니까?"

"너도 잘 알다시피 최고 의회에서는 사관*끼리 결혼하는 것을 매우 중요시하잖아. 지금 이 시점에서 내가 사령관의 오른팔인 프랑크 닐센의 딸, 테아 닐센과 결혼한다고 발표하는 건 전략적으로는 분명 옳은 일이야. 하지만 과연 도덕적으로도 옳은 일일까?"

테아는 아랫입술을 씹었다. "이 일이 너와 오빠에게 왜 그렇게 중요한 거야?"

욘은 어깨를 으쓱였다. "우리는 구세군 장학금 덕분에 사관학교를 졸업했고, 경영대학에서 4년간 공부한 끝에 경제학 학위까지 땄어. 리카르드도 아마 나와 같은 생각일 거야. 구세군에서 우리를 필요로 하는 자리가 있다면 우리에게는 일할 의무가 있어."

"어쩌면 둘 다 떨어질지도 몰라. 아빠 말로는 지금까지 서른다섯 살 이하의 사관이 행정 국장으로 뽑힌 적이 없대."

"알아." 욘은 한숨을 쉬었다. "너한테만 하는 말인데 사실 난 리카르드가 뽑히면 홀가분할 것 같아."

"홀가분하다고? 네가? 구세군에서 소유한 오슬로의 그 많은 임대 건물을 지금까지 1년 넘게 관리해왔는데?"

"그거야 그렇지. 하지만 행정 국장은 노르웨이뿐 아니라 아이슬란드와 페로 제도까지 담당해야 해. 구세군이 소유한 토지가 250 필지가 넘고, 또 건물은 노르웨이에만 300채라는 거 알아?" 욘은 배를 토닥이며 종종 그렇듯 걱정스러운 표정으로 천장을 응시했

---

* 일반 교회의 목사에 해당하는 구세군 직책.

다. "오늘 쇼윈도에 비친 내 모습을 봤는데 내가 너무 보잘것없다는 생각이 들었어."

테아는 그 말을 못 들은 듯했다. "오빠가 누군가한테 듣기로는 이번에 행정 국장이 되는 사람이 차기 사령관이 될 거래."

욘은 큰 소리로 웃었다. "그건 정말 사양이다."

"거짓말하지 마, 욘."

"거짓말 아냐, 테아. 내겐 우리가 훨씬 더 중요해. 난 행정 국장 자리에는 관심 없어. 그러니까 우리 약혼을 발표하자. 난 다른 중요한 일을 하면 돼. 경제학자를 필요로 하는 영문*은 많거든."

"싫어, 욘." 테아가 질색하며 말했다. "넌 우리 구세군의 가장 훌륭한 인재야. 널 가장 필요로 하는 곳에서 일해야 해. 리카르드는 내 오빠지만…… 너만큼 똑똑하지 않아. 약혼 발표는 행정 국장이 결정된 후에 해도 늦지 않아."

욘은 어깨를 으쓱였다.

테아는 시계를 보았다. "오늘은 자정 전에 돌아가. 어제 엘리베이터에서 엠마를 만났는데 한밤중에 우리 집 현관문이 열렸다 닫히는 소리가 들린다면서 날 걱정하더라고."

욘은 두 다리를 소파에서 내렸다. "왜 우리가 굳이 여기에 살아야 하는지 모르겠어."

테아는 꾸짖는 듯한 시선으로 욘을 바라보았다. "적어도 여기에선 서로를 돌볼 수 있잖아."

"맞아." 욘은 한숨을 쉬었다. "서로를 돌볼 수 있지. 그럼 그만 갈게."

---

* 구세군에서 교회를 지칭하는 용어.

테아가 꿈틀거리며 그에게 다가오더니 그의 셔츠 위로 손을 올렸다. 놀랍게도 그녀의 손은 땀으로 축축했다. 주먹을 꼭 쥐고 있었거나 뭔가를 움켜쥐고 있었던 것처럼. 테아는 그에게 몸을 밀착했고 호흡이 가빠지기 시작했다.

"테아." 욘이 말했다. "우리 이러면 안 돼……."

테아의 몸이 굳어지더니 한숨을 쉬며 그에게서 손을 뗐다.

욘은 깜짝 놀랐다. 지금까지 테아는 그에게 성적인 신호를 보낸 적이 없었다. 오히려 신체적 접촉을 두려워하는 듯했고, 욘은 테아의 그런 정숙한 태도를 높이 평가했다. 첫 번째 데이트 이후 욘은 구세군 법규를 인용하며 구세군에서는 혼전 순결을 기독교인의 이상적 자질로 간주한다고 말했고, 그 말에 테아는 안심하는 듯했다. 비록 대다수가 '이상적 자질로 간주한다'는 술과 담배를 '금한다'라고 할 때처럼 강력한 법규가 아니라고 생각했지만, 욘은 단지 단어의 뉘앙스 때문에 신과의 약속을 깨도 된다고 생각하지 않았다.

그는 테아를 잠깐 안아준 다음, 자리에서 일어나 화장실로 갔다. 화장실 문을 잠그고 수돗물을 틀었다. 수돗물이 손에서 흘러넘치는 동안 모래를 녹여 만든 거울의 매끄러운 표면을 바라보았다. 모든 외적인 상황에서 볼 때 행복해야 마땅한 남자의 얼굴이 비쳤다. 랑닐에게 전화해야 했다. 그녀와 끝내야 했다. 숨을 깊이 들이쉬었다. 그는 행복했다. 다만 평소보다 힘든 날이 있는 법이다.

그는 얼굴을 닦고 다시 테아에게 돌아갔다.

스토르 가 40번지에 있는 오슬로 응급의료센터 대기실은 눈이 시릴 정도로 새하얀 불빛에 잠겨 있었다. 대기실에는 이런 시간이면 으레 볼 수 있는 사람들이 있었다. 해리가 들어온 지 20분이 지났을 때 마약중독자 하나가 몸을 부들부들 떨며 대기실을 나갔다. 저들은 대개 10분 이상을 가만히 앉아 있지 못한다. 해리도 충분히 이해가 갔다. 입안에는 아직 위스키의 맛이 감돌았다. 그 맛은 해리 안에 있는 옛 친구들을 깨어나게 했고, 녀석들은 사슬에 묶인 목을 잡아당기며 날뛰었다. 다리가 지독하게 아팠다. 게다가 경찰 업무의 90퍼센트가 그렇듯, 항구 방문은 아무런 성과도 거두지 못했다. 다음번에는 벳 데이비스와의 약속을 꼭 지키겠노라고 다짐했다.

"해리 홀레 씨?"

해리는 하얀 가운을 입고 앞에 서 있는 남자를 올려다보았다.

"네?"

"절 따라오세요."

"고맙지만 저 여자분이 먼저일 겁니다." 해리는 여자를 향해 고갯짓했다. 여자는 양손으로 머리를 감싼 채 맞은편 의자에 앉아 있었다.

남자는 해리에게 몸을 내밀었다. "오늘 저녁에만 벌써 두 번째 온 분입니다. 괜찮을 거예요."

해리는 절뚝거리며 하얀 가운을 따라 복도를 내려간 다음, 좁은 진료실로 들어갔다. 책상과 수수한 책꽂이만 있을 뿐 개인 물품은 전혀 없었다.

"경찰에게는 전용 의사가 있을 줄 알았는데요." 하얀 가운이 말했다.

"그럴 리가요. 진찰 우선권조차 없습니다. 그런데 내가 경찰이라는 건 어떻게 알았죠?"

"미안합니다. 저는 마티아스예요. 대기실을 지나가다가 당신을 봤죠."

의사는 미소를 지으며 한 손을 내밀었다. 쪽 고른 이가 드러났다. 너무 고른 나머지 의치가 아닌가 의심스러울 지경이었으나 이목구비도 정확히 좌우대칭인 데다 단정하고 반듯하기까지 해서 그 의심은 금세 사라졌다. 푸른 눈동자 주위에는 웃어서 생긴 주름이 살짝 잡혀 있었으며 해리와 힘차게 악수하는 손은 건조했다. 의학 소설에서 튀어나온 듯한 의사라고 해리는 생각했다. 손이 따뜻한 의사.

"마티아스 룬 헬게센입니다." 남자가 해리를 뜯어보며 자기소개를 했다.

"우리가 아는 사이인가요?"

"예전에 만난 적이 있습니다. 작년 여름에요. 라켈의 집에서 열린 가든 파티에서였죠."

다른 사람 입에서 라켈의 이름이 나오자 해리는 몸이 굳었다.

"그런가요?"

"네, 그게 접니다." 마티아스 룬 헬게센이 나지막한 목소리로 재빨리 말했다.

"흠." 해리는 천천히 고개를 끄덕였다. "그나저나 피가 납니다."

"그렇군요." 마티아스는 딱하다는 듯이 진지한 표정으로 얼굴을 찡그렸다.

해리는 바짓단을 걷어 올렸다. "여기요."

"아하." 마티아스는 다소 즐거운 듯한 미소를 지었다. "어쩌다 이렇게 된 겁니까?"

"개에게 물렸습니다. 치료할 수 있나요?"

"치료하고 말 것도 없습니다. 출혈은 멈출 겁니다. 소독하고 약을 좀 발라드리죠." 마티아스는 허리를 숙였다. "이빨 자국으로 보이는 상처가 세 군데네요. 파상풍 주사를 맞는 게 좋겠습니다."

"뼛속까지 물렸습니다."

"네, 종종 그런 느낌이 들죠."

"아뇨, 내 말은 개의 이빨이 정말로……."

해리는 말을 멈추고 코로 숨을 내쉬었다. 그제야 마티아스 룬 헬게센이 자신을 취했다고 생각한다는 사실을 깨달았다. 왜 아니겠는가? 코트는 너덜너덜 찢어진 데다 개에게 물리고 평판도 나쁜 형사가 입에서 술 냄새까지 풍기는데. 라켈에게도 그렇게 말할까? 당신의 옛 남자친구가 다시 술독에 빠졌다고?

"……뼛속까지 들어왔습니다." 해리는 말을 마저 끝냈다.

4

12월 15일, 월요일. 출발

"Trka(뛰어)!"

남자는 침대에서 벌떡 일어났다. 삭막한 하얀색 호텔 벽에 부딪혀 울리는 자신의 목소리가 들렸다. 머리맡 테이블에서 전화가 울렸다. 그는 전화기를 낚아챘다.

"이 전화는 손님께서 요청하신 모닝콜……."

"Hvala(고마워)." 비록 자동 응답 서비스라는 건 알고 있었지만 그렇게 말했다.

그는 자그레브에 있었고, 오늘 오슬로로 떠날 예정이었다. 가장 중요한 임무, 마지막 임무를 수행하기 위해서.

눈을 감았다. 또 꿈을 꾸었다. 파리에 관한 꿈도, 지금까지 수행한 임무에 관한 꿈도 아니었다. 일과 관련된 꿈은 한 번도 꾼 적이 없다. 그는 늘 부코바르가 나오는 꿈을 꾸었다. 계절은 늘 가을이었고, 늘 세르비아군의 포위 공격이 한창이었다.

어젯밤은 달리는 꿈이었다. 늘 그렇듯이 빗속을 달렸고, 늘 그렇듯이 아동 병원으로 실려 온 아버지가 톱으로 팔이 잘린 날이었다. 그로부터 네 시간 후 아버지는 돌아가셨다. 의사들 말대로라면 수

술은 성공했는데도. 그들은 아버지의 심장이 그냥 멎었다고 했다. 그 말을 들은 그는 엄마를 남겨둔 채 어둠 속으로, 빗속으로 달려갔다. 손에 아버지의 총을 들고 강을 따라 세르비아군의 진지로 달려갔다. 그들은 신호탄을 쏘아 올렸고 총을 쏴댔지만 그는 신경 쓰지 않았다. 빗나간 총알이 땅을 툭툭 스치는 소리가 나더니, 갑자기 발밑이 꺼지면서 물이 차 있던 거대한 폭탄 구덩이에 빠져버렸다. 물이 그를 삼켰고 모든 소리도 함께 삼키며 사방이 고요해졌다. 그는 물속에서도 계속 달렸지만 제자리였다. 사지가 굳어가고 졸려서 온몸이 무감각해지는 동안 칠흑 같은 어둠 속에서 붉은 물체가 다가왔다. 마치 날개를 느릿느릿 퍼덕이는 새 같았다. 정신을 차렸을 때는 모직 담요에 싸여 있었고, 머리 위로 알전구가 이리저리 흔들렸다. 세르비아군 포병대의 공격이 계속되면서 눈과 입으로 흙과 회반죽 덩어리가 떨어지자 그는 흙을 뱉어냈다. 누군가 그에게 몸을 숙이며 물이 가득 찬 구덩이에서 그를 구해낸 사람은 보보 대위라고 했다. 그러면서 벙커 계단 옆에 서 있는 대머리 남자를 가리켰다. 대머리 남자는 군복 차림이었고, 목에 빨간 천을 두르고 있었다.

그는 다시 눈을 떠 머리맡 테이블에 둔 온도계를 바라보았다. 호텔 접수원들은 히터를 풀가동한다고 주장하지만 11월 이후로 실내 온도가 16도를 넘은 적이 없었다. 그는 침대에서 내려왔다. 서둘러야 했다. 30분 후면 호텔 앞에 공항버스가 도착할 것이다.

세면대 위 거울을 뚫어지게 바라보며 보보의 얼굴을 떠올리려 했다. 하지만 오로라의 빛처럼 바라보는 동안에도 점점 희미해졌다. 다시 전화벨이 울렸다.

"Da, majka(네, 어머니)."

면도한 후에 얼굴을 닦고 서둘러 옷을 입었다. 금고에 넣어둔 검은 금속 상자 두 개 중에서 하나를 꺼내 열었다. 라마 미니맥스 서브 콤팩트. 탄창에 여섯, 약실에 하나, 총 일곱 발의 총알이 들어간다. 총을 분해한 다음, 슈트케이스 네 모퉁이 밑에 특별 제작된 좁은 비밀 칸에 부품을 나눠 넣었다. 만약 세관 직원이 그를 잡아 세워 슈트케이스를 열어본다 해도 강화 금속으로 만든 모퉁이 밑에 숨긴 총의 부품은 찾아내지 못할 것이다. 떠나기 전에 여권과 봉투가 들어 있는지 확인했다. 봉투에는 그들에게 건네받은 항공권과 죽여야 할 사람의 사진이 들어 있고, 언제 어디서 죽여야 하는지 적혀 있었다. 내일 저녁 7시, 공공장소에서 처리하기로 되어 있었다. 이번 일이 지난번보다 위험하다고 들었지만 그는 두렵지 않았다. 가끔씩 그날 밤 아버지의 팔이 잘려나갈 때 두려워하는 능력도 함께 사라진 게 아닐까 싶었다. 보보는 두려움이 없으면 오래 살아남을 수 없다고 했다.

호텔 밖 자그레브는 이제 막 잠에서 깨어난 상태였다. 눈이라고는 찾아볼 수 없고 회색빛 안개에 잠긴 초췌한 도시. 그는 호텔 입구에 서서 며칠 후면 다 함께 아드리아 해로 떠날 일을 생각했다. 작은 호텔이 있는 작은 마을, 비수기 가격과 약간의 햇살. 그리고 새 집을 얻는 일에 대해 의논할 것이다.

공항으로 가는 버스는 지금쯤 도착했어야 한다. 남자는 안개 속을 들여다보았다. 그해 가을 보보 옆에 쪼그리고 앉아 하얀 연기 너머로 무언가를 보려고 애썼지만 아무것도 볼 수 없었던 때처럼. 당시 그가 맡은 임무는 무선으로 전할 수 없는 메시지를 전달하는 일이었다. 세르비아군이 그들의 주파수를 찾아내 모조리 엿들었기 때문이다. 그는 몸집이 아주 작았기에 몸을 수그리지 않고도 전속

력으로 참호 사이를 뛰어다닐 수 있었다. 그는 보보에게 탱크를 처치하고 싶다고 했다.

보보는 고개를 저었다. "넌 메신저야. 네가 전하는 메시지는 아주 중요해. 탱크를 처치할 사람들은 따로 있어."

"하지만 그 아저씨들은 겁이 많잖아요. 전 겁이 없다고요."

보보는 한쪽 눈썹을 치켜세웠다. "넌 아직 꼬맹이야."

"어차피 안전한 곳은 없고, 난 꼬맹이로 죽을 거예요. 그리고 탱크를 막지 못하면 우리 마을을 뺏기게 될 거라고 아저씨가 말했잖아요."

보보는 그를 찬찬히 뜯어보았다.

"생각해보마." 마침내 보보가 그렇게 말했다. 그리하여 그들은 말없이 앉아 가을 안개인지, 불타는 마을의 폐허에서 올라오는 연기인지 분간할 수 없는 뿌연 풍경을 뚫어지게 바라보았다. 이윽고 보보가 목청을 가다듬었다. "어젯밤에 프라뇨와 미르코를 보냈다. 둘의 임무는 강둑의 틈에 숨어 있다가 탱크가 지나갈 때 탱크에 폭탄을 부착하는 거였지. 둘이 어떻게 됐는지 아니?"

그는 다시 고개를 끄덕였다. 쌍안경으로 프라뇨와 미르코의 시신을 보았기 때문이다.

"그들의 몸집이 더 작았다면 땅에 뚫린 구멍에 숨을 수 있었을 거야." 보보가 말했다.

소년은 코 밑에 맺힌 콧물을 한 손으로 훔쳤다. "탱크에 폭탄 부착하는 법을 알려주세요."

이튿날 새벽, 그는 진흙투성이가 된 몸을 추위로 떨며 꿈틀꿈틀 기어서 참호로 돌아갔다. 그의 뒤로 둑 위에서 폭파된 세르비아 탱크 두 대가 열린 해치로 연기를 토해내고 있었다. 보보는 그를 참호로 끌어당기며 의기양양하게 외쳤다. "우리에게 작은 구세주가 태어났다!"

바로 그날 보보가 시내에 있는 본부에 무전으로 그 말을 전하면서 그것은 그의 암호명이 되었다. 그 암호명은 세르비아인들이 마을을 점령해 잿더미로 만들고, 보보를 죽이고, 의사와 환자 들을 학살하고, 조금이라도 반항하는 사람은 모조리 가두고 고문할 때까지 계속 그를 따라다녔다. 잔인할 정도로 역설적인 이름이었다. 그가 구할 수 없었던 단 한 사람이 지어준 이름이었기 때문이다. 말리 스파시텔리mali spasitelj. 어린 구세주.

운해 속에서 빨간 버스가 모습을 드러냈다.

7층 레드존에 위치한 회의실은 나지막한 이야기 소리와 숨죽인 웃음소리로 웅성거렸다. 회의실에 도착한 해리는 자신이 적당한 때에 왔다고 생각했다. 사람들에게 인사를 건네고, 함께 케이크를 먹으며 오늘 송별회 주인공에 관한 농담과 험담을 나누기에는 너무 늦었기 때문이다. 지금은 선물을 전달하고, 개인적으로는 절대 입에 올리지 않지만 대중 앞에서는 과감히 사용하는 간지러운 표현이 잔뜩 들어간 연설이 시작될 차례였다.

해리는 회의실에 모인 사람들을 훑어보았고 자기편이라고 믿을 수 있는 세 사람을 발견했다. 오늘로 경찰청을 떠나는 그의 보스 비아르네 묄레르. 할보르센 형사. 그리고 과학수사과의 젊은 책임자 베아테 뢴. 그는 누구와도 눈을 마주치지 않았고, 그와 눈을 마주치려는 사람도 없었다. 해리는 강력반에서 자신이 얼마나 인기가 없는지 똑똑히 알고 있었다. 예전에 묄레르가 이런 말을 한 적이 있었다. 뚱한 표정의 알코올중독자보다 더 인기 없는 사람이 있다면 그건 키 크고 뚱한 표정의 알코올중독자라고. 해리는 192센티미터에 뚱한 표정의 알코올중독자였고, 그가 뛰어난 형사라는 사실도 은근히 불리하게 작용했다. 비아르네 묄레르가 감싸주지 않았다면 진작 경찰청에서 쫓겨났으리라는 사실은 누구나 알고 있었다. 그리고 이제 묄레르가 경찰청을 떠나기 때문에 윗선에서는 해리가 어서 실수를 저지르기만 기다리고 있다는 사실도. 역설적이게도 지금 그가 그나마 안전한 이유는 경찰청의 영원한 이단아로 낙인찍힌 사건 덕분이었다. 그가 그들과 같은 편이었던 형사를 죽인 사건. 프린스라 불린 강력반 경감 톰 볼레르는 지난 8년간 오슬로에 확산되어 있던 무기 밀매 조직의 배후 인물로, 캄펜의 기숙사 건물 지하에서 피를 철철 흘린 채 생을 마감했다. 그로부터 3주 후, 구내식당에서 열린 짧은 축하 행사에서 총경은 이를 꽉 문 채 경찰 비리를 척결한 해리의 공을 인정했다.

"감사합니다." 해리는 그렇게 말하며 식당에 모인 형사들을 훑어보았다. 혹시라도 자신과 눈을 마주치는 사람이 있는지 보기 위해서였다. 사실은 그걸로 소감을 마칠 생각이었지만 시선을 피하는 사람들과 조롱하는 미소를 보니 갑자기 분노가 치밀어 이렇게 덧붙였다. "이제 저를 쫓아내고 싶어 하는 누군가에게는 일이 좀 힘들게 됐군요. 언론에서는 그 사람 역시 제게 덜미를 잡힐까 두려워서 절 쫓아냈다고 생각할 테니까요."

그제야 사람들이 그를 바라보았다. 어이가 없다는 표정으로. 해리는 아랑곳하지 않고 말을 이었다.

"그렇게 놀라실 거 없습니다, 여러분. 톰 볼레르는 강력반 경감이었고, 자신의 직책을 이용해 부정한 짓을 저질렀습니다. 그의 암호명은 프린스였는데 여러분도 알다시피……" 이 대목에서 해리는 말을 멈추었다. 그의 시선은 이 사람에서 저 사람으로 옮겨가다가 마침내 총경의 얼굴에서 멈췄다. "왕자가 있는 곳에는 왕이 있기 마련이죠."

"오셨어요? 무슨 생각을 그렇게 골똘히 하세요?"

해리는 고개를 들었다. 할보르센이었다.

"왕에 대해 생각했지." 해리는 그렇게 중얼거리며 할보르센이 건네는 커피를 받아들었다.

"새로운 경정이 왔어요." 할보르센은 그렇게 말하며 누군가를 가리켰다.

선물이 쌓인 테이블 옆에 푸른색 양복을 입은 남자가 총경, 그리고 비아르네 묄레르와 이야기를 나누고 있었다.

"저 사람이 군나르 하겐인가?" 해리가 입에 커피를 머금은 채 물었다. "새로 온 경정?"

새 경정은 민첩해 보였으며 소식지에 적힌 쉰셋이라는 나이보다 젊어 보였다. 키는 크다기보다 중키에서 약간 큰 정도였고 마른 근육질 몸매였다. 얼굴과 턱 주위, 목 아래로 발달된 잔 근육은 그가 금욕주의자임을 나타냈다. 입은 일자로 굳게 다물었고, 턱은 단호한 성격 때문인지 아니면 원래 돌출된 것인지 튀어나와 있었다. 머리는 훌떡 벗어져서 검은 머리카락이 정수리 주위에 화환처럼 둘러져 있었다. 하지만 숱이 어찌나 많고 촘촘한지 새로 온 경정이 대머리라기보다 다소 해괴한 헤어스타일을 좋아한다고 생각될 정도였다. 어쨌거나 숱이 많고 새까만 눈썹을 보면 적어도 몸의 털은 꽤나 잘 자라고 있는 듯했다.

"군에서 바로 왔다더군. 아침마다 기상나팔을 불자고 할지도 몰라." 해리가 말했다.

"군대에 가기 전에 훌륭한 경찰이었대요."

"그 소문의 근거는 소식지에 저 사람이 직접 쓴 자기소개고?"

"그렇게 낙천적으로 생각하시니 참 좋네요, 반장님."

"나? 난 새로운 사람에게 늘 기회를 주지."

"그 기회가 한 번뿐이라는 게 중요하죠." 베아테가 두 사람에게 다가오며 말했다. 그녀는 짧은 금발을 옆으로 튕겼다. "아까 들어올 때 절룩거리시던데요?"

"어젯밤 컨테이너 터미널에서 과하게 흥분한 경비견을 만났어."

"거긴 왜 가셨는데요?"

해리는 대답하기 전에 베아테를 유심히 바라보았다. 브륀살린에 있는 과학수사과의 총 책임자라는 직책은 그녀에게 잘 맞았다. 과학수사과로서도 잘된 일이었다. 베아테는 유능한 경찰이지만, 솔직히 말해서 경찰대학을 졸업하고 강도수사과에 처음 왔을 때는 이 내성적이고 수줍음 많은 아가씨에게 리더로서의 자질은 전혀 보이지 않았다.

"페르 홀멘이 발견된 컨테이너를 둘러보고 싶었거든. 홀멘이 거기 어떻게 들어갔지? 말해봐."

"절단기로 자물쇠를 잘랐어요. 홀멘 옆에 절단기가 놓여 있었고요. 반장님은요? 반장님은 어떻게 들어가셨어요?"

"절단기 말고 또 뭐가 있었지?"

"반장님, 그게 자살이 아니라는 증거는 어디에도—"

"타살이라고 말한 적 없어. 또 뭐가 나왔지?"

"뻔하죠. 마약 도구하고 헤로인, 담배 가루가 든 비닐봉지요. 아시다시피 그 사람들은 꽁초를 주워서 담배 가루를 빼내잖아요. 돈은 한 푼도 안 나왔고요."

"베레타는?"

"일련번호는 지워졌지만 그 자국이 눈에 익더군요. 프린스가 유통한 총이에요."

해리는 베아테가 톰 볼레르의 이름을 입에 올리지 않는다는 걸 알아차렸다.

"흠. 혈액 샘플 결과는 나왔어?"

"네. 놀랍게도 깨끗해요. 최근에는 마약을 하지 않았어요. 의식이 또렷해서 충분히 자살할 수 있는 상태였죠. 근데 왜요?"

"부모에게 아들의 자살 소식을 전하는 즐거움을 누렸거든."

"으으으으." 베아테와 할보르센이 동시에 외쳤다. 두 사람이 사귄 지 2년 밖에 안 됐는데도 저런 일이 점점 더 잦아졌다.

총경이 헛기침을 하자 사람들은 선물이 쌓여 있는 테이블로 몸을 돌렸고, 이야기 소리가 잦아들었다.

"묄레르 경정이 한마디 하고 싶다고 요청하는군." 총경은 그 말과 함께 양 뒤꿈치에 체중을 싣고 잠시 뜸을 들였다. "그 요청을 허락한다."

사방에서 킬킬거리는 소리가 들렸다. 비아르네 묄레르는 상사에게 슬쩍 웃어 보였다.

"고맙습니다, 총경님. 그리고 작별 선물을 주신 여러분과 청장님께도 감사드립니다. 특히 멋진 그림을 선물해준 여러분 모두에게 감사합니다."

묄레르는 테이블에 놓인 그림을 가리켰다.

"모두?" 해리가 베아테에게 속삭였다.

"네. 스카레와 몇몇 사람이 돈을 모았어요."

"난 금시초문인데."

66

"반장님에게 물어보는 걸 잊었나 보죠."

"이제 제 선물 몇 개를 나눠드리겠습니다." 묄레르가 말했다. "말하자면 유산인 셈이죠. 우선 이 돋보기입니다."

그가 얼굴 앞으로 대형 돋보기를 들어 올리자, 사람들은 렌즈 너머로 보이는 그의 확대된 얼굴에 웃음을 터뜨렸다.

"이 물건은 자기 아버지처럼 모든 면에서 훌륭한 수사관이자 경찰인 친구에게 주도록 하겠습니다. 결코 자신의 공을 내세우지 않고, 늘 우리 강력반을 빛나게 해주는 사람이죠. 여러분도 잘 알다시피, 그 친구는 한 번 본 얼굴은 절대 잊지 않는 아주 특별한 방추상회의 축복을 받은 덕분에 뇌과학자들의 연구 대상이 되기도 했습니다."

해리는 베아테의 얼굴이 홍당무가 되는 걸 보았다. 그녀는 사람들의 관심을 받는 것을 싫어했는데 더구나 그 특별한 재능 때문에 주목받는 것은 더더욱 싫어했다. 그녀는 그 재능을 활용해 은행 강도들이 찍힌 CCTV 녹화 테이프를 보며 화면 속 흐릿한 얼굴 중에 전과자가 있는지 찾아내는 일을 했다.

"앞으로 한동안 못 보게 될지라도 자네가 이 얼굴을 계속 기억해주길 바라네. 그리고 뭔가가 의심스럽다면 이 돋보기를 사용하게." 묄레르가 말했다.

할보르센이 베아테에게 어서 나가보라는 뜻으로 등을 슬쩍 밀었다. 묄레르가 돋보기를 건네주며 베아테를 껴안자 사람들은 박수를 쳤다. 베아테는 이마까지 빨개졌다.

"다음 유품은 내 사무실 의자입니다. 새로 오신 경정님께서는 이미 등이 높고 다른 기능까지 갖춘 검은색 가죽 의자를 주문하셨더군요."

묄레르는 군나르 하겐에게 미소를 지어 보였지만 하겐은 고개만 살짝 끄덕였다.

"그래서 이 의자는 스타인셰르 출신의 경관에게 주겠습니다. 여기로 발령이 나자마자 경찰청의 가장 큰 골칫덩어리가 있는 사무실로 추방됐죠. 게다가 고장 난 의자에 앉아야 했고요. 이젠 의자를 바꿀 때가 됐네, 할보르센."

"야호!" 할보르센이 외쳤다.

다들 할보르센을 돌아보며 웃었고, 할보르센도 웃었다.

"그리고 마지막으로 제게 아주 특별한 사람에게 기술적인 도움을 주고자 합니다. 제가 거느렸던 최고의 수사관이자 최악의 애물단지였죠. 늘 자신의 직감을 따르고 자기 계획대로만 움직였습니다. 또한 부하 직원이 아침 회의에 지각하지 않기를 바라는 우리 상사들에게는 참으로 불행하게도 자기만의 시간 속에서 사는 친구이기도 합니다." 묄레르는 재킷 주머니에서 손목시계를 꺼냈다. "자네가 이 시계를 보면서 다른 사람들과 같은 시간 속에서 살기를 바라네. 이 시계는 강력반 벽에 걸린 시계들과 똑같이 움직일 걸세. 그리고 음, 그 말에는 많은 뜻이 내포되어 있다네, 해리."

드문드문 박수가 터져 나오는 동안, 해리는 앞으로 나가 평범한 검은색 가죽 시곗줄이 달린 시계를 받았다. 그가 잘 모르는 브랜드였다.

"고맙습니다." 해리가 말했다.

장신의 두 남자가 서로 껴안았다.

"2분 빠르게 해뒀으니까 자네가 늦었다고 생각해도 제시간에 도착할 거야." 묄레르가 속삭였다. "내 훈계는 이걸로 끝이네. 이젠 자네가 해야 할 일을 하게."

"고맙습니다." 해리는 다시 한 번 그렇게 말하며 뮐레르가 좀 세게, 그리고 너무 오래 껴안는다고 생각했다. 뮐레르에게 주려고 집에서 가져온 선물을 잊지 말고 두고 가야겠다고 다짐했다. 아직 〈이브의 모든 것〉 DVD의 비닐 포장을 벗기지 않아 다행이었다.

5

12월 15일, 월요일. 뮐뤼세

욘은 키르케 가의 구세군 가게인 프레텍스 뒷마당에서 로베르트를 찾아냈다.

로베르트는 가슴 앞에서 팔짱을 낀 채 문에 기대서서 짐 나르는 일꾼들을 지켜보고 있었다. 그들은 검은 쓰레기봉투에 든 짐을 트럭에서 가게 창고로 옮기는 중이었다. 그들의 입에서 하얀 말풍선이 피어올랐는데 그 안은 온갖 사투리와 다양한 언어의 욕으로 채워져 있었다.

"쓸 만한 물건 좀 들어왔어?" 욘이 물었다.

로베르트는 어깨를 으쓱였다. "사람들은 내년에 새 옷을 사려고 옷장에 있던 여름옷을 기꺼이 통째로 기부하지. 하지만 지금 우리에게 필요한 건 겨울옷이야."

"일꾼들 입이 너무 걸어. 교도소 복역 대신 사회봉사 명령을 받은 사람들이야?

"어제 일꾼들 수를 세봤는데 사회봉사 명령을 받은 자원봉사자가 기독교 신자들보다 딱 두 배 많아."

욘은 미소 지었다. "아직 미개척지라서 그래. 시작한 지 얼마 안

된 사업이잖아."

로베르트가 한 청년을 부르자, 청년이 담뱃갑을 던졌다. 로베르트는 담배 한 개비를 꺼내 입에 물었다. 필터 없는 담배였다.

"피우지 마." 욘이 말했다. "구세군 병사의 맹세잖아. 해고될 수도 있어."

"물고만 있을 거야. 용건이 뭐야?"

욘은 어깨를 으쓱였다. "그냥 얘기나 하려고."

"무슨 얘기?"

욘은 큭큭 웃었다. "원래 형제는 가끔씩 얘기를 나누는 거야."

로베르트는 고개를 끄덕이고는 혀에 붙어 있던 담배 가루를 떼어냈다. "형이 얘기나 하자고 할 때는 주로 내게 어떻게 살라고 훈계하려는 거지."

"그런 거 아냐."

"그럼 무슨 얘긴데?"

"그냥 얘기! 네가 어떻게 지내는지 궁금해서."

로베르트는 입에 물고 있던 담배를 빼고 눈 위에 침을 뱉었다. 그러고는 하늘 높이 떠 있는 흰 구름을 올려다보았다.

"난 이 일이 지긋지긋해. 그놈의 아파트도 지긋지긋하고. 여기 담당자인 정교* 여편네도 지긋지긋해. 얼굴은 쭈그렁바가지인 데다 얼마나 위선적인지. 그렇게 못생기지만 않았어도……" 로베르트는 씩 웃었다. "내가 따먹었을 텐데."

"너무 춥다. 안으로 들어가자." 욘이 말했다.

로베르트가 앞장서서 손바닥만 한 사무실로 들어가더니 책상 의

* 교회의 장로에 해당하는 구세군 직책.

자에 앉았다. 의자는 어수선한 책상과 길쭉한 창문, 노란색과 빨간 색으로 된 깃발 사이에 옹색하게 끼어 있었다. 깃발에는 구세군 상징이 그려졌고 표어인 '피와 불'이 적혀 있었다. 욘은 오래되어 누렇게 바랜 종이들이 섞인 서류 다발을 나무 의자에서 들어 올렸다. 바로 옆에 있는 마요르스투엔 영문의 사무실에서 훔쳐 온 의자라는 것을 욘은 알고 있었다.

"무단결근을 했다면서?" 욘이 말했다.

"누가 그래?"

"루에 정교가." 욘은 얼굴을 찡그렸다. "쭈그렁바가지."

"그러니까 그 여편네가 형에게 전화한 거로군. 둘이 그런 사이였어?" 로베르트는 잭나이프로 책상을 여기저기 찔러대다가 외쳤다. "아, 그래, 깜빡했네. 형이 새 행정 국장이었지? 이 조직의 우두머리."

"아직 결정되지 않았어. 아마 리카르드가 될 거야."

"알 게 뭐야." 로베르트는 책상에 반원 두개를 새겨 하트를 만들었다. "그 말 하려고 온 거였군. 용건 끝났으니 그만 꺼지시지. 그전에 내일 형 대신 근무하는 대가로 500크로네를 받을 수 있을까?"

욘은 지갑에서 돈을 꺼내 책상에 올려놓았다. 로베르트는 잭나이프의 칼날로 턱을 쓰다듬었다. 까끌까끌한 검은 수염에서 서걱서걱 소리가 났다. "그리고 하나 더 있어."

욘은 로베르트가 무슨 말을 하려는지 알고 침을 삼켰다. "뭔데?"

로베르트의 어깨 너머로 하늘에서 막 떨어지는 눈송이가 보였다. 하지만 뒷마당을 에워싼 집들에서 피어오르는 열기 때문에 가벼운 눈송이는 허공에 그대로 정지해 있었다. 마치 그들의 이야기를 엿들으려는 듯이.

로베르트는 하트 한가운데에 칼을 꽂았다. "한 번만 더 그 애 주위에서 얼쩡거리는 게 내 눈에 띄었다가는……" 로베르트는 손으로 칼 손잡이를 움켜쥔 채 상체를 앞으로 내밀었다. 그의 체중이 실리자 칼날이 빠드득 소리를 내며 마른 나무 속을 파고들었다. "가만두지 않을 거야, 욘. 맹세코."

"내가 방해했나요?" 문가에서 목소리가 들렸다.

"전혀 아닙니다, 루에 부인." 로베르트가 사근사근하게 말했다. "형은 이제 막 가려던 참이었습니다."

비아르네 묄레르가 자신의 사무실에 들어서자, 총경과 후임 경정인 군나르 하겐이 이야기를 멈췄다. 물론 이 곳은 더 이상 그의 사무실이 아니었다.

"전망이 마음에 드십니까……" 묄레르는 애써 활기찬 목소리로 말하며 이렇게 덧붙였다. "군나르?" 그의 입에서 영 어색하게 느껴지는 이름이었다.

"음, 12월의 오슬로는 늘 슬퍼 보이죠. 하지만 그것도 어떻게 해결할 방법이 있을 겁니다." 군나르가 말했다.

묄레르는 '그것도'라는 게 무슨 뜻인지 묻고 싶었다. 하지만 총경이 찬성의 뜻으로 고개를 끄덕이자 그만두기로 했다.

"군나르에게 직원들에 대해 말해주는 중이었네. 물론 철저히 우리 둘만의 비밀로 하고 말일세."

"아, 그렇군요. 두 분은 전부터 아는 사이였죠?"

"아무렴. 군나르와 나는 경찰대학 생도 시절부터 알고 지냈다네. 당시에는 경찰학교라고 불렸지만."

묄레르는 군나르 하겐을 돌아보며 말했다. "소식지에는 당신이 매해 비르케바이네르 시합에 참가한다고 적혀 있더군요. 총경님도 매해 그 시합에 참가하는 거 아십니까?"

"알다마다요." 하겐은 빙그레 웃으며 총경을 바라보았다. "가끔씩 총경님과 함께 출전하기도 하는걸요. 그럴 때면 마지막 스퍼트에서 서로 추월하려고 안간힘을 쓰죠."

"저런. 그러니 만일 총경님께서 인사권자였다면 편파 인사라고 비난받았을 겁니다." 묄레르가 명랑하게 말했다.

총경은 웃는 척하며 묄레르에게 나무라는 시선을 던졌다.

"자네가 너그럽게도 시계를 준 친구에 대해 군나르와 얘기 중이었네."

"해리 홀레요?"

"네." 군나르 하겐이 말했다. "그자가 지긋지긋한 무기 밀매 사업과 연관이 있던 형사를 죽인 걸로 알고 있습니다. 듣자하니 엘리베이터에서 팔을 뽑아버렸다더군요. 그리고 현재는 언론에 정보를 흘린다는 의심도 받고 있고요. 여러 가지로 문제 인물입니다."

"첫째로 '지긋지긋한 무기 밀매 사업'은 전문 갱단이 경찰 내부 세력과 결탁해서 벌인 일이었습니다. 놈들 때문에 지난 몇 년간 오슬로에 싸구려 권총이 넘쳐났죠." 비아르네 묄레르는 짜증이 섞이지 않은 목소리로 말하려고 했지만 실패했다. "그 사건은 이곳 경찰청의 반발에도 불구하고 해리 혼자 오랫동안 공들여서 수사한 끝에 해결됐습니다. 둘째로 해리가 볼레르를 죽인 건 정당방위였고, 팔을 뽑은 게 아니라 엘리베이터에 팔이 걸려 뽑힌 겁니다. 그리고 셋째로 누가 언론에 어떤 정보를 흘리는지는 아직 아무 증거도 없습니다."

군나르 하겐과 총경은 시선을 교환했다.

"어쨌거나," 총경이 입을 열었다. "자네가 눈여겨봐야 할 사람이 바로 해리라네, 군나르. 내가 알아낸 바로는 최근에 여자친구에게 차였다더군. 해리처럼 나쁜 습관을 가진 사람들은 다시 증상이 악화되기 십상이지. 그리고 우리는 절대 그걸 용납할 수 없고. 그 친구가 강력반에서 아무리 많은 사건을 해결했다 해도 말일세."

"제가 잘 단속하겠습니다." 하겐이 말했다.

"해리는 강력반 반장입니다." 묄레르가 두 눈을 질끈 감으며 말했다. "불량 청소년이 아니고요. 규율 따르는 걸 별로 좋아하지도 않죠."

군나르 하겐은 천천히 고개를 끄덕이며 머리에 화환처럼 둘러진 수북한 머리칼을 손으로 쓸어내렸다.

"베르겐 업무는 언제부터 시작인가요……" 하겐은 머리에서 손을 내렸다. "비아르네?"

다른 사람 입에서 나오는 자신의 이름도 이상하게 들리기는 마찬가지라고 묄레르는 생각했다.

우르테 가를 걸어 내려가던 해리는 사람들의 신발을 보며 필뤼세에 가까이 왔다는 걸 알 수 있었다. 마약반 형사들은 마약중독자의 신분을 확인하려면 군용품 할인점에 가면 된다고 했다. 한번 출시된 군용 워커는 훗날 구세군을 통해 약쟁이들에게 지급되기 때문이다. 여름에는 푸른색 운동화, 지금 같은 겨울에는 검은 워커를 신고 구세군에서 나눠주는 점심이 든 초록색 비닐봉지를 드는 것이 약쟁이들의 공통된 패션이었다.

해리는 구세군 후디를 입은 경비원에게 목례하며 회전문을 밀고 들어갔다.

"없습니까?" 경비원이 물었다.

해리는 양 주머니를 톡톡 쳤다. "없습니다."

모든 주류는 문 앞에서 경비원에게 맡겼다가 갈 때 찾아가라고 적힌 문구가 벽에 걸려 있었다. 마약과 마약 도구는 압수하지 않았다. 그걸 내놓을 약쟁이는 없기 때문이다.

해리는 안으로 들어가 커피 한 잔을 따른 다음 벽 옆에 놓인 기다란 의자에 앉았다. 필뤼세는 구세군에서 운영하는 카페로, 21세기 버전의 무료 급식소였다. 배고픈 사람들은 이곳에서 공짜 스낵과 커피를 얻을 수 있었다. 아늑하고 환한 이곳이 일반 카페와 다른 점은 손님뿐이었다. 90퍼센트가 남자 마약중독자였고, 나머지 10퍼센트만 여자였다. 그들은 갈색이나 흰색 치즈를 올린 흰 빵을 먹으며 신문을 읽고 주위 사람들과 나직하게 대화를 나눴다. 이곳은 일종의 평화지대로, 몸을 녹이고 오늘의 일용할 마약을 찾아다니는 일에서 잠시 숨을 돌릴 수 있었다. 가끔씩 잠복 형사들이 들르기는 해도 이 안에서는 체포하지 않는다는 암묵적 동의가 있었다.

해리 옆에 앉은 남자는 고개를 푹 숙인 채 꼼짝도 하지 않았다. 테이블 위에 놓인 새까만 손은 담배 마는 종이를 들고 있었고, 그 옆에는 속이 빈 담배꽁초 두세 개가 흩어져 있었다.

구세군 제복을 입은 자그마한 몸집의 여자가 해리에게 등을 돌린 채 테이블의 다 타버린 양초를 새것으로 바꾸고 있었다. 테이블에는 사진 액자가 네 개 있었는데 그중 세 개에는 각기 다른 사람들의 사진이 들어 있고, 나머지 하나에는 흰색 종이에 십자가와 이름만 적혀 있었다. 해리는 자리에서 일어나 여자가 있는 쪽으로 갔다.

"이 사진들은 뭡니까?" 해리가 물었다.

가냘픈 목 때문이었을까? 아니면 우아한 몸짓? 그것도 아니면 칠흑처럼 새까맣고 매끈한 데다 부자연스러울 정도로 반짝거리는 머리카락? 이유가 무엇이든 간에 해리는 여자의 얼굴을 보기도 전에 고양이가 떠올랐다. 그리고 여자가 고개를 돌렸을 때 그 느낌은 더욱 강해졌다. 작은 얼굴과 그에 비해 지나치게 큰 입, 그리고 해리가 소장한 일본 만화에 등장하는 주인공처럼 앙증맞은 코. 하지만 가장 두드러진 것은 눈이었다. 딱히 꼬집어 말할 수는 없지만 어딘가 이상했다.

"11월 사람들이에요." 여자가 대답했다.

여자의 목소리는 차분하고 부드러운 저음이었다. 해리는 여자의 목소리가 원래 저런지 아니면 꾸며낸 것인지 궁금했다. 해리는 그런 여자들을 알고 있었다. 옷을 바꿔 입듯이 목소리를 바꾸는 여자들. 어떤 목소리는 집에서, 어떤 목소리는 사람을 처음 만나거나 사교 모임에 나갈 때, 어떤 목소리는 침대에서.

"무슨 말입니까?" 해리가 물었다.

"11월에 돌아가신 분들이라고요."

해리는 사진을 보았고 그제야 여자의 말을 이해했다.

"네 명이나?" 해리가 나직이 말했다. 사진 앞에 떨리는 필적으로 쓴 편지 한 통이 있었다. 연필로 쓴 편지였는데 글자가 모두 대문자였다.

"평균적으로 일주일에 한 분씩 돌아가세요. 네 명이 딱히 많은 수치는 아니죠. 매달 첫 번째 수요일에 여기에서 추모회가 열려요. 이 중에 혹시 아는 분이라도……?"

해리는 고개를 저었다. 편지는 '친애하는 오드에게'로 시작했다.

꽃은 없었다.

"제가 도와드릴 일이라도 있나요?" 여자가 물었다.

저 여자에게 다른 목소리는 없을 거라는 생각이 들었다. 따뜻한 저음의 이 목소리 하나뿐일 것이다.

"페르 홀멘……." 해리는 운을 뗐지만 어떻게 끝맺어야 할지 알 수가 없었다.

"불쌍한 페르, 네. 1월에 페르를 추모하는 시간도 가질 거예요."

해리는 고개를 끄덕였다. "첫 번째 수요일에요."

"네. 오신다면 대환영입니다, 형제님."

'형제님'이라는 단어의 발음이 무척이나 자연스러웠다. 마치 문장에 함축되어 거의 발음하지 않는 종결어미처럼. 한순간 해리는 여자의 말을 정말로 믿을 뻔했다.

"전 형사입니다." 해리가 말했다.

두 사람의 키 차이가 너무도 컸기에 여자는 해리를 자세히 보기 위해 고개를 뒤로 젖혀야 했다.

"전에 뵌 것 같네요. 예전에요."

해리는 고개를 끄덕였다. "그럴 수도 있죠. 여기 한두 번 온 적이 있는데 당신을 보는 건 처음입니다."

"전 여기서 파트타임으로 일해요. 그 외 시간은 구세군 본부에 있죠. 마약 단속반인가요?"

해리는 고개를 저었다. "강력반입니다."

"강력반? 하지만 페르는 살해된 게……?"

"잠깐 앉아서 얘기할 수 있을까요?"

그녀가 머뭇거리더니 주위를 둘러보았다.

"바쁘신가요?" 해리가 물었다.

"전혀요. 오늘은 유달리 조용하네요. 보통 하루에 빵이 1800개씩 나가거든요. 하지만 오늘은 실업 수당이 나오는 날이라 다들 마약을 사러 갔어요."

그녀는 카운터 뒤에 있는 청년을 불러 자기 일을 대신하도록 맡겼다. 그 과정에서 해리는 그녀의 이름을 알게 되었다. 마르티네. 담배 마는 종이를 들고 있던 남자의 머리가 몇 센티미터 더 내려갔다.

"몇 가지 앞뒤가 안 맞는 게 있습니다. 페르는 어떤 사람이었습니까?" 자리에 앉은 뒤 해리가 물었다.

"대답하기 힘드네요." 마르티네가 말했다. 해리가 어리둥절한 표정으로 바라보자 그녀는 한숨을 쉬었다. "페르처럼 오랫동안 마약을 복용한 경우에는 뇌가 너무 많이 파괴돼서 성격이라는 게 남아 있기 힘들거든요. 머릿속에는 그저 약에 취하고 싶다는 생각뿐이죠."

"그건 압니다만 제 말은…… 그를 잘 알던 사람들에게는 어떤 사람이었나……."

"유감이지만 전 도와드릴 수가 없어요. 페르의 아버님에게 아들의 성격이 얼마나 남아 있었는지 물어보세요. 아들을 데려가려고 여기 서너 번 오셨죠. 결국에는 포기하시더군요. 아들이 집에 있을 때는 귀중품을 모두 감춰뒀더니 페르가 가족을 협박하기 시작했대요. 저한테 아들을 감시해달라고 부탁하셨죠. 최선을 다하겠다고 했지만 기적을 약속할 수는 없었어요. 물론 그럴 능력도 없고요……."

해리는 마르티네를 바라보았다. 그녀의 얼굴에는 사회복지사들이 흔히 짓는 체념의 표정뿐이었다.

"지옥 같겠군요." 해리가 다리를 긁적이며 말했다.

"네, 본인이 직접 마약중독자가 되기 전에는 이해하지 못할 거예요."

"전 부모를 말한 겁니다."

마르티네는 대답하지 않았다. 찢어진 패딩 점퍼를 입은 남자가 옆 테이블로 다가가더니 투명한 비닐봉지를 열어 마른 담배 가루를 테이블에 쏟았다. 수백 개의 담배꽁초에서 모은 듯한 양이었다. 그 자리에 앉아 있던 남자의 새까만 손가락과 담배 마는 종이 위로 가루가 수북이 쌓였다.

"메리 크리스마스." 남자는 그렇게 중얼거리고는 늙은 약쟁이의 걸음걸이로 자리를 떴다.

"뭐가 앞뒤가 안 맞는다는 거죠?" 마르티네가 물었다.

"검사 결과 혈액에 마약 성분이 거의 없었습니다."

"그래서요?"

해리는 옆자리의 남자를 바라보았다. 남자는 필사적으로 담배를 말려고 했지만 손가락이 말을 듣지 않았다. 남자의 갈색 뺨을 타고 눈물이 흘러내렸다.

"중독이라면 저도 좀 알거든요. 혹시 페르에게 빚이 있었나요?"

"아뇨." 그녀가 퉁명스럽게 대답했다. 어찌나 퉁명스러운지 해리는 다음 질문의 답이 무엇일지도 알 수 있었다.

"혹시 다른 사람들에게 물어—"

"싫어요." 그녀가 해리의 말을 잘랐다. "그런 걸 물어보고 다닐 수는 없어요. 이 사람들은 누구의 관심도 받지 못해요. 전 이 사람들을 도우려고 있는 거지, 괴롭히려고 있는 게 아니라고요."

해리는 그녀를 유심히 바라보았다. "맞는 말입니다. 사과하죠. 다시는 그런 부탁드리지 않겠습니다."

"고마워요."

"마지막으로 하나만 물어봐도 될까요?"

"그러세요."

"제가……" 해리는 자신이 큰 실수를 저지르는 건 아닌가 싶어 머뭇거렸다. "제가 이 사람들에게 관심이 있다면 믿으시겠습니까?"

마르티네는 고개를 갸웃하고 해리를 바라보았다. "제가 그 말을 믿어야 하나요?"

"전 누구의 관심도 받지 못하는 사람의 자살을 조사하고 있습니다. 모두가 명백한 자살이라고 믿는 사건을요."

마르티네는 대답하지 않았다.

"커피가 맛있군요." 해리가 자리에서 일어났다.

"언제든 환영이에요. 주님의 은총이 함께하기를." 그녀가 말했다.

"고맙습니다." 놀랍게도 해리는 귓불이 달아오르는 걸 느꼈다.

나가는 길에 경비원 앞에서 걸음을 멈추고 뒤돌아봤지만 마르티네는 이미 사라진 뒤였다. 후디를 입은 경비원이 구세군에서 제공하는 점심이 든 초록색 비닐봉지를 건넸다. 해리는 비닐봉지를 거절한 뒤에 코트를 더 단단히 여미고 거리로 나갔다. 태양이 벌써 하늘을 붉게 물들이며 오슬로 피오르 너머로 물러나고 있었다. 아케르셀바 쪽으로 걸어갔다. 한 남자가 눈 더미 위에 꼿꼿이 서 있었다. 패딩 점퍼의 한쪽 소매가 걷어져 있고, 팔뚝에 주사기가 꽂혀 있었다. 남자는 미소를 지은 채 해리를, 그리고 그뢴란 너머의 뿌연 안개를 똑바로 바라보았다.

6

12월 15일, 월요일. 할보르센

페르닐레 홀멘은 지난번보다 훨씬 작아 보였다. 그녀는 프레덴스보르그 가에 위치한 아파트의 안락의자에 앉아, 가장자리가 붉게 물든 큰 눈으로 해리를 바라보았다. 무릎에는 아들 페르의 사진이 든 액자가 놓여 있었다.

"아홉 살 때 찍은 사진이죠." 그녀가 말했다.

해리는 침을 삼키지 않을 수 없었다. 구명조끼를 입고 활짝 웃는 아홉 살짜리가 훗날 머리에 총알이 박힌 채 컨테이너에서 죽으리라고는 누구도 상상할 수 없기 때문이다. 또 한편으로는 올레그가 생각났기 때문이었다. 얼토당토않게 그를 '아빠'라고 부르는 올레그. 올레그가 마티아스 룬 헬게센을 '아빠'라고 부를 때까지는 얼마나 걸릴까?

"페르가 며칠 동안 들어오지 않으면 남편이 늘 그 애를 찾아다니곤 했죠. 제가 그러지 말라고 했는데도요. 전 페르가 이 집에 있는 걸 더는 견딜 수 없었거든요." 홀멘 부인이 말했다.

해리는 왜냐고 묻고 싶었지만 참았다.

남편은 장의사에게 갔어요, 미리 연락도 하지 않고 찾아온 해리에게 페르닐레 홀멘은 그렇게 말했다.

그녀는 코를 훌쩍거렸다. "마약중독자와 한집에서 살아본 적 있나요?"

해리는 대답하지 않았다.

"페르는 닥치는 대로 훔쳐갔어요. 우린 그냥 받아들였죠. 정확히 말하면, 남편만요. 우리 둘 중에서 사랑이 넘치는 쪽은 남편이거든요." 그녀는 얼굴을 찡그렸고, 해리는 그녀가 미소를 지은 것이라고 생각했다.

"남편은 매사에 페르를 두둔했어요. 올가을까지는요. 그러다 페르가 절 협박하는 일이 벌어졌죠."

"부인을 협박해요?"

"네, 절 죽이겠다고 했어요." 그녀는 액자 속 사진을 내려다보더니 유리가 뿌옇게 변하기라도 한 것처럼 문질러 닦았다. "어느 날 아침, 페르가 초인종을 눌렀는데 제가 문을 열어주지 않았어요. 집에는 저 혼자였죠. 그 애는 울면서 열어달라고 애원했지만 그런 일을 한두 번 겪은 게 아니라서 모질게 굴었어요. 다시 부엌으로 돌아가서 앉아 있었죠. 그런데 어떻게 들어왔는지 갑자기 그 애가 제 앞에 서 있었어요. 총을 들고서요."

"죽을 때 썼던 그……."

"네, 네, 그럴 거예요."

"그래서요?"

"제 보석이 보관된 벽장을 열쇠로 잠가뒀는데 열라고 하더군요. 이미 페르가 거의 다 가져가서 남은 것도 별로 없었는데 말이죠. 어쨌든 남은 보석을 가지고 가버렸어요."

"그래서 어떻게 하셨습니까?"

"저요? 전 쓰러졌죠. 남편이 와서 병원으로 데려갔어요." 그녀는 코를 훌쩍였다. "병원에서는 더 이상 약도 주지 않더군요. 이미 충분히 처방해줬다면서요."

"무슨 약이었습니까?"

"뭐겠어요? 안정제죠. 충분히 처방해줬다니! 어떻게 그런 말을 할까요? 다른 사람도 아닌 내 아들이 돌아올까 두려워서 매일 밤을 뜬 눈으로 지새우다 보면……" 그녀는 말을 멈추더니 꼭 쥔 주먹으로 입을 눌렀다. 눈물을 글썽였다. 그러고는 다시 나직한 목소리로 무어라 속삭였다. 해리는 알아듣기 위해 귀를 곤두세워야 했다. "가끔씩 그냥 죽고 싶어요……"

해리는 수첩으로 시선을 떨어뜨렸다. 수첩은 텅 비어 있었다.

"감사합니다." 해리가 말했다.

"1박 맞으시죠, 손님?" 오슬로 중앙역 근처에 자리한 스칸디아 호텔의 여자 접수원이 물었다. 그녀는 컴퓨터 모니터의 예약 화면에서 눈을 떼지 않았다.

"네." 앞에 서 있던 남자가 말했다.

그녀는 남자가 연갈색 코트를 입고 있다는 사실을 기억해두었다. 낙타털로 만든 코트. 아니면 가짜거나.

그녀의 길고 빨간 손톱이 놀란 바퀴벌레처럼 키보드 위를 재빠르게 가로질렀다. 한겨울 노르웨이에 가짜 낙타털이라니. 못 입을 것도 없지. 아프가니스탄에 파견된 남자친구가 거기 사는 낙타 사진을 보내준 적이 있는데 그곳도 겨울에는 노르웨이 못지않게 춥다고 했다.

"결제는 현찰로 하시겠습니까, 카드로 하시겠습니까?"

"현찰."

그녀는 카운터 위로 숙박계와 볼펜을 건네며 여권을 보여 달라고 했다.

"그럴 필요 없습니다. 지금 계산하죠." 남자가 말했다.

영국식 영어였지만 자음을 발음하는 방식이 왠지 동유럽 출신 같다는 느낌을 주었다.

"그래도 여권은 주셔야 합니다, 손님. 국제적 규칙이에요."

남자는 알았다는 뜻으로 고개를 끄덕이고는 빳빳한 1000크로네 짜리 지폐와 여권을 건넸다. 레푸블리카 흐르바츠카? 동유럽 신생 국가인 모양이다. 그녀는 남자에게 잔돈을 건넸다. 지폐를 현금 보관함에 넣으며 나중에 손님이 가고 나면 불빛에 비춰보리라 다짐했다. 지금 일하고 있는 호텔이 격이 떨어지는 건 사실이지만 그래도 그녀는 품위를 유지하려고 노력했다. 이 손님도 위조지폐를 들고 다닐 사기꾼처럼 보이지는 않았다. 사기꾼이라기보다는 뭐랄까…… 뭐라고 해야 하지? 그녀는 남자에게 카드키를 주며 그가 묵을 객실이 몇 층이고, 엘리베이터는 어디에 있으며, 조식은 어디에서 먹고, 체크아웃은 몇 시까지인지 열심히 조잘거렸다.

"또 궁금하신 점 있으신가요?" 그녀가 물었다. 자신의 영어 실력이나 손님을 대하는 태도는 이 호텔 수준에 비해 훨씬 뛰어나다고 자부했다. 머지않아 더 나은 호텔로 옮길 것이다. 그게 여의치 않으면 서비스 질을 낮출 것이다.

남자는 헛기침을 하고는 가장 가까운 공중전화가 어디 있는지 물었다.

그녀는 방에 전화가 있다고 말했지만 남자는 고개를 저었다.

그녀는 기억을 더듬어야 했다. 요즘에는 다들 휴대전화를 쓰는 탓에 오슬로의 공중전화는 대부분 철거되었지만 근처에 하나 남아 있었다. 중앙역 앞 얀바네토르게. 겨우 100미터 떨어진 거리였지만 그녀는 작은 지도를 꺼내 공중전화가 있는 곳을 표시해주고 가는 법을 설명해주었다. 래디슨이나 초이스 같은 고급 호텔에서처럼. 남자가 자신의 말을 알아들었는지 확인하려고 고개를 들었을 때 그녀는 잠시 혼란스러웠다. 딱히 이유도 모른 채.

"우리 둘이서 세상과 맞서 싸우는 거야, 할보르센!"

두 사람이 공동으로 사용하는 사무실에 들어서며 해리가 늘 하던 아침 인사를 큰 소리로 외쳤다.

"전달 사항이 두 개 있어요. 우선 새로 오신 경정님께 업무 보고를 드려야 해요. 그리고 어떤 여자가 전화로 반장님을 찾았어요. 목소리 죽이던데요." 할보르센이 말했다.

"그래?" 해리는 옷걸이가 있는 쪽으로 코트를 던졌다. 코트는 바닥에 떨어졌다.

"와." 할보르센이 자기도 모르게 외쳤다. "드디어 극복하셨군요, 그렇죠?"

"뭐라고?"

"옷걸이로 옷을 던지셨잖아요. '우리 둘이서 세상과 맞서 싸우는 거야!'라는 말씀도 하시고. 라켈에게 차인 뒤로 한동안……."

할보르센은 경고하는 해리의 표정을 보고 입을 다물었다.

"여자의 용건은 뭔데?"

"전할 말이 있다고 했어요. 이름이……" 할보르센은 앞에 있는 노란색 포스트잇을 뒤적거렸다. "……마르티네 에크호프요."

"모르는 여잔데."

"푈뤼세에서 일한대요."

"아!"

"여자 말이, 사람들에게 물어봤는데 페르 홀멘에게 빚이 있다는 말은 아무도 들은 적이 없대요."

"방금 전화 왔어? 음. 다시 전화해서 더 알아낸 건 없는지 물어봐야겠군."

"저도 그러실 거 같아서 번호를 물어봤어요. 근데 더는 할 말이 없다면서 안 알려주더라고요."

"아, 그래? 알았어."

"근데 왜 그렇게 서운한 표정이세요?"

해리는 허리를 숙여 바닥에 떨어진 코트를 주웠다. 하지만 옷걸이에 걸지 않고 다시 입었다. "이봐, 주니어. 아무래도 다시 나가야겠어."

"하지만 경정님은—"

"—기다리라고 해."

컨테이너 터미널의 정문은 열려 있었다. 하지만 철책에 걸린 안내문에는 차량 출입을 금지하니 앞쪽 주차장에 주차하라고 적혀 있었다. 해리는 물린 다리를 긁적이며 컨테이너 사이로 길쭉하게 트인 공터를 훑어보았다. 나지막한 경비실은 모엘벤*의 인부 막사와 비슷했는데 지난 30년간 정기적으로 확장 공사를 한 듯했다. 아마 실제로도 그럴 것이다. 해리는 입구에 차를 세우고 경비실까지 빠른 걸음으로 걸어갔다.

경비원은 의자에 등을 기댄 채 머리 뒤로 양손을 깍지 끼고 성냥

---

* 노르웨이 목재회사.

개비를 씹으며 침묵을 지켰고, 해리는 찾아온 이유와 간밤에 있었던 일을 설명했다.

경비원의 무표정한 얼굴에서 움직이는 것은 성냥개비뿐이었지만 해리가 개와 사투를 벌였다는 대목에서는 슬쩍 미소가 비치는 듯했다.

"블랙메츠너." 경비원이 말했다. "로디지안 리지백*의 사촌이죠. 수입해오길 잘했군요. 훌륭한 경비견입니다. 조용하기도 하고요."

"그렇더군요."

성냥개비가 즐겁다는 듯이 꿈틀거렸다. "메츠너는 사냥꾼이라서 조용히 접근합니다. 먹이를 놀라게 하지 않죠."

"그 개가 나를…… 음, 먹으려고 했단 뜻입니까?"

"먹는다는 게 무슨 뜻이냐에 따라 다르죠."

경비원은 그렇게만 말한 채 멍한 표정으로 해리를 응시했다. 뒤통수에 깍지 낀 손이 머리 전체를 감싸고 있었다. 손이 비정상적으로 크거나, 머리가 비정상적으로 작은 모양이라고 해리는 생각했다.

"그러니까 페르 홀멘이 총에 맞은 걸로 추정되는 시간에 보거나 들은 게 전혀 없습니까?"

"총에 맞았나요?"

"자기가 쏜 총에요. 아무거라도 좋습니다."

"겨울에는 순찰을 돌지 않고 사무실만 지킵니다. 그리고 말했다시피 메츠너는 원래 조용한 녀석이고요."

"그거 참 비실용적이군요. 개가 짖어서 알려야 하는 거 아닙니까?"

---

* 남아프리카산 사냥개.

경비원은 어깨를 으쓱였다. "어차피 녀석이 다 알아서 합니다. 그러니 우린 순찰을 돌 필요가 없죠."

"하지만 메츠너도 페르 홀멘이 몰래 들어오는 건 놓쳤잖습니까?"

"여기가 워낙 넓어서요."

"처음에 들어올 땐 그랬다 쳐도 나중에는요?"

"시신을 말하는 겁니까? 글쎄요. 시신은 얼어 있었고, 메츠너는 죽은 동물에게는 관심이 없으니까요. 신선한 고기를 좋아하죠."

해리는 몸서리를 쳤다. "경찰 보고서에는 당신이 전에 홀멘을 본 적이 없다고 되어 있더군요."

"그렇습니다."

"방금 홀멘의 어머니를 만나고 왔는데 이 가족사진을 빌려줬습니다."

해리는 책상에 사진을 내려놓았다. "이 사진을 좀 봐주시죠. 정말로 전에 이 사람을 본 적이 없다고 맹세할 수 있습니까?"

경비원이 시선을 떨어뜨렸다. 대답하기 위해 성냥개비를 입꼬리로 굴리더니 잠시 뜸을 들였다. 뒤통수에 깍지 낀 손을 풀고 사진을 집어 한동안 들여다보았다.

"내가 실수했군요. 본 적이 있습니다. 여름에 왔었어요. 그…… 컨테이너 안에 있는 사람을 알아보기가 쉽지 않거든요."

"이해합니다."

몇 분 후, 사무실을 나서려던 해리는 문을 빼꼼 열고 주위를 둘러봤다. 경비원이 씩 웃었다.

"낮에는 우리에 가둬둡니다. 그리고 어차피 메츠너의 이빨은 가늘어서 상처가 금방 아물 겁니다. 요즘엔 켄터키테리어를 살까 생각 중입니다. 이빨이 톱니 같아서 아예 살점을 뜯어내거든요. 운이 좋으셨습니다, 반장님."

"글쎄요. 그 멍멍이에게 경고해두는 게 좋을 겁니다. 곧 어떤 여자가 와서 입속에 뭔가를 쑤셔 넣을 거라고요." 해리가 말했다.

"뭘 쑤셔 넣을 건데요?" 할보르센은 조심스럽게 제설차를 추월하며 물었다.

"아주 부드러운 거. 일종의 찰흙이지." 해리가 말했다. "나중에 베아테 팀이 그 찰흙에 석고 반죽을 부어서 굳히면, 짜잔, 개의 턱 모형이 생기는 거야."

"그렇군요. 그게 페르 홀멘이 살해되었다는 걸 입증하나요?"

"아니."

"하지만 아까 반장님이—"

"살인사건이라는 걸 입증하기 위해 필요한 물건이라고 했지. 일련의 증거들을 이어주는 연결 고리."

"알겠어요. 그럼 또 다른 연결 고리는요?"

"뻔하지. 동기, 살인 도구, 기회. 여기서 오른쪽으로 꺾어."

"모르겠어요. 반장님은 홀멘이 절단기를 이용해 컨테이너 터미널에 들어갔다는 점에서부터 이 사건을 의심하게 됐다고 하셨잖아요."

"그 점이 의아하다고 했지. 정확히 말하면, 컨테이너를 도피처로 삼을 만큼 증상이 심한 마약중독자가 어떻게 미리 절단기를 마련할 정도로 준비성이 있는지 의심스러웠어. 그때부터 이 사건을 자세히 살펴봤지. 여기에 주차해."

"제가 이해할 수 없는 건 어떻게 반장님이 범인까지 알아냈느냐는 거예요."

"머리를 굴려봐, 할보르센. 어렵지 않아. 필요한 사실은 이미 다 나왔다고."

"반장님 이럴 때가 제일 싫어요."

"이게 다 널 훌륭한 형사로 키우기 위해서야."

할보르센은 그 말이 농담인지 아닌지 확인하려고 해리를 힐끗 보았다. 두 사람은 차에서 내렸다.

"차 문 안 잠가?" 해리가 물었다.

"간밤에 잠금장치가 얼어버렸어요. 열쇠는 차 문을 열다 부러져 버렸고요. 범인을 알아낸 지 얼마나 되셨어요?"

"좀 됐어."

두 사람은 길을 건넜다.

"대부분의 수사에서 범인이 누군지 알아내기는 쉬워. 가장 유력한 후보자가 있기 마련이니까. 남편이나 단짝 친구, 전과자. 그리고 집사는 절대 범인이 아냐. 그러니까 범인을 알아내는 건 문제가 아니라고. 문제는 머리와 직감이 계속 하는 말을 증명하는 거야." 해리는 '홀멘'이라는 이름 옆의 초인종을 눌렀다. "지금 우리가 하려는 일이 바로 그거야. 아무 연관도 없는 정보들을 완벽하게 연결된 일련의 증거로 바꿔줄 작은 조각을 찾아내는 거지."

스피커에서 지글거리며 "네"라는 대답이 들렸다.

"경찰입니다. 해리 홀레요. 잠깐 얘기 좀……?"

잠금장치에서 웅 소리가 났다.

"그리고 빠른 대처가 제일 중요해. 대부분의 살인사건은 발생 24시간 안에 해결되지 않으면 영영 해결되지 못하니까." 해리가 말했다.

"드디어 제가 아는 게 나왔군요. 그 말은 전에도 들은 적이 있어요." 할보르센이 말했다.

비르게르 홀멘은 계단 꼭대기에 서서 그들을 기다리고 있었다.

"들어오십시오." 그는 그렇게 말하며 두 사람을 거실로 안내했다. 발코니로 나가는 문 옆에 놓인 썰렁한 크리스마스트리는 누군가 장식해주기를 기다리고 있었다.

"아내는 자고 있습니다." 해리가 묻기도 전에 그가 먼저 말했다.

"작은 소리로 말해야겠군요." 해리가 말했다.

비르게르 홀멘은 서글픈 미소를 지었다. "어차피 안 깰 겁니다."

할보르센은 해리를 힐끗 보았다.

"음. 안정제라도 드셨나요?" 해리가 물었다.

비르게르 홀멘이 고개를 끄덕였다. "내일이 장례식이라서요."

"네, 장례를 치르는 건 힘든 일이죠. 그나저나 빌려주셔서 감사했습니다."

해리는 테이블에 사진을 올려놓았다. 사진 속에는 중앙에 페르 홀멘이 앉아 있고 좌우로 홀멘 부부가 서 있었다. 아들을 보호하면서. 어찌 보면 아들을 포위한 것 같기도 했다. 아무도 입을 열지 않아 침묵이 이어졌다. 비르게르 홀멘은 셔츠 위로 팔을 긁적거렸다. 의자에 앉아 있던 할보르센은 상체를 앞으로 내밀었다가 다시 뒤로 기댔다.

"약물중독에 대해 잘 아시나요, 홀멘 씨?" 해리가 고개를 숙인 채 물었다.

비르게르 홀멘은 얼굴을 찌푸렸다. "아내는 수면제를 한 알 먹었을 뿐입니다. 그걸 가지고—"

"홀멘 부인을 말하는 게 아닙니다. 부인은 아무 문제없을 겁니다. 페르 얘기죠."

"'안다'는 게 어떤 의미냐에 따라 다르겠죠. 아들은 헤로인에 중독됐고 그 때문에 불행해졌습니다." 그는 뭔가 더 말하려는 듯하다가 입을 다물었다. 그러고는 테이블에 놓인 사진을 빤히 들여다보았다. "우리 모두 불행해졌죠."

"그 점은 저도 의심하지 않습니다. 하지만 약물중독에 대해 조금이라도 아신다면, 마약중독자는 무엇보다 마약을 우선시한다는 걸 아셨을 겁니다."

비르게르 홀멘의 목소리가 즉시 분노로 떨렸다. "지금 그 말은 내가 그걸 모른다는 겁니까? 그러니까…… 내 아내가…… 우리 아들은……" 그는 울먹이기 시작했다. "……자기 엄마를……."

"압니다." 해리가 속삭였다. "하지만 어머니보다 마약이 우선이죠. 아버지보다도 우선이고, 삶보다도 우선입니다." 해리는 숨을 들이쉬었다. "죽음보다도요."

"난 지쳤습니다, 반장님. 무슨 일로 오신 겁니까?"

"검사 결과, 페르는 사망 당시 혈액에 마약 성분이 없었습니다. 따라서 안 좋은 상태였죠. 마약중독자는 그런 상태가 되면 구원받고자 하는 욕구가 강해집니다. 너무 강해진 나머지 마약을 구하려고 총으로 어머니를 위협하는 짓도 서슴지 않죠. 그들이 원하는 구원은 총으로 머리를 쏘는 게 아니라, 팔이든 목이든 사타구니든 정맥이 있는 곳에 주삿바늘을 찔러 넣는 겁니다. 사망 당시 페르는 주사기를 가지고 있었고 주머니에 헤로인 한 봉지가 들어 있었습니다, 홀멘 씨. 그러니 페르가 스스로 총을 쐈을 리가 없습니다. 말씀드렸다시피 마약은 모든 것에 우선하니까요. 심지어—"

"죽음보다도." 비르게르 홀멘은 여전히 양손에 머리를 파묻고 있

93

었지만 목소리는 또렷했다. "그래서 내 아들이 살해됐다는 겁니까? 무슨 이유로요?"

"홀멘 씨께서 대답해주시기 바랍니다."

비르게르 홀멘은 대답하지 않았다.

"페르가 부인을 협박했기 때문인가요? 아니면 부인에게 마음의 평화를 주려고?" 해리가 물었다.

홀멘은 고개를 들었다. "무슨 말을 하는 겁니까?"

"제 생각에 홀멘 씨는 플라타 근처를 배회하며 페르를 기다렸습니다. 그러다 페르가 나타나서 마약을 사자, 아들에게 다가가 컨테이너 터미널로 데려갔죠. 달리 갈 곳이 없을 때 페르가 가끔씩 거길 가곤 했으니까요."

"우리 아들이 거길 들락거린다는 걸 내가 무슨 수로 알겠습니까? 정말 어처구니가 없군요. 난—"

"홀멘 씨는 알고 있었습니다. 경비원에게 이 사진을 보여줬더니 알아보더군요."

"페르 말입니까?"

"아뇨, 홀멘 씨를요. 홀멘 씨는 올여름에 그곳에 갔습니다. 아들을 찾기 위해 컨테이너를 살펴봐도 되겠느냐고 경비원에게 물어봤죠."

홀멘은 해리를 바라보았다. 해리는 말을 이었다.

"홀멘 씨는 모든 걸 준비해뒀습니다. 터미널 안으로 들어가기 위한 절단기와 빈 컨테이너. 컨테이너야말로 마약중독자가 생을 마감하기에 안성맞춤인 장소죠. 총성을 들을 사람도, 현장을 목격할 사람도 없고요. 페르의 총을 사용하면 나중에 홀멘 부인이 아들의 총이라고 증언도 해줄 테고요."

할보르센은 비르게르 홀멘을 살펴며 여차하면 덤벼들 준비를 했다. 하지만 홀멘은 움직일 기미가 전혀 없었다. 그저 코로 숨을 씩씩 내쉬며 허공을 응시한 채 팔을 긁어댈 뿐이었다.

"하지만 당신은 아무것도 증명하지 못할 겁니다." 홀멘은 체념한 듯한 어조로 말했다. 그 사실이 애석하다는 듯이.

해리는 양팔을 옆으로 벌리며 어깨를 으쓱였다. 이어지는 침묵 속에서 개 짖는 소리가 들렸다.

"계속 가려우신가보군요, 네?" 해리가 말했다.

팔을 긁던 홀멘은 즉시 동작을 멈췄다.

"왜 그렇게 가려운지 봐도 될까요?"

"별거 아닙니다."

"여기서 확인할 수도 있고 경찰청에 가서 확인할 수도 있습니다. 홀멘 씨가 선택하십시오."

개 짖는 소리가 점점 더 격렬해졌다. 개썰매라도 지나가나? 이런 도심 한복판에? 할보르센은 폭풍전야 같다고 생각했다.

"좋습니다." 홀멘은 나직이 말하며 셔츠의 버튼을 풀고 소매를 걷었다.

작은 상처 두 군데에 딱지가 앉았고, 상처 주위의 피부는 감염되어 붉게 물들어 있었다.

"팔을 돌려보시죠." 해리가 명령했다.

팔 안쪽에도 상처 하나가 있었다.

"미칠 듯이 가려울 겁니다. 그렇죠?" 해리가 말했다. "개에게 물리면 원래 그렇습니다. 특히 물린 지 열흘에서 2주쯤 되면 상처가 낫기 시작하면서 더 가렵죠. 응급실 의사가 제게 가려워도 긁지 말고 참으라더군요. 홀멘 씨도 그래야 합니다."

홀멘은 멍한 눈으로 상처를 응시했다. "그런가요?"

"상처가 세 군데군요. 이걸로 홀멘 씨가 컨테이너 터미널의 경비견에게 물렸다는 걸 증명할 수 있습니다. 그 개의 턱 모형이 있거든요. 좋은 변호사를 구하시길 바랍니다."

홀멘은 고개를 저었다. "그럴 생각은 아니었는데…… 난 그냥 아내를 자유롭게 해주고 싶었습니다."

거리에서 들리던 개 짖는 소리가 갑자기 멎었다.

"지금 자백하시는 겁니까?" 해리는 할보르센에게 신호를 보냈다. 할보르센은 얼른 재킷 안주머니에 손을 넣었지만 펜도, 수첩도 없었다. 해리는 어이없다는 표정으로 눈동자를 굴리며 자신의 수첩을 건네주었다.

"페르는 너무 지쳤다면서 더는 이렇게 못 살겠다고 했습니다. 정말로 마약을 끊고 싶다고 했죠. 그래서 난 여기저기 알아본 끝에 구세군 호스텔에 방을 하나 마련했습니다. 한 달에 1200크로네면 숙식을 제공해주죠. 두 달 후에는 메타돈 치료도 받겠다고 약속했고요. 그런데 갑자기 연락이 끊겨버렸습니다. 호스텔에 전화해봤더니 아들이 숙박비도 안 내고 도망갔다고 하더군요. 그러고는…… 다시 여기 나타난 겁니다. 총을 들고요."

"그때 결심하신 겁니까?"

"페르는 가망이 없었습니다. 내 아들은 이미 죽은 거나 마찬가지였죠. 아내까지 죽게 할 수는 없었습니다."

"페르를 어떻게 찾아냈습니까?"

"플라타가 아닙니다. 페르는 에이카에 있었고, 난 페르에게 그애의 총을 내게 팔라고 했죠. 페르는 총을 가지고 다녔기 때문에 바로 보여주더군요. 그러면서 당장 돈을 달라고 했어요. 난 현찰이 부족하니 다음 날 저녁에 컨테이너 터미널 뒷문에서 만나자고 했죠. 사실은 반장님이 그 사실을 알아냈다는 게 기쁩니다……전…….'

"얼마입니까?" 해리가 홀멘의 말을 잘랐다.

"네?"

"돈은 얼마를 주기로 하셨나요?"

"1만 5000크로네요."

"그래서요?"

"페르가 약속 장소로 왔습니다. 근데 알고 보니 총알이 없더군요. 한 번도 넣은 적이 없다고 했습니다."

"하지만 홀멘 씨는 분명 그걸 예상했고, 총은 표준 구경이었죠. 그래서 총알을 가져갔나요?"

"네."

"돈을 먼저 줬습니까?"

"뭐라고요?"

"아닙니다."

"괴로웠던 사람은 우리 부부만이 아니었습니다. 페르에게는 매일이 괴로움의 연장이었죠. 그 애는 산송장으로 살면서 누군가…… 누군가 자신의 심장을 멎게 해주기를 기다렸습니다. 그러니까…… 그…….'

"구세주요."

"네, 바로 그겁니다. 구세주."

"하지만 그건 홀멘 씨가 할 일이 아닙니다."

"그렇죠. 신이 하셔야 할 일이죠." 홀멘은 고개를 숙이고는 무어라고 중얼거렸다.

"뭐라고요?" 해리가 물었다.

홀멘은 고개를 들었지만 그의 눈은 허공을 바라보았다. "하지만 신께서 하지 않으시면 다른 누군가가 해야 합니다."

밖으로 나오자 노란 불빛들 주위로 갈색 어스름이 내려앉아 있었다. 오슬로에서는 눈이 내리고 나면 한밤중일지라도 그다지 어둡지 않았다. 솜털 같은 눈송이들이 온갖 소음을 감쌌고, 발밑에서 뽀드득거리는 눈 소리는 멀리서 폭죽이 터지는 소리 같았다.

"왜 홀멘 씨를 연행하지 않은 거죠?" 할보르센이 물었다.

"도망가지 않을 거야. 아내에게 할 말이 있겠지. 두 시간쯤 후에 경찰차를 보내면 돼."

"배우가 따로 없네요, 네?"

"왜?"

"반장님이 아들의 사망 소식을 알렸을 때 통곡했다면서요."

해리는 체념한 듯 고개를 절레절레 흔들었다. "한참 멀었군."

할보르센은 짜증을 내며 발로 눈을 걷어찼다. "제 무지를 깨우쳐 주십시오, 현자여.*"

"사람을 죽인다는 건 매우 극단적인 행동이라서 대다수가 그 경험을 잊으려고 애쓰는 법이야. 그 사건을 반쯤 잊어버린 악몽으로 생각하고 멀쩡히 돌아다니지. 그런 경우를 여러 번 봤어. 그러다가 다른 사람에게 그 일을 듣는 순간 비로소 깨닫는 거야. 그 일이 자신의 머릿속에만 존재하는 게 아니라 정말로 일어났다는 사실을."

"그렇군요. 그래도 어쨌든 냉혈한이잖아요."

---

* 플라톤이 소크라테스에게 한 말.

"그 사람의 절망적인 표정 못 봤어? 홀멘 부인은 남편이 자기보다 사랑이 넘치는 사람이라고 했잖아. 아마 그 말이 맞을 거야."

"사랑이 넘친다고요? 살인자가?" 할보르센의 목소리는 분노로 떨렸다.

해리는 할보르센의 어깨에 한 손을 올렸다. "생각해봐. 그거야말로 가장 궁극적인 사랑의 행위가 아니겠어? 하나뿐인 아들까지 희생시켰잖아."

"하지만……."

"네가 무슨 생각하는지 알아, 할보르센. 하지만 그런 일에 익숙해져야 해. 앞으로 네 인생은 이런 도덕적 역설로 가득 차게 될 거라고."

할보르센은 잠기지 않은 차 문을 열려 했지만 문은 벌써 꽁꽁 얼어 있었다. 갑작스러운 분노에 휩싸여 힘껏 잡아당기자 쩍 소리와 함께 문이 고무 패킹에서 떨어졌다.

두 사람은 차에 올라탔다. 할보르센은 점화 스위치에 꽂힌 열쇠를 돌리며, 다른 손으로 이마 앞에서 손가락을 튕겨 딱 소리를 냈다. 굉음과 함께 시동이 걸렸다.

"할보르센……." 해리가 말문을 열었다.

"어쨌든 사건은 해결됐고 경정님은 행복하시겠네요." 할보르센이 외쳤다. 그러고는 경적을 울려대는 트럭 앞으로 끼어들어 도로로 진입하더니 백미러를 향해 가운뎃손가락을 들어 보였다. "그러니까 웃으면서 축하하자고요. 네?" 할보르센은 들어 올렸던 손을 내리고 다시 이마 앞에서 손가락을 튕겨 딱 소리를 내기 시작했다.

"할보르센……."

"왜요?" 할보르센이 소리쳤다.

"차 세워."

"네?"

"지금 당장."

할보르센은 인도 옆에 차를 세웠다. 운전대에서 손을 떼더니 멍한 눈으로 정면을 응시했다. 그들이 홀멘을 만나고 오는 동안 갑자기 곰팡이가 공격한 듯 자동차 앞 유리에 얼음꽃이 피어 있었다. 할보르센은 가슴을 들썩이며 씩씩거렸다.

"가끔은 이 일이 엿 같을 때가 있어. 그럴 때 흔들리면 안 돼." 해리가 말했다.

"알아요." 더 크게 씩씩거리며 할보르센이 말했다.

"넌 너고, 그 사람들은 그 사람들이야."

"네."

해리는 할보르센의 등에 손을 대고 기다렸다. 잠시 후, 할보르센의 호흡이 진정되었다.

"넌 강한 사람이야." 해리가 말했다.

그들이 탄 차가 오후의 차량 행렬 속으로 기어들어 그뢴란으로 향하는 동안, 둘 다 아무 말도 하지 않았다.

7
12월 15일, 월요일. 익명

그는 오슬로에서 가장 붐비는 보행자 거리, 스웨덴과 노르웨이 국왕이었던 칼 요한의 이름을 따서 붙인 거리의 제일 높은 지대에 서 있었다. 호텔에서 받은 지도를 이미 외워둔 터라 서쪽에 실루엣만 보이는 건물이 왕궁이고, 동쪽 끝의 건물은 오슬로 중앙역임을 알고 있었다.

그의 몸이 부르르 떨렸다.

높이 설치된 온도계에서는 영하의 기온이 빨간 네온으로 빛나고 있었다. 조금만 바람이 불어도 빙하기로 돌아간 듯한 추위가 낙타털 코트 속을 여지없이 파고들었다. 오슬로에 오기 전까지는 아주 만족스럽게 입고 다닌 코트였다. 런던에서 거의 헐값에 구입했기 때문이다.

온도계 옆 디지털시계는 19시 00분으로 표시되어 있었다. 그는 동쪽으로 걷기 시작했다. 모든 여건이 좋았다. 주위는 어두웠고, 거리에는 사람들이 많았으며 근처의 유일한 CCTV는 은행 앞에 설치됐는데 그나마 현금 인출기를 비추고 있었다. 지하철을 타고 도망치는 방법은 이미 제외했다. 지하철에는 CCTV가 너무 많고, 사람은 너무 적기 때문이다. 오슬로는 생각보다 작은 도시였다.

옷가게로 들어가 49크로네짜리 푸른색 털모자와 200크로네짜리 모직 재킷을 발견했지만 120크로네짜리 얇은 레인코트를 보고 마음이 바뀌었다. 탈의실에서 레인코트를 입어보다가 파리에서 가져온 변기 탈취제가 아직도 양복 재킷 주머니에 들어 있다는 걸 깨달았다. 가루로 으깨진 탈취제가 주머니에 군데군데 묻어 있었다.

보행자 거리에서 6, 700미터쯤 아래쪽 왼편에 레스토랑이 있었다. 레스토랑에 들어서니 코트를 받아주는 직원은 따로 없고, 손님이 직접 코트를 걸게 되어 있었다. 잘됐군, 일이 더 쉬워지겠어. 그는 그렇게 생각하며 식사하는 곳으로 들어갔다. 내부는 반쯤 차 있었다. 시야가 트여 있어 그가 서 있는 곳에서 식당 내부가 다 보였다. 웨이터가 다가왔고, 그는 내일 오후 6시에 창가 자리를 예약했다.

떠나기 전에 화장실을 확인했다. 창문은 없었다. 그러니 다른 출구는 부엌으로 나가는 것뿐이다. 좋아, 모든 게 완벽할 순 없지. 어차피 다른 출구로 나가게 될 가능성은 매우 희박했다.

그는 레스토랑을 나와 손목시계를 본 뒤, 중앙역 쪽으로 걷기 시작했다. 사람들은 타인과 시선을 마주치지 않았다. 작은 도시라고는 해도 수도 특유의 거리감은 여전히 존재했다. 잘됐다.

중앙역 플랫폼에 서서 공항 급행열차를 기다리며 다시 시계를 확인했다. 레스토랑에서 여기까지 6분이 걸렸다. 열차는 10분마다 출발하고, 공항까지 19분이 걸린다. 그러니까 내일 19시 20분에 급행열차를 타면 19시 40분쯤 공항에 도착할 수 있다. 자그레브 직행 비행기는 21시 10분에 출발하며 항공권은 이미 주머니 속에 있었다. 특별 할인가에 구입한 스칸디나비아 항공 티켓이었다.

그는 흡족한 마음으로 신 역사를 빠져나와 계단을 내려간 다음, 천장이 유리로 된 공간을 지나갔다. 예전에는 여기가 출발장이었던 모양인데 지금은 가게들이 즐비했다. 밖으로 나오니 탁 트인 광장이었다. 지도에는 이 광장의 이름이 얀바네토르게라고 적혀 있었다. 광장 한복판에는 실물 두 배 크기의 호랑이 동상이 트램 선로와 자동차, 사람들 사이에서 걷다가 멈춘 자세로 서 있었다. 하지만 호텔 접수원의 말과 달리 공중전화 부스는 어디에도 없었다. 광장 끝에 있는 버스 정류장 쉼터 옆에 한 무리의 사람들이 있었다. 그는 좀 더 가까이 다가갔다. 몇몇 사람이 후드를 뒤집어쓰고 머리를 맞댄 채 이야기를 나누고 있었다. 일행이거나 같은 버스를 기다리는 이웃일 것이다. 하지만 그 광경을 본 그의 머릿속에는 전혀 다른 무언가가 떠올랐다. 이 손에서 저 손으로 물건이 전해졌고, 비쩍 마른 남자들은 칼바람에 허리를 숙인 채 서둘러 그곳을 떠났다. 그는 저 물건이 무엇인지 알고 있었다. 자그레브를 비롯한 다른 유럽 도시에서 마약거래 현장을 여러 번 목격했지만 이렇게 대놓고 거래하는 곳은 처음이었다. 그러자 아까 무엇이 떠올랐는지 기억났다. 세르비아군이 물러간 후 그가 속해 있었던 사람들의 무리, 난민들이었다.

버스 한 대가 왔다. 하얀 버스는 정거장을 조금 앞에 두고 정차했다. 문이 열렸지만 타는 사람은 없었다. 대신 젊은 여자가 내렸다. 그는 여자가 입은 제복을 단번에 알아봤다. 구세군이었다. 그는 천천히 아래로 걸어갔다.

여자는 다른 여자에게 다가가 버스에 타는 걸 도와주었다. 두 남자가 그 뒤를 따랐다.

그는 걸음을 멈추고 하늘을 올려다보았다. 우연의 일치일 것이다. 순전히 우연일 뿐이다. 그는 뒤를 돌아보았다. 그러자 거기, 작은 시계탑 벽에 공중전화 세 대가 나란히 설치되어 있었다.

5분 뒤 그는 자그레브에 전화해 모든 게 순조롭다고 말했다.

"마지막 임무야." 그녀가 다시 한 번 말했다.

프레드는 하프타임인 현재 푸른 사자군단 디나모 자그레브가 1 대 0으로 리예카를 앞서고 있다고 말해주었다.

통화하는 데 5크로네가 들었다. 시계탑의 시계는 19시 25분을 가리켰다. 카운트다운이 시작되었다.

베스트레 아케르 교회 내부 회관에 사람들이 모여들었다.

벽돌로 지은 이 작은 건물은 공동묘지 옆 비탈에 자리했는데, 이곳으로 이어지는 자갈길 양쪽에 눈이 높이 쌓여 있었다. 벽에 플라스틱 의자들이 기대어 쌓여 있고, 한가운데에 기다란 테이블이 놓였을 뿐 아무것도 없는 이 회관에 열네 명의 사람들이 앉아 있었다. 누군가가 우연히 이 방에 들어왔다면 어떤 협력을 도모하기 위한 모임임을 짐작할 수 있을 것이다. 하지만 참석자들의 얼굴이나 연령, 성별, 옷차림만으로는 무슨 모임인지 절대 알아낼 수 없을 것이다. 눈이 따가울 정도로 강렬한 조명이 유리창과 리놀륨 바닥에 반사되었다. 나직한 웅얼거림과 종이컵을 만지작거리는 소리가 감돌았다. 누군가 파리스 탄산수의 뚜껑을 따자 쉬익 하고 김빠지는 소리가 났다.

7시 정각이 되자 테이블 맨 끝에 앉아 있던 여자가 손을 들어 작은 종을 울렸다. 웅성거리던 소리가 멎고 사람들의 시선이 일제히 그녀에게로 향했다. 삼십대 중반의 여자는 그 시선을 정면으로 당당하게 마주 보았다. 엄격해 보이는 얇은 입술은 그나마 립스틱을 발라 조금 부드러워졌고, 숱 많은 금발은 위로 틀어 올려 심플한 집게 핀 하나로 고정했다. 테이블 위에 놓인 큼직한 두 손에서는 자신감과 차분함이 뿜어져 나왔다. 멋있는 여자였다. 다시 말해 이 목구비는 매력적이었지만 노르웨이인이 사랑스럽게 생각하는 우아함은 없었다. 몸짓에서는 자제력과 힘이 엿보였는데, 다음 순간에 싸늘한 회의실을 채우는 단호한 목소리가 그 사실을 더욱 강조했다.

"안녕하세요. 제 이름은 아스트리드이고 전 알코올중독자예요."

"안녕하세요, 아스트리드!" 사람들이 이구동성으로 외쳤다.

아스트리드는 앞에 놓인 책을 펼쳐 들고 낭독하기 시작했다.

"AA* 모임에 참가하기 위한 필요조건은 술을 그만 마시고 싶다는 마음뿐이다."

그녀는 낭독을 계속했고, 테이블 주위에서 12단계를 암송하는 사람들의 입술도 같이 움직였다. 아스트리드가 말을 멈출 때마다 위층에서 연습 중인 성가대 노랫소리가 들렸다.

"오늘의 주제는 1단계예요." 아스트리드가 말했다. "1단계는 이렇게 시작하죠. 우리는 우리가 알코올 앞에서 무력한 존재이며 삶이 통제할 수 없는 지경에 이르렀음을 인정합니다. 저부터 시작할게요. 전 제가 1단계를 마쳤다고 생각하기 때문에 간단히 하겠습니다."

그녀는 숨을 들이쉬고는 쓴웃음을 지었다.

"전 7년 동안 술을 마시지 않았고, 아침에 일어나면 제일 먼저 나는 알코올중독자라고 스스로에게 말하죠. 아이들은 이 사실을

* anonyme alkoholikere의 약자로, 익명의 알코올중독자라는 뜻.

몰라요. 그냥 엄마가 취하기만 하면 노발대발하더니 이젠 술을 끊었나 보다 생각하죠. 제 삶이 균형을 잡기 위해서는 적당한 진실과 적당한 거짓이 필요해요. 무너질 때 무너지더라도 일단은 오늘만 생각하고 첫 잔을 입에 대지 않으려고 하죠. 현재 11단계예요. 고맙습니다."

"고마워요, 아스트리드." 다른 회원들이 그렇게 말하고는 박수를 쳤다. 2층에서 성가대의 찬양 소리가 들렸다.

아스트리드는 자신의 왼쪽에 앉은 금발 남자에게 고갯짓을 했다. 남자는 키가 컸고 금발의 스포츠머리였다.

"안녕하세요, 제 이름은 해리라고 합니다." 남자가 약간 걸걸한 목소리로 말했다. 큼지막한 코에 얽힌 실핏줄은 그가 오랫동안 술에 취해 살아왔음을 보여주었다. "전 알코올중독자입니다."

"안녕하세요, 해리."

"전 신입 회원입니다. 이번이 여섯 번인가 일곱 번째네요. 전 아직 1단계를 마치지 못했습니다. 그러니까 제가 알코올중독자라는 건 알지만 알코올 의존도를 스스로 억제할 수 있다고 생각하죠. 따라서 지금 제가 여기 있는 건 좀 모순입니다. 그런데도 온 이유는 친한 정신과의사와 약속했기 때문입니다. 제가 잘 되기를 진심으로 바라는 분이죠. 그분이 말하길, 처음 몇 주 동안 하느님과 영성에 관한 이야기들을 참아내기만 하면 효과를 실감하게 될 거라고 했습니다. 익명의 알코올중독자들끼리 서로 도울 수 있을지 잘 모르겠지만 저도 기꺼이 시도해보고 싶습니다. 마다할 이유가 없죠."

그는 할 말을 다 했다는 표시로 자신의 왼쪽에 앉은 사람을 돌아보았다. 하지만 박수가 막 터져 나오자 아스트리드가 끼어들었다.

"우리 모임에서 당신이 말한 건 이번이 처음 같네요, 해리. 잘했어요. 하지만 기왕 한 김에 좀 더 말해줄 수 있을까요?"

해리는 그녀를 바라보았다. 다른 사람들도 그녀를 바라보았다. 이 모임에서 회원에게 무언가를 강요하는 것은 명백한 규칙 위반이기 때문이다. 아스트리드는 계속 그를 바라보았다. 해리는 예전 모임에서도 자신을 바라보는 그녀의 시선을 느꼈지만 마주 본 것은 한 번뿐이었는데, 당시 그녀를 머리부터 발끝까지 샅샅이 훑어보며 제대로 모욕을 주었다. 사실 해리는 그녀가 마음에 들었지만, 가장 마음에 들었던 건 그가 훑어보고 나자 홍당무로 변한 그녀의 얼굴이었다. 그 후로 그녀는 해리를 투명인간 취급했다.

"아뇨. 고맙지만 사양하겠습니다." 해리가 말했다.

어정쩡한 박수가 터져 나왔다.

옆 사람이 말하는 동안, 해리는 시야의 한쪽 구석으로 그녀를 바라보았다. 모임이 끝나자 아스트리드는 해리에게 어디 사느냐고 묻더니 집까지 태워주겠다고 했다. 해리가 망설이는 동안, 신을 찬미하는 위층 성가대의 노래는 점점 절정으로 치달았다.

한 시간 반이 지난 후, 그들은 말없이 담배를 피우며 담배 연기가 침실의 어둠을 푸르게 물들이는 것을 바라보았다. 좁은 침대에 깔린 축축한 시트는 아직 따뜻했지만 공기가 차가운 탓에 아스트리드는 얇은 하얀색 이불을 턱 밑까지 끌어당겼다.

"좋았어요." 그녀가 말했다.

해리는 대답하지 않았다. 아마도 그건 질문이 아닐 테니까.

"오르가슴을 느꼈어요." 그녀가 말했다. "둘이 함께 느낀 적은 처음이에요. 그건—"

"남편이 의사라고 했죠?" 해리가 물었다.

"또 물어보네요. 네, 맞아요."

해리는 고개를 끄덕였다. "이 소리 들려요?"

"무슨 소리요?"

"재깍거리는 소리. 당신 시계에서 나는 소린가요?"

"난 시계 없어요. 당신 시계겠죠."

"내 시계는 디지털이라서 소리가 안 납니다."

아스트리드가 한 손을 그의 허리에 올리자, 해리는 침대에서 내려왔다. 얼음장 같은 리놀륨 장판을 디디니 발바닥이 얼얼했다. "물 마실래요?"

"네."

해리는 욕실로 가서 수돗물을 틀고 거울을 바라보았다. 아까 저 여자가 뭐라고 했더라? 내 눈에 외로움이 보인다고? 그는 몸을 앞으로 내밀었지만 작은 동공을 둘러싼 푸른색 홍채와 실핏줄이 선연자만 보일 뿐이었다. 라켈과 헤어진 걸 알게 된 할보르센은 해리가 다른 여자에게서 위안을 찾아야 한다고 했다. 혹은 그의 시적인 표현대로 하자면, 여자들과 열심히 배꼽을 맞춰 영혼의 우울한 기운을 떨쳐내야 한다고 했다. 하지만 해리는 그럴 기운도, 의지도 없었다. 그가 손을 대는 순간 어떤 여자든 라켈로 변할 터였다. 그에게 필요한 것은 라켈을 잊고, 자신의 피에서 그녀를 몰아내는 일이지 다른 사람과의 섹스가 아니었다.

하지만 어쩌면 그가 틀렸고, 할보르센이 옳을지도 모른다. 왜냐하면 섹스를 하고 나니 기분이 좋아졌기 때문이다. 날아갈 듯했다. 게다가 다른 욕망을 충족시켜 원래의 욕망을 가라앉히려고 할 때의 허전함이 느껴지는 게 아니라 완전히 충전된 기분이었다. 동시에 마음이 느긋해졌다. 여자는 자신이 원하는 걸 가졌고, 그는 여자가 그걸 얻는 방식이 마음에 들었다. 어쩌면 그의 문제도 이렇게 쉽게 해결될 수 있지 않을까?

해리는 한 발짝 물러서서 거울에 비친 몸을 보았다. 작년 들어 살이 더 빠졌다. 군살이 줄어들긴 했지만 근육도 함께 빠졌다. 점점 아버지를 닮아가고 있었다. 당연한 일이지만.

그는 큼직한 500밀리리터짜리 컵을 들고 침실로 돌아가서 여자와 물을 나눠 마셨다. 물을 다 마시고 나자, 그녀가 해리에게 엉겨붙었다. 처음에는 그녀의 살갗이 차갑고 축축하게 느껴졌지만 이내 그의 몸을 따뜻하게 해주었다.

"이제 말해봐요." 그녀가 말했다.

"뭘요?" 해리는 알파벳 글자처럼 꼬부라지는 담배 연기를 바라보았다.

"여자 이름이 뭐예요? 그 여자 때문이잖아요, 그렇죠?"

글자가 사라졌다.

"그 여자 때문에 우리 모임에 나온 거죠?"

"그럴 수도 있죠."

해리는 서서히 담배를 먹어 들어가는 주홍색 불빛을 바라보며 여자에게 이야기를 들려주었다. 옆에 있는 여자는 모르는 사람이었고, 주위는 어두웠으며 단어들은 피어올랐다가 녹아버렸다. 고해실에서 고해할 때 꼭 이런 기분일 것이다. 마음의 짐을 덜기 위해. 혹은 AA 모임에서 말하는 대로 내 문제를 다른 사람들과 나누기 위해. 그리하여 그는 이야기를 계속했다. 라켈에 대해. 그녀가 1년 전에 집에서 그를 쫓아냈으며, 그 이유는 경찰청 내부 첩자인 일명 프린스를 잡는 데 그가 너무 집착했기 때문이었다고. 라켈의 아들인 올레그 이야기도 했다. 마침내 해리가 프린스의 덜미를 잡게 되었을 때 프린스는 집에서 자고 있던 올레그를 납치해 인질로 삼았다. 올레그는 그런 일, 그러니까 악당에게 납치되고 해리가 엘리베이터에서 납치범을 죽이는 것까지 목격한 아이치고는 별 탈 없었다. 오히려 라켈이 힘들어했다. 그 일이 있고 나서 2주 후, 자세한 사정을 알게 된 라켈은 더 이상 해리를 자기 인생에 들여놓을 수 없다고 말했다. 더 정확히 말하면 올레그의 인생에 들여놓을 수 없다고 했다.

아스트리드는 고개를 끄덕였다. "당신이 그 모자에게 피해를 줬기 때문에 여자가 떠난 거군요."

해리는 고개를 저었다. "아뇨. 아직 내가 주지 않은 피해 때문에 떠난 겁니다."

"네?"

"사건은 이미 끝났다고 말했더니 라켈은 내가 그 일에 집착하고 있다고 하더군요. 그 일과 관련된 사람들이 남아 있는 한 절대 끝나지 않을 거라고요." 해리는 머리맡 테이블에 놓인 재떨이에 담배를 비벼 껐다. "설사 그 사람들이 아니라 해도 내가 또 다른 사람들을 찾아낼 거라고 했어요. 자기와 올레그를 다치게 할 사람들. 더는 그런 부담을 지고 싶지 않다더군요."

"나한텐 오히려 그 여자가 집착하는 걸로 들리는데요."

"아뇨." 해리는 미소 지었다. "라켈의 말이 맞아요."

"그래요? 더 자세히 말해줄래요?"

해리는 어깨를 으쓱이고는 "잠수함……"이라고 운을 뗐지만, 기침이 요란하게 터져 나오는 바람에 말을 멈췄다.

"잠수함이라뇨?"

"라켈이 그렇게 말하더군요. 내가 잠수함이라고. 숨도 쉴 수 없을 정도로 차갑고 어두운 심연으로 내려갔다가 두 달에 한 번씩 수

면으로 올라오는 잠수함. 날 따라 그곳까지 내려가고 싶지 않다고
했습니다. 그럴 만하죠."

"아직도 그 여자를 사랑해요?"

해리는 고민을 나누는 이 대화가 흘러가는 방향이 별로 마음에
들지 않았다. 숨을 깊이 들이쉬었다. 머릿속에서는 라켈과 마지막
으로 나눈 대화의 나머지 부분이 재생되고 있었다.

화가 나거나 겁을 먹으면 늘 그렇듯이 나직한 그의 목소리: "잠수함?"

라켈: "정확한 비유가 아니란 건 알아. 하지만 당신도 알다시피……."

해리는 양손을 들어 올린다: "아니, 아주 훌륭한 비유야. 그럼 그……
의사 선생은 뭐야? 항공모함인가?"

라켈이 신음한다: "그 사람은 이 일과 아무 상관없어, 해리. 우리 문제
라고. 그리고 올레그의 문제이고."

"이제 와서 올레그 뒤에 숨지 마."

"숨어……?"

"올레그를 인질로 잡고 있잖아, 라켈."

"내가 올레그를 인질로 잡고 있다고? 올레그가 유괴당하고 관자놀이
에 총까지 겨눠진 게 누구 때문인데? 당신이 복수에 혈안이 돼서 그런
거잖아."

그녀의 목에 핏대가 섰고 너무 큰 소리를 질러대는 바람에 목소리가
흥해졌다. 다른 사람 같았다. 그녀의 성대는 이런 분노를 감당하지 못
했다. 해리는 방을 나서며 등 뒤로 부드럽게 문을 닫았다. 거의 소리가
나지 않을 정도로.

그는 침대에 누워 있는 여자에게 몸을 돌렸다. "네, 사랑하죠. 당

신도 의사 남편을 사랑하나요?"

"네."

"근데 왜 이런 짓을?"

"남편은 날 사랑하지 않으니까요."

"흠. 그래서 복수한 겁니까?"

아스트리드는 놀란 눈으로 그를 바라보았다. "아뇨. 난 외로워요. 그리고 당신이 좋기도 하고요. 당신도 같은 이유일 거라고 생각하는데요. 더 복잡한 이유이길 바랐나요?"

해리가 킥킥 웃었다. "아뇨. 그거면 충분합니다."

"어떻게 죽였죠?"

"누굴요?"

"죽인 사람이 또 있나요? 그 납치범이죠, 당연히."

"그건 중요치 않아요."

"그럴지도 모르죠. 하지만 듣고 싶어요……" 그녀가 해리의 다리 사이로 손을 넣고 바싹 다가와 귀에 속삭였다. "……자세히."

"안 듣는 게 나을 텐데."

"아뇨, 들어야겠어요."

"어쨌든 난 별로 얘기하고 싶지……."

"그러지 말고 해줘요!" 여자가 짜증을 내며 그의 페니스를 꽉 쥐었다. 해리는 그녀를 바라보았다. 그녀의 눈동자가 어둠 속에서 푸르고 강렬하게 번득였다. 아스트리드는 얼른 미소를 짓더니 달착지근한 목소리로 덧붙였다. "날 위해서."

밖에서 기온이 계속 떨어지며 비슬렛의 지붕들이 삐걱거리고 신음하는 동안, 해리는 자세한 이야기를 들려주었다. 그녀는 몸이 점차 굳어지더니 그의 몸에서 손을 뗐고 결국 그만하라고 속삭였다.

아스트리드가 떠난 후 해리는 침실에 서서 귀를 기울였다. 지붕이 삐걱거리는 소리. 재깍거리는 소리.

그러고는 아까 그들이 현관문을 통과해 서둘러 침실로 들어올 때 바닥에 벗어 던진 옷 중에서 재킷을 집어 들었다. 재깍거리는 소리의 근원지는 주머니에 있었다. 비아르네 묄레르의 작별 선물. 시계 유리가 반짝거렸다.

그는 머리맡 테이블 서랍에 시계를 넣었지만 재깍거리는 소리는 꿈속까지 따라왔다.

남자는 총의 부품에 묻은 기름을 하얀 호텔 수건으로 닦아냈다. 거리의 자동차 소리가 규칙적으로 웅웅거리며 구석에 놓인 소형 텔레비전의 소리를 삼켜버렸다. 텔레비전이라고 해봐야 채널은 세 개뿐이고 화질이 나빴으며 노르웨이어로 추정되는 언어가 흘러나왔다. 프런트 데스크의 여직원은 그의 재킷을 가져가며 내일 아침 일찍 세탁을 마쳐두겠노라고 약속했다. 그는 신문지 위에 총의 부품을 일렬로 늘어놓았다. 기름이 모두 마르자 부품을 조립한 후, 총구를 거울에 겨누고 방아쇠를 당겼다. 매끄러운 딸칵 소리와 함께 금속 부품의 움직임이 손을 따라 팔까지 전해졌다. 메마른 딸칵 소리. 모의 처형.

놈들이 보보의 입을 열기 위해 사용한 방법도 그것이었다.

1991년 11월, 석 달간의 쉴 틈 없는 포위 공격과 폭격으로 마침내 부코바르는 항복을 선언했다. 억수로 퍼붓는 장대비 속에서 세르비아군은 시내로 진격해 들어왔다. 보보가 이끄는 부대의 남은 병사는 그를 포함해 여든 명쯤 되었는데, 지치고 굶주린 크로아티아인 전쟁 포로들에게는 도심의 파괴된 번화가 앞에 일렬로 서 있으라는 명령이 내려졌다. 세르비아군인들은 그들에게 움직이지 말라고 말한 뒤, 따뜻한 막사로 들어갔다. 빗줄기가 채찍처럼 그들을 휘갈겼고 진흙탕에 거품이 일었다. 두 시간이 지나자 일등병들이 쓰러지기 시작했다. 진흙탕에 처박힌 한 병사를 부축하려고 중위가 자리를 이탈했다. 그러자 세르비아 소년 병사가 텐트에서 나와 중위의 배에 총을 쐈다. 그 후로는 아무도 움직이지 않았다. 그저 산등성이가 빗줄기에 깎여나가는 것을 지켜보며 제발 중위의 비명 소리가 멈추기만을 바랐다. 중위는 아예 울기 시작했다. 하지만 그의 뒤에 서 있던 보보가 "울지 마"라고 말하자, 중위는 울음을 그쳤다.

아침이 오후가 되고 어스름이 내릴 무렵, 지붕 없는 지프차 한 대가 도착했다. 막사에 있던 세르비아인들이 몰려나와 경례했다. 그는 지프차의 조수석에 탄 남자가 부대장이라는 걸 알고 있었다. '부드러운 목소리를 가진 돌덩어리'라고 불리는 남자였다. 지프차 뒷좌석에는 사복을 입은 남자가 고개를 숙인 채 앉아 있었다. 지프차는 그들 바로 앞에 멈춰 섰다. 첫 줄에 서 있던 그는 부대장이 사복을 입은 남자에게 전쟁 포로를 둘러보라고 하는 말을 들었다. 사복 입은 남자가 내키지 않는다는 듯이 고개를 들자, 그는 단박에 그 남자를 알아보았다. 부코바르 시민이었다. 그와 같은 학교를 다니는 아이의 아버지. 남자의 시선이 포로들을 훑었고 그에게 이르렀지만 알아보는 기색 없이 계속 옆으로 이동했다. 부대장이 한숨을 쉬더니 지프에서 일어나 빗소리를 뚫고 크게 외쳤다. 전혀 부드럽지 않은 목소리였다. "네놈들 중에 작은 구세주*라는 암호명을 쓰는 게 누구냐?"

---

* 말리 스파시텔리mali spasitelj의 mali에는 '작은'과 '어린' 두 가지 뜻이 있는데, 그가 어린아이라는 것을 알지 못하는 세르비아군은 mali가 당연히 '작은'을 뜻한다고 생각한다.

아무도 움직이지 않았다.

"앞으로 나오기 두렵나, 말리 스파시텔리? 우리 탱크 열두 대를 폭파하고, 세르비아 여자들을 과부로 만들고, 아이들을 아비 없는 자식으로 만든 주제에?"

부대장은 기다렸다.

"이럴 줄 알았지. 보보가 어떤 놈이냐?"

역시 아무도 움직이지 않았다.

부대장은 사복 입은 남자를 바라보았다. 남자는 덜덜 떨리는 손으로 두 번째 줄에 선 보보를 가리켰다.

"앞으로 나와." 부대장이 외쳤다.

보보는 지프차와 그 옆에 서 있는 운전병 쪽으로 몇 발짝 걸어 나갔다. 보보가 차렷 자세를 취하고 경례하자, 운전병이 손으로 그의 모자를 쳐서 진흙탕에 떨어뜨렸다.

"우리는 무전을 통해 작은 구세주가 너희 부대 소속이라는 걸 알게 되었다. 그자를 지목해라." 부대장이 말했다.

"구세주 얘기는 들어본 적 없습니다." 보보가 말했다.

부대장이 총으로 보보의 얼굴을 후려쳤다. 보보의 코에서 피가 흘렀다.

"빨리 말해. 난 비를 맞은 데다 저녁 먹으러 가야 한단 말이다."

"전 크로아티아 육군 소속의 보보 대위—"

부대장이 운전병에게 고갯짓하자, 운전병이 보보의 머리채를 낚아채 얼굴을 하늘로 들쳐 올렸다. 빗물에 씻긴 코피와 입가의 피가 빨간 네커치프로 흘러내렸다.

"바보 같은 놈!" 부대장이 말했다. "이제 크로아티아 육군은 없어. 배신자만 있을 뿐이지! 여기서 바로 처형되든지 아니면 우리의 시간을 절약해주든지 선택해라. 우린 무슨 일이 있어도 그놈을 찾아낼 거니까."

"그리고 무슨 일이 있어도 우릴 전부 죽이겠지." 보보가 신음하듯이 말했다.

"물론."

"왜지?"

부대장이 공이치기를 뒤로 젖혔다. 손잡이에서 빗방울이 떨어졌다. 그는 총구를 보보의 관자놀이에 댔다. "난 세르비아군인이니까. 군인은 자신의 임무에 충실해야지. 죽을 준비 됐나?"

보보는 눈을 질끈 감았다. 그의 속눈썹에 빗방울이 맺혀 있었다.

"작은 구세주는 어디 있나? 셋까지 센 다음 쏘겠다. 하나……."

"전 크로아티아 육군—"

"둘!"

"—소속의 보보 대위라고 합니다. 전—"

"셋!"

폭포 같은 장대비 속에서도 그 메마른 딸칵 소리는 대포 소리처럼 크게 들렸다.

"미안. 탄창을 깜박했나 봐." 부대장이 말했다.

운전병이 탄창을 건넸다. 부대장은 손잡이에 탄창을 밀어 넣은 뒤, 다시 권총을 들어 올렸다.

"마지막 기회다! 하나!"

"난…… 우리 부대는—"

"둘!"

"—제1보병 대대로……."

"셋!"

또 한 번의 메마른 딸칵 소리. 지프 뒷좌석에 앉은 남자는 흐느껴 울었다.

"맙소사! 탄창이 비었잖아. 이번에는 반짝이는 총알을 넣어볼까?"

대대장은 탄창을 빼고 총알이 장전된 다른 탄창을 넣었다.

"작은 구세주는 어디 있나? 하나!"

보보는 주기도문을 중얼거렸다. "Oče naš(하늘에 계신 우리 아버지)……."

"둘!"

하늘이 열리더니 굉음과 함께 비가 억수로 쏟아졌다. 마치 저들이 하는 짓을 필사적으로 막으려는 듯이. 그는 더 이상 참을 수 없었다. 보보의 저런 모습을 더는 볼 수 없었다. 자신이 어린 구세주이고, 당신들이 원하는 사람은 보보가 아니라 나니까 날 죽이라고 외치기 위해 입을 벌렸다. 하지만 그 순간 보보의 시선이 그를 지나갔고, 그는 그 시선에 깃든 절박하고 간절한 기도를 볼 수 있었다. 보보가 고개를 저었다. 그러더니 보보의 몸이 움찔했고, 총알이 그의 영혼과 육신을 갈라놓았다. 그는 보보의 눈에서 빛이 꺼지고 생기가 빠져나가는 것을 보았다.

"너." 부대장이 첫 줄에 선 다른 남자를 가리켰다. "이번엔 네 차례다. 이리 나와!"

중위의 배에 총을 쏜 세르비아 소년 병사가 달려와 외쳤다.

"병원에서 총격전이 발생했습니다."

부대장은 욕을 지껄이며 운전병에게 손짓했다. 그러자 굉음과 함께 시동이 걸렸고 지프차는 어둠 속으로 사라졌다. 하지만 부대장은 떠나기 전에 전혀 걱정할 필요 없다고 말했다. 병원에 있는 크로아티아인들은 총을 쏠 처지가 아니었기 때문이다. 그들에게는 무기가 없었다.

포로들은 진창에 얼굴을 처박고 쓰러진 보보를 그대로 두었다. 사방이 완전히 캄캄해져서 막사 안 세르비아군인들이 더는 그들을 볼 수 없게 되자, 그는 살금살금 걸어 나가 죽은 보보 위로 허리를 숙이고 매듭을 풀어 빨간 네커치프를 가져왔다.

8
12월 16일, 화요일. 식사 시간

24년 만에 오슬로에서 가장 추운 12월 16일로 기록될 이날은 아침 8시에도 한밤중처럼 캄캄했다. 해리는 톰 볼레르의 아파트 열쇠를 신청한 뒤, 장부에 서명하고 경찰청을 나섰다. 코트 깃을 세운 채 걸어갔는데, 기침을 하자 탈지면에 대고 하는 것처럼 소리가 사라져버렸다. 추위로 인해 공기가 무거워지고 밀도가 높아졌다는 듯이.

이른 아침에 거리로 나온 사람들은 보행자 도로를 따라 서둘러 걸어갔다. 다들 어서 실내로 들어가려고 안달하는 반면, 해리는 넓은 보폭으로 느릿느릿 걸었다. 단단하게 다져진 눈 위에서 닥터 마틴의 고무창이 미끄러질 경우를 대비해 무릎에 힘을 주었다.

도심에 위치한 톰 볼레르의 독신자용 아파트에 들어섰을 무렵에는 에케베르그 언덕 뒤의 하늘이 점점 밝아지고 있었다. 이 아파트는 볼레르가 죽은 뒤 몇 주간 출입이 금지되었다. 하지만 조사 결과, 경찰청 내에 또 다른 무기 밀매상이 있다는 단서는 전혀 나오지 않았다. 적어도 총경은 그렇게 말했다. '더 긴급한 수사 업무' 때문에 이 사건은 뒤로 미루겠다고 통보하는 자리에서.

해리는 거실의 조명을 켰다. 죽은 자의 집에 감도는 정적은 집마다 다르다는 걸 또 한 번 느꼈다. 윤기가 흐르는 검은 가죽 소파 맞은편 벽에는 대형 플라스마 텔레비전이 걸려 있었다. 양옆에는 1미터 높이의 스피커가 있는데 이 집에 설치된 서라운드 사운드 시스템의 일부였다. 벽에는 푸른색 정육면체 같은 무늬의 그림들이 잔뜩 걸려 있었다. 라켈은 그런 그림을 컴퍼스와 자의 예술이라 불렀다.

침실로 들어갔더니 창으로 잿빛 햇살이 흘러들어왔다. 방은 깔끔했다. 책상에는 컴퓨터 모니터가 있었지만 본체는 어디에도 보이지 않았다. 아마도 경찰에서 증거품으로 압수했을 것이다. 하지만 경찰청 증거보관실에서도 컴퓨터 본체는 본 적이 없었다. 물론 그는 이 사건의 수사에 전혀 개입할 수 없었다. 그가 톰 볼레르의 죽음과 관련해 독립된 경찰 내사 기관 SEFO의 조사를 받고 있다는 것이 공식적인 이유였다. 하지만 해리는 누군가 이 사건의 전모가 드러나는 걸 달가워하지 않는다는 생각을 떨칠 수 없었다.

그가 막 침실을 나서려는데 소리가 들렸다.

죽은 자의 침실은 더 이상 조용하지 않았다.

소리, 멀리서 들리는 틱 소리에 살갗이 따끔거리며 팔의 털이 곤두섰다. 옷장에서 나는 소리였다. 그는 머뭇거리다가 옷장 문을 열었다. 안에 놓인 마분지 상자가 열려 있었다. 그는 상자에 든 재킷을 단번에 알아보았다. 볼레르가 죽던 날 입은 재킷이었다. 그 위에 놓인 손목시계가 재깍거렸다. 엘리베이터에 달린 유리를 깨고 들어온 톰 볼레르의 팔이 엘리베이터가 움직이면서 뽑혀버린 후에도 저 소리가 들렸다. 나중에 그들은 볼레르의 팔을 가운데에 둔 채 엘리베이터 바닥에 앉아 있었다. 밀랍으로 만든 것처럼 생명력을 잃은 팔은 마네킹 몸통에서 떨어진 듯했다. 다만 시계를 차고 있다는 점이 기묘하게 다를 뿐이었다. 시계는 계속 재깍거리며 멈추기를 거부하고 살아 있었다. 해리가 어릴 때 아버지에게 들은 이야기에서처럼. 살해된 남자의 심장 박동 소리가 멈추지 않아서 결국 남자를 죽인 범인이 미쳐버렸다는 이야기.

그 재깍 소리는 또렷하고 기운차고 강렬했다. 한번 들으면 잊을 수 없는 소리였다. 롤렉스였다. 저 묵직한 시계는 분명 터무니없이 고가일 것이다.

해리는 옷장 문을 쾅 닫았다. 쿵쿵 소리를 내며 현관으로 걸어갔다. 발소리가 벽에 부딪혀 메아리쳤다. 문을 잠글 때는 열쇠를 요란하게 짤그락거렸고, 미친 듯이 콧노래를 흥얼거렸다. 마침내 거리로 나오자 반가운 자동차 소음이 다른 소리를 모두 지워버렸다.

오후 3시가 되자 코만되르 T. I. 외그립스 광장 4번가에 벌써 그림자가 드리웠고, 구세군 본부의 창문에 하나둘 불이 켜지기 시작했다. 오후 5시에는 사방이 어두컴컴했으며, 수은주는 영하 15도까지 떨어졌다. 방황하는 눈송이 서너 개가 우스꽝스럽게 생긴 소형차 지붕에 떨어졌다. 차 안에서는 마르티네 에크호프가 아버지를 기다리고 있었다.

"빨리 좀 나오세요, 아빠." 마르티네는 그렇게 중얼거리며 걱정스러운 눈으로 배터리 표시기를 바라보았다. 왕실에서 선물한 전기자동차가 이런 강추위에도 괜찮을지 불안했다. 그녀는 사무실을 나서기 전에 해야 할 일을 다 끝냈다. 곧 있을 행사 소식을 입력하고, 홈페이지에 있는 여러 영문과의 모임을 취소하고, 수프 배급 버스와 에게르토르게 자선냄비를 맡을 사람들의 당번표를 작성했다. 그리고 올해도 어김없이 크리스마스에 오슬로 콘서트홀에서 열리는 구세군 행사를 알리기 위해 수상에게 보낼 편지를 다듬었다.

자동차 문이 열리더니 냉기와 함께 한 남자가 차에 올라탔다. 제모制帽 아래로 숱이 많은 백발과 지금까지 마르티네가 본 중에서 가장 빛나는 눈이 있었다. 적어도 예순 살이 넘은 사람 중에서는 가장 빛났다. 그는 약간 힘겹게 좌석과 대시보드 사이의 좁은 공간에 다리를 밀어 넣었다.

"출발하자꾸나." 남자는 그렇게 말하며 자신이 노르웨이 구세군에서 최고위직임을 알리는 계급장에서 눈을 털어냈다. 그의 목소리에는 사람들이 자신의 명령을 따르는 데 익숙해진 상급자 특유의 자연스러운 권위와 활기가 느껴졌다.

"늦으셨어요." 마르티네가 말했다.

"넌 천사 같은 딸이잖니." 그가 손등으로 마르티네의 뺨을 쓰다듬었다. 그의 푸른 눈동자는 생기와 즐거움으로 반짝거렸다. "서두르자꾸나."

"아빠……."

"잠깐 기다려라." 그가 차창을 내렸다. "리카르드!"

시타델 출입문 앞에 한 청년이 서 있었다. 시타델은 본부와 같은 건물 안에 있었고, 출입문도 나란히 있었다. 자신을 부르는 소리에 깜짝 놀란 청년은 양팔을 몸통에 붙인 채 안짱다리 걸음으로 달려왔다. 도중에 눈 위에서 미끄러져 하마터면 넘어질 뻔했지만 양팔을 퍼덕거려 다시 균형을 잡았다. 차 옆에 왔을 때는 벌써 헐떡이고 있었다.

"네, 사령관님."

"다른 사람들처럼 그냥 다비드라 부르게."

"네, 다비드."

"그렇다고 말끝마다 붙이진 말고."

리카르드의 시선이 다비드 에크호프 사령관에서 그의 딸 마르티네를 향했다가 다시 사령관에게 돌아갔다. 리카르드는 두 손가락으로 인중에 맺힌 땀을 닦았다. 어떻게 날씨나 바람의 상태와 상관없이 특정 부위에만 툭하면 땀이 나는지 마르티네는 종종 의아했다. 특히 예배 시간이나, 혹은 장소 불문하고 그녀 옆에 앉아 무언가 재미있는 말을 속삭일 때는 더욱 그랬다. 숨길 수 없는 긴장감과 너무 가까운 거리, 그리고, 음, 땀이 맺힌 인중만 아니었다면 웃을 법한 농담들이었다. 가끔씩 리카르드가 옆에 앉아 있을 때 주위가 조용하면 그가 손으로 입가를 쓰다듬을 때마다 거슬리는 소리가 났다. 리카르드 닐센은 땀을 많이 흘릴 뿐 아니라 수염도 많이 났기 때문이다. 유별나게 수염이 빨리 자랐다. 아침에 본부에 출근할 때는 아기 엉덩이처럼 말끔했던 얼굴도 점심때가 되면 푸르스름해졌고, 저녁 회의에 올 때는 종종 면도를 다시 하곤 했다.

"농담일세, 리카르드." 다비드 에크호프가 미소를 지었다.

마르티네는 아버지의 저런 장난에 악의가 없다는 걸 알고 있었다. 하지만 가끔은 그게 사람을 괴롭힐 수도 있음을 아버지는 모르는 듯했다.

"아, 예." 리카르드는 억지로 웃더니 상체를 구부렸다. "안녕, 마르티네."

"안녕, 리카르드." 마르티네는 배터리 표시기를 보는 척하며 딴청을 부렸다.

"자네에게 부탁이 있네." 사령관이 말했다. "지금 길에 눈이 많이 쌓였잖나. 근데 내 자동차 타이어는 아직도 여름용이라네. 스터드 타이어로 교체해야 하는데 지금 퓔뤼세에 가봐야—"

"알고 있습니다." 리카르드가 힘차게 대답했다. "사회부 장관님과 약속이 있으시죠. 기사가 많이 나기를 바라고 있습니다. 아까 홍보 담당자와 얘기했습니다."

다비드 에크호프는 거들먹거리는 미소를 지었다. "자네가 그렇게 열심인 걸 보니 좋군, 리카르드. 지금 내 차가 여기 차고에 있는데, 내가 돌아올 때쯤에는 스터드 타이어로 교체되었으면 하네. 알다시피—"

"스터드 타이어는 차 트렁크에 있나요?"

"그렇다네. 하지만 급한 일이 있다면 안 해도 돼. 욘에게 전화하려던 참이었거든. 욘은—"

"아뇨, 아뇨." 리카르드가 힘차게 고개를 저었다. "바로 교체하겠습니다. 절 믿으세요…… 어…… 다비드."

"확실한가?"

리카르드가 어리둥절한 표정으로 사령관을 바라보았다. "절 믿으라는 말요?"

"더 급한 일이 없는 게 확실하냔 말일세."

"물론입니다. 재미있겠는데요. 전 자동차 만지는 걸 좋아하거든요. 또…… 또……."

"타이어 가는 것도 좋아하고?"

사령관이 환하게 웃는 동안 리카르드는 침을 꿀꺽 삼키며 고개를 끄덕였다.

사령관은 차창을 올렸고, 그들이 탄 차는 광장을 빠져나갔다.

"남을 돕기 좋아하는 리카르드의 성격을 이용하는 건 나쁜 짓이에요." 마르티네가 말했다.

"지나치게 순종적인 성격이겠지. 화낼 거 없다, 얘야. 그냥 테스트일 뿐이니까." 사령관이 말했다.

"테스트요? 이타적인지 알아보는 테스트? 아니면 권위를 두려워하는지 알아보는 테스트?"

"후자야." 사령관이 껄껄 웃으며 말했다. "아까 리카르드의 동생 테아와 얘길 했는데, 그 애 말로는 내일이 예산안 작성 마감일이라서 리카르드가 애를 먹고 있다더구나. 그렇다면 그 일을 우선순위에 두고 타이어 바꾸는 것쯤은 욘에게 맡겼어야지."

"그래서요? 리카르드가 친절을 베풀었을 수도 있죠."

"그래, 리카르드는 친절하지. 영리하기도 하고. 성실하고 진지해. 난 그 애에게 배짱과 용기가 있는지 확인하고 싶었다. 훌륭한 경영자가 되는 데 필요한 자질이지."

"다들 욘이 될 거라던데요."

다비드 에크호프는 보일 듯 말 듯 미소를 지으며 자신의 손을 내려다보았다. "그러냐? 그건 그렇고, 네가 리카르드 편을 들어주니 고맙구나."

마르티네는 도로에서 눈을 떼지 않았지만 아버지의 시선이 자신에게 머무는 것을 느꼈다. "너도 알다시피 우리 집안과 그쪽 집안은 오랫동안 친구였잖니. 좋은 사람들이야. 구세군의 든든한 버팀목이지."

마르티네는 치밀어 오르는 짜증을 참기 위해 숨을 깊이 들이쉬었다.

한 방이면 끝난다.

그래도 그는 탄창에 카트리지를 모두 밀어 넣었다. 무엇보다 탄창이 가득 차 있어야 균형이 완벽하게 잡히기 때문이다. 또한 오작동의 확률도 줄어든다. 탄창에 여섯 발, 약실에 한 발.

그다음에는 권총집을 찼다. 중고품이어서 가죽이 부드러웠다. 살갗, 기름, 땀이 섞인 짭조름하고 씁쓸한 냄새가 났다. 총은 권총집 속에 납작하게 누웠다. 그는 거울 앞에 서서 재킷을 입었다. 총은 완벽하게 감춰졌다. 큰 총일수록 정확도가 올라가지만, 이번 일은 정확한 사격을 요하지 않았다. 레인코트를 입고 그 위에 코트를 입었다. 주머니 속에 털모자를 밀어 넣고, 재킷 안주머니를 뒤적여 빨간 네커치프를 찾아냈다.

그리고 손목시계를 봤다.

"배짱과 용기." 군나르 하겐이 말했다. "그게 내가 형사들에게서 가장 중요시하는 자질일세."

해리는 대답하지 않았다. 질문이 아니었기 때문이다. 대신 지금처럼 종종 불려와 앉아 있었던 사무실을 둘러보았다. 경정이 부하 직원에게 하는 뻔한 잔소리를 제외하고는 모든 게 바뀌었다. 비아르네 묄레르가 책상에 쌓아두던 서류더미, 책꽂이에 법적 문서와 경찰 규정집 사이에 끼어 있던 도널드덕 만화책, 대형 가족사진, 그보다 더 큰 골든레트리버 사진 등 모두 사라졌다. 원래 그 골든레트리버는 아이들 강아지였다. 죽은 지 9년이나 되어 아이들은 잊은 지 오래였지만 묄레르는 아직도 그 녀석을 그리워했다.

깨끗이 치운 책상에 남은 것이라고는 컴퓨터와 키보드, 조그만 하얀색 뼈를 받치고 있는 은색 받침대, 그리고 군나르 하겐의 팔꿈치뿐이었다. 지금 이 순간, 하겐은 그 팔꿈치에 기대 상체를 내민 채 숱이 무성한 눈썹 아래로 해리를 노려보고 있었다.

"하지만 그 두 가지보다 훨씬 더 중시하는 세 번째 자질이 있네. 뭔지 아나?"

"아뇨." 해리가 무덤덤한 어조로 말했다.

"규율일세. 규-율."

경정이 저렇게 음절을 나눠서 발음하니 마치 어원학 강의를 듣는 기분이었다. 어쨌거나 하겐은 자리에서 일어나 뒷짐을 진 채 거들먹거리는 자세로 서성이기 시작했다. 일종의 영역 표시였는데 볼 때마다 은근히 웃긴다고 해리는 생각했다.

"이 과의 전 직원과 이렇게 면담하면서 내가 뭘 기대하는지 분명히 밝혔네."

"부서죠."

"뭐라고?"

"'과'라고는 안 합니다. 비록 경정님의 직급이 예전에는 '수사 과장'이었고 이곳도 수사과이긴 하지만요. 모르시는 거 같아서요."

"환기시켜줘서 고맙네. 어디까지 했지?"

"규-율."

하겐은 해리를 노려보았지만 해리는 꿈쩍도 하지 않았다. 경정은 다시 거들먹거리며 걷기 시작했다.

"지난 10년간 나는 육군사관학교에서 강의를 했네. 전공 분야는 미얀마 전쟁이었지. 그게 여기서 내가 맡은 일과 얼마나 밀접한지 알면 아마 자네는 깜짝 놀랄걸세."

"뭐, 저야 속이 훤히 들여다보이는 사람이니까요." 해리가 다리를 긁적이며 말했다.

하겐은 집게손가락으로 창틀을 훑은 뒤 못마땅한 표정으로 그 결과를 바라보았다. "1942년, 10만 명에 불과한 일본군이 미얀마를 정복했네. 미얀마는 일본 영토의 두 배였고, 당시에는 영국 식민지였지. 영국군은 병력으로나 화력으로나 일본군보다 우월했어." 하겐은 끝이 새까매진 집게손가락을 들어 올렸다. "하지만 일본군이 우월한 부분이 딱 하나 있었는데 그 덕분에 영국군과 인도인 용병을 물리칠 수 있었네. 바로 규율이지. 수도 양곤으로 진격할 당시 일본군은 45분간 걷고, 15분간 자는 걸 반복했어. 배낭을 멘 채 목적지를 향해 발을 뻗고 그대로 길에 누워서 잔 거야. 덕분에 잠에서 깼을 때 도랑으로 걸어가거나, 길을 잃을 염려가 없었지. 방향은 중요한 걸세, 홀레. 알겠나?"

해리는 그다음 이야기가 무엇일지 감이 잡혔다. "그래서 일본군은 양곤에 무사히 도착했겠군요."

"그랬지. 한 명도 빠짐없이. 명령을 따랐기 때문이야. 자네가 톰 볼레르의 아파트 열쇠를 가져갔다고 들었네. 사실인가, 홀레?"

"잠깐 들여다봤습니다, 보스. 치료 차원에서요."

"그랬기를 바라네. 그 사건은 끝났어. 볼레르의 아파트를 기웃거리는 건 시간 낭비일 뿐 아니라 총경님의 명령에 위배되는 일이네. 이제부턴 내 명령에 위배되기도 하고. 명령 불복종의 결과가 무엇인지 조목조목 설명하지 않아도 잘 알거라 믿네. 이 말만 해두지. 일본군 장교들은 물 마시는 시간이 아닌데도 물을 마시는 병사가 있으면 총으로 쐈네. 잔인해서가 아니야. 규율이란 문제의 소지가 될 일은 떡잎부터 잘라내는 것이기 때문이지. 잘 알아들었나, 홀레?"

"아주 잘…… 알아들었습니다, 보스."

"이상일세." 하겐은 자리에 앉더니 해리가 벌써 사무실을 나갔다는 듯이 서랍에서 종이 한 장을 꺼내 열심히 읽기 시작했다. 그러다 고개를 들어 아직 앞에 앉아 있는 해리를 보고 깜짝 놀랐다.

"할 말이 남았나, 홀레?"

"음. 한 가지 궁금한 게 있어서요. 일본군은 2차대전에서 패하지 않았나요?"

군나르 하겐은 해리가 나간 뒤에도 오랫동안 멍하니 서류를 바라보았다.

레스토랑은 어제와 마찬가지로 절반쯤 차 있었다. 입구에는 금발에 푸른 눈을 가진, 젊고 잘생긴 웨이터가 서 있었다. 기오르기와 어쩌나 똑같이 생겼는지 남자는 잠시 넋이 빠진 채 우두커니 서 있었다. 웨이터가 빙그레 웃는 것을 보고서야 자신의 속내를 들켰음을 깨달았다. 그는 코트 보관소에서 코트와 레인코트를 벗었다. 웨이터의 시선이 자신에게 머무는 게 느껴졌다.

"성함이?" 웨이터가 물었다. 그는 이름을 웅얼거렸다.

웨이터의 길고 가느다란 손가락이 예약 장부를 훑어 내려가다가 멈췄다.

"이제 제 손가락이 손님에게 닿았습니다." 웨이터가 푸른 눈으로 그를 계속 바라보며 말했다. 남자의 볼이 붉어졌다.

외관상으로는 별로 고급 레스토랑 같지 않았지만, 그의 암산 실력이 녹슬지 않았다면 메뉴판에 적힌 가격은 어마어마했다. 그는 파스타와 물 한 잔을 주문했다. 배가 고팠다. 심장 박동은 규칙적이고 차분했다. 다른 손님들은 마치 자신에게는 어떤 비극도 닥치지 않으리라는 듯이 이야기를 나누며 웃고 미소를 지었다. 저들에게는 앞으로 다가올 비극이 전혀 보이지 않고, 그에게서 어두운 기운이나 냉기 혹은 썩은 내가 감돌지도 않는다는 사실이 늘 놀라웠다.

정확히 말하면 아무도 그걸 눈치채지 못한다는 사실이 놀라웠다. 밖에서 시청 시계가 세 개의 음으로 된 벨을 여섯 번 울렸다.

"좋은데." 테아가 주위를 둘러보며 말했다. 전망 좋은 레스토랑이었고, 그들이 예약한 자리는 보행자 도로 쪽으로 난 창문 옆이었다. 보이지 않는 스피커에서 명상 음악 같은 뉴에이지 음악이 조그맣게 흘러나왔다.

"특별한 곳에 오고 싶었거든." 욘이 메뉴판을 열심히 바라보며 말했다. "뭐 먹을래?"

테아는 한쪽 페이지를 재빨리 훑어보았다. "일단 뭘 좀 마셔야겠어."

그녀는 물을 많이 마셨다. 당뇨병과 신장 때문이라는 걸 욘은 알고 있었다.

"뭘 골라야 할지 모르겠다. 다 맛있어 보여, 안 그래?" 테아가 말했다.

"그렇다고 메뉴에 있는 걸 다 먹을 순 없잖아."

"그거야 그렇지……."

욘은 침을 꿀꺽 삼켰다. 자신도 모르게 그 말이 튀어나왔다. 그는 테아를 훔쳐보았다. 아무것도 눈치채지 못한 표정이었다.

갑자기 테아가 고개를 들었다. "무슨 뜻이야?"

"뭐가?" 욘이 아무렇지도 않게 말했다.

"메뉴에 있는 걸 다 먹을 수 없다는 말. 그냥 한 말이 아니잖아. 난 널 알아, 욘. 왜 그런 소리를 한 거야?"

욘은 어깨를 으쓱였다. "약혼하기 전까지 서로에게 전부 털어놓기로 약속한 거 기억하지?"

"응."

"나한테 숨긴 거 없어?"

테아는 체념한 표정으로 한숨을 쉬었다. "그렇다니까, 욘. 난 다른 남자는 사귄 적 없어. 그런…… 식으로는."

하지만 욘은 그녀의 눈에서, 표정에서 전에는 없던 무언가를 보았다. 그녀의 입가가 실룩거렸고 조리개가 닫힌 듯 눈이 어두워졌다. 그는 도저히 참을 수 없었다. "로베르트와도 아무 일 없었어?"

"뭐라고?"

"로베르트. 우리가 처음 외스트고르로 수련회 갔을 때 네가 로베르트에게 끼를 부렸잖아."

"그때 난 열네 살이었어, 욘!"

"그래서?"

테아는 어이없다는 듯이 그를 바라보더니 이내 분을 삼키고는 냉담한 표정을 지었다. 욘은 양손으로 그녀의 손을 잡고 상체를 내밀며 속삭였다. "미안, 미안해, 테아. 내가 왜 이러는지 모르겠어. 난…… 아까 한 질문은 잊어줘."

"결정하셨습니까?"

두 사람은 웨이터를 올려다보았다.

"전채는 신선한 아스파라거스로 주세요." 테아가 웨이터에게 메뉴판을 건네며 말했다. "메인은 그물버섯을 곁들인 샤토브리앙으로 할게요."

"훌륭한 선택이십니다. 좋은 가격에 나온 와인이 있는데 추천해 드릴까요?"

"고맙지만 물이면 충분해요." 테아가 활짝 웃으며 말했다. "물 많이 주세요."

욘은 그녀를 바라보았다. 감정을 감추는 그녀의 능력이 존경스러웠다.

웨이터가 떠나자 테아는 욘에게 시선을 돌렸다. "내 신문이 끝났으면 이젠 네 차례야. 그러는 넌?"

욘은 희미하게 웃으며 고개를 저었다.

"정말 한 번도 여자를 사귄 적 없어? 수련회에서도?"

"왠지 알아?" 욘이 그녀의 손에 자기 손을 얹으며 말했다.

테아는 고개를 저었다.

"그해 여름에 어떤 소녀와 사랑에 빠졌거든." 욘은 그렇게 말했고, 테아가 다시 자신에게 집중하는 걸 느꼈다. "그 소녀는 열네 살이었지. 그 후로 계속 그 애만 사랑했어."

욘이 미소를 짓자, 테아도 미소를 지었다. 욘은 그녀가 마음속 은신처에서 나와 다시 그의 곁으로 왔다는 걸 알 수 있었다.

"수프가 맛있군요." 사회부 장관이 다비드 에크호프 사령관을 돌아보며 말했다. 하지만 그의 목소리는 그곳에 모인 기자들이 다 들을 수 있을 정도로 컸다.

"저희만의 특별 레시피죠." 사령관이 말했다. "2년 전에 요리책도 출판했는데……."

아버지의 눈짓에 마르티네는 테이블로 다가가 장관의 수프 그릇 옆에 요리책을 올려놓았다.

"……장관님께서도 댁에서 맛있고 영양가 있는 수프를 만들어 드시고 싶다면 도움이 될 겁니다."

뷜뤼세에 모여 있던 몇몇 기자와 사진기자 들이 큭큭 웃었다. 그들을 제외하고는 사람이 거의 없었다. 호스텔에 묵고 있는 노인 두

명, 눈가가 붉게 물든 코트 차림의 여자, 다친 약쟁이뿐이었다. 약쟁이는 이마에서 피가 흘렀고, 2층의 양호실로 끌려가게 될까 두려워 몸을 사시나무 떨 듯 떨고 있었다. 이곳에 사람이 이렇게 적은 건 놀랄 일이 아니었다. 원래 지금은 운영 시간이 아니기 때문이다. 하지만 장관 일정상 아침에 이곳을 방문할 수 없었기에 그는 평상시에 여기가 얼마나 붐비는지 볼 수 없었다. 사령관은 그 점을 상세히 설명했다. 더불어 이곳이 얼마나 효율적으로 운영되며, 얼마나 많은 돈이 드는지도. 장관은 의무적으로 수프를 떠서 입에 넣으며 간간히 고개를 끄덕였다.

마르티네는 손목시계를 보았다. 6시 45분이었다. 장관의 비서는 7시에 떠나야 한다고 했다.

"수프 잘 먹었네. 사람들과 이야기를 좀 나누고 싶은데 시간이 되겠나?" 장관이 물었다.

비서는 고개를 끄덕였다.

대중에게 좋은 이미지를 심어주려는 것이라고 마르티네는 생각했다. 당연히 시간이 되겠지. 애초에 그러려고 왔을 테니까. 자금을 지원하기 위해서가 아니다. 그건 전화 한 통으로 끝낼 수 있다. 그보다는 기자를 초청해 사회부 장관이 불쌍한 사람들 틈에서 수프를 먹고, 약쟁이와 악수하고, 그들 말에 공감하며 열심히 듣는 모습을 보여주기 위해서다.

장관 측 대변인이 사진기자들에게 사진을 찍어도 좋다고 손짓했다. 더 정확히 말하면, 어서 사진을 찍으라는 손짓이었다.

장관은 자리에서 일어나 재킷 단추를 채우고 실내를 둘러보았다. 마르티네는 세 명의 후보가 장관에게 어떻게 보일지 궁금했다. 전형적인 양로원 거주자처럼 보이는 두 노인은 장관의 목적, 그러니까 장관이 마약중독자 혹은 창녀 등등을 만났다고 광고하려는 목적에 적합하지 않았다. 그리고 피를 흘리는 약쟁이는 어딘가 미친 듯해서 위험 부담이 컸다. 반면 코트 차림의 여자는…… 그냥 평범한 시민처럼 보였다. 누구든 그녀를 자신과 동일시할 수 있고, 따라서 기꺼이 도와주고 싶은 사람이었다. 가슴 아픈 사연이라도 있다면 금상첨화일 것이다.

"이런 곳이 있어서 다행이라고 생각하십니까?" 장관이 손을 내밀며 물었다.

여자는 고개를 들어 장관을 보았다. 장관이 자기 이름을 밝혔다.

"전 페르닐레—" 여자가 말문을 열었지만, 장관이 말을 잘랐다.

"이름만 말하면 됩니다, 페르닐레. 알다시피 여기 기자들이 와 있습니다. 사진을 찍고 싶어 하는데 괜찮겠습니까?"

"홀멘이에요." 여자가 손수건으로 코를 풀며 말했다. "페르닐레 홀멘." 그녀는 한 사진기자 앞에 놓인 테이블을 가리켰다. 촛불 하나가 켜져 있었다. "전 아들을 애도하기 위해 왔습니다. 그러니 혼자 있게 해주시겠어요?"

장관과 수행원들이 재빨리 자리를 뜨자, 마르티네는 여자 곁으로 다가갔다. 장관은 결국 두 노인에게 갔다.

"페르 일은 정말 유감이에요." 마르티네가 나직이 말했다.

여자가 퉁퉁 부은 얼굴을 들어 그녀를 바라보았다. 아마도 울어서 저렇게 부었으리라. 신경 안정제 때문이기도 할 테고.

"우리 아들을 아세요?" 여자가 속삭였다.

마르티네는 사실대로 말하는 것을 선호했다. 설사 그것이 상대에게 상처가 될 지라도. 가정교육 때문이 아니라 장기적으로 봤을 때 그래야 뒤탈이 없다는 걸 깨달았기 때문이다. 하지만 울먹이는 여자의 목소리에서 기도가 들렸다. 누군가 당신의 아들은 단순히 마약에 중독된 로봇이자 이 사회의 짐이 아니라 나의 지인이자 친구, 그것도 좋아하는 친구였다고 말해주기를 바라는 기도였다.

"홀멘 부인." 마르티네는 침을 삼켰다. "전 아드님을 알아요. 좋은 친구였죠."

페르닐레 홀멘은 아무 말 없이 눈만 두 번 깜빡였다. 미소를 지어 보이려 했지만 오히려 얼굴이 일그러졌다. 그녀가 간신히 "고마워요"라고 속삭이자 두 뺨에 눈물이 흘러내리기 시작했다.

저쪽에서 사령관이 오라고 손짓했지만 마르티네는 무시하고 자리에 앉았다.

"그들이…… 그들이 우리 남편도 데려갔어요." 페르닐레 홀멘이 흐느꼈다.

"네?"

"경찰요. 남편이 아들을 죽였대요."

페르닐레 홀멘의 곁을 떠나며 마르티네는 키가 큰 금발 형사를 생각했다. 이들에게 관심이 있다는 그의 말은 진심인 듯했었다. 그녀는 분노가 치밀어 오르는 동시에 혼란스러웠다. 알지도 못하는 사람에게 왜 이렇게 화가 나는지 알 수 없었기 때문이다. 그녀는 손목시계를 보았다. 6시 55분이었다.

해리는 생선 수프를 만들었다. 냉동식품으로 판매하는 생선 수프에 우유를 섞고 어묵을 잘게 잘라 넣었다. 그리고 바게트를 곁들였다. 모두 아래층에 사는 알리가 동생과 함께 경영하는 작은 식료품점에서 구입했다. 거실 테이블에는 수프 그릇과 함께 큼직한 물컵도 놓여 있었다.

해리는 CD플레이어에 CD를 넣고 음량을 키웠다. 머릿속을 비운 채 음악과 수프에만 집중했다. 소리와 맛. 그 두 가지에만.

수프를 반쯤 먹고 CD의 3번 트랙에 이르렀을 때 전화가 울렸다. 해리는 받지 않기로 했다. 하지만 전화벨이 여덟 번째로 울리자 음악을 줄였다.

"해리."

아스트리드였다. "뭐해요?" 그녀의 목소리는 나직했지만 여전히 울렸다. 아무래도 욕실에서 문을 잠그고 전화하는 모양이었다.

"음악 들으면서 저녁 먹고 있어요."

"외출할 건데 당신 집 근처예요. 오늘 저녁에 계획 있어요?"

"네."

"뭔데요?"

"계속 음악 듣는 거요."

"흠. 혼자 있고 싶은가 봐요."

"아마도."

정적이 흘렀다. 그녀가 한숨을 쉬었다. "마음 바뀌면 알려줘요."

"아스트리드?"

"네?"

"당신 때문이 아닙니다. 내 문제예요."

"사과할 필요 없어요, 해리. 혹시라도 이 관계가 내게 중요할 거라는 착각 때문에 애쓰는 거라면요. 난 그냥 당신을 만나면 좋겠다고 생각했을 뿐이에요."

"다음에 봅시다."

"다음에 언제요?"

"다음에요."

"다음 생애에?"

"그러든지요."

"알았어요. 하지만 난 당신이 좋아요, 해리. 잊지 말아요."

해리는 전화기를 내려놓고 우두커니 서 있었다. 갑작스러운 침묵을 받아들이기가 힘들었다. 너무 놀랐기 때문이다. 아까 전화가 울렸을 때 어떤 얼굴이 떠올랐다. 그 사실 자체가 놀라운 게 아니라 그게 라켈의 얼굴이 아니라는 게 놀라웠다. 아스트리드도 아니었다. 그는 의자에 앉아 더는 생각하지 않기로 마음먹었다. 만약 시간이라는 약이 정말로 효과를 발휘하기 시작했고, 그래서 라켈을 잊어가는 중이라면 잘된 일이기 때문이다. 너무 잘된 일이라서 괜히 복잡하게 만들고 싶지 않았다.

그는 음량을 높이고 머릿속을 비웠다.

그는 테이블에 앉아 음식 값을 계산한 뒤, 재떨이에 이쑤시개를 버리고 손목시계를 보았다. 6시 57분이었다. 어깨에 찬 권총집이 흉근에 쏠렸다. 안주머니에서 사진을 꺼내 마지막으로 보았다. 시간이 되었다.

레스토랑 안의 어떤 손님도, 심지어 바로 옆 테이블에 앉은 커플조차도 그가 일어나서 화장실로 가는 것을 알아차리지 못했다. 그는 대변기 칸으로 들어가 문을 잠그고 1분간 기다렸다. 총알이 장전되었는지 확인하고 싶은 충동을 간신히 억눌렀다. 보보에게 배운 가르침이었다. 매사에 두 번씩 확인하는 여유를 부리는 데 익숙해졌다가는 감각이 무뎌진다.

1분이 지났다. 코트 보관소로 가서 레인코트를 입고 빨간 네커치프를 맨 다음, 귀 위로 털모자를 눌러썼다. 문을 열고 칼 요한스 가로 나갔다.

그 거리의 제일 높은 지대로 성큼성큼 걸어갔다. 급해서가 아니었다. 이 도시의 사람들이 모두 그렇게 걷는다는 것을 눈치챘기 때문이다. 그들과 같은 속도로 걸어야 눈에 띄지 않는다. 가로등 옆 쓰레기통을 지났다. 일을 마치고 돌아가는 길에 총을 버리려고 점찍어둔 쓰레기통이었다. 사람으로 붐비는 보행자 도로 한복판에 있어서 경찰이 쉽게 찾아낼 테지만 상관없었다. 총을 쏜 사람이 그라는 걸 알아내지 못하는 게 중요했다.

목적지에 도착하기 한참 전부터 음악 소리가 들렸다.

밴드 앞에 이삼백 명의 사람들이 반원으로 모여 있었고, 그가 도착하자 노래가 끝났다. 박수갈채 속에서 7시를 알리는 종소리가 크게 울려 퍼졌다. 정확히 제시간에 도착했다. 반원 안쪽으로 세 개의 나무 막대 지지대에 검은 냄비가 매달려 있고, 그 옆에 사진 속 남자가 있었다. 사실 조명이라고는 가로등과 밴드 양쪽에 설치된 횃불뿐이었지만 의심의 여지가 없었다. 더군다나 남자는 구세군 제복을 입은 채 모자를 쓰고 있었다.

밴드 보컬이 확성기에 대고 무어라 외치자 사람들이 환호하며 박수를 쳤다. 밴드가 다시 노래를 시작하자 어디선가 카메라 플래시가 터졌다. 연주는 요란했고, 드러머는 스네어드럼을 칠 때마다 오른손을 높이 들었다.

그는 군중을 헤치고 나가 구세군 병사와 3미터 떨어진 곳에 섰다. 뒤를 돌아보며 아무도 없는 것을 확인했다. 그의 앞에 선 두 십대 소녀는 풍선껌을 씹으며 입에서 하얀 입김을 뿜어내고 있었다. 소녀들은 그보다 키가 작았다. 그는 딱히 어떤 생각도 하지 않았다. 서두르지도 않았다. 특별한 의식 없이 그저 해야 할 일을 했다.

다시 말해, 총을 꺼내 들고 팔을 쭉 폈다. 덕분에 구세군 병사와의 거리가 2미터로 줄어들었다. 그는 목표물을 겨냥했다. 자선냄비 옆에 선 남자가 흐릿하게 둘로 보였다. 긴장을 풀자 두 개의 상이 다시 하나로 합쳐졌다.

"건배!" 욘이 말했다.

스피커에서 끈적거리는 케이크 반죽처럼 음악이 흘러나왔다.

"건배." 테아는 순순히 잔을 들어 그의 잔에 맞부딪쳤다.

그들은 잔을 비운 후 서로의 눈을 바라보았고, 욘이 소리 없이 입을 벙긋거렸다. 사랑해.

테아는 얼굴을 붉히며 고개를 숙였지만 미소 짓고 있었다.

"너한테 줄 선물이 있어." 욘이 말했다.

"그래?" 장난기와 애교가 넘치는 어조였다.

욘은 재킷 주머니에 손을 넣었다. 휴대전화 밑으로 딱딱한 플라스틱 반지 케이스가 손끝에 닿았다. 심장 박동이 빨라졌다. 맙소사. 오늘 저녁을, 지금 이 순간을 얼마나 고대했고 또 한편으로 얼마나 두려워했던가.

휴대전화가 진동하기 시작했다.

"무슨 문제라도 생겼어?" 테아가 물었다.

"아니, 어…… 미안해. 금방 올게."

욘은 화장실에 들어가 휴대전화를 꺼내 액정을 보았다. 한숨을 쉬고는 초록색 버튼을 눌렀다.

"안녕, 자기. 별일 없어요?"

웃음기 가득한 목소리였다. 마치 방금 전에 무언가 재미있는 얘기를 들어서 그의 생각이 났고, 그래서 충동적으로 전화했다는 듯이. 하지만 휴대전화에는 그녀의 부재중 전화가 여섯 통이나 찍혀 있었다.

"안녕하세요, 랑닐."

"소리가 이상하네. 혹시—?"

"레스토랑 화장실입니다. 테아와 저녁 먹으러 왔어요. 그러니까 통화는 다음에 하죠."

"언제요?"

"그냥…… 다음에요."

정적이 흘렀다.

"아하."

"내가 먼저 전화했어야 하는데. 당신에게 할 말이 있어요, 랑닐. 무슨 말인지 당신도 알 겁니다." 그는 숨을 들이쉬었다. "당신과 나, 우린 더 이상—"

"욘, 뭐라고 하는지 잘 안 들려요."

욘은 그녀의 말이 의심스러웠다.

"내일 저녁에 당신 집에서 만나면 안 될까요? 그때 말하면 되잖아요." 랑닐이 말했다.

"내일 저녁엔 근무해야 합니다. 아니면 다른 날—"

"그럼 그랜드 호텔에서 점심 먹어요. 몇 호실인지 문자 보낼게요."

"랑닐, 그건—"

"잘 안 들려요. 내일 전화해요, 욘. 아, 안 되겠다. 내일 하루 종일 회의가 있어요. 내가 전화할 테니까 전화기 꺼놓지 마세요. 그리고 즐거운 시간 보내요."

"랑닐?"

욘은 액정을 보았다. 전화는 이미 끊어졌다. 밖에 나가 다시 전화할 수도 있다. 이왕 말을 꺼냈으니 확실히 끝내버릴 수 있다. 그게 올바른 일일 것이다. 현명한 일이기도 하고. 종지부를 찍어 끝장내버리는 것.

이제 두 사람은 마주 보고 서 있었지만 구세군 병사는 그를 못 보는 듯했다. 그의 호흡은 차분했고, 손가락은 방아쇠를 감고 있었다. 그 손가락에 천천히 힘을 주었다. 순간 두 사람의 시선이 마주쳤다. 구세군 병사의 얼굴에는 놀라움이나 충격, 공포의 기색이 전혀 없다고 그는 생각했다. 오히려 깨달음의 빛이 스치는 듯했다. 권총을 본 순간 자신이 지금까지 가졌던 의문이 해결되었다는 듯이. 이윽고 탕 소리가 났다.

만약 총성이 스네어드럼과 동시에 울렸다면 음악 소리에 묻혔을 것이다. 하지만 실상은 많은 사람들이 몸을 돌려 레인코트 차림의 남자와 총을 바라보았다. 구세군 병사도. 이제 그는 모자챙에 적힌 'Salvation Army(구세군)'의 A자 바로 밑에 구멍이 뚫린 채 꼭두각시처럼 양팔을 앞으로 휘저으며 뒤로 쓰러졌다.

의자에 앉아 있던 해리는 움찔하며 깨어났다. 잠이 들었던 모양이다. 방은 고요했다. 왜 잠에서 깼을까? 귀를 기울였지만 도시의 나직하고 규칙적인 소음뿐이었다. 아니다, 다른 소리도 있다. 그는 그 소리를 들으려고 안간힘을 썼다. 이거다. 거의 들리지 않았지만 소리의 정체를 깨닫자 더욱 커지며 한결 또렷해졌다. 시계가 나직이 재깍거리는 소리였다.

해리는 눈을 감은 채 계속 의자에 앉아 있었다.

갑자기 화가 치밀어서 무턱대고 침실로 들어가 머리맡 테이블의 서랍을 열었다. 묄레르가 준 손목시계를 꺼내 창문을 열고 어둠 속으로 있는 힘껏 던져버렸다. 시계가 옆 건물 벽에 툭 부딪히더니 얼어붙은 아스팔트로 떨어지는 소리가 들렸다. 그는 창문을 닫고 걸쇠를 잠근 다음, 다시 거실로 돌아가 음량을 높였다. 어찌나 크게 틀었는지 눈앞에서 스피커 진동판이 떨리는 게 보일 정도였다. 고음은 그의 귀를 즐겁게 했고, 저음은 그의 입안을 가득 채웠다.

밴드를 바라보던 사람들은 몸을 돌려 눈 위에 쓰러진 남자를 보았다. 굴러가던 그의 모자가 밴드 보컬의 마이크 스탠드 앞에서 멈췄다. 밴드 단원들은 아직 무슨 일이 벌어졌는지 깨닫지 못한 채 연주를 계속했다.

눈밭에 쓰러진 구세군 병사와 가장 가까이에 있던 두 소녀가 뒤로 물러섰다. 그중 한 명이 비명을 지르기 시작했다.

눈을 감고 노래를 부르던 여자 보컬이 눈을 떴고, 관객의 관심이 다른 곳에 쏠려 있다는 걸 깨달았다. 그녀는 몸을 돌려 눈 위에 쓰러진 남자를 보았다. 경비원이나 공연 기획자, 매니저 등 이 상황을 해결할 수 있는 사람을 찾아 주위를 훑어보았지만 이건 그냥 평범한 거리 공연이었다. 다들 누군가 오기를 기다렸고, 밴드는 연주를 계속했다.

그때 군중이 움직이며 한 여자에게 길을 터주었다. 그녀는 팔꿈치로 사람들을 밀치며 앞으로 나오는 중이었다.

"로베르트!"

여자가 거칠고 쉰 목소리로 외쳤다. 안색은 창백했고 팔꿈치에 구멍이 뚫린 얇은 검은색 가죽 재킷을 입고 있었다. 그녀는 생기를 잃은 채 누워 있는 남자에게 비틀거리며 다가가 옆에 무릎을 꿇었다.

"로베르트?"

여자는 로베르트의 목에 앙상한 손을 올려놓았다. 그러더니 밴드에게 몸을 돌렸다.

"연주 좀 그만해요, 젠장!"

밴드 단원들이 한 명씩 차례대로 연주를 멈췄다.

"이 사람은 죽어가고 있다고요. 의사를 데려와요. 빨리!"

여자는 다시 로베르트의 목에 손을 올렸다. 여전히 맥박이 뛰지 않았다. 그녀는 이런 일을 많이 겪었다. 이런 일을 겪고 무사한 사람도 있었다. 대부분은 그렇지 못했지만. 그녀는 혼란스러웠다. 분명 약물과다는 아닐 것이다. 구세군 병사가 마약을 할 리 없으니까. 막 눈이 내리기 시작한 터라 남자의 볼과 감은 눈, 반쯤 벌어진 입 위에서 눈송이가 녹아내렸다. 잘생긴 청년이었다. 이렇게 긴장이 풀어진 청년의 얼굴을 보니, 문득 자신의 잠든 아들을 닮았다는 생각이 들었다. 그 순간 청년의 머리에 뚫린 아주 작은 구멍에서 빨간 선 하나가 흘러내리더니 이마를 가로질러 관자놀이와 귀로 떨어졌다.

누군가 그녀를 거칠게 붙잡아 밀어냈고, 또 다른 사람이 청년 위로 허리를 숙였다. 그녀는 마지막으로 청년의 얼굴을, 그리고 이마의 구멍을 보았다. 갑자기 고통스러운 확신이 들었다. 자신의 아들도 이런 운명을 맞이하리라는 확신.

그는 빠르게 걸었다. 하지만 도망치듯 빠르게 걷지는 않았다. 앞에 가는 사람들의 등을 보다가 빠르게 걷는 사람이 있으면 그 뒤로 갔다. 아무도 현장에서 빠져나오는 그를 막지 않았다. 당연했다. 사람들은 총성을 들으면 뒤로 물러서기 마련이다. 총을 보면 도망치기 마련이다. 그리고 이번 경우에는 대다수가 상황 파악조차 못 하고 있었다.

마지막 임무.

밴드는 여전히 음악을 연주하고 있었다.

눈이 내리기 시작했다. 잘됐다. 사람들은 눈을 피해 고개를 숙일 것이다.

2, 300미터쯤 걸어가자 노란색 역사가 보였다. 전에도 가끔씩 느낀 이상한 기분이 들었다. 모든 것이 둥둥 떠다니고, 자신에게는 아무 일도 일어나지 않을 것이며, 세르비아군의 T-55 탱크는 느리게 움직이는 쇳덩어리 괴물에 불과해 귀머거리에 장님이고, 그가 돌아가면 마을은 예전 그대로 있을 것 같은 느낌.

그가 권총을 버리려고 찍어둔 쓰레기통 앞에 누군가 서 있었다.

푸른색 운동화를 제외하면 멋진 새 옷을 입은 남자였다. 하지만 얼굴은 여기저기 찢기고 그을려 있었다. 어른인지 소년인지 모를 남자는 한동안 그곳을 떠날 마음이 없는 듯했다. 초록색 쓰레기통에 오른팔을 통째로 쑤셔 넣고 있었기 때문이다.

그는 걸음을 늦추지 않은 채 손목시계를 확인했다. 총을 발사한 지 2분이 지났고, 열차 출발 시간까지는 11분이 남았다. 그런데도 여전히 수중에 총이 있었다. 그는 쓰레기통을 지나 레스토랑으로 계속 걸어갔다.

맞은편에서 걸어오는 남자가 그를 바라보았다. 하지만 그를 지나친 후에는 돌아보지 않았다.

그는 레스토랑 입구로 가서 문을 열었다.

코트 보관소에는 한 엄마가 아이 위로 몸을 숙인 채 점퍼의 지퍼를 만지작거리고 있었다. 둘 다 그를 보지 않았다. 갈색 낙타털 코트는 있어야 할 자리에 있었다. 그 아래 슈트케이스도. 그는 둘 다 들고 남자 화장실로 간 다음, 대변기 칸에 들어가 문을 잠갔다. 레인코트를 벗고 털모자를 레인코트 주머니에 넣은 뒤 낙타털 코트로 갈아입었다. 화장실에는 창문이 없는데도 거리의 사이렌 소리가 들렸다. 아주 여러 개의 사이렌이었다. 그는 주위를 둘러보았다. 어떻게든 이 총을 없애야 한다. 선택의 여지가 많지 않았다. 변기를 딛고 올라가 벽에 달린 하얀 환풍구로 권총을 밀어 넣으려 했지만 안쪽이 격자무늬 철망으로 막혀 있었다.

다시 변기에서 내려왔다. 호흡이 거칠어졌고 몸이 후끈거렸다. 열차 출발 시간까지 8분 남았다. 물론 다음 차를 타도 된다. 그건 중요치 않다. 중요한 건 5분이나 지났는데 아직 무기를 버리지 못했다는 것이다. 무엇이든 4분이 넘어가면 용납할 수 없는 위험이 생기는 법이라고 그녀는 늘 말했다.

총을 화장실에 두고 갈 수도 있다. 하지만 안전해지기 전까지 무기가 발견되면 안 된다는 게 그들의 철칙이다.

그는 칸막이에서 나와 세면대로 갔다. 손을 씻는 동안 아무도 없는 화장실을 세심히 살펴보았다. 제발! 순간 그의 시선이 세면대 위의 물비누통에 멈췄다.

욘과 테아는 팔짱 낀 채 토르그 가에 있는 레스토랑에서 나왔다.

테아는 빙판 위에서 미끄러지며 외마디 비명을 질렀다. 새로 내린 눈이 보행자 도로의 빙판을 감쪽같이 덮어버린 탓에 미처 보지 못한 것이다. 테아는 넘어지면서 욘까지 함께 끌고 갔지만 막판에 그가 그녀를 구해주었다. 그녀의 명랑한 웃음소리가 욘의 귓가에 울렸다.

"넌 예스라고 했어!" 욘은 하늘에 대고 외치며 얼굴에서 눈송이가 녹아내리는 것을 느꼈다. "예스라고 했어!"

밤공기 속에서 사이렌이 울렸다. 그것도 여러 개. 소리는 칼 요한스 가 쪽에서 나고 있었다.

"무슨 일인지 보러 갈까?" 그녀의 손을 잡으며 욘이 말했다.

"싫어, 욘." 테아가 얼굴을 찡그리며 말했다.

"그러지 말고 가자!"

테아는 똑바로 서려고 했으나 미끄러운 신발창은 어디에도 발붙이지 못했다. "싫다니까."

하지만 욘은 그저 웃으며 썰매를 끌듯 그녀의 팔을 잡아당겼다.

"싫다고 했잖아!"

그녀의 말에 욘은 얼른 팔을 놓았다. 그러고는 깜짝 놀라 그녀를 돌아보았다.

테아는 한숨을 쉬었다. "지금은 어떤 사건 현장도 보고 싶지 않아. 집에 가서 자고 싶어. 당신과 함께."

욘은 그녀의 얼굴을 물끄러미 바라보았다. "난 너무 행복해, 테아. 네 덕분이야."

욘은 테아의 대답을 들을 수 없었다. 테아가 그의 코트에 얼굴을 묻었기 때문이다.

제2부　구세주

9

12월 16일, 화요일. 눈

에게르토르게에 내리는 눈이 감식반원들의 손전등 불빛에 노란색으로 물들었다.

해리와 할보르센은 '삼형제'라는 이름의 바 앞에 서서 경찰 바리케이드를 밀치는 구경꾼과 기자 들을 바라보았다. 해리는 입에 물고 있던 담배를 빼고는 그렁그렁하고 축축한 기침을 했다. "기자들 천지로군."

"곧바로 온 모양이더라고요. 신문사에서 엎드리면 코 닿을 거리니까요." 할보르센이 말했다.

"얼마나 좋은 기삿거리야. 노르웨이의 가장 유명한 거리에서, 그것도 크리스마스 인파 한복판에서 벌어진 살인사건이잖아. 게다가 희생자는 누구든 한 번쯤 봤을 법한, 구세군 자선냄비 옆에 서 있던 남자야. 옆에서는 유명한 밴드가 공연까지 하고 있었고. 기자들이 더 바랄 게 뭐겠어?"

"유명한 형사 해리 홀레와의 인터뷰?"

"우린 당분간 현장을 떠나지 않을 거야. 사건 발생 시각은 나왔어?" 해리가 물었다.

"7시 직후예요."

해리는 손목시계를 보았다. "거의 한 시간 전이로군. 왜 난 전화를 못 받았지?"

"모르겠어요. 전 7시 30분쯤에 경정님께 전화를 받았어요. 여기 오면 당연히 반장님이 계실 줄 알았는데……."

"그래서 자발적으로 내게 전화한 거야?"

"음, 그래도 반장님이니까요."

"그래도?" 해리는 중얼거리며 담배를 땅에 휙 버렸다. 담배가 얇게 쌓인 눈을 녹이고 안으로 들어가 사라졌다.

"곧 모든 증거들이 50센티미터 눈 아래 묻혀버릴 거예요. 늘 있는 일이죠." 할보르센이 말했다.

"어차피 나올 증거도 없을 거야." 해리가 말했다.

베아테가 머리에 눈이 쌓인 채 그들을 향해 걸어왔다. 손에 작은 비닐봉지를 들었는데 그 안에 탄피 하나가 들어 있었다.

"틀리셨네요." 할보르센이 의기양양한 미소를 지으며 말했다.

"9밀리미터예요." 베아테가 얼굴을 찡그리며 말했다. "가장 흔한 구경이죠. 증거는 이거뿐이에요."

"증거로 뭐가 있고 없고는 잊어버려. 현장을 본 첫인상이 어때? 생각하지 말고 그냥 말해." 해리가 말했다.

베아테는 빙그레 미소를 지었다. 이제는 해리의 스타일을 잘 알고 있었다. 직관 먼저, 그다음이 사실이었다. 어차피 직관이 곧 사실이기 때문이다. 직관이야말로 범죄 현장이 주는 가장 중요한 정보다. 우리의 뇌가 그걸 곧바로 표현하지 못할 뿐이다.

"별거 없어요. 에게르토르게는 오슬로에서 가장 붐비는 광장이죠. 따라서 현장은 이미 엄청나게 훼손됐을 거예요. 비록 우리가 사건 발생 20분 만에 현장에 도착하긴 했지만요. 어쨌든 프로의 솜씨로 보여요. 지금 검시관이 시신을 살펴보고 있는데 총은 한 발만 맞은 거 같아요. 이마에 정통으로요. 프로예요. 제 직감으로는 그래요."

"직감에 의한 수사라 이건가, 반장?"

뒤에서 목소리가 들리자, 세 사람은 뒤를 돌아보았다. 군나르 하겐이었다. 초록색 야전상의에 검은 털모자를 썼고, 희미하게 미소 짓고 있었다.

"도움이 되는 건 뭐든 하는 중입니다, 보스. 여긴 어쩐 일로 오셨습니까?" 해리가 말했다.

"여기가 사건 현장이잖나."

"그런 셈이죠."

"묄레르 경정은 사무실에 있는 걸 선호했던 모양이더군. 하지만 리더는 현장에 있어야 한다는 게 내 신조일세. 총이 한 발 이상 발사됐나, 할보르센?"

할보르센은 움찔했다. "목격자들과 이야기한 바로는 한 발입니다."

하겐은 장갑 낀 손을 쫙 폈다. "범인의 인상착의는?"

"남자입니다." 할보르센의 시선이 총경과 해리 사이를 왔다 갔다 했다. "지금까지 알아낸 건 그뿐입니다. 사람들은 밴드를 보고 있었고, 모든 일이 눈 깜짝할 사이에 벌어졌거든요."

하겐은 코를 훌쩍거렸다. "이렇게 사람이 많으니 분명 총잡이를 똑똑히 본 사람이 있을 거야."

"그렇게 생각하시겠지만 지금으로서는 범인이 서 있던 자리도 확실치 않습니다." 할보르센이 말했다.

"그렇군." 이번에도 희미한 미소가 감돌았다.

"범인은 피살자 바로 앞에 서 있었습니다. 잘해야 2미터쯤 될 겁니다." 해리가 말했다.

"그래?" 하겐과 다른 두 사람이 해리를 돌아보았다.

"총잡이는 작은 구경의 총으로 누군가를 죽이려면 머리를 쏴야 한다는 걸 알고 있었습니다. 한 발만 쏜 걸로 봐서 피살자가 즉사했다고 확신했고요. 따라서 분명 피살자의 이마에 구멍이 뚫리는 걸 보고 자신이 성공했음을 알 수 있을 정도로 가까이 있었습니다. 피살자의 옷을 검사하면 제 말을 증명해줄 총기 발사 잔여물이 나올 겁니다. 잘해야 2미터입니다." 해리가 말했다.

"1.5미터예요." 베아테가 말했다. "대부분의 총은 오른쪽으로 탄피가 튀어 나가는데 그다지 멀리 가진 않아요. 이 탄피는 시신에서 1.46미터 떨어진 곳의 눈 위에 짓밟혀 있었어요. 피살자의 코트 소맷부리가 그슬려 있고요."

해리는 베아테를 바라보았다. 그가 베아테에게서 높이 사는 점은 한 번 본 얼굴을 잊지 않는 선천적 능력이 아니었다. 명석한 두뇌와 열정, 그리고 해리와 마찬가지로 자기가 하는 일이 중요하다고 믿는 멍청한 신념이었다.

하겐은 눈 위에서 두 발을 굴렀다. "훌륭하군, 베아테. 하지만 대체 누가 구세군 사관을 쏜단 말인가?"

"사관은 아닙니다." 할보르센이 말했다. "그냥 일반 병사죠. 사관은 영구직인 반면, 병사는 자원봉사이거나 계약직입니다." 그는 수첩을 넘겼다. "로베르트 칼센. 29세. 독신이고 자녀는 없습니다."

"원한을 산 사람도 없었을 것 같군. 자네 생각은 어떤가, 뢴?" 하겐이 물었다.

베아테는 하겐이 아니라 해리를 보면서 대답했다. "특정 개인을 겨냥한 게 아닐 수도 있어요."

"그래?" 하겐은 미소를 지었다. "개인이 아니라면 뭘 겨냥했다는 거지?"

"구세군 아닐까요?"

"왜 그렇게 생각하나?"

베아테는 어깨를 으쓱였다.

"구세군이 내세우는 가치는 논란이 많죠." 할보르센이 말했다. "동성애 반대. 여성 성직자 반대. 낙태 금지. 아마 어떤 미치광이 가⋯⋯."

"그 가설도 참고하겠네. 이제 시신을 보여주게." 하겐이 말했다.

베아테와 할보르센 둘 다 어떻게 해야 하느냐고 묻는 듯한 시선으로 해리를 보았다. 해리는 베아테에게 고개를 끄덕였다.

"맙소사." 하겐과 베아테가 사라지자 할보르센이 말했다. "경정님께서 수사를 직접 지휘하실 생각인 걸까요?"

해리는 골똘히 생각에 잠긴 채 턱을 문질렀다. 그의 눈은 사진기자들의 플래시가 겨울 어둠을 환히 밝히고 있는 폴리스라인으로 향했다. "프로의 솜씨라." 그가 말했다.

"네?"

"베아테는 범인이 프로라고 했어. 그러니 거기서 시작하자고. 살인 청부업자가 목표물을 처리한 후에 제일 먼저 하는 일이 뭐지?"

"도망가는 거요?"

"꼭 그렇진 않아. 하지만 어쨌든 자기가 범인임을 입증할 물건은 뭐든 없애버리겠지."

"총 말이군요."

"그래. 에게르토르게에서 반경 다섯 블록의 맨홀, 컨테이너, 쓰레기통, 뒷마당을 모두 조사해. 당장. 필요하면 지원 요청하고."

"알겠습니다."

"그리고 근처 상점의 CCTV 테이프를 모두 수거해 와. 19시 전후로."

"스카레에게 지시할게요."

"그리고 하나 더. 이번 거리 콘서트 주최 측 중에 〈다그블라데〉도 있어. 관련 기사를 쓰기로 했으니까 그쪽 사진기자들에게 혹시 구경꾼을 찍은 사진이 있는지도 알아봐."

"물론이죠. 그건 미처 생각 못 했네요."

"사진 입수하면 베아테에게 한번 보라고 보내줘. 그리고 내일 아침 10시까지 레드존 회의실에 형사들 모두 집합시키고. 네가 연락할 거야?"

"네."

"리와 리는 어디 있지?"

"경찰청에서 목격자 진술받는 중입니다. 범인이 총을 쏠 때 십대 소녀 두 명이 바로 옆에 서 있었거든요."

"좋아. 올라에게 피살자 가족과 친구 명단을 작성하라고 해. 그중에서 명백한 동기를 가진 사람이 있는지 찾는 일부터 할 거야."

"프로의 솜씨라고 하셨잖아요."

"여러 가능성을 동시에 염두에 둬야 해, 할보르센. 미심쩍은 낌새가 보이는 곳은 어디든 살펴봐야 한다고. 일반적으로 가족과 친구에게서 그걸 찾기 쉽지. 살인사건의 80퍼센트는ㅡ"

"ㅡ피살자를 아는 사람이 범인이죠." 할보르센이 한숨을 쉬었다.

누군가 해리의 이름을 큰 소리로 부르는 바람에 대화는 중단되었다. 뒤를 돌아보니 기자들이 눈발을 헤치며 달려오고 있었다.

"쇼 타임이로군. 저들은 하겐에게 보내. 난 경찰청으로 돌아갈 테니까."

그는 체크인 카운터에서 수하물을 붙인 뒤, 보안 검색대 쪽으로 걸어갔다. 기분이 좋았다. 마지막 임무가 끝났다. 기분이 너무 좋은 나머지 호기를 부리기로 했다. 그가 항공권을 보여주려고 재킷 안 주머니에서 푸른색 봉투를 꺼내자 검색대 여직원이 필요 없다는 뜻으로 고개를 저었다.

"휴대전화는요?" 여직원이 물었다.

"없습니다." 그는 엑스레이 기계와 금속 탐지기 사이의 테이블에 봉투를 올려놓고 낙타털 코트를 벗었다. 아직도 목에 네커치프를 두르고 있음을 깨닫고 풀어서 주머니에 넣은 다음, 직원이 준 바구니에 코트를 담았다. 제복을 입은 남자 직원 둘이 매서운 눈초리로 지켜보는 가운데 금속 탐지기를 통과했다. 그의 코트 안이 훤히 비치는 모니터를 뚫어지게 바라보는 직원과 컨베이어벨트 끝에 있는 직원까지 합치면 총 다섯 명이었다. 이들의 임무는 오로지 그의 수중에 무기가 될 만한 물건이 없는지 확인하는 일이다. 탐지기를 무사히 통과한 그는 다시 코트를 입고 테이블에 놓아둔 봉투를 집어 들었다. 아무도 그를 저지하지 않았고, 그는 유유히 직원들을 지나갔다. 이 봉투를 이용하면 기내에 칼날을 반입하는 건 누워서 떡 먹기일 것이다. 널찍한 출국장에 들어서자 대형 전망창이 제일 먼저 눈에 들어왔다. 그러나 전망은 없었다. 눈보라가 창밖에 하얀 커튼을 드리웠기 때문이다.

앞 유리창의 와이퍼가 눈을 옆으로 획획 밀어내는 동안, 마르티네는 운전대 위로 몸을 숙였다.

"장관님은 긍정적이셨어. 아주 긍정적이셨어." 다비드 에크호프가 만족스럽다는 듯이 말했다.

"이미 알고 계셨잖아요. 지원을 거절할 심산이었으면 애초에 기자들을 부르거나 수프를 먹지도 않았겠죠. 그 사람들은 재선되길 원하니까요." 마르티네가 말했다.

"그래. 재선돼야지." 에크호프가 한숨을 쉬며 창밖을 바라보았다. "잘생긴 청년이야. 리카르드 말이다. 안 그러냐?"

"그 얘긴 그만 좀 하세요, 아빠."

"옆에서 조금만 가르치면 아주 훌륭한 인재가 될 거다."

마르티네는 구세군 본부 지하에 있는 주차장 쪽으로 차를 몰았다. 리모컨을 누르자 강철 문이 덜커덕거리며 올라갔다. 그들이 탄 차가 안으로 들어갔고, 빈 주차장의 콘크리트 바닥 위에서 스터드 타이어가 우두둑 소리를 냈다.

에크호프 사령관의 파란색 볼보 옆, 천장에 달린 조명등 아래 작업복 차림에 장갑을 낀 리카르드가 서 있었다. 하지만 마르티네의 시선이 향한 곳은 리카르드가 아니었다. 그 옆에 서 있는 키 큰 금발 남자였다. 그녀는 남자를 단번에 알아보았다.

마르티네는 볼보 옆에 주차했지만 곧바로 내리지 않고 가방 안을 뒤졌다. 그사이에 아버지가 먼저 차에서 내렸고, 문을 열어둔 덕분에 형사의 말소리가 들렸다.

"에크호프 씨 되십니까?" 그의 말이 주차장 벽에 부딪혀 울렸다.

"그렇소만. 무슨 일이오, 젊은이?"

마르티네는 아버지가 어떤 목소리를 선택했는지 알아차렸다. 다정하지만 권위적인 사령관의 목소리였다.

"전 오슬로 경찰청의 해리 홀레 반장이라고 합니다. 구세군 병사 일로 찾아왔습니다. 로베르트……."

차에서 내리던 마르티네는 형사의 시선이 자신에게 향하는 것을 느꼈다.

"……칼센이라는 사람입니다." 해리는 말을 마치며 다시 사령관을 바라보았다.

"우리 형제로군." 다비드 에크호프가 말했다.

"네?"

"우린 동료를 가족의 일원으로 생각한다오."

"그러시군요. 그렇다면 유감스럽게도 가족의 사망 소식을 전해야겠습니다, 에크호프 씨."

마르티네는 가슴이 조여드는 것을 느꼈다. 형사는 그들이 이 충격적인 소식을 받아들일 수 있도록 잠시 기다려준 후에 말을 이었다. "오늘 저녁 7시에 로베르트 칼센이 에게르토르게에서 총에 맞아 사망했습니다."

"세상에. 어쩌다?" 그녀의 아버지가 외쳤다.

"지금으로서는 군중 속에 있던 신원 미상의 누군가가 칼센 씨에게 총을 쏘고 도주했다고만 알고 있습니다."

아버지는 믿을 수 없다는 듯 고개를 저었다. "하지만…… 하지만 7시라고 했소? 왜…… 왜 이제야 그 소식을 전해주는 거요?"

"이런 사건일 경우에는 가족에게 제일 먼저 알리는 게 일반적인 절차니까요. 불행히도 가족과는 연락이 닿질 않았습니다."

형사가 참을성 있게 말하는 것을 보니 사망 소식을 전해 들은 사람들이 엉뚱한 질문을 하는 데 익숙한 모양이라고 마르티네는 생각했다.

"그렇군." 다비드 에크호프는 양 볼을 부풀렸다가 입으로 바람을 내뱉었다. "로베르트의 부모는 노르웨이에 없소. 하지만 로베르트의 형인 욘에게는 연락했겠죠?"

"집에도 없고, 휴대전화도 받지 않더군요. 구세군 본부에서 야근하고 있을 거란 말을 듣고 찾아왔지만 이분만 있었습니다." 형사는 리카르드 쪽으로 고갯짓을 했다. 리카르드는 실의에 빠진 고릴라처럼 멍한 눈으로 양팔을 축 늘어뜨린 채 서 있었다. 손에는 큼직한 작업용 장갑을 꼈고, 검푸른 윗입술 위에는 땀방울이 송송 맺혀 있었다.

"어디 가야 형이라는 사람을 만날 수 있을지 혹시 아십니까?" 형사가 물었다.

마르티네는 아버지와 시선을 교환한 뒤 고개를 저었다.

"로베르트 칼센을 죽이고 싶어 했을 만한 사람이 있나요?"

이번에도 두 사람은 고개를 저었다.

"알겠습니다. 그만 가봐야겠군요. 하지만 더 물어볼 게 있으니 내일 다시 찾아오겠습니다."

"물론이오, 반장." 사령관이 등을 곧추세우며 말했다. "그런데 가기 전에 무슨 일이 있었는지 상세한 설명을 듣고 싶소만."

"텔레텍스트를 보시죠. 전 가야 합니다."

마르티네는 아버지의 안색이 변하는 것을 보고 형사 쪽으로 몸을 돌려 그와 시선을 마주쳤다.

"미안합니다. 이런 수사는 촌각을 다퉈서요." 형사가 말했다.

"저기…… 내 누이 집에 가보세요. 테아 넬슨이라고 합니다." 세 사람 모두 리카르드를 돌아보았다. 그는 침을 꿀꺽 삼켰다. "괴테보르그 가에 있는 구세군 아파트에서 살죠."

형사는 고개를 끄덕였다. 그러고는 막 자리를 뜨려다가 다시 사령관을 돌아보았다.

"피해자의 부모님은 왜 노르웨이에 살지 않습니까?"

"복잡한 사연이 있소. 그들은 변절했소."

"변절요?"

"신앙을 버렸소. 구세군 세상에서 살던 사람이 다른 길을 선택하기란 보통 힘든 일이 아니지."

마르티네는 아버지를 바라보았다. 딸인 그녀조차도 화강암처럼 단단한 아버지의 얼굴에서 거짓말을 한다는 기미는 조금도 느낄 수 없었다. 형사는 자리를 떴고, 그녀는 눈물이 흐르는 것을 느꼈다. 형사의 발소리가 사라지자 리카르드는 헛기침을 했다. "여름용 타이어는 트렁크에 넣어뒀습니다."

마침내 가르데모엔 공항 스피커에서 안내방송이 나왔지만 그는 진작 이렇게 될 줄 알았다.

"기상 악화로 공항을 잠정 폐쇄합니다."

그러시겠지, 그가 혼잣말을 했다. 한 시간 전, 눈 때문에 비행기 이륙이 지연된다는 첫 번째 방송이 나왔을 때처럼.

기다리는 동안 창밖에 보이는 비행기 위로 눈이 두꺼운 담요처럼 쌓였다. 그는 무심결에 제복 차림의 공항 직원들을 계속 힐끔거렸다. 공항 경찰도 제복을 착용하도록 되어 있을 것이다. 42번 게이트 옆 카운터에 앉아 있던 여직원이 마이크를 집어 들었을 때, 그는 여자의 얼굴에서 자그레브행 비행기가 취소되었다는 것을 읽을 수 있었다. 여직원은 사과하며 비행기가 내일 오전 10시 40분으로 연기되었다고 전했다. 승객들이 동시에 나직한 신음을 내뱉었다. 여직원은 항공사 측에서 오슬로 시내로 돌아가는 공항 열차의 비용과 사스 호텔 숙박비를 부담한다고 지껄였다.

그러시겠지. 어두워진 밤 풍경을 뚫고 달리는 기차 안에서 그는 또다시 그렇게 생각했다. 기차는 오슬로 역까지 가는 동안 딱 한 번 정차했는데 창밖으로 보이는 새하얀 땅에 집들이 옹기종기 모여 있었다. 원추형 불빛 속으로 눈송이가 떨어지는 동안 플랫폼 벤치 아래 자리 잡은 개가 부르르 몸을 떨었다. 틴토를 닮은 개였다. 그가 어릴 때 동네에 살던 장난꾸러기 유기견. 기오르기와 몇몇 형들은 그 개에게 가죽 목걸이를 걸어줬는데 거기에는 이렇게 적혀 있었다. '이름: 틴토. 주인: 우리 모두.' 다들 틴토가 무사하기를 바랐다. 하지만 바람만으로는 부족할 때가 있는 법이다.

테아가 문을 열어주려고 현관으로 가는 동안, 욘은 현관에서 잘 보이지 않는 구석으로 몸을 숨겼다. 문을 두드린 사람은 옆집에 사는 엠마였다. "정말 미안해, 테아. 하지만 이분이 아주 급한 일로 욘을 만나야 한다고 하셔서."

"욘을요?"

남자의 목소리가 들렸다. "네. 테아 닐센의 집에 가면 만날 수 있다고 들었습니다. 아래층 초인종에 이름이 적혀 있지 않아 막막했는데 이분이 도와주셨죠."

"욘이 여기 있다고요? 그럴 리가—"

"전 경찰입니다. 해리 홀레라고 하죠. 욘의 동생분 일입니다."

"로베르트요?"

욘은 현관으로 다가갔다. 그와 비슷한 키에 푸른색 눈동자를 한 남자가 문간에서 그를 바라봤다. "로베르트가 무슨 잘못이라도 저질렀나요?" 욘은 까치발로 경찰의 어깨 너머를 기웃거리는 이웃집 여자는 무시하려 애쓰며 물었다.

"저희도 모릅니다. 들어가도 될까요?" 형사가 말했다.

"어서 들어오세요." 테아가 말했다.

형사는 실망한 표정의 이웃집 여자를 뒤로한 채 문을 닫았다. "유감스럽지만 나쁜 소식입니다. 일단 자리에 앉으시는 게 좋겠군요."

세 사람은 커피 테이블을 가운데 두고 둘러앉았다. 형사가 전해 준 소식을 들은 욘은 주먹으로 배를 강타당한 듯했고, 몸이 저절로 앞으로 튀어 나갔다.

"죽어요? 로베르트가?" 테아가 속삭였다.

형사는 헛기침을 하고는 말을 이었다. 욘의 귀에 들리는 형사의 말은 어둡고 아리송하며 잘 이해할 수 없었다. 형사가 상황을 설명하는 동안 욘은 오로지 한 가지에만 집중했다. 반쯤 벌어진 채 촉촉하고 반짝거리는 테아의 붉은 입술. 그녀는 짧은 숨을 가쁘게 내쉬고 있었다. 욘은 테아의 목소리를 듣고서야 형사의 말이 끝났음을 깨달았다.

"욘? 형사님이 묻잖아."

"미안합니다. 전…… 뭐라고 하셨죠?"

"힘드신 거 압니다만, 혹시 동생분이 죽기를 바라는 사람이 있었습니까?"

"로베르트요?" 주위 모든 것이 천천히 움직이는 듯했다. 절레절레 흔드는 자신의 머리조차도.

"그렇군요." 들고 있던 수첩에 아무것도 적지 않은 채 형사가 말했다. "동생분에게 직장이나 사생활에서 적이 있었나요?"

윤은 상황에 걸맞지 않게 웃음을 터뜨렸다. "로베르트는 구세군입니다. 우리의 적은 가난이죠. 물질적 가난과 정신적 가난요. 구세군은 살인과 거리가 멉니다."

"네. 공적으로는 그랬겠죠. 사적으로는요?"

"사적으로도 마찬가지입니다."

형사는 기다렸다.

"로베르트는 친절했습니다." 윤은 목소리가 갈라지는 걸 느꼈다. "의리도 있고요. 다들 그 애를 좋아했죠. 로베르트는……" 목소리가 떨리자 그는 말을 멈췄다.

형사는 집 안을 둘러보았다. 지금 상황이 불편한 듯했지만 말없이 기다렸다. 계속 기다렸다.

윤은 침을 삼켰다. "가끔씩 거칠게 굴 때도 있었습니다. 좀…… 충동적이었죠. 냉소적이라고 생각하는 사람들도 있을 겁니다. 하지만 사실 로베르트는 절대 남에게 해를 끼치는 성격이 아닙니다."

형사는 테아에게 몸을 돌리더니 수첩을 내려다봤다. "리카르드 닐센 씨의 동생인 테아 닐센 양이죠? 당신도 동의하나요?"

테아는 어깨를 으쓱였다. "전 로베르트를 잘 몰라요. 제가……" 그녀는 가슴 앞에서 팔짱을 낀 채 윤의 시선을 피했다. "아는 한 로베르트는 절대 남을 해칠 사람이 아니에요."

"로베르트가 누군가와 문제가 있다는 말을 한 적이 있나요?"

윤은 마음속에 떠오르는 무언가를 지워버리려는 듯 힘차게 고개를 저었다. 로베르트는 죽었다. 죽었어.

"로베르트가 빚을 진 사람은 없나요?"

"네. 아뇨, 제게 빌린 돈이 조금 있긴 하네요."

"다른 사람에게는 빚이 없는 게 확실합니까?"

"무슨 말이죠?"

"로베르트가 마약을 했나요?"

욘은 끔찍하다는 표정으로 형사를 바라보고는 대답했다. "아뇨. 그런 적 없습니다."

"확실합니까? 다른 사람들 모르게—"

"우린 마약중독자의 재활을 돕습니다. 마약중독의 증상은 잘 알아요. 로베르트는 마약을 하지 않았습니다. 아셨습니까?"

형사는 고개를 끄덕이더니 메모를 했다. "죄송합니다. 하지만 절차상 필요한 질문이라서요. 물론 동생분이 미치광이가 쏜 총에 우연히 살해되었을 가능성도 배제할 수는 없습니다. 혹은 자선냄비 옆에 서 있는 구세군을 죽이는 것이 일종의 상징일 수도 있고요. 그럴 경우에 이 살인은 구세군 조직을 향한 것일 테죠. 혹시 후자의 경우를 뒷받침할 만한 사건이 있었나요?"

약속이나 한 듯 두 사람이 동시에 고개를 저었다.

"협조해주셔서 감사합니다." 형사는 수첩을 코트 주머니에 쑤셔 넣고 자리에서 일어났다. "부모님의 전화번호나 주소를 통 찾을 수가 없더군요……."

"부모님께는 제가 알리겠습니다." 욘이 허공을 응시하며 말했다. "확실한가요?"

"뭐가요?"

"죽은 사람이 로베르트라는 거요."

"네. 유감스럽지만 사실입니다."

"하지만 확실한 건 그뿐이잖아요." 테아가 버럭 소리를 질렀다. "다른 건 하나도 모르고요."

형사는 문 앞에서 걸음을 멈추고 그녀의 말을 곱씹었다.

"현재 상황을 꽤 정확하게 요약한 말 같군요." 형사가 말했다.

눈은 새벽 2시에 그쳤다. 묵직하고 검은 무대막처럼 드리워져 있던 구름이 한쪽으로 걷히고 노란 보름달이 모습을 드러냈다. 맑게 갠 밤하늘 아래로 기온이 다시 떨어지기 시작해 집집마다 벽들이 삐걱삐걱 신음 소리를 냈다.

10

12월 17일, 수요일. 의심

크리스마스이브를 일주일 앞두고 기온이 급격히 떨어진 탓에 오슬로 거리를 걷는 사람들은 거대한 강철 장갑을 낀 손에 꽉 잡힌 기분이었다. 말없이 발걸음을 재촉하는 그들의 머릿속에는 어서 집으로 가 이 차가운 손아귀에서 벗어나야 한다는 생각뿐이었다.

해리는 경찰청 레드존 회의실에 앉아 베아테 뢴의 실망스러운 보고를 들으며 앞에 놓인 신문들은 무시하려 했다. 모두 살인사건을 1면 기사로 다루었다. 겨울 어둠에 잠긴 에게르토르게의 뿌연 사진과 2, 3페이지에 걸친 뒤쪽 관련 기사 표시까지 똑같았다. 〈베르덴스 강〉과 〈다그블라데〉는 피해자의 지인 및 친구 들을 마구잡이로 찾아가 급히 나눈 대화를 바탕으로 날림 기사를 작성했는데, 좋게 보자면 로베르트 칼센의 소개서라고 부를 만했다. "좋은 사람." "늘 기꺼이 남을 도우려고 했다." "비극적인 죽음." 해리는 기사를 샅샅이 살펴봤지만 쓸 만한 정보는 하나도 없었다. 피해자의 부모와 연락이 닿은 신문사는 없었고, 〈아프텐포스텐〉에만 욘의 말이 인용되어 있었다. 헝클어진 머리와 당황한 표정으로 괴테보르그 가의 구세군 아파트 앞에 서 있는 남자의 사진 아래 '납득할 수 없다'라는 캡션이 간략하게 달려 있었다. 해리도 잘 아는 기자인 로게르 옌뎀이 쓴 기사였다.

해리는 청바지의 찢어진 부분에 손가락을 넣어 허벅지를 긁으며 이제는 내복을 입고 다녀야겠다고 생각했다. 아침 7시 30분에 출근하자마자 하겐을 찾아가 이번 수사는 누가 지휘하느냐고 물었다. 하겐은 그를 바라보며 총경과 상의한 끝에 해리에게 맡기기로 했다고 대답했다. 추후 공지가 없는 한. 해리는 '추후 공지가 없는 한'이 무슨 뜻인지 설명해달라고 하지 않았다. 그저 고개를 끄덕이고 자리를 떴다.

10시부터 강력반 소속 형사 열두 명과 베아테 뢴, 그리고 수사에 참가하고 싶다는 군나르 하겐이 모여 회의가 진행 중이었다.

지금까지는 어젯밤 테아 닐센이 요약한 대로였다.

첫째로 목격자가 전혀 없었다. 현장에 있던 사람들 중에 중요한 무언가를 본 사람은 전혀 없었다. CCTV 화면을 계속 조사 중이었지만 지금까지는 별다른 게 없었다. 칼 요한스 가에 있는 상점과 레스토랑 점원 중에서 특이한 것을 본 사람도 없었고, 무언가를 봤다고 나선 목격자도 없었다. 〈다그블라데〉 사진기자가 찍은 사진을 살펴본 베아테는 대부분이 웃고 있는 소녀들을 클로즈업하거나 패닝쇼트*로 찍어서 사람들의 얼굴을 제대로 볼 수 없다고 했다. 특히 패닝쇼트로 찍은 사진의 경우, 로베르트 칼센 앞에 선 사람들을 확대해서 살펴봤지만 범인으로 지목될 만한 무기나 흉기를 든 사람은 없었다.

둘째로 법의학적 증거도 전혀 없었다. 탄도 전문가가 로베르트

---

* 카메라를 좌우로 움직이며 찍는 기법. 중심이 되는 물체만 또렷하고 주위는 흐릿하게 찍힌다.

칼센의 머리를 관통한 총알이 땅에 떨어진 탄피와 정확히 일치한다고 확인해줬을 뿐이다.

그리고 세 번째로 범행 동기를 찾을 수 없었다.

베아테 뢴의 보고가 끝나자 다음은 망누스 스카레 차례였다.

"오늘 아침에 피해자가 일하는 키르케 가의 프레텍스에 가서 로베르트의 상사인 매니저와 이야기를 나눴습니다." 스카레가 말했다. 얄궂은 운명의 장난인지 그의 성 '스카레Skarre'는 'r'을 굴려 발음하라는 뜻이었고, 그래서 그는 'r'이 나올 때마다 그렇게 했다. "매니저는 망연자실하면서 다들 로베르트를 좋아했고, 그는 매력과 활기가 넘치는 사람이라고 했습니다. 어디로 튈지 모르는 면이 좀 있고, 가끔씩 근무를 빼먹기는 했지만 로베르트에게 적이 있으리라고는 생각할 수 없다더군요."

"제가 만난 사람들도 똑같이 말했습니다." 할보르센이 말했다.

회의가 진행되는 동안 군나르 하겐은 뒤통수에 양손을 깍지 낀 채 기대에 찬 미소를 슬쩍 지으며 해리를 지켜보았다. 마술쇼를 보며 해리가 모자에서 토끼를 꺼내기를 기다리는 사람처럼. 하지만 아무것도 없었다. 늘 용의선상에 오르는 전과자와 가설 들뿐이었다.

"그래서 짐작 가는 건?" 해리가 물었다. "빼지 말고 말해봐. 여기서는 얼마든지 바보 같은 소리를 해도 돼. 하지만 회의가 끝나면 그럴 기회는 사라진다고."

"오슬로에서 가장 붐비는 곳에서 모두가 보는 가운데 총에 맞았습니다." 스카레가 말했다. "그런 짓을 할 집단은 하나뿐이죠. 빚을 갚지 않으면 어떻게 되는지 다른 약쟁이들에게 보여주려고 살인청부업자를 고용한 겁니다."

"음, 하지만 마약반 잠복 요원들은 로베르트 칼센을 보거나 이름을 들어본 적이 없다고 했어. 로베르트는 깨끗해. 마약 전과도 없고. 약쟁이였다면 한 번은 체포됐을 거야."

"로베르트의 혈액 샘플에서 불법 약물은 전혀 검출되지 않았어요. 바늘 자국이나 다른 흔적도 없고요." 베아테가 말했다.

하겐이 헛기침을 하자 다른 사람들이 그를 돌아봤다. "구세군 병사가 마약을 했을 턱이 없지. 계속하게."

해리는 망누스 스카레의 얼굴이 붉게 달아오르는 것을 보았다. 전직 체조선수인 스카레는 작은 키에 다부진 몸매로, 갈색 머리는 옆 가르마를 타서 매끈하게 빗어 넘겼다. 경찰청에서는 나이가 어린 축에 속했는데 야심만만하고 오만한 출세 지상주의자인 터라 여러 면에서 젊은 날의 톰 볼레르를 연상시켰다. 다만 볼레르처럼 명석한 두뇌와 추리력은 갖추지 못했다. 게다가 어찌된 일인지 작년 한 해 동안 자신감을 상당히 잃어서 해리는 잘하면 스카레가 훌륭한 경찰이 될 수도 있겠다고 생각했다.

"하지만 로베르트 칼센은 모험심이 강한 성격이야." 해리가 말했다. "그리고 다들 알다시피 사회봉사 판결을 받은 약쟁이들이 프레텍스에서 근무하는 경우도 있어. 호기심 강한 사람이 마약을 쉽게 접할 수 있는 환경에 있었던 셈이지."

"맞습니다." 스카레가 말했다. "그리고 프레텍스의 매니저에게 물어본 바로는 로베르트에게 여자친구는 없었습니다. 다만 가끔씩 로베르트를 찾아오는 외국 여자가 있었는데 여자친구라고 하기에는 너무 어리다고 하더군요. 유고슬라비아 여자 같다고 했습니다. 코소보 알바니아인이 틀림없습니다."

"왜 그렇게 생각하지?" 하겐이 물었다.

"코소보 알바니아인 하면 마약이니까요."

167

"이보게." 하겐이 혀를 끌끌 차며 의자에 등을 기댔다. "거참 역겨운 편견이로군."

"맞습니다." 해리가 말했다. "그리고 그런 편견이 사건을 해결하죠. 우리의 편견은 무지가 아니라 사실과 경험을 바탕으로 하니까요. 이 회의실 안에서는 인종, 종교, 성별에 상관없이 누구든 차별할 수 있습니다. 차별받는 사람들이 꼭 이 사회의 약자는 아니라는 게 우리 측 주장입니다."

할보르센은 씩 웃었다. 이 규칙을 듣는 게 처음이 아니었다.

"통계적으로 보면 동성애자, 광신도, 여자는 18세에서 60세 사이의 이성애자 남자보다 준법정신이 투철합니다. 하지만 만약 코소보 알바니아 출신 레즈비언이 종교적 신념까지 강하다면, 이마에 온통 문신을 하고 뚱뚱한 노르웨이 남성 우월주의자 돼지보다 마약상일 확률이 훨씬 더 높습니다. 그러니까 만약 선택해야 한다면, 선택해야만 하고요, 우린 알바니아 여자를 먼저 데려와 신문할 겁니다. 법을 잘 지키며 살았던 코소보 알바니아인들에게 부당한 처사라고요? 물론입니다. 하지만 경찰 수사란 제한된 자원으로 벌이는 개연성 싸움이기 때문에 우리가 아는 사실을 무시할 여유가 없습니다. 가르데모엔 공항에서 체포되는 밀수업자 중 상당수가 휠체어를 탄 채 항문에 마약을 숨겨온다는 걸 경험으로 알게 됐다면, 우린 휠체어에 앉은 승객을 죄다 끌어내 라텍스 장갑을 끼고 일일이 똥구멍을 파볼 겁니다. 그런 사실을 언론에만 알리지 않으면 됩니다."

"재미있는 철학이군, 홀레." 하겐은 다른 사람들의 반응을 보려고 주위를 둘러봤지만 무표정한 얼굴에서는 아무것도 읽을 수 없었다. "다시 사건으로 돌아가지."

"네." 해리가 말했다. "지금까지 한 대로 계속 살인 도구를 찾도록 해. 다만 수색 범위를 반경 여섯 블록으로 늘린다. 목격자 신문도 계속하고, 어젯밤 문을 닫았던 상점도 찾아가. CCTV에는 더 이상 시간 낭비하지 마. 특별히 찾아야 할 것이 나오면 그때 뒤져봐. 그리고 리와 리는 로베르트 칼센의 집 주소로 나온 수색 영장을 가지고 있지?"

두 사람은 고개를 끄덕였다.

"칼센의 사무실도 뒤져봐. 뭔가 나올지 몰라. 집이든 회사든 우편물과 하드디스크를 가져오도록. 그래야 피살자가 누구와 연락을 주고받았는지 알 수 있으니까. 크리포스가 오늘 인터폴에 연락해서 유럽에 유사한 사건이 있는지 알아보겠다고 했어. 할보르센은 이따 나랑 구세군 본부에 간다. 베아테는 회의 끝나고 남아. 할 말이 있으니까. 나머지는 해산!"

의자를 뒤로 미는 소리와 발 끄는 소리가 요란하게 울려 퍼졌다.

"잠깐만, 제군!"

정적이 흐르며 다들 군나르 하겐을 바라보았다.

"가만 보니 찢어진 청바지에 볼레렝엔 축구 클럽 티셔츠를 입고 출근하는 사람도 있더군. 예전 경정은 눈감아줬는지 몰라도 난 아닐세. 언론은 눈에 불을 켜고 우리를 주시하고 있어. 내일부터는 제대로 된 옷차림을 하도록. 찢어졌거나 글자가 적힌 옷은 안 돼. 우린 대중에게 중립적인 공무원으로 보여야 하네. 그리고 경감 이상의 직급은 남도록 해."

회의실에서 사람들이 빠져나가는 동안 해리와 베아테는 자리를 지켰다.

"다음 주부터 경감에 해당되는 형사들은 한 명도 빠짐없이 총을 소지하라는 공지를 올릴 걸세." 하겐이 말했다.

해리와 베아테는 놀란 표정으로 서로 바라봤다.

"지금 세상은 전쟁 중이야." 하겐이 턱을 들며 말했다. "앞으로 형사에게 총이 필수품이 될 걸세. 그 사실에 익숙해져야 해. 그러니 고위직부터 모범을 보여야지. 총은 낯선 물건이 아니라 휴대전화나 컴퓨터처럼 평범한 작업 도구가 돼야 하네. 알겠나?"

"전 총기 소지 허가를 받지 못했습니다." 해리가 말했다.

"농담이겠지." 하겐이 말했다.

"이번 늦가을에 본 시험에 떨어져서 총을 반납해야 했습니다."

"허가서를 써주지. 내겐 그럴 권한이 있으니까. 자네 우편함에 신청서를 넣어둘 테니 총을 찾아오게. 누구도 예외가 될 순 없어. 이상이네."

하겐은 회의실에서 나갔다.

"정상이 아니로군. 도대체 왜 총이 필요하다는 거야?" 해리가 말했다.

"찢어진 청바지를 꿰매고, 권총집이 달린 벨트를 사야겠네요." 베아테가 살짝 즐겁다는 듯이 눈을 반짝이며 말했다.

"음. 괜찮으면 〈다그블라데〉 사진기자가 찍은 사진 좀 볼까?"

"그러세요." 그녀는 노란색 폴더를 건넸다. "하나만 물어봐도 돼요, 반장님?"

"물론이지."

"왜 그랬어요?"

"뭘?"

"왜 망누스 스카레를 두둔했죠? 스카레가 인종주의자라는 거 아시잖아요. 그리고 제가 아는 반장님은 절대 그런 식의 차별에 찬성하는 분이 아니에요. 새 경정을 화나게 하려고 그랬나요? 아니면 수사 첫날부터 사람들에게 비호감으로 찍히려고?"

해리는 폴더를 열었다. "사진은 나중에 돌려줄게."

남자는 홀베르그플라스에 있는 래디슨사스 호텔 창문 옆에서 하얗게 얼어붙은 여명 속 도시를 내려다보았다. 나직하고 수수한 건물들을 보니 여기가 세상에서 가장 부유한 국가의 수도라는 사실이 이상하게 느껴졌다. 고결한 민주주의와 무일푼인 군주제가 타협해서 지어진 왕궁은 별다른 특징 없는 노란색 건축물이었다. 잎이 다 떨어진 나뭇가지 사이로 왕궁의 넓은 발코니가 보였다. 분명 왕이 저기서 국민들에게 연설을 할 것이다. 그는 라이플을 어깨에 올리는 시늉을 하고 한쪽 눈을 감아 조준했다. 발코니가 흐릿하게 두 개로 보였다.

간밤에 기오르기가 나오는 꿈을 꿨다.

처음 만났을 때 기오르기는 개 옆에 쪼그리고 앉아 있었다. 어디가 아픈지 낑낑거리는 개는 동네 유기견 틴토였지만, 곱실거리는 금발에 푸른 눈동자의 이 소년은 누군지 알 수 없었다. 두 사람은 합심해 틴토를 나무 상자에 집어넣은 다음, 수의사에게 데려갔다. 수의사는 강 하류에 수풀이 무성한 사과 과수원에서 방 두 개짜리 잿빛 벽돌집에 살았다. 수의사는 틴토가 이빨이 아파서 그러는 거라며 자신은 치과의사가 아니라고 했다. 게다가 곧 나머지 이빨도 다 빠져버릴 늙은 유기견을 위해 누가 돈을 내고 치료해주겠느냐, 영양실조로 천천히 고통스럽게 죽도록 내버려두느니 그냥 안락사시키자고 했다. 그러자 기오르기가 울기 시작했다. 구슬프게, 목청껏, 노래를 부르듯. 수의사가 왜 우느냐고 묻자, 기오르기는 이 개가 예수님일지도 모른다고 했다. 아빠가 예수님은 가장 누추한 모습으로 우리에게 온다고 했기 때문에 어쩌면 아무도 보살펴주지 않는 이 가여운 개의 모습으로 왔을 수 있다는 것이다. 수의사는 졌다는 듯이 고개를 저으며 치과의사에게 전화했다. 나중에 수업을 마치고 그와 기오르기는 틴토를 보러 수의사에게 갔다. 틴토는 꼬리를 흔들며 그들을 맞이했고, 수의사는 검게 때운 틴토의 이빨을 보여주었다.

기오르기는 그보다 나이가 많았지만 그 후로 둘은 함께 어울려 서너 번 놀았다. 오래가지는 못했다. 서너 주 후에 방학이 시작되었기 때문이다. 가을이 되어 개학했을 때 기오르기는 그를 완전히 잊었는지 보고도 알은체를 하지 않았다. 더는 그에게 볼일이 없다는 듯이.

그 후로 틴토는 잊어버렸지만 기오르기는 한 번도 잊은 적이 없다. 7, 8년 후 도시가 포위 공격을 당했을 때 마을 남쪽 끝 폐허에서 우연히 수척해진 유기견 한 마리를 보았다. 유기견은 다가와 그의 얼굴을 핥았다. 가죽 목걸이가 사라진 터라 검게 때운 이빨을 보고서야 그 개가 틴토임을 알았다.

손목시계를 봤다. 10분 뒤면 공항까지 데려다 줄 버스가 도착한다. 그는 슈트케이스를 끌고 마지막으로 방을 둘러보며 빠뜨린 물건이 없는지 확인했다. 문을 열자 밖에 놓여 있던 신문이 바람에 바스락거렸다. 복도를 내다보니 몇몇 방 앞에 똑같은 신문이 놓여 있었다. 1면에 실린 살인사건 현장 사진이 눈에 들어왔다. 허리를 숙여 두툼한 신문을 집어 들었다. 맨 위에는 읽을 수 없는 고딕체로 신문 이름이 적혀 있었다.

엘리베이터를 기다리는 동안 기사를 읽어보려 했지만 모른다고 해도 과언이 아닌 독일어와 비슷하게 생긴 단어만 나열되어 있었다. 그래서 관련 기사가 있다고 표시된 쪽으로 넘겨보았다. 그때 엘리베이터가 도착했고, 그는 들고 있기 거추장스러운 신문을 두 엘리베이터 사이에 놓인 쓰레기통에 버리려고 했다. 하지만 엘리베이터 안에 아무도 없는 것을 보고 그냥 신문을 가져가기로 했다. 0층을 누른 다음, 사진들을 바라보았는데 그중 한 사진 밑에 달린 캡션이 시선을 끌었다. 처음에는 잘못 읽은 줄 알았다. 하지만 엘리베이터가 움직이기 시작하자 남자는 불현듯 끔찍한 진실을 깨달았다. 순간적으로 현기증을 느끼는 바람에 쓰러지지 않도록 벽에 몸을 기대야 했다. 하마터면 신문을 떨어뜨릴 뻔했고, 엘리베이터 문이 열리는 것도 알아차리지 못했다.

마침내 고개를 들었을 때 눈앞에는 어둠이 펼쳐져 있었고, 그는 여기가 로비가 아닌 지하실임을 깨달았다. 이상하게도 이 나라에서는 0층이 아니라 1층이 로비인 모양이었다.

그는 엘리베이터에서 내렸고 등 뒤로 문이 닫혔다. 어둠 속에서 바닥에 털썩 주저앉아 생각을 정리하려 했다. 모든 계획이 다 틀어졌기 때문이다. 공항으로 가는 버스는 8분 후에 출발한다. 그때까지 결정해야 했다.

"나 지금 사진 보고 있다고." 해리가 절박하게 말했다.

해리의 맞은편 책상에 앉아 있던 할보르센이 고개를 들었다. "누가 뭐래요?"

"그러니까 손가락 좀 팅기지 마. 대체 왜 그러는 거야?"

"이거요?" 할보르센은 손가락을 바라보며 딱 팅기고는 약간 겸연쩍은 듯이 웃었다. "그냥 오랜 습관이에요."

"그래?"

"아버지가 레프 야신의 팬이었어요. 1960년대 러시아에서 활약한 전설의 골키퍼요."

해리는 계속 말하라고 기다렸다.

"아버지는 제가 골키퍼가 되기를 바라셨죠. 그래서 어릴 때부터 제 미간에 대고 손가락을 튕기셨어요. 이렇게. 절 단련시켜서 눈앞으로 공이 날아와도 겁먹지 않도록요. 야신의 아버지도 그랬던 모양이에요. 제가 눈을 깜빡이지 않으면 상으로 각설탕을 주셨죠."

할보르센의 말이 끝나자 잠시 사무실에 쥐 죽은 듯 정적이 감돌았다.

"설마."

"진짜예요. 갈색 각설탕이었죠."

"그거 말고 손가락을 튕겼다는 거. 사실이야?"

"제가 왜 거짓말을 하겠어요. 아버지는 늘 그러셨어요. 식사 중에도, 텔레비전을 볼 때도, 심지어 제 친구들이 있는 자리에서도요. 나중엔 저도 따라하기 시작했죠. 책가방에는 늘 야신의 이름을 적었고, 책상에는 야신의 이름을 새겼어요. 지금도 패스워드가 필요한 컴퓨터 프로그램이 있으면 무조건 야신으로 해요. 내가 아버지에게 세뇌됐다는 걸 알면서도요. 이해하시겠어요?"

"아니. 그래서 그게 도움이 됐어?"

"네, 공이 제 앞으로 날아와도 겁먹지 않게 됐죠."

"그럼……."

"아뇨. 알고 보니 축구에 소질이 없더라고요."

해리는 윗입술을 꼬집었다.

"사진에서 뭐 나왔어요?" 할보르센이 물었다.

"네가 거기서 손가락을 튕겨대는데 어떻게 찾겠어. 게다가 떠들기까지 하고."

할보르센은 천천히 고개를 저었다. "구세군 본부에 가기로 하지 않았나요?"

"이 일이 끝나면. 할보르센!"

"네?"

"왜 그렇게 숨을…… 이상하게 쉬지? 거슬려."

할보르센은 입술을 앙다물고 숨을 죽였다. 해리의 눈동자가 위로 향했다가 다시 아래로 내려갔다. 할보르센은 얼핏 해리의 얼굴에 스치는 미소를 본 듯했지만 장담할 수 없었다. 어쨌든 지금은 반장의 얼굴에서 미소가 사라지고 미간에 깊은 주름이 새겨졌다.

"와서 이것 좀 봐, 할보르센."

할보르센은 책상을 돌아갔다. 해리 앞에 사진 두 장이 놓여 있었는데 에게르토르게에 모인 군중 사진이었다.

"옆쪽에 찍힌 남자 보여? 털모자를 쓰고 네커치프를 둘렀어." 해리는 흐릿한 얼굴을 가리켰다. "밴드 옆에 선 로베르트 칼센과 일직선상이야. 그렇지?"

"네……."

"하지만 이 사진을 봐. 여기. 같은 털모자에 같은 네커치프인데 지금은 가운데 섰어. 밴드 바로 앞에."

"그게 뭐가 이상해요? 더 잘 보려고 가운데로 갔겠죠."

"하지만 만약 순서가 바뀌었다면?" 할보르센이 대답하지 않자 해리는 말을 이었다. "맨 앞에 서 있던 사람이 밴드가 잘 보이지도 않는 스피커 옆자리로 가는 경우는 없어. 특별한 목적이 없는 한."

"누군가를 쏘려는 목적?"

175

"너무 앞서 나가지는 말고."

"알겠어요. 하지만 어떤 사진이 먼저 찍혔는지 모르잖아요. 제 생각에는 틀림없이 가장자리에 있다가 가운데로 갔어요."

"얼마 걸 거야?"

"200크로네."

"좋아. 가로등 불빛을 봐. 양쪽 사진에 다 찍혔어." 해리는 할보르센에게 돋보기를 건넸다. "차이점이 보여?"

할보르센은 천천히 고개를 끄덕였다.

"눈이 보이네요. 남자가 스피커 옆에 선 사진에서는 눈이 내리고 있어요. 눈은 어제저녁에 내리기 시작해서 새벽에야 그쳤어요. 그러니까 이 사진이 나중에 찍혔네요. 〈다그블라데〉의 베드로그 기자에게 전화해봐야겠어요. 시계가 내장된 디지털 카메라로 찍었으면 정확한 시각을 알 수 있을 거예요."

〈다그블라데〉의 한스 베드로그 기자는 수동 필름 카메라를 신봉했다. 따라서 실망스럽게도 각 사진이 언제 찍혔는지 알지 못했다.

"알겠습니다. 어젯밤 콘서트 취재를 담당했죠?" 해리가 물었다.

"네. 거리 공연은 모두 저와 뢰드베르그 담당이죠."

"필름을 썼다면 군중을 찍은 사진이 어딘가 또 있겠군요."

"네. 디지털 카메라를 썼다면 없었을 겁니다. 진작 삭제해버렸을 테니까요."

"그랬겠죠. 하나만 부탁해도 될까요?"

"뭔데요?"

"사건 전날 찍은 사진에 털모자를 쓰고 검은 레인코트를 입은 남자가 있는지 찾아봐주겠습니까? 네커치프도 둘렀습니다. 지금 그 남자가 찍힌 당신 사진을 보는 중인데 곧바로 스캔해서 메일로 보내드릴 수 있습니다."

해리는 베드로그이 내켜하지 않는 걸 느낄 수 있었다. "사진을 보내드리는 건 얼마든지 할 수 있습니다만, 그걸 확인하는 건 경찰 업무 같은데요. 전 신문기자라서 괜히 끼어들고 싶지 않습니다."

"유감스럽지만 시간이 촉박해서요. 용의자 사진인데도 보기 싫다는 겁니까?"

"그럼 그 사진을 신문에 실어도 되나요?"

"네."

베드로그의 목소리가 밝아졌다. "지금 현상실에 있으니까 바로 확인할 수 있습니다. 군중을 찍은 사진은 잔뜩 있으니 희망이 있습니다. 5분만 기다려주세요."

할보르센이 사진을 스캔해서 보냈고, 해리는 기다리는 동안 손가락으로 책상을 두들겨댔다.

"왜 사건 전날 저녁에 그 남자가 거기 있었다고 확신하세요?" 할보르센이 물었다.

"난 아무것도 확신 안 해. 다만 베아테 말대로 놈이 프로라면 사전 답사를 했을 거야. 가급적 살인 계획과 가장 비슷한 환경일 때. 그리고 사건 전날에도 거리 공연이 있었고."

5분이 지났지만 전화는 오지 않았다. 11분이 지났을 때 전화가 울렸다.

"베드로그 기자입니다. 미안하지만 털모자와 검은 레인코트는 없네요. 네커치프를 한 사람도 없고요."

"젠장." 해리가 큰 소리로 또렷하게 외쳤다.

"죄송합니다. 메일로 보내드릴 테니까 직접 확인해보시겠어요?

그날 저녁에는 조명을 켜두고 찍어서 얼굴이 더 잘 보일 겁니다."

해리는 망설였다. 어디에 우선순위를 두고 시간을 분배할 것인지가 중요하다. 특히 사건 발생 후 황금 같은 24시간 동안에는.

"보내주시면 나중에 살펴보죠." 해리는 그렇게 말하고 자신의 이메일 주소를 알려주려다 마음을 바꿨다. "참, 저보다 과학수사과 베아테 뢴에게 보내주십시오. 그 친구가 얼굴을 잘 알아보니까요. 뭘 찾아낼지도 모르죠." 그는 베드로그에게 베아테의 이메일 주소를 알려주었다. "그리고 기사에 내 이름은 언급하지 마십시오."

"물론이죠. '경찰청에 근무하는 익명의 소식통'이라고만 할 겁니다. 거래 즐거웠습니다."

해리는 전화기를 내려놓은 다음, 눈이 쟁반만 해진 할보르센에게 고갯짓을 했다. "좋아, 주니어. 이제 구세군 본부로 가자고."

할보르센은 해리를 힐끗 보았다. 반장은 초조한 기색이 역력한 얼굴로 게시판과 거기 붙은 공지들을 훑어봤다. 초빙 전도사며 연주회 리허설 일정, 근무자 명단이 적힌 공지였다. 희끗희끗한 머리칼에 제복을 입고 안내 데스크에 앉아 있던 여자가 마침내 걸려오는 전화를 다 받은 후에 미소 지으며 그들을 돌아봤다.

해리는 간략하고 신속하게 방문 목적을 설명했다. 여자는 마치 그들이 오기를 기다리고 있었다는 듯이 고개를 끄덕이고는 어디로 가야 하는지 알려주었다.

엘리베이터를 기다리는 동안 두 사람은 침묵을 지켰지만, 할보르센은 반장의 이마에 맺힌 구슬땀을 보았다. 해리가 엘리베이터를 싫어한다는 걸 할보르센도 알고 있었다. 두 사람은 4층에서 내렸고, 할보르센은 해리를 따라가려고 거의 뛰다시피 복도를 내려가 문이 열린 사무실로 갔다. 앞서가던 해리가 갑자기 멈추는 바람에 하마터면 그와 부딪힐 뻔했다.

"안녕하세요." 해리가 말했다.

"안녕하세요. 또 만났네요." 여자 목소리였다.

해리의 몸집이 문간을 꽉 채운 탓에 할보르센은 여자를 볼 수 없었지만 해리의 목소리가 바뀌었다는 걸 알아차렸다. "그러게요. 사령관님 계신가요?"

"기다리고 계세요. 들어가세요."

할보르센은 해리를 따라 작은 대기실을 통과했고, 책상 뒤에 앉아 있는 자그마한 여자에게 재빨리 목례했다. 사령관 사무실 벽에는 나무 방패와 마스크, 창이 걸려 있었다. 책이 빼곡히 꽂힌 책꽂이에는 아프리카 조각상과 사령관의 가족으로 짐작되는 사람들의 사진이 진열되어 있었다.

"갑자기 연락드렸는데 이렇게 만나주셔서 감사합니다, 에크호프 씨. 이쪽은 할보르센 경관입니다." 해리가 말했다.

"비극적인 일이오." 에크호프가 책상 뒤에서 일어나며 의자에 앉으라고 손짓했다. "하루 종일 기자들에게 시달렸소. 어디까지 알아냈는지 들어봅시다."

해리와 할보르센은 시선을 교환했다.

"아직 수사 내용을 대중에게 공개할 단계는 아닙니다, 에크호프 씨."

사령관의 눈썹이 협박하듯 아래로 쑥 내려갔다. 할보르센은 마음속으로 한숨을 쉬며 해리가 벌일 또 한 차례의 실랑이에 대비했다. 하지만 그때 사령관의 눈썹이 다시 올라갔다.

"용서하시오, 홀레 반장. 직업병이오. 여기서 사령관으로 일하다보니 모든 사람이 내게 보고할 의무는 없다는 걸 가끔씩 잊어버린다오. 뭘 도와드릴까요?"

"간단히 말해서, 로베르트 칼센을 죽일 만한 동기가 있는 사람이 누군지 알고 싶습니다."

"음. 물론 나도 그 생각을 해봤소. 하지만 찾기 힘들더군. 로베르트는 문제가 있긴 했지만 착한 친구였소. 형과는 아주 달랐지."

"욘은 착하지 않나요?"

"욘은 문제가 없다는 뜻이오."

"로베르트가 무슨 문제를 일으켰습니까?"

"그런 뜻으로 한 말이 아니오. 로베르트는 욘과 달리 인생의 방향을 잃었소. 난 둘의 아버지인 요세프도 잘 알고 있지. 신앙심을 잃기 전까지는 우리 지부에서 가장 훌륭한 사관이었소."

"지난번에 복잡한 사연이라고 하셨는데 간략히 설명해주실 수 있을까요?"

"좋은 질문이오." 사령관은 땅이 꺼지게 한숨을 내쉬고 창밖을 바라보았다. "요세프는 홍수가 한창이던 중국에서 일하고 있었소. 그곳에는 주님을 아는 사람이 거의 없었고, 사람들은 파리 목숨처럼 죽어갔지. 요세프가 배운 바로는 주님을 섬기기 전에는 누구도 구원받을 수 없었소. 그러니 모두 지옥 불에 떨어질 사람들이었지. 요세프는 후난 성에서 약을 나눠줬소. 홍수로 범람한 물에 러셀 살무사가 우글거려 많은 사람들이 살무사에게 물렸기 때문이오. 요세프와 그의 팀에게는 살무사 독을 중화할 혈청이 충분했지만 늘 한발 늦게 도착했소. 왜냐하면 이 살무사의 독은 혈액 독이라서 동맥벽을 녹여버리고, 물린 사람은 눈과 귀를 포함한 몸의 모든 구멍에서 피를 쏟다가 한두 시간 안에 사망하기 때문이오. 나도 탄자니

아에서 선교사로 일할 때 이 살무사에 물린 사람을 봤소. 붐슬랑에 물린 사람도 봤고. 끔찍했지."

에크호프는 잠시 눈을 감았다.

"어쨌든 요세프와 간호사는 폐렴에 걸린 쌍둥이에게 페니실린을 줬소. 치료하는 동안 쌍둥이의 아빠가 들어왔는데 방금 논에서 러셀 살무사에게 물린 터였소. 요세프는 하나 남은 혈청을 그에게 주사하라고 간호사에게 지시했지. 그러고는 볼일을 보려고 밖으로 나갔소. 요세프도 다른 사람들처럼 복통과 설사에 시달리고 있었으니까. 그렇게 쪼그리고 앉아 볼일을 보다가 살무사에게 고환을 물린 거요. 요세프는 크게 비명을 질렀고, 소리를 들은 사람이라면 그가 살무사에게 물렸다는 걸 알 수 있었소. 집에 돌아왔더니 간호사 말이 중국인 이교도가 혈청 주사를 거부했다고 했소. 요세프도 살무사에게 물렸다면 그가 주사를 맞아야 한다고, 요세프는 살아서 많은 아이들의 생명을 구할 수 있지만 자신은 그저 농부일 뿐이고 그나마 이제는 농사지을 땅도 없다면서 말이오."

에크호프는 숨을 들이쉬었다가 내쉬었다.

"요세프는 너무 겁이 나서 거부할 생각조차 들지 않았고, 간호사에게 당장 주사를 놓아달라고 했다더군. 주사를 맞고 나서 엉엉 울었더니 중국인 농부가 달래주었다고 했소. 마침내 요세프는 진정하고, 중국인 이교도에게 예수님을 들어본 적이 있는지 통역해달라고 간호사에게 부탁했소. 하지만 채 묻기도 전에 농부의 바지는 피로 붉게 물들기 시작했고 농부는 곧 사망했소."

에크호프는 이 이야기를 음미할 시간을 주듯 말없이 두 사람을 바라보았다.

"그러니까 지금 그 농부는 지옥 불에서 타고 있겠군요."

"요세프가 배운 대로라면 그렇소. 하지만 이제 요세프는 크리스천이 아니오."

"그래서 신앙을 버리고 이 나라를 떠난 건가요?"

"내게 말한 바로는 그렇소."

해리는 고개를 끄덕이며 손에 들고 있던 수첩에 대고 말했다. "그러니까 이젠 요세프 칼센도 지옥 불에 떨어지겠군요. 신앙의…… 역설을 받아들이지 못했으니까요. 제가 제대로 이해했습니까?"

"그건 어려운 문제요, 홀레 반장. 크리스천이오?"

"아뇨. 전 형사입니다. 증거를 믿죠."

"무슨 뜻이오?"

해리는 손목시계를 슬쩍 훔쳐보고는 잠시 망설이다가 덤덤한 어조로 속사포처럼 대답했다.

"전 믿기만 하면 천국에 갈 수 있다는 종교는 받아들일 수 없습니다. 그러니까 우리의 상식을 조작해서 지성이 거부하는 무언가를 받아들이라는 말인데 그건 지금까지 독재 정권이 사용한 개념과 똑같습니다. 지적 사고를 포기하고 증거를 보여줄 의무가 전혀 없는, 더 높은 차원의 진리를 무조건 받아들이라고 강조하는 개념이죠."

사령관은 고개를 끄덕였다. "일리 있는 지적이오, 반장. 지금까지 그런 이의를 제기한 사람이 없었던 것도 아니고. 하지만 신앙을 가진 사람 중에는 당신이나 나보다 지적으로 훨씬 뛰어난 사람도 많소. 그것 또한 역설 아니오?"

"아뇨. 전 저보다 지적인 사람을 많이 만났습니다. 때로는 그런 사람도 사령관님이나 저는 절대 이해할 수 없는 이유로 누군가를 죽이죠. 로베르트의 죽음이 구세군을 겨냥했다고 생각하시나요?"

사령관은 본능적으로 등을 곧추세웠다.

"정치 집단의 소행은 아닐 거요. 구세군은 정치적으로 중립을 지켜왔소. 그것도 한결같이. 심지어 2차대전 중에도 독일의 지배를 규탄하는 성명을 발표하지 않았을 정도니까. 그저 예전과 다름없이 우리가 맡은 일을 했을 뿐이오."

"참 훌륭하시네요." 할보르센은 빈정거리는 투로 말했다가 해리에게서 경고의 눈빛을 받았다.

"지금까지 우리가 찬성한 침략은 하나뿐이오." 에크호프가 전혀 동요하지 않고 말했다. "1988년 스웨덴 구세군의 노르웨이 침략이오. 우린 오슬로에서 제일 가난한 노동자들이 사는 동네에 첫 번째 수프 배급소를 세웠소. 지금 당신들 경찰청이 있는 곳이오."

"그 일로 구세군에 원한을 품은 사람은 없을 것 같군요. 요즘 구세군은 어느 때보다 큰 인기를 누리지 않나요?" 해리가 말했다.

"음, 그렇기도 하고 아니기도 하지. 국민들은 우릴 전폭적으로 신뢰하고 있소. 우리도 느낄 수 있을 정도로. 하지만 구세군에 지원하는 사람은 많지 않소. 올가을 구세군 사관학교에 지원한 후보생은 고작 열한 명이었소. 기숙사에는 예순 명이 묵을 수 있는 시설을 갖췄는데 말이오. 게다가 동성애 같은 문제에서 성경을 보수적으로 해석하는 방침 때문에 모든 계층에서 인기가 있는 건 아니오. 물론 언젠가는 진보적인 단체들을 따라잡을 거요. 반드시. 우린 단지 그들보다 좀 느릴 뿐이지. 하지만 이거 아시오? 요즘처럼 모든 게 급변하는 시대에는 좀 천천히 간다 해도 별 문제없소." 에크호프는 할보르센과 해리에게 미소를 지어 보였다. 마치 그들이 그 의견에 이미 동의했다는 듯이. "어쨌든 운영진이 곧 젊은 친구들로 바뀔 테니 세상을 보는 눈도 더 젊어질 거요. 현재 차기 행정 국장을 임명할 예정인데 아주 젊은 후보자들이 지원했소."

에크호프는 배에 손을 올렸다.

"로베르트도 거기 속합니까?" 해리가 물었다.

사령관은 미소 지으며 고개를 저었다. "자신 있게 아니라고 말할 수 있소. 하지만 로베르트의 형인 욘은 지원했소. 행정 국장은 구세군이 소유한 건물을 포함해 막대한 돈을 관리하는 자리요. 로베르트는 그렇게 큰 책임을 지기에 적합한 성격이 아니오. 게다가 구세군 사관학교도 졸업하지 않았고."

"건물이라면 괴테보르그 가에 있는 아파트를 말씀하시는 겁니까?"

"그것만이 아니오. 우리 직원들은 괴테보르그 가의 아파트에 살지만 야콥 올스 가에 있는 아파트처럼 에리트레아, 소말리아, 크로아티아 난민을 위한 숙소도 있소."

"음." 해리는 수첩을 내려다보다가 볼펜으로 의자 팔걸이를 탁치고는 자리에서 일어났다. "저희가 시간을 너무 많이 뺏은 것 같습니다, 에크호프 씨."

"천만의 말씀이오. 어쨌거나 이건 우리 문제이기도 하니까."

사령관은 문까지 두 사람을 배웅했다.

"개인적인 질문 하나만 해도 되겠소, 홀레 반장? 우리가 전에 어디서 만났지? 난 한번 본 얼굴은 절대 잊지 않아서 말이오." 사령관이 말했다.

"아마 텔레비전이나 신문에서 보셨을 겁니다. 오스트레일리아에서 노르웨이인이 살해된 사건을 수사할 때 제 얼굴이 언론에 꽤 실렸으니까요." 해리가 말했다.

"아니, 그런 얼굴은 금방 잊어버리는 편이오. 우린 틀림없이 실제로 만났소."

"먼저 차에 가서 기다려." 해리가 할보르센에게 말했다. 할보르센이 사라지자 해리가 사령관을 돌아봤다.

"전 기억이 안 납니다만, 예전에 구세군의 도움을 받은 적이 있습니다. 어느 겨울날 술에 취해 거리에 쓰러져 있을 때 구세군이 절 발견했죠. 구세군 병사는 처음에 경찰에 신고하려고 했습니다. 경찰이 더 잘 처리할 거라고 생각했으니까요. 하지만 제가 말렸습니다. 난 형사이니 신고하면 해고된다고 했죠. 그랬더니 보건소에 데려다주더군요. 거기서 링거를 맞고 하룻밤 입원했습니다. 구세군에 큰 신세를 졌죠."

다비드 에크호프는 고개를 끄덕였다. "음, 유감스럽지만 그런 식으로 만났나 보군. 그리고 우리에게 신세를 졌다는 생각은 당분간 잊어주시오. 로베르트를 죽인 범인이 잡히면 오히려 우리가 큰 신세를 지게 될 테니까. 반장과 경찰 수사에 주님의 은총이 함께하길 빌겠소."

해리는 고개를 끄덕이고 대기실로 걸어 나가 에크호프 사무실의 닫힌 문을 잠시 바라보았다.

"당신과 꽤 닮았더군요." 해리가 말했다.

"우리 아버지도 매몰차던가요?" 여자의 굵은 목소리가 들렸다.

"사진 말입니다."

"아홉 살 때 찍은 사진인데 용케 알아봤네요." 마르티네 에크호프가 말했다.

해리는 고개를 저었다. "그나저나 연락하려던 참이었습니다. 만나고 싶었어요."

"네?"

해리는 자신의 말이 이상하게 들린다는 걸 깨닫고 황급히 덧붙였다. "페르 홀멘 일로요."

"더 할 말이 있나요?" 마르티네는 무심하게 어깨를 으쓱이며 대답했지만 목소리는 차갑게 식어 있었다. "반장님은 반장님 일을 한 거고, 전 제 일을 한 거죠."

"그건 그렇지만…… 보이는 게 다가 아니라는 말을 하고 싶었습니다."

"어떻게 보이는데요?"

"그때 내가 페르 홀멘에게 관심 있다고 말했죠? 그런데 결국 남은 가족을 더 불행하게 만들고 말았습니다. 경찰 일이 가끔씩 그렇습니다."

마르티네가 대답하려는 찰나에 전화가 울렸다. 그녀는 전화기를 들고 상대의 말을 들었다.

"베스트레 아케르 교회요. 21일 일요일, 12시, 네."

마르티네는 그렇게 답하고 전화를 끊었다.

"다들 로베르트 장례식에 오려고 안달이에요." 그녀가 서류를 뒤적였다. "정치인, 성직자, 유명인사. 어떻게든 숟가락을 얹으려는 거죠. 방금 전화한 사람은 어떤 가수 매니저인데 자기 가수가 장례식에서 노래할 수 있다는군요."

"아." 해리는 입을 열었지만 뭐라고 말해야 할지 몰랐다. "그런—"

하지만 다시 전화가 울린 덕분에 굳이 할 말을 찾을 필요가 없었다. 이제 얼른 퇴장해야 했기에 그는 목례를 하고 문 쪽으로 걸어갔다.

"오늘 에게르토르게에 올레를 보냈어요." 등 뒤에서 그녀의 목소리가 들렸다. "네, 로베르트를 대신할 사람요. 그러니까 오늘 밤 당신이 나와 함께 수프 배급 버스에 타야 해요."

엘리베이터에 탄 해리는 나직이 욕을 하고 양손으로 얼굴을 문질렀다. 그러고는 자포자기하는 웃음을 터뜨렸다. 괴기스러운 광대를 보고 무서움을 감추려고 필사적으로 웃을 때처럼.

로베르트의 사무실은 한층 더 작아진 듯했다. 그게 가능한지 모르겠지만. 그리고 평소와 다름없이 난장판이었다. 성에가 무늬처럼 찍힌 창문 옆 구세군 깃발이 제일 많은 공간을 차지했고, 책상 위의 서류 더미와 뜯지 않은 봉투 옆에 잭나이프가 꽂혀 있었다. 욘은 책상에 앉아 벽을 훑어보다가 로베르트와 자신이 함께 있는 사진에서 시선을 멈췄다. 언제 찍은 사진일까? 틀림없이 외스트고르에서 찍었을 텐데 어느 해였는지 기억나지 않았다. 사진 속 로베르트는 심각한 표정을 지으려 했지만 미소를 참지 못했다. 부자연스럽고 억지스러운 미소였다.

욘은 아침에 신문 기사를 읽었다. 이미 아는 사실인데도 마치 로베르트가 아닌 다른 사람의 기사를 읽는 듯 실감이 나지 않았다.

문이 열리더니 카키색 봄버 재킷을 입고 키가 큰 금발 여자가 나타났다. 입술은 얇고 핏기가 없으며, 냉정하고 무덤덤한 눈빛에 무표정했다. 여자 옆에는 다부진 체격의 빨간 머리 남자가 서 있었다. 둥글고 소년 같은 얼굴에는 아예 미소가 새겨진 듯했는데 저런 사람들은 좋은 소식을 듣든 나쁜 소식을 듣든 늘 저 표정이다.

"누구시죠?" 여자가 물었다.

"욘 칼센입니다." 더욱 냉랭해지는 여자의 눈동자를 보고 욘이 말을 이었다. "로베르트의 형이죠."

"실례했습니다." 여자는 단조로운 어조로 말하며 사무실로 들어와 손을 내밀었다. "전 강력반의 토릴 리 형사라고 해요." 여자의 손은 살집이 별로 없어 딱딱했지만 따뜻했다. "이쪽은 올라 리 형사고요."

남자는 목례를 했고, 욘도 목례로 답했다.

"동생분 일은 유감입니다. 하지만 살인사건이라서 이 사무실을 폐쇄해야 해요." 여자가 말했다.

욘은 계속 고개를 끄덕이며 다시 벽에 걸린 사진을 바라봤다.

"그러니까 죄송하지만……."

"아, 네, 물론입니다. 아직 실감이 안 나서요." 욘이 말했다.

"충분히 이해해요." 토릴 리가 미소 지으며 말했다. 진심으로 활짝 웃는다기보다 다정하게 살짝 짓는 미소라서 이 상황에 적합했다. 분명 경찰은 이런 일, 그리고 살인사건 수사에 익숙할 거라고 욘은 생각했다. 성직자처럼. 그의 아버지처럼.

"만지신 물건이 있나요?" 토릴 리가 물었다.

"만져요? 아뇨, 제가 왜 그러겠습니까? 그냥 의자에 앉아 있기만 했습니다."

욘은 자리에서 일어났고, 왜 그랬는지 몰라도 책상에서 잭나이프를 뽑아 반으로 접어 주머니에 넣었다.

"그만 가보겠습니다." 욘은 사무실을 나서며 말했다. 등 뒤로 문이 조용히 닫혔다. 계단까지 갔다가 이대로 칼을 가져가는 건 너무도 바보 같은 짓임을 깨닫고 사무실로 돌아갔다. 닫힌 문 너머로 여자의 깔깔 웃는 소리가 들렸다. "맙소사, 간 떨어지는 줄 알았네! 어쩌면 동생이랑 저렇게 판박이지. 처음에는 귀신인 줄 알았어."

"별로 안 닮았는데." 남자가 말했다.

"넌 사진만 봐서 그래……."

그 말을 들은 욘은 갑자기 끔찍한 생각이 들었다.

SK-655 자그레브행 비행기는 오전 10시 40분 정각에 가르데모엔 공항에서 이륙해 후루달 호수 왼쪽으로 날아올라 덴마크 올보르 공항 관제탑이 있는 남쪽으로 항로를 정했다. 유달리 추운 날씨라서 권계면이라는 대기층이 평소보다 낮게 내려앉았고, 맥도널 더글러스 MD-81기가 오슬로 상공을 날아갈 때는 이미 권계면을 통과하고 있었다. 권계면을 통과하는 비행기는 하늘에 비행운을 남기기 때문에 만약 얀바네토르게의 공중전화 부스 안에서 몸을 떨며 통화 중인 남자가 고개를 들어 하늘을 봤다면 낙타털 코트 주머니에 든 항공권으로 탑승할 예정이었던 비행기를 볼 수 있었으리라.

슈트케이스는 오슬로 중앙역 로커에 넣어두었으니 이제는 숙소를 구해야 했다. 그런 다음 임무를 완수해야 했다. 그러려면 총이 필요했다. 하지만 아는 사람이 하나도 없는 이 도시에서 어떻게 총을 구한단 말인가?

남자는 전화번호를 안내해주는 여자 상담원이 오르락내리락하는 스칸디나비아식 억양으로 말하는 영어를 듣고 있었다. 그녀는 오슬로 전화번호부에 등록된 욘 칼센은 열일곱 명이나 되기 때문에 그 번호를 모두 알려줄 수는 없다고 말했다. 하지만 구세군 전화번호는 알려줄 수 있다고 말했다.

구세군 본부 안내 데스크의 여직원은 직원 중에 욘 칼센이 있지만 오늘은 출근하지 않았다고 했다. 그는 욘 칼센에게 크리스마스 선물을 보내고 싶으니 집 주소를 알려달라고 했다.

"잠시만요. 괴테보르그 가 4번지, 우편번호는 0566이네요. 욘을 생각해주는 사람이 있어서 다행이네요. 안 그래도 딱했는데."

"딱해요?"

"네, 어제 동생이 총에 맞아 죽었거든요."

"동생이요?"

"네, 에게르토르게에서요. 오늘 신문에 기사가 실렸죠."

남자는 고맙다고 말하고 전화를 끊었다.

누가 어깨를 툭 치자 그는 몸을 빙글 돌렸다.

종이컵을 보니 청년이 원하는 게 뭔지 알 수 있었다. 입고 있는 데님 재킷은 좀 지저분했지만 말끔히 면도했고, 머리는 세련되게 잘랐다. 옷도 멀쩡했고, 그를 똑바로 바라보는 눈도 초롱초롱했다. 청년이 뭐라고 말하자 그는 노르웨이어를 모른다는 뜻으로 어깨를 으쓱였다. 그러자 청년이 완벽한 영어로 말했다.

"난 크리스토페르라고 합니다. 오늘 밤 잘 곳이 필요해요. 아니면 얼어 죽을 겁니다."

마케팅 수업이라도 들은 사람처럼 짧고 간략한 메시지였으며, 상대의 감정을 효과적으로 자극하기 위해 이름까지 밝혔다. 환한 미소를 지으면서.

남자는 고개를 저으며 가려고 했다. 하지만 노숙자 청년이 그를 막아섰다. "온정을 베풀어 주세요, 선생님. 다가오는 밤을 두려워하며 추운 데서 노숙한 적 없나요?"

"있지." 순간적으로 그는 세르비아군 탱크를 기다리며 물이 찬 여우 굴에서 나흘이나 숨어 있었던 일을 이야기하고 싶어졌다.

"그럼 제 심정을 아실 텐데요, 선생님."

그는 천천히 고개를 끄덕였다. 주머니에 손을 넣어 지폐 한 장을

꺼내 얼마인지 보지도 않고 크리스토페르에게 건넸다. "하지만 어
차피 노숙할 거잖아."

크리스토페르는 주머니에 돈을 넣고 고개를 끄덕이며 미안하다
는 듯이 말했다. "약을 사는 게 먼저라서요, 선생님."

"주로 어디서 자나?"

"저기요." 약쟁이가 손톱이 단정히 깎인 길고 가느다란 검지로
어딘가를 가리켰고, 그는 그곳을 바라봤다. "컨테이너 터미널. 내년
여름에 저기에 오페라 하우스를 짓는대요." 크리스토페르가 다시
환하게 웃었다. "전 오페라를 사랑하거든요."

"요즘 자기엔 좀 춥지 않아?"

"네, 오늘 밤엔 구세군에서 자야 할 것 같네요. 구세군 호스텔에
는 늘 빈방이 있죠."

"그래?" 남자는 청년을 바라봤다. 차림새가 말끔했고, 환하게 웃
으니 쪽 고른 하얀 이가 보였다. 그런데도 썩은 내가 났다. 청년의
말을 듣는 동안에도 수천 개의 턱이 으드득거리며 안에서부터 살
을 파먹어가는 소리가 들리는 듯했다.

11

12월 17일, 수요일. 크로아티아인

운전대를 잡은 할보르센은 참을성 있게 기다렸다. 전방에 베르겐 번호판을 단 차량이 있었는데 운전자가 액셀러레이터를 세게 밟자 타이어가 빙판에서 헛돌았다. 해리는 휴대전화로 베아테와 통화 중이었다.

"무슨 말이야?" 시끄러운 엔진 소리 때문에 해리가 더 큰 소리로 외쳤다.

"두 사진 속 남자가 동일인이 아닌 것 같다고요." 베아테가 다시 한 번 말했다.

"털모자와 레인코트, 네커치프가 똑같아. 동일인이 틀림없어. 안 그래?"

베아테는 대답하지 않았다.

"베아테?"

"얼굴이 불분명해요. 뭔가 이상해요. 정확히 뭔지는 모르겠어요. 조명 때문일 수도 있고요."

"음. 우리가 헛수고한다고 생각해?"

"모르겠어요. 남자의 위치만 보면 총이 발사된 각도와 일치해요.

근데 왜 이렇게 시끄러워요?"

"밤비가 빙판을 건너는 중이야. 나중에 봐."

"잠깐만요!"

해리는 전화를 끊으려다 말고 기다렸다.

"하나 더 있어요. 사건 전날 찍은 사진들을 살펴봤어요." 베아테 가 말했다.

"그래?"

"그 남자와 일치하는 얼굴은 찾을 수 없었지만 사소하게 일치하는 게 있었어요. 누르스름한 코트를 입은 남자가 있는데 아마 낙타 털 코트일 거예요. 그 남자가 두른 목도리가……."

"음. 네커치프 말이야?"

"아뇨, 그냥 평범한 털목도리예요. 근데 묶는 방식이 네커치프와 똑같았어요. 오른쪽 자락이 매듭 위로 올라오는 모양요. 그런 매듭 본 적 있으세요?"

"아니."

"지금까지 목도리를 그렇게 매고 다니는 사람은 본 적이 없어요." 베아테가 말했다.

"이메일로 사진 좀 보내줘. 내가 살펴볼게."

해리는 사무실에 돌아오자마자 베아테가 보낸 사진을 출력했다.

출력물을 가지러 출력실에 갔더니 군나르 하겐이 있었다.

해리는 목례를 했고, 두 남자는 말없이 서서 회색 기계가 종이를 한 장씩 뱉어내는 모습을 지켜보았다.

"뭐 알아낸 거라도 있나?" 마침내 하겐이 물었다.

"그렇기도 하고, 아니기도 합니다." 해리가 대답했다.

"언론이 계속 날 들볶고 있네. 뭐 던져줄 거 없겠나?"

"아, 깜빡 잊고 말씀을 안 드렸네요, 보스. 우리가 이 남자를 찾고 있다고 귀띔해줬습니다." 해리는 출력물 속에서 종이 한 장을 집어 들고 네커치프를 한 남자를 가리켰다.

"뭘 어쨌다고?" 하겐이 말했다.

"제가 언론에 흘렸습니다. 정확히 말하면 〈다그블라데〉요."

"날 거치지 않고?"

"늘 있는 일입니다, 보스. 우린 이걸 생산적인 유출이라고 하죠. 경찰청에 있는 익명의 소식통이라는 말로 정보를 흘리면 신문사에서는 그걸 자기들이 탐사 보도를 해서 알아낸 척합니다. 그래서 우리 쪽에서 용의자 사진을 실어달라고 할 때보다 더 많은 지면을 할애하죠. 덕분에 우린 대중의 도움을 받아 용의자 신원을 파악할 수 있고요. 그럼 모두가 행복해지는 거죠."

"난 아닐세, 홀레."

"그렇다면 심심한 사과를 표합니다, 보스." 해리는 걱정스러운 표정으로 '심심한'이라는 말을 강조했다.

하겐은 해리를 노려보며 위턱과 아래턱을 서로 어긋나게 비틀더니 무언가를 씹듯이 계속 움직였다. 그 모습을 본 해리는 반추 동물이 떠올랐다.

"근데 왜 이 남자가 용의자라는 건가?" 하겐이 해리의 손에서 사진을 낚아채며 말했다.

"아직 확실하진 않습니다. 공범이 있을 수도 있고요. 베아테 뢴 말로는…… 네커치프를 매는 방식이 특이하다고 합니다."

"이건 크라바트ᵏʳᵃᵛᵃᵗᵗ 매듭이잖나." 하겐이 한 번 더 바라봤다. "이 게 뭐 어때서?"

194

"뭐라고요?"

"크라바트 매듭."

"크라바트가 스웨덴어로 넥타이라는 건 압니다. 넥타이 매듭을 말하시는 겁니까?"

"그게 아니라 크로아티아 매듭일세."

"네?"

"이건 기본적인 역사 상식 아닌가?"

"제 무지를 깨우쳐주시면 감사하겠습니다, 보스."

하겐은 뒷짐을 졌다. "30년전쟁에 대해 얼마나 알고 있지?"

"잘 모릅니다."

"30년전쟁이 벌어졌을 때 스웨덴의 왕 구스타프 아돌프는 독일을 돕기로 결심하지. 하지만 출정하기 전에 자신의 소수 정예 부대를 보충하려고 유럽 최강의 병사를 고용했네. 그들이 최강으로 불린 까닭은 겁이 없기 때문이었어. 바로 크로아티아 용병이었지. 노르웨이어 'krabat'가 스웨덴에서 왔고 원래 뜻은 크로아티아인, 다시 말해 겁 없는 미치광이라는 건 알고 있나?"

해리는 고개를 저었다.

"크로아티아 용병은 구스타프 아돌프 국왕이 준 군복을 입고 외국에서 싸워야 했지만 자신들을 다른 사람들과 구분 짓는 표식을 사용할 수 있었어. 크로아티아만의 특별한 방식으로 묶는 네커치프였지. 나중에 프랑스인이 그걸 도입해 발전시켰지만 이름은 그대로 사용했어. 그게 크라바테가 된 거고."

"크라바테. 크라바트."

"그래."

"고맙습니다, 보스." 해리는 출력된 사진 중에서 맨 마지막 사진을 집어 들고, 베아테가 동그라미로 표시해둔 남자를 유심히 바라보았다. "방금 단서를 주셨어요."

"같은 일을 하는 처지에 고맙다는 말은 필요 없네, 홀레." 하겐은 나머지 출력물을 집어 들고 씩씩하게 걸어 나갔다.

해리가 사무실로 부리나케 뛰어들자 할보르센은 고개를 들었다. "단서를 잡았어." 해리의 말에 할보르센은 한숨을 내쉬었다. 저 말이 나오면 으레 업무는 늘어나고 성과는 전혀 없기 때문이다.

"유로폴의 알렉스에게 전화해야겠어." 해리가 말했다.

할보르센은 유로폴이 인터폴의 자매회사로 헤이그에 있으며, 1998년 마드리드에서 테러가 발생한 후로 국제테러와 조직범죄에 초점을 두고 EU에서 설립한 단체임을 알고 있었다. 다만 노르웨이는 EU 가입국이 아닌데도 알렉스가 왜 기꺼이 해리를 도와주는지 모를 뿐이었다.

"알렉스? 오슬로의 해리야. 뭐 좀 확인해주겠어?"

할보르센은 해리가 서툴지만 효과적인 영어로 알렉스와 통화하는 것을 들었다.

"지난 10년간 유럽에서 국제적으로 활동한 범죄자가 저지른 범죄사건 데이터베이스를 검색해줘. 검색어는 '청부 살인'과 '크로아티아인'으로."

해리는 그렇게 말하고 기다리다가 깜짝 놀라 물었다. "그렇게 많아?" 턱을 긁적이며 다시 부탁했다. 이번에는 검색어에 '총'과 '9밀리미터'도 포함해 달라고.

"검색 결과가 스물세 개라고? 크로아티아인이 용의자인 사건이 그렇게 많아? 맙소사! 전쟁이 전문 킬러를 양산한다는 건 알았지만 그 정도일 줄은 몰랐군. 이번에는 검색어에 '북유럽'도 넣어봐. 없어? 알았어, 혹시 용의자 이름 나온 거 있나? 없어? 잠깐만."

해리는 마땅한 검색어를 알려달라는 눈빛으로 할보르센을 보았지만, 할보르센은 그저 어깨만 으쓱였다.

"알았어, 알렉스. 마지막으로 '빨간색 네커치프'나 '스카프'를 넣어봐."

할보르센은 전화기 너머 알렉스의 웃음소리를 들을 수 있었다.

"고마워, 알렉스. 또 연락할게."

해리는 전화기를 내려놓았다.

"음, 수포로 돌아갔나요?" 할보르센이 물었다.

해리는 고개를 끄덕였다. 의자에 앉은 그의 몸이 차츰 수그러들더니 갑자기 벌떡 올라왔다. "처음부터 다시 시작해야 해. 우리가 가진 게 뭐지? 아무것도 없어? 좋아, 난 백지를 좋아해."

할보르센은 예전에 해리가 한 말이 생각났다. 훌륭한 형사와 평범한 형사의 차이점은 잘 잊어버리는 능력이라고 했다. 훌륭한 형사는 자신의 직감이 틀렸거나, 믿었던 단서가 수사에 전혀 도움이 되지 않은 일은 모두 잊어버린다. 그리고 전과 다름없이 열정적으로 수사에 뛰어들어 또 잊어버린다.

전화가 울리자 해리가 전화를 받았다. "여보—" 해리의 말이 끝나기도 전에 상대가 속사포로 떠들어댔다.

해리는 자리에서 일어났고, 할보르센은 전화기를 쥔 해리의 손가락 관절이 하얗게 변한 것을 볼 수 있었다.

"잠깐만, 알렉스. 할보르센에게 받아 적게 할게."

해리는 한 손으로 송화구를 막고 할보르센에게 말했다. "알렉스가 재미 삼아 마지막으로 찾아봤대. '크로아티아인'이나 '9밀리미

터' 같은 검색어는 다 빼고 '빨간 스카프'만으로. 그랬더니 2000년
과 2001년에 자그레브, 2002년에 뮌헨, 2003년에 파리에서 하나
씩 나왔다는군."

해리는 다시 알렉스와 통화했다. "이놈이야, 알렉스. 아니, 확실
하진 않지만 내 직감이 그래. 그리고 크로아티아에서 발생한 두 건
의 살인도 우연이 아닌 것 같고. 할보르센이 적을 만한 세부 사항
이 있나?"

해리가 놀라서 입을 딱 벌리는 모습을 할보르센은 바라보았다.

"인상착의가 없어? 스카프를 기억한다면 다른 것도 봤을 거 아
냐. 뭐? 평균 신장이라고? 그게 다야?"

해리는 알렉스의 말을 들으며 고개를 저었다.

"뭐래요?" 할보르센이 속삭였다.

"증언마다 인상착의가 너무 다르대." 해리도 속삭였다.

할보르센은 '불일치'라고 적었다.

"그래, 좋아, 자세한 건 이메일로 보내줘. 음, 고마워, 알렉스. 또
다른 게 나오면 전화 줘. 예를 들어, 범인이 자주 나타난다고 의심
되는 곳이라든가. 뭐? 하하. 알았어, 우리 부부 동영상 복사해서 보
내줄게."

해리는 전화를 끊었고, 자신을 어리둥절하게 바라보는 할보르센
의 시선을 느꼈다.

"옛날부터 하던 농담이야. 알렉스는 북유럽 사람이라면 다들 부
부간에 섹스 동영상을 찍는 줄 알거든."

해리는 그렇게 설명하고 전화기를 든 다음, 다른 번호를 눌렀다.
상대가 전화받기를 기다리는 동안, 할보르센이 여전히 자신을 바
라보고 있음을 깨닫고 한숨을 쉬며 말했다. "나 결혼한 적 없어, 할

보르센."

심각한 폐 질환으로 쿨럭이는 듯한 커피머신 때문에 망누스 스카레는 큰 소리로 외쳐야만 했다. "어쩌면 우리가 모르는 범죄 집단이 있고, 빨간 스카프를 일종의 트레이드마크로 사용하는지도 몰라요. 수많은 살인 청부업자가 거기 소속되어 있고요."

"말도 안 돼." 토릴 리가 코웃음을 치며 커피머신 앞에 늘어선 줄에 합류해 스카레 뒤에 섰다. 그녀의 손에는 '우주 최강 엄마'라고 적힌 머그잔이 들려 있었다.

올라 리는 킬킬 웃고는 간이부엌 안쪽에 놓인 식탁에 앉았다. 이곳은 강력반과 풍기사범 단속반이 식당으로 사용했다.

"왜 말이 안 돼요? 테러일 수도 있어요. 이슬람교도가 기독교인을 상대로 한 성전. 그러면 지옥문이 열리는 거죠. 아니면 스페인쪽일 수도 있고요. 그 사람들은 빨간 스카프를 메고 다니잖아요. 안 그래요?"

"에스파냐가 올바른 명칭이야." 토릴 리가 말했다.

"바스크인." 할보르센이 올라 리 맞은편에 앉으며 말했다.

"응?"

"바스크 주 팜플로나 시의 산 페르민 축제. 투우 소와 함께 뛰어다니잖아."

"ETA*!" 스카레가 외쳤다. "젠장, 왜 그 생각을 못했지?"

"넌 경찰을 할 게 아니라 시나리오를 써야겠다." 토릴 리가 말했다. 올라 리는 큰 소리로 웃었지만 늘 그렇듯이 아무 말도 하지 않

---

* 바스크 지방의 분리 독립을 주장하는 무장 테러 단체.

았다.

"그러는 두 분은 수면제 은행강도사건이나 조사하세요." 스카레가 웅얼거렸다. 부부도, 친척 관계도 아닌 토릴 리와 올라 리는 강도수사과에서 차출되었다.

"테러 집단이 자기들 소행이라고 주장할 만한 요소가 별로 없어." 할보르센이 말했다. "유로폴에서 알려준 네 개의 사건은 모두 암살이었고 그 후로 잠잠해졌지. 그리고 피해자는 일반적으로 범죄에 연루되어 있었어. 자그레브에서 살해된 사람은 둘 다 전범 재판에서 무죄를 선고받았고, 뮌헨의 경우에는 그 지역 인신매매 거물의 패권을 위협하고 있었어. 파리에서 살해된 사람은 두 번이나 유죄 판결을 받은 소아성애자이고."

해리 홀레가 머그잔을 든 채 간이부엌으로 들어왔다. 스카레와 토릴 리, 올라 리는 다시 컵에 커피를 따른 다음, 그대로 부엌에서 나갔다. 할보르센은 해리가 나타나면 동료들이 자리를 피한다는 것을 이미 알고 있었다. 해리는 자리에 앉았고, 할보르센은 그의 미간에 새겨진 깊은 주름을 보았다.

"이제 곧 24시간이 되겠네요." 할보르센이 말했다.

"응." 여전히 비어 있는 머그잔을 바라보며 해리가 말했다.

"무슨 일 있어요?"

해리는 잠시 침묵하다 입을 열었다. "모르겠어. 베르겐에 있는 묄레르 경정에게 전화했어. 조언 좀 얻으려고."

"뭐라고 하세요?"

"별말 없었어. 좀……" 해리는 적당한 단어를 골랐다. "외로운 것 같더라고."

"가족들도 함께 가지 않았나요?"

"곧 갈 예정이야."

"무슨 문제라도 있대요?"

"모르겠어. 난 아무것도 몰라."

"근데 왜 그러세요?"

"경정님이 술에 취했더라고."

할보르센이 머그잔을 세게 내려놓는 바람에 식탁에 커피가 흘렀다. "묄레르 경정님이요? 근무 중에 술에 취했다고요? 농담이죠?"

해리는 대답하지 않았다.

"그냥 몸이 좀 안 좋은 거 아닐까요?" 할보르센이 덧붙였다.

"술 취한 사람의 목소리는 내가 잘 알아, 할보르센. 베르겐에 가야겠어."

"지금요? 수사 중이잖아요."

"당일치기로 다녀올 거야. 그동안 요새는 네가 잘 지키고 있어."

할보르센은 미소를 지었다. "이제 반장님도 나이를 먹나 봐요."

"나이를 먹어? 그게 무슨 말이야?"

"나이를 먹고 정이 많아졌다고요. 반장님이 죽은 사람보다 산 사람을 우선시하는 건 처음 봐요."

할보르센은 해리의 얼굴을 보자마자 크게 후회했다. "제가 괜한 소리를……."

"괜찮아." 해리가 자리에서 일어났다. "지난 며칠 동안 크로아티아로 갔거나 크로아티아에서 온 비행기의 탑승자 명단을 모두 확보해. 가르데모엔 공항 경찰에 전화해서 경찰청 쪽 변호사가 신청서를 제출해야 하는지도 물어보고. 법원 명령이 필요하면 법원에 잠깐 들러서 곧바로 받아내. 명단 확보하면 유로폴의 알렉스에게 전화해서 거기 적힌 사람들을 조사해달라고 해. 내가 부탁했다고."

"알렉스가 도움이 될까요?"

해리는 고개를 끄덕였다. "그동안 난 베아테와 욘 칼센을 만나서 이야기 좀 할게."

"네?"

"지금까지는 로베르트 칼센에 대해 디즈니 동화 같은 얘기만 들었어. 뭔가 더 있을 거야."

"왜 절 안 데려가시는 거예요?"

"왜냐하면 베아테는 너와 달리 상대가 거짓말하는 걸 알아차리니까."

남자는 숨을 들이쉰 다음, 비스킷이라는 레스토랑의 계단을 오르기 시작했다.

어제저녁과 달리 레스토랑 안에는 사람이 거의 없었다. 하지만 어제 봤던 웨이터가 식당 문에 기대서 있었다. 기오르기처럼 곱실거리는 금발에 푸른 눈동자를 가진 웨이터.

"또 오셨군요. 못 알아봤습니다." 웨이터가 말했다.

남자는 놀라서 눈을 두 번 깜박거렸다. 지금은 웨이터가 그의 얼굴을 알아본다는 뜻이기 때문이다.

"코트를 보고 알았습니다. 아주 고급스럽네요. 낙타털인가요?" 웨이터가 물었다.

"그랬으면 좋겠군요."

웨이터는 웃으며 그의 팔에 손을 올렸다. 두려운 기색이 전혀 없는 웨이터의 눈을 보며 그는 웨이터가 자신을 의심하지 않는다는 결론을 내렸다. 그렇다면 경찰이 여기 오지 않았고 당연히 총도 찾아내지 못했다는 뜻이리라.

"오늘은 식사하러 온 게 아닙니다. 화장실을 쓰러 왔습니다." 그가 말했다.

"화장실요?" 웨이터가 그렇게 말하며 푸른 눈동자로 그의 눈을 살폈다. "화장실을 쓰러 여기까지 왔다고요? 정말입니까?"

"금방 갈 겁니다." 남자는 침을 삼키며 말했다. 웨이터 때문에 거북했다.

"금방 간다고요." 웨이터가 그의 말을 반복했다. "알겠습니다."

남자 화장실에는 아무도 없었고 비누 냄새가 풍겼다. 하지만 자유는 없었다.

세면대 위 물비누통의 뚜껑을 벗기자 비누 냄새가 더 강해졌다. 그는 소매를 걷은 다음, 차가운 초록색 액체 속으로 손을 집어넣었다. 순간적으로 식당에서 비누통을 교체했나 생각했지만 곧 물건이 잡혔다. 천천히 물건을 들어 올리자 물비누가 기다란 초록색 손가락을 하얀색 도자기 세면대 위로 늘어뜨렸다. 잘 씻고 기름칠하면 총은 다시 쓸 수 있을 것이다. 게다가 탄창에 총알이 아직 여섯 발이나 들어 있다. 그가 서둘러 총을 씻은 다음, 주머니에 넣으려는 찰나 화장실 문이 열렸다.

"또 보네요." 웨이터가 환하게 웃으며 속삭였다. 하지만 총을 보자 얼굴이 굳어졌다.

그는 총을 주머니에 넣고 잘 있으라고 중얼거린 다음, 좁은 문간을 가로막은 웨이터 옆으로 지나갔다. 얼굴에 웨이터의 가쁜 숨결이 닿았고, 허벅지에는 상대의 발기한 페니스가 스쳤다.

다시 추운 바깥으로 나간 후에야 남자는 심장이 두근거리고 있음을 깨달았다. 마치 계속 겁에 질려 있었다는 듯이. 피가 몸 구석구석을 돌자 몸이 따뜻하고 가벼워졌다.

해리가 괴테보르그 가에 도착했을 때 욘 칼센은 막 나가려던 참이었다.

"벌써 약속 시간이 됐나요?" 욘이 어리둥절한 표정으로 손목시계를 힐끗 보았다.

"제가 좀 일찍 왔습니다. 곧 제 동료도 올 겁니다."

"우유를 사러 가도 될까요?" 욘은 얇은 점퍼 차림이었고, 머리는 말끔하게 빗겨져 있었다.

"물론입니다."

편의점은 길 건너편에 있었다. 1리터짜리 저지방 우유를 산 욘이 잔돈을 내려고 주머니를 뒤적이는 동안, 해리는 화장실용 휴지와 콘플레이크 사이에 진열된 호화로운 크리스마스 장신구들을 바라봤다. 계산대 옆 가판대에 진열된 신문들은 굵은 대문자로 살인 사건을 고래고래 외쳐댔지만 두 사람은 모른 척했다. 〈다그블라데〉 1면에는 베드로그 기자가 찍은 흐릿하고 뿌연 군중 사진이 실렸고, 네커치프를 한 남자의 머리 주위로 빨간 원을 그려놓았다. 그 위에는 '경찰이 찾는 남자'라는 헤드라인이 달려 있었다.

그들은 편의점을 나왔다. 욘은 빨간 머리에 1970년대식 염소수염을 기른 거지 앞에서 걸음을 멈추더니 오랫동안 열심히 주머니를 뒤진 끝에 무언가를 찾아내 갈색 종이컵 속에 넣었다.

"별로 드릴 말씀이 없습니다." 욘이 해리에게 말했다. "그리고 커피메이커의 커피가 내린 지 오래돼서 맛이 타르 같을 겁니다."

"잘됐네요. 전 원래 그런 커피를 좋아합니다."

"형사님도요?" 욘 칼센은 희미한 미소를 지었다가 "어!"라고 외치며 거지를 돌아봤다. "지금 나한테 돈을 던진 겁니까?" 그가 놀라서 물었다.

거지는 짜증 난다는 듯이 콧방귀를 뀌더니 똑똑히 외쳤다. "노르웨이 돈만 받는다고!"

욘 칼센의 집은 테아 닐센의 집과 똑같았다. 깨끗하고 잘 정돈되어 있었으나 남자 혼자 사는 집이라는 분위기가 역력했다. 해리는 재빨리 세 가지 사실을 추론했다. 첫째, 낡았지만 잘 관리된 가구는 해리와 같은 곳에서 구입했다. 즉 울레볼스 가에 있는 중고품 가게에서. 둘째, 욘은 벽에 유일하게 붙은 포스터 속 미술 전시회에 간 적이 없다. 마지막으로 욘은 간이부엌에 딸린 식탁보다 텔레비전 앞의 나직한 테이블에서 허리를 숙이고 식사하는 때가 더 많았다. 거의 텅 빈 책꽂이에 구세군 제복을 입은 한 남자의 사진이 있었는데 근엄한 태도로 허공을 응시하고 있었다.

"아버님이신가요?" 해리가 물었다.

"네." 욘이 대답하며 부엌 찬장에서 머그잔 두 개를 꺼내 갈색으로 얼룩진 유리 주전자에서 커피를 따랐다.

"아버님을 많이 닮으셨군요."

"고맙습니다. 그랬으면 좋겠네요." 욘은 머그잔 두 개를 들고 와서 커피 테이블 위에 내려놓았다. 그 옆에는 아까 사온 우유가 있었고, 테이블 상판에는 그가 주로 여기서 식사한다는 걸 보여주는 동그란 자국들이 찍혀 있었다. 해리는 부모님이 아들의 죽음을 어떻게 받아들였는지 물을 작정이었지만 노선을 바꿨다.

"동생분이 누군가에게 나쁜 짓을 해서 살해됐다고 가정해봅시다. 사기를 치거나, 돈을 빌리거나, 모욕하거나, 협박하거나, 상처를 주거나 뭐든 좋습니다. 다들 동생분이 좋은 사람이었다고 그러더군요. 이런 살인사건을 수사하다보면 주로 듣게 되는 얘기죠. 사람들은 좋은 면만 강조하고 싶어 합니다. 하지만 우리에겐 어두운 면도 있습니다. 안 그런가요?" 해리가 말했다.

욘은 고개를 끄덕였지만, 해리는 그게 동의의 뜻인지 아닌지 알 수 없었다.

"이젠 로베르트의 어두운 면을 좀 살펴보죠."

욘은 이해할 수 없다는 표정으로 해리를 바라봤다.

해리는 헛기침을 했다. "돈부터 시작합시다. 로베르트에게 재정적으로 문제가 있었나요?"

욘은 어깨를 으쓱였다. "그렇다고도 할 수 있고, 아니라고도 할 수 있습니다. 호화로운 생활을 하는 아이는 아니라서 큰 빚을 지지는 않았을 겁니다. 형사님 말이 그런 뜻이라면요. 돈이 필요할 땐 주로 제게 빌렸습니다. 아마 그럴 겁니다. 그러니까……" 욘이 아쉬움에 잠긴 미소를 지었다.

"금액이 어느 정도였습니까?"

"소소했습니다. 올가을에 빌린 돈만 제외하고요."

"그땐 얼마를 빌렸죠?"

"음…… 3만 크로네요."

"어디에 쓴다고 했나요?"

욘은 머리를 긁적였다. "무슨 프로젝트를 진행 중이라고 했는데 더는 설명하지 않았습니다. 외국에 다녀와야 한다고만 했죠. 언젠가 알게 될 거라고 하더군요. 꽤 많은 돈이긴 했지만, 전 차도 없는데다 평소 돈을 쓸 일이 없었습니다. 게다가 웬일인지 로베르트는 아주 열성적이었습니다. 무슨 일인지 궁금했는데…… 이렇게 돼버렸네요."

해리는 메모를 했다. "음. 한 인간으로서 로베르트의 어두운 면은 어땠나요?"

그러고는 커피 테이블을 바라보며 기다렸다. 욘이 생각하도록 내버려두는 한편 고요한 공백이 효력을 발휘하게 했다. 늘 그랬듯이 이런 공백 상태는 조만간 무언가를 끌어낼 것이다. 거짓말 혹은 절박함에서 비롯된 여담 혹은, 운이 좋다면, 진실을.

"어릴 때 로베르트는……" 욘은 말문을 열었다가 멈췄다.

해리는 꼼짝하지 않은 채 침묵을 지켰다.

"그러니까…… 자제를 못 했어요."

해리는 고개를 끄덕였지만 올려다보지는 않았다. 격려는 하되 공백 상태를 깨지 않기 위해서였다.

"난 로베르트가 무슨 짓을 벌일까 봐 늘 조마조마했죠. 그 애는 아주 난폭했어요. 안에 두 사람이 들어 있는 듯했죠. 하나는 냉정하면서 자제력을 잃지 않고, 탐구하기 좋아하는 성격으로…… 뭐라고 해야 할까요, 타인의 반응, 감정 등에 관심이 많았어요. 그리고 고통에도요."

"예를 들어주실 수 있을까요?" 해리가 물었다.

욘은 침을 삼켰다. "한번은 집에 돌아왔더니 지하실에 보여줄 게 있다더군요. 예전에 아버지가 구피를 길렀던 작은 수족관이 비어 있었는데 거기에 고양이를 넣어놨더라고요. 수족관 위쪽의 나무 뚜껑 밑으로 호스를 찔러 넣었고요. 그러더니 수돗물을 끝까지 틀었어요. 수족관은 순식간에 물이 가득 찼고, 전 간신히 뚜껑을 벗겨 고양이를 구해냈죠. 로베르트는 고양이가 어떻게 반응할지 보고 싶었다고 했지만, 지금 생각해보면 사실 로베르트는 절 관찰한 게 아닐까 싶습니다."

"음. 왜 다른 사람들은 로베르트의 그런 면을 말하지 않았을까요?"

"아는 사람이 많지 않으니까요. 제 탓도 있을 겁니다. 어릴 때부터 아버지는 제게 로베르트가 말썽을 일으키지 않도록 감시하라고 했으니까요. 전 최선을 다해서 그렇게 했죠. 아까도 말씀드렸다시피 로베르트의 그런 행동은 자제력을 잃어서가 아닙니다. 이해하실지 모르겠지만 그 애는 뜨거운 동시에 차가워요. 따라서 아주 가까운 사람들만 로베르트의…… 그런 면을 알 수 있죠. 음, 그리고 몇몇 개구리하고요." 욘은 미소를 지었다. "로베르트가 개구리에게 헬륨가스를 먹인 뒤, 하늘로 쏘아올린 적이 있습니다. 아버지에게 들킨 로베르트는 개구리가 새의 시선에서 세상을 본 적이 없다는 사실이 너무 가여워서 그랬다고 했죠. 그리고 난……" 욘은 허공을 바라봤고, 해리는 욘의 눈가가 촉촉해진 것을 보았다. "마구 웃어 댔죠. 아버지는 화를 내셨지만 어쩔 수가 없었어요. 로베르트는 날 그렇게 웃게 했죠."

"음. 나이를 먹으면서 좀 나아졌나요?"

욘은 어깨를 으쓱였다. "솔직히 말해서 최근 몇 년간 로베르트가 뭘 하고 다녔는지 저도 잘 모릅니다. 부모님이 태국으로 떠나신 후에 우린 소원해졌거든요."

"왜죠?"

"형제는 종종 그렇게 되더군요. 특별한 이유 없이도요."

해리는 대답하지 않고 기다렸다. 복도에서 문이 닫히는 소리가 들렸다.

"로베르트는 여자애들과 문제가 좀 있었습니다." 욘이 말했다.

멀리서 들리는 앰뷸런스 사이렌 소리. 철컹거리며 작동하는 엘리베이터 소리. 욘은 한숨을 내쉬었다. "아주 어린 소녀들과요."

"몇 살이었습니까?"

"모르겠어요. 로베르트가 거짓말을 한 게 아니라면 아주 어렸을 겁니다."

"왜 로베르트가 거짓말을 하죠?"

"아까도 말했듯이 제 반응을 보려고요."

해리는 자리에서 일어나 창가로 갔다. 어린아이가 하얀 도화지에 그린 갈색 선처럼 사람들이 눈 위로 지나다니면서 생긴 삐뚤빼뚤한 길을 따라 한 남자가 소피엔베르그 공원을 유유히 가로지르고 있었다. 교회 북쪽으로 유태인들이 묻힌 작은 공동묘지가 있었다. 정신과의사 스톨레 에우네의 말에 따르면 수백 년 전에는 저 공원 전체가 공동묘지였다.

"로베르트가 그 여자애들에게 폭력을 행사했습니까?" 해리가 물었다.

"아뇨!" 아무것도 걸려 있지 않은 양쪽 벽 사이에서 욘의 외침이 메아리쳤다. 해리는 아무 말도 하지 않았다. 공원을 가로지른 남자는 헬게센스 가를 건너 그들이 있는 건물 쪽으로 다가왔다.

"내가 아는 한 그런 일은 없습니다. 설사 로베르트가 제게 그랬다고 말했더라도 믿지 않았을 겁니다."

"로베르트가 만난 여자애들 중에 당신이 아는 사람도 있나요?"

"아뇨. 어차피 오래 사귀지도 않았습니다. 솔직히 말해서 로베르트가 진지하게 생각한 여자는 한 명뿐입니다."

"누구죠?"

"테아 닐센요. 어릴 때 로베르트는 테아에게 심하게 집착했죠."

"당신 여자친구요?"

욘은 머그잔 안을 골똘히 바라보았다. "왜 제가 동생이 유일하게 좋아하는 여자를 사귀었는지 의아하시죠? 저도 똑같이 의아해했다는 걸 주님은 아실 겁니다."

"그래서 답을 찾으셨나요?"

"제가 아는 사실은 테아가 세상에서 가장 멋진 여자라는 것뿐입니다."

엘리베이터가 웅웅 작동하던 소리가 갑자기 멈췄다.

"로베르트가 당신과 테아의 관계를 알고 있었나요?"

"우리가 서너 번 만났다는 걸 알고 수상쩍어하더군요. 하지만 테아와 전 우리 관계를 계속 비밀로 했습니다."

문을 두드리는 소리가 났다.

"제 동료 베아테일 겁니다. 제가 열죠."

해리는 그렇게 말하고는 수첩을 뒤집어 테이블에 내려놓은 다음, 볼펜을 수첩 옆에 나란히 두고 문까지 서너 발짝 걸어갔다. 문이 열리지 않아 잠시 애를 먹다가 안으로 잡아당겨야 한다는 걸 깨달았다. 해리가 마주한 얼굴은 해리 못지않게 놀란 표정이었고, 잠시 두 사람은 서로를 바라보았다. 상대는 강한 데오도란트라도 뿌렸는지 달콤한 향수 냄새가 풍겼다.

"욘?" 남자가 머뭇거리며 물었다.

"아, 제대로 찾아 오셨습니다." 해리가 말했다. "미안합니다. 누굴 기다리는 중이라서 그 사람인 줄 알았습니다. 잠깐 기다리세요."

해리는 소파로 돌아가 욘에게 말했다. "손님이 찾아왔네요."

다시 소파에 털썩 앉는 순간, 해리는 방금 무슨 일이 벌어졌다는 생각이 들었다. 볼펜은 아까와 똑같이 수첩 옆에 놓여 있었다. 아무도 만진 흔적 없이. 그런데도 무언가가 있었다. 꼭 집어 말할 수 없는 무언가가 뇌에 감지되었다.

"안녕하세요?" 등 뒤에서 욘의 목소리가 들렸다. 정중하면서 감정이 거의 드러나지 않는 인사. 끝이 올라가는 문장. 모르는 사람에게 인사를 건넬 때처럼. 혹은 상대가 무슨 용건인지 모를 때처럼. 그러자 또 그런 느낌이 들었다. 무슨 일이 벌어졌고, 무언가가 신경에 거슬렸다. 저 남자에게 무언가 있었다. 남자는 욘의 이름을 불렀지만, 욘은 분명 저 남자를 모른다.

"무슨 일이시죠?" 욘이 영어로 물었다.

그제야 깨달았다. 목. 남자는 목에 무언가를 두르고 있었다. 네커치프. 크라바트 매듭. 해리가 두 손으로 커피 테이블을 짚으며 몸을 일으키는 바람에 머그잔이 쓰러졌다. "문 닫아요!" 해리의 고함이 울려 퍼졌다.

하지만 욘은 최면에라도 걸린 듯 우두커니 문밖을 응시하고 있었다. 상대의 말을 듣기 위해 허리를 숙인 채.

해리는 한 발짝 물러선 다음, 소파를 뛰어넘고 문을 향해 달려갔다.

"무슨—" 욘이 말문을 열었다.

해리는 문으로 몸을 날렸다. 그러자 모든 것이 멈추는 듯했다. 전에도 이런 경험을 한 적이 있었다. 아드레날린이 분출하면서 시간의 개념이 바뀌고, 물속에서 움직이는 듯한 경험. 이대로라면 늦을 것이다. 해리의 오른쪽 어깨가 문에 부딪쳤고, 왼쪽 어깨는 욘의 옆구리와 충돌했다. 화약이 터지며 총에서 총알이 발사될 때의 음파가 고막을 울렸다.

이윽고 총성이 들렸다. 총알. 문이 쾅 닫히며 철컥 잠겼다. 욘은 해리에게 밀려 쓰러지며 부엌 찬장과 싱크대에 부딪혔다. 해리는 얼른 몸을 틀어 올려다보았다. 밖에서 남자가 문손잡이를 아래로 누르고 있었다.

"젠장." 해리는 속삭이며 무릎으로 섰다.

남자가 문을 들이받았다. 두 번이나.

해리는 죽은 듯 누워 있는 욘의 벨트를 붙잡고 마룻바닥 위로 질질 끌어 침실로 데려갔다.

현관문 밖에서 긁는 소리가 들리더니 다시 총성이 울렸다. 문 중간이 뚫리며 나뭇조각이 튀고, 소파 쿠션 하나가 들썩이더니 잿빛 새털 한 줄기가 천장으로 피어올랐다. 저지방 우유는 꿀럭 소리를 내며 테이블 위로 힘없는 하얀색 포물선을 뿜어냈다.

9밀리미터 총알의 파괴력은 심하게 과소평가되었다고, 욘에게 등을 돌린 채 해리는 생각했다. 욘의 이마에 뚫린 구멍에서 피 한 방울이 뚝 떨어졌다.

다시 총성이 울렸다. 이번에는 유리 깨지는 소리가 났다.

해리는 주머니에서 휴대전화를 꺼내 베아테의 번호를 눌렀다.

첫 번째 신호음이 울리자 베아테가 바로 전화를 받았다. "알았어요, 알았어, 그만 좀 보채세요. 지금 건물 앞에—"

"잘 들어." 해리가 그녀의 말을 잘랐다. "모든 순찰차에 연락해서 지금 당장 여기로 오라고 해. 사이렌을 최대한 크게 틀고. 지금 현관 밖에서 누군가 여길 벌집으로 만들고 있어. 자넨 당장 피신해. 알았어?"

"알았어요. 전화 끊지 마세요."

해리는 휴대전화를 앞쪽 마룻바닥에 내려놓았다. 벽을 긁는 소리. 저자가 그들의 통화를 들었을까? 해리는 움직이지 않았다. 긁는 소리가 점점 가까워졌다. 이건 무슨 벽일까? 방음재가 들어간 현관문도 뚫는 총알이라면 석고보드와 유리섬유로 만든 평벽쯤은 전혀 문제되지 않을 것이다. 긁는 소리가 한층 더 가까워지더니 멈쳤다. 해리는 숨을 죽였다. 그제야 들렸다. 욘의 숨소리가.

순간 도시의 웅웅거리는 소음 속에서 어떤 소리가 들렸다. 해리의 귀에는 음악처럼 감미롭게 들렸다. 순찰차 사이렌 소리. 순찰차 두 대의 사이렌 소리였다.

해리는 긁는 소리가 나는지 귀를 기울였다. 아무 소리도 들리지 않았다. 어서 도망쳐라. 해리는 기도했다. 빨리 꺼지라고. 그러자 복도와 계단을 내려가는 발소리가 들렸다.

해리는 차가운 마룻바닥에 벌렁 누워 천장을 올려다봤다. 문 밑으로 외풍이 들어왔다. 눈을 감았다. 19년이라니. 맙소사. 은퇴하려면 아직 19년이나 남았다.

12

12월 17일, 수요일. 병원과 재

쇼윈도에 비친 순찰차는 그의 뒤에서 거리를 천천히 내려오고 있었다. 그는 뛰고 싶은 것을 참고 계속 걸었다. 몇 분 전, 욘 칼센의 아파트 계단을 쏜살같이 내려가 인도로 나갔을 때처럼. 하마터면 인도에서 휴대전화로 통화 중인 젊은 여자와 부딪힐 뻔했지만 용케 피한 다음, 공원을 가로질러 서쪽으로, 지금 걷고 있는 이 붐비는 거리로 왔다.

순찰차는 그와 똑같은 속도로 움직였다. 눈앞에 문이 보이자 열고 안으로 들어갔다. 순간적으로 영화 속에 들어온 듯했다. 캐딜락과 볼로 타이, 젊은 엘비스들이 등장하는 미국 영화. 스피커에서 흘러나오는 노래는 옛날 컨트리 음악 같았는데 세 배는 빠른 속도였고, 바텐더 복장은 엘피 앨범 커버에 나오는 옷과 똑같았다.

그는 작지만 의외로 빈자리가 하나도 없는 바 테이블 주위를 둘러보다가 바텐더가 말을 걸었음을 깨달았다.

"뭐라고 했죠?"

"마실 것 좀 드릴까요, 손님?"

"좋죠. 뭐가 있습니까?"

"음, 슬로 컴포터블 스크루가 어떨까요. 손님은 오크니 섬의 위스키가 더 어울릴 것 같긴 하지만요."

"고맙군요. 그걸로 하죠."

순찰차 사이렌 소리가 오르락내리락했다. 후덥지근한 실내 공기 때문에 모공에서 땀이 줄줄 흘러내렸다. 그는 네커치프를 풀어 코트 주머니에 넣었다. 코트 주머니에서 풍기는 화약 냄새를 감춰줄 이곳의 담배 냄새가 반가웠다.

바텐더에게 술을 받아들고, 창문 맞은편 벽 옆의 빈자리로 갔다.

욘 칼센의 방에 있던 또 다른 남자는 누구였을까? 욘 칼센의 친구? 친척? 아니면 아파트를 함께 쓰는 사람? 위스키를 한 모금 마셨더니 병원과 재의 맛이 났다. 왜 이런 바보 같은 질문을 하고 있을까? 그렇게 행동할 수 있는 사람은 경찰뿐이다. 그렇게 신속히 경찰서에 연락할 수 있는 사람도 경찰뿐이다. 그리고 이제 그의 타깃이 누구인지 경찰이 알아버렸다. 그러면 일이 훨씬 힘들어진다. 그만 물러나야 할지도 모른다. 그는 위스키를 다시 한 모금 마셨다.

아까 그 경찰은 그의 낙타털 코트를 봤다.

그는 화장실로 가서 총과 네커치프, 여권을 재킷 주머니로 옮기고 세면대 밑에 있던 쓰레기통에 코트를 버렸다. 다시 밖으로 나와 손을 비비고 몸을 떨며 좌우로 거리를 훑어봤다.

마지막 임무. 가장 중요한 임무. 모든 게 이 일에 달렸다.

차근차근 생각해. 그는 혼잣말을 중얼거렸다. 경찰은 네가 누군지도 몰라. 다시 원점으로 돌아가서 건설적으로 생각해.

하지만 그의 마음은 자꾸 같은 생각으로 돌아갔다. 아파트에 있던 그 남자는 대체 누굴까?

"저희도 모릅니다. 다만 그자가 로베르트를 죽인 범인일 가능성이 있습니다." 해리가 말했다.

그는 간호사가 바퀴 달린 빈 침대를 끌고 좁은 복도를 내려갈 수 있도록 다리를 끌어당겼다.

"가, 가능성이 있다고요?" 테아 닐센이 말을 더듬었다. "범인이 한 명이 아닌가요?" 테아는 의자에서 떨어질까 두렵다는 듯이 나무 좌판을 두 손으로 붙잡은 채 몸을 앞으로 살짝 내밀고 있었다.

베아테 뢴은 허리를 숙여 테아를 달래듯 그녀의 무릎에 손을 얹었다. "저희도 몰라요. 중요한 건 일이 잘되었다는 거예요. 의사 말이 욘은 뇌진탕뿐이래요."

"뇌진탕이 생긴 건 저 때문입니다." 해리가 말했다. "제가 밀치는 바람에 욘이 싱크대 가장자리에 부딪혔습니다. 이마에 작은 구멍도 나고요. 총알은 빗나갔습니다. 벽에 박혔더군요. 두 번째 총알은 우유통 속에 들어 있었고요. 생각해보세요. 우유통이라니. 그리고 세 번째 총알은 부엌 찬장의 건포도와—"

그때 베아테가 해리를 보았다. 지금 테아는 총알의 행방 따위에는 관심이 없을 거라고 말하는 눈빛이었다.

"어쨌든 욘은 무사합니다만 잠시 혼절한 상태일 겁니다. 그래서 의사들이 당분간 지켜봐야 한다고 하더군요."

"알았어요. 이제 가서 욘을 봐도 될까요?"

"물론이죠." 베아테가 말했다. "근데 가시기 전에 이 사진부터 봐주세요. 이 중에 혹시 예전에 본 사람이 있나요?"

베아테는 폴더에서 사진 세 장을 꺼내 테아에게 건넸다. 에게르토르게 광장에서 찍은 사진인데 어쩌나 확대를 했는지 얼굴이 흑백의 점으로 이뤄진 모자이크 같았다.

테아는 고개를 저었다. "잘 모르겠네요. 전 이 사람들의 얼굴이 어디가 다른지도 모르겠어요."

"그건 저도 마찬가집니다." 해리가 말했다. "하지만 베아테는 얼굴 식별 전문가이고, 이들이 동일인이 아니라 두 명의 다른 사람이라고 했습니다."

"다른 사람인 거 같다고 했죠." 베아테가 정정했다. "게다가 아까 괴테보르그 가의 아파트에서 뛰쳐나오는 범인과 하마터면 부딪힐 뻔했는데 그 남자는 또 이 사진 속 남자들과 달라 보였어요."

해리는 깜짝 놀랐다. 얼굴을 식별하는 데 저렇게 확신이 없는 베아테의 모습은 처음이었다.

"맙소사, 그럼 대체 범인이 몇 명이나 될까요?" 테아가 속삭였다.

"걱정 마십시오. 욘의 병실 앞에 보초를 세워뒀습니다." 해리가 말했다.

"네?" 테아가 눈을 휘둥그렇게 뜨고 그를 바라봤다. 그제야 해리는 깨달았다. 이 병원에서도 욘의 목숨이 위험할 수 있다는 사실을 테아는 전혀 몰랐던 것이다. 방금 전까지는. 미치겠군.

"절 따라오세요. 가서 욘이 어떤지 살펴봐요." 베아테가 다정하게 말했다.

그래, 제발 그래줘. 이 머저리는 혼자 남아서 사람을 대하는 요령에 대해 고민 좀 할게. 해리는 생각했다.

복도 반대편에서 달려오는 발소리가 들려 해리는 몸을 돌렸다.

할보르센이었다. 그는 환자와 방문객, 달그락거리는 클로그 샌들을 신은 간호사들 사이로 요리조리 달려오더니 숨을 헐떡이며 해리 앞에 멈춰 섰다. 그러고는 흐릿한 검은색 글씨가 적힌 종이 한 장을 내밀었는데 반질거리는 재질로 보아 강력반 팩스 용지였다.

"승객 명단의 한 페이지예요. 반장님께 계속 전화드렸는데—"

"여기서는 휴대전화 전원을 꺼둬야 해. 뭐 재미있는 거라도 나왔어?" 해리가 물었다.

"승객 명단은 쉽게 확보했어요. 그걸 알렉스에게 메일로 보냈더니 바로 확인해주더군요. 사소한 전과가 있는 승객이 한두 명 있지만 딱히 의심 가는 사람은 없었어요. 하지만 한 가지 이상한 점이 있더라고요…….."

"그래?"

"승객 한 명이 이틀 전에 오슬로에 왔다가 어제 떠날 예정이었는데 비행기가 오늘로 연착됐어요. 크리스토 스탄키츠. 하지만 이 남자는 오늘 나타나지 않았어요. 이상한 일이죠. 왜냐하면 이 사람이 구입한 티켓은 워낙 저가라서 다른 비행 편은 이용할 수 없거든요. 명단에 따르면 국적이 크로아티아예요. 그래서 알렉스에게 크로아티아 주민등록부를 조사해달라고 부탁했죠. 크로아티아는 EU 회원국이 아니지만 EU에 가입하려고 안달이니 도움을 요청하면 아마도 매우 협조—"

"본론만 말해, 할보르센."

"크리스토 스탄키츠라는 남자는 존재하지 않아요."

"재미있군." 해리는 턱을 긁적였다. "물론 우리 사건과 아무런 연관이 없을 수도 있지만."

"물론이죠."

해리는 명단 속 이름을 응시했다. 크리스토 스탄키츠. 그냥 이름이었다. 하지만 승객 명단에 올라갔으므로 탑승 수속 시에 항공사 직원에게 보여줘야 하는 여권 속 이름이었다. 호텔에 체크인할 때 보여줘야 하는 여권 속 이름이기도 하고.

"오슬로 모든 호텔의 투숙객 이름을 확인해서 지난 이틀간 크리스토 스탄키츠가 묵은 적이 있는지 알아봐."

"지금 바로 할게요."

해리는 등을 펴고 할보르센에게 고개를 끄덕여 보이며 자신의 흡족한 마음이 전달되길 바랐다.

"난 정신과의사를 만나고 올게." 해리가 말했다.

정신과의사 스톨레 에우네의 병원은 스포르바이스 가에 있었다. 트램 선로를 뜻하는 '스포르바이sporvei'라는 이름과 달리 트램이 다니지는 않았지만, 보도는 흥미로운 걸음걸이를 모아둔 진열장이나 다름없었다. 건강을 위해 SATS 피트니스센터를 다니는 주부들의 자신감 넘치고 통통 튀는 걸음걸이, 시각 장애인 협회에서 안내견과 함께 걸어 나오는 사람들의 조심스러운 걸음걸이, 초라한 차림새에도 아랑곳하지 않고 마약중독자를 위한 호스피스 병원을 들락거리는 고객들의 무심한 걸음걸이.

"그러니까 이 로베르트 칼센이라는 남자는 합법적으로 성관계를 할 수 있는 연령*보다 어린 소녀를 좋아했다는 거로군." 에우네는 자신의 트위드 재킷을 걸어둔 의자에 앉아 이중 턱을 나비넥타이 쪽으로 잡아당겼다. "물론 거기에는 여러 가지 원인이 있을 수 있지. 하지만 내가 듣기로는 고결하신 구세군 집안에서 자랐다던데 사실인가?"

"네." 해리는 평소 사생활에서나 경찰 수사에서 조언을 구하는 스톨레 에우네의 책장을 올려다보았다. 책들이 빼곡히, 어지럽게

---

* 노르웨이에서는 16세.

꽂혀 있었다. "하지만 폐쇄적이고 엄격한 종교 집단에서 자란 사람들이 변태 성향을 가진다는 건 뜬소문 아닌가요?"

"아닐세. 자네가 말한 성폭행에 관해서라면 기독교 종파가 꽤 많은 비중을 차지하네."

"왜 그렇죠?"

에우네는 양쪽 손끝을 모으고, 신이 나서 입맛을 다셨다. "유아기나 청소년기에, 예를 들어 자연스러운 성욕을 표출했다는 이유로 부모에게 벌을 받거나 모욕을 당하면, 사람은 자신의 인격에서 그 부분을 억누르게 되지. 정상적으로 진행되어야 할 성적 성숙이 서서히 멈추고, 성적 취향이 비정상적인 출구를 찾기 시작하네. 그래서 성인이 된 후에도 자기 모습을 있는 그대로 내보일 수 있고, 성욕을 분출할 수 있었던 유아기로 돌아가려 해."

"기저귀를 차고 다닌다거나 하면서요."

"그래. 혹은 대변을 가지고 놀거나. 캘리포니아 상원 의원의 한 사례가 생각나는군. 그 남자는—"

해리는 기침을 했다.

"알겠네. 혹은 성인이 된 후에 '핵심사건'으로 돌아가기도 하지." 에우네는 말을 이었다. "자신의 성적 시도가 마지막으로 성공을 거뒀던 때, 다시 말해 마지막으로 섹스에 성공했던 때로 말일세. 그건 아마도 남들이 모르거나, 부모에게 벌을 받지 않았던 사춘기 시절의 상사병이나 성적 접촉일걸세."

"혹은 성폭행도요?"

"그래. 자신이 상황을 통제했기에 스스로 강해진 기분이 들었던 상황이지. 굴욕감을 느꼈던 때와 정반대되는 상황. 따라서 여생을 보내는 동안 또다시 그런 상황을 만들어내려고 하지."

"성범죄자가 되는 것도 쉬운 일이 아니군요."

"아니다마다. 성범죄자 대다수는 사춘기 시절에 포르노 잡지를 보다가 들켜서 부모에게 피멍이 들도록 두들겨 맞은 사람일세. 사실 그건 정상적이고 건강한 성욕이었는데 말이지. 하지만 성범죄자가 될 확률을 높이고 싶다면, 폭력적인 아버지와 참견이 심하고 아들에게 모호한 성적 시도를 하는 어머니, 그리고 진실을 억압하고 성욕을 호되게 벌하는 환경이 필요하네."

해리의 휴대전화가 울렸다. 해리는 전화를 꺼내 할보르센이 보낸 문자를 읽었다. 크리스토 스탄키츠가 살인사건 발생 전날 오슬로 중앙역 옆 스칸디아 호텔에 묵었다는 내용이었다.

"AA 모임은 좀 어떤가? 금주에 도움이 되나?" 에우네가 물었다.

"음." 해리는 자리에서 일어났다. "그렇기도 하고 아니기도 합니다."

그는 비명 소리에 움찔하며 현실로 돌아왔다.

고개를 돌려보니 그의 얼굴에서 불과 3, 4센티미터 떨어진 곳에 휘둥그레진 눈과 검은 구멍처럼 벌어진 입이 보였다. 버거킹 유아 놀이터의 유리 칸막이에 코를 바짝 대고 있던 아이는 기쁨에 겨운 꺄르르 소리를 내며 볼 풀장을 가득 채운 노란색과 빨간색 파란색 플라스틱 공 위로 쓰러졌다.

그는 입에 묻은 케첩을 닦아내고 쟁반 위의 쓰레기를 쓰레기통에 버린 다음, 칼 요한스 가로 서둘러 나갔다. 얇은 양복 재킷 속에서 몸을 웅크려봤지만 추위가 여지없이 파고들었다. 스칸디아 호텔에 방을 구한 다음에 곧바로 코트를 사리라 마음먹었다.

6분 뒤 스칸디아 호텔 로비로 들어가 체크인을 하는 커플 뒤에 섰다. 여자 접수원은 그를 힐끗 봤지만 알아보지 못했다. 그러더니 새로 온 손님들이 작성한 종이 위로 허리를 숙인 채 노르웨이어로 말했다. 커플 중 여자가 그를 돌아보며 미소 지었다. 금발에 매력적인 여자였다. 좀 평범한 얼굴이기는 했지만. 그는 간신히 미소로 답했다. 그로서는 매우 힘든 일이었는데 왜냐하면 이 여자를 본 적이 있기 때문이다. 불과 서너 시간 전에 괴테보르그 가의 아파트 앞에서.

그는 자리에서 꼼짝하지 않은 채 고개를 숙이고 양손을 재킷 주머니에 넣었다. 권총 손잡이를 꽉 쥐니 마음이 편안해졌다. 조심스럽게 고개를 들자 접수원 뒤에 걸린 거울이 눈에 띄었다. 하지만 거울에 비친 형상이 흐릿해지면서 두 개로 보였다. 그는 눈을 감고 심호흡한 뒤, 다시 눈을 떴다. 차츰 장신의 남자가 또렷이 보였다. 짧게 깎은 스포츠머리, 창백한 피부와 붉은 코, 딱딱하고 단호해 보이는 인상, 그와 대조를 이루는 부드러운 입매. 그 남자였다. 욘 칼센의 아파트에 있던 남자. 형사. 형사는 호텔 프런트를 찬찬히 둘러보고 있었다. 프런트에는 그들뿐이었다. 그의 마지막 의심까지 없애주려는 듯 노르웨이어 속에서 익숙한 두 단어가 흘러나왔다. 크리스토 스탄키츠. 그는 가까스로 평정심을 유지했다. 어떻게 이름까지 알아냈는지 알 수 없지만 지금이 어떤 상황인지 차츰 깨달았다.

접수원에게 열쇠를 받아든 금발 여자는 연장 상자처럼 보이는 물건을 집어 들더니 엘리베이터 쪽으로 걸어갔다. 장신의 형사가 접수원에게 뭐라고 하자 그녀가 받아 적었다. 형사가 몸을 돌리는 순간, 그들의 눈이 마주쳤지만 형사는 곧장 출구로 걸어갔다.

접수원은 미소를 지으며 입에 붙은 다정한 노르웨이어 문구를 말했다. 그는 꼭대기 층에 금연실이 있는지 물었다.

"잠깐만 기다려주세요, 손님." 그녀가 키보드를 두드렸다.

"미안한데 방금 당신과 이야기하던 남자, 신문에 나온 형사 아닌 가요?"

"잘 모르겠는데요." 접수원이 미소를 지었다.

"맞는 거 같은데. 유명한 형사 아닙니까? 이름이 뭐였죠······?"

접수원은 노트를 힐끗 내려다봤다. "해리 홀레요? 이분이 유명한 가요?"

"해리 홀레?"

"네."

"아니군요. 내가 착각했나 봅니다."

"빈방이 하나 있네요. 투숙을 원하시면 이 숙박계를 작성하시고 여권을 보여주세요. 결제는 어떻게 하시겠어요?"

"얼마죠?"

접수원은 가격을 확인했다.

"미안한데 너무 비싸군요." 그가 미소를 지으며 말했다.

그는 호텔에서 나와 기차역으로 간 다음, 대변기 칸에 들어가 문을 잠갔다. 변기에 앉아 생각을 정리하려 했다. 경찰이 그의 이름을 알고 있다. 따라서 여권을 보여줄 필요가 없는 숙소를 찾아야 한다. 이제 크리스토 스탄키츠는 비행기나 기차, 배를 예약할 수 없고, 심지어 국경을 넘을 수도 없다. 어떻게 해야 하지? 자그레브로 전화해 그들과 통화해야 한다.

역 앞 광장으로 나갔다. 공터를 휩쓸며 지나가는 바람에 온몸의 감각이 무뎌지고 이가 딱딱 부딪혔다. 그는 공중전화 부스를 주시했다. 한 남자가 광장 한복판에 주차된 하얀색 핫도그 트럭에 기대서 있었다. 패딩 점프슈트를 입고 있어 우주비행사 같았다. 지금 저 남자가 공중전화 부스를 감시 중일까? 아니면 그의 착각일까? 그가 저기서 전화했다는 걸 알아낸 경찰이 그가 다시 나타나기를 기다리고 있을까? 아니, 그럴 리 없다. 그는 망설였다. 만약 경찰이 도청 중이라면 그들의 존재가 노출될 가능성이 있다. 그는 결정을 내렸다. 전화는 나중에 해도 된다. 지금 필요한 건 침대와 히터가 있는 방이다. 여권 없이 투숙할 수 있는 숙소에서는 현찰을 요구할 텐데 남아 있던 현금은 햄버거를 살 때 다 써버렸다.

기차역 중앙 홀의 상점들과 플랫폼 사이에 ATM이 있었다. 그는 비자카드를 꺼내 영어 안내문에 따라 카드 마그네틱선이 오른쪽으로 가게 했다. 카드를 긁으려는 순간, 멈칫했다. 이 카드 역시 크리스토 스탄키츠 명의로 되어 있었다. 지금 카드를 사용하면 경찰에게 연락이 갈 것이다. 그는 머뭇거리다가 카드를 지갑에 도로 넣었다. 중앙 홀을 어슬렁어슬렁 걸어 다녔다. 상점들이 문을 닫고 있었다. 따뜻한 점퍼를 살 돈도 없었다. 경비원이 수상쩍다는 듯 그를 훑어봤다. 그는 다시 얀바네토르게로 나갔다. 북풍이 광장을 휩쓸고 있었다. 핫도그 트럭 옆에 서 있던 남자는 사라졌다. 대신 호랑이 동상 옆에 다른 남자가 있었다.

"오늘 밤에 잘 곳이 필요합니다."

노르웨이어를 몰라도 그의 앞에 선 청년이 뭘 원하는지 알 수 있었다. 낮에 그가 돈을 준 바로 그 청년이었기 때문이다. 지금 그가 그토록 필요로 하는 돈을. 그는 고개를 저으며, 모여서 오들오들 떨고 있는 약쟁이들을 힐끗 보았다. 처음에는 그곳이 버스 정류장인 줄 알았다. 하지만 가만 보니 하얀색 버스에서 수프를 나눠주고 있었다.

해리는 가슴과 폐에서 통증을 느꼈다. 좋은 통증이었다. 허벅지에 불이 난 듯했다. 역시 좋은 현상이었다.

사건을 수사할 때면 가끔씩 이렇게 경찰청 지하의 체력 단련실에 내려와 실내 자전거를 탔다. 생각을 더 잘하기 위해서가 아니라 멈추기 위해서.

"자네가 여기 있을 거라고 하더군." 군나르 하겐이 그의 옆 자전거에 올라탔다. 몸에 달라붙는 노란색 티셔츠와 사이클용 반바지는 군살이 없다 못해 안쓰러울 지경인 경정의 몸을 더욱 강조했다. "몇 번 프로그램인가?"

"9번요." 해리가 헐떡거렸다.

하겐은 자전거 페달을 밟고 선 채 안장의 높이를 조절한 다음, 조정 버튼을 눌러 필요한 설정을 입력했다. "오늘 아주 극적인 하루를 보냈겠군."

해리는 고개를 끄덕였다.

"병가를 내고 싶다면 그렇게 하게. 어쨌거나 지금은 크리스마스 시즌 아닌가." 하겐이 말했다.

"고맙습니다만 전 기분이 꽤 좋습니다, 보스."

"잘됐군. 방금 토를라이프와 얘기했네."

"총경님요?"

"수사가 어떻게 돼가는지 알아야겠네. 전화가 빗발치고 있어. 구세군이 인기가 많다 보니 영향력 있는 분들께서 크리스마스 전에 사건이 해결될지 알고 싶어 해. 크리스마스에는 평화를 누려야 하지 않겠나."

"작년 크리스마스 무렵에는 여섯 명의 정치인이 약물과다복용으로 죽는 사건도 있었습니다."

"수사 상황이 듣고 싶다는 말일세, 홀레."

해리는 젖꼭지가 땀에 젖어 따끔거렸다.

"음, 오늘 〈다그블라데〉에 사진이 실렸는데 아직까지 그 남자를 봤다는 목격자는 나오지 않았습니다. 그리고 베아테 뢴은 사진으로 보아 아무래도 범인이 한 명이 아니라 적어도 두 명일 것 같다고 했고요. 저도 동의합니다. 욘 칼센의 아파트에 찾아온 남자는 낙타털 코트를 입고 네커치프를 둘렀습니다. 사건 전날 저녁, 에게르토르게에서 찍힌 사진 속 남자의 옷차림과 일치하죠."

"옷차림만?"

"얼굴은 잘 보지 못했습니다. 욘 칼센도 마찬가지일 겁니다. 아파트의 한 입주민이 욘 칼센의 집 앞에 선물을 두고 가고 싶다는 외국인에게 문을 열어주었다고 인정했습니다."

"그렇군. 하지만 범인이 여럿이라는 얘기는 우리만 알고 있도록 하지. 계속해보게."

"더 드릴 말씀 없습니다."

"그게 다라고?"

해리는 시속 35킬로미터로 속도를 높이자고 조용히 마음먹고 속도계를 확인했다.

"음, 크리스토 스탄키츠라는 크로아티아인의 여권이 가짜라는 사실을 알아냈습니다. 스탄키츠는 오늘 자그레브행 비행기를 타기로 되어 있었는데 타지 않았습니다. 그가 스칸디아 호텔에 묵었다는 것도 알아냈고요. 혹시 DNA가 남아 있을지 몰라서 베아테 뢴이 객실을 검사했습니다. 투숙객이 그다지 많지 않아서 접수원이 사진 속 남자를 알아보지 않을까 기대했죠."

"그런데?"

"유감스럽게도 못 알아봤습니다."

"이 남자가 범인이라고 생각하는 근거는 뭔가?"

"가짜 여권요." 해리는 그렇게 말하며 하겐의 속도계를 힐끗 훔쳐봤다. 시속 40킬로미터였다.

"놈을 어떻게 찾아낼 거지?"

"정보화 시대에는 이름이 흔적을 남기죠. 업체에 다 연락해뒀습니다. 만약 크리스토 스탄키츠라는 사람이 호텔에 발을 들이거나, 항공권을 사거나, 신용카드를 사용한다면 당장 우리에게 연락이 올 겁니다. 호텔 접수원 말에 따르면 그자가 공중전화 위치를 물었고, 접수원은 얀바네토르게의 공중전화를 알려줬습니다. 텔레노르가 지난 이틀간 그 공중전화에서 건 전화 목록을 보내줄 겁니다."

"지금까지 건진 거라고는 비행기를 놓치고, 가짜 여권을 사용하는 크로아티아인뿐이군. 그 정도로는 부족하지 않나?"

해리는 대답하지 않았다.

"수평적 사고를 해보게." 하겐이 말했다.

"네, 보스." 해리가 시큰둥하게 대답했다.

"늘 다른 선택지가 있는 법이야. 콜레라가 창궐했을 때 일본군 소대가 어떻게 했는지 얘기한 적이 있던가?"

"애석하게도 못 들은 것 같네요, 보스."

"그들은 양곤 북쪽의 정글에 있었는데 먹고 마시는 족족 다 토했다네. 탈수에 시달렸지만 소대장은 그냥 누워서 죽기를 기다리진 않았어. 그래서 소대원들에게 주사기에서 모르핀을 빼버리고 대신 물을 넣어 혈관에 주입하라고 했네."

하겐은 속도를 높였고, 해리는 혹시 그의 호흡이 조금이라도 흐트러지는지 귀를 기울였지만 그런 낌새는 전혀 없었다.

"그 방법은 효과가 있었어. 하지만 며칠이 지나자 모기 유충이 우글거리는 물만 남게 됐지. 그러자 이번에는 부사령관이 주변에서 자라는 과일의 과즙을 주사기로 뽑아 혈류에 주입하라고 했네. 어차피 이론상으로는 과즙의 90퍼센트가 물이니 밑져야 본전 아니겠나? 결과적으로 그 소대는 살아남았네, 홀레. 상상력과 용기 덕분에."

"상상력과 용기." 해리가 씩씩거렸다. "고맙습니다, 보스."

해리는 있는 힘껏 페달을 밟았고, 자신의 호흡이 갈라지는 소리를 들었다. 문 열린 무쇠 난로 안에서 불꽃이 타는 듯한 소리였다. 시속 42킬로미터. 경정의 속도계를 힐끗 봤더니 시속 47킬로미터였다. 경정의 호흡은 일정했다.

해리는 예전에 은행 강도에게 받은 책, 천 년 전에 쓰인 책을 떠올렸다. 《손자병법》. '상대를 골라서 싸워라.' 이것은 그가 물러나야 할 싸움이었다. 무슨 짓을 해도 질 게 뻔했기 때문이다.

해리는 속도를 늦췄다. 속도계는 시속 35킬로미터로 떨어졌다. 놀랍게도 절망감은 들지 않았다. 지친 체념뿐이었다. 이제야 철이 들었는지 모른다. 누가 빨간 천을 흔들어대기만 하면 고개를 숙이고 뿔로 받아버리는 머저리 단계를 졸업했는지도 모른다. 곁눈질로 훔쳐봤더니 하겐의 다리는 피스톤처럼 움직였고, 한 겹 땀으로 뒤덮인 얼굴은 하얀 전등불을 받아 번들거렸다.

해리는 땀을 닦고 심호흡을 두 번 한 다음, 다시 달렸다. 멋진 통증이 금세 다시 찾아왔다.

13

12월 17일, 수요일. 재깍재깍

가끔씩 마르티네는 플라타야말로 지옥으로 내려가는 계단이라고 생각했다. 그렇기는 해도 내년 봄에 시청 복지 위원회가 이곳에서 약물이 공개적으로 거래되는 것을 금지할 예정이라는 소문을 들으니 가슴이 철렁 내려앉았다. 플라타에서 공공연하게 이뤄지는 약물거래에 반대하는 사람들의 대외적인 명분은 이 지역이 젊은이들에게 마약을 부추긴다는 것이다. 하지만 마르티네가 생각하기에 플라타의 약쟁이들을 보고도 마약이 하고 싶어진다면 그 사람은 미쳤거나 제대로 본 게 아니다.

사실 그들이 반대하는 진짜 이유는 얀바네토르게 바로 옆 아스팔트에 국경처럼 하얀 선을 그어 정해둔 이 지역이 도시 미관을 해치기 때문이다. 또 수도 한복판에서 이렇게 공공연한 마약거래를 허용하는 것은 세상에서 가장 성공한, 적어도 가장 부유한 사회민주주의 국가도 마약과의 전쟁에서 실패했음을 명백히 인정하는 꼴이었다.

마르티네도 그 의견에 동의했다. 그들은 실패했다. 마약 없는 사회를 만들기 위한 전투는 패배로 끝났다. 하지만 마약이 더 널리

퍼지는 것을 막고 싶다면, 아케르셀바 강 다리 밑이나 로드후스 가의 어두운 뒷마당, 혹은 아케슈스 요새의 남쪽보다는 감시가 철저한 CCTV 아래서 마약거래가 이뤄지는 게 낫다. 오슬로에서 마약과 연관된 일을 하는 사람들, 다시 말해 경찰이나 사회복지사, 노방전도를 하는 목사, 매춘부들 역시 같은 생각이었다. 그나마 플라타에서 마약이 거래되는 것이 다른 대안보다 나았다.

물론 보기 좋은 광경은 아니었다.

"랑에만!" 마르티네는 버스 밖 어둠 속에 서 있는 남자를 향해 외쳤다. "오늘 밤에는 수프 안 먹어요?"

하지만 랑에만은 머뭇거리더니 가버렸다. 아마 약을 구해서 얼른 주사를 놓으려고 갔을 것이다.

마르티네가 푸른 점퍼를 입은 남유럽 남자에게 국자로 수프를 떠주고 있을 때 이가 딱딱 부딪히는 소리가 들렸다. 얇은 양복 재킷만 입은 남자가 그의 옆에 서서 자기 차례를 기다리고 있었다. "여기 있어요." 마르티네는 그에게도 수프를 떠주며 말했다.

"잘 있었어, 자기?" 어디선가 걸걸한 목소리가 들렸다.

"벤케!"

"이리 와서 이 불쌍한 아줌마 좀 녹여줘." 나이 든 매춘부가 쾌활하게 웃으며 마르티네를 껴안았다. 딱 달라붙는 표범 무늬 드레스 속에서 출렁거리는 몸과 축축한 살갗에서 풍기는 냄새가 코를 찔렀다. 하지만 다른 냄새도 있었다. 벤케가 향수를 퍼부어 다른 냄새를 모두 지워버리기 전에 났던 냄새. 마르티네는 그 냄새가 뭔지 알고 있었다.

그들은 빈 테이블로 가서 앉았다.

작년에 오슬로에 넘쳐난 외국인 윤락 여성 중 일부가 마약을 하기는 해도, 훨씬 더 많은 수의 노르웨이 윤락 여성이 마약을 했다. 하지만 벤케는 예외였다. 게다가 그녀의 말에 따르면 최근에는 단골을 상대로 집에서 일하는 터라 중간에 마르티네를 만날 수 있는 시간이 늘어났다.

"친구 아들을 찾으러 왔어. 크리스토페르라고 하는데 마약중독자래." 벤케가 말했다.

"크리스토페르? 처음 듣는 이름인데요."

"그래?" 벤케는 손을 저었다. "신경 쓰지 마. 그나저나 자기는 지금 정신이 딴 데 팔린 거 같은데? 난 못 속여."

"내가요?"

"거짓말하지 마. 난 사랑에 빠진 여자는 금방 알아본다고. 저 사람이야?"

벤케는 구세군 제복을 입고 한 손에 성경책을 든 남자를 향해 고갯짓했다. 그는 얇은 양복 재킷을 입은 남자 옆에 막 앉은 참이었다.

마르티네는 터무니없다는 듯이 양 볼을 부풀렸다. "리카르드요? 고맙지만 사양할게요."

"정말? 내가 온 후로 저 남자는 계속 자기만 보고 있는데?"

"리카르드는 좋은 사람이에요." 마르티네는 한숨을 쉬었다. "오늘만 해도 갑자기 수프 배식을 함께할 사람이 없었는데 본인이 자원했거든요. 원래 하기로 되어 있던 사람이 어제 죽는 바람에요."

"로베르트 칼센?"

"로베르트를 알아요?"

벤케는 슬픈 얼굴로 고개를 끄덕이더니 다시 환하게 웃었다. "죽은 사람 얘기는 그만하고 누구와 사랑에 빠졌는지 엄마에게 털어놔. 넌 진작 연애를 했어야 해."

마르티네는 미소를 지었다. "난 내가 사랑에 빠진 줄도 몰랐는데요."

"어서."

"정말이에요. 이건 말도 안 돼요. 난—"

"마르티네." 다른 목소리가 들렸다.

그녀는 고개를 들어 리카르드의 간청하는 눈을 바라봤다.

"저기 앉은 남자가 옷도, 돈도, 잘 곳도 없대. 혹시 호스텔에 빈방이 있는지 알아?"

"전화해서 물어봐. 겨울옷은 있을 거야." 마르티네가 말했다.

"알았어." 마르티네가 고개를 돌려 다시 벤케를 바라보는데도 리카르드는 그 자리를 떠나지 않았다. 굳이 확인하지 않아도 그의 인중에는 땀이 맺혀 있으리라.

리카르드는 "고마워"라고 웅얼거리며 다시 양복 재킷을 입은 남자에게 갔다.

"자, 이제 말해봐." 벤케가 속삭이며 재촉했다.

밖에서는 북풍이 소구경 대포들을 정렬해두고 있었다.

어깨에 스포츠백을 메고 걷던 해리는 몰아치는 바람에 실눈을 떴다. 육안으로는 잘 보이지 않는 날카로운 눈송이가 바람을 타고 눈을 따갑게 찔러댔다. 불법 거주자들에게 점거된 필레스트레데 가 30번지의 블리츠를 지날 때 휴대전화가 울렸다. 할보르센이었다.

"지난 이틀간 얀바네토르게 공중전화에서 자그레브로 전화가 두 통 걸렸어요. 두 번 다 같은 번호였고요. 전화해봤더니 호텔 접수원이 받더군요. 인터내셔널 호텔이래요. 오슬로에서 전화한 사람이 누군지, 그자가 누구와 통화하려고 했는지는 모른다고 했어요. 크리스토 스탄키츠라는 사람도 모르고요."

"흠."

"더 알아볼까요?"

"아니." 해리는 한숨을 쉬었다. "이 스탄키츠라는 남자에 대해 뭔가 재미있는 게 나올 때까지 그냥 둬. 퇴근하기 전에 불 다 끄고, 내일 얘기하지."

"잠깐만요!"

"듣고 있어."

"아직 안 끝났어요. 비스킷에서 일하는 웨이터가 경찰서로 제보했어요. 오늘 아침에 화장실에 갔다가 손님과 마주쳤대요."

"화장실에는 왜?"

"지금 그 얘길 하려고요. 그 손님이 뭘 들고 있었는데—"

"손님 말고 웨이터 말이야. 레스토랑에는 직원용 화장실이 따로 있잖아."

"그건 안 물어봤어요." 할보르센이 다급하게 말했다. "어쨌든 그 손님이 액체가 뚝뚝 떨어지는 초록색 물건을 들고 있었대요."

"비뇨기과에 가봐야겠네."

"네, 재미있네요. 웨이터는 그게 물비누로 뒤덮인 권총이 분명하다고 했어요. 물비누통 뚜껑도 열려 있었고요."

"비스킷이라." 해리는 그렇게 말하며 할보르센에게 들은 말을 곰곰이 생각했다. "칼 요한스 가에 있지."

"사건 현장에서 200미터 떨어져 있어요. 그게 범행에 사용된 총이라는 데 맥주 한 상자 걸죠. 아…… 죄송해요. 차라리—"

"아직 나한테 200크로네 안 줬어. 마저 얘기해봐."

"지금부터가 가장 재미있는 대목이에요. 제가 웨이터에게 인상

233

착의를 설명해달라고 했더니 말을 못 하더라고요."

"이번 사건의 후렴구로군."

"다만 남자의 코트는 기억했어요. 아주 흉측한 낙타털 코트였대요."

"그래!" 해리가 외쳤다. "로베르트가 총에 맞기 전날 에게르토르게에서 찍힌 사진 속에서 스카프를 두른 남자야."

"그건 그렇고 웨이터 말로는 그 코트가 가짜래요. 그걸 잘 알아보는 사람 같더라고요."

"무슨 말이야?"

"아시잖아요. 그 사람들 특유의 말투."

"그 사람들?"

"참 나, 게이요! 어쨌든 총을 든 남자는 그대로 가버렸대요. 지금까지 알아낸 건 그게 다예요. 웨이터에게 사진을 보여주려고 지금 비스킷에 가는 길이에요."

"좋아." 해리가 말했다.

"마음에 걸리는 거라도 있으세요?"

"걸리다니?"

"저도 이젠 반장님을 알 만큼 안다고요."

"음. 웨이터가 왜 오늘 아침에 곧장 경찰서로 전화하지 않았을까? 그것도 물어봐, 알았지?"

"저도 만나서 물어보려던 참이었어요."

"물론 그랬겠지. 미안해."

해리는 전화를 끊었다. 5분 뒤에 다시 전화가 울렸다.

"할 말이 남았어?" 해리가 물었다.

"네?"

"아, 베아테로군. 무슨 일이야?"

"좋은 소식이에요. 스칸디아 호텔 감식을 마쳤어요."

"DNA 나왔어?"

"아직 몰라요. 머리카락 두어 가닥이 나왔는데 전에 묵은 손님이 나 청소부 거겠죠. 하지만 30분 전에 탄도 검사를 끝냈어요. 욘 칼 센의 아파트 우유통에서 나온 총알은 에게르토르게에서 발견된 총 알과 같은 총에서 발사됐어요."

"음. 그렇다면 범인이 여러 명이라는 가설이 힘을 잃는군."

"네. 그리고 더 있어요. 반장님이 스칸디아 호텔을 떠난 뒤에 접 수원이 새로운 사실을 기억해냈어요. 크리스토 스탄키츠가 아주 흉측한 옷을 입고 있었대요. 가짜—"

"내가 맞춰보지. 낙타털 코트?"

"그렇게 말했어요."

"이제부터 시작이군." 해리가 어찌나 크게 외쳤는지 그 말이 낙 서로 뒤덮인 벽에 부딪혀 인적 없는 거리에 메아리쳤다.

해리는 전화를 끊고 할보르센에게 전화했다.

"네, 반장님."

"크리스토 스탄키츠가 범인이야. 경찰서와 작전실에 낙타털 코 트에 대해 말해주고 모든 순찰차에 알리라고 해." 이 추운 날씨에 도 멋을 내려고 패셔너블한 앵클부츠를 신은 노부인이 밑창에 박 힌 징으로 빙판을 긁으며 미끄러지는 모습을 보고 해리는 미소 지 었다. "그리고 앞으로 오슬로 시내의 전화 통화를 24시간 감시하 도록 해. 누가 자그레브의 인터내셔널 호텔에 전화하면 곧바로 알 수 있도록. 어디서 전화를 걸었는지도 알아야 해. 텔레노르 운용센 터 오슬로 지부의 클라우스 토르킬센에게 연락해."

"그건 도청인데요. 그러려면 영장이 필요하고, 영장받으려면 며칠 걸려요."

"도청 아냐. 어디서 걸었는지 주소만 알면 돼."

"텔레노르 측에서는 그게 무슨 차이인지 모를걸요."

"토르킬센에게 내가 부탁했다고 해. 알았지?"

"왜 그 남자가 해고될 위험까지 무릅쓰면서 반장님을 위해 그 일을 해줄지 물어봐도 돼요?"

"흔히 있는 일이지. 몇 년 전에 토르킬센이 체포될 뻔한 걸 내가 구해줬거든. 토르킬센은 톰 볼레르와 그 일당들 밑에서 일했어. 바바리맨 전과를 달고 감옥에 가면 어떻게 되는지 알지?"

"그러니까 토르킬센이 바바리맨인가요?"

"지금은 은퇴했어. 내가 침묵하는 대가로 기꺼이 서비스를 제공하는 거야."

"그렇군요."

해리는 전화를 끊었다. 이젠 놈을 잡는 일만 남았다. 더는 북풍도, 바늘처럼 찔러대는 눈송이의 공격도 느껴지지 않았다. 일을 하다보면 가끔씩 순수한 기쁨을 느낄 때가 있다. 그는 몸을 돌려 다시 경찰청 쪽으로 걸어갔다.

울레볼 병원의 일인실에 누워 있던 욘은 침대 위에서 휴대전화가 진동하는 것을 느끼고 얼른 전화를 받았다. "네?"

"나예요."

"아, 안녕하세요." 실망감을 완전히 감추지 못한 채 욘이 말했다.

"다른 사람이길 바랐나 봐요." 랑닐이 상처받았는지 살짝 풀이 꺾인 목소리로 말했다.

"오래 통화 못 합니다." 욘이 문 쪽을 힐끗 봤다.

"로베르트 소식 듣고 너무 놀랐어요. 당신이 걱정되기도 하고요."

"고맙군요."

"정말 힘들겠어요. 지금 어디예요? 집에 전화했는데 안 받더라고요."

욘은 대답하지 않았다.

"오늘 남편이 야근해요. 그러니까 당신만 좋다면 내가 당신 집으로 갈게요."

"괜찮아요, 랑닐. 혼자 지낼 수 있습니다."

"당신 생각을 하고 있었어요. 너무 어둡고 추워요. 무섭고요."

"당신은 무서움을 모르는 사람이에요, 랑닐."

"가끔은 나도 무섭다고요." 그녀가 토라진 목소리로 말했다. "여기 방이 너무 많고, 사람은 없어요."

"그럼 더 작은 집으로 이사 가세요. 그만 끊겠습니다. 여기선 휴대전화 사용 금지예요."

"잠깐만요! 지금 어디예요, 욘?"

"가벼운 뇌진탕으로 병원에 왔습니다."

"어디 병원이죠? 무슨 과요?"

욘은 깜짝 놀랐다. "어쩌다 뇌진탕으로 쓰러졌냐고 묻는 게 먼저 아닙니까?"

"당신이 어디에 있는지 모르면 난 불안하다고요. 알잖아요."

욘은 내일 면회 시간에 장미꽃 한 다발을 들고 병실로 들어오는 랑닐의 모습이 그려졌다. 어리둥절한 테아의 시선이 처음에는 랑닐에게, 그다음에는 자신에게 향하는 모습도.

"간호사가 오고 있어요. 끊습니다." 욘이 속삭였다.

그러고는 휴대전화의 전원 버튼을 누르고 천장을 바라봤다. 휴대전화에서 효과음이 흘러나오며 전원이 꺼졌다. 랑닐의 말이 맞았다. 어두웠다. 하지만 두려운 사람은 바로 그였다.

랑닐 길스트룹은 눈을 감은 채 창가에 서 있다가 눈을 뜨고 손목시계를 보았다. 마스는 이사회에서 처리해야 할 일이 있어 늦을 거라고 했다. 최근 몇 주 들어 종종 그렇게 말했다. 전에는 늘 몇 시까지 귀가할 거라고 했고, 정확히 그 시간에 왔다. 가끔은 더 일찍오기도 했고. 그렇다고 그가 집에 일찍 오기를 바라는 것은 아니었다. 그냥 좀 이상할 뿐이었다. 그뿐이었다. 갑자기 유선전화 청구서에 통화 내역이 모두 표시되어 나오는 것처럼. 그녀는 전화국에 그런 요청을 한 적이 없었는데도 청구서는 무려 다섯 페이지에 걸쳐 지나치게 상세한 정보를 공개했다. 이제 욘에게 전화하면 안 되는데도 그럴 수가 없었다. 욘의 눈빛 때문이었다. 요하네스를 닮은 눈빛. 상냥하다거나 총기가 있다거나 다정한 눈빛은 아니었다. 그녀가 무슨 생각을 하기도 전에 그 생각을 먼저 꿰뚫어 보는 눈빛이었다. 그녀를 있는 그대로 보면서도 여전히 좋아하는 눈빛.

랑닐은 다시 눈을 뜨고 6000평방미터 부지에 펼쳐진 야생 그대로의 자연을 바라보았다. 이 풍경을 보니 그녀가 다닌 스위스 기숙학교가 떠올랐다. 잔설에 반사된 햇빛이 대형 침실을 환히 비추며 천장과 벽을 푸르스름한 빛으로 뒤덮었다.

도심 위의 고지대, 사실상 숲 속이나 다름없는 이곳에 집을 짓자고 우긴 사람은 그녀였다. 덜 답답하고 덜 갇힌 기분이 든다는 이유였다. 남편 마스 길스트룹은 그녀가 도시를 답답하게 여기는 줄 알고 기꺼이 여기에 집을 지었다. 그것도 2000만 크로네를 들여서 호화롭게. 이 집으로 이사 왔을 때 랑닐은 마치 독방에서 교도소 마당으로 이사 온 듯했다. 태양, 공기, 넉넉한 공간. 그런데도 여전히 갇힌 기분이었다. 기숙학교에 다닐 때처럼.

가끔씩, 오늘 같은 저녁이면 랑닐은 자신이 어쩌다 이렇게 되었는지 생각했다. 그녀의 외적 환경을 한마디로 요약하면, 남편은 오슬로에서 손꼽히는 자산가의 후계자였다. 두 사람은 일리노이 주 시카고 외곽에 있는 대학에서 경영학을 공부하다 만났는데 노르웨이의 명문대학을 다니는 것보다 미국의 평범한 대학을 가는 편이 더 평판이 좋았다. 더 재미있기도 했고. 둘 다 부유한 집안 출신이었다. 하지만 남편의 집안은 대대로 부자인 데다 오 대째 선박회사를 운영하는 반면, 랑닐의 집안은 농부의 후손으로 그들의 돈에서는 아직도 잉크 냄새와 생선 비린내가 풍겼다. 원래 랑닐의 가족은 농사에 실패해 농부로서의 자존심에 금이 간 채 농업 보조금을 받으며 살았다. 그러던 어느 날, 그녀의 아버지와 작은아버지는 거실 창밖으로 보이는 양식장에 전 재산을 투자하기로 하고 트랙터를 모두 팔아치웠다. 베스트 아그데르 주의 바람이 심하게 부는 해안가 최남단 피오르에서 운영하는 소규모 양식장이었다. 마침 시기가 잘 맞아떨어졌고, 경쟁자도 적었으며, 킬로그램당 가격이 천문학적으로 치솟아 4년간 엄청난 수익을 낸 끝에 그들은 돈방석에 앉게 되었다. 험한 바위 위의 집을 철거하고 헛간보다 크며, 호화롭고, 여덟 개의 퇴창과 차 두 대를 주차할 수 있는 주차장이 딸린 저택을 지었다.

열여섯 살이 되었을 때 랑닐은 어머니의 결정에 따라 이 절벽에서 다른 절벽으로 가게 되었다. 스위스 어느 마을의 해발 900미터에 자리 잡은 아론 쉬스테르 여자 사립학교였다. 그 마을에는 기차역 하나와 교회 여섯 개, 작은 호프집 하나뿐이었다. 킬로그램당 양식 생선의 가격이 여전히 최고 수준이었으므로 프랑스어와 독일어, 미술사를 비롯해 유용하다고 생각되는 과목을 배울 여유가 있다는 게 대외적인 이유였다.

하지만 그녀가 추방된 진짜 이유는 남자친구 요하네스 때문이었다. 손이 따뜻한 요하네스, 그녀가 무슨 생각을 하기도 전에 그걸 먼저 읽어내는 눈빛과 부드러운 목소리를 가진 요하네스. 멍청한 촌놈에, 성공할 가능성은 전혀 없는 요하네스. 요하네스를 만난 후로 모든 것이 바뀌었다. 요하네스를 만난 후로 랑닐은 바뀌었다.

아론 쉬스테르 사립학교에 입학한 후 그녀는 악몽과 죄책감, 생선 비린내에서 해방되었고 자기와 같거나 더 높은 신분의 남편을 얻기 위해 알아야 할 것을 모두 배웠다. 그리고 부모에게 물려받은 생존력, 그녀로 하여금 노르웨이의 절벽에서 살아남을 수 있게 해준 생존력을 이용해 요하네스가 쉽게 읽어낼 수 있는 마음을 가졌던 과거의 자신을 느리지만 확실하게 묻어버리고 새로운 랑닐이 되었다. 어디에 가든 사람들과 잘 어울리고, 자기 하고 싶은 대로 하면서 남의 눈치를 보지 않았다. 특히 프랑스 상류층 여자애들이나 버릇없는 덴마크 년들은 더욱 신경 쓰지 않았는데, 그들은 랑닐 같은 여자는 무슨 짓을 해도 촌스럽고 천한 티를 벗어나지 못한다며 비웃어댔다.

랑닐은 복수하기 위해 그들이 짝사랑하는 젊은 독일인 선생님을 유혹했다. 교사 숙소는 여학생 기숙사 맞은편에 있었기 때문에 그저 조약돌 깔린 광장을 가로질러 선생님이 묵는 작은 방의 문을 두드리기만 하면 되었다. 랑닐은 그 방으로 네 번 찾아갔다. 그러고는 다시 조약돌이 깔린 광장을 가로질러 또각또각 발소리를 내며 네 번 돌아왔다. 구두 소리가 양쪽 건물의 벽에 부딪혀 울려 퍼졌다.

소문이 퍼지기 시작했고, 랑닐은 소문이 퍼지게 내버려두었다. 독일인 선생님이 학교를 그만두고 서둘러 취리히의 다른 학교로 간다는 소식을 들었을 때 랑닐은 슬픔에 빠진 여학생들 앞에서 당당히 승리의 미소를 지어 보였다.

학교를 졸업한 뒤에는 집으로 돌아왔다. 드디어 집에 간다고 생각했지만 막상 돌아오니 곳곳에서 요하네스의 눈빛이 보였다. 은색 피오르에도, 남파랑 빛이 도는 초록색 숲의 그늘에도, 예배당의 검게 빛나는 창문 뒤에도, 입안에 모래와 쓴 맛을 남기는 먼지바람을 일으키며 옆으로 지나가는 차 안에도. 시카고에서 경영학을 공부하라는 제안서—학사 4년, 석사 5년—가 오자, 그녀는 아빠에게 달려가 학자금으로 마련해둔 돈을 당장 이체해달라고 했다.

미국으로 가니 마음이 놓였다. 다시 새로운 랑닐이 될 수 있어 안도했다. 하루빨리 요하네스를 잊고 싶었고, 그러려면 목표가 필요했다. 시카고에서 랑닐은 목표를 찾았다. 마스 길스트룀이었다.

처음엔 간단할 줄 알았다. 그녀에게는 상류층 소년을 유혹할 수 있는 이론적 배경이나 실전 경험이 있기 때문이다. 게다가 그녀는 아름답기까지 했다. 요하네스를 비롯한 다른 남자들이 그렇게 말해주었다. 특히 눈이 그랬다. 연푸른색 홍채에 유달리 새하얀 흰자로 둘러싸인 엄마의 눈을 물려받는 행운을 누렸다. 그런 눈은 건강 상태가 양호하고, 원기 왕성한 유전자를 지녔다는 표시가 되어 이성에게 인기가 있다는 사실이 과학적으로 증명되었다. 그런 이유로 랑닐은 좀처럼 선글라스를 쓰지 않았다. 결정적인 순간에 선글라스를 벗어 효과를 극대화하려는 심산이 아니라면.

그녀에게 니콜 키드먼을 닮았다고 하는 사람도 있었는데 무슨 뜻으로 하는 말인지 알 수 있었다. 아름답지만 어딘가 뻣뻣하고 엄격해 보인다는 뜻이다. 아마 그 때문일 것이다. 그 엄격함 때문에 복도나 학교 식당에서 그녀가 마스 길스트룹과 눈을 마주치려 할 때마다 그는 겁에 질린 야생마처럼 행동했다. 그녀의 시선을 피했고 앞머리를 뒤로 넘기며 안전한 곳으로 총총 가버렸다.

결국 랑닐은 승부수를 던지기로 했다.

학교 전통이라는 연례 파티가 열리기 전날, 랑닐은 룸메이트에게 새 신발을 사고 시내 호텔에서 하룻밤 잘 수 있는 돈을 준 다음, 거울 앞에서 세 시간 동안 치장했다. 그리고 이번만은 파티에 일찍 갔다. 마스 길스트룹이 잠재적인 경쟁자들보다 우위를 선점하려고 모든 파티에 일찍 간다는 걸 알고 있었기 때문이다.

마스는 계속 말을 더듬으며 그녀의 눈동자, 연푸른 홍채와 새하얀 흰자를 똑바로 보지 못했다. 하물며 그녀가 특별히 신경 써서 고른, 가슴골이 훤히 보이는 네크라인 쪽으로는 시선을 내리지도 못했다. 랑닐은 자신감이 돈과 비례한다는 자신의 생각이 틀렸다는 결론을 내렸다. 훗날 랑닐은 마스의 낮은 자존감이 어디서 비롯되었는지 알게 되었는데 똑똑하고, 까다롭고, 약한 모습을 싫어하며, 왜 자신과 좀 더 닮은 아들이 태어나지 않았을까 의아해하는 아버지 때문이었다.

어쨌든 랑닐은 포기하지 않고 마스 길스트룹 앞에 자신을 계속 미끼로 던졌다. 랑닐이 너무 대놓고 유혹하는 터라 친구들—그들 역시 그녀를 친구라 부르는 사이—은 머리를 맞댄 채 쑤군거리며 랑닐을 못 본 척했다. 저들은 근본적으로 무리를 지어 다니는 동물이었고, 그녀 혼자 무리를 이탈한 셈이었다. 미국산 라거 맥주 여

섯 병을 마시고, 마스 길스트룹이 동성애자가 아닐까 하는 의심마
저 들던 차에 마침내 그의 안에 있던 야생마가 조심스럽게 뛰쳐나
왔다. 그들은 라거 맥주 두 병을 더 마신 후에야 파티장을 나왔다.

랑닐은 그가 자기 몸에 올라타게 했지만 두 사람은 그녀의 침대
가 아닌, 그녀의 가장 친한 친구이자 룸메이트의 침대에 누웠다.
어쨌든 구두 값으로 꽤 많은 돈을 줬으니까. 그리고 3분 뒤, 룸메이
트의 엄마가 직접 만들었다는 크로셰 침대보에서 정액을 닦아내며
랑닐은 그의 목에 제대로 올가미를 걸었다고 생각했다. 안장을 채
우고 재갈을 물리는 건 차차 하리라.

졸업 후 두 사람은 약혼한 상태로 귀국했다. 어느 누구와도 치열
하게 경쟁할 필요 없이 자신의 몫으로 받은 재산을 운영하는 것이
마스 길스트룹의 직업이었다. 그러려면 제대로 된 고문부터 찾아
내야 했다.

랑닐은 펀드회사에 취직이 되었다. 상사인 펀드 매니저는 그녀
의 평범한 모교를 들어본 적이 없었지만 시카고는 알고 있었고, 그
녀가 미국대학을 졸업했다는 사실을 마음에 들어했다. 그리고 그
녀의 얼굴도. 그는 그다지 명석하지는 않아도 까다로운 성격이었
는데 랑닐이 자신과 잘 맞는다고 생각했다. 그리하여 랑닐은 꽤 단
시간에 주식분석가라는, 지적으로 다소 힘든 업무를 맡아 트레이
딩룸에서 컴퓨터와 전화가 놓인 테이블 하나를 차지하게 되었다.
이곳에서 랑닐 길스트룹은(그녀는 약혼하자마자 성을 길스트룹으로 바
꾸었다. 그편이 세상을 사는 데 '더 편하기' 때문이다) 역량을 마음껏 발
휘했다. 중개인으로서 투자자들에게 옵티컴 주식을 사라는 전문적
충고가 먹히지 않으면, 온갖 아양과 끼와 협박과 조작과 거짓말과
눈물을 보였다. 랑닐 길스트룹은 남자 고객을—필요하다면 여자

고객도— 성적으로 흥분시킬 수 있었고, 이 방법은 분석 자료보다 훨씬 더 효과가 좋았다. 하지만 그녀의 가장 큰 자질은 주식시장에서 고객의 가장 중요한 동기, 즉 탐욕을 꿰뚫어 본다는 것이다.

그러던 어느 날, 랑닐은 임신하게 되었고 놀랍게도 자신이 중절을 고민한다는 것을 깨달았다. 자신은 늘 아기를 원한다고 철석같이 믿었는데 말이다. 8개월 후에 아말리에를 출산한 랑닐은 너무 행복해서 한때 중절을 고민했다는 기억은 지우려했다. 2주 후, 미열에 시달리는 아말리에를 병원에 데려갔지만 의사들은 안절부절 못할 뿐 뭐가 문제인지 말해주지 못했다. 어느 날 밤, 랑닐은 하느님께 기도해볼까 하다가 그만두기로 했다. 이튿날 11시에 어린 아말리에는 폐렴으로 죽었다. 랑닐은 방에 틀어박혀 나흘간 울었다.

"낭포성 섬유증입니다." 아말리에가 죽기 전에 의사는 그렇게 말했다. "유전병이기 때문에 부인이나 남편분께서 그 병의 보균자라는 뜻이죠. 집안에 그런 병력이 있나요? 잦은 천식 발작 같은 형태로 나타날 수 있습니다."

"아뇨. 의사에게 환자의 비밀을 지켜줘야 할 의무가 있는 건 아시죠?" 랑닐이 말했다.

그녀는 상담가의 도움을 받아 슬픔을 극복했고, 두 달 후에는 다시 사람들과 어울릴 수 있었다. 여름이 되자 그녀와 마스는 스웨덴 서부 해안에 있는 길스트룀 집안의 별장에서 휴가를 보냈고 다시 아기를 갖기로 했다. 하지만 어느 날 저녁, 랑닐은 침실 거울 앞에서 울며 자신이 중절을 원했기 때문에 벌을 받은 것이라고 말했다. 마스는 그녀를 달래며 부드럽게 어루만졌다. 그의 손길이 차츰 대담해지자 랑닐은 그를 밀어내며 당분간 그만두자고 했다. 마스는 아기 갖는 걸 그만두자는 말인 줄 알고 얼른 동의했다. 따라서 나중에 그 말이 아기 갖는 행위 자체를 그만두자는 뜻임을 알았을 때 크게 실망했다. 마스는 섹스의 맛을 알아가던 차였고, 특히 자신이 아내에게 짧지만 강렬한 오르가슴을 준다는 생각에 자존감이 높아지고 있었기 때문이다. 그래도 아내의 행동을 출산 후의 호르몬 변화와 아이를 잃은 슬픔 때문이라고 받아들이고 그 말을 따랐다. 랑닐은 지난 2년간 오로지 의무감에서 그와 잠자리를 같이 했으며, 그나마 분만실에서 얼이 빠진 채 겁에 질리고 멍청해 보이는 그의 얼굴을 올려다본 후로는 얼마 없던 성욕마저 사라져버렸다는 말을 도저히 할 수 없었다. 새로 아빠가 된 다른 남자들처럼 탯줄을 잘라야 할 순간에 기쁨으로 눈물을 흘리며 가위를 떨어뜨리는 그를 봤을 때는 진심으로 후려치고 싶었다는 말도. 또한 섹스에 관해서라면 작년 한 해 동안 그다지 명석하지 않은 상사와 서로의 욕구를 충분히 만족시켰다는 말은 더더욱 할 수 없었다.

출산 휴가를 받아 휴직했을 때 랑닐은 오슬로 주식중개인 중에서 유일하게 회사에서 파트너 제안을 받았다. 하지만 모두의 예상과 달리 그녀는 회사를 그만두었다. 다른 일을 제안받았기 때문이다. 마스 길스트룀의 재산을 관리하는 일.

상사와 작별 인사를 나누던 밤에 그녀는 퇴사 이유를 이렇게 설명했다. 이젠 자신이 고객들에게 아양을 떨 때가 아니라 그 반대가 되어야 할 때라고. 진짜 이유, 그러니까 마스 길스트룀이 좋은 고문을 찾아내는 그 간단한 일 하나를 제대로 못 해서 가족 재산이 눈 깜짝할 사이에 반 토막 났고, 랑닐과 시아버지 알베르트 길스트룀이 개입할 수밖에 없다는 말은 절대 하지 않았다. 그날 밤 이후로는 상사를 만난 적이 없었고, 몇 달 뒤 그가 오랫동안 앓아온 천식 때문에 병가를 냈다는 소식을 들었다.

랑닐은 남편의 사교계 친구들이 마음에 들지 않았는데 남편 역시 그랬다. 그래도 초대받은 파티에 모두 참석했다. 다른 대안, 다시 말해 중요하지 않은 사람들과 어울리는 것은 훨씬 더 끔찍했기 때문이다. 돈이 많다는 이유만으로 거만하고 제멋대로 살 자격이 있다고 뼛속 깊이 믿는 남자들은 그래도 괜찮았다. 문제는 그들의 부인, 랑닐이 남몰래 '쌍년'이라 부르는 여자들이었다. 수다스럽고 쇼핑중독에 건강 염려증인 그들은 진짜처럼 보이는 가슴과 다갈색 피부를 가졌다. 다갈색 피부는 진짜이긴 했다. 수영장과 부엌 공사를 끝낼 기미가 보이지 않는 시끄러운 일꾼들 그리고 육아 도우미에게 받은 '스트레스를 풀기 위해' 아이들과 함께 생트로페에서 2주간 느긋한 휴가를 보내고 돌아왔기 때문이다. 그들은 지난 한 해 동안 유럽 물건의 질이 너무 떨어져서 살 게 없다고 진심으로 걱정하지만 관심사라고 해봐야 겨울에는 슬렘달에서 스키를 타고, 여름에는 보그달이나 마지못해 가는 크라게뢰에서 수영하는 게 전부였다. 옷과 주름제거수술, 운동 기구가 이 여자들의 대화 주제인데 그것이 거만하고 부유한 남편을 붙잡아두는 수단이기 때문이었다. 물론 남편을 붙잡아두는 것만이 그들이 이 세상에서 이뤄야 할 유일한 과제였다.

랑닐은 그런 생각을 하는 자신에게 깜짝 놀랐다. 그들이 자신과 그렇게 다르단 말인가? 차이점이라면 그녀에게는 직업이 있다는 것이리라. 그래서 빈데렌의 브런치 레스토랑 모임에서 그들이 소위 이 '사회'에서 행해지는 복지 남용과 탈세에 불만을 토로할 때 그 의기양양한 표정을 참을 수가 없는 걸까? 아니면 다른 이유가 있을까? 무슨 일이 생겼기 때문이다. 혁명과도 같은 일. 그녀가 자기 자신보다 다른 누군가를 더 걱정하기 시작했다. 아말리에, 혹은

요하네스 이후로 처음 있는 일이었다.

그 일은 어떤 계획에서 비롯되었다. 마스의 불운한 투자 덕분에 재산 가치는 곤두박질쳤고, 뭔가 극단적인 조치가 필요했다. 단지 리스크가 낮은 펀드로 갈아탄다고 해결될 문제가 아니었다. 갚아야 할 빚이 점점 늘어났기 때문이다. 한마디로 어디선가 대박을 터뜨려야 했다. 그때 시아버지가 아이디어를 냈는데 정말로 대박의 조짐이 보였다. 더 정확히 말하면 강도질이었다. 경비원이 있는 은행을 터는 강도질이 아니라 노부인의 돈을 빼앗는 강도질. 그리고 그들에게 노부인은 구세군이었다. 랑닐은 그들의 부동산 포트폴리오를 검토했는데 매우 인상적이었다. 다시 말해 건물들의 상태는 별로지만, 위치가 좋고 잠재성이 높았다. 오슬로 중심부, 특히 마요르스투엔에 있는 건물들이 그랬다. 구세군 명의로 된 계좌를 살펴보니 적어도 두 가지 사실을 알 수 있었다. 그들에게는 돈이 필요했고, 그들의 건물은 엄청나게 과소평가되었다. 십중팔구 자기들 자산 가치도 제대로 모르고, 의사 결정권자들은 머저리일 것이다. 게다가 지금은 부동산시장이 하락세이면서 주식을 비롯한 다른 선행 지표는 다시 상승세이기 때문에 매입하기에 완벽한 시기였다.

랑닐은 전화 한 통으로 약속을 잡았다.

그녀가 차를 몰고 구세군 본부로 향하던 날은 화창한 봄날이었다.

다비드 에크호프 사령관은 유쾌하게 그녀를 맞아주었고, 랑닐은 3초 만에 유쾌함 뒤에 숨겨진 그의 본성을 꿰뚫어 보았다. 지배욕이 강한 우두머리. 그녀가 특히나 잘 조종하는 부류였다. 일이 쉬워지겠는데. 랑닐은 생각했다. 사령관은 와플과 끔찍하게 맛없는 커피가 있는 회의실로 그녀를 안내했고, 동료 셋을 소개해주었다. 나이 든 남자는 행정 국장으로 은퇴를 앞둔 중령이었고, 다른 두 사람은 젊은 남자였다. 첫 번째 남자는 리카르드 닐센이었는데 소심해 보이는 첫인상이 남편과 비슷했다. 하지만 두 번째 남자를 봤을 때의 충격에 비하면 아무것도 아니었다. 그는 부드러운 미소를 지으며 그녀와 악수했고, 자신을 욘 칼센이라고 소개했다. 그녀를 사로잡은 것은 큰 키와 구부정한 체격도, 소년처럼 천진난만한 얼굴도, 따뜻한 목소리도 아닌 눈이었다. 그는 랑닐을 똑바로 보았다. 그녀의 마음을 꿰뚫어 보았다. 요하네스가 그랬듯이.

행정 국장이 노르웨이 구세군 매출액은 거의 10억 크로네에 달하며, 그중 상당 부분이 구세군 소유의 230군데 부동산에서 나오는 월세 덕분이라고 설명하는 동안 랑닐은 넋이 나간 상태로 욘을 자꾸 바라보았다. 테이블에 침착하게 놓인 손과 그의 머리카락, 헐렁한 검은 제복 속 어깨를. 어릴 때부터 랑닐은 저 제복만 보면 영생을 믿지도 않으면서 구세군에서 3도 화음으로 노래를 부르던 노인들이 떠올랐다. 구세군이란 현실 어디에도 발붙이지 못하는 사람들, 단순한 사람들, 재미도 없고 재치도 없어서 아무도 함께 놀고 싶어 하지 않는 사람들을 위한 단체라고 생각했다. 왜냐하면 그런 사람들도 화음을 넣어서 노래 부를 줄만 알면 구세군 소모임에 가입할 수 있기 때문이다.

행정 국장의 말이 끝나자 랑닐은 고맙다고 말한 다음, 폴더에서 A4 용지 한 장을 꺼내 사령관 쪽으로 밀었다.

"이게 저희가 제안하는 금액입니다. 저희가 어떤 건물에 관심이 있는지 더 명확히 아실 수 있을 거예요." 랑닐이 말했다.

"감사합니다." 사령관은 그렇게 말하며 서류를 응시했다.

랑닐은 사령관의 표정을 읽으려 했지만 별 의미가 없음을 알고 있었다. 그는 앞에 놓인 돋보기안경을 집어 들지도 않았다.

"우리 쪽 고문이 계산한 다음에 결정할 겁니다." 사령관은 미소지으며 서류를 넘겼다. 욘 칼센에게. 랑닐은 리카르드 닐센의 얼굴이 씰룩이는 것을 보았다.

그녀는 테이블을 가로질러 욘 칼센에게 명함을 내밀었다.

"궁금한 게 있으면 전화주세요." 랑닐은 그의 시선이 애무하듯 자신을 쓰다듬는 걸 느꼈다.

"찾아와주셔서 감사합니다, 길스트룹 부인." 에크호프 사령관이 손뼉을 탁 치며 말했다. "저희가 다시 연락드리죠. 그렇지, 욘?"

"네, 오래 걸리지 않을 겁니다."

사령관은 유쾌한 미소를 지었다. "오래 걸리지 않는다네요."

네 남자 모두 엘리베이터까지 그녀를 배웅했다. 엘리베이터를 기다리는 동안 침묵이 흘렀다.

엘리베이터 문이 양옆으로 열리자 그녀는 욘에게 몸을 숙이고 나직이 말했다. "언제든 전화주세요. 제 휴대전화로요."

랑닐은 다시 그와 눈을 마주치려 했지만 실패했다. 혼자서 엘리베이터를 타고 내려가면서 갑자기 몸 안의 피가 솟구치고 심장이 고통스러울 정도로 빨리 뛰는 것을 느꼈다. 몸이 걷잡을 수 없이 떨렸다.

사흘 후 욘에게서 전화가 걸려왔다. 제안을 검토한 결과, 구세군에서는 건물을 팔지 않기로 했다고 말했다. 랑닐은 자신들이 제안한 금액이 결코 적지 않다고 주장했고, 부동산시장에서 구세군이 취약한 입장에 처했다는 점, 그들이 건물을 제대로 관리하고 있지 않으며 낮은 임대료로 손해를 보고 있다는 점, 구세군은 다방면으로 투자해야 한다는 점을 지적했다. 욘 칼센은 잠자코 그녀의 말을 들었다.

"그렇게까지 철저히 검토해주셔서 고맙습니다, 길스트룀 부인."
랑닐의 말이 끝나자 그가 말했다. "경제학을 공부한 사람으로서 저역시 부인의 의견에 동의합니다. 하지만—"

"하지만 뭐요? 계산이 명확하잖아요……" 그녀는 흥분해서 살짝헐떡거렸다.

"하지만 사람을 고려해야 합니다."

"사람?"

"입주자 말입니다. 사람들. 평생 거기서 산 노인들, 은퇴한 구세군 직원들, 난민들, 보호가 필요한 사람들요. 그게 제 입장입니다. 당신은 그들을 내쫓고 건물을 개조한 다음에 더 높은 값으로 세를 주거나 팔아버리겠죠. 당신 말대로 계산은 명확합니다. 그건 이윤을 가장 우선시하는 당신의 입장이고, 난 그걸 인정합니다. 당신도내 입장을 인정해주세요."

랑닐은 숨이 턱 막혔다.

"난……" 그녀가 말문을 열었다.

"그분들을 직접 만나볼 생각은 없나요? 그러면 날 이해하게 될 겁니다." 욘이 말했다.

랑닐은 고개를 저었다. "아무래도 저희 의도를 오해하신 거 같네요. 만나서 오해를 풀고 싶은데 목요일 저녁에 바쁘신가요?"

"아뇨, 하지만—"

"파인슈메케르에서 8시에 만나죠."

"파인슈메케르가 뭡니까?"

랑닐은 웃지 않을 수 없었다. "프롱네르에 있는 레스토랑이에요. 택시 기사에게 말하면 알아서 데려다줄 거예요."

"프롱네르라면 자전거로 갈 수 있습니다."

"알았어요. 그때 봐요."

그녀는 남편과 시아버지에게 연락해 회의를 소집했고 결과를 보고했다.

"들어보니 그쪽 재정 고문이라는 남자가 칼자루를 쥐고 있구나. 그자를 우리 편으로 만들면 건물도 우리 손에 들어올 거다." 알베르트 길스트룹이 말했다.

"하지만 말씀드렸잖아요. 그 사람은 우리가 얼마를 제시하든 관심 없어요."

"아니, 관심 있을 거다."

"관심 없다니까요!"

"그거야 구세군 재산이니까 그렇지. 그 안에서는 얼마든지 도덕성을 운운할 수 있다. 우린 그자의 개인적 탐욕을 공략해야 해."

랑닐은 고개를 저었다. "이 사람한텐 안 통해요. 그런…… 부류가 아니라고요."

"돈을 마다하는 사람은 없다." 알베르트 길스트룹은 슬픈 미소를 지으며 그녀의 얼굴 앞에서 검지를 메트로놈처럼 좌우로 흔들어댔다. "구세군은 경건주의에서 시작되었고, 경건주의는 현실적인 사람들이 종교에 접근하는 방법이지. 그래서 이 척박한 북유럽에서 경건주의가 큰 성공을 거둔 거야. 빵 먼저, 기도는 그다음에. 200만으로 하자."

"200만?" 마스 길스트룹이 입을 딱 벌렸다. "건물을 팔라고 설득하는 것만으로…… 그자에게 200만을 준다고요?"

"거래가 성사된다는 조건하에. 거래가 실패하면 사례금도 없지."

"그래도 터무니없이 많은 액수예요." 마스가 반대했다.

알베르트는 아들을 보지 않은 채 대답했다. "정말로 터무니없는 건 다들 돈을 버는 이 시점에 우리 집안 재산만 반 토막이 났다는 사실이지."

마스 길스트룹은 어항 속 금붕어처럼 입을 벌렸지만 아무 말도 하지 못했다.

"우리가 사례금으로 너무 낮은 가격을 제시하면 그쪽 고문은 협상할 생각도 안 하고 그냥 거절해버릴 거다." 시아버지가 말했다. "그러니 처음부터 높은 액수로 정신을 못 차리게 만들어야 해. 200만. 어떠냐, 랑닐."

랑닐은 천천히 고개를 끄덕이며 창밖의 무언가를 골똘히 바라봤다. 독서등 불빛 너머로 고개를 숙인 채 앉아 있는 남편을 차마 바라볼 수가 없었기 때문이다.

그녀가 파인슈메케르에 도착했을 때 욘 칼센은 이미 와 있었다. 기억보다 체구가 작아 보였는데 아마도 구세군 제복 대신 프레텍스에서 산 듯한 헐렁한 양복을 입었기 때문이리라. 아니면 이 세련된 레스토랑 안에서 어쩔 줄 몰라 하는 듯이 보였기 때문이거나. 욘은 그녀를 맞이하려고 일어나다가 하마터면 테이블 위의 꽃병을 쓰러뜨릴 뻔했다. 둘 다 손을 뻗은 덕택에 꽃병은 무사했고 그들은 웃음을 터뜨렸다. 그 후에는 여러 가지 이야기를 나누었다. 아이가 있느냐고 욘이 물었을 때 그녀는 고개를 저었다.

당신은 아이가 있나요? 없군요. 그럼 혹시 결혼은……? 아, 결혼도 안 했어요?

대화는 점차 구세군에서 소유한 부동산 쪽으로 흘러갔다. 하지만 욘에게서 전과 같은 날카로운 태도는 찾아볼 수 없었다. 그저 공손한 미소를 띤 채 와인을 한 모금 마실 뿐이었다. 랑닐은 제안했던 금액을 10퍼센트 인상했다. 욘은 여전히 미소를 지은 채 고개를 저으며 목걸이가 예쁘다고 칭찬했다. 피부색과 잘 어울린다는 걸 랑닐도 알고 있었다.

"엄마에게 물려받았어요." 거짓말이 술술 나왔다. 사실 욘이 칭찬하는 것은 목걸이가 아니라 눈이라고 생각했기 때문이다. 연푸른 홍채와 새하얀 흰자.

메인코스가 끝나고 디저트를 기다리는 동안, 랑닐은 계약을 성사시켜주면 그 대가로 사례금을 주겠다고 제안했다. 200만 크로네. 다행히 그의 눈을 보고 말할 필요는 없었다. 욘은 갑자기 얼굴이 창백해져서 말없이 와인잔만 응시하고 있었기 때문이다.

마침내 그가 입을 열고 속삭였다. "당신 생각인가요?"

"저와 시아버지요." 랑닐의 호흡이 가빠졌다.

"알베르트 길스트룹?"

"네. 시아버지와 저와 남편 외에는 아무도 모를 거예요. 이 사실이 알려지면 우리도 음…… 당신만큼이나 손해고요."

"제가 그럴 만한 말이나 행동을 했습니까?"

"네?"

"왜 당신과 당신 시아버지는 내가 그깟 돈에 매수될 거라고 생각했죠?"

욘은 눈을 들어 그녀를 봤고, 랑닐은 얼굴이 달아오르는 것을 느꼈다. 사춘기 때 이후로 처음이었다.

"디저트는 취소합시다." 그는 무릎 위에 덮었던 냅킨을 집어 접시 옆에 내려놓았다.

"일단 생각해보고 대답해도 늦지 않아요, 욘." 그녀가 더듬거리며 말했다. "당신을 위해서예요. 꿈을 이룰 기회가 될 수도 있잖아요."

그녀의 귀에도 어설프고 거슬리게 들렸다. 욘은 웨이터에게 계산서를 달라고 손짓했다.

"무슨 꿈요? 타락한 주님의 종이 되는 꿈? 아니면 비참한 탈영병이 되는 꿈? 한 인간으로서 내가 이루려던 것이 다 무너졌는데 멋진 스포츠카나 타고 드라이브하라고요?" 그의 목소리가 분노로 떨렸다. "그게 당신의 꿈입니까, 랑닐 길스트룹?"

그녀는 아무 말도 할 수 없었다.

"내가 눈이 멀었나 봅니다." 욘이 말했다. "그거 아십니까? 당신을 처음 봤을 때는…… 이런 사람인 줄 전혀 몰랐습니다."

"당신은 날 봤군요." 랑닐은 그렇게 속삭이며 지난번에 엘리베이터에 탔을 때처럼 몸이 떨리는 것을 느꼈다.

"네?"

그녀는 목청을 가다듬었다. "당신은 날 봤어요. 그런데 이제 난 당신을 화나게 했고요. 정말 미안해요."

이어지는 정적 속에서 랑닐은 뜨거운 물과 차가운 물을 차례로 통과하는 기분이었다.

"이 일은 없던 걸로 하죠." 웨이터가 다가와 그녀가 들고 있던 신용카드를 가져가는 동안 랑닐이 말했다. "당신에게나 내게 중요한 일도 아니고요. 프롱네르 공원 산책할래요?"

"전……."

"부탁이에요."

욘은 놀란 얼굴로 그녀를 바라봤다.

정말 놀란 얼굴이었을까?

어떻게 모든 것을 꿰뚫어 보는 눈이 놀랄 수 있을까.

랑닐 길스트룹은 창문 너머 홀멘콜렌의 어두운 광장을 내려다보왔다. 프롱네르 공원. 거기서 미친 짓이 시작되었다.

자정이 넘은 시각, 수프 배급 버스는 주차장에 세워뒀고 마르티네는 기분 좋은 피로와 보람을 느꼈다. 호스텔 앞의 어둡고 좁은 길가에 서서 차를 가지러 간 리카르드를 기다리는 중이었다. 그때 뒤에서 눈이 뽀드득 밟히는 소리가 들렸다.

"안녕하세요."

남자 목소리가 들리자 마르티네는 뒤를 돌아보았다. 하나뿐인 가로등 불빛 아래 우뚝 솟은 형체를 보니 가슴이 철렁 내려앉았다.

"나 모르겠어요?"

심장이 한 번, 두 번, 세 번, 네 번 쿵쾅거렸다. 그제야 그녀는 목소리를 알아들었다.

"여긴 어쩐 일이세요?" 겁에 질린 티가 나지 않았기를 바라며 마르티네가 물었다.

"오늘 저녁에 당신이 수프 배급 버스 담당이라는 걸 알고 있었습니다. 자정이면 버스를 여기에 주차해둔다는 것도요. 수사에 진전이 있어서 생각을 좀 했습니다." 그가 앞으로 걸어 나오자 얼굴에 불빛이 떨어졌다. 그녀가 기억하는 모습보다 딱딱하고 나이 들어 보였다. 하루 만에 기억이 그렇게 희미해지다니 신기했다. "몇 가지 물어볼 게 있습니다."

"내일까지 기다릴 수 없을 정도로 급했나요?" 마르티네가 미소를 짓자 형사의 얼굴도 부드러워졌다.

"누굴 기다리는 중입니까?" 해리가 물었다.

"네, 리카르드가 집까지 데려다줄 거라서요."

그녀는 형사의 어깨에 걸쳐진 스포츠백을 보았다. 옆쪽에 '예테'

라는 상표가 적혀 있었지만 복고풍으로 나온 제품이라기에는 너무 오래되고 낡아 보였다.

"거기 든 운동화는 안창을 새걸로 바꾸셔야겠어요." 마르티네가 가방을 가리키며 말했다.

해리는 놀란 표정으로 그녀를 바라봤다.

"장 바티스트 그루누이가 아니라도 냄새는 맡을 수 있으니까요." 그녀가 덧붙였다.

"파트리크 쥐스킨트의《향수》말이군요." 해리가 말했다.

"책을 읽는 형사라니 놀랍네요."

"살인을 다룬 소설을 읽는 구세군 병사라니 놀랍네요. 그리고 보니 애초에 제가 여기 온 이유가 생각났습니다."

그때 사브 900이 다가와 멈추더니 차창이 소리 없이 내려갔다.

"그만 갈까, 마르티네?"

"잠깐만, 리카르드." 그녀가 해리를 돌아봤다. "어디로 가시죠?"

"비슬렛요. 하지만 전 그냥―"

"리카르드, 형사님을 비슬렛까지 태워다드릴 수 있을까? 너도 거기 살잖아."

리카르드는 어둠 속을 응시하다가 무덤덤하게 대답했다. "물론이지."

"이리 오세요." 마르티네는 그렇게 말하며 해리에게 한 손을 내밀었다.

해리는 깜짝 놀라 그녀를 바라봤다.

"신발이 미끄러워서요." 마르티네는 그렇게 속삭이며 그의 손을 잡았다. 따뜻하고 건조한 해리의 손은 그녀가 당장이라도 넘어질까 두렵다는 듯 반사적으로 그녀의 손을 꽉 잡았다.

리카르드는 조심스럽게 운전하며 연신 이 거울에서 저 거울로 시선을 옮겼다. 누군가 매복하고 있다가 공격이라도 한다는 듯이.

"이제 말씀해보세요." 조수석에 앉은 마르티네가 말했다.

해리는 목청을 가다듬었다. "오늘 욘 칼센이 총에 맞을 뻔했습니다."

"네?" 마르티네가 외쳤다.

해리는 백미러 속에서 리카르드와 눈을 마주쳤다.

"이미 알고 계셨나요?" 해리가 리카르드에게 물었다.

"아뇨."

"대체 누가……?" 마르티네가 말했다.

"저희도 모릅니다." 해리가 말했다.

"하지만…… 로베르트도 모자라 욘이라니. 칼센 집안과 연관이 있나요?"

"제 생각에는 둘 중 한 명만 노린 것 같습니다." 해리가 말했다.

"무슨 뜻이죠?"

"범인은 고향으로 가는 비행기를 연기했습니다. 자신이 엉뚱한 사람을 쐈다는 걸 안 거죠. 애초에 범인이 노린 사람은 로베르트가 아니었습니다."

"로베르트가—"

"그래서 당신을 만나러 온 겁니다. 내 가설이 맞는지 확인하려고요."

"무슨 가설요?"

"로베르트는 그저 에게르토르게에서 욘 대신 근무한 바람에 죽었다는 가설입니다."

마르티네는 몸을 홱 돌려 놀란 표정으로 해리를 보았다.

"지난번 구세군 본부에 갔더니 안내 데스크 옆 게시판에 근무자 명단이 붙어 있더군요." 해리가 말했다. "사건이 있던 날 밤, 에게르토르게에서 근무하는 사람이 누군지 다 볼 수 있었습니다. 그날 근무하기로 되어 있던 사람은 욘 칼센이죠."

"그걸 어떻게……?"

"아까 구세군 본부에 들러 확인했습니다. 근무자 명단에는 욘의 이름이 적혀 있었습니다. 하지만 명단이 작성된 후에 로베르트가 욘 대신 근무를 섰죠. 아닌가요?"

리카르드는 스텐스베르그 가로 접어들어 비슬렛으로 향했다.

마르티네는 아랫입술을 깨물었다. "근무자가 바뀌는 일은 늘 있어요. 서로 합의만 된다면 제게 꼭 보고해야 하는 것도 아니고요."

리카르드는 소피스 가로 내려갔다. 마르티네의 눈이 커졌다.

"아, 기억나네요! 로베르트가 전화해서 욘 대신 근무하기로 했다고 말했어요. 내가 달리 뭘 할 필요도 없었죠. 그래서 잊어버렸나 봐요. 하지만…… 그렇다면……."

"욘과 로베르트는 아주 닮았죠. 게다가 제복 차림에……."

"어두운 데다 눈까지 왔고요……." 혼잣말을 하듯 마르티네가 나직이 말했다.

"궁금한 건 혹시 전화로 근무자 명단을 물어본 사람이 있었느냐는 겁니다. 특히 그날 밤 에게르토르게에서 누가 근무하는지요."

"내가 기억하는 한 없어요." 마르티네가 말했다.

"생각 좀 해볼래요? 내일 전화드리죠."

"알았어요." 마르티네가 말했다.

해리는 스쳐가는 가로등 불빛 속에서 그녀의 눈동자를 보았고, 이번에도 특이한 눈이라고 생각했다.

리카르드가 인도 옆에 차를 세웠다.

"어떻게 알았습니까?" 해리가 물었다.

"뭘요?" 마르티네가 잽싸게 물었다.

"운전자에게 한 말입니다. 내가 여기 사는 걸 어떻게 알았죠?" 해리가 말했다.

"당신이 말했습니다. 이 동네는 잘 알죠. 마르티네 말대로 나도 비슬렛에 사니까요."

해리는 인도에 서서 멀어지는 자동차를 지켜봤다.

저 남자는 분명 마르티네에게 푹 빠져 있다. 해리를 먼저 데려다준 것도 그녀와 잠시 단둘이 있고 싶어서였다. 그녀와 이야기하기 위해. 무언가 할 말이 있고, 자신이 누군지 보여주고, 영혼의 민낯을 드러내고, 자기 자신을 알아내는 데 필요한 평화와 정적을 얻기 위해. 이 모두가 젊음의 일부였고, 해리는 자신이 그 단계를 지났다는 사실이 행복했다. 또한 이 모두가 그녀에게서 따뜻한 말 한마디, 포옹과 키스를 받을 수 있을지 모른다는 희망 때문이었다. 누군가에게 홀딱 반한 바보들이 늘 그렇듯 사랑을 구걸하기 위해서였다. 나이가 몇이든 관계없이.

해리는 아파트 정문 쪽으로 어슬렁어슬렁 걸어가며 본능적으로 열쇠를 찾아 바지 주머니를 뒤졌다. 마음도 무언가를 찾고 있었는데 그 무언가는 가까이 다가갈 때마다 도망가버렸다. 눈 역시 귀가 들으려고 안간힘 쓰는 소리를 찾고 있었다. 아주 작은 소리였지만 워낙 늦은 시간이라 주위가 고요했다. 해리는 낮에 제설차가 옆으로 치워둔 잿빛 눈 더미를 내려다보았다. 무언가 갈라지는 듯한 소리, 녹는 듯한 소리였다. 하지만 지금은 영하 18도라서 그럴 리가 없다.

해리는 열쇠 구멍에 열쇠를 밀어 넣었다.

그제야 녹는 소리가 아님을 깨달았다. 재깍거리는 소리였다.

천천히 몸을 돌려 눈 더미 속을 훑어보았다. 빛이 번뜩거렸다. 유리다.

눈 더미로 걸어가 허리 숙여 시계를 집어 들었다. 묄레르가 선물로 준 시계의 유리가 수면처럼 반짝거렸다. 흠집 하나 없이. 그리고 시각은 초까지 정확해서 해리의 시계보다 딱 2분 빨랐다. 묄레르가 뭐라고 했더라? 그가 늦었다고 생각했을 때도 제시간에 도착할 수 있게 해준다고 했던가.

14

12월 17일, 수요일 밤. 어둠

호스텔 공용실의 전기 라디에이터에서는 누가 거기에 돌이라도 던지는 듯 탁탁 소리가 났다. 올이 굵은 삼베 벽지에서는 한때 여기 살다가 떠난 사람들의 땀내와 니코틴, 접착제가 스며 나왔고, 그을린 갈색 자국 위로 라디에이터의 뜨거운 공기가 아른거렸다. 소파의 거친 천이 그의 바지를 파고들어 허벅지를 찔렀다.

라디에이터가 탁탁거리며 열기를 뿜어내는데도 그는 몸을 덜덜 떨며 벽걸이 텔레비전에서 나오는 뉴스를 시청했다. 광장은 알아볼 수 있었지만 무슨 말을 하는지는 하나도 알아들을 수 없었다. 반대쪽 구석에서는 한 노인이 안락의자에 앉아 가늘게 만 담배를 피우고 있었다. 담배가 줄어들며 시꺼먼 손끝이 뜨거워지자, 노인은 재빨리 성냥개비 두 개로 담배를 집어 들고 계속 피웠다. 구석 테이블 위에서 전나무 우듬지를 잘라 만든 크리스마스트리가 장신구를 단 채 반짝이려고 애썼다.

그는 달리에서 먹었던 크리스마스 저녁식사를 떠올렸다.

전쟁이 끝나고 2년 뒤 세르비아군은 부코바르에서 철수했다. 크로아티아 정부는 그들을 모두 자그레브로 데려와 인터내셔널 호텔에 수용했다. 그는 기오르기의 가족들이 어떻게 됐는지 수소문한 끝에 기오르기의 엄마는 포위 공격 당시 사망했고, 기오르기와 그의 아버지는 달리로 이사 갔다는 사실을 알게 되었다. 달리는 부코바르에서 그다지 멀지 않은 국경 마을이었다. 그는 12월 26일에 오시예크로 가는 기차를 탔고, 거기서 달리로 갔다. 차장에게 물어 그 기차가 종점인 보로보까지 갔다가 오후 6시 반에 다시 달리로 온다는 사실을 확인했다. 그가 달리에 내렸을 때는 오후 2시였다. 사람들에게 길을 물어서 찾아가니 마을처럼 잿빛인 연립주택들이 모여 있었다. 건물 안으로 들어가 호수號數를 찾아 문 앞에 선 다음, 그들이 집에 있게 해달라고 마음속으로 기도했다. 집 안에서 가벼운 발소리가 나자 가슴이 두근거렸다.

기오르기가 문을 열었다. 별로 변하지 않은 모습이었다. 더 창백해지긴 했지만 곱실거리는 금발에 푸른 눈, 하트 모양의 입술은 그대로였다. 여전히 젊은 신을 연상시켰지만 깨진 전구처럼 눈에서 미소가 사라졌다.

"나 모르겠어, 기오르기?" 잠시 후에 그가 물었다. "우리 같은 마을에 살았잖아. 학교도 함께 다니고."

기오르기의 미간에 주름이 잡혔다. "그랬나? 잠깐만. 목소리를 들어보니 세르그 돌라츠구나. 당연히 기억하지. 너 달리기 잘했잖아. 맙소사, 하나도 안 변했네. 부코바르에서 알던 사람들을 만나면 반가워. 다들 죽었잖아."

"난 아냐."

"그래, 넌 아냐, 세르그."

기오르기가 어찌나 오래 껴안았는지 꽁꽁 얼었던 몸에 열기가 퍼지며 몸이 떨리기 시작했다. 기오르기는 그를 집 안으로 안내했다.

그들은 가구가 몇 점 없는 어두운 거실에 앉아 그동안 있었던 일과 부코바르에서 그들이 알고 지냈던 사람들, 그들이 지금 어디에 있는지 이야기를 나눴다. 기오르기에게 틴토를 기억하냐고 묻자, 기오르기는 다소 겸연쩍은 미소를 지었다.

기오르기는 아버지가 곧 집에 오실 거라고 했다. 너도 저녁 먹을래, 세르그?

그는 손목시계를 보았다. 세 시간 후면 기차가 도착할 것이다.

부코바르에서 온 손님을 보자 기오르기의 아버지는 깜짝 놀랐다.

"이 친구는 세르그예요. 세르그 돌라츠." 기오르기가 말했다.

"세르그 돌라츠?" 아버지가 그를 뜯어보며 말했다. "그래, 어딘가 낯이 익구나. 흠. 내가 너희 아버지를 아니? 몰라?"

어둠이 내려앉았고 그들은 식탁에 자리를 잡았다. 아버지는 그들에게 큼직한 하얀색 냅킨을 주더니 목에 두른 빨간색 네커치프를 풀고 그 자리에 냅킨을 맸다. 그러고는 감사 기도를 한 다음, 성호를 긋고 집에 있는 유일한 사진, 한 여자의 사진을 향해 고개를 끄덕였다.

기오르기와 아버지는 수저를 집어 들었지만, 그는 계속 고개를 숙인 채 읊조렸다. "에돔에서 오는 이 누구며, 붉은 옷을 입고 보스라에서 오는 이 누구냐. 그의 화려한 의복 큰 능력으로 걷는 이가 누구냐. 그는 나이니 공의를 말하는 이요, 구원하는 능력을 가진 이니라."

기오르기의 아버지가 놀란 표정으로 그를 바라보았다. 그러더니 큼직하고 핏기 없는 고기가 담긴 접시를 건네주었다.

세 사람은 말없이 저녁을 먹었다. 얇은 유리가 끼워진 창문이 바람에 신음 소리를 냈다.

식사 후에는 디저트가 나왔다. 팔라친카. 겹겹이 잼을 바르고 맨 위에 초콜릿을 바른 얇은 팬케이크였다. 그는 어릴 때 이후로 팔라친카를 먹은 적이 없었다.

"하나 더 먹으렴, 세르그. 크리스마스잖니." 아버지가 말했다.

그는 손목시계를 봤다. 30분 후면 기차가 떠날 것이다. 때가 되었다. 그는 목청을 가다듬고 목에 두른 냅킨을 식탁에 내려놓으며 자리에서 일어났다. "기오르기와 전 부코바르에서 알고 지낸 사람들 얘기를 했어요. 하지만 딱 한 사람이 빠졌죠."

"그랬구나. 그게 누구냐, 세르그?" 아버지는 어리둥절해하며 미소를 짓더니 고개를 살짝 돌려 한쪽 눈으로 그를 바라봤다. 기억이 날 듯 말 듯한 무언가를 기억해내려는 듯이.

"보보요."

그제야 기오르기 아버지의 눈동자에 깨달음이 스쳤다. 어쩌면 아버지는 이 순간을 기다려왔는지 모른다. "당신은 지프차에 앉아 세르비아 사령관에게 보보가 누군지 가르쳐주었죠." 그의 목소리가 텅 빈 양쪽 벽에 부딪혀 울렸다. 그는 침을 삼켰다. "그 일로 보보는 죽었어요."

집 안이 조용해졌다. 아버지는 포크를 내려놓았다. "전쟁 중이었다, 세르그. 우리 모두 죽을 운명이었어." 그는 체념한 듯 차분히 말했다.

아버지와 기오르기가 꼼짝하지 않고 앉아 있는 동안 그는 바지춤에서 총을 꺼내 테이블을 가로질러 겨누고 쐈다. 짧고 메마른 총성이 울리더니 아버지의 몸이 움찔하며 의자가 뒤로 밀려났다. 아버지는 고개를 숙여 가슴 앞에 걸린 냅킨 속 구멍을 바라봤다. 하얀 천 위로 피가 빨간 꽃처럼 퍼지며 냅킨이 가슴 속으로 빨려 들어갔다.

"날 봐요." 그가 명령하자 아버지가 반사적으로 고개를 들었다.

두 번째 총알은 그의 이마에 조그만 검은색 구멍을 뚫었고, 머리는 부드러운 쿵 소리를 내며 팔라친카 접시로 떨어졌다.

그는 기오르기를 돌아봤다. 기오르기는 입을 딱 벌린 상태였고, 볼에서 빨간 액체가 흘러내리고 있었다. 아버지의 팔라친카에서 튄 잼이었다. 그는 권총을 바지춤에 찔러 넣었다.

"나도 죽여, 세르그."

"너한테는 아무 원한도 없어." 그는 거실에서 나가 현관 옆에 걸린 재킷을 집어 들었다.

기오르기가 따라 나왔다. "내가 복수할 거야! 지금 날 죽이지 않으면 내가 널 찾아내서 죽일 거야!"

"날 어떻게 찾을 건데, 기오르기?"

"넌 숨을 수 없어. 난 네가 누군지 알아."

"그래? 넌 내가 세르그인 줄 알지만 세르그 돌라츠는 빨간 머리에 나보다 키가 컸어. 난 달리기를 못해, 기오르기. 하지만 네가 날 알아보지 못해서 다행이라고 해두자. 덕분에 널 살려둘 수 있으니까."

그는 몸을 내밀어 기오르기의 입술에 진하게 키스한 뒤, 현관문을 열고 나갔다.

신문에 살인사건 기사가 실렸지만 경찰은 수사하지 않았다. 그리고 석 달 뒤 일요일, 그의 어머니가 손님이 다녀갔다고 말했다. 크로아티아 남자였는데 돈을 많이 줄 수는 없지만 가족들에게서 조금씩 모아왔다며 도움을 청했다는 것이다. 전쟁이 일어났을 때 감옥에서 그의 형을 고문한 세르비아인이 근처에서 살고 있다는 사실을 알게 되었다고 했다. 그리고 어린 구세주에 대한 소문을 들었다고.

가늘게 만 담배를 피우던 노인은 손끝을 데고는 큰 소리로 욕을 했다.

그는 자리에서 일어나 안내 데스크로 갔다. 유리 창구 뒤에 앉은 청년 너머로 빨간색 구세군 깃발이 보였다.

"전화 좀 쓸 수 있을까요?" 그가 영어로 물었다.

청년은 그를 노려보았다. "시내전화만 가능해요."

"시내전화예요."

청년은 그의 뒤쪽에 있는 작은 사무실을 가리켰다. 그는 사무실 안으로 들어가 책상에 앉아 전화를 바라봤다. 어머니의 목소리를 떠올렸다. 놀라고 걱정하면서도 동시에 자상하고 다정할 것이다. 따뜻한 포옹처럼. 그는 자리에서 일어나 사무실 문을 닫고 인터내셔널 호텔의 번호를 눌렀다. 어머니는 자리에 없었다. 그는 아무런 전갈도 남기지 않았다. 그때 문이 열렸다.

"이 문은 닫으면 안 됩니다. 아셨죠?" 청년이 말했다.

"네. 미안합니다. 혹시 전화번호부 있나요?"

청년은 어이없다는 표정으로 눈동자를 굴리며 전화기 옆의 두툼한 책을 가리키고는 자리를 떴다.

그는 전화번호부에서 괴테보르그 가 4번지에 사는 욘 칼센을 찾아내 전화했다.

테아 닐센은 벨이 울리는 전화기를 바라보았다.

욘에게 받은 열쇠로 그의 집에 들어온 참이었다.

경찰은 집 안 어딘가에 탄흔이 있다고 했다. 집 안을 둘러본 끝에 찬장 문에서 총구멍을 발견했다.

누군가 욘을 쏘려고 했다. 죽이려고 했다. 그런 생각을 하니 무섭기는커녕 이상하게 흥분이 되었다. 가끔씩 자신은 두 번 다시 무서움을 느끼지 못할 거라는 생각이 들었다. 그런 식으로는 느끼지 못할 것이다. 그것에 대해, 죽음에 대해서는.

경찰이 여길 다녀가긴 했지만 오래 머물지는 않았다. 총알 외에는 아무런 단서도 없다고 했다.

병원에 갔을 때 테아는 욘을 바라보며 그의 숨이 들락날락거리는 소리를 들었다. 큼직한 침대에 누운 그는 지독히 무기력해 보였다. 베개로 얼굴을 누르면 그대로 죽어버릴 듯했다. 그리고 테아는 그렇게 약해진 욘의 모습을 보는 게 좋았다. 어쩌면 크누트 함순의 소설《빅토리아》에서 선생님이 했던 말이 맞을지 모른다. 어떤 여자들은 공감하고 싶은 욕구가 너무 강렬한 나머지 강하고 건강한 남자를 싫어하며, 남편이 절름발이가 되어 자신의 친절에 의존하게 되기를 은근히 바란다는 말.

하지만 지금 테아는 그의 아파트에 혼자 있었고, 전화가 울리고 있었다. 손목시계를 보았다. 한밤중이었다. 이렇게 늦은 시간에 전화할 사람은 없다. 적어도 순수한 의도를 가진 사람이라면. 테아는 죽음이 두렵지 않았다. 하지만 이 전화는 두려웠다. 그녀일까? 욘의 그 여자? 욘은 테아가 전혀 모르는 줄 안다.

테아는 전화기 쪽으로 두 걸음 내디뎠다. 그러고는 걸음을 멈췄다. 네 번째 전화벨. 다섯 번이 울린 후에는 멈출 것이다. 그녀는 망설였다. 다섯 번째 전화벨. 테아는 앞으로 달려 나가 전화기를 집어 들었다.

"네?"

전화기 너머에서 잠시 침묵이 흘렀다. 그러더니 한 남자가 영어로 말했다. "너무 늦은 시간에 전화드려서 죄송합니다. 전 에돔이라고 하는데 욘 있습니까?"

"아뇨." 테아는 안도했다. "욘은 병원에 있어요."

"아, 네, 들었습니다. 전 욘의 오랜 친구라서 병문안을 가고 싶은데요. 어느 병원인지 아십니까?"

"울레볼 병원요."

"울레볼."

"네. 영어로 뭐라고 하는지 모르겠지만 노르웨이어로는 Neuro-kirurgisk(신경외과) 부서예요. 하지만 병실 밖에 경찰이 보초를 서고 있어서 방문객은 들여보내지 않을 거예요. 제 말 이해하시겠어요?"

"이해하냐고요?"

"제 영어가…… 그다지……."

"아닙니다, 완벽히 이해했습니다. 정말 고맙습니다."

테아는 전화기를 내려놓고 생각에 빠져 한참 동안 우두커니 서 있었다.

그러다 다시 집 안을 둘러보기 시작했다. 경찰 말로는 탄흔이 하나가 아니라고 했다.

그는 호스텔 안내 데스크 청년에게 잠시 산책을 다녀오겠다며 방 열쇠를 건넸다.

청년은 12시 15분을 가리키는 벽시계를 보더니 자신은 곧 출입문을 잠그고 자야 하니 그냥 열쇠를 가져가라고 말했다. 방 열쇠로 출입문도 열 수 있다면서.

밖에 나오자마자 추위가 엄습하며 그를 물어뜯고 할퀴었다. 그는 고개를 숙인 채 목적지를 향해 빠르게 걷기 시작했다. 위험한 일이었다. 단연코 위험했다. 하지만 해야만 했다.

하프슬룬 전력회사에서 관리직으로 일하는 올라 헨모는 오슬로 주택가 몬테벨로의 급전지령소 제어실에 앉아 마흔 개의 모니터를 지켜보며 실내에서 담배를 피울 수 있으면 얼마나 좋을까 생각했다. 주간에는 이 사무실에서 열두 명이 근무하지만 야간에는 세 명뿐이다. 보통은 자기 자리에 앉는데 오늘 밤은 추위 때문인지 사무실 중앙의 한 책상 주위에 모여 있었다.

게이르와 에베는 늘 그렇듯이 경마와 V75* 결과를 두고 열을 올리며 이야기하는 중이었다. 8년째 한결같이 저랬다. 저들에게는 여러 종목에 나눠서 돈을 걸어야 한다는 개념이 없었다.

올라는 경마보다는 울레볼스 가와 송스 가 사이, 키르케 가에 위치한 변전소가 염려되었다.

"T1이 36퍼센트 과부하야. T2에서 T4는 29퍼센트 과부하이고." 올라가 말했다.

"맙소사. 저 동네 사람들은 왜 저렇게 난방을 심하게 하는 거야? 얼어 죽을까 봐 두려운가? 지금은 밤이잖아. 그냥 이불을 뒤집어쓰고 있으면 될 텐데. 제3세계에 복수라도 하나? 다들 제정신이 아냐." 게이르가 말했다.

"제3세계를 위해서 난방을 줄이는 사람은 없어. 적어도 이 나라에서는. 그냥 돈을 펑펑 쓰지." 에베가 말했다.

---

* 기수가 말에 연결된 이륜마차를 끌고 하는 경마.

"나중에 피눈물을 흘리게 될 거야." 올라가 말했다.

"아니, 그럴 일 없어. 그냥 석유를 더 뽑겠지." 에베가 말했다.

"T1이 위험해." 올라가 모니터를 가리키며 말했다. "지금 680암 페어야. 전용량은 500이라고."

"진정해." 에베가 모니터를 들여다보자마자 경보가 울렸다.

"젠장. T1이 꺼져버렸어. 명단 확인해서 근무 중인 직원들에게 연락해." 올라가 말했다.

"알았어. T2도 꺼졌어. T3도 방금 꺼졌고." 게이르가 말했다.

"빙고!" 에베가 외쳤다. "T4도 꺼질지 내기—"

"너무 늦었어. 방금 꺼졌어." 게이르가 말했다.

올라는 소축척지도를 훑어보며 한숨을 쉬었다. "파게르보르그와 송, 비슬렛도 전압이 내려가고 있어."

"왜 이러는지 알겠다! 슬리빙 케이블 때문이라는 데 1000크로네 걸지." 에베가 말했다.

게이르는 한쪽 눈을 가늘게 떴다. "계기용 변성기 때문이야. 500크로네 걸지."

"그만들 해." 올라가 호통쳤다. "에베, 소방서에 전화해. 틀림없이 불이 났을 거야."

"동감이야. 200크로네 걸래?" 에베가 말했다.

불이 나간 병실에 칠흑 같은 어둠이 내리자 욘은 순간적으로 자신의 눈이 멀었다고 생각했다. 머리를 부딪힐 때 시신경에 손상을 입었는데 그 증상이 이제야 나타난 것이다. 하지만 복도에서 고함 소리가 들리고, 창문에 윤곽선이 보이면서 정전이 되었음을 깨달 았다.

문밖에서 의자 밀리는 소리가 나더니 병실 문이 열렸다.

"괜찮으십니까?" 목소리가 들렸다.

"네." 욘은 자기도 모르게 고음으로 대답했다.

"무슨 일인지 둘러보고 올 테니 아무 데도 가지 마세요. 아셨죠?"

"네, 그런데……."

"뭡니까?"

"병원에는 비상발전기가 있지 않나요?"

"그건 아마 수술실과 CCTV용으로만 쓸 겁니다."

"그렇군요……."

욘은 멀어지는 경찰의 발소리를 들으며 문 위에서 초록색으로 빛나는 비상구 표시등을 바라보았다. 그걸 보니 다시 랑닐이 생각 났다. 그 일도 어둠에서 시작되었다. 저녁식사를 한 뒤, 그들은 칠 흑처럼 어두운 프롱네르 공원을 산책했고, 모노리스* 앞의 인적 없 는 광장에 멈춰 서서 도심이 있는 동쪽을 바라보았다. 욘은 만달 출신의 뛰어난 조각가 구스타브 비겔란과 공원에 얽힌 이야기를 들려주었다. 비겔란은 프롱네르 공원에 세울 조각상을 만드는 대 신 공원을 확장해 모노리스가 주위 교회들과 정확히 대칭을 이뤄 야 하며, 공원 정문이 우라니엔보르그 교회를 정면으로 마주 봐야 한다는 조건을 내걸었다. 시의회에서 공원을 옮길 수는 없다고 설 명하자, 비겔란은 주변 교회를 이전하라고 요구했다.

욘이 이런 이야기를 하는 동안, 랑닐은 진지한 표정으로 그를 바 라볼 뿐이었다. 욘은 이 여자가 너무 강하고 똑똑해서 두렵다는 생 각이 들었다.

* 프롱네르 공원 내 돌기둥 형태의 대형 조각품.

"너무 추워요." 그녀가 코트 안에서 몸을 떨며 말했다.

"이제 그만 돌아……" 그의 말이 끝나기도 전에 랑닐이 그의 뒤통수로 손을 가져가더니 고개를 들어 그를 올려다보았다. 욘은 지금까지 이런 눈동자는 본 적이 없었다. 터키석 같은 연푸른색 홍채와 그녀의 창백한 피부마저 탁해 보이게 만들 정도로 새하얀 흰자. 욘은 누군가와 이야기할 때면 늘 그렇듯이 허리를 구부정하게 숙인 상태였다. 그러자 뜨겁고 축축한 혀가 입속으로 들어왔다. 그 끈질긴 근육은 신비한 아나콘다처럼 그의 혀를 감싸며 지배하려 했다. 랑닐이 놀랄 정도로 정확히 그의 성기에 손을 대자 프레텍스에서 구입한 두툼한 모직 양복바지 너머로 손의 열기가 느껴졌다.

"어서요." 랑닐이 난간에 한쪽 발을 올리며 그의 귀에 속삭였다. 스타킹이 끝나는 부분의 흰 살결이 살짝 내려다보이자 욘은 그녀에게서 몸을 뗐다.

"안 됩니다." 그가 말했다.

"왜요?" 랑닐이 신음했다.

"난 맹세했어요. 주님께."

그러자 랑닐이 그를 뜯어보았다. 처음에는 어리둥절한 표정이었으나 이내 눈물을 글썽이며 조용히 흐느끼더니 그의 가슴에 얼굴을 묻고 다시는 못 만날 줄 알았다고 말했다. 욘은 그게 무슨 말인지 이해할 수 없었지만 그녀의 머리를 쓰다듬었고, 그렇게 시작되었다. 그들은 늘 욘의 아파트에서 만났고, 늘 그녀가 먼저 시작했다. 처음 서너 번은 랑닐이 그의 순결 서약을 깨뜨리려고 시도했으나 나중에는 그냥 침대에 나란히 누워 애무하고 애무를 받는 데 만족하는 듯했다. 가끔씩 랑닐은 아주 절박한 목소리로 그에게 절대 떠나면 안 된다고 말했는데 욘으로서는 왜 그런 소리를 하는지

도무지 알 수 없었다. 두 사람은 별로 많은 대화를 나누지는 않았지만 금욕적인 관계 때문에 랑닐이 그에게 더욱 매달리는 듯했다. 욘이 테아와 사귀면서 둘의 만남은 급작스럽게 끝났다. 욘이 랑닐을 만나고 싶지 않아서가 아니라, 테아가 욘과 아파트 열쇠를 교환하자고 했기 때문이다. 테아는 이것이 신뢰의 문제라고 했고, 욘은 그 말에 반박할 수 없었다.

욘은 돌아누우며 눈을 감았다. 이제 꿈을 꾸고 싶었다. 꿈을 꾸면서 다 잊고 싶었다. 그게 가능하다면. 막 잠이 드는데 어디선가 들어오는 바람이 느껴졌다. 본능적으로 눈을 뜨고 돌아보니 비상구 표시등의 희미한 초록 불빛 아래 닫힌 문이 보였다. 욘은 숨을 죽인 채 어둠 속을 바라보며 귀를 기울였다.

마르티네는 소르겐프리 가에 있는 집에 돌아와 불 꺼진 창문 옆에 서 있었다. 이 집 역시 정전으로 불이 나간 상태였지만 건물 아래쪽에 주차된 자동차는 알아볼 수 있었다. 리카르드의 자동차와 비슷했다.

아까 마르티네가 차에서 내릴 때 리카르드는 그녀에게 키스하려는 시도조차 하지 않았다. 그저 순박해 보이는 눈으로 그녀를 바라보며 자신이 새로운 행정 국장이 될 거라고 말했다. 신호가, 긍정적인 신호가 있었다고, 그러니 자신이 될 거라고 했다. 너도 내가 될 거라고 생각하지? 그렇게 묻는 그의 표정은 이상하게 굳어 있었다.

마르티네는 그가 좋은 행정 국장이 될 거라고 말하며 문을 열기 위해 손잡이로 손을 뻗었다. 혹시라도 그가 붙잡을지 몰라 천천히 움직였지만, 리카르드는 아무런 행동도 취하지 않았다. 그래서 그냥 차에서 내렸다.

마르티네는 한숨을 쉬고 휴대전화를 집어 든 다음, 그 번호를 눌렀다.

"말씀하세요." 전화로 듣는 해리 홀레의 목소리는 전혀 달랐다. 어쩌면 그가 집에 있기 때문인지 모른다. 이것이 그가 집에 있을 때의 목소리일 수도 있다.

"마르티네예요."

"아, 네." 반가워하는지 아닌지 알 수 없는 목소리였다.

"아까 생각해보라고 했잖아요. 근무자 명단이나 욘이 어디서 근무를 하는지 누가 전화로 혹은 직접 물어본 적이 있는지요."

"네."

"그래서 생각해봤어요."

"그런데요?"

"아무도 물어보지 않았어요."

오랫동안 침묵이 흘렀다.

"그 말을 하려고 전화한 겁니까?" 그의 목소리는 투박하고 따뜻했다. 자다가 일어난 사람처럼.

"네. 그러면 안 되나요?"

"아뇨, 아뇨, 당연히 됩니다. 도와주셔서 정말 감사합니다."

"천만에요."

마르티네는 눈을 감고 그가 다시 말하기를 기다렸다.

"집에는…… 잘 갔습니까?"

"음. 여긴 정전이에요."

"여기도 그렇습니다. 곧 들어오겠죠."

"안 들어오면요?"

"무슨 말입니까?"

"이 사회는 혼란에 빠질까요?"

"그런 생각을 자주 합니까?"

"가끔씩요. 문명의 기반은 우리가 믿고 싶은 것보다 훨씬 허술한 거 같아요. 어떻게 생각해요?"

해리는 오랫동안 뜸을 들이다 대답했다. "글쎄요, 우리가 의존하는 시스템이 모두 합선되면서 우리를 깊고 깊은 어둠 속으로 내던질 수 있죠. 더는 법과 규칙이 우릴 보호하지 않고, 추위와 약육강식의 법칙이 지배하고, 다들 자기만 살고자 하는 곳으로요."

"잠 못 드는 소녀들에게 해줄 소리는 아니네요." 해리의 말이 끝나자 마르티네가 말했다. "당신은 정말 반反이상주의자 같아요, 해리."

"당연하죠. 난 경찰이니까. 잘 자요."

마르티네가 미처 대답하기도 전에 그는 전화를 끊었다.

해리는 다시 이불 속으로 들어가 벽을 바라보았다.

실내 온도가 급격히 떨어져 있었다.

해리는 밖의 하늘을 생각했다. 온달스네스를 생각했다. 할아버지와 어머니를 생각했다. 장례식. 어머니가 다정하고 부드러운 목소리로 밤마다 속삭여주던 기도를 생각했다. "내 주는 강한 성이요." 하지만 잠들기 전의 무중력 상태에서 해리가 생각한 것은 마르티네와 아직 뇌리에 남아 있는 그녀의 목소리였다.

신음 소리와 함께 거실의 텔레비전이 다시 살아나더니 치지직 소리를 내기 시작했다. 복도의 전구도 다시 켜지며 침실의 열린 문 사이로 빛이 새어 들어와 해리의 얼굴에 떨어졌다. 하지만 그는 이미 잠들어 있었다.

　20분 뒤 해리의 집 전화가 다시 울렸다. 그는 눈꺼풀을 밀어 올리며 욕을 했다. 다리를 질질 끌고, 몸을 부르르 떨며 복도로 나가 전화기를 집어 들었다.

"말씀하세요. 조용히."

"반장님?"

"아직 아냐. 무슨 일이야, 할보르센?"

"일이 터졌어요."

"큰일이야, 작은 일이야?"

"큰일입니다."

"젠장."

15

12월 18일, 목요일 새벽. 급습

사일은 아케르셀바 강 옆에 서서 몸을 부들부들 떨고 있었다. 염병할 알바니아 놈! 이렇게 추운데도 강은 얼지 않은 채 검은 빛이었고, 소박한 철교 밑에는 더욱 짙은 어둠이 내려앉아 있었다. 열여섯 살인 사일은 열두 살 때 엄마와 함께 소말리아에서 노르웨이로 왔다. 열네 살 때부터 마리화나를 팔기 시작했고, 작년 봄부터 헤로인도 팔았다. 훅스는 또 약속을 어겼다. 밤새 여기 서서 마냥 물건이 팔리기를 기다릴 수는 없었다. 수중에 헤로인이 열 봉지나 있었다. 만약 열여덟 살이었다면 플라타에 가서 팔았을 것이다. 하지만 미성년자가 플라타에서 마약을 팔았다가는 경찰에 잡혀 간다. 따라서 그들은 이곳, 강 옆에서 활동했다. 대다수가 소말리아 출신의 소년 마약상들로, 같은 미성년자 혹은 어떤 이유로든 플라타에 출입할 수 없는 사람들에게 마약을 팔았다. 염병할 훅스. 지금 사일은 현금이 절실하게 필요했다.

그때 인도를 걸어 내려오는 한 남자가 보였다. 분명 훅스는 아니었다. 희석된 암페타민을 팔았다가 B 갱단에게 두들겨 맞은 후로 그는 아직 다리를 절었다. 대체 희석되지 않은 암페타민이 있기나 한가? 그렇다고 잠복 중인 경찰 같지도 않았다. 약쟁이들이 많이 입는 푸른색 패딩 점퍼를 입기는 했지만 약쟁이는 아니었다. 사일은 주위를 둘러봤다. 아무도 없었다.

남자가 가까이 다가오자 사일은 철교 밑 어둠에서 한 발짝 나왔다. "약 필요해?"

남자는 슬쩍 미소 짓더니 고개를 저으며 계속 걸었다. 하지만 사일은 길을 가로막았다. 사일은 나이에 비해 체구가 컸다. 사실 어떤 나이의 남자보다도 컸다. 그가 가진 칼 역시 여느 칼보다 컸다. 영화 〈람보〉에 나왔던 칼로, 손잡이 속에는 나침반과 낚싯줄이 들어 있었다. 군용품 가게에서 1000크로네에 파는 것을 친구에게서 300크로네에 구입했다.

"약을 살 거야, 아니면 그냥 돈을 내놓을 거야?" 사일은 톱니 모양의 칼날에 희미한 가로등 불빛이 반사되도록 칼을 내밀었다.

"뭐라고요?"

남자가 영어로 말했다. 사일이 잘 모르는 언어였다.

"돈." 사일은 언성을 높였다. 이유는 모르지만 강도짓을 할 때마다 화가 났다. "빨리."

외국인은 고개를 끄덕이더니 자신을 방어하듯이 왼손을 들어 올린 채 차분히 점퍼 안쪽으로 오른손을 집어넣었다가 번개처럼 빠르게 뺐다. 사일은 미처 반응할 틈도 없이 그저 "젠장"이라고 중얼거렸다. 눈앞에 총구가 나타났기 때문이다. 달아나고 싶었지만 총구의 검은 눈 때문에 두 발이 땅에 얼어붙은 듯했다.

"난……" 사일이 입을 뗐다.

"도망가. 빨리." 남자가 말했다.

그래서 사일은 도망갔다. 차갑고 축축한 강의 공기를 폐로 들이 마시며 플라자 호텔과 중앙우체국 불빛이 눈앞에서 위아래로 껑충거리고 마침내 강이 피오르로 흘러들어 더는 달릴 곳이 없을 때까지. 사일은 컨테이너 터미널을 에워싼 철책에 대고 언젠가 다 죽여버리겠다고 소리 질렀다.

해리가 할보르센의 전화를 받은 지 15분이 지났을 때 순찰차 한 대가 소피스 가 인도 옆에 멈춰 섰다. 해리는 할보르센이 있는 뒷좌석에 올라타며 앞좌석에 앉은 두 순경에게 인사를 웅얼거렸다.

덩치가 크고 전형적인 경찰처럼 생긴 순경은 조용히 차를 몰았다.

"좀 더 밟아봐요." 조수석에 앉은 젊은 순경이 말했다. 여드름투성이에 피부가 창백했다.

"모두 몇 명이지?" 해리는 손목시계를 봤다.

"이거 말고 두 대 더 있어요." 할보르센이 대답했다.

"그럼 우리 둘에 여섯 명이 더 있는 거로군. 경광등은 절대 켜지 마. 최대한 차분히 진행할 거야. 너와 나, 순경 한 명이랑 총 하나로 체포할 거야. 나머지 다섯 명은 퇴로를 차단해. 총 가져왔어?"

할보르센은 가슴에 달린 주머니를 톡톡 쳤다.

"다행이군. 난 없어." 해리가 말했다.

"아직 총기 허가증 안 나왔어요?"

해리가 앞좌석 사이로 몸을 내밀고 말했다.

"살인 청부업자 잡고 싶은 사람?"

"저요!" 젊은 순경이 냉큼 대답했다.

"그럼 자네가 따라오도록." 해리는 운전석의 나이 든 순경에게 말했고, 그는 백미러로 해리를 바라보며 천천히 고개를 끄덕였다.

6분 후에 그들이 탄 차는 그뤼란의 하임달스 가 초입에 멈춰 섰다. 그들은 아까 자정에 해리가 서 있던 건물 앞 출입문을 바라보았다.

"텔레노르에 있는 친구가 확실하다고 했어?" 해리가 물었다.

"네. 토르킬센이 50분쯤 전에 이 호스텔에서 누군가 인터내셔널 호텔로 국제전화를 걸었다고 했어요." 할보르센이 말했다.

"우연일 리 없지." 해리가 차문을 열며 말했다. "여긴 구세군 건물이야. 내가 좀 둘러보고 올게."

해리가 돌아왔을 때 나이 든 순경의 무릎에는 MP5 기관단총이 놓여 있었다. 최근 규정에 따라 순찰차는 잠긴 트렁크에 저 총을 넣어 가지고 다닐 수 있었다.

"눈에 덜 띄는 총은 없나?" 해리가 물었다.

순경은 고개를 저었다. 해리는 할보르센을 돌아봤다. "넌?"

"저야 귀엽고 사랑스러운 스미스 앤드 웨슨이죠. 38구경."

"제 걸 빌려드리죠." 조수석의 젊은 순경이 신나서 말했다. "제리코 941입니다. 아주 강력하죠. 이스라엘 경찰이 아랍 쓰레기들의 머리통을 날려버릴 때도 이 총을 썼어요."

"제리코?" 해리는 그렇게 물으며 실눈을 떴다. "자네가 어떻게 그 총을 구했는지는 묻지 않겠네. 다만 그 총이 무기 밀매 갱단을 통해 들어왔을 확률이 매우 높다는 것만 알려주지. 우리의 전직 동료 톰 볼레르가 이끌었던 갱단."

조수석에 앉은 순경이 돌아보았다. 푸른 눈동자가 성난 여드름 못지않게 반짝거렸다. "톰 볼레르 경감님을 기억합니다. 그리고 그거 아세요, 반장님? 우린 그분이 좋은 경찰이었다고 생각합니다."

해리는 침을 삼키고 창밖을 내다보았다.

"너희 생각이 틀렸어." 할보르센이 말했다.

"무전기 좀 줘봐." 해리가 말했다.

무전기를 넘겨받은 해리는 다른 순찰차 운전자들에게 짧고 효율적으로 지시를 내렸다. 늘 무전을 엿듣는 범죄 담당 기자나 사기꾼, 호사가들이 알 만한 거리나 건물 이름은 언급하지 않으면서 각 순찰차가 대기해야 할 위치를 말해주었다. 하지만 그들은 이미 무슨 일이 터졌다는 걸 눈치챘으리라.

"이제 들어가지." 해리는 그렇게 말하고 조수석 순경을 돌아봤다. "자넨 여기 남아서 작전실과 계속 연락하도록. 무슨 일이 생기면 무전기로 우리에게 연락하고. 알았나?"

젊은 순경은 어깨를 으쓱였다.

해리가 호스텔 초인종을 세 번이나 누른 후에야 한 청년이 발을 질질 끌며 나왔다. 청년은 문을 빼꼼 열고는 졸린 눈으로 그들을 바라봤다.

"경찰이다." 해리가 주머니를 뒤지며 말했다. "젠장. 신분증을 집에 두고 왔나 봐. 네 거 보여줘, 할보르센."

"여긴 들어오실 수 없어요. 아시잖아요." 청년이 말했다.

"마약이 아니라 살인사건이야."

"네?"

청년은 휘둥그레진 눈으로 해리의 어깨 너머를 살폈다. MP5를 든 순경을 보더니 할보르센의 신분증은 보지도 않은 채 문을 열어주고 뒤로 물러섰다.

"여기 크리스토 스탄키츠가 묵고 있나?" 해리가 물었다.

청년은 고개를 저었다.

"외국인인데 아마 낙타털 코트를 입었을 거야." 해리가 안내 데스크 뒤로 들어가 숙박부를 펼치는 동안 할보르센이 물었다.

"여, 여기 외국인이라고는 어제 수프 배급 버스 팀이 데려온 남자뿐이에요." 청년은 말을 더듬었다. "하지만 그 남자는 낙타털 코트를 입지 않았어요. 그냥 양복 재킷만 입고 있었죠. 리카르드 닐센이 그 남자에게 창고에 있는 패딩 점퍼를 가져다 줬어요."

"그자가 여기서 전화했나?" 해리가 안내 데스크 뒤에서 물었다.

"아뇨. 저쪽 사무실 전화를 썼어요."

"몇 시에?"

"11시 반쯤이었을 거예요."

"자그레브에 전화한 시간과 일치하네요." 할보르센이 웅얼거렸다.

"그 남자 지금 방에 있나?" 해리가 물었다.

"모르겠어요. 아까 열쇠를 가지고 나갔고, 저는 자고 있었으니까요."

"마스터키 있어?"

청년은 고개를 끄덕이며 벨트에 달린 열쇠 꾸러미에서 열쇠 하나를 빼내 해리에게 주었다.

"몇 호실이지?"

"26호실요. 계단 올라가면 복도 맨 끝에 있어요."

해리는 이미 출발한 뒤였다. 순경은 양손으로 기관총을 잡은 채 그 뒤를 바짝 따라갔다.

"끝날 때까지 방에서 기다리렴." 할보르센은 스미스 앤드 웨슨 리볼버를 꺼내며 청년에게 윙크하고는 어깨를 토닥였다.

호스텔 출입문을 열고 들어오니 안내 데스크에 아무도 없었다. 당연했다. 아까 길 위쪽에 순경 혼자 탄 순찰차가 있었던 것만큼이나. 이곳이 우범 지역이라는 걸 그는 조금 전 몸소 경험한 터였다.

계단을 터덜터덜 올라가 복도 모퉁이를 돌았을 때 찌글거리는 소리가 들렸다. 부코바르의 벙커에서 이런 소리를 들은 적이 있었다. 무전기 소리였다.

고개를 들어보니 복도 맨 끝, 그의 방 옆에 사복 차림의 두 남자와 기관총을 든 순경 한 명이 서 있었다. 그는 문손잡이를 잡고 있는 사복 차림의 남자를 단번에 알아보았다. 순경은 무전기를 들어 올리더니 거기에 대고 나직이 무언가 말했다.

나머지 두 사람이 그를 돌아보았다. 도망치기에는 너무 늦었다.

그는 그들에게 목례하고 22호실 앞에 서서 고개를 절레절레 흔들었다. 이 동네에 범죄가 늘어나는 것이 안타깝다는 듯이. 그러고는 열쇠를 찾아 주머니를 뒤지는 척했다. 시야의 한쪽 구석으로 스칸디아 호텔 안내 데스크에서 본 형사가 소리 없이 문을 밀치며 방 안으로 들어가고, 나머지 둘이 뒤따르는 모습이 보였다.

그들이 시야에서 사라지자마자 그는 왔던 길로 되돌아갔다. 한 번에 두 계단씩 내려갔다. 늘 그렇듯이, 아까 하얀 버스를 타고 이곳에 처음 왔을 때 출구는 이미 다 봐둔 터였다. 정원으로 이어지는 뒷문으로 나갈까 잠시 고민했지만 그건 너무 뻔했다. 그가 틀리지 않았다면 아마 거기에는 순찰차가 대기하고 있으리라. 정문으로 나가는 게 성공 확률이 가장 높았다. 그는 정문으로 나가 왼쪽으로 돌아 곧장 순찰차 쪽으로 갔다. 저 순찰차에는 순경이 한 명뿐이다. 저 차만 지나면 강과 어둠 속으로 내려갈 수 있다.

"젠장, 젠장, 젠장!" 방이 빈 것을 알고 해리가 외쳤다.

"산책 나갔는지도 몰라요." 할보르센이 말했다.

두 사람은 나이 든 순경을 돌아봤다. 그는 아무 말도 하지 않았지만 가슴에 부착된 무전기에서 말소리가 흘러나왔다. "방금 전에 건물로 들어갔던 남자가 다시 나왔습니다. 이쪽으로 오고 있어요."

해리는 코로 공기를 들이쉬었다. 어떤 향수 냄새가 났는데 기억이 날 듯 말 듯했다.

"그놈이야. 우릴 속였어." 해리가 말했다.

"그놈이야." 나이 든 순경은 무전기에 대고 그렇게 말한 뒤, 이미 밖으로 나간 해리를 따라갔다.

"잘됐네요. 제가 잡을게요." 무전기가 찌글거렸다. "교신 끝."

"안 돼!" 복도를 뛰어가며 해리가 외쳤다. "혼자서 잡지 말고 우릴 기다려!"

나이 든 순경은 무전기에 대고 명령을 반복했지만 반대편에서는 말없이 치직거리는 소리만 들릴 뿐이었다.

그는 순찰차 문이 열리는 것을 보았다. 젊은 순경이 총을 든 채 차에서 내리더니 가로등 불빛 아래 섰다.

"멈춰!" 순경이 소리치며 다리를 벌리고 그에게 총을 겨눴다. 미숙하군, 그는 생각했다. 두 사람은 어두컴컴한 거리에서 50미터쯤 떨어져 있었는데 아까 철교 밑에서 만난 어린 강도와 달리, 이 순경은 피해자의 퇴로가 차단될 때까지 기다릴 만큼 영리하지 못했다. 그날 밤에만 벌써 두 번째로 그는 라마 미니맥스를 꺼냈다. 그러고는 달아나지 않고 곧장 순경을 향해 달렸다.

"멈춰!" 순경이 다시 외쳤다.

둘 사이의 거리는 30미터로 줄어들었다. 20미터.

그는 총을 들어 쐈다.

사람들은 10미터 이상의 거리에서 사람을 맞추는 것을 지나치게 쉽게 생각한다. 반면 소리가 주는 심리적 효과, 근처 물건에 총알이 박히며 무언가 폭발하는 효과는 종종 과소평가한다. 총알이 순찰차 앞 유리창을 맞추자 창은 하얗게 변하며 무너졌고, 순경도 마찬가지였다. 순경은 안색이 창백해지더니 털썩 무릎을 꿇었고, 손가락은 다소 무거운 제리코 941을 간신히 붙잡고 있었다.

해리와 할보르센은 동시에 하임달스 가에 도착했다.

"저기 가네요." 할보르센이 말했다.

젊은 순경은 여전히 순찰차 옆에 무릎을 꿇은 채 주저앉아 있었고, 총구는 하늘을 가리켰다. 하지만 거리 훨씬 위쪽으로 아까 복도에서 본 푸른색 패딩 점퍼의 뒷모습이 보였다.

"에이카 쪽으로 가고 있어요." 할보르센이 말했다.

해리는 그들을 뒤따라온 나이 든 순경에게 말했다.

"MP5 줘."

순경은 기관총을 건네며 말했다. "근데 이건……."

하지만 해리는 이미 기관총을 들고 달리기 시작했다. 뒤에서 할보르센이 따라오는 소리가 들렸지만 그가 신은 닥터 마틴의 고무 밑창이 더 뛰어난 접지력을 발휘했다. 앞서 달리는 남자는 이미 공원을 에두르는 발스 가 모퉁이를 돈 상태라서 크게 앞서 있었다. 해리는 한 손에 기관총을 들고 호흡에 집중하면서 최대한 효율적으로 달리려 했다. 모퉁이에 도달하기 전에 속도를 줄이고 기관총을 들어 사격 자세를 취했다. 복잡하게 생각하지 않으려 애쓰며 모퉁이 너머로 머리를 내밀고 오른쪽을 봤다.

하지만 아무도 없었다.

거리 아래쪽에도 인적이 없었다.

스탄키츠처럼 똑똑한 놈이 어느 건물의 뒷마당으로 들어갔을 리
는 없다. 문이 잠긴 뒷마당은 쥐덫이나 다름없기 때문이다. 해리
는 공원을 바라보았다. 새하얗고 광활한 눈밭에 주변 건물의 조명
이 반사되고 있었다. 그때 저 멀리서 무언가 움직였다. 6, 70미터쯤
떨어진 곳에서 한 형체가 눈 속을 헤치며 천천히 나아가고 있었다.
푸른색 패딩 점퍼. 해리는 쏜살같이 길을 건넌 다음, 번쩍 뛰어올
라 눈밭으로 떨어졌다. 깨끗한 눈이 허리까지 올라왔다.

"젠장!

그는 기관총을 떨어뜨렸다. 앞서 가던 형체가 뒤를 돌아보더니
다시 끙끙거리며 앞으로 나아갔다. 해리는 미친 듯이 나아가는 스
탄키츠를 지켜보며 손으로 총을 찾았다. 눈 때문에 스탄키츠도 쉽
게 나아가지는 못했다. 손끝에 딱딱한 물건이 닿았다. 찾았다. 해
리는 총을 집어 들고 몸을 일으켰다. 한쪽 다리를 들어 최대한 길
게 뻗은 다음, 몸을 끌어당기고, 이번에는 다른 쪽 다리를 들어 앞
으로 쭉 뻗었다. 허벅지 근육의 젖산을 불태우며 그렇게 30미터를
나아갔더니 격차가 줄어들었다. 스탄키츠는 눈밭을 거의 다 빠져
나가 보도로 나가기 직전이었다. 해리는 이를 악물고 속도를 냈다.
간격이 15미터로 줄어들었다. 이 정도면 충분하다. 해리는 눈 위에
엎드려 기관총을 들어 올렸다. 가늠쇠에서 눈을 털어내고, 안전장
치를 풀고, 반자동 모드를 선택한 다음, 스탄키츠가 보도 옆 가로
등의 원추형 불빛 속으로 들어갈 때까지 기다렸다.

"경찰이다! 꼼짝 마Freeze!" 해리는 영어로 그렇게 외친 후에야 그
말이 얼마나 웃긴지 깨달았다.*

---

* freeze에는 '추위 죽겠다'라는 뜻도 있다.

스탄키츠는 계속 나아갔다. 해리는 방아쇠에 건 손가락에 힘을 주었다.

"거기 서! 아니면 쏘겠다!"

이제 스탄키츠는 보도까지 겨우 5미터를 남겨두었다.

"지금 네 머리를 겨누고 있어. 절대 빗나가지 않을 거야." 해리가 외쳤다.

스탄키츠는 앞으로 몸을 날려 양손으로 가로등 기둥을 붙잡고 눈 속에 파묻힌 몸을 끌어냈다. 푸른색 패딩 점퍼가 가늠자에 들어왔다. 해리는 숨을 죽이고 배운 대로 했다. 진화의 논리에 따라 같은 종을 죽이려 하지 않는 소녀의 충동은 무시하고 총을 쏘는 방법에만 집중했다. 용수철이 움직이며 금속이 딸칵 맞물리는 소리가 들렸지만 어깨에 반동이 느껴지지 않았다. 오작동인가? 해리는 다시 방아쇠를 당겼다. 이번에도 딸칵 소리만 날 뿐이었다.

스탄키츠는 눈을 털어내며 일어나더니 보도로 올라가 발을 쿵쿵 굴렀다. 그러고는 몸을 돌려 해리를 바라봤다. 해리는 움직이지 않았다. 양팔을 옆으로 축 늘어뜨린 채 서 있는 스탄키츠의 모습이 꼭 몽유병자 같다고 해리는 생각했다. 스탄키츠가 손을 들어 올렸다. 해리는 그의 손에 들린 총을 보았다. 이대로라면 꼼짝없이 총에 맞을 터였다. 스탄키츠의 손은 계속 올라가더니 이마에 닿았다. 그렇게 약 올리듯 경례를 하고는 몸을 빙글 돌려 달아났다.

해리는 안도하며 눈을 감았다. 갈비뼈 안쪽에서 놀란 심장이 방망이질했다.

그가 눈을 헤치고 보도에 다다랐을 때는 어둠이 스탄키츠를 삼킨 지 오래였다. MP5의 탄창을 빼서 확인해 보니 역시 예상대로 비어 있었다. 갑자기 분노가 치밀어 기관총을 허공에 던져버렸다.

MP5는 흉측한 검은 새처럼 플라자 호텔 앞에서 날아오르더니 철 퍽 소리를 내며 아래쪽에 있는 검은 웅덩이에 떨어졌다.

할보르센이 도착했을 때 해리는 담배를 문 채 눈 속에 앉아 있었다.

할보르센은 상체를 숙인 채 양손으로 무릎을 짚었다. 가슴이 들썩거렸다. "와, 반장님, 잘 달리시네요." 그가 씩씩거렸다. "가버렸나요?"

"사라졌어. 돌아가자." 해리가 말했다.

"MP5는 어디 있어요?"

"방금 그거 물어본 거 아냐?"

할보르센은 해리를 바라보았고, 더는 캐묻지 않기로 했다.

푸른색 경광등이 번쩍거리는 순찰차 두 대가 호스텔 앞에 서 있었다. 렌즈가 길게 튀어나온 카메라를 목에 건 남자들이 추위에 몸을 떨며 굳게 잠긴 호스텔 정문 앞에 모여 있었다. 해리와 할보르센은 하임달스 가를 걸어 내려갔다. 할보르센은 통화를 끝내고 전화를 끊었다.

"왜 난 저들을 보면 포르노 영화를 보려고 줄 선 사람들이 생각날까?" 해리가 말했다.

"기자들이네요. 어떻게 알았을까요?" 할보르센이 말했다.

"애송이 순경 짓이지 뭐. 작전실과 연락하면서 무심코 위치를 누설했을 거야. 작전실에서는 뭐래?"

"지금 출동 가능한 순찰차를 모두 강가로 보냈대요. 지구대에서는 순경 열두 명을 보냈고요. 잡힐까요?"

"보통 실력이 아냐. 절대 못 잡을걸. 베아테에게 연락해서 오라고 해."

기자 한 명이 그들을 발견하고는 다가왔다.

"안녕하세요, 해리."

"밤잠이 없군, 옌뎀."

"무슨 일입니까?"

"별일 아냐."

"별일 아니라고요? 누가 순찰차 유리창을 총으로 쐈는데요?"

"총이라니! 지팡이로 내려친 거야." 해리가 말했다.

기자는 종종걸음으로 해리를 따라가며 말했다. "어떤 순경이 순찰차 옆에 주저앉아 있던데요. 누가 자기를 쏘려고 했다더군요."

"맙소사, 그 친구 혼 좀 나야겠군. 이봐요, 신사분들, 좀 갑시다!" 해리가 외쳤다.

기자들은 마지못해 옆으로 비켜났고, 해리는 호스텔 정문을 두드렸다. 카메라가 찰칵거리며 플래시가 터졌다.

"이 일이 에게르토르게 살인사건과 연관이 있습니까? 구세군이 연루됐나요?" 한 기자가 물었다.

문이 빼꼼 열리고 나이 든 순경의 얼굴이 나타났다. 그는 해리와 할보르센을 보더니 두 사람이 들어올 수 있도록 물러섰다. 해리와 할보르센은 안으로 들어가 안내 데스크를 지났다. 젊은 순경은 의자에 앉아 멍한 눈으로 허공을 응시했고, 다른 순경이 그 앞에 쪼그리고 앉아 나직이 그를 위로하고 있었다.

그들은 위층으로 올라갔다. 26호실의 문은 아직 열려 있었다.

"가능한 한 만지지 말게. 베아테 뢴이 지문과 DNA를 채취할 거니까." 해리가 나이 든 순경에게 말했다.

그들은 주위를 둘러보고, 옷장 문을 열어 보고, 침대 밑을 살펴보았다.

"세상에. 짐이 하나도 없네요. 입고 있는 옷 말고는 아무것도 없나 봐요." 할보르센이 말했다.

"입국할 때 총을 넣어 올 슈트케이스나 다른 뭔가가 있었을 거야. 물론 지금은 버렸을 수도 있지. 아니면 어딘가에 보관해두었거나." 해리가 말했다.

"요즘 오슬로에는 짐을 맡길 수 있는 데가 별로 없어요."

"생각해봐."

"알았어요. 그가 묵었던 호텔의 수하물 보관소가 있겠네요. 물론 오슬로 중앙역의 로커도 있고요."

"놈의 입장에서 생각해봐."

"무슨 입장요?"

"지금 놈은 바깥에 있고, 어딘가에 짐이 있어."

"그럼 그 짐을 찾으러 갈 수 있겠군요, 네. 작전실에 전화해서 스칸디아 호텔과 중앙역에 사람을 보내라고 할게요. 그리고…… 스탄키츠가 묵었던 호텔이 또 어디였죠?"

"홀베르그플라스의 래디슨사스."

해리는 나이 든 순경을 돌아보며 나가서 담배나 피우자고 했다. 그들은 아래층으로 내려가 뒷문으로 나갔다. 조용한 뒷마당의 눈 덮인 정원에서 한 노인이 담배를 피우며 그들이 온 줄도 모른 채 누런 하늘을 바라보고 있었다.

"동료는 좀 어떤가?" 자기 담배와 순경의 담배에 불을 붙이며 해리가 물었다.

"괜찮을 겁니다. 기자들 일은 죄송합니다."

"자네 잘못이 아냐."

"아뇨, 제 잘못입니다. 아까 그 친구가 무전으로 누군가 호스텔에 들어간다고 했습니다. 건물 이름을 말하면 안 된다고 가르쳤어야 했어요."

"자네가 실수한 건 그뿐만이 아냐."

순경이 고개를 번쩍 들더니 눈을 두 번 깜빡거렸다. 재빨리 연속으로. "죄송합니다. 말씀드리려고 했는데 이미 가버리셔서."

"괜찮아. 그런데 왜지?"

순경이 담배를 빨아들이자 담뱃불이 비난하듯 빨갛게 달아올랐다. "대부분의 범죄자는 MP5를 보기만 해도 바로 항복하니까요."

"그걸 묻는 게 아니잖아."

순경의 턱 근육이 긴장되었다가 풀어졌다. "뻔한 사연이죠."

"흠." 해리는 순경을 바라보았다. "다들 뻔한 사연 하나쯤 있지. 그렇다고 해서 빈 탄창으로 동료의 목숨을 위험하게 해선 안 돼."

"맞습니다." 순경은 반쯤 피운 담배를 던졌고, 담배는 치지직 소리를 내며 깨끗한 눈 속으로 사라졌다. 그는 숨을 깊이 들이쉬었다. "이 일로 반장님을 곤란하게 만들 생각은 없습니다. 제가 경위서를 쓰겠습니다."

해리는 무게 중심을 다른 쪽 발로 옮겼다. 자신의 담배를 바라보았다. 순경은 대략 쉰 살쯤 되어 보였다. 저 나이에도 순경을 하는 사람은 별로 없다. "그 뻔하다는 사연 좀 들어볼 수 있을까?"

"전에 들으셨을 겁니다."

"흠. 젊은 사람이었나?"

"스물두 살이었죠. 전과는 없고요."

"죽었어?"

"가슴 아래로 마비됐습니다. 제가 배를 쐈는데 총알이 관통했습니다."

노인이 기침을 했다. 해리는 노인을 바라보았다. 성냥개비 두 개로 담배를 들고 있었다.

안내 데스크에서는 젊은 순경이 아직 의자에 앉아 위로를 받고 있었다. 해리는 달래주는 순경에게 자리를 비켜달라고 고갯짓한 다음, 바닥에 털썩 앉아 창백한 얼굴의 젊은 순경에게 말했다.

"트라우마 상담은 도움이 안 돼. 스스로 떨쳐내"

"네?"

"하마터면 죽을 뻔했다고 생각하니까 무서운 거야. 하지만 죽을 뻔한 게 아니야. 놈은 자네를 겨누지 않았어. 처음부터 유리창을 겨눴다고."

"네?" 애송이가 똑같이 단조로운 어조로 물었다.

"놈은 프로야. 경찰을 죽이면 절대 빠져나가지 못한다는 걸 알고 있어. 자넬 겁주려고 쏜 거야."

"그걸 어떻게……?"

"놈이 나도 쏘지 않았으니까. 그 사실을 생각하면 밤에 잘 수 있을 거야. 그리고 정신과에는 가지 마. 거긴 우리 말고도 갈 사람 많아." 해리가 자리에서 일어나자 무릎에서 우두둑 소리가 났다. "그리고 직급이 높은 경관들은 당연히 자네보다 더 똑똑하다는 걸 명심해. 그러니까 다음부터는 명령에 따르라고. 알았나?"

사냥꾼에게 쫓기는 짐승처럼 그의 심장이 요동쳤다. 거리 위 가느다란 전선줄에 걸린 전구가 돌풍에 흔들리자 그의 그림자가 춤을 췄다. 보폭을 넓히고 싶어도 빙판이 미끄러워서 최대한 조심스럽게 뛰어야 했다.

분명 아까 자그레브에 건 전화 때문에 경찰이 들이닥쳤을 것이다. 하지만 그렇게 빨리 오다니! 이젠 그들에게 전화할 수 없다. 뒤에서 차 오는 소리가 들렸지만 돌아보지 않으려고 꾹 참았다. 대신 귀를 기울였다. 아직까지는 브레이크를 밟는 소리가 나지 않았다. 차는 그의 옆으로 지나갔고, 바람이 몰아치며 푸른 패딩 점퍼 위로 조금 나온 목에 가루 같은 눈이 내려앉았다. 경찰이 이 점퍼를 봤으니 이젠 그의 존재가 눈에 띌 것이다. 점퍼를 버릴까도 생각했지만 이 겨울에 셔츠만 입고 다니면 수상해 보일 뿐 아니라 얼어 죽을 것이다. 손목시계를 보았다. 도시가 살아나려면, 그가 몸을 숨길 수 있는 카페와 상점이 문을 열려면 아직 시간이 많이 남았다. 그때까지 다른 곳을 찾아야 한다. 날이 밝을 때까지 몸을 녹이고 쉴 수 있는 피난처를.

낙서로 뒤덮인 지저분한 노란색 건물 옆으로 지나가다가 거기 적힌 글자에 시선이 갔다. 베스트브레덴. 조금 위쪽에 있는 건물 출입구에 한 남자가 허리를 90도로 구부린 채 서 있었다. 멀리서 볼 때는 남자가 문에 머리를 기대고 있는 것처럼 보였지만 가까이 다가가니 손가락으로 초인종을 누르고 있었다.

그는 걸음을 멈추고 기다렸다. 어쩌면 이게 해결책일지도 모른다.

초인종 위의 스피커에서 목소리가 찌글거리자, 허리를 숙이고 있던 남자는 몸을 펴고 좌우로 흔들며 맹렬하게 소리를 질러댔다. 술 때문에 붉게 상한 피부가 얼굴에 축 늘어져 있어서 주름이 쭈글쭈글한 샤페이* 같았다. 남자가 말을 멈추자 건물들 사이에 부딪혀 울리던 말소리가 밤의 정적 속으로 사라졌다. 문에서 나직이 웅 소리가 났다. 남자는 무게 중심을 앞으로 옮기며 힘겹게 문을 밀치고

---

* 중국 원산인 개의 한 품종. 주름진 피부로 유명하다.

안으로 비틀비틀 걸어 들어갔다.

문이 닫히기 시작하자 그는 전광석화처럼 움직였다. 너무 빠르게 움직인 나머지 푸르스름한 빙판에서 미끄러졌다. 하지만 다행히 완전히 넘어지기 전에 얼얼할 정도로 차가운 빙판을 양 손으로 짚었다. 다시 얼른 일어나 앞으로 돌진해 문이 닫히기 직전에 한쪽 발을 밀어 넣었다. 묵직한 문이 발목을 짓눌렀다. 그는 그렇게 발을 걸친 채 건물 안으로 살며시 들어가 귀를 기울였다. 발을 질질 끄는 소리가 들리더니 멈추는 듯했고, 이내 힘겹게 다시 시작되었다. 이윽고 노크 소리. 문이 열리고 여자가 오르락내리락하는 이상한 노르웨이어로 뭐라고 소리를 질렀다. 그러더니 마치 누가 목이라도 조은 것처럼 여자의 말소리가 뚝 멈췄다. 몇 초간 정적이 흐르고 나직한 칭얼거림이 들렸다. 다쳐서 놀란 아이들이 그 충격을 극복하려고 내는 소리 같았다. 이윽고 다시 문이 쾅 닫히며 조용해졌다.

그제야 그는 문에서 발을 뗐고, 문이 닫혔다. 계단 밑 쓰레기 더미 속에 신문지 서너 장이 있었다. 부코바르에서는 신발에 신문지를 넣어 습기를 빨아들이는 동시에 습기가 침투하지 못하게 막았다. 여기도 입김이 보일 정도로 춥지만 그래도 당분간은 안전했다.

해리는 호스텔 안내 데스크 뒤쪽에 있는 사무실에 앉아 귀에 전화기를 댄 채 지금 자신이 전화를 거는 집의 내부 풍경을 그려보았다. 전화기 위 거울에는 친구들 사진이 붙어 있을 것이다. 파티 혹은 해외여행을 가서 다 함께 웃고 있는 사진이겠지. 주로 여자친구들 사진. 집 안은 소박하지만 안락하게 꾸며졌으리라. 냉장고 문에는 격언이 붙어 있고, 화장실에는 체 게바라 포스터가 있다. 요즘도 이 포스터를 걸어두나?

"네?" 졸린 목소리가 말했다.

"여보세요?"

"아빠?"

해리는 숨을 들이쉬었고 얼굴이 달아오르는 걸 느꼈다. "그때 만난 형사입니다."

"아, 네." 숨죽인 웃음소리. 밝으면서도 저음이었다.

"자는데 죄송—"

"괜찮아요."

해리가 피하고 싶었던 침묵이 흘렀다.

"지금 호스텔에 있습니다. 용의자를 체포하려다 실패했는데 안내 데스크 직원 말이 당신과 리카르드 닐센이 그 남자를 호스텔로 데려왔다더군요."

"재킷만 입고 있던 불쌍한 남자요?"

"네."

"그 사람이 무슨 짓을 했는데요?"

"로베르트 칼센을 죽인 범인 같습니다."

"하느님 맙소사!"

다른 사람들과 달리 그녀는 두 단어 모두에 힘주어 말했다.

"괜찮다면 지금 경관을 보낼 테니 진술해줄 수 있을까요? 그동안에 그자가 무슨 말을 했는지 생각해보세요."

"네, 그럴게요. 그런데⋯⋯."

정적이 흘렀다.

"여보세요?" 해리가 말했다.

"그 사람은 아무 말도 안 했어요. 전쟁 난민처럼요. 움직임이 꼭 그랬어요. 몽유병자 같았죠. 프로그램이 입력되어서 자동으로 움직이는 것처럼요. 이미 죽은 사람처럼."

"음. 리카르드도 그 남자와 얘기했나요?"

"아마 그럴 거예요. 리카르드 번호를 알려드릴까요?"

"네."

"잠깐만요."

그녀가 사라졌다. 그녀의 말이 맞았다. 해리는 눈밭에서 빠져나가던 스탄키츠를 생각했다. 우수수 떨어지던 눈, 축 처진 팔과 멍한 표정. 〈살아 있는 시체들의 밤〉에 나오는 좀비 같았다.

기침 소리가 들리자 해리는 의자에 앉은 몸을 빙글 돌렸다. 사무실 문간에 군나르 하겐과 다비드 에크호프가 서 있었다.

"방해가 됐나?" 하겐이 물었다.

"들어오십시오." 해리가 말했다.

두 남자가 들어와 책상 맞은편에 앉았다.

"우린 사건 보고를 듣고 싶네." 하겐이 말했다.

'우리'가 누굴 말하는지 물으려는데 마르티네가 전화번호를 불러주었다. 해리는 번호를 받아 적었다.

"고맙습니다. 잘 자요." 그가 말했다.

"저 혹시—"

"지금 끊어야 합니다." 해리가 말했다.

"알겠어요. 잘 자요."

해리는 전화기를 내려놓았다.

"최대한 빨리 왔소. 정말 끔찍하군. 무슨 일이 벌어진 거요?" 마르티네의 아버지가 말했다.

해리는 하겐을 보았다.

"괜찮으니까 말하게." 하겐이 말했다.

해리는 요점만 간략히 설명했다. 체포 작전이 실패했고, 용의자가 순찰차 유리창에 총을 쐈고, 그가 공원을 가로질러 용의자를 따라갔다고.

"하지만 그렇게 근거리에서 MP5를 가지고 있었는데 왜 놈을 쏘지 않았지?" 하겐이 물었다.

해리는 헛기침을 했지만 바로 대답하지 않았다. 에크호프 사령관을 바라보았다.

"대답해보게." 하겐의 목소리에서 짜증이 느껴졌다.

"너무 어두웠습니다." 해리가 말했다.

하겐은 한동안 해리를 바라보다가 입을 열었다. "그러니까 자네가 놈의 방에 들어갔을 때 놈은 밖에 있었군. 대체 영하 20도인 한밤중에 살인 청부업자가 왜 밖에 나간 거지?" 하겐이 목소리를 낮췄다. "욘 칼센은 계속 보호하고 있겠지?"

"욘? 하지만 욘은 울레볼 병원에 있잖습니까." 다비드 에크호프가 말했다.

"병실 앞에 보초를 세워뒀습니다." 자신이 모든 걸 잘 통제하고 있다는 인상을 주기를 바라며, 그리고 실제로도 그렇기를 바라며 해리가 말했다. "별일 없는지 확인하려던 참이었습니다."

울레볼 병원 신경외과 병동의 삭막한 복도에 클래시의 'London Calling' 첫 네 소절이 울려 퍼졌다. 축 가라앉은 머리에 가운을 걸치고 링거 스탠드를 밀며 걸어가던 남자가 나무라는 눈으로 경관을 바라보았다. 경관은 병원 규칙을 어기고 휴대전화를 받는 중이었다.

"스트란덴입니다."

"나 홀레 반장이다. 보고할 거 있나?"

"별로요. 복도를 쏘다니는 불면증 환자가 있습니다. 좀 의심스러워 보이지만 위험하지는 않은 거 같습니다."

링거를 밀고 가던 남자는 코를 훌쩍이며 계속 걸었다.

"그전에는?"

"화이트 하트 레인에서 토트넘이 아스널에게 완패당했습니다. 그리고 정전이 됐었고요."

"환자는?"

"찍소리도 없습니다."

"괜찮은지 확인해봤나?"

"치질 말고는 괜찮은 거 같습니다."

전화기 너머로 싸늘한 침묵이 흘렀다. "농담입니다. 지금 당장 확인하겠습니다. 끊지 마세요." 스트란덴이 말했다.

병실에서는 뭔가 달콤한 냄새가 풍겼다. 아마 사탕일 것이다. 병실을 쓸어내리던 복도의 불빛이 그가 문을 닫자 사라졌다. 하지만 베개 위의 얼굴 윤곽선은 알아볼 수 있었다. 그는 침대로 가까이 다가갔다. 병실 안은 조용했다. 지나칠 정도로. 마치 소리가 사라진 듯했다.

"칼센?"

아무 반응도 없었다.

스트란덴은 헛기침을 한 뒤, 좀 더 크게 불렀다. "칼센."

병실 안이 너무 고요한 나머지 전화기에서 흘러나오는 해리의 목소리가 크고 또렷하게 들렸다. "무슨 일이야?"

스트란덴은 전화기를 귀에 댔다. "아기처럼 자고 있습니다."

"확실해?"

스트란덴은 베개 위의 얼굴을 바라보았다. 그러다 뭐가 거슬리는지 깨달았다. 칼센은 정말로 아기처럼 자고 있었다. 성인 남자는 좀 더 소리를 내는 법이다. 그는 숨소리를 들으려고 얼굴 위로 몸을 내밀었다.

"여보세요!" 전화기에서 흘러나오는 해리 홀레의 목소리가 아득하게 들렸다. "여보세요!"

16

12월 18일, 목요일. 은신처

그는 따뜻한 햇살을 쬐는 중이었다. 모래 언덕을 가로질러 불어오는 미풍에 잔디가 물결치며 만족스럽다는 듯이 고개를 끄덕였다. 몸 아래 깔린 수건이 젖은 것으로 보아 수영을 하고 나온 모양이다. "저길 보렴." 어머니가 손으로 가리키며 말했다. 그는 손을 들어 눈가에 그늘을 만든 다음, 새파랗게 빛나는 아드리아 해를 훑어보았다. 만면에 미소를 띤 채 바다에서 이쪽으로 걸어오는 남자가 보였다. 아버지였다. 아버지 뒤에는 보보가 있었다. 그리고 기오르기. 작은 개 한 마리가 꼬리를 돛대처럼 똑바로 세운 채 헤엄치고 있었다. 그가 그들을 바라보는 동안 더 많은 사람들이 바다에서 나왔다. 그중에는 기오르기의 아버지처럼 그가 아주 잘 아는 사람도 있었다. 다른 사람들 역시 낯익은 얼굴이었다. 파리의 어느 집 현관에서 본 얼굴. 다들 이목구비가 알아볼 수 없을 정도로 일그러져 기괴한 가면이 된 채 인상을 쓰고 있었다. 태양이 구름 뒤로 사라지자 갑자기 추워졌다. 가면들이 소리를 지르기 시작했다.

그는 옆구리에 지독한 통증을 느끼며 잠에서 깼다. 여기는 오슬로였고, 2층으로 올라가는 계단 아래쪽 바닥이었다. 어떤 남자가 그를 굽어보며 입을 크게 벌린 채 고래고래 소리를 질러댔다. 크로아티아어와 거의 비슷한 단어 하나를 알아들을 수 있었다. Narkoman(마약중독자).

짧은 가죽 재킷을 입은 남자는 뒤로 한 발짝 물러서더니 욱신거리는 그의 옆구리를 발로 뻥 찼다. 그는 신음하며 옆으로 굴렀다. 가죽 재킷을 입은 남자 뒤에 선 또 다른 남자가 손으로 코를 막은 채 껄껄 웃었다. 가죽 재킷이 문을 가리켰다.

그는 두 남자를 바라보았다. 손을 패딩 점퍼 주머니에 넣었더니 주머니가 젖어 있었다. 그래도 총은 그대로 있었다. 탄창에는 아직 총알 두 발이 남았지만 총으로 이들을 위협하면 경찰을 부를지도 모른다.

가죽 재킷이 소리를 지르며 손을 들어 올렸다.

그는 자기 방어를 위해 머리 위로 손을 들어 올린 채 비틀비틀 일어났다. 코를 막고 있던 남자가 씩 웃으며 문을 열어주더니 그의 엉덩이를 발로 차서 밖으로 쫓았다.

그의 뒤로 문이 철컥 닫혔고, 두 남자가 계단을 쿵쿵 올라가는 소리가 들렸다. 손목시계를 보니 새벽 4시였다. 아직 어두웠고 몸은 뼛속까지 얼어 있었다. 그리고 축축했다. 손으로 더듬어 보니 점퍼 뒤쪽과 바지가 흠뻑 젖어 있었다. 오줌 냄새가 진동했다. 오줌을 싼 걸까? 아니다. 오줌 위에 누워 있었을 것이다. 바닥의 웅덩이. 얼었던 오줌이 그의 체온에 녹은 것이다.

그는 양손을 주머니에 넣고 뛰기 시작했다. 지나가는 차들은 더 이상 신경 쓰이지 않았다.

환자가 "고맙습니다"라고 웅얼거렸고, 마티아스 룬 헬게센은 진료실 문을 닫은 뒤 의자에 털썩 앉았다. 하품을 하고 시계를 봤다. 6시. 한 시간 후면 교대 근무가 끝나고 집에 갈 수 있다. 서너 시간 눈을 붙인 후에 라켈의 집으로 갈 것이다. 지금 그녀는 홀멘콜렌에 있는 대형 목조 저택에서 이불 속에 누워 있으리라. 아직 올레그와 관계 설정을 어떻게 해야 할지 몰랐지만 곧 알게 되리라. 원래 마티아스는 그런 일에 시간이 걸렸다. 올레그가 그를 싫어한다기보다 라켈의 전 남자친구와 너무 강한 유대감을 맺었기 때문이다. 그 형사. 누가 봐도 정신이 불안정한 알코올중독자를 아이가 아무런 거부감 없이 롤모델로 삼고, 아버지처럼 따른다니 신기한 일이었다.

한동안 라켈과 이 문제를 의논할까 생각했지만 그만두기로 했다. 괜히 무능력한 바보로 보일 뿐이다. 라켈이 가장으로서 그의 자질을 의심하게 될 수도 있다. 마티아스는 가장이 되어 두 모자를 책임지고 싶었다. 그녀의 곁에 계속 남을 수만 있다면 기꺼이 어떤 사람이든 될 수 있었다. 그리고 어떤 사람이 되어야 하는지 알려면 당연히 물어봐야 했다. 그래서 물어봤다. 그 형사가 어떤 사람이었는지. 하지만 라켈은 평범한 남자라고 했다. 그저 자신이 사랑했을 뿐이라고. 그 말을 들은 후에야 마티아스는 지금까지 라켈에게 사랑한다는 말을 들은 적이 없음을 깨달았다.

마티아스 룬 헬게센은 이런 쓸데없는 생각들을 떨쳐내고 컴퓨터로 다음 환자의 이름을 확인한 다음, 중앙 복도로 나갔다. 원래는 간호사들이 환자를 호출하지만 이렇게 늦은 시간에는 근무하지 않으므로 직접 대기실로 갔다.

다섯 사람이 자기 차례가 되었기를 간절히 바라는 눈으로 그를 바라보았다. 저쪽 구석에 앉은 한 남자만 제외하고. 그는 벽에 머리를 기대고 입을 벌린 채 자고 있었다. 마약중독자가 틀림없다.

푸른색 패딩 점퍼와 퀴퀴한 지린내로 보아 틀림없었다. 분명 통증을 호소하며 약을 달라고 할 테지.

마티아스는 그에게 다가갔다가 코를 찡그렸다. 남자를 마구 흔든 다음, 얼른 한 발짝 물러섰다. 중독자들의 상당수는 오랫동안 돈과 마약이 떨어졌을 때 강도짓을 일삼으며 살아온 터라 누가 깨우면 자기도 모르게 둘 중 하나의 반응을 보인다. 상대를 때리거나 칼로 찌르거나.

남자는 눈을 깜빡거리더니 놀랍게도 중독자답지 않은 맑은 눈동자로 마티아스를 바라보았다.

"무슨 일로 오셨죠?" 마티아스가 물었다. 물론 원래는 환자와 단둘이 있는 자리에서 물어봐야 했다. 하지만 다른 환자의 시간과 자원을 빼앗는 약쟁이와 술고래 들에게 진절머리가 났고, 너무 피곤했다.

남자는 점퍼를 더 단단히 여밀 뿐 아무 말도 하지 않았다.

"이보세요, 여기 왜 왔는지 말하라고요."

남자는 고개를 젓더니 자기 차례가 아니라는 듯이 다른 사람을 가리켰다.

"여기는 휴게소가 아닙니다. 여기서 자면 안 돼요. 꺼져요. 당장." 마티아스가 말했다.

"난 노르웨이어를 모릅니다." 남자가 영어로 말했다.

"나가요. 아니면 경찰에 신고할 겁니다." 마티아스도 영어로 말했다.

놀랍게도 마티아스는 이 냄새나는 약쟁이를 의자에서 끌어내고 싶은 강렬한 충동을 느꼈다. 다른 사람들이 몸을 돌려 그들을 바라보았다.

남자는 고개를 끄덕이더니 비틀거리며 일어섰다. 유리문이 닫히며 사라지는 남자의 뒷모습을 마티아스는 우두커니 바라보았다.

"잘 쫓아냈소, 의사 양반." 뒤에서 누군가 말했다.

마티아스는 아무 생각 없이 고개를 끄덕였다. 어쩌면 그가 충분히 말하지 않았는지 모른다. 그녀를 사랑한다고. 어쩌면 그 때문인지 모른다.

아침 7시 반이었고, 신경외과 병동 밖은 아직 어두웠다. 스트란덴 경관은 19호실의 깔끔하게 정리된 침대를 내려다보았다. 얼마 전까지 욘 칼센이 누워 있던 침대였다. 이제 곧 다른 환자가 누울 것이다. 그렇게 생각하니 기분이 이상했다. 하지만 지금은 그도 어서 침대를 찾아 누워야 했다. 오랫동안. 스트란덴은 하품을 하고 머리맡 테이블에 놓아둔 물건이 없는지 확인한 다음, 의자에 있던 신문을 집어 들고 병실에서 나가려고 몸을 돌렸다.

한 남자가 문간에 서 있었다. 홀레 반장이었다.

"환자는 어디 있지?"

"갔습니다. 20분 전에 형사들이 와서 데려갔습니다."

"누구 허락으로?"

"담당 의사요. 퇴원해도 된다고 했습니다."

"그게 아니라 누가 환자를 데려가라고 허락했느냔 말이야. 어디로 데려갔지?"

"강력반에 새로 온 경정님이라는 분이 전화했습니다."

"하겐 경정이? 자네에게 직접?"

"네. 그래서 형사들이 칼센을 그의 동생 집으로 데려갔습니다."

홀레 반장은 천천히 고개를 젓더니 가버렸다.

키르케 가와 파게르보르그 가 사이의 짧고 구멍투성이인 아스팔트 도로 괴르비츠 가에 적갈색 벽돌건물이 있었다. 해리가 그 건물 계단을 터벅터벅 올라가고 있을 때 동쪽에서 동이 트기 시작했다. 그는 인터폰에 적힌 대로 2층에서 걸음을 멈췄다. 열린 문 옆에는 연푸른색 플라스틱 조각에 하얀색 이름이 돋을새김 되어 있었다. 로베르트 칼센.

해리는 안으로 들어가 집 안을 훑어보았다. 좁고 지저분한 원룸은 로베르트의 사무실을 봤을 때와 같은 인상을 주었다. 물론 토릴리와 올라 리가 편지나 도움이 될 만한 서류를 찾느라 어질렀을 가능성도 배제할 수 없었지만. 한쪽 벽을 차지한 예수의 컬러 사진을 보며 저 가시 면류관을 베레모로 바꾸면 체 게바라가 될 거라고 해리는 생각했다.

"그래서 군나르 하겐이 당신을 여기로 보냈습니까?" 해리는 창가 책상에 앉은 남자의 등을 향해 말했다.

"네." 욘 칼센이 돌아보았다. "범인이 제 집 주소를 아니까 여기가 더 안전할 거라고 하더군요."

"흠." 해리는 주위를 둘러봤다. "잠은 잘 잤고요?"

"별로요." 욘 칼센은 겸연쩍은 미소를 지었다. "온갖 환청을 들으며 누워 있었죠. 그러다 막 잠들었는데 보초를 선 경찰이 들어오는 바람에 간 떨어질 뻔했습니다."

해리는 의자에 쌓인 만화책 무더기를 치우고 거기에 털썩 앉았다. "충분히 이해합니다. 당신의 목숨을 노릴 만한 사람이 누군지 생각해봤습니까?"

욘은 한숨을 쉬었다. "어젯밤 이후로 계속 그 생각만 했습니다. 하지만 대답은 똑같습니다. 전혀 모르겠어요."

"자그레브에 간 적이 있나요? 아니면 크로아티아의 다른 도시라 도." 해리가 물었다.

욘은 고개를 저었다. "노르웨이를 떠나 제일 멀리 가본 데가 스 웨덴과 덴마크입니다. 게다가 그땐 아주 어렸고요."

"아는 크로아티아인이 있습니까?"

"구세군에서 세를 주는 난민들만 알죠."

"흠. 경찰이 왜 당신을 하필 여기로 데려왔는지 말하던가요?"

욘은 어깨를 으쓱였다. "내가 이 집 열쇠가 있다고 말했습니다. 그리고 여긴 당연히 비어 있으니까……."

해리는 한 손으로 얼굴을 쓸어내렸다.

"원래 여기에 컴퓨터가 있었습니다." 욘이 빈 책상을 가리키며 말 했다.

"우리가 수거했습니다." 해리는 자리에서 일어섰다.

"벌써 가시게요?"

"베르겐으로 가는 비행기를 타야 해서요."

"아." 욘이 멍한 표정으로 바라봤다.

해리는 청년의 축 처진 좁은 어깨를 다독여주고 싶은 충동을 느 꼈다.

공항 급행열차의 출발이 지연되었다. 오늘로 벌써 세 번째였다. 안내 방송에서는 "지연됐기 때문에" 늦어진다는 간단하면서 모호 한 설명만 나왔다. 해리의 유일한 죽마고우이자 택시를 운전하는 외위스테인 아이켈란은 기차의 전기 모터가 세상에서 가장 단순한 기계라서 그의 여동생도 작동할 수 있을 거라고 말한 적이 있다. 그러니 만약 스칸디나비아 항공 기술진과 노르웨이 철도청 기술진이 하루 동안 직장을 바꿔서 근무한다면, 기차는 정시에 운행되고 비행기는 한 대도 이륙하지 못할 거라고 했다. 해리는 차라리 지금 상황이 낫다고 생각했다.

릴레스트룀 역 전에 있는 터널을 통과한 후에 해리는 군나르 하겐의 직통전화로 전화했다.

"저 홀레입니다."

"말하게."

"제가 욘 칼센을 24시간 감시하라는 명령을 내렸습니다. 병원에서 퇴원시키라는 명령은 내린 적이 없고요."

"후자는 병원의 결정이었네. 전자는 내 결정이었고." 하겐이 말했다.

해리는 하얀 풍경 속의 집을 세 개까지 센 후에 대답했다. "이번 수사의 지휘권을 제게 준다고 하셨습니다, 경정님."

"그랬지, 하지만 잔업 수당 결정권까지 넘긴다고는 하지 않았네. 그게 몇 년째 예산 초과인 줄 아나?"

"그 친구는 지금 겁에 질렸습니다. 그런 사람을 살인 청부업자의 첫 번째 희생자이자 자기의 친동생이 살았던 집에 보내신 겁니까? 하룻밤에 고작 몇백 크로네 하는 호텔비를 아끼려고요?"

스피커에서 다음 정차할 역을 알리는 안내 방송이 흘러나왔다.

"릴레스트룀?" 하겐은 놀란 듯했다. "자네 지금 공항 열차를 탔나?"

해리는 소리 없이 욕을 중얼거렸다. "베르겐에 잠깐 다녀올 일이 있습니다."

"지금?"

해리는 마른 침을 삼켰다. "오후에 돌아올 겁니다."

"자네 제정신인가? 언론이 우릴 지켜보고 있다고. 다들—"

"이제 터널로 들어갑니다." 해리는 거짓말을 하며 빨간색 버튼을 눌렀다.

랑닐 길스트룁은 천천히 꿈에서 깨어났다. 실내는 어두웠다. 지금이 아침이라는 건 알 수 있었지만 이 소리의 정체는 알 수 없었다. 대형 시계 소리 같았다. 하지만 침실에는 그런 시계가 없었다. 그녀는 옆으로 돌아누웠다가 움찔했다. 어둠 속에서 벌거벗은 형체가 침대 발치에 서서 그녀를 바라보고 있었다.

"잘 잤어, 여보?" 그가 말했다.

"마스! 놀랐잖아요."

"그래?"

막 샤워를 마치고 나왔는지 욕실 문이 열려 있었고, 그의 몸에서 떨어진 물방울이 마룻바닥에서 부드러운 똑똑 소리를 냈다. 그녀가 시계 소리라고 생각한 소리였다.

"언제부터 그렇게 서 있었어요?" 랑닐이 이불을 끌어당겨 몸을 더욱 꼭 감싸며 물었다.

"무슨 말이야?"

랑닐은 대수롭지 않다는 듯 어깨를 으쓱였지만 내심 놀랐다. 그의 말투에 무언가가 있었다. 거슬릴 정도로 쾌활한 말투였다. 그리고 저 미소. 전에는 절대 저렇게 웃지 않았다. 랑닐은 기지개를 켜며 하품을 했다. 아무렇지 않은 척하기 위해서였다.

"어젯밤에 언제 왔어요? 온 줄도 모르고 계속 잤어요." 랑닐이 물었다.

"어린아이처럼 잘 잤나 봐." 또 저 미소.

랑닐은 그를 유심히 바라봤다. 최근 들어 마스는 정말로 변했다. 지금도 마른 체형이지만 더 힘세고 건강해 보였다. 그리고 자세도 어딘가 달라졌다. 등이 더 쭉 펴진 듯했다. 애인이 생겼나 하는 의심이 들었지만 그다지 신경 쓰이지 않았다. 적어도 그렇다고 생각했다.

"어젯밤에는 어디 갔어요?" 랑닐이 물었다.

"얀 페테르 시세네르와 저녁을 먹었어."

"주식중개인?"

"응. 주식시장 전망이 좋다고 하더군. 부동산시장도."

"그 사람을 만나는 건 내 담당 아니었나요?"

"나도 최신 정보 좀 듣고 싶어서."

"내가 전해주는 걸로는 부족해요?"

마스가 그녀를 바라봤다. 어찌나 오랫동안 바라보는지 랑닐은 얼굴에 홍조가 번지는 걸 느꼈다. 지금껏 그와 이야기하면서 한 번도 없던 일이었다.

"물론 내가 알아야 할 정보는 당신이 다 알려주지." 마스는 욕실로 들어갔고, 물을 트는 소리가 들렸다.

"괜찮은 부동산 안건 몇 개를 검토 중이에요." 랑닐이 외쳤다. 무슨 말이라도 하기 위해서, 그의 말 뒤에 이어지는 이상한 침묵을 깨기 위해서였다.

"나도." 마스가 외쳤다. "어제 괴테보르그 가의 아파트를 보러 갔어. 구세군에서 소유한 아파트."

그녀의 몸이 얼어붙었다. 욘이 사는 곳이다.

"괜찮더군. 근데 그거 알아? 어떤 집에 폴리스라인이 쳐 있더라고. 한 주민 말로는 총격 사고가 있었대. 당신도 알고 있었어?"

"금시초문이에요. 폴리스라인은 왜 쳐놨대요?" 그녀가 외쳤다.

"경찰이 하는 일이 그거잖아. 집을 다 뒤져서 거기 있었던 사람들의 지문이랑 DNA를 찾아낼 때까지 출입을 제한하는 거. 어쨌든 총격 사고가 있었다면 구세군에서 건물 가격을 기꺼이 내릴 거야. 안 그래?"

"그 사람들은 팔지 않을 거라니까요. 말했잖아요."

"그랬지."

갑자기 불길한 생각이 들었다. "총격사건이 복도에서 일어났는데 왜 경찰이 집 안을 뒤지는 거죠?"

수도꼭지를 잠그는 소리가 나자 그녀는 고개를 들었다. 마스가 하얀 셰이빙 크림을 바르고 누런 이를 드러낸 채 미소 지으며 한 손에 면도기를 들고 욕실 문간에 서 있었다. 곧 그녀가 싫어하는 고급 애프터셰이브 로션을 바를 것이다.

"무슨 소리야? 내가 언제 총격사건이 복도에서 일어났대? 근데 얼굴이 왜 그렇게 창백해?" 그가 말했다.

해가 늦게 뜨는 탓에 소피엔베르그 공원에는 아직도 투명하고 차가운 안개가 한 겹 내려앉아 있었다. 랑닐은 베이지색 보테가베네타 스카프 너머로 숨을 내쉬며 헬게센 가를 서둘러 올라가고 있었다. 밀라노에서 9000크로네나 주고 산 모직 스카프도 추위를 쫓아내지 못했지만 적어도 얼굴은 가려주었다.

지문. DNA. 그 집에 있었던 사람을 모두 알아낸다니. 그런 일은 절대 있어선 안 된다. 그 사실이 알려졌다가는 난리가 날 것이다.

랑닐은 모퉁이를 돌아 괴테보르그 가로 들어섰다. 아파트 앞에 순찰차는 한 대도 없었다.

열쇠로 아파트 출입문을 열고 들어가 엘리베이터 쪽으로 총총 걸어갔다. 여기 오는 것도 오랜만이었다. 미리 알리지 않고 찾아온 적은 처음이었다.

엘리베이터가 올라가자 가슴이 두근거렸다. 랑닐은 샤워실에 남아 있을 자신의 머리카락, 카펫에 떨어졌을 섬유 조직, 사방에 찍혔을 지문을 생각했다.

복도에는 아무도 없었다. 문 앞에 오렌지색 테이프가 쳐진 걸로 보아 집 안에 아무도 없을 터였지만 그래도 랑닐은 일단 노크를 하고 기다렸다. 그런 다음에야 열쇠를 꺼내 열쇠 구멍에 밀어 넣었다. 하지만 열쇠가 들어가지 않았다. 다시 시도했지만 열쇠 끝만 들어갈 뿐이었다. 맙소사, 욘이 열쇠를 바꿨나? 그녀는 숨을 깊이 들이쉰 다음, 열쇠를 좌우로 돌리며 마음속으로 기도했다.

갑자기 열쇠가 쑥 들어가더니 부드러운 딸깍 소리와 함께 문이 열렸다.

랑닐은 눈에 익은 아파트의 냄새를 들이마시고 벽장 쪽으로 갔다. 그 안에 진공청소기가 있었다. 그녀의 집에 있는 것과 똑같은 모델인 검은색 지멘스 VS08G2040, 2000와트. 지금까지 나온 청소기 중에서 가장 강력한 제품이었다. 욘은 깨끗하게 청소하는 것을 좋아했다. 청소기 코드를 벽에 있는 콘센트에 꽂자, 청소기가 쉰 목소리로 으르렁거렸다. 지금은 10시였다. 한 시간 안에 바닥을 청소하고 벽과 모든 물건의 표면을 닦아야 한다. 닫힌 침실 문을 보며 저기부터 시작할까 생각했다. 추억이 가장 많이 쌓인 곳, 그래서 증거도 가장 많은 곳. 안 돼. 그녀는 진공청소기의 흡입구를 팔에 대보았다. 마치 무언가가 무는 듯했다. 흡입구를 떼어냈지만 그 자리에는 이미 피가 몰려 있었다.

몇 분간 청소를 하던 랑닐은 문득 욘에게 보낸 편지가 생각났다. 맙소사, 하마터면 잊을 뻔했다. 초반에는 그녀의 가장 내밀한 꿈과 욕망을 적어 보냈고, 최근에는 제발 연락달라고 간청하는 절박하고 노골적인 내용이었다. 그녀는 청소기를 켜둔 채 의자에 호스를 걸쳐놓고 욘의 책상으로 달려가 서랍을 뒤지기 시작했다. 첫 번째 서랍에는 볼펜과 테이프, 펀치가 들어 있고, 두 번째 서랍에는 전화번호부가 있었다. 세 번째 서랍은 잠겨 있었다. 당연히 그렇겠지.

랑닐은 책상에서 봉투 뜯는 칼을 집어 잠긴 서랍 위의 틈에 넣은 다음, 칼 손잡이를 있는 힘껏 눌렀다. 낡고 메마른 나무 서랍이 삐걱거렸다. 이러다가 칼이 부러지겠다고 생각하는 동안, 서랍 앞면이 결을 따라 쪼개지기 시작했다. 그녀는 서랍을 홱 잡아당기고, 쪼개진 나뭇조각을 옆으로 쓸어낸 다음, 서랍 속 봉투를 바라보았다. 봉투가 한 무더기 쌓여 있었다. 손끝으로 휘리릭 넘겨보았다. 하프슬룬 전력회사. 덴노르스케 은행. 인텔리전트 금융. 구세군. 아무것도 적혀 있지 않은 봉투. 랑닐은 그 봉투에서 편지를 꺼냈다. "사랑하는 아들아." 편지는 그렇게 시작되었다. 그녀는 나머지 편지를 계속 뒤적였다. 여기 있다! 봉투 아래 오른쪽 구석에 은밀한 푸른색 글씨로 길스트룀 투자회사라고 적혀 있었다.

랑닐은 안도하며 편지를 꺼냈다.

편지를 다 읽고 내려놓았을 때는 두 뺨에 눈물이 흐르고 있었다. 다시 눈을 뜬 듯했다. 오랫동안 장님이었다가 이제야 모든 것을 있는 그대로 볼 수 있게 된 듯했다. 그녀가 믿었으나 한때 거부했던 모든 것이 다시 진실이 된 듯했다. 편지에 적힌 글은 짧았지만 그걸 읽고 나니 모든 게 바뀌었다.

진공청소기는 줄기차게 으르렁거리며 모든 것을 삼켜버렸다. 편지에 적힌 간단명료한 문장, 그 터무니없으면서도 자명한 논리만 제외하고. 랑닐은 거리에서 나는 차 소리와 문이 삐걱 열리는 소리, 누군가 들어와 그녀 바로 뒤에 서는 소리를 전혀 듣지 못했다. 그의 향기를 맡고서야 목덜미의 털이 쭈뼛 섰다.

스칸디나비아 항공 비행기가 서쪽에서 불어오는 돌풍에 흔들리며 플레스란 공항에 도착했다. 베르겐 도심으로 달리는 택시 안에서는 와이퍼가 쉭쉭거리는 소리와 겨울용 스터드 타이어가 축축하고 검은 아스팔트를 우두둑 달리는 소리가 들렸다. 길 한쪽에는 비에 젖은 데다 바람에 꺾인 잔디로 드문드문 덮인 절벽이 있었고, 반대쪽에는 잎이 다 떨어진 나무가 늘어서 있었다. 노르웨이 서부의 겨울 풍경이었다.

필링스달렌에 도착했을 때 스카레에게서 전화가 왔다.

"알아냈습니다."

"말해봐."

"로베르트 칼센의 하드 드라이브를 뒤졌습니다. 포르노 사이트의 쿠키 말고는 딱히 의심스러운 건 없었어요."

"그 정도는 자네 컴퓨터를 뒤져도 나올 거야, 스카레. 본론만 말해."

"서류나 편지도 살펴봤는데 딱히 의심스러운 인물은 없더군요."

"스카레……" 해리가 경고했다.

"그러다가 탑승권이 나왔어요. 행선지가 어디게요?"

"맞고 싶어?"

"자그레브요." 스카레가 냉큼 대답했다. 그러더니 해리가 대답이 없자 다시 말했다. "크로아티아 수도."

"나도 알아. 언제 갔지?"

"10월에요. 10월 12일에 갔다가 그날 저녁에 돌아왔어요."

"음. 10월 어느 날에 자그레브 당일치기라. 휴가는 아니었던 모양이군."

"로베르트의 상사에게 물어봤는데 로베르트가 해외로 출장갈 일은 없었다고 했어요."

해리는 전화를 끊은 후에 왜 스카레에게 잘했다고 칭찬하지 않았을까 생각했다. 얼마든지 칭찬해줄 수 있었다. 나이를 먹으면서 성격이 더러워지는 걸까? 택시 기사에게 잔돈 4크로네를 악착같이 받아내며 그는 아니라고 생각했다. 성격은 원래 더러웠다.

해리는 처량하고 지저분하게 빗방울이 뚝뚝 떨어지는 베르겐 돌풍 속으로 발을 내디뎠다. 소문에 의하면 이 돌풍은 9월 어느 오후에 시작되어 3월 어느 오후에 끝난다고 한다. 몇 발짝 걸어가니 뵈르스 카페가 나왔다. 그는 카페 입구에 서서 내부를 훑어보았다. 곧 금연법이 시행되면 이런 카페는 어떻게 될까? 예전에 이 카페에 두 번 온 적이 있는데 들어서자마자 내 집처럼 편안하면서도 아웃사이더가 된 기분이었다. 빨간 재킷을 입은 웨이터들은 자신들이 고품격 카페에서 일하고 있다는 표정으로 부산하게 움직이며 이 도시에 사는 게잡이 어부와 은퇴한 어부, 전쟁을 겪은 강인한 해군, 그리고 삶이 한 번쯤 전복되었던 사람들에게 술과 냉소적인 농담을 서빙했다. 해리가 이 카페에 처음 왔을 때는 한물간 유명 인사가 어부와 탱고를 추며 테이블 사이를 돌아다녔다. 옷을 잘 갖춰 입은 노부인은 아코디언 연주에 맞춰 독일 발라드를 불렀는데 리드미컬하고 외설스러운 동작으로 춤을 추며 중간에 연주가 멈출 때마다 'r'을 심하게 굴려댔다.

찾던 사람이 눈에 들어오자 해리는 그쪽 테이블로 걸어갔다. 키가 크고 마른 남자가 빈 맥주잔 하나와 아직 맥주가 조금 남은 맥주잔 하나를 앞에 둔 채 앉아 있었다.

"보스."

해리의 목소리를 들은 남자는 고개를 번쩍 들었고, 시선이 한 박자 늦게 따라왔다. 취기의 뿌연 안개 너머로 남자의 동공이 축소되었다.

"해리." 놀랍게도 그의 목소리는 맑고 또렷했다.

해리는 옆 테이블에서 빈 의자를 끌어다 앉았다.

"지나가는 길이었나?" 비아르네 묄레르가 물었다.

"네."

"날 어떻게 찾아냈지?"

해리는 대답하지 않았다. 준비해둔 대답이 있었지만 여전히 눈앞의 광경이 믿기지 않았다.

"사람들이 베르겐 역에서 내 흉을 본 모양이군. 이런, 이런." 묄레르는 맥주를 한 모금 들이켰다. "우리 역할이 바뀌니까 이상해. 술을 마시는 건 자네고, 그런 자네를 찾아내는 게 나였는데 말이야. 맥주 마실 텐가?"

해리는 테이블 위로 몸을 내밀었다. "무슨 일입니까, 보스?"

"남자가 근무 중에 술을 마시는 이유는 주로 무엇인가, 해리?"

"해고당했거나 부인이 떠났죠."

"난 아직 잘리지는 않았네. 내가 아는 한." 묄레르는 어깨를 흔들며 웃었지만 웃음소리는 들리지 않았다.

"혹시 사모님이……?" 해리는 어떻게 말해야 할지 몰라서 말끝을 흐렸다.

"아내와 아이들은 베르겐에 안 오기로 했네. 괜찮아. 이미 결정된 일이었으니까."

"네?"

"물론 아이들이 보고 싶기는 해. 하지만 그럭저럭 지낼 만하네. 이건 그냥…… 이걸 뭐라고 하지?…… 과도기?…… 그보다 더 고상한 단어가 있는데…… 변…… 아니야." 비아르네 묄레르의 머리가 맥주잔 위로 폭 내려갔다.

"산책 좀 하시죠." 해리는 그렇게 말하며 계산서를 달라고 손을 흔들었다.

25분 뒤에 해리와 비아르네 묄레르는 플뢰옌 산 난간 옆의 비구름 속에 서서 베르겐 도심을 내려다보고 있었다. 케이크 조각처럼 사선으로 잘려 굵은 철선으로 움직이는 케이블카를 타고 시내 한복판에서 올라온 터였다.

"그래서 여기로 오신 겁니까? 사모님과 헤어지기로 해서?" 해리가 물었다.

"여긴 듣던 대로 비가 많이 오더군." 묄레르가 말했다.

해리는 한숨을 쉬었다. "술은 도움이 되지 않습니다, 보스. 상황만 악화될 뿐이죠."

"그건 내가 했던 말이야, 해리. 군나르 하겐과는 잘 지내나?"

"네. 훌륭한 연설가더군요."

"과소평가하지 말게, 해리. 군나르 하겐은 단순한 연설가가 아니야. 7년간 FSK에서 근무한 사람일세."

"특수부대요?" 해리가 놀라서 물었다.

"그래. 총경에게 직접 들었네. 1981년에 북해에 있는 석유 굴착 장치를 지키려고 FSK가 창설됐을 때 거기로 배치되었다더군. 기밀이라서 인사 기록에 적혀 있지 않는 걸세."

"FSK라." 얼음장처럼 차가운 빗방울이 점퍼 속으로 스며드는 것을 느끼며 해리가 말했다. "거기 요원들은 전우애가 대단하다고 들었습니다."

"형제나 다름없지. 뚫고 들어갈 여지가 없어." 묄레르가 말했다.

"거기 소속이었던 사람을 또 아시나요?"

묄레르는 고개를 저었다. 이미 술이 깬 듯했다. "수사는 진전이 있나? 나도 내부 정보를 듣기는 했네."

"범행 동기조차 못 찾았습니다."

"동기는 돈일세." 묄레르가 목청을 가다듬으며 말했다. "탐욕이지. 돈이 있으면 모든 게 달라질 거라는 환상. 내가 바뀔 수 있다는 환상."

"돈이라고요? 그럴 수도 있겠네요." 해리가 마지못해 동의했다.

묄레르가 그들 앞에 회색 수프처럼 펼쳐진 구름 속으로 역겹다는 듯이 침을 뱉었다. "돈을 찾아내게. 돈을 찾아서 따라가. 그럼 반드시 답이 나올 거야."

묄레르가 저렇게 씁쓸한 확신에 찬 모습을 해리는 본 적이 없었다. 차라리 자신에게 그런 통찰력이 없었으면 좋았을 거라는 듯한 말투였다.

해리는 숨을 들이쉬며 말을 꺼냈다. "보스, 제가 돌려서 말하는 성격이 아닌 거 아시죠? 그러니까 본론부터 말씀드리죠. 보스나 저는 친구가 많지 않은 타입입니다. 설사 보스가 절 친구로 여기지 않는다 해도 전 어디까지나 그 비슷한 사람입니다."

해리는 묄레르를 지켜봤지만 그는 아무런 반응도 하지 않았다.

"오늘 여기 온 건 혹시라도 제가 도울 일이 있을까 싶어서예요.

제게 하고 싶은 얘기가 있다거나……."

여전히 아무 반응이 없었다.

"제가 왜 여기 왔는지 저도 모르겠습니다, 보스. 하지만 어쨌든 전 여기 있어요."

묄레르는 고개를 젖히고 하늘을 바라봤다. "우리 뒤로 보이는 저 걸 베르겐 사람들은 산이라고 부른다네. 사실이 그렇기도 하고. 저 건 진짜 산이야. 노르웨이에서 둘째로 큰 도시의 중심가에서 케이 블카를 타면 6분 만에 올라오는 저 산에서 아직도 길을 잃고 죽는 사람들이 있다네. 웃기지 않나?"

해리는 어깨를 으쓱했다.

묄레르는 한숨을 쉬었다. "비가 계속 올 모양이야. 케이블카를 타고 내려가세."

도심에 도착한 그들은 택시 승강장으로 걸어갔다.

"지금 타면 공항까지 20분 걸릴 거야. 러시아워 전이니까." 묄레르가 말했다.

해리는 고개를 끄덕였고 택시에 타려다 말고 잠시 기다렸다. 그의 점퍼는 흠뻑 젖어 있었다.

"돈을 따라가게." 묄레르는 해리의 어깨에 손을 올렸다. "자네가 해야 할 일을 하게. 그게 어떤 일이든."

"보스도요."

묄레르는 잘 가라고 손을 흔들더니 걷기 시작했다. 그러다 해리가 택시에 올라타자 뒤돌아 뭐라고 외쳤지만 차 소리 때문에 들리지 않았다. 택시가 굉음을 내며 단마르크스 광장을 가로지르는 동안, 해리는 휴대전화 전원을 켰다. 할보르센에게서 전화해달라는 문자가 와 있었다. 해리는 그의 번호를 눌렀다.

"스탄키츠의 신용카드가 나왔습니다. 어젯밤 자정 무렵에 융스토르게에 있는 ATM이 먹어버렸어요."

"우리가 호스텔을 급습했을 때 거길 다녀온 거로군." 해리가 말했다.

"네."

"융스토르게라면 꽤 먼데. 호스텔 근처의 ATM을 이용하면 우리가 카드를 추적할까 두려워서 거기까지 간 거야. 돈이 아주 급했나보군."

"하지만 오히려 잘됐어요. 그 ATM에는 CCTV가 달려 있거든요."

"그래?"

할보르센은 일부러 뜸을 들였다.

"빨리 말해봐. 얼굴 안 가렸지, 응?" 해리가 재촉했다.

"카메라를 똑바로 보면서 환히 웃던데요? 영화배우처럼." 할보르센이 말했다.

"베아테한테 넘겼어?"

"지금 하우스 오브 페인House of Pain에서 조사하는 중이에요."

랑닐 길스트룹은 요하네스를 생각했다. 머리가 아닌 가슴을 따랐더라면 상황이 완전히 달라졌으리라. 가슴은 늘 머리보다 현명했다. 지금처럼 불행한 적이 없었는데도 그 어느 때보다 살고 싶었다.

조금이라도 더.

왜냐하면 이제야 모든 것을 알게 되었기 때문이다.

랑닐은 검은 구멍을 바라보았고, 그게 무엇인지 알고 있었다.

앞으로 무슨 일이 벌어질지도.

그녀의 비명은 지멘스 VS08G2040에 내장된 단순하기 그지없는 모터의 포효에 먹혀버렸다. 의자가 바닥으로 넘어졌다. 무엇이든 빨아들이는 강력한 흡입구가 그녀의 눈으로 다가왔다. 랑닐은 눈을 감으려고 했지만 그녀가 보기를 원하는 누군가의 힘센 손가락이 눈꺼풀을 벌렸다. 그녀는 보았다. 그리고 알았다. 지금 무슨 일이 일어나려는지.

17

12월 18일, 목요일. 얼굴

대형 약국 벽에 걸린 시계는 9시 30분을 가리켰다. 약국 안에 있는 사람들은 기침을 하거나 졸린 눈을 감고 있거나 벽에 표시된 빨간색 디지털 숫자와 자신의 번호표를 교대로 바라보았다. 마치 번호표가 복권이고, 딩동 소리가 날 때마다 당첨번호가 새로 발표된다는 듯이.

그는 번호표를 뽑지 않았다. 그저 히터 옆에 앉아 있고 싶었지만 푸른색 점퍼가 원치 않는 관심을 끄는 듯했다. 직원들이 그를 힐끗거렸기 때문이다. 그는 창밖을 내다보았다. 안개 너머로 허약하고 무력한 태양의 윤곽이 보였다. 순찰차 한 대가 지나갔다. 여기는 CCTV가 설치되어 있을 테니 장소를 옮겨야 했다. 하지만 어디로 간단 말인가. 돈이 없으니 카페나 술집에서는 쫓겨날 터였다. 이젠 신용카드도 없었다. 어젯밤 그는 카드가 추적될 위험을 무릅쓰고 일단 돈을 인출하기로 마음먹었다. 호스텔을 나와 주변을 산책했고, 좀 떨어진 곳에서 현금 인출기를 발견했다. 하지만 인출기는 돈을 토해내지 않은 채 카드만 먹어버렸다. 덕분에 이미 아는 사실만 확인하게 되었다. 자신이 독 안에 든 쥐라는 사실. 그는 다시 적에게 포위되었다.

손님이 거의 없는 비스킷 실내에 팬파이프 음악이 울려 퍼졌다. 지금은 점심식사가 끝나고 저녁식사가 시작되기 전의 조용한 시간이었다. 그래서 토레 비에르겐은 창가에 앉아 칼 요한스 가를 꿈꾸듯 내려다보았다. 전망이 좋아서가 아니라 라디에이터가 창문 밑에 있었고, 몸이 좀처럼 따뜻해지지 않아서였다. 토레는 기분이 울적했다. 이틀 안에 케이프타운행 항공권을 결제해야 했지만 진작 알고 있던 결론을 내린 참이었다. 그는 돈이 부족했다. 그렇게 열심히 일했는데도 잔고가 없었다. 물론 올가을에 집에 걸어둘 로코코풍 거울을 산 것이 가장 큰 타격이었다. 하지만 그것 말고도 샴페인과 코카인과 비싼 파티에 돈을 너무 많이 썼다. 중독될 정도는 아니었지만 솔직히 말해서 이제는 파티에서 코카인을 흡입하고, 수면제를 구입하고, 그 나쁜 습관을 유지할 돈을 마련하기 위해 초과 근무를 하고, 지치지 않고 일하기 위해 다시 코카인을 흡입하는 악순환에서 벗어나야 한다. 현재 그의 통장은 텅텅 비어 있다. 지난 5년간 크리스마스와 새해는 케이프타운에서 보냈다. 신앙심이 깊고 보수적인 베고르샤이 고향 마을로 돌아가 부모님의 말 없는 비난과 친척들의 얄팍하게 포장된 혐오감에 시달리고 싶지 않았다. 견딜 수 없이 춥고, 울적할 정도로 어둡고 지루한 3주 대신 태양과 아름다운 사람들, 활기 넘치는 밤의 유흥을 선택했다. 그리고 게임도. 위험한 게임이었다. 12월 말과 1월의 케이프타운은 유럽 광고업자, 영화계 종사자와 남녀 모델 천지였다. 그리고 토레는 이쪽 사람들과 마음이 잘 맞았다. 그가 가장 좋아하는 게임은 헌팅이었다. 원래 케이프타운은 늘 어느 정도 위험이 따르는 도시지만,

케이프플랫*의 판자촌에서 남자를 헌팅하는 것은 그야말로 목숨이 달린 일이었다. 그런데도 토레는 헌팅을 계속했다. 왜 그런 바보 같은 짓을 하는지 알 수 없었다. 다만 살아 있는 기분을 느끼려면 스릴이 필요했다. 게임이 재미있으려면 잠재된 벌칙이 있어야 했다.

토레 비에르겐은 코를 쿵쿵거렸다. 주방에서 반갑지 않은 음식 냄새가 풍기며 서빙해야 할 때가 되었음을 알려주었다. 그는 몸을 돌렸다.

"안녕하세요." 그의 뒤에 서 있던 남자가 영어로 말했다.

토레가 웨이터로서 직업 정신이 조금이라도 덜 투철했다면, 못마땅한 표정으로 그를 바라보았을 것이다. 그 남자는 어울리지 않는 푸른색 패딩 점퍼, 칼 요한스 가 마약중독자들의 유니폼을 입고 있었다. 면도도 하지 않았고, 눈은 충혈되었으며 지린내가 풍겼다.

"나 기억합니까? 화장실에서 만났죠."

토레는 처음에는 같은 이름의 나이트클럽을 말하는 줄 알았다. 그러다 진짜 화장실을 말하는 것임을 깨닫고 그제야 그를 알아보았다. 얼굴이 아니라 목소리를. 면도나 샤워, 하룻밤의 잠과 같은 문명의 필수 요소를 빠뜨리면 채 24시간도 안 돼서 사람이 얼마나 달라 보이는지도 깨달았다.

토레에게 전혀 다른 두 개의 반응이 연달아 나타난 것은 아마도 강렬한 백일몽이 중단되었기 때문이리라. 처음에는 달콤하면서 짜릿한 욕망이 밀려왔다. 남자가 돌아온 이유는 뻔했다. 잠깐이지만 그들 사이에 오갔던 추파와 친밀한 신체적 접촉 때문이다. 그다음에는 비누 범벅이 된 총을 들고 있던 남자의 모습이 떠오르며 공포

---

* 케이프타운 시내 중심에서 동남쪽으로 떨어진 지역. 주로 유색인종이 산다.

를 느꼈다. 여기 왔던 형사가 한 말, 이 남자가 불쌍한 구세군이 살해된 사건과 연관이 있다는 말도 떠올랐다.

"지낼 곳이 필요해요." 남자가 말했다.

토레는 눈을 두 번 세게 깜빡였다. 직접 듣고도 믿기지가 않았다. 지금 그는 살인자일지도 모를 남자, 누군가를 살해했다고 의심받는 냉혈한을 마주하고 있었다. 그런데 왜 진작 모든 것을 중단하고 비명을 지르며 경찰을 부르지 않았을까? 심지어 형사는 이자의 체포에 도움이 되는 제보를 할 경우에 보상금까지 있다고 했다. 토레는 식당 반대편을 바라보았다. 수석 웨이터는 아무것도 모른 채 예약 장부만 뒤적이고 있었다. 뭔가 적당한 말을 찾는 동안 명치에서 이상하게 간질거리는 쾌감이 느껴졌고, 그 쾌감이 온몸으로 퍼지며 부들부들 떨렸다.

"하룻밤이면 됩니다." 남자가 말했다.

"오늘은 근무해야 하는데."

"기다릴 수 있습니다."

토레는 남자를 바라봤다. 그의 뇌가 천천히, 그러면서도 가차 없이 두 가지 가능성을 연결했다. 잘하면 스릴을 느끼고 싶은 욕구를 충족하면서 돈 문제도 해결할 수 있다. 하지만 미친 짓이야, 토레는 생각했다. 그러고는 침을 삼키며 다른 쪽 발에 무게 중심을 실었다.

해리는 오슬로 중앙역에 도착한 공항 급행열차에서 뛰쳐나와 그뢴란을 가로질러 경찰청으로 달려갔다. 엘리베이터를 타고 강도 수사과로 간 뒤 복도를 내려가 영상 판독실인 하우스 오브 페인으로 들어갔다.

창문 하나 없이 좁아터진 방은 어둡고 덥고 퀴퀴했다. 손가락이 컴퓨터 키보드 위를 재빨리 달리는 소리가 들렸다.

"뭐가 좀 보여?" 벽에 걸린 대형 스크린 속에서 영상들이 스쳐갔고, 스크린을 배경으로 솟은 검은 실루엣을 향해 해리가 물었다.

"아주 흥미로운 걸 찾아냈어요." 베아테 뢴이 돌아보지 않은 채 말했지만 해리는 그녀의 눈이 빨갛게 충혈됐다는 걸 알고 있었다. 전에도 베아테가 일하는 모습을 봤기 때문이다. 몇 시간씩 스크린을 바라보며 테이프를 앞으로 감았다가 정지했다가 초점을 맞췄다가 확대했다가 저장했다. 자신이 뭘 찾는지, 혹은 뭘 알아낼 수 있는지도 모른 채. 이 일은 그녀의 영역이었다.

"어쩌면 설명이 될 수도 있고요." 베아테가 덧붙였다.

"들을 준비 됐어." 해리는 어둠 속에서 더듬더듬 나아가다가 의자 다리에 부딪히는 바람에 욕을 중얼거리며 자리에 앉았다.

"시작할까요?"

"응."

"좋아요. 크리스토 스탄키즈를 소개하죠."

대형 스크린에 ATM을 향해 한 발 내딛는 남자가 나타났다.

"확실해?" 해리가 물었다.

"못 알아보겠어요?"

"푸른색 점퍼는 알아보겠는데……" 해리가 혼란스러운 목소리로 말했다.

"잠깐만요." 베아테가 말했다.

남자는 ATM에 카드를 넣고 서 있었다. 그러더니 고개를 들어 카메라를 보며 얼굴을 찡그렸다. 전혀 즐거워 보이지 않는 억지 미소였다.

"돈이 인출되지 않는다는 걸 안 거예요." 베아테가 말했다.

스크린 속 남자는 계속 버튼을 누르더니 결국 주먹으로 키패드를 내려쳤다.

"이젠 카드도 나오지 않는다는 걸 알았군." 해리가 말했다.

남자는 오랫동안 ATM 화면을 바라보았다.

그러더니 소맷부리를 끌어 올려 손목시계를 확인하고 몸을 돌려 사라졌다.

"저건 무슨 시계지?"

"유리가 반사되어 안 보여요. 하지만 네거티브로 바꿔서 확대했더니 다이얼에 세이코 SQ50이라고 적혀 있더군요."

"똑똑하군. 하지만 뭐가 설명이 될 수도 있다는 건지 모르겠어."

"이거요."

베아테가 키보드를 두드리자 방금 본 남자의 영상 두 개가 스크린에 나타났다. 하나는 신용카드를 뽑는 장면이고, 다른 하나는 손목시계를 보는 장면이었다.

"이 장면을 뽑은 이유는 두 얼굴이 비슷한 위치에 있어서 비교하기가 쉽기 때문이에요. 100초 조금 넘는 간격을 두고 찍혔는데 알아보시겠어요?"

"아니." 해리가 솔직히 말했다. "내가 이쪽에 소질이 없다는 건 알겠어. 심지어 두 사람이 동일인인지도 모르겠는걸. 내가 퇴엔 공원에서 쫓아갔던 남자가 이 사람인지도 모르겠고."

"좋아요. 그럼 제대로 본 거예요."

"뭘?"

"이건 신용카드를 뽑는 장면이에요." 베아테가 마우스를 클릭하자 짧은 머리에 목에는 네커치프를 두른 남자의 얼굴이 나타났다.

"그리고 이건 〈다그블라데〉 사진기자가 에게르토르게 광장에서 찍은 사진이고요."

사진 두 개가 첨가되었다.

"전부 동일인이라는 걸 아시겠어요?" 베아테가 물었다.

"음, 모르겠는데."

"저도요."

"자네도 모른다고? 그럼 동일인이 아니라는 뜻이잖아."

"아뇨. 과잉유연성에 해당된다는 뜻이죠. 전문 용어로는 팬터마임 얼굴visage du pantomime이라고 해요."

"대체 무슨 소리야?"

"화장이나 변장, 성형수술을 하지 않고도 외모를 바꿀 수 있는 사람이죠."

해리는 수사팀 전원이 레드존 회의실에 앉을 때까지 기다린 후에야 입을 열었다. "이제 우리가 쫓는 용의자가 한 명뿐이라는 걸 다들 알고 있지? 당분간은 그자를 크리스토 스탄키츠라고 부른다. 베아테?"

베아테가 프로젝터 스위치를 켜자 눈을 감은 채 근육이 붉은 스파게티처럼 그려진 얼굴 하나가 스크린에 나타났다.

"지금 여러분이 보시는 건 얼굴 근육계를 그린 그림입니다." 베아테가 설명을 시작했다. "우리가 표정을 만들 때 사용해서 외모를 바꾸는 근육들이죠. 가장 중요한 근육은 이마와 눈가, 입가에 위치합니다. 예를 들어, 여기 이마힘살은 눈썹주름근과 함께 눈썹을 올리고 미간의 주름을 만드는 데 사용됩니다. 눈둘레근은 눈을 감거나 눈가에 주름을 만드는 데 사용되고요. 이런 식이죠."

베아테가 리모컨을 누르자 양 볼을 잔뜩 부풀린 어릿광대 사진으로 바뀌었다.

"우리 얼굴에는 이런 근육이 수백 개가 있는데 얼굴을 많이 움직이는 직업을 가진 사람조차도 그중 극히 일부만 사용합니다. 배우와 코미디언은 얼굴 근육을 최대한 움직이는 법을 훈련합니다. 일반인은 대개 어린 나이에 그 사용법을 잊어버리고요. 하지만 배우와 마임 연기자마저 특정한 감정을 표현하기 위해 뻔한 표정만 흉내 내는 경향이 있습니다. 그런 표정들이 중요하기는 하지만 꽤나 보편적이고 숫자가 적습니다. 분노, 행복, 사랑, 놀람, 킥킥 웃거나 박장대소하는 표정들이죠. 하지만 자연은 우리에게 수백만 가지의 표정, 사실상 무한히 많은 표정을 지을 수 있는 근육을 주었습니다. 피아니스트는 뇌와 손가락 근육계를 연결해서 열 손가락을 동시에, 각기 다르게 움직일 수 있을 정도로 훈련합니다. 손가락에는 근육이 별로 많지도 않은데 말이죠. 그러니 얼굴로는 뭔들 못 할까요?"

베아테는 크리스토 스탄키츠가 ATM 부스 앞에 서 있는 장면으로 넘어갔다.

"예를 들어, 이렇게 할 수 있습니다."

화면이 슬로모션으로 움직였다.

"거의 알아차릴 수 없을 정도로 미세한 변화예요. 얼굴의 극히 일부 근육이 조여졌다 풀어지죠. 이런 미세한 근육의 움직임으로 표정이 바뀌고요. 얼굴이 많이 바뀌었나요? 아니요. 하지만 뇌에서 얼굴을 알아보는 부분, 그러니까 방추상회는 사소한 변화에도 아주, 아주 민감하게 반응해요. 생리적으로 비슷한 수천 개의 얼굴을 구분하는 게 방추상회가 하는 일이니까요. 얼굴 근육이 점진적으로 변하는 것을 보면 우리는 상대가 다른 사람이라는 결론을 내리죠. 즉 이렇게요."

녹화된 영상의 마지막 장면에서 화면이 멈췄다.

"잠깐만요! 이게 무슨 개 풀 뜯어먹는 소린가요."

망누스 스카레의 목소리였다. 몇몇 사람이 웃음을 터뜨렸고, 베아테는 얼굴을 붉혔다.

"미안합니다." 스카레는 그렇게 말하며 주위를 둘러보더니 사람들의 반응에 만족하며 킬킬 웃었다. "저건 어딜 봐도 스탄키츠잖아요. 공상과학 소설이 재미있기는 하지만 얼굴 근육을 약간 조이고 푸는 것만으로 누군지 알아볼 수 없게 된다고요? 제 생각에는 정말 허무맹랑한 얘긴데요."

해리는 스카레에게 주의를 주려다가 마음을 바꿨다. 대신 호기심을 가지고 베아테를 지켜봤다. 2년 전이었다면 이런 말을 들은 베아테는 그 자리에서 기가 죽었을 테고, 해리는 뒷수습을 해야만 했다.

"당신 생각 물은 적 없어요." 베아테가 대꾸했다. 그녀의 볼은 아직 붉게 달아올라 있었다. "하지만 그렇게 생각한다니 확실히 이해할 수 있는 예를 들어주죠."

"워워." 스카레가 자신을 보호하듯이 양손을 들어 올리며 말했다. "개인적인 유감은 없습니다."

"사람이 죽으면 사후 경직이라는 현상이 일어나요." 베아테는 스카레의 말에 아랑곳하지 않고 설명을 계속했지만, 해리는 그녀의 콧구멍이 벌름거리는 것을 볼 수 있었다. "몸의 근육과 마찬가지로 얼굴 근육도 경직되죠. 근육을 조이는 것과 같은 현상이에요. 시신의 신원을 확인하러 온 가족들이 가장 보편적으로 보이는 반응이 뭔가요?"

침묵 속에서 프로젝터 팬이 웅웅 돌아가는 소리만 들렸다. 해리는 이미 미소 짓고 있었다.

"시신을 못 알아보지." 어디선가 크고 또렷한 목소리가 들렸다. 해리는 군나르 하겐이 들어온 줄도 몰랐다. 하겐은 말을 이었다. "전쟁에서 군인들 신원 확인을 할 때도 흔히 있는 일이야. 물론 군복을 입고 있긴 하지만 가끔은 같은 부대 소속이던 전우라도 만약을 대비해 인식표를 확인해야 하지."

"고맙습니다. 이제 이해가 되나요, 스카레?" 베아테가 말했다.

스카레는 어깨를 으쓱였고, 누군가 박장대소했다. 베아테는 프로젝터를 껐다.

"얼굴의 가동성과 유연성은 지극히 개인적인 특징입니다. 어느 정도까지는 연습으로 얻을 수 있지만, 어느 정도는 타고 나야 하죠. 어떤 사람은 자기 얼굴의 왼쪽과 오른쪽도 따로 움직이지 못하는 반면, 어떤 사람은 부단한 연습을 통해 얼굴의 모든 근육을 개별적으로 움직일 수 있습니다. 피아니스트가 손가락을 움직이듯이요. 이런 현상을 과잉유연성 혹은 팬터마임 얼굴이라고 합니다. 지금까지 알려진 경우로 보면 유전적 요소가 강하죠. 주로 어렸을 때 이런 능력을 습득하는데, 극도의 과잉유연성을 가진 사람들은 인격 장애에 시달리거나 자라면서 끔찍한 트라우마를 경험해요."

"그럼 범인이 미친놈이라는 뜻인가?" 군나르 하겐이 물었다.

"제 전공 분야는 심리학이 아니라 얼굴이에요. 하지만 그럴 가능성도 배제할 순 없겠네요. 반장님?" 베아테가 해리를 보았다.

"고마워, 베아테." 해리는 자리에서 일어났다. "자, 이제 다들 우리가 어떤 놈을 상대하는지 알았지? 질문 있나? 그래, 리?"

"이런 괴물을 어떻게 잡죠?"

해리와 베아테는 시선을 교환했다. 하겐은 헛기침을 했다.

"나도 모르겠어." 해리가 말했다. "다만 놈은 목표를 달성하기 전까지는 멈추지 않을 거야. 우리가 먼저 잡지 않는 한."

해리가 사무실에 돌아오니 라켈이 남긴 메시지가 있었다. 해리는 무슨 일인지 고민하기 싫어서 바로 전화했다.

"잘 지내?" 그녀가 물었다.

"대법원 직행이지 뭐." 해리가 말했다. 라켈 아버지가 즐겨 쓰던 이 표현은 동부 전선에서 싸우다 돌아와 재판을 앞둔 노르웨이 병사들 사이에서 유행했던 농담이었다. 라켈은 웃음을 터뜨렸다. 부드럽게 울려 퍼지는 웃음소리. 한때 해리는 이 웃음소리를 매일 들을 수만 있다면 어떤 희생이라도 기꺼이 치르겠다고 생각했다. 지금도 마찬가지였다.

"혼자 있어?" 그녀가 물었다.

"아니. 할보르센이 곁에 앉아서 언제나처럼 엿듣고 있지."

에게르토르게 증인들 진술서를 읽고 있던 할보르센이 고개를 들고 얼굴을 찡그렸다.

"올레그에게 이야기할 사람이 필요해." 라켈이 말했다.

"그래?"

"쯧, 내가 들어도 너무 어설프다. 이야기할 사람이 필요한 게 아니라 당신과 이야기해야 해."

"누구 생각이야?"

"다시 정정할게. 올레그가 당신이랑 얘기하고 싶대."

"그래서 나한테 전화해달래?"

"아니. 아냐, 올레그는 절대 그런 말 안 해."

"그렇지." 해리는 그 생각을 하며 빙그레 웃었다.

"그러니까…… 언제 시간 좀 낼 수 있어?"

"물론이지."

"잘됐다. 우리랑 저녁 먹자."

"우리?"

"올레그랑 나."

"흠."

"마티아스가 당신 만났다고—"

"응." 해리는 그녀의 말을 잘랐다. "좋은 사람 같더군."

"응."

해리는 그녀의 억양을 어떻게 해석해야 할지 알 수 없었다.

"듣고 있어?" 라켈이 물었다.

"응. 안 끊었어. 근데 지금 살인사건 수사 중이라 정신이 없어. 생각해보고 내일 전화해도 될까?"

정적이 흘렀다.

"라켈?"

"응, 그게 좋겠다. 또 다른 일은 없고?"

마치 둘 사이에 아무 일도 없었다는 듯한 질문이라서 해리는 순간적으로 그녀가 빈정대는 건가 생각했다.

"똑같지 뭐." 해리가 말했다.

"우리가 마지막에 통화한 후로 별일 없었어?"

해리는 숨을 들이쉬었다. "그만 끊어야 해, 라켈. 적당한 날 잡히면 전화할게. 올레그에게 안부 전해주고. 알았지?"

"알았어."

해리는 전화기를 내려놓았다.

"음. 적당한 날요?" 할보르센이 말했다.

"그냥 올레그 일로 저녁 먹는 거야. 로베르트는 자그레브에서 뭘 한 거지?"

할보르센이 막 대답하려는데 부드러운 노크 소리가 났다. 둘 다 문을 돌아봤다. 문간에 스카레가 서 있었다.

"방금 자그레브 경찰에게 전화가 왔어요. 신용카드도 가짜 여권으로 만든 거래요." 스카레가 알려주었다.

"흠." 해리는 의자에 등을 기대며 양손을 뒤통수로 가져갔다. "로베르트가 자그레브에서 뭘 했을까, 스카레?"

"제 생각 아시잖아요."

"마약거래." 할보르센이 말했다.

"어떤 소녀가 프레텍스로 로베르트를 찾아왔다고 하지 않았나, 스카레? 유고슬라비아 소녀 같다고 했잖아."

"네. 매니저가 그랬죠. 대략—"

"프레텍스에 전화해봐, 할보르센."

할보르센이 전화번호부를 뒤적이고 번호를 누르는 동안 사무실에는 정적이 흘렀다. 해리는 책상에 대고 손가락을 두드리며 스카레에게 잘했다는 말을 어떻게 해야 할지 생각했다. 목청을 가다듬고 운을 떼려는 찰나에 할보르센이 전화기를 건넸다.

루에 정교는 그의 이야기를 듣더니 대답하고 행동했다. 2분 뒤 해리는 그녀가 유능하다는 사실을 확인하며 전화를 끊었고, 다시 목청을 가다듬으며 입을 열었다.

"가게에서 일하는 열두 명의 직원 중에서 세르비아인 직원이 그 소녀를 기억해냈어. 이름이 소피아 같은데 확실하진 않다더군. 하지만 소녀가 부코바르에서 온 건 확실하대."

해리는 로베르트의 집에서 배에 성경을 펼친 채 침대에 누워 있
는 욘을 발견했다. 간밤에 한숨도 못 잔 듯이 초췌하고 불안한 얼
굴이었다. 해리는 담배에 불을 붙이고는 부서질 듯한 식탁 의자에
앉아 욘에게 물었다.

"로베르트가 자그레브에서 뭘 했을까요?"

"모르겠습니다. 제겐 아무 말도 하지 않았어요. 제게 돈을 빌려
갈 때 언급한 비밀 프로젝트와 관련이 있지 않을까요?"

"혹시 로베르트의 여자친구에 대해 조금이라도 압니까? 소피아
라는 크로아티아인 소녀라더군요."

"소피아 미홀리에츠? 설마요!"

"유감스럽게도 사실입니다. 누군지 아나요?"

"소피아는 야콥 올스 가에 있는 구세군 소유 건물에 살아요. 사
령관님께서 여기로 데려오신 크로아티아 난민 가족이죠. 하지만
소피아는…… 소피아는 이제 겨우 열다섯 살입니다."

"로베르트와 사랑에 빠졌을 수도 있죠. 어린 소녀와 잘생긴 청
년. 딱히 드문 일은 아닙니다."

욘은 무슨 말을 하려다 입을 다물었다.

"게다가 로베르트는 어린 소녀들을 좋아한다면서요." 해리가 말
했다.

욘은 바닥을 바라보았다. "미홀리에츠 가족이 사는 집 주소를 알
려드리죠. 소피아에게 직접 물어보세요."

"그러죠." 해리는 손목시계를 힐끗 보았다. "필요한 물건은 없습
니까?"

욘은 주위를 둘러봤다. "집에 좀 다녀와야겠어요. 옷가지랑 세면도구를 가져와야겠습니다."

"좋아요. 내가 데려다줄게요. 코트와 모자 챙겨요. 날이 더 추워졌습니다."

욘의 집까지는 자동차로 20분이 걸렸다. 도중에 철거를 앞두고 다 허물어진 비슬렛 스타디움과 슈뢰데르 레스토랑을 지났다. 레스토랑 앞에 두꺼운 모직 코트를 입고 모자를 쓴 남자가 있었는데 해리가 아는 얼굴이었다. 해리는 괴테보르그 가 아파트 앞에 불법주차를 했고, 두 사람은 건물 안으로 들어가 엘리베이터 앞에 섰다. 엘리베이터 문 위의 빨간 숫자는 욘의 집이 있는 4층으로 표시되어 있었다. 그들이 버튼을 누르기도 전에 엘리베이터가 움직이는 소리가 들렸고, 숫자는 점점 줄어들었다. 해리는 양 손바닥을 허벅지에 문질렀다.

"엘리베이터를 싫어하시는군요." 욘이 말했다.

해리는 놀라서 욘을 바라봤다. "그렇게 티가 납니까?"

욘은 미소를 지었다. "저희 아버지도 그러시거든요. 그럼 계단으로 가죠."

계단을 어느 정도 올라갔을 때 아래층에서 엘리베이터 문이 열리는 소리가 들렸다.

두 사람은 욘의 아파트에 들어갔고, 해리가 현관에서 기다리는 동안 욘은 욕실에 들어가 세면도구가 든 가방을 가지고 나왔다.

"이상하네요. 꼭 누가 다녀간 것 같아요." 욘이 눈살을 찌푸리며 말했다.

"감식반이 와서 총알을 수거해 갔을 겁니다." 해리가 말했다.

욘은 침실로 들어가서 가방을 가지고 나왔다.

"이상한 냄새가 나는데요." 그가 말했다.

해리는 집 안을 둘러보았다. 싱크대에 유리잔 두 개가 있었지만 우유 혹은 다른 액체가 들어 있었던 흔적은 전혀 없었다. 바닥에 눈이 녹은 자국도 없었고, 그저 책상 앞에 얇은 나뭇조각만 떨어져 있었다. 서랍 하나의 앞쪽 표면이 쪼개진 것으로 보아 거기서 떨어진 듯했다.

"그만 갑시다." 해리가 말했다.

"왜 청소기가 여기 나와 있죠?" 욘이 가리키며 물었다. "경찰이 이걸 썼나요?"

해리가 아는 현장 감식 절차상 사건 현장에서 진공청소기를 돌리는 일은 절대 없었다.

"이 집 열쇠를 가진 사람이 또 있습니까?" 해리가 물었다.

욘은 머뭇거렸다. "여자친구 테아요. 하지만 테아가 이 집에서 청소기를 돌린 적은 없습니다."

해리는 책상 앞에 떨어진 나뭇조각을 바라보았다. 진공청소기를 사용했다면 제일 먼저 저걸 치웠으리라. 그는 진공청소기로 다가갔다. 호스와 연결된 플라스틱 파이프 끝의 흡입구가 사라지고 없었다. 등골이 오싹해졌다. 파이프를 들고 그 안을 들여다보았다. 손가락으로 파이프의 검은색 가장자리를 훑은 뒤 손끝을 보았다.

"뭡니까?" 욘이 물었다.

"피네요. 현관문이 잠겼는지 확인하세요."

하지만 해리는 이미 알고 있었다. 지금 자신이 그토록 싫어하면서도 좀처럼 멀리할 수 없는 방의 문지방에 서 있다는 사실을. 그는 청소기 본체 한가운데 달린 플라스틱 뚜껑을 벗겨냈다. 안에서 노란색 먼지봉투를 끄집어내며 그 방이야말로 하우스 오브 페인이라고 생각했다. 악에 공감하기 위해 늘 억지로 능력을 발휘해야만 하는 곳. 요즘 들어 그 능력이 지나치게 발달되었다는 생각이 들었다.

"뭐 하시는 거죠?" 욘이 물었다.

먼지봉투는 먼지로 가득 차 불룩했다. 해리는 부드럽고 두꺼운 봉투를 잡아 찢었다. 봉투가 갈라지면서 검은색 고운 먼지 구름이 램프에 갇혀·있던 악령처럼 피어올랐다. 먼지가 사뿐히 천장으로 올라가는 동안 욘과 해리는 마루에 떨어진 내용물을 바라보았다.

"세상에." 욘이 속삭였다.

18

12월 18일, 목요일. 쓰레기 투하 장치

"맙소사." 욘이 신음하며 더듬더듬 의자를 찾았다. "어떻게 된 거 죠? 이건…… 이건…….'

"네." 해리는 진공청소기 옆에 쪼그리고 앉아 고른 호흡을 유지하는 데 집중했다. "눈알이네요."

안구는 촉수가 달린 피범벅의 해파리처럼 보였다. 하얀 표면에는 먼지가 달라붙어 있었다. 피에 흠뻑 젖은 뒷면에는 굵고 구불구불한 못처럼 보이는 조직과 근육이 있는데 시신경 같았다. "어떻게 눈알이 멀쩡하게 필터를 통과해서 먼지봉투로 들어갔을까요? 정말 청소기로 빨아들였다면 말입니다." 해리가 말했다.

"제가 필터를 빼뒀습니다. 그러면 흡입력이 더 좋아지거든요." 욘이 떨리는 목소리로 대답했다.

해리는 점퍼 주머니에서 볼펜을 꺼내 조심스럽게 눈알을 돌렸다. 말랑말랑하지만 가운데가 단단했다. 그는 천장에 달린 등의 불빛이 동공에 떨어지도록 자세를 바꿨다. 검고 큰 동공은 더 이상 눈 근육이 둥근 형태를 유지해주지 않아 가장자리가 흐릿했다. 동공을 둘러싼 홍채는 터키석 같은 푸른빛이었는데, 무광 대리석 같

은 흰자 중앙에서 환하게 빛났다. 뒤에서 욘이 숨을 헉 들이쉬는
소리가 들렸다.

"보기 드문 연푸른색 홍채로군요. 아는 사람인가요?" 해리가 말
했다.

"아뇨. 전…… 모르겠습니다."

"잘 들어요, 욘." 해리가 돌아보지 않은 채 말했다. "당신은 거짓
말하는 데 소질이 없어요. 당신에게 동생의 성적 취향을 자세히 말
하라고 강요할 순 없지만 이건……" 그는 피 묻은 눈알을 가리켰
다. "……누구인지 말해줘야겠습니다."

해리는 몸을 빙글 돌렸다. 욘은 고개를 푹 숙인 채 식탁 의자에
앉아 있었다.

"난…… 그녀는……" 울먹이는 목소리였다.

"그러니까 여자로군요." 해리가 거들었다.

욘은 고개를 숙인 상태로 세게 한 번 끄덕였다. "랑닐 길스트룀
입니다. 세상에 그런 눈을 가진 사람은 그 여자뿐이죠."

"그런데 왜 그 여자의 눈이 여기 있는 겁니까?"

"모르겠습니다. 그녀는…… 우리는…… 여기서 만나곤 했습니
다. 랑닐에게는 이 집 열쇠가 있어요. 제가 무슨 짓을 한 거죠, 형사
님? 무슨 일이 일어난 겁니까?"

"나도 몰라요, 욘. 하지만 난 여기서 해야 할 일이 있고, 우선 당
신이 머물 곳을 찾아야 합니다."

"다시 로베르트의 집으로 돌아가면 돼요."

"안 됩니다!" 해리가 외쳤다. "테아의 집 열쇠가 있나요?"

욘은 고개를 끄덕였다.

"좋아요, 그럼 거기로 가세요. 가서 문을 잠그고 나 외에는 아무

에게도 열어주지 말아요."

욘은 현관 쪽으로 걸어가다가 걸음을 멈췄다. "형사님?"

"네?"

"랑닐과 나의 관계를 알려야 하나요? 테아와 사귄 뒤로는 더 이상 만나지 않았습니다."

"그럼 문제될 거 없겠군요."

"이해를 못 하시네요. 랑닐 길스트룹은 유부녀예요."

해리는 그제야 깨닫고 고개를 끄덕였다. "여덟 번째 계명인가요?"

"열 번째요." 욘이 말했다.

"그 사실을 숨길 순 없어요, 욘."

욘은 놀란 눈으로 해리를 바라보더니 천천히 고개를 저었다.

"왜 그러죠?" 해리가 물었다.

"내가 방금 그런 말을 했다는 게 믿기질 않아서요. 랑닐은 죽었는데 난 내 살 궁리만 하고 있네요."

욘은 눈물을 글썽였다. 순간적으로 해리는 마음이 약해져 진한 연민을 느꼈다. 피해자 혹은 피해자의 가족에게가 아니라, 이렇게 가슴 아픈 순간에 자신의 한심한 인간성을 보게 된 남자에게.

무역선 선원으로 일했던 스베레 하스볼드는 선원 일을 그만두고 괴테보르그 가 4번지의 신식 아파트 단지에서 경비로 일하게 된 것을 가끔씩 후회했다. 특히 오늘처럼 추운 날씨에 쓰레기 투하 장치*가 또 막혔다는 신고전화가 빗발치는 날에는. 평균적으로 한 달

* 주로 고층 건물에 설치되는 시설로, 각 층 투입구에 쓰레기를 버리면 수직 통로를 따라 쓰레기장으로 떨어진다.

에 한 번 꼴로 이런 일이 발생하는데 이유는 뻔했다. 각 층의 투입구 구멍이 수직 통로와 같은 크기이기 때문이다. 예전에 지은 아파트는 그렇지 않았다. 쓰레기 투하 장치가 처음 등장한 1930년대에만 해도 투입구의 지름이 통로보다 작아서 통로가 막힐 만한 물건을 억지로 쑤셔 넣을 수 없었다. 하지만 요즘 건축업자들은 그저 스타일과 조명에만 신경을 쓴다.

하스볼드는 3층 투입구에 머리를 집어넣은 다음, 손전등을 켰다. 하얀색 비닐봉지에 전등 불빛이 반사되었고, 그는 이번에도 수직 통로가 좁아지는 1층과 2층 사이에 무언가 끼었다는 결론을 내렸다.

지하실로 내려가 쓰레기장의 잠긴 문을 열고 들어간 다음 조명등을 켰다. 어찌나 냉기가 감도는지 안경에 김이 서렸다. 하스볼드는 몸을 부르르 떨며 바로 이런 경우를 대비해 벽에 세워둔 3미터짜리 쇠막대를 집어 들었다. 막대 끝에는 플라스틱 공까지 달려 있어서 통로에 낀 쓰레기를 터뜨리지 않고 찌를 수 있었다. 천장에는 쓰레기 투하 장치를 통해 버린 쓰레기가 떨어지는 구멍이 있고, 그 아래 대형 쓰레기통에 쓰레기가 수북이 쌓여 있는데 구멍에서 쓰레기통 위로 무언가 톡, 톡 떨어졌다. 규정상 투입구에는 밀봉된 봉투에 마른 물건만 담아 버릴 수 있었다. 하지만 아무도 그 규정에 신경 쓰지 않았다. 심지어 이 아파트에 거주하는 소위 기독교인이라는 사람들조차.

그가 쓰레기 더미 위로 올라가자 발아래서 우유통과 달걀 껍데기가 부서졌다. 천장 구멍 밑으로 가서 위를 올려다봤지만 칠흑 같은 어둠만 있었다. 쇠막대를 구멍으로 집어넣으며 늘 그렇듯이 물컹한 비닐봉지에 닿기를 기다렸다. 하지만 예상과 달리 단단한 물건이었다. 더 세게 찔러봤지만 꼼짝도 하지 않았다. 아주 단단히

긴 모양이었다.

하스볼드는 벨트에 달린 손전등을 빼내 구멍 위쪽을 비췄다. 안경에 무언가 톡 떨어졌다. 앞이 보이지 않자 그는 욕을 하며 안경을 벗고 손전등을 겨드랑이에 끼운 다음, 입고 있던 푸른색 코트로 안경알을 닦았다. 몸의 중심을 약간 옆으로 이동해 실눈을 뜨고 올려다보았다가 깜짝 놀랐다. 손전등을 위로 비추자 상상력이 발동하기 시작했다. 심장 박동이 점점 느려졌다. 도저히 믿을 수가 없어 안경을 다시 썼다. 그러자 심장 박동이 멈췄다.

쇠막대는 통로의 벽을 긁으며 미끄러져 내려와 바닥에 쨍그랑 떨어졌다. 스베레 하스볼드는 쓰레기 위에 털썩 주저앉았다. 손전등은 쓰레기 더미 사이로 빠져버렸다. 그의 허벅지 사이로 다시 무언가 톡 떨어졌다. 마치 황산이라도 떨어진 듯이 그는 움찔 물러났다. 그러고는 벌떡 일어나서 쓰레기통에서 내려와 밖으로 달려 나갔다.

신선한 공기를 마셔야 했다. 바다에서 별별 것을 다 봤지만 이런 것은 처음이었다. 이런 짓을 하다니…… 정상이 아니다. 정신병자다. 하스볼드는 건물 출입문을 밀치고 비틀거리며 인도로 나갔다. 인도에 서 있는 두 명의 키 큰 남자도 눈에 들어오지 않았고, 그를 맞이하는 차가운 공기도 느껴지지 않았다. 그저 어지럽고 숨이 찼다. 그는 벽에 기대서 휴대전화를 꺼냈다. 무력하게 전화기를 바라보았다. 몇 년 전에 정부에서 기억하기 쉽도록 구급신고 번호를 바꿨는데 옛날 번호만 기억났다. 그제야 두 남자가 시야에 들어왔다. 한 남자는 휴대전화로 통화 중이었고, 또 다른 남자는 여기 주민이었다.

"실례지만 경찰에 신고하려면 어떻게 해야 하죠?" 하스볼드는 자신의 목소리가 완전히 쉬었다는 걸 깨달았다. 마치 계속 비명이라도 지른 듯이.

이 아파트에 사는 남자가 얼른 옆에 있는 남자를 바라보았다. 그는 하스볼드를 빤히 보더니 전화에 대고 이렇게 말했다. "잠깐만. 이반이 탐지견을 데려오지 않아도 될 거 같아." 남자는 휴대전화를 내리더니 스베레 하스볼드를 돌아봤다. "전 오슬로 경찰청의 홀레 반장입니다. 혹시……."

토레 비에르겐은 베스트칸트토르게 옆에 있는 자신의 아파트에서 침실 창밖으로 마당을 내려다보았다. 마당도 집 안만큼이나 조용했다. 비명을 지르며 뛰어다니거나 눈사람을 만들며 노는 아이들은 없었다. 분명 너무 춥고 어두운 탓이리라. 최근 몇 년 간 겨울에 밖에서 노는 아이를 본 적이 없었다. 거실에 틀어둔 텔레비전에서는 아나운서가 기록적인 한파를 경고하고 있었다. 보건복지부 장관은 노숙자를 거리에서 쫓아내고, 독거노인에게 실내 난방 온도를 높이라고 독려하는 특별 조치를 곧 시행할 예정이었다. 경찰은 크로아티아 국적의 크리스토 스탄키츠라는 남자를 찾고 있었고, 체포에 도움이 되는 제보를 할 경우 보상금이 지급된다고 했다. 아나운서는 보상금이 얼마인지 언급하지 않았지만 케이프타운 행 왕복 항공권과 3주간의 식비, 숙박비를 대고도 남을 터였다.

토레는 콧구멍을 말린 다음, 남은 코카인을 잇몸에 문질렀다. 입 안에 남아 있던 피자 맛이 사라졌다.

아까 크리스토 스탄키츠―비록 그는 자기 이름이 마이크라고 했지만―가 다녀간 후에 토레는 매니저에게 골치가 아파서 조퇴해야겠다고 말했다. 크리스토는 약속대로 베스트칸트토르게에서 벤치에 앉아 그를 기다리고 있었다. 또한 토레가 데워준 냉동 피자를 정신없이 먹어치웠다. 거기에 잘게 다진 스테솔리드* 15밀리그램이 들어 있다는 사실도 모른 채.

토레는 잠든 크리스토를 훑어봤다. 크리스토는 벌거벗은 채 침대에 엎드려 있었다. 입안에 공을 넣는 재갈이 물려 있었는데도 여전히 깊고 고르게 호흡했다. 토레가 이것저것 준비하는 동안 그는 전혀 깨어날 조짐이 보이지 않았다. 토레는 예전에 비스킷 바로 앞에서 미치광이 약쟁이에게 15크로네를 주고 스테솔리드를 구입해두었다. 나머지 물건 역시 구입하는 데 별로 많은 돈이 들지 않았다. 수갑, 족갑, 입안에 공을 넣어 머리에 씌우는 재갈, 반짝반짝 빛나는 항문 구슬, 이 모두가 소위 초보자 세트라고 해서 단돈 599크로네에 인터넷으로 주문할 수 있다.

이불은 바닥에 떨어져 있었고, 방 주위에 켜진 촛불의 일렁거리는 불빛을 받아 크리스토의 살갗이 은은하게 빛났다. 그의 몸은 하얀 시트 위에서 Y자 형태를 이루었다. 양손은 철제 침대의 머리판에 묶였고, 발은 반대편 난간에 묶여 있었다. 토레는 크리스토의 배 밑에 쿠션을 집어넣어 엉덩이를 들어 올렸다.

바셀린 뚜껑을 열고 집게손가락으로 듬뿍 떠낸 다음, 다른 손으로 크리스토의 엉덩이를 벌렸다. 그러자 또다시 이건 강간이라는 생각이 들었다. 어느 모로 보나 강간이었고, 그렇게 생각하니 흥분되었다. '강간'이라는 단어만으로도.

사실 상대 역시 이런 게임을 좋아할 거라는 확신은 없었다. 크리스토가 보낸 신호는 다소 헷갈렸기 때문이다. 게다가 살인자와 이

---

* 신경 안정제.

런 게임을 즐기는 것은 위험했다. 짜릿할 정도로 위험했다. 하지만 토레는 바보가 아니었다. 어차피 그가 올라탄 이 남자는 여생을 감옥에서 보낼 터였다.

토레는 자신의 발기된 페니스를 내려다보다가 상자에서 항문 구슬을 꺼냈다. 가늘지만 질긴 나일론 줄에 구슬이 줄줄이 꿰어져 있었다. 첫 번째 구슬은 작지만 갈수록 커져서 마지막 구슬은 골프공만 했다. 사용법에 따르면 구슬을 항문에 넣었다가 천천히 잡아당기면서 예민한 항문 입구 주변과 안쪽의 신경을 최대한으로 자극할 수 있었다. 이 제품은 색깔도 다양해서 원래 용도를 모르는 사람은 다른 물건으로 오해하기 십상이었다. 토레는 제일 큰 구슬에 비친 자신의 뒤틀린 얼굴을 보며 미소 지었다. 아버지는 아마도 토레의 크리스마스 선물을 열어보고 조금 놀랄 것이다. 상자 안에는 케이프타운에서 보낸 카드와 함께 이걸 꼭 크리스마스트리에 걸어달라는 간절한 소망이 적혀 있을 것이다. 가족들은 크리스마스트리를 둘러싸고 사이좋게 손을 잡은 채 캐럴을 부르며 자기들 앞에서 반짝거리는 이 구슬의 진짜 정체가 무엇인지 꿈에도 모를 것이다. 혹은 이 구슬이 어디에 들어갔다 나왔는지도.

해리는 베아테와 두 조수를 지하실 계단으로 안내했고, 수위는 쓰레기장의 잠긴 문을 열어주었다. 두 조수 중 하나는 여자 신입이었는데 해리는 그녀의 이름을 3초 이상 기억할 수가 없었다.

"저 위야." 해리가 말했다. 양봉업자와 비슷한 옷차림을 한 세 사람이 조심스럽게 앞으로 걸어 나가 천장에 뚫린 구멍 아래 섰다. 그들의 머리에 달린 램프의 빛이 어둠 속으로 사라졌다. 해리는 새로 온 조수를 유심히 관찰하며 그녀가 어떤 반응을 보일지 기다렸다. 다이버의 손가락이 닿는 즉시 오므라드는 산호초가 떠오르는 반응이었다. 베아테는 보일 듯 말 듯하게 고개를 끄덕였다. 심각한 동파 사고의 견적을 내는 냉정한 배관공처럼.

"적출됐어." 베아테가 말했다. 쓰레기 투하 장치의 수직 통로 안에서 그녀의 목소리가 울렸다. "받아 적었어, 마르가레트?"

여자 조수는 거친 숨을 몰아쉬며 작업복 안쪽을 더듬거려 볼펜과 수첩을 꺼냈다.

"뭐라고?" 해리가 물었다.

"왼쪽 눈이 적출됐다고요. 마르가레트?"

"적었어요." 조수가 수첩에 받아 적으며 말했다.

"여자의 머리를 먼저 처박았어. 그러다가 몸이 통로에 끼인 것 같아. 눈구멍에서 소량의 피가 떨어지고 있고, 구멍 안쪽으로 보이는 하얀 물질은 두개골이 틀림없어. 피가 암적색인 걸로 봐서 응고된 지 꽤 됐고. 검시관이 오면 체온과 근육 경직도를 조사할 거야. 내 말이 너무 빨라?"

"아뇨, 괜찮아요." 마르가레트가 말했다.

"4층 쓰레기 투입구 옆에서 혈흔이 나왔어. 눈알이 발견된 층이지. 그러니까 아마 범인은 거기 투입구로 시체를 밀어 넣었을 거야. 여기서 보기에는 오른쪽 어깨가 탈골된 것 같아. 투입구가 좁으니 범인이 억지로 밀어 넣다가 그렇게 됐을 거야. 아니면 떨어지다가 통로에 끼면서 그랬을 수도 있고. 잘 안 보이기는 하는데 목에 멍이 있는 것 같아. 그렇다면 교살되었다는 뜻이고. 검시관이 어깨를 조사하고 사인을 밝힐 거야. 그 외에는 우리가 할 수 있는 일이 별로 없어. 이젠 네 차례야, 길베르그."

베아테는 옆으로 물러났고, 남자 조수는 플래시를 터뜨리며 수직 통로 안쪽 사진을 찍었다.

"눈구멍 안의 누르스름한 건 뭐죠?" 그가 물었다.

"지방." 베아테가 대답했다. "쓰레기통 청소하고 피살자나 범인에게서 떨어진 게 있는지 찾아봐. 그다음에는 밖에 있는 순경들 도움을 받아서 시신을 끌어내. 마르가레트, 넌 날 따라와."

그들은 복도로 나갔고, 마르가레트는 엘리베이터로 가서 버튼을 눌렀다.

"계단으로 갈 거야." 베아테가 명랑하게 말했다. 마르가레트는 놀란 눈으로 그녀를 바라보다가 두 상관을 따라갔다.

"곧 우리 팀에서 세 명이 더 올 거예요." 해리가 던지는 무언의 질문에 베아테가 대답했다. 해리는 긴 다리로 한 번에 두 계단씩 올라갔지만 베아테는 수월하게 따라갔다. "목격자는요?"

"아직까진 없어. 하지만 지금 탐문 수사 중이야. 순경 셋이서 집집마다 찾아다니고 있어. 그 일이 끝나면 옆 동으로 갈 거고." 해리가 말했다.

"스탄키츠의 사진은 가지고 있대요?"

해리는 지금 베아테가 비꼬는 것인지 확인하려고 그녀를 힐끗 보았지만 분간하기 힘들었다.

"자네의 첫 느낌은 뭐야?" 해리가 물었다.

"남자가 한 짓이에요." 베아테가 말했다.

"투입구에 시신을 밀어 넣으려면 힘이 세야 하니까?"

"아마도요."

"그리고?"

"지금 범인이 누군지 몰라서 그러시는 거예요?" 그녀가 한숨을 내쉬었다.

"응, 몰라, 베아테. 원칙적으로 범인이 확실히 밝혀지기 전까지는 계속 의심해야 해."

해리는 마르가레트를 돌아봤다. 마르가레트는 그들을 따라가느라 벌써 숨을 헐떡이고 있었다. "자네의 첫 느낌은?"

"네?"

그들은 4층 복도로 들어섰다. 트위드 코트를 입고 그 안에 트위드 슈트를 입은 투실투실한 남자가 욘 칼센의 집 앞에 서 있었다. 그들을 기다리고 있는 듯했다.

"이 건물에 처음 들어와서 수직 통로를 올려다봤을 때 어떤 느낌이었는지 말해봐." 해리가 말했다.

"어떤 느낌이었냐고요?" 마르가레트가 어리둥절한 표정으로 물었다.

"그래, 느낌!" 스톨레 에우네가 고함치며 해리에게 손을 내밀었다. 해리는 곧바로 그 손을 잡고 악수했다. "열심히 배우게, 제군들. 그게 바로 홀레 반장의 유명한 복음이니까. 범죄 현장에 들어가기 전에 머리를 싹 비우고 갓 태어난 아기가 되는 거야. 언어도 모르는 아기. 신성한 첫 느낌, 결정적인 첫 몇 초에 마음을 활짝 열라고. 그 몇 초야말로 진실은 손톱만큼도 모른 채 사건 현장을 바라볼 수 있는 위대하면서도 유일한 기회니까 말일세. 꼭 퇴마 의식 같구먼, 안 그런가? 옷이 멋지군, 베아테. 이 아름다운 동료분은 누구신가?"

"이쪽은 마르가레트 스벤센이에요."

"난 스톨레 에우네라고 하네." 에우네는 그렇게 말하며 장갑 낀 마르가레트의 손을 잡고 손등에 키스했다. "맙소사, 자네는 고무 맛이 나는군."

"에우네 박사님은 정신과의사야. 우리를 도와주시지." 베아테가 말했다.

"도와주려고 노력할 뿐이네." 에우네가 정정했다. "유감스럽게도 심리학은 아직 걸음마 단계에 있는 학문이고, 앞으로 50년에서 100년이 지나기 전까지는 지나친 가치를 부여해서는 안 돼. 홀레 반장의 질문에 대한 자네 답은 뭔가?"

마르가레트는 도와달라는 표정으로 베아테를 바라봤다.

"잘…… 모르겠어요. 눈이 빠져서 역겹기는 했죠, 당연히." 마르가레트가 말했다.

해리는 욘의 잠긴 아파트 문을 열었다.

"내가 피를 잘 못 보는 거 알지?" 에우네가 경고했다.

"의안이라고 생각하세요." 해리는 문을 열며 옆으로 비켜났다. "비닐 위로만 걷고 아무것도 건드리지 마세요."

에우네는 바닥을 가로질러 검은 비닐을 붙여 만든 길을 조심스럽게 걸었다. 그러고는 아직 진공청소기 먼지 더미 속에 있는 눈알 옆에 쪼그려 앉았다. 청소기에는 회색 먼지가 내려앉아 있었다.

"보다시피 적출됐습니다." 해리가 말했다.

에우네는 한쪽 눈썹을 치켜세웠다. "진공청소기로 눈을 적출했다고?"

"청소기만으로는 할 수 없습니다. 범인이 먼저 눈에 손가락을 넣은 다음에 청소기로 빨아들였을 겁니다. 근육과 시신경은 꽤 질기거든요."

"자넨 모르는 게 없군, 해리."

"예전에 욕조 물에 자기 아이를 빠뜨려 죽인 여자를 체포한 적이 있습니다. 여자는 구치소에 갇혀 있는 동안 자신의 한쪽 눈알을 빼버렸죠. 의사가 제게 그 방법을 알려줬습니다."

뒤에서 마르가레트가 숨을 헉 들이쉬었다.

"눈알을 뺀다고 죽지는 않습니다. 베아테 말로는 여자가 목이 졸린 것 같다고 하더군요. 박사님 생각은 어떠십니까?"

"두말할 나위 없이 감정적 혹은 이성적 균형이 깨진 상태에서 저지른 짓일세. 이런 적출은 주체할 수 없는 분노를 의미하지. 물론 범인이 실용적인 이유로 시신을 쓰레기 투하 장치에 버렸을 수도 있지만……."

"그럴 확률은 매우 낮습니다. 만약 한동안 시신이 발견되지 않게 하려는 의도였다면 그냥 이 빈집에 두는 게 나았을 겁니다." 해리가 말했다.

"그렇다면 이런 행동이 어느 정도는 의식적인 상징이라고 할 수 있겠군."

"흠. 눈알을 뽑아버리고 시신은 쓰레기 취급을 한다?"

"그렇지."

해리는 베아테를 바라봤다. "살인 청부업자의 소행 같진 않아."

에우네는 어깨를 으쓱였다. "분노한 살인 청부업자일 수도 있네."

"일반적으로 프로는 한 가지 방식만 사용합니다. 지금까지 크리스토 스탄키츠의 방식은 총을 쏘는 거였고요."

"살인의 방식이 다양할 수도 있죠. 아니면 그가 여기 숨어 있는데 갑자기 피해자가 와서 깜짝 놀랐을 수도 있고요." 베아테가 말했다.

"이웃 사람들을 의식해서 총을 쏘지 않았을 수도 있어요." 마르가레트가 말했다.

나머지 세 사람이 그녀를 돌아봤다.

마르가레트가 겁에 질린 미소를 지었다. "그러니까…… 범인이 혼자서 평온한 시간을 보내고 싶었을 수도 있잖아요. 무언가 찾고 있었을 수도 있고요."

해리는 불현듯 베아테가 코로 거칠게 숨을 들이쉬고, 평소보다 얼굴이 창백하다는 것을 알아차렸다.

"어떻게 생각하세요?" 해리가 에우네에게 물었다.

"심리학처럼 질문은 많고, 대답은 가설일 뿐이지."

다시 집 밖으로 나왔을 때 해리는 베아테에게 괜찮냐고 물었다.

"네, 그냥 좀 울렁거려서요." 그녀가 말했다.

"지금은 절대 아프면 안 돼. 알았지?"

베아테는 아리송한 미소만 지을 뿐이었다.

그는 잠에서 깨 눈을 떴다. 하얀 천장을 천천히 훑으며 지나가는 불빛이 보였다. 몸이 쑤시고 골치가 아픈 데다 너무 추웠다. 그리고 입안에 무언가 있었다. 몸을 움직이려고 했지만 손발이 묶여 있었다. 그는 고개를 들었다. 촛불 덕분에 침대 발치에 놓인 거울과 거기에 비친 자신의 알몸이 보였다. 머리에 무언가 씌워져 있었다. 말 머리에 씌우는 검은색 마구와 비슷했고, 줄 하나가 입을 가로질러 지나갔는데 입에는 검은 공이 물려 있었다. 양손은 금속 수갑에, 발은 검은 족갑 같은 것으로 묶여 있었다. 그는 계속 거울을 응시했다. 항문에서 실오라기가 나와 있고, 등에는 하얀 액체가 있는데 정액 같았다. 다시 베개에 머리를 떨어뜨리고 눈을 감았다. 소리를 지르고 싶었지만 입에 물린 공 때문에 아무 소리도 나지 않을 터였다.

거실에서 말소리가 들렸다.

"여보세요? 경찰이죠Politi?"

Politi? 경찰?

그는 침대 위에서 몸부림치며 양팔을 잡아당겼다가 엄지손가락이 수갑에 쓸려 살갗이 벗겨지는 바람에 아파서 신음했다. 양손을 비틀어 머리판에 채워진 고리와 손목에 채워진 고리 사이의 사슬을 손가락으로 잡았다. 수갑. 철근. 아버지는 거의 모든 건축 자재가 한쪽 방향으로만 압력을 견디도록 만들어지기 때문에 어디를, 어떻게 해야 저항이 가장 약한지만 알아내면 철근을 구부릴 수 있다고 가르쳐주었다. 수갑 고리 사이의 사슬은 두 고리가 떨어지지 않도록 만들어졌다.

거실에서 남자가 짧게 말하는 소리가 나더니 이내 침묵이 흘렀다.

그는 사슬이 침대 머리판에 묶인 고리와 만나는 지점을 누른 다음, 잡아당기지 않고 비틀었다. 사분의 일쯤 비틀자 사슬이 조금 벌어졌다. 더 비틀어보려 했지만 꿈쩍도 하지 않았다. 다시 시도했을 때는 손이 미끄러졌다.

"여보세요?" 거실에서 다시 목소리가 들렸다.

그는 심호흡을 했다. 눈을 감고, 건설 현장에서 반팔 소매 아래로 거대한 팔뚝을 드러낸 채 일렬로 박힌 철근 앞에 서 있던 아버지를 떠올렸다. 아버지가 그에게 속삭였다. "의심은 모두 버리거라. 의지보다 강한 건 없어. 철근은 의지가 없지. 그래서 매번 지는 거란다."

토레 비에르겐은 진줏빛 조개 장식이 달린 로코코풍 거울 위로 손가락을 초조하게 두들겨댔다. 골동품 가게 주인은 '로코코'라는 단어가 종종 비하하는 의도로 쓰이며, 장식이 너무 지나쳐서 기괴하다는 의미라고 말해주었다. 나중에 이 거울을 사기 위해 1만 2000크로네를 대출받자고 마음먹었을 때 토레는 그 말이 거울을 구입하는 데 결정적 역할을 했음을 깨달았다.

경찰청 전화 교환원은 그를 강력반에 연결해주려 했지만 아무도 전화를 받지 않자 이번에는 지구대에 연결해주었다.

침실에서 소리가 들렸다. 수갑이 침대 머리판에 부딪혀 덜거덕거리는 소리였다. 스테솔리드가 그다지 강력한 진정제는 아닌 모양이다.

"네, 지구대입니다." 차분한 저음의 목소리가 들리자 토레는 깜짝 놀랐다.

"저…… 현상금 때문에 전화드렸는데요. 그러니까…… 음, 구세군 병사를 쏴 죽인 남자 말이에요."

"전화 거신 분은 누구시죠? 지금 계신 곳 주소는요?"

"난 토레라고 합니다. 여긴 오슬로고요."

"좀 더 구체적으로 말씀해주시겠습니까?"

토레는 침을 꿀꺽 삼켰다. 그는 몇 가지 이유 때문에 전화할 때 자신의 전화번호가 공개되지 않도록 설정해두었고, 따라서 지금 전화를 받는 순경에게도 '발신자 표시 제한'이라고만 떴을 터였다.

"내가 범인 체포에 도움을 줄 수 있습니다." 토레가 목소리를 높였다.

"먼저 성함과—"

"범인을 여기에 잡아뒀다고요. 침대에 묶어놨어요."

"누굴 묶어놨다는 말입니까?"

"그 사람 범인 맞죠? 위험한 사람이에요. 레스토랑에서 총을 들고 있는 걸 내가 봤죠. 크리스토 스탄키츠라는 사람이에요. 신문에서 이름을 봤습니다."

전화기 너머가 잠시 조용해졌다. 그러다 다시 목소리가 들렸는데 여전히 저음이었지만 아까보다는 흥분한 듯했다. "진정하시고 전화 거신 분이 누구신지, 지금 어디 계신지 말해주세요. 그럼 당장 출동하겠습니다."

"보상금은요?"

"범인을 체포하게 되면 이 전화가 도움이 됐다고 말하겠습니다."

"그럼 보상금을 바로 받게 되는 거죠?"

"네."

토레는 생각했다. 케이프타운과 이글거리는 햇살 속의 산타클로스. 전화기가 삐걱거렸다. 그는 대답하려고 숨을 들이쉬며 1만 2000크로네짜리 로코코풍 거울을 들여다보았다. 그 순간 세 가지를 깨달았다. 삐걱거리는 소리는 전화기에서 나는 게 아니었다. 인터넷으로 주문한 599크로네짜리 초보자 세트로는 최상급 수갑을 얻을 수 없었다. 그리고 올 크리스마스는 맞이하지 못할 확률이 높았다.

"여보세요?" 전화기 속 목소리가 말했다.

토레 비에르겐은 대답하고 싶었지만 가느다란 나일론 줄에 꿴 반짝이는 구슬들, 어느 모로 보나 크리스마스 장식 같은 그 줄구슬이 성대에서 소리를 생성하는 데 결정적 역할을 하는 기도를 가로막고 있었다.

19

12월 18일, 목요일. 컨테이너

네 사람이 탄 차가 어둠을 가르며 양쪽으로 높이 쌓인 눈 사이의 도로를 달리고 있었다.

"여기서 왼쪽으로 가면 외스트고르입니다." 욘이 뒷좌석에서 말했다. 팔로는 웅크린 테아를 끌어안고 있었다.

할보르센은 도로에서 빠져나갔다. 해리는 드문드문 나타나는 농가를 바라보았다. 불을 환히 밝힌 농가가 언덕이나 나무 군락 속에서 등대처럼 깜빡거렸다.

로베르트의 집이 더는 안전하지 않다는 해리의 말에 욘은 외스트고르로 가자고 제안했다. 대신 테아도 함께 가야 한다고 우겼다.

할보르센은 하얀 농가와 붉은 헛간 사이의 길로 들어갔다.

"이웃집에 전화해서 트랙터로 눈을 좀 치워달라고 해야겠습니다." 그들이 쌓인 눈을 헤치며 농가로 걸어가는 동안 욘이 말했다.

"안 됩니다. 당신이 여기 있다는 걸 누구도 알아서는 안 됩니다. 경찰도요." 해리가 말했다.

욘은 농가의 현관 계단 옆으로 가더니 벽의 널빤지를 세기 시작했다. 그러고는 다섯 번째 널빤지 앞에서 눈 속에 손을 넣어 널빤지 뒤로 가져갔다.

"여기 있습니다." 욘이 열쇠를 꺼내 들었다.

집 안은 바깥보다 훨씬 추운 데다 페인트를 칠한 판자벽은 얼음장처럼 얼어붙어서 말을 하면 목소리가 걸걸해졌다. 그들은 발을 쿵쿵 굴러 신발 밑창에 붙은 눈을 털어내고 넓은 부엌으로 들어갔다. 튼튼한 식탁과 찬장, 수납장 겸용 벤치, 그리고 구석에 장작을 때는 주물 난로가 있었다.

"불을 피울게요." 욘의 입에서 입김이 나왔고, 그는 곱은 양손을 비볐다. "아마 저 벤치 안에 장작이 있을 겁니다. 하지만 헛간에 가서 더 가져와야 해요."

"내가 가져오죠." 할보르센이 말했다.

"헛간까지 가려면 눈을 치워야 합니다. 베란다에 삽이 두 개 있어요."

"내가 도울게요." 테아가 웅얼거렸다.

눈이 그치고 날씨가 개는 중이었다. 해리는 창가에 서서 담배를 피우며, 하얀 달빛 아래서 삽으로 가볍고 새하얀 눈을 치우는 할보르센과 테아를 바라보았다. 난로에서 타닥거리는 소리가 났고, 욘은 구부정한 자세로 불꽃을 들여다보고 있었다.

"여자친구가 랑닐 길스트룀 일을 어떻게 받아들였습니까?" 해리가 물었다.

"용서해줬습니다. 말했듯이 우리가 사귀기 전의 일이니까요." 욘이 말했다.

해리는 붉게 빛나는 담배를 바라보았다. "랑닐이 왜 당신 집에 갔는지 여전히 짐작이 안 갑니까?"

욘은 고개를 끄덕였다.

"당신이 봤는지 모르지만," 해리는 말을 이었다. "책상 맨 아래 서랍이 부서진 것 같더군요. 그 안에 뭐가 들었죠?"

욘은 어깨를 으쓱였다. "개인적인 물건입니다. 주로 편지를 보관하죠."

"연애편지도요? 예를 들면, 랑닐이 쓴?"

욘은 얼굴을 붉혔다. "기억이…… 안 납니다. 랑닐이 보낸 편지는 대부분 버렸는데 한두 장 있을지도 모르겠네요. 서랍은 늘 잠가둡니다."

"테아 혼자 있을 때 열어보지 못하도록?"

욘은 천천히 고개를 끄덕였다.

해리는 농장 안마당이 내려다보이는 계단으로 나가 담배를 서너 모금 더 빤 뒤, 눈 속에 던지고 휴대전화를 꺼냈다. 세 번째 신호음이 울렸을 때 군나르 하겐이 전화를 받았다.

"욘 칼센을 옮겼습니다." 해리가 말했다.

"자세히 말해보게."

"그럴 필요 없습니다."

"뭐라고?"

"훨씬 안전한 곳입니다. 오늘 밤에는 할보르센이 여기 있을 거고요."

"그러니까 그게 어딘가, 홀레?"

"여기요."

전화기 너머로 정적이 흐르는 가운데 해리는 앞으로 무슨 일이 벌어질지 예감할 수 있었다. 이윽고 하겐의 크고 또렷한 목소리가 들렸다.

"홀레, 방금 상관이 구체적으로 물었네. 대답 거부는 불복종이야.

"알겠나?"

자신도 다른 사람들처럼 사회적 생존 본능이 조금이라도 더 있다면 얼마나 좋을까? 해리는 종종 그렇게 생각했다. 하지만 원래 이렇게 생겨먹은 걸 어쩌겠는가.

"그걸 왜 꼭 아셔야 합니까?"

하겐의 목소리가 분노로 떨렸다. "질문은 내가 허락할 때만 하게, 홀레. 알았나?"

해리는 기다렸다. 또 기다렸다. 그러다 하겐이 숨을 깊이 들이쉬자 그제야 입을 열었다. "스칸센 농장입니다."

"뭐라고?"

"스트룀멘 동쪽요. 뢰렌스코그에 있는 경찰 훈련장."

"알았네." 한참 후에 하겐이 대답했다.

해리는 전화를 끊고 다른 번호를 누르며 테아를 바라봤다. 그녀는 삽질을 멈춘 채 달빛 아래 이상한 자세로 서서 야외 화장실이 있는 쪽을 바라보고 있었다.

"스카레입니다."

"홀레 반장이다. 새로운 소식 있나?"

"없습니다."

"제보 들어온 거 없어?"

"쓸 만한 건 없어요."

"그래도 계속 들어오고 있지?"

"네, 보상금을 준다는 소문이 파다하니까요. 괜한 짓이에요. 우리 일만 많아졌다고요."

"주로 무슨 제보야?"

"말도 마세요. 별별 제보가 다 있어요. 비슷한 얼굴을 봤다고 하질 않나. 제일 웃긴 게 뭔지 아세요? 어떤 남자가 지구대 순경에게 말하기를, 자기 집 침대에 스탄키츠를 묶어놨다는 거예요. 그러면서 보상금을 받을 수 있는지 물었대요."

해리는 스카레의 웃음소리가 잦아들기를 기다렸다. "출동해서 아닌 거 확인했대?"

"그럴 필요도 없었어요. 남자가 그냥 전화를 끊었거든요. 뭔가 착각한 거죠. 자기가 예전에 스탄키츠를 봤다고 그랬대요. 레스토랑에서 총을 들고 있는 걸. 근데 지금 어디세요?"

"그건…… 방금 뭐라고 했지?"

"지금 어디―"

"아니, 그거 말고. 스탄키츠가 총을 들고 있는 걸 봤다는 부분."

"하하, 사람들 상상력도 참 빈약하죠?"

"그 제보받은 순경 좀 연결해봐."

"굳이―"

"빨리, 스카레."

해리는 그 순경과 연결이 되었고 세 문장을 주고받은 후에 순경에게 끊지 말고 기다리라고 했다.

"할보르센!" 해리의 외침이 농가 마당에 울려 퍼졌다.

"네?" 할보르센이 헛간 앞 달빛 속에 나타났다.

"화장실에서 물비누 범벅인 총을 든 남자를 봤다고 했던 웨이터 이름이 뭐였지?"

"그걸 제가 무슨 수로 기억해요?"

"무슨 수를 쓰든 상관없어. 기억해내."

밤의 정적 속에서 해리의 말이 농가와 헛간 벽에 부딪혀 울렸다.

"토레 뭐였을 거예요. 아마."

"맞아! 전화한 남자의 이름이 토레였어. 잘했어. 이제 성만 기억해내면 돼, 제발."

"음…… 비외르그? 아냐. 비외랑? 아닌데……."

"잘 생각해봐, 레프 야신!"

"비에르겐. 그거예요. 비에르겐."

"삽 내려놔. 미친 듯이 운전할 수 있는 기회를 주지."

28분 뒤에 할보르센과 해리가 베스트칸트토르게를 지나 스카이브스 가로 접어들어 토레 비에르겐의 집으로 갔을 때, 순찰차 한 대가 그들을 기다리고 있었다. 토레의 집 주소는 당직 순경이 비스킷 수석 웨이터에게 물어서 알아냈다.

할보르센은 순찰차 옆에 차를 세우고 차창을 내렸다.

"3층입니다." 운전석에 앉은 여경이 회색 벽돌건물 앞면의 불이 환하게 켜진 창문을 가리키며 말했다.

조수석에 앉은 해리는 할보르센을 가로질러 여경에게 말했다. "할보르센과 내가 올라간다. 순경 하나는 여기 남아서 지구대와 연락하고, 나머지 한 사람은 우리와 함께 건물로 들어가 비상구 계단을 감시한다. 트렁크에 나한테 빌려줄 총 있나?"

"네." 여경이 대답했다.

남자 순경이 몸을 내밀었다. "해리 홀레 반장님 아니신가요?"

"맞네, 순경."

"지구대에서 누가 반장님은 총기 허가증이 없다고 하던데요."

"한때는 그랬지."

"네?"

해리는 미소를 지었다. "늦잠자서 첫 번째 사격 시험을 놓쳤어.

하지만 두 번째 시험에서 내 점수가 경찰청 전체 3위였다는 걸 알면 기분이 좀 나아지겠나?"

두 순경이 서로 마주 보았다.

"알겠습니다." 남자 순경이 웅얼거렸다.

해리가 차문을 확 밀치자 얼어붙은 고무 패킹이 신음 소리를 냈다. "좋아, 이 제보가 도움이 될지 보자고."

해리는 이틀 만에 두 번째로 MP5를 든 채 세이에르스테트라는 사람의 집 인터폰을 눌렀다. 긴장한 목소리의 부인에게 경찰이라고 설명한 뒤, 문을 열어달라고 부탁했다. 원한다면 창밖을 내다보고 확인해도 된다고 덧붙이면서. 그녀는 그 말대로 했다. 여경은 뒤뜰로 가서 비상구 계단 앞에 대기했고, 할보르센과 해리는 계단을 올라갔다.

초인종 위 동판에 검은 글씨로 토레 비에르겐이라고 적혀 있었다. 해리는 비아르네 묄레르를 생각했다. 그들이 처음 함께 출동했을 때 묄레르는 집 안에 사람이 있는지 알아내는 가장 간단하면서도 효과적인 방법을 가르쳐주었다. 해리는 현관문에 끼워진 유리에 귀를 댔다. 안쪽에서 아무 소리도 들리지 않았다.

"장전하고 안전장치 풀었지?" 해리가 속삭였다.

할보르센은 경찰청에서 지급받은 리볼버를 든 채 현관문 왼쪽 벽에 기대서 있었다.

해리는 초인종을 눌렀다.

숨을 죽인 채 귀를 기울였다.

다시 초인종을 눌렀다.

"쳐들어가느냐 마느냐, 그것이 문제로다." 해리가 속삭였다.

"그럼 먼저 검사에게 전화해서 수색 영장을—"

해리가 MP5로 문에 끼워진 유리를 깨버리는 바람에 할보르센의 뒷말은 들리지 않았다. 해리는 깨진 유리 안으로 손을 넣어 현관문을 열었다.

두 사람은 집 안으로 살며시 들어갔다. 해리는 할보르센에게 열어봐야 할 문들을 가리키고는 거실로 갔다. 아무도 없었다. 하지만 전화기가 놓인 테이블 위의 깨진 거울이 눈에 들어왔다. 무언가 단단한 물체에 부딪혔는지 가운데 검은 태양이 뜬 것처럼 유리 조각이 동그랗게 떨어졌고, 바깥쪽으로 검은 선이 퍼져 나갔다. 해리는 거실 끝의 빼꼼 열린 문을 주시했다.

"부엌과 욕실에는 아무도 없습니다." 할보르센이 해리 뒤에서 속삭였다.

"좋아. 마음 단단히 먹어."

해리는 문 쪽으로 나아갔다. 그제야 느낄 수 있었다. 만약 이 집에 무언가 있다면 바로 저 안에 있을 거라고. 밖에서 불량한 배기 소음기가 펑 터졌다. 멀리서 트램이 끼익 브레이크를 밟았다. 해리는 자신이 본능적으로 구부정한 자세를 취하고 있음을 깨달았다. 자신이 표적일 경우를 대비해 가능한 한 크기를 줄이는 것이다.

그는 MP5 총구로 문을 밀고 재빨리 안으로 들어간 다음, 자신의 실루엣이 드러나지 않도록 옆으로 비켜섰다. 손가락으로 방아쇠를 감은 채 벽에 딱 달라붙어 눈이 어둠에 익숙해지기를 기다렸다.

문간으로 들어오는 빛을 통해 철제 난간이 달린 대형 침대가 보였다. 이불 밑으로 맨다리 두 개가 삐죽 나와 있었다. 그는 앞으로 성큼성큼 걸어가 이불을 홱 젖혔다.

"맙소사!" 문간에 서 있던 할보르센은 놀란 표정으로 침대를 바라보며 리볼버를 천천히 내렸다.

그는 철책을 유심히 바라보았다. 그러고는 도움닫기를 해서 힘껏 날아올랐고, 보보에게 배운 대로 허공에서 몸을 최대한 벌레처럼 꿈틀거렸다. 철책을 넘어갈 때 주머니에 든 총이 배를 찔렀다. 철책 반대편의 가로등 불빛 아래, 얼어붙은 도로에 착지해서 보니 푸른 색 패딩 점퍼가 크게 찢어졌고, 하얀 충전재가 새어 나와 있었다.

어디선가 소리가 들리자 그는 빛에서 벗어나 컨테이너 그림자 속으로 들어갔다. 이곳은 대형 항구였고, 컨테이너가 차곡차곡 포개져 있었다. 그는 귀를 기울인 채 주위를 주시했다. 버려진 막사의 깨진 창문 사이로 바람이 통과하며 휘파람 소리를 냈다.

이유는 몰라도 누군가 자신을 지켜보고 있다는 느낌이 들었다. 아니, 지켜보는 건 아니었다. 그저 그의 존재가 들통나고 발각되었을 뿐이다. 그가 여기 있다는 걸 아는 누군가가 있을 뿐 지켜보지는 않았다. 불이 켜진 철책을 둘러보며 혹시 경보 장치가 있는지 찾아보았지만 아무것도 없었다.

두 줄로 늘어선 컨테이너를 따라 걷다가 문이 열려 있는 컨테이너를 발견했다. 한 치 앞도 안 보이는 컨테이너 안으로 들어가자마자 이곳은 아무 쓸모도 없다는 걸 깨달았다. 여기서 잤다가는 얼어 죽을 것이다. 등 뒤로 컨테이너 문을 닫으며 그는 공기가 움직이는 것을 느꼈다. 이동 중인 컨테이너 안에 들어와 있는 듯했다.

바스락 소리가 나며 발아래로 신문이 밟혔다. 우선 몸을 녹여야 했다.

밖으로 나가자 또 누군가 지켜보고 있다는 기분이 들었다. 막사로 가서 벽의 널빤지 하나를 뜯어냈다. 무언가 움직이는 것을 얼핏 본 듯해서 그는 몸을 빙글 돌렸다. 하지만 오슬로 중앙역 근처에 모인 유혹적인 호텔들의 깜박이는 불빛과 오늘 밤 임시 숙소가 되어줄 컨테이너 문간의 어둠뿐이었다. 끙끙거리며 널빤지 서너 개를 더 떼어낸 후에 다시 컨테이너로 돌아갔다. 눈 위에 발자국이 찍혀 있었다. 동물의 발이었다. 아주 큰 발. 경비견이다. 녀석들이 여길 다녀갔나? 그는 뜯어온 널빤지를 큼직하게 부서뜨리고 나머지는 컨테이너 벽에 기대어 놓았다. 불을 피운 연기가 조금이라도 밖으로 나가도록 문을 열어두었다. 호스텔 방에서 집어온 성냥은 권총과 같은 주머니에 들어 있었다. 신문지에 불을 붙여서 널빤지 조각 아래에 넣고 불꽃 위에서 손을 녹였다. 작은 불꽃이 빨갛게 녹슨 벽을 핥았다.

그는 아까 돈을 찾아 웨이터의 호주머니를 뒤질 때 총구를 내려다보던 웨이터의 겁에 질린 눈을 떠올렸다. 가진 게 그거뿐이야, 웨이터는 그렇게 말했다. 햄버거 하나와 지하철 표를 살 정도의 돈이었다. 은신처를 찾아 몸을 녹이거나 잠을 자기에는 턱없이 부족했다. 그러자 웨이터가 멍청하게도, 신고를 했으니 곧 경찰이 올 거라고 말했다. 그래서 그는 해야 할 일을 했다.

불꽃이 컨테이너 밖에 쌓인 눈을 비췄다. 아까는 몰랐는데 문밖에 더 많은 발자국이 찍혀 있었다. 왜 처음 여기 왔을 때는 저 발자국을 보지 못했을까? 그는 자신의 숨소리에 귀를 기울였다. 숨소리가 컨테이너 안에서 울리자 마치 두 사람이 있는 듯했다. 그는 눈으로 발자국을 계속 따라가다가 흠칫 놀랐다. 그의 발자국이 개의 발자국과 교차했다. 그의 신발 자국 한가운데 개의 발자국이 찍혀 있었다.

그는 얼른 문을 닫았고, 불꽃이 훅 꺼져버렸다. 칠흑 같은 어둠 속에서 신문 가장자리만 은은하게 타올랐다. 숨소리가 거칠어졌다. 저 밖에서 무언가가 그를 쫓아오고 있었다. 그의 냄새를 맡고,

그 냄새를 알아차릴 수 있었다. 그는 숨을 죽였다. 그리고 깨달았다. 그를 쫓는 무언가는 밖에 있지 않았다. 이 소리는 그의 숨소리의 반향이 아니었다. 그것은 이 안에 있었다. 총을 찾아 주머니로 손을 뻗으며 이상하다는 생각이 들었다. 왜 으르렁거리지 않았을까? 왜 아무 소리도 내지 않았을까? 그제야 소리가 났다. 강철 바닥을 차며 뛰어오를 때 바닥에 발톱이 부드럽게 긁히는 소리에 불과했다. 그는 얼른 팔을 들어 올렸지만 개가 그의 손을 물었고, 강렬한 통증에 그의 마음은 수많은 생각의 파편으로 부서졌다.

해리는 침대와 토레 비에르겐으로 추정되는 남자를 세심히 살펴봤다.

할보르센이 다가와 해리 뒤에 서서 속삭였다. "세상에. 대체 무슨 일이 있었던 거죠?"

해리는 아무 말 없이 남자의 얼굴에 씌인 검은 가죽 복면의 지퍼를 내려 절반을 옆으로 젖혔다. 빨갛게 칠한 입술과 눈 화장을 한 얼굴을 보니 더 큐어의 보컬 로버트 스미스가 생각났다.

"네가 비스킷에서 만난 웨이터 맞아?" 해리가 방을 둘러보며 물었다.

"그런 거 같아요. 대체 이 옷은 뭐죠?"

"라텍스야." 해리는 손끝으로 시트에 떨어진 금속 부스러기를 훑었다. 그러고는 머리말 탁자에서 물컵 옆에 놓인 무언가를 집어 들었다. 약이었다. 해리는 그 약을 유심히 들여다봤다.

할보르센이 신음했다. "역겹네요."

"일종의 페티시즘이지. 사실 미니스커트를 입고 가터벨트를 한 여자에게 흥분하는 거나 똑같아. 널 성적으로 흥분시키는 옷차림이 뭔진 몰라도."

"제복요. 모든 종류의 제복. 간호사, 주차 단속 요원……" 할보르센이 말했다.

"알았으니까 그만해."

"어떻게 생각하세요? 약을 먹고 자살한 걸까요?"

"본인한테 직접 물어보자고." 해리는 그렇게 말하더니 컵에 반쯤 들어 있던 물을 남자의 얼굴에 뿌렸다. 할보르센은 너무 놀라서 입을 딱 벌린 채 해리를 바라보았다.

"네가 그렇게 편견에 사로잡히지 않았다면 이 남자의 숨소리를 들었을 거야. 이건 스테솔리드야. 발륨이나 마찬가지라고."

침대에 누워 있던 남자가 숨을 헉 들이쉬더니 얼굴이 일그러졌고, 발작하듯이 기침을 해댔다.

해리는 침대 가장자리에 앉아 남자의 겁에 질린 눈동자, 여전히 축소된 동공이 자신에게 초점을 맞추기를 기다렸다.

"우린 경찰입니다. 이렇게 갑자기 쳐들어와서 미안하지만 당신한테 우리가 원하는 게 있다고 들었습니다. 하지만 이젠 아닌 것 같군요."

남자는 눈을 두 번 깜빡이더니 잠긴 목소리로 물었다. "무슨 말을 하는 겁니까? 여긴 어떻게 들어왔죠?"

"현관으로요. 아까 다른 손님이 있었죠?" 해리가 물었다.

남자는 고개를 저었다.

"경찰에게 그렇게 말했잖습니까." 해리가 말했다.

"이 집엔 나 혼자뿐입니다. 그리고 난 경찰에 전화하지 않았어요. 내 전화번호는 전화번호부에도 실려 있지 않다고요. 추적이 불가능해요."

"아뇨, 가능합니다. 그리고 전화 얘기는 당신이 먼저 꺼냈습니다. 누군가를 침대에 묶어놨다고 신고했죠? 그런데 시트를 보니까 침대 난간이 긁히면서 떨어진 금속 부스러기가 있군요. 밖에 걸린 거울도 누가 내려친 것 같고요. 그자가 도망갔나요?"

토레는 얼빠진 표정으로 해리를 바라보다가 할보르센을 보았고 다시 해리를 보았다.

"당신을 협박했나요?" 해리는 나직하고 단조로운 어조로 물었다. "경찰에게 한 마디라도 하면 다시 돌아오겠다고 했습니까? 그래서 겁먹고 이러는 겁니까?"

토레가 입을 벌렸다. 아까 본 가죽 복면 때문이었을까? 해리는 항로에서 이탈해 표류하는 조종사가 떠올랐다. 방황하는 로버트 스미스.

"범죄자들이 늘 쓰는 수법이죠. 하지만 이거 아십니까? 그 말이 진심이었다면 당신은 벌써 죽었습니다." 해리가 말했다.

남자는 해리를 응시했다.

"그자가 어디로 갔는지 아십니까? 가져간 물건은 없습니까? 돈이라든가, 옷이라든가."

침묵이 흘렀다.

"말해보세요. 중요한 문제입니다. 그자는 여기 오슬로에 죽이려는 사람이 있습니다."

"무슨 말인지 전혀 모르겠네요. 이제 그만 가주시죠." 해리에게서 눈을 떼지 않은 채 토레 비에르겐이 속삭였다.

"알겠습니다. 하지만 이거 하나만 말씀드리죠. 당신은 도주 중인 살인범에게 도피처를 제공한 혐의로 기소될 수 있습니다. 최악의 경우에는 검사가 당신을 공범으로 몰 수도 있고요."

"무슨 근거로요? 그래요, 내가 전화했습니다. 장난 좀 치려고 그랬어요. 재미 삼아서. 그래서 뭐요?"

해리는 침대에서 일어났다. "좋을 대로 하십시오. 이제 우린 가겠습니다. 옷가지 좀 챙겨두시죠. 곧 누가 데리러 올 테니까요."

"데리러 와요?"

"체포하러 올 겁니다." 해리는 할보르센에게 가자고 손짓했다.

"날 체포한다고요?" 토레의 목소리는 더 이상 잠겨 있지 않았다. "왜요? 내가 무슨 죄를 졌는데요?"

해리는 엄지와 검지로 잡고 있던 물건을 보여주었다. "스테솔리드는 암페타민과 코카인처럼 의사의 처방이 필요한 약물입니다. 그러니 처방전이 없다면 유감스럽게도 당신을 향정신성 의약품 소지 혐의로 체포할 수밖에 없습니다. 최소 2년 형이죠."

"농담이죠?" 토레는 벌떡 일어나 바닥에 떨어져 있던 이불을 끌어당겼다. 그제야 자신이 어떤 꼴을 하고 있는지 깨달은 듯했다.

해리는 문으로 걸어갔다. "동감입니다. 개인적으로 향정신성 의약품 소지자에 대한 노르웨이 입법부의 처벌이 너무 가혹하다고 생각합니다. 그러니 상황이 조금 달랐다면 내가 눈감아줬을 수도 있죠. 안녕히 계십시오."

"잠깐만요!"

해리는 걸음을 멈췄다. 그리고 기다렸다.

"그자의 혀, 혀, 형제들이……." 토레는 더듬거렸다.

"형제들?"

"자기에게 무슨 일이 생기면 형제들을 보낼 거라고 했어요. 자기가 체포되거나 살해되면, 어쩌다 그렇게 되었든 간에 그들이 날 찾아올 거라고. 형제들은 황산을 쓰는 걸 좋아한다고 하더군요."

"놈에게는 형제가 없습니다." 해리가 말했다.

토레는 고개를 들어 해리를 바라보았다. 그러고는 정말 놀란 듯이 물었다. "그래요?"

해리는 고개를 끄덕였다.

토레는 양손을 초조하게 비벼댔다. "난…… 너무 불안해서 그 약을 먹었습니다. 원래 그럴 때 먹는 약이잖아요."

"놈은 어디로 갔죠?"

"말 안 했어요."

"돈을 가져갔습니까?"

"제 수중에 있던 잔돈만요. 그걸 들고 도망갔습니다. 난…… 난 그냥 여기 앉아 있다가 너무 무서워서……" 그가 갑자기 울음을 터뜨리더니 이불 속에서 몸을 웅크렸다. "너무 무서웠어요."

해리는 울고 있는 남자를 바라봤다. "원한다면 오늘 밤 경찰청에 가서 주무시죠."

"그냥 여기 있을게요." 토레가 코를 훌쩍거렸다.

"좋습니다. 내일 아침 일찍 경찰이 와서 더 물어볼 겁니다."

"알았어요. 잠깐만요! 만약 그자가 잡히면……."

"잡히면?"

"보상금은 받을 수 있는 거죠?"

이젠 불이 잘 타올랐다. 막사의 깨진 창문에서 가져온 삼각형 유리 조각이 불빛을 받아 번뜩였다. 널빤지를 더 뜯어다 넣었고 이제야 몸이 녹기 시작했다. 밤에는 더 추울 테지만 그래도 그는 살아 있었다. 유리 조각으로 셔츠를 길게 찢어 피가 흐르는 손가락에 감았다. 개는 총을 들고 있던 그의 손을 물었다. 더불어 총도.

천장에 매달린 블랙메츠너의 그림자가 컨테이너 벽에 너울거렸다. 아가리는 벌어져 있고, 축 늘어진 몸은 죽기 직전 침묵의 공격을 감행할 때 모습 그대로 굳어 있었다. 두 뒷다리는 지붕의 강철 홈에서 빠져나온 철사로 묶여 있었다. 총알이 관통하면서 생긴 귀 뒤의 구멍과 입에서 바닥으로 피가 뚝뚝 떨어졌다. 시계 초침처럼 규칙적으로. 그가 방아쇠를 당겼는지, 아니면 개가 무는 바람에 방아쇠가 당겨졌는지는 알 길이 없었다. 어쨌든 컨테이너 벽은 아직까지 총성의 여운으로 진동하는 듯했다. 이 저주받은 도시에 온 후로 여섯 번째 발사한 총알이었다. 이제 딱 한 발 남았다.

한 발이면 충분하지만 욘 칼센을 어떻게 찾아내지? 올바른 방향으로 이끌어줄 사람이 필요했다. 그 형사가 떠올랐다. 해리 홀레. 흔한 이름 같지는 않았다. 그 형사를 찾아내는 건 그다지 어렵지 않으리라.

제3부 십자가에 못 박히다

20

12월 18일, 목요일. 시타델

비카 아트리움 앞의 네온사인이 영하 18도, 건물 안의 시계는 오후 9시로 표시되어 있을 때 해리와 할보르센은 유리 엘리베이터 안에서 발아래로 점점 작아지는 열대식물을 내려다보고 있었다.

입을 굳게 다물고 있던 할보르센은 마음을 바꿔 입을 열었다가 다시 꾹 다물었다.

"유리 엘리베이터는 괜찮아. 고소 공포증은 없으니까." 해리가 말했다.

"아, 네."

"네가 얘기를 꺼내고 질문을 하도록 해. 난 나중에 끼어들 테니까. 알았지?"

할보르센은 고개를 끄덕였다.

그들이 토레 비에르겐의 집에서 나와 차에 탔을 때 군나르 하겐에게 전화가 왔다. 알베르트와 마스 길스트룹 부자가 비카 아트리움에서 유가족 진술을 하려고 기다리고 있으니 당장 거기로 가라고 했다. 해리는 진술하려고 경찰을 오라 가라 하는 것은 관례가 아니며, 그 일은 이미 스카레에게 맡겼다고 말했다.

"알베르트는 총경님의 오랜 지인일세." 하겐이 설명했다. "총경님께 전화해서 이번 수사의 지휘를 맡은 사람에게만 진술하겠다고 했다는군. 대신 변호사는 입회하지 않을 걸세."

"하지만—"

"고맙네. 잘 부탁하네."

이번에는 명령이 아니었다.

푸른 재킷을 입은 자그마한 체구의 남자가 엘리베이터 앞에서 기다리고 있었다.

"알베르트 길스트룹이오." 남자는 종잇장처럼 얇은 입술을 최소한으로 움직여 말하더니 손을 내밀어 짧지만 힘차게 악수했다. 백발에 주름이 깊게 파이고 햇볕에 거칠어진 얼굴이었지만 눈동자만큼은 젊고 총기가 넘쳤다. 그는 길스트룹 투자회사 간판이 달린 쪽으로 그들을 안내하며 총기 넘치는 눈동자로 해리를 유심히 바라보았다.

"우선 우리 아들이 이번 일로 심한 충격을 받았다는 사실을 유념해주시오. 지금 몸 상태가 최악이오. 게다가 유감스럽게도 원래 좀 예민한 편이고." 알베르트 길스트룹이 말했다.

말하는 걸 보니 죽은 사람은 죽은 사람이고, 산 사람은 살아야 한다고 생각하는 실용적인 사고방식의 소유자이거나, 며느리에게 딱히 애정이 없는 모양이라고 해리는 결론을 내렸다.

작지만 고급스럽게 꾸며진 로비에는 민족낭만주의를 모티브로 한 노르웨이 화가들의 그림이 걸려 있었다. 고양이와 함께 농가 안뜰에 있는 남자. 소리아 모리아 성*. 지금까지 해리가 숱하게 본 유

* 노르웨이의 유명한 전래 동화.

명한 그림들이었지만 이번만큼은 복사품인지 진품인지 분간할 수
없었다.

그들이 회의실에 들어갔을 때 마스 길스트룀은 의자에 앉아 안
마당을 마주한 유리벽을 멍하니 바라보고 있었다. 알베르트가 헛
기침을 하자 마스는 천천히 몸을 돌렸다. 깨어나기 싫은 꿈을 꾸
고 있었다는 듯이. 아버지를 전혀 닮지 않은 아들이라는 것이 해리
가 받은 첫인상이었다. 좁지만 둥글둥글한 얼굴과 부드러운 이목
구비, 곱슬머리 덕분에 마스 길스트룀은 원래 나이인 삼십대보다
어려 보였다. 어쩌면 그의 표정, 어린아이 같은 무력감이 느껴지는
갈색 눈동자 때문인지도 모른다. 마스는 자리에서 일어나 비로소
그들을 바라보았다.

"와주셔서 감사합니다." 마스 길스트룀은 꽉 잠긴 목소리로 그렇
게 속삭이며 해리의 손을 잡았다. 어찌나 세게 잡았는지 해리는 혹
시 그가 자신을 경찰이 아닌 목사로 착각했나 의아할 정도였다.

"천만에요. 어차피 저희도 두 분과 이야기를 나누고 싶었습니
다." 해리가 말했다.

알베르트 길스트룀은 헛기침을 하며 목각 인형처럼 입을 거의
벌리지 않고 말했다. "우리 요청에 따라 여기까지 와줘서 고맙다는
뜻이오. 우리가 경찰서로 찾아가는 게 원칙이니까."

"그보다는 이렇게 늦은 시간이니 자택에서 보자고 하실 줄 알았
습니다." 해리가 마스에게 말했다.

마스는 어찌 해야 좋을지 모르겠다는 눈으로 아버지를 보더니
아버지가 고개를 살짝 끄덕이자 비로소 대답했다. "거긴 도저히 있
을 수가 없습니다. 너무…… 텅 빈 거 같아서요. 오늘 밤에는 집에
서 잘 겁니다."

"우리 집 말이오." 알베르트가 설명하듯이 덧붙이더니 아들을 바라봤다. 연민의 눈길일 테지만 해리에게는 경멸의 눈길로 보였다.

그들은 자리에 앉았고, 부자는 테이블을 가로질러 해리와 할보르센에게 명함을 내밀었다. 할보르센도 두 사람에게 명함을 내밀었다. 알베르트는 기대하는 눈빛으로 해리를 바라봤다.

"제 명함은 아직 안 나왔습니다." 해리가 말했다. 사실이기는 했지만 애초에 주문한 적이 없었다. "하지만 할보르센과 저는 함께 일하니까 이 친구에게 전화하시면 됩니다."

할보르센은 목청을 가다듬었다. "몇 가지 물어볼 게 있습니다."

할보르센은 사건이 일어나기 전날 랑닐의 행적과 그녀가 왜 욘 칼센의 집에 갔는지, 그녀를 죽일 만한 사람이 누구인지 물었다. 마스는 모든 질문에 고개를 저었다.

해리는 커피에 넣을 우유가 있는지 살폈다. 최근 들어 커피에 우유를 넣기 시작했다. 나이를 먹었다는 신호일 것이다. 몇 주 전에는 이견의 여지가 없는 비틀스의 명반 〈Sergeant Pepper's Lonely Hearts' Club Band〉를 들었다가 크게 실망했다. 이 음반도 구닥다리가 돼버렸다.

할보르센은 두 남자와 눈을 마주치지 않은 채 수첩에 적힌 질문을 읽고, 대답을 받아 적었다. 마스 길스트룸에게 오늘 오전 9시에서 10시 사이에 어디에 있었는지 물었다. 그때가 검시관이 밝힌 사망 추정 시각이었다.

"여기 있었소." 알베르트 길스트룸이 말했다. "하루 종일 여기서 일했소. 우리 둘 다. 어떻게든 회사를 살리려는 중이니까." 그러더니 해리에게 말했다. "그 질문을 할 거라고 예상했소. 살인사건에서 경찰이 가장 먼저 의심하는 사람은 늘 남편이라고 읽었소."

"그럴 만한 이유가 있습니다. 통계가 그러니까요."해리가 말했다.

"좋소." 알베르트 길스트룹이 고개를 끄덕였다. "하지만 이건 통계가 아니오, 형사 양반. 현실이지."

해리는 알베르트 길스트룹의 반짝이는 푸른색 눈동자를 바라보았다. 할보르센은 마치 무슨 일이 터질까 두렵다는 듯이 해리를 힐끗 봤다.

"그럼 현실에 집중하도록 할까요? 고개는 그만 흔들고 말을 좀 더 해보죠. 마스?" 해리가 말했다.

마스 길스트룹이 졸고 있던 사람처럼 고개를 번쩍 들었다. 해리는 그와 눈이 마주칠 때까지 기다렸다. "욘 칼센과 부인의 관계를 어디까지 알고 있습니까?"

"그만!" 목각 인형 같은 알베르트의 입이 쏘아붙였다. "그런 식의 몰염치한 행동은 당신이 매일 만나는 시민들에게는 통할지 몰라도 여기서는 안 통해."

해리는 한숨을 쉬었다. "당신이 원한다면 아버님은 계속 남아 있게 하죠, 마스. 하지만 때에 따라서는 내가 쫓아낼 수도 있습니다."

알베르트 길스트룹은 껄껄 웃었다. 마침내 호적수를 만난 노련한 승리자의 웃음이었다. "말해보시오, 반장. 내가 친구인 총경에게 전화해서 그의 부하들이 방금 아내를 잃은 남자를 얼마나 가혹하게 대하는지 꼭 이야기해야겠소?"

해리가 막 대답하려는데 마스가 천천히, 이상하리만치 우아하게 손을 들어 올렸다. "우린 범인을 잡아야 해요, 아버지. 서로 도와야 한다고요."

그들은 기다렸지만 마스는 다시 유리벽을 바라볼 뿐 아무 말도 하지 않았다.

"좋소^{All right}." 갑자기 알베르트가 영국식 발음의 영어로 말했다. "대신 한 가지 조건이 있소. 당신하고만 얘기하겠소, 홀레 반장. 파트너는 밖에서 기다리게 하시오."

"그렇게는 안 됩니다." 해리가 말했다.

"우리도 최선을 다해 협조하고 있소. 하지만 이 문제만큼은 협상의 여지가 없소. 싫다면 우리도 변호사를 통해 얘기하지. 알아들었소?"

해리는 분노가 올라오기를 기다렸지만 전혀 느껴지지 않았다. 정말로 늙은 모양이다. 의심의 여지가 없었다. 그는 할보르센에게 고개를 까닥였다. 할보르센은 놀란 표정을 지었지만 일어나서 밖으로 나갔다. 알베르트 길스트룹은 할보르센이 문을 닫을 때까지 기다렸다.

"맞소, 우린 욘 칼센을 만났소. 마스와 랑닐, 그리고 나는 구세군 재정 고문인 욘을 만나 아주 유리한 제안을 했지만 거절당했소. 아주 도덕적이고 고매한 청년이더군. 하지만 그 일과 상관없이 그가 랑닐에게 구애했을 수는 있소. 그런 남자가 한둘도 아니었고. 요즘은 불륜이 1면 기삿거리도 안 된다는 걸 알고 있소. 하지만 둘이 불륜 관계였다는 가정이 불가능한 이유는 랑닐 때문이오. 난 그 애를 아주 오랫동안 알고 지냈소. 랑닐은 사랑받는 아내이자 며느리였을 뿐 아니라 성품이 훌륭한 아이요."

"그녀에게 욘 칼센의 아파트 열쇠가 있었는데도요?"

"그 얘기는 더 듣고 싶지 않소!" 알베르트가 쏘아붙였다.

해리가 힐끗 바라본 유리벽에 마스 길스트룹의 얼굴이 비쳤다. 알베르트가 말을 이었다.

"우리가 당신하고만 얘기하고 싶다고 한 이유는 따로 있소, 홀레 반장. 당신은 이번 수사를 지휘하고 있으니 랑닐을 살해한 범인을 잡아준다면 우리가 보상금을 제공할 생각이오. 정확히 말해서 20만 크로네. 비밀은 반드시 보장해주겠소."

"네?" 해리가 말했다.

"좋소. 액수는 다시 논의할 수 있소. 다만 경찰에선 이 사건을 최우선으로 다뤄야 하오."

"지금 절 매수하시는 겁니까?"

알베르트 길스트룹이 시큰둥한 미소를 지었다. "요란 떨지 말고 잘 생각해보시오, 홀레 반장. 우린 상관하지 않을 테니 원하면 경찰 미망인을 위한 펀드에 그 돈을 기부하든가."

해리는 대답하지 않았다. 알베르트 길스트룹은 한 손으로 탁자를 내려쳤다.

"이제 회의는 끝난 것 같군. 계속 연락합시다, 반장."

크리스마스 캐럴에 나오는 천사들이 지상에 내려올 때처럼 유리 엘리베이터가 부드럽게, 소리 없이 1층으로 내려가는 동안 할보르센은 하품을 했다.

"왜 그 아버지라는 작자를 쫓아내지 않으셨어요?"

"재미있어서." 해리가 말했다.

"제가 없는 동안 뭐라고 하던가요?"

"랑닐은 성품이 훌륭해서 욘 칼센과 바람피울 사람이 아니래."

"정말로 그렇게 믿던가요?"

해리는 어깨를 으쓱였다.

"또 뭐라고 했어요?"

해리는 망설이다가 "그게 다야"라고 대답하고는 아래를 내려다보았다. 대리석 사막 속에 분수가 딸린 초록색 오아시스가 조성되어 있었다.

"무슨 생각 하세요?" 할보르센이 물었다.

"잘 모르겠어. 마스 길스트룹이 미소 짓는 걸 봤어."

"네?"

"유리에 비친 모습을 봤거든. 알베르트 길스트룹은 목각 인형 같지 않아? 복화술사가 쓰는 거 있잖아."

할보르센은 고개를 저었다.

그들은 뭉케담스 가를 내려가 오슬로 콘서트홀 쪽으로 걸어갔다. 쇼핑백을 한 아름 든 사람들이 서둘러 걸어가고 있었다.

"공기가 왜 이래." 해리가 몸을 떨며 말했다. "추위 때문에 배기가스가 땅에 들러붙어서 유감이야. 도시 전체가 질식하고 있어."

"그래도 아까 회의실에서 풍기던 역겨운 애프터셰이브 냄새보다는 훨씬 나아요."

콘서트홀의 직원용 출입문에 구세군 크리스마스 콘서트 포스터가 걸려 있었다. 한 소년이 포스터 아래 앉아 빈 종이컵을 내밀고 있었다.

"반장님은 토레에게 거짓말을 하셨어요." 할보르센이 말했다.

"내가?"

"겨우 스테솔리드 한 알로 2년 형이라고요? 그리고 스탄키츠에게 앙심을 품은 아홉 명의 형제가 있는지 없는지 반장님은 모르잖아요."

해리는 어깨를 으쓱이고 손목시계를 봤다. AA 모임에 가기에는 너무 늦었으니 대신 주님의 말씀을 듣기로 했다.

"하지만 주님이 재림하시면 누가 그분을 알아볼까요?" 다비드 에크호프가 외쳤다. 그의 앞에서 촛불이 너울거렸다. "어쩌면 구세주는 지금 우리 안에, 이 도시에 있을지도 모릅니다."

벽이 하얀색으로 칠해진 소박한 대형 강당에 모인 신도들이 웅얼거렸다. 시타델에는 제단도, 수찬대도 없었다. 그저 연단과 신도들 사이에 무릎을 꿇고 죄를 고백할 수 있는 '아멘 코너*'가 있을 뿐이었다.

사령관은 신도들을 바라보며 연설 효과를 높이기 위해 잠시 뜸들였다가 말을 이었다. "비록 마태가 구세주는 천사들을 거느리고 영광스럽게 재림한다고 썼지만 이런 구절도 있습니다. '나그네 되었을 때에 영접하지 아니하였고, 헐벗었을 때에 옷 입히지 아니하였고, 병들었을 때와 옥에 갇혔을 때 돌보지 아니하였느니라.'"

다비드 에크호프는 숨을 들이쉬고 페이지를 넘긴 다음, 눈을 들어 신도들을 보았다. 그러고는 성경을 보지 않은 채 말을 이었다.

"'그들도 대답하여 이르되 주여, 우리가 어느 때에 주께서 주리신 것이나 목마르신 것이나 나그네 되신 것이나 헐벗으신 것이나 병드신 것이나 옥에 갇히신 것을 보고 공양하지 아니하더이까? 이에 임금이 대답하여 이르시되 내가 진실로 너희에게 이르노니 이 지극히 작은 자 하나에게 하지 아니한 것이 곧 내게 하지 아니한 것이니라 하시리니. 그들은 영벌에, 의인들은 영생에 들어가리라 하시니라.'" 사령관은 주먹으로 연단을 두드렸다. "여기서 마태가 의미하는 것은 전쟁의 촉구입니다. 이기심과 무자비와의 전쟁!" 그가 큰 소리로 외쳤다. "그리고 우리 구세군 군인들은 최후의 날에

---

* 설교단에서 가장 가까운 자리로, 가장 열성적인 신도들이 앉는다.

심판이 있을 것이라고, 의인들은 영생을 얻고 신을 섬기지 않는 자들은 영벌을 받을 것이라고 믿습니다."

사령관의 설교가 끝나자 신도들이 간증할 차례가 되었다. 한 노인이 오슬로 성당 광장 앞에서 일어난 전투를 설명하며 주님을 통한 신의 말씀과 진실한 염원 덕분에 전투가 승리를 거두었다고 말했다. 노인의 말이 끝나자 한 청년이 앞으로 나와 오늘 예배는 찬송가 617장을 부르며 마치겠다고 말했다. 청년은 구세군 제복을 입은 관악기 연주자 여덟 명과 대형 베이스 드럼을 연주하는 리카르드 닐센으로 구성된 밴드 앞에 섰다. 리카르드가 드럼을 툭툭 치면서 연주가 시작되었고, 이내 청년이 신도석 쪽으로 돌아서자 신도들은 노래를 불렀다. 강당 안에 찬송가가 우렁차게 울려 퍼졌다. "구원의 깃발을 드높이 휘날려라, 이제 성전을 일으키자!"

찬송가가 끝나자 다비드 에크호프가 다시 연단에 올라섰다. "친애하는 신도 여러분, 여러분께 희소식을 전하며 예배를 마치겠습니다. 오늘 수상님 사무실에서 연락이 왔습니다. 콘서트홀에서 열리는 구세군 크리스마스 연례 콘서트에 수상님께서 참석하신다고 합니다."

신도들은 자발적으로 박수를 치는 자리에서 일어났다. 실내가 활기찬 대화 소리로 웅웅거렸고, 사람들은 느긋하게 출구로 걸어 나갔다. 마르티네 에크호프만 서두르는 듯했다. 해리는 맨 뒷자리에 앉아 그녀를 지켜보았다. 모직 스커트에 검정 스타킹, 해리처럼 닥터 마틴 워커를 신고 하얀 니트 모자를 쓴 채 중앙 통로를 걸어 내려오고 있었다. 해리를 똑바로 보고도 알아보는 기색이 전혀 없더니 이내 얼굴이 환해졌다. 해리는 자리에서 일어났다.

"안녕하세요." 마르티네가 고개를 갸웃하며 미소 지었다. "일 때문인가요? 아니면 영적 갈증?"

"음, 아버님이 연설을 잘하시네요."

"오순절파였다면 월드 스타가 되셨을 거예요."

해리는 그녀 뒤쪽의 군중 속에서 리카르드를 얼핏 본 것 같았다. "저기, 몇 가지 물어볼 게 있습니다. 추위에 산책하고 싶다면 제가 집까지 동행해드리죠."

마르티네는 수상쩍다는 표정으로 그를 바라보았다.

"물론 당신이 집에 갈 거라면요." 해리가 황급히 덧붙였다.

마르티네는 주위를 둘러본 후 대답했다. "제가 형사님 집까지 데려다 드리면 어떨까요? 형사님 집이 더 가깝잖아요."

바깥의 공기는 차갑고 자욱했으며 기름지고 짭조름한 자동차 배기가스 냄새가 났다.

"바로 본론으로 들어가죠." 해리가 입을 열었다. "당신은 로베르트와 욘, 둘 다 알고 있으니 묻겠습니다. 로베르트에게 형을 죽일 만한 동기가 있었을까요?"

"무슨 말도 안 되는 소리예요?"

"좀 생각해보고 대답해줘요."

그들은 두꺼운 빙판 위를 좁은 보폭으로 걸으며 에데르코펜 극장을 지나 인적 없는 거리를 통과했다. 크리스마스 파티 시즌도 끝물이었지만 택시는 여전히 파티복을 입고 아쿠아비트*에 취한 승객들을 필레스트레데 가에서 실어 나르고 있었다.

"로베르트가 좀 제멋대로긴 하죠. 하지만 형을 죽인다고요?" 마르티네는 그렇게 말하며 맹렬하게 고개를 저었다.

---

* 스칸디나비아에서 즐겨 마시는 술. 전통적으로 크리스마스에 맥주와 함께 마신다.

"살인을 청부했을 수도 있습니다."

마르티네는 어깨를 으쓱였다. "난 그들과 별로 가깝지 않았어요."

"왜죠? 함께 자란 셈이잖아요."

"네, 하지만 난 누구와도 별로 가깝지 않았어요. 혼자 있는 걸 제일 좋아했거든요. 당신처럼."

"나요?" 해리가 깜짝 놀라 물었다.

"외로운 늑대끼리는 서로 알아보는 법이죠."

옆을 힐끗 본 해리는 장난기 넘치는 마르티네의 눈과 시선이 마주쳤다.

"당신은 분명 자기 방식대로만 하는 부류였을 거예요. 재미있지만 다가가기 힘든 사람."

해리는 미소 지으며 고개를 저었다. 그들은 제대로 관리되지 않은 채 알록달록한 낙서가 그려진 블리츠 건물 앞면을 지났다. 해리는 건물 앞에 놓인 기름통을 가리켰다.

"1982년에 이 건물이 점거됐을 때* 여기서 펑크 음악 공연이 열렸던 거 압니까? 쇠트, 디 알레르 베르스테 같은 밴드들이 모두 모였죠."

마르티네는 웃었다. "아뇨. 난 그때 겨우 초등학생이었어요. 그리고 블리츠는 우리 구세군이 자주 갈 만한 곳도 아니었고요."

해리는 씩 웃었다. "그렇죠. 난 가끔씩 왔습니다. 적어도 처음에는 나 같은 아웃사이더들을 위한 곳이라고 생각했죠. 하지만 난 그무리에도 끼지 못했습니다. 블리츠를 한마디로 요약하면 획일성과

---

* 급진좌파와 무정부주의자, 공산주의자들이 블리츠에 커뮤니티를 형성해 과격한 사회 운동을 펼쳤다.

집단적 사고니까요. 선동가들만 신나는 거죠. 어디에나 그런 사람들이 있습니다. 마치…….”

해리는 말을 멈췄지만 마르티네가 대신 끝맺어주었다. “오늘 저녁 시타델에서 설교한 우리 아버지 같은 사람요?”

해리는 두 손을 호주머니 속에 더 깊이 밀어 넣었다. “내 말은 답을 찾기 위해 자기 머리에만 의존하면 금방 외로워진다는 겁니다.”

“그래서 당신의 외로운 머리는 지금까지 어떤 답을 내놓았나요?” 마르티네는 그의 팔을 잡았다.

“내가 보기에는 욘과 로베르트 둘 다 여자들과 많이 얽혔더군요. 테아는 뭐가 그리 특별하기에 두 형제가 모두 좋아하는 겁니까?”

“로베르트가 테아를 좋아한대요? 아닌 거 같던데.”

“욘이 그러더군요.”

“음, 아까도 말했듯이 난 그들과 별로 가깝지 않았으니까요. 하지만 외스트고르에 여름 수련회를 갔을 때 테아가 남자아이들에게 인기가 많았던 건 기억해요. 그때부터 벌써 경쟁이 시작된 거죠.”

“경쟁?”

“네, 사관이 되고 싶은 남자아이는 구세군 안에서 여자를 골라야 하니까요.”

“그런 규칙이 있습니까?” 해리가 놀라서 물었다.

“몰랐어요? 구세군이 아닌 여자와 결혼하면 더는 구세군에서 일할 수 없어요. 구세군 명령 체계는 함께 살면서 함께 일하는 사관들로 구성되어 있다고요. 그렇게 공동의 소명을 가지는 거죠.”

“엄격하네요.”

“여긴 군대니까요.” 마르티네가 조금도 비꼬는 기색 없이 말했다.

“그럼 테아가 사관이 되려 한다는 걸 남자아이들이 알았다는 겁니까? 당시 테아는 어렸는데도요?"

마르티네는 미소를 지으며 고개를 저었다 "구세군에 대해서 정말 모르시네요. 사관의 삼분의 이가 여자예요."

"그런데 사령관은 남자고요? 행정 국장도?"

마르티네는 고개를 끄덕였다. "구세군 창립자인 윌리엄 부스는 최고의 남자는 여자라고 했죠. 그렇지만 여기도 이 사회와 똑같아요. 멍청하고 자신감 넘치는 남자가 성공을 두려워하는 똑똑한 여자들을 지배하죠."

"그래서 남자아이들은 여름이면 서로 테아를 차지하려고 다툰 겁니까?"

"한동안은요. 하지만 어느 해부터인가 갑자기 테아는 외스트고르에 가지 않았어요. 그걸로 문제가 해결됐죠."

"왜 안 갔죠?"

마르티네는 어깨를 으쓱였다. "가고 싶지 않았으니까 그랬겠죠. 아니면 부모님이 말렸거나. 그런 나이에 밤낮으로 그 많은 남자아이들과 함께 지내는 게 좀…… 그렇잖아요."

해리는 고개를 끄덕였지만 사실은 교회에서 주최하는 수련회에 가본 적이 없었다. 그들은 스텐스베르그 가를 걸어 올라갔다.

"난 여기서 태어났어요." 예전에 국립병원이 있던 자리를 가리키며 마르티네가 말했다. 새로운 주거 프로젝트에 따라 이곳에는 곧 필레스트레데 공원이 조성될 예정이었다.

"산부인과 병동은 철거하지 않고 아파트로 개조했더군요." 해리가 말했다.

"정말로 거기 사는 사람들이 있나요? 그 건물에서 일어난 일을 생각하면 어떻게 거기 살 수가 있죠? 낙태에……."

해리는 고개를 끄덕였다. "가끔씩 한밤중에 이 근처를 걸어 다니면 아직도 거기서 아이들 비명 소리가 들립니다."

마르티네가 눈을 휘둥그렇게 뜨고 해리를 바라봤다. "농담이죠? 귀신이 나온다고요?"

"글쎄요." 해리가 소피스 가로 방향을 틀며 말했다. "아이를 키우는 집이 이사 왔을 수도 있죠."

마르티네는 깔깔 웃으며 그의 어깨를 찰싹 때렸다. "귀신 가지고 농담하지 말아요. 난 귀신을 믿는단 말이에요."

"나도요. 나도 믿습니다."

해리의 말에 마르티네는 웃음을 멈췄다.

"여기가 우리 집입니다." 해리는 하늘색 정문을 가리키며 말했다.

"더 물어볼 거 없어요?"

"있죠. 하지만 내일 아침에 물어봐도 됩니다."

마르티네는 고개를 갸웃했다. "난 피곤하지 않아요. 형사님 집에서 차 한 잔 마실까요?"

차 한 대가 눈 위에서 뿌드득 소리를 내며 천천히 다가오더니 50미터 아래쪽 인도 옆에 멈춰 서서 그들에게 푸르스름한 백색 전조등을 비췄다. 해리는 열쇠를 찾아 주머니를 뒤지며 그녀를 유심히 바라보았다. "우리 집에는 인스턴트커피밖에 없습니다. 저기, 내가 내일 다시 전화를—"

"인스턴트커피도 좋아요." 마르티네가 대답했다. 해리는 열쇠를 열쇠 구멍에 밀어 넣으려고 했지만 마르티네가 한발 앞서 하늘색 정문을 밀었다. 문은 열렸다가 다시 제자리로 돌아왔지만 완전히 닫히지는 않았다.

"추워서 문이 오그라들었나 보네요." 해리는 그렇게 웅얼거리고는 등 뒤로 문을 쾅 닫았다. 두 사람은 계단을 올라갔다.

"집이 깔끔하네요." 현관에서 신발을 벗으며 마르티네가 말했다.

"물건이 별로 없어서요." 해리가 부엌에서 말했다.

"그중에서 당신이 제일 좋아하는 물건은 뭔가요?"

해리는 잠깐 생각했다. "음반요."

"추억의 사진이 아니고요?"

"난 사진을 믿지 않아요." 해리가 말했다.

마르티네는 부엌으로 들어가 식탁 의자에 털썩 앉았다. 해리는 시야 가장자리로 그녀가 고양이처럼 민첩하게 두 다리를 의자 위로 들어 올려 옆으로 가지런히 눕히는 모습을 지켜봤다.

"믿지 않는다고요? 그게 무슨 뜻이죠?" 그녀가 물었다.

"사진은 망각하는 능력을 파괴하니까요. 우유 넣어요?"

마르티네는 고개를 저었다. "그럼 음반은 믿고요?"

"네. 음반은 좀 더 진실하게 거짓말을 하죠."

"하지만 망각하는 능력은 파괴하지 않고요?"

커피를 따르던 해리는 멈칫했다. 마르티네가 킬킬거렸다. "겉보기에는 무뚝뚝하고 세상살이에 환멸을 느낀 사람 같았는데 사실은 낭만적인 성격이군요, 홀레 반장님."

"거실로 갑시다. 얼마 전에 끝내주는 새 음반을 샀어요. 현재로선 어떤 추억도 얽혀 있지 않죠." 해리가 말했다.

마르티네가 소파에 앉는 동안 해리는 짐 스토르크의 데뷔 음반을 걸었다. 그러고는 초록색 윙체어에 앉아 초반에 나오는 기타 반주에 맞춰 의자의 거친 모직 천을 쓰다듬었다. 구세군에서 운영하는 중고 가게에서 산 의자였다. 그는 헛기침을 했다. "로베르트가 자기보다 훨씬 어린 여자와 사귀었을 수도 있습니다. 어떻게 생각해요?"

"나이 든 남자와 어린 여자가 사귀는 걸 어떻게 생각하냐고요?" 마르티네는 웃었지만 침묵이 흐르자 얼굴을 붉히고는 다시 덧붙였다. "아니면 로베르트가 미성년자를 사귀는 걸 어떻게 생각하냐고요?"

"미성년자라고는 안 했습니다. 하지만 아마 십대일 겁니다. 크로아티아인이죠."

"Izgubila sam se."

"뭐라고요?"

"크로아티아어예요. 아니면 세르보크로아티아어거나. 어릴 때 달마티아에서 여름을 보냈죠. 그러니까 구세군이 외스트고르의 땅을 사기 전에요. 아버지는 열여덟 살 때 유고슬라비아에 가서 2차 대전 복구 사업을 도왔어요. 그 과정에서 건축업자를 많이 알게 됐고요. 그래서 부코바르 난민들을 받아들이는 데 열심이셨죠."

"외스트고르 얘기가 나와서 말인데, 마스 길스트룀 기억합니까? 원래 외스트고르는 그 집안 소유였죠."

"아, 네. 우리가 외스트고르를 사들인 여름에 그 사람도 거기 며칠 머물렀어요. 얘기를 나눠본 적은 없어요. 내 기억으로는 아무도 그에게 말을 걸지 않았죠. 굉장히 내성적이고 분노로 가득 차 보였어요. 근데 그 사람도 테아를 좋아했던 것 같아요."

"왜 그렇게 생각하죠? 마스가 아무와도 얘기하지 않았다면서요."

"그 사람이 테아를 지켜보는 걸 봤거든요. 그리고 우리가 테아와 함께 있으면 갑자기 나타났죠. 하지만 말은 한 마디도 하지 않았어요. 좀 이상한 사람 같더라고요. 약간 무서울 정도로."

"그래요?"

"네. 그 사람은 우리와 함께 자지 않고 근처에 있는 집에서 잤죠. 한번은 내가 다른 여자애들과 자다가 깼는데 누가 창문에 얼굴을 바짝 대고 있다가 사라졌어요. 분명 그 남자였어요. 여자애들에게 그 이야기를 했더니 다들 내가 헛것을 봤다고 하더군요. 내 눈에 문제가 있는 거라고요."

"왜 그런 말을 하죠?"

"몰라서 물어요?"

"뭘요?"

"이리 와서 앉아 봐요. 내가 보여줄게요." 마르티네가 소파 옆자리를 톡톡 치면서 말했다. "내 동공이 보여요?"

해리는 몸을 내밀었고, 얼굴에 그녀의 숨결이 닿는 것을 느꼈다. 그리고 보았다. 그녀의 동공은 갈색 홍채 속으로 흘러내린 열쇠 구멍 모양이었다.

"선천성이에요. 홍채 결손이라고 하죠. 하지만 시력은 정상이에요." 마르티네가 말했다.

"신기하네요." 둘의 얼굴이 어찌나 가까이 있는지 해리는 그녀의 살갗과 머리카락 냄새를 맡을 수 있었다. 그는 숨을 들이쉬었고, 따뜻한 욕조 속에 들어갈 때와 같은 전율을 느꼈다. 그때 짧고 또렷한 지잉 소리가 났다.

해리는 1분 후에야 그게 인터폰이 아니라 문에 달린 초인종 소리임을 깨달았다. 누군가 집 앞에서 초인종을 누른 것이다.

"알리일 겁니다. 이웃사촌이죠." 해리는 그렇게 말하며 소파에서 일어났다.

소파에서 일어나 현관문을 열기까지의 6초 동안, 알리가 찾아오기에는 너무 늦은 시간이라는 생각이 들었다. 그리고 알리는 초인종을 누르지 않고 대개 문을 두드린다. 만약 아까 그와 마르티네가 건물 정문을 통과한 후에 누가 이 건물로 들어오거나 나갔다면 문은 필시 열려 있었으리라.

7초가 되어서야 문을 열어서는 안 된다는 걸 깨달았지만 이미 늦었다. 그는 집 앞에 서 있는 사람을 바라보았고, 앞으로 무슨 일이 일어날지 예감할 수 있었다.

"이제 속이 시원해?" 살짝 혀가 꼬부라진 소리로 아스트리드가 말했다.

해리는 대답하지 않았다.

"방금 크리스마스 파티에 다녀왔어. 나 좀 들어가도 될까, 해리보이?" 그녀가 미소를 짓자 빨갛게 칠한 입술이 팽팽하게 당겨졌고, 균형을 잡으려고 옆으로 비틀거리자 스틸레토힐이 바닥에서 또각거렸다.

"지금은 곤란해요." 해리가 말했다.

아스트리드는 실눈을 뜨고 그의 얼굴을 빤히 바라보았다. 그러더니 그의 어깨 너머를 바라봤다. "여자라도 있나 봐? 그래서 오늘 모임에 안 나온 거야?"

"나중에 얘기합시다, 아스트리드. 당신 취했어요."

"오늘 금주 모임의 주제는 3단계였지. **우리는 신의 보살핌에 삶을 맡기기로 결정한다.** 하지만 내 눈엔 신이 전혀 보이지 않아, 해리. 어디에서도 찾을 수가 없다고." 그녀는 가방으로 해리를 때리는 시늉을 했다.

"그런 건 없어요, 아스트리드. 자기 삶은 자기가 보살펴야죠."

아스트리드가 멈칫하더니 눈물이 그렁그렁한 눈으로 해리를 바라보며 속삭였다. "나 좀 들어갈게, 해리."

"그건 도움이 안 돼요 아스트리드." 해리는 한 손으로 그녀의 어깨를 잡았다. "택시 불러줄 테니까 집에 가세요."

아스트리드는 놀랄 만큼 세게 그의 손을 뿌리쳤다. "집?" 그녀가 악을 썼다. "그 집구석에는 안 들어갈 거야, 이 망할 놈의 호색한 고자 새끼야."

아스트리드는 몸을 빙글 돌리더니 비틀거리며 계단 쪽으로 걸어가기 시작했다.

"아스트리드……."

"가까이 오지 마! 너랑 같이 있는 년도 뒈져버려."

해리는 그녀의 뒷모습을 지켜봤다. 그녀가 문과 씨름하는 소리, 욕을 내뱉는 소리, 경첩이 삐걱거리는 소리가 나더니 이내 정적이 흘렀다.

그가 몸을 돌렸을 때는 마르티네가 바로 뒤에서 천천히 코트를 입고 있었다.

"저기……" 해리가 말문을 열었다.

"늦었어요." 마르티네는 살짝 미소 지었다. "어차피 피곤해서 가려던 참이었어요."

새벽 3시인데도 해리는 아직 윙체어에 앉아 있었다. 톰 웨이츠가 나직한 목소리로 앨리스에 대해 노래하는 동안 와이어 브러시가 스네어드럼을 내려쳤다.

"It's dream weather we're on. You wave your crooked wand along an icy pond(꿈같은 날씨가 계속되고 있어. 넌 얼어붙은 호수 위로 구부러진 막대기를 흔들어대지)."

그의 마음이 미쳐 날뛰었다. 지금은 술집이 모두 문 닫았을 시간이다. 지난번 컨테이너 터미널에서 개에게 술을 다 부어버린 이후로 힙 플라스크는 비어 있었다. 물론 외위스테인에게 전화할 수도 있다. 외위스테인은 거의 매일 밤마다 택시를 몰았고, 운전석 밑에 늘 진 한 병을 놓아두었다.

"그건 도움이 안 돼."

물론 귀신을 믿는다면 얘기는 달라진다. 귀신들이 눈알이 빠진 킁킁하고 검은 눈구멍으로 그를 내려다보며 주위를 에워싸고 있다고 믿는다면. 아직도 목에 닻을 감은 채 바다에서 기어 나온 비르기타. 머리에 야구방망이가 박힌 채 깔깔 웃는 엘렌, 갤리언선의 이물에 장식된 선수상처럼 회전식 빨랫대에 매달린 빌리, 아래쪽이 잘려나가 피가 뚝뚝 흐르는 팔을 흔들며 시계를 찾으러 온 톰.

술은 그를 자유롭게 하지 못한다. 그저 일시적인 안도감만 줄 뿐이다. 하지만 지금으로서는 그거라도 얻을 수 있다면 무엇이든 기꺼이 지불할 터였다.

해리는 전화기를 집어 들고 번호를 눌렀다. 두 번째 신호음에 상대가 전화를 받았다.

"좀 어때, 할보르센?"

"추워요. 욘과 테아는 잠들었어요. 전 길이 보이는 거실에 앉아 있고요. 내일 낮잠을 자야겠어요."

"음."

"내일 인슐린을 가지러 다시 테아의 아파트로 돌아가야 해요. 당뇨가 있대요."

"그렇게 해. 대신 욘도 데려가. 절대 혼자 두지 마."

"다른 사람에게 여기로 와서 욘을 지켜달라고 부탁할 수도 있어요."

"안 돼!" 해리가 재빨리 말했다. "당분간 다른 사람은 끌어들이고 싶지 않아."

"알았어요."

해리는 한숨을 쉬었다. "경찰 업무에 이런 일까지 포함되지 않은 건 알아. 대신 내가 돌아가면 네 부탁은 뭐든지 들어줄게."

"음……."

"말해봐."

"베아테에게 크리스마스 전에 레스토랑에서 루테피스크*를 사주겠다고 했어요. 그걸 한 번도 먹어본 적이 없대요, 가엾게도."

"약속하지."

"고맙습니다."

"그리고 할보르센?"

"네?"

"넌……" 해리는 심호흡을 했다. "……잘하고 있어."

"고맙습니다, 보스."

해리는 전화를 끊었다. 얼어붙은 호수 위에서 스케이트로 앨리스의 이름을 썼다고 톰 웨이츠가 노래했다.

* 말린 흰살 생선을 다시 불려 오븐에 구운 요리.

21

12월 19일, 금요일. 자그레브

그는 소피엔베르그 공원 옆 인도에 작은 판지를 깔고 앉아 추위로 몸을 떨었다. 러시아워라서 사람들은 서둘러 그를 지나쳤다. 그래도 몇몇 사람은 그의 앞에 놓인 종이컵에 동전 몇 개를 넣어주었다. 곧 크리스마스였다. 밤새 여기 누워 매연을 마시며 잤더니 폐가 아팠다. 눈을 들어 괴테보르그 가를 보았다.

지금으로서는 할 수 있는 일이 그것뿐이다.

그는 부코바르 옆으로 흐르던 다뉴브 강을 생각했다. 끈기 있게, 거침없이 흐르던 강. 그도 예전에 그런 적이 있었다. 탱크가 오기를, 동굴에서 용이 머리를 내밀기를 끈기 있게 기다려야 했다. 이제는 욘 칼센이 집에 오기를 기다려야 한다. 갑자기 그의 앞에 두 다리가 나타났다.

고개를 들어보니 빨간 수염을 기르고 손에 종이컵을 든 남자가 서 있었다. 빨간 수염은 성질을 내며 큰 소리로 떠들어댔다.

"뭐라고요?"

그가 영어로 묻자 빨간 수염도 영어로 말했다. 구역이 어쩌고저쩌고했다.

주머니에 든 총이 만져졌다. 하나 남은 총알. 그래서 대신 다른 쪽 주머니에 든 큼직하고 날카로운 유리 조각을 꺼냈다. 빨간 수염은 그를 노려봤지만 이내 꽁무니를 뺐다.

칼센이 돌아오지 않을지도 모른다는 생각은 버렸다. 그는 반드시 올 것이다. 그때까지 다뉴브 강이 되어야만 한다. 끈기 있게, 거침없이 기다려야 한다.

"들어오세요.Kom inn." 야콥 올스 가에 있는 구세군 아파트에서 풍만한 몸매의 여자가 활기차게 말했다. 성인이 된 후에 노르웨이어를 배운 사람들이 종종 그러듯이 그녀도 'n'을 발음할 때 혀끝을 이에 댔다.

"번거롭게 해드려서 죄송합니다." 베아테 뢴과 함께 현관에 들어서며 해리가 말했다. 현관 앞 마룻바닥은 크고 작은 신발들로 뒤덮여 있었다.

여자는 고개를 저었고, 두 사람은 신발을 벗었다.

"춥죠? 혹시 배고프세요?" 여자가 물었다.

"말씀은 감사합니다만, 전 먹고 왔어요." 베아테가 말했다.

해리는 다정하게 미소 지으며 고개를 저었다.

여자는 거실로 그들을 안내했다. 미흘리에츠 가족이 테이블에 둘러앉아 있었는데 두 남자와 올레그 또래로 보이는 소년, 어린 소녀, 소피아로 짐작되는 십대 소녀가 있었다. 소피아는 검은 머리를 커튼처럼 눈앞에 드리운 채 무릎에 아기를 안고 있었다.

"Zdravo(안녕하시오)." 가장 나이가 많아 보이는 남자가 말했다. 숱이 많고 희끗희끗한 머리에 마른 몸, 검은 눈동자. 겁에 질리고 분노로 가득한 추방자의 눈이었다.

"우리 남편이에요." 여자가 말했다. "노르웨이어를 알아듣지만 말은 잘 못해요. 이쪽은 시동생 요시프이고요. 함께 크리스마스를 보내려고 왔죠. 여긴 우리 아이들이에요."

"모두 넷인가요?" 베아테가 물었다.

"네." 여자가 웃었다. "막내는 주님의 선물이죠."

"정말 사랑스럽네요." 베아테가 그렇게 말하며 아기에게 우스꽝스러운 표정을 지어 보이자 아기가 까르르 웃었다. 해리의 예상대로 결국 그녀는 참지 못하고 아기의 통통하고 발그레한 볼을 꼬집었다. 그는 베아테와 할보르센에게 1년, 길면 2년까지 기다렸다가 아기를 낳으라고 말한 터였다.

남편이 뭐라고 말하자 여자가 대답하더니 해리를 돌아보았다. "남편 말이 이 나라 사람들은 외국인이 노르웨이에서 일하는 걸 싫어한대요. 남편은 일자리를 알아봤지만 구할 수가 없었거든요."

해리는 남편과 시선을 마주치며 고개를 끄덕였지만, 남편은 아무 반응도 보이지 않았다.

"여기 앉으세요." 여자가 빈 의자 두 개를 가리키며 말했다.

해리와 베아테는 자리에 앉았다. 해리가 입을 열기도 전에 베아테가 먼저 수첩을 꺼내들었다.

"오늘 저희가 찾아뵌 것은—"

"로베르트 칼센 때문이겠죠." 부인이 말하며 남편을 바라봤다. 남편도 동의의 뜻으로 고개를 끄덕였다.

"맞습니다. 로베르트를 잘 아시나요?"

"별로요. 사실 안 지 얼마 되지 않았어요."

부인의 시선이 소피아에게 향했다. 소피아는 아기의 헝클어진 머리카락 속에 코를 파묻은 채 앉아 있었다. "올여름 A동에 있는

작은 아파트에서 여기로 이사할 때 욘이 로베르트에게 우리를 도
와주라고 부탁했거든요. 욘은 좋은 사람이죠. 아기가 태어나면서
우리가 더 넓은 집으로 이사할 수 있게 해줬어요." 그녀는 아기를
보고 웃었다. "하지만 로베르트는 그냥 우두커니 서서 소피아와 이
야기만 했어요. 소피아는…… 겨우 열다섯 살인데 말이죠."

해리는 소녀의 안색이 변하는 것을 보았다. "음. 소피아와도 얘
기하고 싶은데요."

"하세요." 부인이 말했다.

"따님하고만요." 해리가 말했다.

부인과 남편이 서로를 바라보았다. 단 2초였을 뿐이지만 해리는
거기서 많은 것을 읽을 수 있었다. 한때는 남편이 집안일을 결정했
을 테지만 새로운 나라, 부인이 더 빨리 적응한 새로운 현실에서는
그녀가 결정권자였다. 부인은 해리에게 고개를 끄덕였다.

"부엌에서 얘기하세요. 저희는 방해하지 않을게요."

"고맙습니다." 베아테가 말했다.

"고마워하실 필요 없어요." 부인이 진지하게 말했다. "저희도 범
인이 잡히기를 바라니까요. 범인에 대해 좀 알아내셨나요?"

"자그레브에서 온 살인 청부업자 같습니다. 오슬로에서 자그레
브에 있는 호텔로 전화를 했으니까요." 해리가 말했다.

"어느 호텔이오?"

느닷없이 남편이 노르웨이어로 묻자 해리는 깜짝 놀랐다.

"인터내셔널 호텔입니다." 해리의 대답에 남편은 동생과 시선을
교환했다. "혹시 아는 거라도 있으십니까?"

남편은 고개를 저었다.

"아시면 꼭 말씀해주십시오." 해리가 말했다. "범인은 현재 욘을

쫓고 있습니다. 이틀 전에도 욘의 아파트를 벌집으로 만들었고요."

남편은 믿을 수 없다는 표정을 지었지만 여전히 아무 말도 하지 않았다.

부인은 그들을 부엌으로 안내했고, 소피아는 발을 질질 끌며 엄마를 따라갔다. 다른 십대 아이들과 똑같다고 해리는 생각했다. 몇 년 후면 올레그도 저럴 것이다.

부인이 나가자 해리는 수첩을 꺼냈고, 베아테는 소피아 맞은편 의자에 앉았다.

"안녕, 소피아. 난 베아테라고 해. 로베르트가 네 남자친구였니?"

소피아는 눈을 내리깐 채 고개를 저었다.

"로베르트를 사랑했니?"

이번에도 고개를 저었다.

"로베르트가 널 때렸니?"

그들이 도착한 이후에 처음으로 소피아가 눈앞에 커튼처럼 내려진 검은 머리카락을 옆으로 넘기고 베아테를 똑바로 바라봤다. 저 진한 화장을 지우면 예쁜 얼굴일 거라고 해리는 생각했다. 하지만 지금은 소녀의 아버지처럼 겁에 질리고 분노가 가득한 눈동자만 보였다. 그리고 화장으로도 가릴 수 없는 이마의 멍도.

"아뇨." 소녀가 말했다.

"아버지가 그렇게 말하라고 시켰니, 소피아? 내 눈엔 그렇게 보이는데?"

"당신 눈에 뭐가 보이는데요?"

"누가 널 때렸어."

"억지소리 하지 마세요."

"그럼 이마의 멍은 뭐지?"

"문에 부딪혔어요."

"이번엔 네가 억지소리를 하는구나."

소피아는 코웃음을 쳤다. "잘난 척하시네. 당신은 아무것도 몰라. 그저 집에서 애나 키우고 싶어 하는 늙은 아줌마라고. 난 다 알아." 여전히 분노로 가득했지만 목소리가 벌써 떨리기 시작했다. 잘해야 두 문장쯤 더 말한 후에 울음을 터뜨릴 거라고 해리는 예상했다.

베아테는 한숨을 쉬었다. "우릴 믿고 도와줘야 해, 소피아. 우린 살인자를 잡으려는 거야."

"그 살인이 내 탓은 아니잖아요." 소피아의 목소리가 갈라졌다. 해리가 이제 한 문장 남았다고 생각하는 찰나, 소녀가 눈물을 터뜨렸다. 눈물이 폭포처럼 쏟아졌다. 소피아는 고개를 숙였고, 다시 검은 머리카락의 커튼이 쳐졌다.

베아테가 소피아의 어깨를 잡았지만 소피아는 손을 뿌리쳤다.

"꺼져요!" 소녀가 소리쳤다.

"올가을에 로베르트가 자그레브에 간 거 알고 있니?" 해리가 물었다.

소피아가 고개를 번쩍 들더니 믿을 수 없다는 표정으로 해리를 바라보았다. 얼굴은 흘러내린 화장으로 뒤범벅되었다.

"로베르트가 말 안 해줬어?" 해리는 말을 이었다. "그럼 자기가 테아 닐센이라는 여자를 사랑한다는 것도 말 안 했겠구나."

"네." 소녀가 울먹이며 속삭였다. "그래서 뭐요?"

해리는 이 사실을 알게 된 소피아가 어떤 반응을 보이는지 살폈지만 흘러내리는 검은 화장 때문에 알아내기 힘들었다.

"너 프레텍스로 로베르트를 찾아갔지? 왜 그런 거야?"

"담배 좀 얻으려고요!" 소피아가 퉁명스럽게 대꾸했다. "그만 가세요!"

해리와 베아테는 서로 바라보고는 자리에서 일어났다.

"잘 생각해보렴. 그리고 이 번호로 연락 줘." 베아테는 그렇게 말하며 식탁에 명함을 내려놓았다.

현관에서 부인이 그들을 기다리고 있었다.

"죄송해요." 베아테가 말했다. "소피아가 좀 화난 거 같아요. 부인께서 잘 달래주세요."

그들은 12월 아침의 야콥 올스 가로 나왔고, 차를 세워둔 숨스 가로 향했다.

"Oprostite(잠깐만)!"

그들은 뒤를 돌아보았다. 목소리가 들린 아치형 출입문의 그늘 속에서 담뱃불 두 개가 빨갛게 빛나고 있었다. 담뱃불이 바닥으로 떨어지더니 두 남자가 그늘에서 나왔다. 소피아의 아버지와 동생 요시프였다. 그들은 해리와 베아테 앞에 섰다.

"인터내셔널 호텔이라고 했소, 응?" 소피아의 아버지가 말했다.

해리는 고개를 끄덕였다.

아버지는 베아테를 곁눈질했다.

"전 가서 차를 가져올게요." 베아테가 얼른 말했다. 나이도 어린 데다 평생 혼자서 비디오와 법의학 증거만 연구하면서 살았던 사람이 어떻게 사회 지능이 저리 높을 수 있을까? 해리는 매번 놀라지 않을 수 없었다.

"여기 온 첫해에는…… 이삿짐센터에서 일했소. 하지만 망했지. 부코바르에서는 전기 기술자로 일했소, 응? 전쟁 전에 말이오. 여기서는 개똥 같은 신세지만."

해리는 고개를 끄덕였다. 그리고 기다렸다.

요시프가 무언가 말했다.

"Da, Da(그래, 그래)." 소피아의 아버지가 웅얼거리더니 해리를 돌아봤다. "유고슬라비아 군대가 1991년에 부코바르를 침공했을 때 말이오, 응? 그 뭐냐…… 지뢰로 탱크 열두 대를 폭파한 소년이 있었소, 응? 우린 그 애를 말리 스파시텔리라고 불렀지."

"말리 스파시텔리." 요시프가 경건하게 따라했다.

"어린 구세주." 아버지가 말했다. "그게 사람들이 무전기로 말하는 그 애의…… 이름이었소."

"암호명 같은 건가요?"

"그렇소. 부코바르가 함락된 뒤에 세르비아군에서 그 애를 찾아내려고 했지만 찾을 수가 없었어. 죽었다는 사람도 있고, 아예 그 애의 존재를 믿지 않는 사람도 있었소. 처음부터 그런 애는…… 존재하지 않았다는 거요. 응?"

"그게 인터내셔널 호텔과 무슨 상관이 있죠?"

"전쟁 후에 부코바르 사람들은 집이 없었소. 모든 게 허물어졌으니까. 그래서 몇몇은 여기로 왔소. 하지만 대다수는 자그레브로 갔지. 투즈만 대통령은—"

"투즈만." 요시프가 눈을 굴리며 또 따라 말했다.

"낡은 대형 호텔에 그들을 묵게 했소. 감시하려고 말이오, 응? 그들은 하는 일 없이 거기서 수프만 먹었지. 투즈만은 부코바르 사람을 좋아하지 않았어. 세르비아인 피가 너무 많이 섞였거든. 그런데 부코바르에 살았던 세르비아인들이 죽기 시작했소. 그러자 소문이 돌았지. 말리 스파시텔리가 돌아왔다고."

"말리 스파시텔리." 요시프가 웃었다.

"인터내셔널 호텔에 가면 그 애의 도움을 받을 수 있다고 했소."

"어떻게요?"

아버지는 어깨를 으쓱였다. "모르겠소. 그냥 소문이오."

"음. 이 얘기…… 그러니까 인터내셔널 호텔에 가면 말리 스파시텔리의 도움을 받을 수 있다는 걸 아는 사람이 또 있나요?"

"아는 사람?"

"이를 테면 구세군 사람 중에요."

"다비드 에크호프는 알고 있소. 이젠 다른 사람들도 다 알고. 올여름 외스트고르에서 열린 파티에서 그가…… 말했으니까."

"설교할 때요?"

"그렇소. 말리 스파시텔리 얘기를 하면서 어떤 사람들은 늘 전쟁 중이라고 했소. 전쟁은 절대 끝나지 않는다고. 자기들에게도 그렇고."

"사령관이 정말 그 얘기를 했대요?" 베아테는 그렇게 말하며 불켜진 입센 터널 속으로 차를 몰았고, 속도를 줄여 정체된 차량 행렬에 합류했다.

"미흘리에츠 씨 말대로라면 그래. 아마 그 자리에 다들 있었을 거야. 로베르트도."

"그 얘기를 듣고 로베르트가 살인을 청부해야겠다고 생각했을까요?" 베아테가 손가락으로 초조하게 운전대를 두드려댔다.

"음, 적어도 로베르트가 자그레브에 다녀온 건 확실해. 그리고 욘이 테아와 만나는 걸 알고 있었으니까 동기도 있고." 해리는 턱을 문질렀다. "저기, 소피아를 병원에 데려가서 검사 좀 철저하게 받아보겠어? 내 짐작이 틀리지 않다면 멍든 곳이 또 있을 거야. 난 내일 아침 비행기로 자그레브에 다녀올게."

베아테가 그를 힐끗, 날카롭게 바라봤다. "외국 여행을 하시려면 그 나라 경찰을 돕는 경우에만 가능해요. 아니면 휴가를 가거나요. 경찰 규정에 분명히—"

"휴가야. 짧은 크리스마스 휴가."

베아테는 포기했다는 듯이 한숨을 내쉬었다. "할보르센에게도 짧은 크리스마스 휴가 좀 주세요. 스타인셰르에 사시는 할보르센 부모님을 뵙고 오려고요. 올 크리스마스는 누구하고 보내실 거예요?"

그 순간 해리의 휴대전화가 울렸고, 그는 주머니를 뒤적이며 대답했다. "작년에는 가족들과 보냈고 재작년에는 라켈, 올레그랑 보냈어. 올해는 아무 생각도 없어."

라켈 생각을 하며 주머니에서 전화기를 꺼냈더니 통화 버튼이 이미 눌러져 있었고, 전화기에서 여자 웃음소리가 흘러나왔다.

"올해는 여기서 나와 함께 보내면 되겠네요. 크리스마스이브에는 일반인에게 개방하기 때문에 늘 자원봉사자가 필요하거든요. 필뤼세에서요."

2초 후에야 해리는 전화한 사람이 라켈이 아님을 깨달았다.

"어제 일 사과드리려고 전화했어요." 마르티네가 말했다. "그렇게 도망칠 생각은 아니었는데 예상치 못한 일이 벌어지는 바람에 좀 당황했어요. 원하던 답은 얻었나요?"

"아, 당신이군요." 해리가 무덤덤한 어조로 말했지만, 베아테는 놓치지 않고 그를 힐끗 보았다. 역시 사회 지능이 높았다. "나중에 다시 전화해도 될까요?"

"물론이죠."

"고맙습니다."

"천만에요." 마르티네의 목소리는 진지했지만 웃음을 참는 게 느껴졌다. "근데 물어볼 게 있어요."

"말씀하세요."

"월요일에 뭐하세요? 22일에요."

"모르겠습니다."

"그날 콘서트홀에서 구세군 크리스마스 콘서트가 열리는데 티켓이 남았어요."

"그렇군요."

"엄청 신나는 목소리는 아니네요."

"미안합니다. 지금 여기가 정신이 없어서요. 그리고 난 정장을 차려입고 가는 자리는 잘 안 맞습니다."

"그리고 연예인들은 너무 부르주아에 지루하고요."

"그런 말 안 했는데요."

"아, 제 생각이에요. 그리고 정말 티켓이 남아서 그런 거니까 부담 갖지 마세요."

"알겠습니다."

"드레스를 입은 제 모습을 볼 수 있는 기회예요. 전 드레스가 아주 잘 어울리거든요. 부족한 거라고는 키가 크고 나이 많은 남자뿐이죠. 잘 생각해보세요."

해리는 웃음을 터뜨렸다. "고맙습니다. 그러죠."

"천만에요."

해리가 전화를 끊은 후에도 베아테는 무슨 전화인지 묻지 않았고, 그의 얼굴에서 떠나지 않는 미소도 모른 척했다. 그저 일기예보대로라면 제설차가 바빠질 거라고만 했다. 베아테 같은 여자를 사귀는 게 얼마나 큰 행운인지 과연 할보르센은 알고 있을까? 가끔씩 해리는 궁금했다.

욘 칼센은 아직 나타나지 않았다. 그는 뻣뻣한 몸으로 소피엔베르그 공원 옆 인도에서 일어났다. 땅에서 냉기가 올라와 몸 전체로 퍼지는 듯했다. 걸었더니 다리에 피가 돌기 시작했고, 통증이 반가울 지경이었다. 지금까지 종이컵을 앞에 둔 채 책상다리로 앉아 괴테보르그 가의 구세군 아파트 건물로 드나드는 사람들을 지켜보았다. 몇 시간이나 있었는지 계산하지는 않았지만 이제 해가 저물고 있었다. 그는 주머니에 손을 넣었다.

오늘 동냥받은 돈으로 커피와 간식거리를 살 수 있다. 기왕이면 담배도 한 갑 살 수 있다면 좋으련만.

그는 교차로를 건너 어제 종이컵을 얻은 카페 쪽으로 서둘러 걸어갔다. 벽에 설치된 공중전화가 눈에 들어왔지만 전화하고 싶다는 생각은 떨쳐버렸다. 카페 앞에서 걸음을 멈추고 푸른색 후드를 벗은 다음, 유리창에 비친 자신을 보았다. 사람들이 그를 궁핍하고 가여운 영혼이라고 생각하는 것도 무리가 아니었다. 어느새 수염이 자랐고, 어젯밤 컨테이너에서 불을 피운 탓에 얼굴에는 검댕이 묻어 있었다.

유리창에 비친 신호등이 빨간색으로 바뀌더니 옆에 차 한 대가 멈춰 섰다. 그는 카페 출입문을 밀고 들어가며 차 안을 힐끗 보았다. 그러고는 얼어붙었다. 용이 나타났다. 세르비아군의 탱크. 욘 칼센. 그가 조수석에 앉아 있었다. 불과 2미터 떨어진 곳에.

그는 카페 안으로 들어가 서둘러 유리창 옆으로 가 차를 주시했다. 운전자도 전에 본 적이 있었는데 어디서 봤는지 기억나지 않았다. 호스텔이다. 그래, 해리 홀레와 함께 있었던 형사. 뒷좌석에는 여자가 앉아 있었다.

신호등이 바뀌었다. 그는 카페 밖으로 뛰쳐나갔고, 자동차는 배기관에서 하얀 연기를 내뿜으며 공원 옆의 길을 달렸다. 그는 달리기 시작했다. 앞서가던 차가 괴테보르그 가 쪽으로 커브를 틀었다. 그는 주머니를 더듬었다. 추위로 곱은 손에 막사 창문에서 떼어낸 유리 조각이 만져졌다. 다리는 말을 듣지 않았다. 의족처럼 무감각했고, 한 발짝이라도 헛디뎠다가는 고드름처럼 뚝 부러질 것만 같았다.

나무와 놀이터와 묘비가 있는 공원이 흔들리는 스크린 속 영상처럼 눈앞에서 펄럭거렸다. 손에 총이 만져졌다. 유리 조각에 손을 베인 게 틀림없다. 권총 손잡이가 피로 찐득거렸기 때문이다.

할보르센은 괴테보르그 가 4번지 앞에 차를 세웠다. 테아가 인슐린을 가지러 간 사이에 할보르센과 욘은 차에서 내려 다리를 쭉 폈다.

할보르센은 인적 없는 거리를 위아래로 훑어보았다. 추위 속에서 이리저리 걸어 다니는 욘도 불안한 표정이었다. 할보르센은 차창 너머로 중앙 콘솔에 든 리볼버를 바라보았다. 운전하는 동안 권총집이 자꾸 살을 파고드는 바람에 저기에 풀어두었다. 무슨 일이 생기면 2초 안에 권총을 집어들 수 있다. 휴대전화 전원을 켰더니 메시지가 와 있었다. 삐 소리가 나고 낯선 목소리가 말하기 시작했다. 놀라운 내용이었다. 욘이 전화에서 흘러나오는 목소리를 듣고 가까이 다가왔다. 메시지를 듣던 할보르센의 놀라움은 충격으로 바뀌었다.

할보르센이 전화를 끊자 욘이 호기심 어린 눈으로 그를 바라봤다. 하지만 할보르센은 아무 말 없이 재빨리 번호를 눌렀다.

"무슨 전화였습니까?" 욘이 물었다.

"누가 고백했습니다." 할보르센이 대꾸했다.

"그래서 어떻게 하실 건데요?"

"반장님께 보고해야죠."

할보르센이 고개를 들자 욘의 일그러진 얼굴이 보였다. 그는 눈을 휘둥그렇게 뜨더니 검게 변한 눈동자로 그를 관통해 그 너머를 보는 듯했다.

"왜 그래요?" 할보르센이 물었다.

해리는 세관을 통과해 소박한 플레소 공항 터미널로 나왔다. ATM에 비자카드를 넣으니 군소리 없이 1000크로네에 해당되는 크로아티아 돈을 내주었다. 절반을 갈색 봉투에 넣은 다음, 밖으로 나와 지붕에 푸른색 택시 등이 달린 메르세데스에 올라탔다.

"인터내셔널 호텔로 갑시다."

택시 운전사는 전진 기어를 넣더니 말없이 출발했다.

고속도로는 완만하게 경사진 언덕들이 펼쳐진 풍경을 북서로 가르며 자그레브로 향했다. 고속도로를 따라 군데군데 잿빛 잔설이 보이는 갈색 언덕이 펼쳐졌고, 그 위로 나직이 걸린 먹구름에서 빗방울이 떨어졌다.

20분쯤 지나자 지평선을 배경으로 콘크리트 건물과 교회 첨탑의 윤곽선이 보이며 자그레브가 모습을 드러냈다. 조용히 흐르는 검은 강이 나오자 분명 사바 강일 거라고 해리는 생각했다. 적은 교통량에 비해 터무니없이 넓은 도로를 따라 그들은 자그레브 도심으로 들어갔다. 대형 유리 파빌리온이 딸린 광활하고 인적 없는 공원과 기차역을 지났다. 잎이 다 떨어진 나무가 검은 겨울 손가락을 펼치고 있었다.

"인터내셔널 호텔입니다." 택시 운전사가 거대한 회벽돌건물 앞에 차를 세우며 말했다. 예전 공산 국가에서 늘 순방 중인 지도자 계층을 위해 짓던 건물 양식이었다.

해리는 택시비를 냈다. 해군 제독처럼 차려입은 도어맨이 차 문을 열어주더니 활짝 미소 지으며 우산을 들고 와서 섰다. "환영합니다, 손님. 이쪽으로 오시죠."

해리는 인도에 발을 내디뎠고, 그 순간 호텔 회전문을 빠져나온 두 승객이 그가 내린 메르세데스에 올라탔다. 회전문 뒤로 크리스털 샹들리에가 반짝거렸다. 해리는 그대로 서서 영어로 물었다. "난민들은 어디 있습니까?"

"네?"

"난민들. 부코바르에서 온 난민들 말입니다." 해리가 다시 한 번 말했다.

우산과 환한 미소가 사라지며 해리의 머리에 빗방울이 떨어졌고, 도어맨의 장갑 낀 손가락이 호텔 정면에서 약간 아래쪽에 자리한 문을 가리켰다.

해리는 아치형 천장이 있는 거대하고 삭막한 로비에 들어섰다. 병원과 비슷한 냄새가 난다는 것, 중앙에 놓인 긴 테이블 주위로 서 있거나 앉아 있는 사오십 명가량의 사람들 혹은 프런트 데스크 옆의 수프 배식 줄에 서 있는 사람들도 환자 같아 보인다는 것이 그가 받은 첫인상이었다. 그들의 옷차림 때문일 수도 있다. 특징 없는 트레이닝복, 올이 풀린 스웨터, 낡아 빠진 슬리퍼는 그들이 외모에 무관심하다는 사실을 말해주었다. 아니면 수프 그릇에 머리를 처박은 채 해리의 존재조차 알아차리지 못하는 눈빛, 잠이 부족해 보이고 낙담한 눈빛 때문일 수도 있다.

실내를 훑어보던 해리의 시선은 바에서 멈췄다. 바라기보다 손님이 없는 핫도그 노점 같았다. 한 명뿐인 바텐더는 동시에 세 가지 일을 하고 있었다. 술잔을 닦으면서 근처 테이블에 앉은 남자들에게 천장에 매달린 텔레비전에서 중계 중인 축구 시합을 큰 소리로 해설해주는 동시에 해리의 일거수일투족을 감시했다.

해리는 제대로 찾아왔다고 생각하며 바 테이블로 다가갔다. 바텐더가 기름을 발라 뒤로 빗어 넘긴 머리카락을 손가락으로 쓸어내렸다.

"Da(네)?"

해리는 뒤쪽 선반에 있는 술병들은 무시하려고 했다. 하지만 오랜 친구이자 원수인 짐빔이 벌써 눈에 들어왔다. 바텐더는 해리의 시선을 따라가더니 한쪽 눈썹을 치켜세우며 갈색 액체가 든 사각형 술병을 가리켰다.

해리는 고개를 저었다. 그리고 숨을 들이쉬었다. 일을 복잡하게 만들 이유가 없었다.

"말리 스파시텔리." 텔레비전 소음 속에서도 바텐더가 알아들을 수 있을 정도로 해리가 나직이 말했다. "나는 어린 구세주를 찾고 있소."

바텐더는 해리를 뚫어지게 보더니 딱딱한 독일식 억양이 들어간 영어로 대답했다. "난 구세주라는 사람은 몰라."

"부코바르에서 온 친구에게 말리 스파시텔리가 날 도와줄 거라고 들었소." 해리는 재킷 주머니에서 갈색 봉투를 꺼내 테이블에 올려놓았다.

바텐더는 봉투를 건드리지 않은 채 내려다보았다. "당신은 경찰이야."

해리는 고개를 저었다.

"거짓말. 당신을 보자마자 바로 알았어." 바텐더가 말했다.

"12년간 경찰로 일한 건 맞지만 더는 아니오. 2년 전에 그만 뒀소." 해리는 자신을 뜯어보는 바텐더와 눈을 마주쳤다. 이 남자는 무슨 죄를 지어 감옥에 다녀왔는지 궁금했다. 우람한 근육과 많은 문신으로 보아 장기 복역수였을 것이다.

"내가 이 동네 사람을 다 아는데 구세주라는 사람은 없어."

바텐더가 돌아서려 하자, 해리는 몸을 내밀어 그의 팔을 잡았다. 바텐더는 해리의 손을 내려다봤다. 해리는 남자의 이두박근이 부풀어 오르는 것을 느끼고 손을 뗐다. "우리 아들이 학교 앞에서 마약을 팔던 마약상에게 총을 맞아 죽었소. 마약상에게 장사를 그만두지 않으면 교장 선생님에게 신고할 거라고 말했다가 말이오."

바텐더는 대답하지 않았다.

"겨우 열한 살이었지." 해리가 말했다.

"왜 나한테 이런 얘기를 하는지 모르겠군."

"날 도와줄 사람이 올 때까지 계속 여기 앉아 기다릴 작정이니까 당신에게 미리 말해두는 거요."

바텐더는 고개를 천천히 끄덕이더니 재빨리 물었다. "아들 이름은?"

"올레그."

두 사람은 마주 본 채 서 있었다. 바텐더는 한쪽 눈을 가늘게 떴다. 해리는 재킷 주머니에서 휴대전화가 진동하는 걸 느꼈지만 내버려두었다.

바텐더가 봉투에 한 손을 올리더니 다시 해리 쪽으로 밀었다. "이건 필요 없어. 당신 이름과 머무는 숙소를 알려줘."

"공항에서 바로 왔소."

"이 냅킨에 이름을 쓰고 기차역 옆에 있는 발칸 호텔로 가. 다리를 건너서 직진하면 돼. 방에서 기다리면 연락이 갈 거야."

해리가 뭔가 말하려 했지만, 바텐더는 다시 텔레비전 쪽으로 몸을 홱 돌리고는 사람들에게 해설하기 시작했다.

밖으로 나와 휴대전화를 확인해보니 할보르센에게 부재중 전화가 와 있었다.

"Do vraga(젠장)!" 그는 신음했다.

괴테보르그 가의 잔설은 빨간색 소르베 같았다.

그는 혼란스러웠다. 모든 게 눈 깜짝할 사이에 일어났다. 도망치는 욘 칼센에게 쏜 마지막 총알은 부드러운 퍽 소리를 내며 아파트 벽에 박혔다. 욘 칼센은 문을 밀치고 들어가 아파트 안으로 사라졌다. 그가 쪼그리고 앉자 피 묻은 유리 조각에 주머니가 찢기는 소리가 들렸다. 형사는 눈 속에 얼굴을 박은 채 누워 있었고, 목의 베인 상처에서 흘러나오는 피가 눈을 빨갛게 적셨다.

그는 총을 찾자고 생각하며 형사의 어깨를 잡고 돌려 눕혔다. 무기가 필요했다. 돌풍이 불자 머리카락이 날리며 유달리 창백한 얼굴이 드러났다. 그는 황급히 형사의 코트 주머니를 뒤졌다. 붉고 진득한 피가 계속 흘러내렸다. 담즙의 신물을 느낄 새도 없이 입안이 무언가로 가득 찼다. 그는 몸을 돌려 빙판에 노란 토사물을 쏟아냈다. 입가를 닦고 이번에는 형사의 바지 주머니를 뒤졌다. 지갑

뿐이었다. 허리춤을 살폈지만 역시 총은 없었다. 이봐, 경찰 나리, 누군가를 보호하려면 최소한 총은 가지고 다녀야지!

차 한 대가 모퉁이를 돌아 그들 쪽으로 다가왔다. 그는 지갑을 들고 일어서서 길을 건넌 다음, 걷기 시작했다. 차가 멈췄다. 뛰면 안 된다. 하지만 그는 뛰기 시작했다.

모퉁이 가게를 지날 때 발이 미끄러지면서 엉덩방아를 찧었다. 하지만 통증을 느끼지 못한 채 벌떡 일어났다. 지난번에 도망칠 때처럼 공원으로 향했다. 의미 없는 사건이 끝없이 이어지는 악몽을 꾸는 듯했다. 내가 미친 걸까? 아니면 이런 일들이 정말로 일어나는 걸까? 차가운 공기와 담즙에 목구멍이 따끔거렸다. 마르크 가에 도달했을 때 처음으로 사이렌 소리가 들렸다. 그제야 그는 자신이 겁에 질려 있음을 깨달았다.

22
12월 19일, 금요일. 미니어처 술병

오후의 어스름 속에서 경찰청사는 크리스마스트리처럼 불을 환히 밝히고 있었다. 그 안의 2번 취조실에서는 욘 칼센이 두 손에 머리를 파묻은 채 앉아 있었다. 좁아터진 취조실의 작은 원형 테이블 반대쪽에는 토릴 리 경관이 앉아 있었다. 두 사람 사이에는 두 개의 마이크와 주요 목격자 진술서 복사본이 있었다. 창문 너머로 옆방에서 자기 차례를 기다리는 테아가 욘의 눈에 들어왔다.

"그러니까 그자가 당신을 공격했군요?" 토릴 리가 진술서를 읽으며 말했다.

"푸른 패딩 점퍼를 입은 남자가 총을 들고 우리 쪽으로 달려왔습니다."

"그다음에는요?"

"너무 순식간에 벌어진 일이라 잘 기억이 안 납니다. 게다가 당시 너무 겁에 질려 있어서 단편적인 장면들만 기억나네요. 뇌진탕인지도 모르겠습니다."

"이해합니다." 토릴 리가 말과는 상반된 표정으로 말했다. 그녀는 아직 녹음 중임을 말해주는 빨간 불빛을 힐끗 보았다.

"그러다 할보르센이 차로 달려갔죠?"

"네, 거기 총이 있었으니까요. 우리가 외스트고르를 출발할 때 형사님이 중앙 콘솔에 총을 놓아두었던 기억이 납니다."

"그래서 어떻게 하셨죠?"

"혼란스러웠습니다. 처음에는 차에 숨을까 했지만 마음을 바꿔서 근처 아파트로 달려갔습니다."

"총을 든 남자가 당신에게 총을 쐈나요?"

"총성을 듣기는 했습니다."

"그다음에는요?"

"아파트 안으로 들어가서 밖을 내다보니 남자가 할보르센 형사님을 공격하고 있었습니다."

"할보르센은 차에 못 탄 상태였죠?"

"네. 전에도 너무 추워서 문이 잘 안 열린다고 투덜대셨죠."

"그리고 남자는 총이 아니라 칼로 할보르센을 공격했고요?"

"제가 서 있는 곳에서는 그렇게 보였습니다. 그가 뒤에서 점프해 할보르센 형사님에게 달려들더니 칼로 여러 번 찌르더군요."

"몇 번이나요?"

"네댓 번? 잘 모르겠습니다…… 전……."

"그다음엔요?"

"그다음에 전 지하실로 내려갔고, 경찰청 비상번호로 전화했죠."

"총을 든 남자는 당신을 따라오지 않았나요?"

"모르겠습니다. 출입문이 잠겨 있었을 겁니다."

"하지만 유리를 깨고 문을 열 수 있었잖아요. 이미 형사까지 찌른 마당이니까요."

"네, 그러네요. 모르겠습니다."

토릴 리는 진술서를 내려다봤다. "할보르센 옆에서 토사물이 발견됐어요. 그 남자 것으로 추정되는데 혹시 토하는 걸 보셨나요?"

욘은 고개를 저었다. "전 경찰이 올 때까지 지하실에 있었습니다. 제가 형사님을 도와야 했는데…… 전…….""

"그런데요?"

"무서웠습니다."

"잘하셨어요." 이번에도 그녀의 표정은 입에서 나오는 말과 달랐다.

"의사들은 뭐라고 합니까? ……형사님이……?"

"당분간은 혼수상태일 거예요. 깨어날 수 있을지는 모르겠다는군요. 다음으로 넘어가죠."

"악몽이 계속되는 기분입니다. 죽고 또 죽고." 욘이 속삭였다.

"같은 말 반복하게 하지 마세요. 마이크에 대고 말해주세요." 토릴 리가 나직이 말했다.

해리는 호텔 방 창가에 서서 도심을 바라보았다. 여기저기 부러지고 심하게 훼손된 텔레비전 안테나들이 황갈색 하늘을 배경으로 이상한 몸짓을 취하고 있었다. 텔레비전에서 나오는 스웨덴어는 두꺼운 카펫과 커튼에 부딪혀 소리가 줄어들었다. 막스 본 쉬도브가 크누트 함순을 연기하고 있었다. 미니바의 문은 열려 있고, 소파 앞에 놓인 낮은 테이블에는 호텔 브로슈어가 있었다. 옐라치치 광장에 있는 요시프 옐라치치의 동상이 찍힌 브로슈어 표지에 미니어처 술병 네 개가 정렬되어 있었다. 조니워커, 스미노프, 예거마이스터, 고든스. 물론 오주스코 맥주 두 병도 빼놓지 않았다. 아직 뚜껑은 따지 않았다. 한 시간 전에 스카레에게 전화를 받고 괴테보르그 가에서 일어난 일을 알게 되었다.

이 전화는 맨 정신으로 하고 싶었다.

네 번째 신호음이 울렸을 때 베아테가 전화를 받았다.

"살아 있어요." 해리가 묻기도 전에 그녀가 말했다. "지금 인공호흡기를 꼈는데 혼수상태예요."

"의사는 뭐래?"

"모르겠대요. 스탄키츠가 대동맥을 끊으려고 했기 때문에 자칫하면 즉사했을 수도 있대요. 근데 할보르센이 용케 손으로 막았나봐요. 손등에 깊게 베인 상처가 있고, 목 양쪽 소동맥에서 출혈이 있었어요. 그러자 스탄키츠가 가슴을 여러 번 찔렀죠. 의사 말이 심장 윗부분이 찔렸을 수도 있대요."

미세하게 떨리는 목소리를 제외하고는 다른 피해자에 대해 말할 때와 똑같았다. 지금으로서는 베아테가 그렇게 일할 때처럼 말할 수밖에 없다는 걸 해리는 알고 있었다. 침묵 속에서 막스 본 쉬도브가 호통을 쳤다. 해리는 뭐라고 위로해야 할지 생각했다.

"토릴 리와 얘기했어." 그는 위로 대신 이렇게 말했다. "칼센이 뭐라고 진술했는지 보고받았고. 혹시 덧붙일 거 있어?"

"아파트 건물 앞면, 출입문 오른쪽에서 총알이 나왔어요. 지금 탄도학자들이 확인하는 중인데 틀림없이 에게르토르게와 욘의 아파트, 호스텔 앞에서 나온 총알과 일치할 거예요. 스탄키츠의 짓이에요."

"왜 그렇게 확신하지?"

"차를 타고 지나가던 커플이 인도에 쓰러진 할보르센을 보고 차를 세웠는데 거지 행색을 한 남자가 그들 앞으로 지나갔대요. 그러더니 좀 더 가다가 미끄러졌다고 하더군요. 우리 직원인 비에른 홀름이 그 자리를 조사하다가 외국 동전을 찾아냈어요. 처음에는 눈속에 하도 깊이 박혀 있어서 예전에 떨어진 줄 알았죠. 어느 나라 동전인지도 몰랐고요. 레푸블리카 흐르바츠카, 5쿠나라고만 적혀 있었으니까요. 그래서 알아봤죠."

"잘했어. 그럼 스탄키츠 짓인 게 확실하네." 그가 말했다.

"혹시 몰라서 빙판에 있는 토사물에서 샘플도 채취했어요. 호스텔 방에서 채취한 그자의 머리카락과 DNA가 일치하는지 검사 중이에요. 내일이면 결과가 나와요."

"그렇다면 어쨌든 DNA는 확보하는 셈이로군."

"글쎄요, 웃기게도 토사물에서 DNA를 확보하기는 쉽지 않아요. 그렇게 많은 양을 토할 때는 점막의 표면 세포가 흩어지거든요. 게다가 그런 야외에서는―"

"―다른 수많은 DNA에 오염될 가능성이 있지. 나도 알아. 하지만 적어도 계속 조사할 수 있는 무언가가 있잖아. 지금 뭐하고 있었어?"

베아테는 한숨을 쉬었다. "수의학 협회에서 이상한 문자가 와서 전화하려는 참이었어요."

"수의학 협회?"

"네, 토사물에서 반쯤 소화된 고기 덩어리가 나왔거든요. 그래서 수의학 협회에 DNA 분석을 의뢰했죠. 오스의 생명과학대학교에서 고기의 원산지와 생산자를 추적할 때 사용하는 자료를 보고 조사해줄 거라고 생각했거든요. 고기에 조금이라도 특별한 점이 있으면 오슬로의 어느 식당에서 사용됐는지 알아낼 수 있으니까요. 너무 막연한 조사이기는 해도 지난 24시간 안에 스탄키츠가 은신처를 확보했다면 최대한 그 근처에서만 움직였을 거예요. 따라서 근처 식당에 갔다면 다시 거기에 갈 확률도 높고요."

"그렇지. 문자가 뭐라고 왔는데?"

"'어찌됐든 분명 중국 음식점입니다.' 좀 아리송하죠?"

"음. 더 알아내면 또 연락해. 그리고……."

"네?"

할보르센은 강한 친구다, 최근에 둘이서 온갖 힘든 일을 겪어냈으니 이번에도 잘될 거라고 말하려던 해리는 그 말이 얼마나 우습게 들리는지 깨달았다.

"아무것도 아냐."

베아테가 전화를 끊자 해리는 술병이 있는 테이블로 갔다. 어느 것을 마실까요, 알아맞혀…… 조니워커가 당첨됐다. 해리는 한 손으로 술병을 들고 다른 손으로 뚜껑을 비틀어 열었다. 걸리버가 된 기분이었다. 작은 술병들과 낯선 나라에 갇힌 걸리버. 좁은 술병 입구 너머로 익숙하고 달콤한 향기를 들이마셨다. 기껏해야 한 모금이었지만 그의 몸은 알코올의 공격 가능성에 놀라 만반의 준비를 하고 있었다. 술을 끊었다가 다시 마실 경우, 구토를 피할 수 없었다. 두려웠지만 멈추고 싶지 않았다. 텔레비전에서는 크누트 함순이 지쳐서 더는 글을 쓸 수 없다고 말했다.

해리는 깊은 물속으로 다이빙하려는 사람처럼 숨을 들이마셨다.

그때 전화가 울렸다.

해리는 망설였다. 전화는 한 번만 울리고 조용해졌다.

다시 술병을 들어 올렸을 때 또 전화가 울렸다. 그러고는 다시 조용해졌다.

해리는 프런트에서 건 전화임을 깨달았다.

머리맡 테이블에 술병을 내려놓고 기다렸다. 세 번째로 전화가 울렸을 때 전화기를 집어 들었다.

"한센 씨?"

"네."

"로비에 손님이 찾아왔습니다."

해리는 술병에 그려진, 빨간 재킷을 입은 신사를 바라봤다. "곧 내려간다고 전해줘요."

"네, 알겠습니다."

세 손가락으로 술병을 들어 올린 다음, 몸을 뒤로 젖혀 병 안의 액체를 목구멍에 다 부어버렸다. 4초 뒤에는 변기 위로 몸을 숙인 채 점심으로 먹은 기내식을 토해냈다.

프런트 직원은 피아노 옆에 놓인 소파 세트를 가리켰다. 머리가 희끗희끗하고 몸집이 자그마한 여인이 어깨에 숄을 두른 채 등을 꼿꼿이 세우고 앉아 있었다. 해리가 다가가자 여인은 차분한 갈색 눈동자로 그를 지켜보았다. 해리는 테이블 앞에서 걸음을 멈췄다. 테이블에는 건전지로 작동하는 소형 라디오가 있었는데 흥분한 목소리가 스포츠 중계를 하고 있었다. 축구 시합 같았다. 라디오 소리는 여자의 뒤에서 피아니스트가 연주하는 음악 소리와 뒤섞였다. 고전 영화 주제 음악을 이것저것 짜깁기한 연주였다.

"〈닥터 지바고〉예요." 여자가 피아니스트 쪽으로 고갯짓을 하며 영어로 말했다. "아름다운 곡이죠. 안 그래요, 한센 씨?"

발음과 억양이 정확한 영어였다. 여자는 뭔가 재미있는 말이라도 했다는 듯이 능청스럽게 웃었고, 조심스러우면서 분명한 손짓으로 해리에게 앉으라고 시늉했다.

"음악을 좋아하십니까?" 해리가 물었다.

"싫어하는 사람도 있나요? 예전에는 음악을 가르쳤죠." 그녀는 몸을 앞으로 내밀어 라디오의 음량을 키웠다.

"도청당할까 두려우신가요?"

그녀는 의자에 등을 기댔다. "원하는 게 뭔가요, 한센 씨?"

해리는 아들과 학교 앞 마약상 이야기를 다시 한 번 반복했다. 아까 토할 때 역류한 담즙 때문에 목구멍이 얼얼했고, 배 속의 개들은 술을 좀 더 내놓으라고 요란하게 으르렁댔다.

"날 어떻게 찾아냈죠?" 그녀가 물었다.

"부코바르 출신의 남자가 귀띔해줬습니다."

"당신은 어디에서 왔나요?"

해리는 침을 삼켰다. 혀가 마르고 부어오른 느낌이었다. "코펜하겐에서 왔습니다."

여자는 해리를 유심히 바라보았다. 해리는 기다렸다. 양쪽 어깨뼈 사이로 땀 한 방울이 흘러내렸고, 인중에도 땀이 맺혔다. 젠장. 술이 필요했다. 지금 당장.

"그 말은 못 믿겠네요." 마침내 그녀가 말했다.

"알겠습니다." 해리는 자리에서 일어났다. "그럼 이만 가보죠."

"잠깐만요!" 여자는 단호하게 외쳤고, 다시 앉으라고 손짓했다. "하지만 나도 보는 눈은 있어요."

해리는 다시 자리에 앉았다.

"당신에게서 증오가 보여요." 그녀가 말했다. "그리고 슬픔도. 술 냄새도 나고요. 당신 아들이 죽었다는 얘기는 믿어요." 그녀는 살짝 미소를 지었다. "원하는 게 뭐죠?"

해리는 정신을 차리려고 노력했다. "사례비가 얼마입니까? 그리고 얼마나 빨리 해줄 수 있죠?"

"그건 상황에 따라 달라요. 하지만 우리보다 합리적인 가격의 전문가는 찾을 수 없을 거예요. 5000유로에 경비는 별도."

"좋습니다. 다음 주까지 해줄 수 있나요?"

"그건…… 좀 촉박하네요."

여자는 아주 잠깐 머뭇거렸지만 그걸로 충분했다. 해리가 알아차리기에 충분한 시간이었다. 그리고 이제는 여자도 그 사실을 눈치챈 듯했다. 라디오의 목소리가 흥분하며 비명을 질렀고, 뒤에서 관중이 환호했다. 누군가 득점한 모양이었다.

"그쪽 전문가가 언제 돌아올지 모르나 보죠?" 해리가 물었다.

그녀는 오랫동안 해리를 뚫어지게 바라봤다. "당신은 지금도 경찰이군요. 그렇죠?"

해리는 고개를 끄덕였다. "난 오슬로 경찰입니다."

여자의 눈가가 움츠러들었다.

"하지만 겁먹을 필요 없습니다." 해리는 말을 이었다. "크로아티아는 내 관할권이 아니고, 내가 여기 왔다는 건 아무도 모릅니다. 크로아티아 경찰도, 내 직속 상사도요."

"그런데 왜 온 건가요?"

"거래를 하려고요."

"무슨 거래요?" 그녀는 테이블 위로 몸을 내밀고 라디오 음량을 줄였다.

"그쪽 전문가와 내가 보호하고 있는 당신들 타깃을 교환합시다."

"무슨 말이죠?"

"당신네 전문가와 욘 칼센의 목숨을 바꾸자는 말입니다. 당신들이 칼센을 포기하면, 우리도 그자를 놓아주죠."

그녀가 한쪽 눈썹을 치켜세웠다. "살인 청부업자에게 맞서 온 경찰 병력이 한 사람을 보호하고 있어요. 그런데도 두려운가요, 한센 씨?"

"더 많은 사람이 죽을까 두려운 겁니다. 그자는 이미 두 사람을 죽였고 내 동료를 칼로 찔렀어요."

"그건……" 그녀는 말을 멈췄다. "그럴 리 없어요."

"그자에게 연락하지 않으면 시체가 늘어날 겁니다. 본인이 그 시체 중 하나가 될 수도 있고요."

여자가 눈을 감았다. 잠시 그렇게 앉아 있더니 숨을 들이쉬었다. "동료가 죽었다면 복수하고 싶을 텐데요. 당신이 거래를 이행하리라는 걸 어떻게 믿죠?"

"내 진짜 이름은 해리 홀레입니다." 그는 테이블에 여권을 내려놓았다. "내가 크로아티아 정부의 허락 없이 여기 왔다는 게 알려지면 외교 분쟁이 될 겁니다. 난 실직하게 될 거고요."

그녀는 안경을 꺼냈다. "그러니까 당신 스스로 인질이 되겠다는 거네요? 내가 그걸 믿을 거라고 생각해요……?" 그녀는 안경을 코에 걸치고 여권을 보았다. "해리 홀레 씨?"

"어쨌든 난 그걸 걸겠습니다."

그녀는 고개를 끄덕이며 안경을 벗었다. "알았어요. 그런데 그거 아세요? 나도 기꺼이 거래하고 싶지만 전문가에게 연락이 안 된다면 이 협상이 무슨 소용이겠어요?"

"무슨 말입니까?"

"전문가가 어디에 있는지 나도 몰라요."

해리는 그녀를 바라보았다. 눈에서 고통이 보였다. 조금 전에는 목소리가 살짝 떨리기까지 했다.

"음, 그럼 당신이 가진 걸로 협상해야죠. 의뢰인이 누군지 알려주십시오."

"안돼요."

"만약 칼에 찔린 형사가 이대로 죽으면……" 해리는 그렇게 말하며 재킷에서 사진을 꺼내 테이블에 올려놓았다. "당신네 전문가는 경찰 손에 죽을 확률이 높습니다. 경찰이 정당방위로 총을 쏠 수밖에 없는 상황이었다고 몰고갈 겁니다. 원래 그렇죠. 내가 나서서 막지 않는 한. 이해가 갑니까? 의뢰인이 이 사람인가요?"

"나한테 협박은 안 먹혀요, 홀레 씨."

"난 내일 아침 일찍 오슬로로 돌아갈 겁니다. 이 사진 뒤에 내 휴대전화 번호를 써두죠. 마음이 바뀌면 전화하세요."

그녀는 사진을 집어 들어 가방에 넣었다.

해리는 빠르게 속삭였다. "당신 아들이죠?"

그녀의 얼굴이 굳어졌다. "왜 그렇게 생각해요?"

"나도 보는 눈이 있으니까요. 나도 고통을 봤습니다."

그녀는 가방 위로 몸을 숙였다. "당신은 어떤가요, 홀레 씨?" 그러고는 눈을 들어 해리의 얼굴을 보았다. "다쳤다는 형사는 모르는 사람인가요? 그래서 복수심이 안 드나요?"

해리는 입안이 건조하다 못해 숨을 내쉴 때마다 입에서 불이 나는 듯했다. "네. 모르는 사람입니다."

그녀가 길을 건너 왼쪽으로 돌아 시야에서 사라질 때까지 해리는 창문 너머로 지켜보았다. 수탉이 우는 소리가 들리는 듯했다.

해리는 방으로 돌아와서 미니어처 술병을 다 비우고 다시 토한 다음, 맥주를 마시고 또 토하고 거울 속의 자신을 바라봤다가 엘리베이터를 타고 호텔 바로 내려갔다.

23

12월 19일, 금요일 밤. 개들

그는 어두운 컨테이너에 앉아 곰곰이 생각했다. 형사의 지갑 속에는 2800크로네가 들어 있었고, 그가 기억하는 환율이 맞다면 이 돈으로 음식과 새 점퍼, 코펜하겐행 항공권을 살 수 있었다.

문제는 총알이다.

괴테보르그 가에서 발사한 총알이 일곱 번째이자 마지막 총알이었다. 플라타에 가서 9밀리미터 총알을 어디서 구할 수 있는지 물어봤지만 다들 멍한 표정으로 바라볼 뿐이었다. 아무에게나 계속 물어보고 다녔다가는 사복 차림으로 위장 근무 중인 형사와 마주칠 가능성이 컸다.

그는 총알이 없는 라마 미니맥스를 바닥에 내던졌다.

경찰 신분증 속 남자가 미소를 지으며 그를 올려다보고 있었다. 할보르센. 아마 지금쯤은 욘 칼센의 신변 보호가 대폭 강화됐을 것이다. 그렇다면 한 가지 가능성밖에 없다. 트로이 목마. 목마가 되어야 할 사람이 누군지 그는 알고 있었다. 해리 홀레. 전화번호 안내원에 따르면 그의 주소는 소피스 가 5번지였고, 오슬로에 해리 홀레는 한 명뿐이었다. 그는 손목시계를 확인하고는 멈칫했다.

밖에서 발소리가 들렸다.

벌떡 일어나 한 손으로 유리 조각을 잡고, 다른 손에 권총을 쥔채 문 옆에 섰다.

문이 열리더니 도심 불빛을 배경으로 사람의 실루엣이 보였다. 검은 형체는 컨테이너 안으로 들어왔고, 바닥에 앉아 책상다리를 했다.

그는 숨을 죽였다.

잠잠했다.

이윽고 성냥개비에 불이 치익 붙으며 컨테이너 모퉁이와 침입자의 얼굴을 밝혔다. 침입자는 성냥개비를 든 손에 티스푼을 들었고, 다른 손에 든 비닐봉지를 이로 찢고 있었다. 연푸른색 데님 재킷을 입은 청년은 그가 아는 얼굴이었다.

그가 안도의 한숨을 내쉬자, 민첩하고 효율적으로 움직이던 청년이 갑자기 동작을 멈췄다.

"누구 있어요?" 청년이 비닐봉지를 주머니에 숨기며 어둠 속을 응시했다.

그는 헛기침을 하고는 성냥이 만들어낸 불빛 가장자리로 들어갔다. "나 기억해?"

청년은 겁에 질려 그를 바라봤다.

"기차역 앞에서 만났잖아. 내가 돈을 줬지. 네 이름은 크리스토페르고."

크리스토페르가 입을 딱 벌렸다. "그게 당신이었어? 내게 500크로네를 준 외국인? 맙소사. 그래, 목소리가 기억나네. 우와!" 크리스토페르가 성냥을 떨어뜨리자 칠흑 같은 어둠이 덮쳤고, 청년의 목소리는 더 가깝게 들렸다. "오늘 밤에 여기서 함께 자도 될까?"

"혼자 자. 난 나가려던 참이었으니까."

또 다른 성냥불이 펄럭이며 살아났다. "함께 자는 편이 더 좋아. 둘이 있으면 더 따뜻하니까. 진심이야." 크리스토페르는 작은 병에 든 액체를 손에 들고 있던 티스푼에 따랐다.

"그건 뭐야?"

"물이랑 아스코르브산酸." 크리스토페르는 그렇게 말하며 비닐봉지를 열더니 가루를 한 톨도 흘리지 않고 티스푼에 부은 다음, 얼른 다른 손으로 성냥을 바꿔 잡았다.

"솜씨가 좋은데, 크리스토페르." 이제 크리스토페르는 성냥불을 티스푼 밑에 대면서 또 다른 성냥개비를 집어 들어 불을 옮길 준비를 했다.

"내 별명이 플라타의 차분한 손이라고."

"왜 그렇게 부르는지 알겠군. 난 그만 가봐야 해. 옷 바꿔 입자. 그럼 네가 밤에 좀 더 따뜻할 거야."

크리스토페르는 자신의 얇은 데님 재킷을 봤다가 그의 두툼한 푸른색 패딩 점퍼를 보았다. "우아, 진심이야?"

"물론이지."

"이야, 진짜 친절하네. 내가 주사를 놓을 때까지 기다려줄래? 이 성냥 좀 들고 있어줘."

"내가 주사기를 들고 있는 게 낫지 않을까?"

크리스토페르가 그를 노려보았다. "이봐, 내가 마약을 시작한 지 얼마 되진 않았지만 이 바닥에서 제일 뻔한 속임수에 넘어가지는 않는다고. 빨리 성냥이나 들어."

그는 성냥을 넘겨받았다.

가루는 물에 녹아 투명한 갈색 액체가 되었고, 크리스토페르는 스푼 위에 작은 탈지면을 올려놓았다.

"불순물을 없애기 위해서야." 크리스토페르는 묻지도 않았는데 그렇게 말하더니 탈지면 속으로 주삿바늘을 넣어 액체를 빨아들인 후, 주삿바늘을 팔에 댔다. "내 피부 좋은 거 보여? 바늘 자국이 거의 없지? 이 아름답고 굵은 혈관을 봐. 더럽혀지지 않은 순수한 몸이라고 하더라. 하지만 2년쯤 지나면 다른 뽕쟁이들처럼 염증으로 딱지가 앉고 누렇게 변하겠지. 손도 떨릴 테고. 그걸 알면서도 난 이 짓을 계속해. 완전 돌았지."

크리스토페르는 그렇게 말하면서 액체를 식히기 위해 주사기를 흔들었다. 팔 위쪽을 고무줄로 꽉 묶은 다음, 피부 아래서 푸른 뱀처럼 구불구불 지나가는 혈관 속에 바늘을 찔러 넣었다. 금속 바늘이 살 속으로 미끄러졌고, 그는 혈액 속에 헤로인을 주입했다. 크리스토페르의 눈꺼풀이 반쯤 감기고 입도 반쯤 벌어졌다. 그러더니 머리가 뒤로 넘어갔고, 그의 눈에 천장에 매달린 개의 시체가 들어왔다.

그는 한동안 크리스토페르를 바라보았다. 그런 다음, 다 타버린 성냥을 버리고 푸른색 점퍼를 벗었다.

마침내 해리가 전화를 받았을 때 베아테는 그의 목소리를 제대로 들을 수 없었다. '징글벨'을 디스코 버전으로 연주한 배경 음악이 요란하게 울려 퍼졌기 때문이다. 하지만 해리가 술에 취했다는 사실은 충분히 알 수 있었다. 혀가 풀려서가 아니라 되레 발음이 정확했기 때문이다. 베아테는 할보르센의 상황을 말해주었다.

"심장눌림증?" 해리가 외쳤다.

"내부 출혈로 심장 주위에 피가 고여서 심장이 제대로 못 뛰는 증상이에요. 피를 많이 뽑아낸 덕분에 이젠 안정됐지만 여전히 혼수상태예요. 그냥 기다리는 수밖에요. 차도가 있으면 또 연락드릴게요."

"고마워. 다른 소식은 없어?"

"하겐 경정님이 욘 칼센과 테아 닐센을 다시 외스트고르로 보냈어요. 형사 두 명을 붙여서요. 그리고 미홀리에츠 부인과 얘기했는데 오늘 소피아를 병원에 데려가겠다고 약속했어요."

"음. 수의학 협회에서 보낸 문자는 어떻게 됐어?"

"중국 음식점이 틀림없다고 말한 건 세상에서 그 고기를 먹는 나라가 중국밖에 없기 때문이래요."

"그 고기?"

"개고기요."

"개? 잠깐만."

음악 소리가 사라지더니 이윽고 차들이 지나다니는 소리가 들렸고, 다시 해리의 목소리가 들렸다. "노르웨이에서 개고기를 파는 식당은 없잖아."

"네, 하지만 이 고기는 특별해요. 수의학 협회에서 견종을 알려줬으니까 내일 노르웨이 애견 협회에 전화할 거예요. 노르웨이에 있는 모든 품종의 개와 소유주가 그 협회에 등록되어 있거든요."

"도움이 될까? 수십만 마리는 될 텐데."

"40만요. 한 가구당 하나씩 있는 셈이죠. 이미 확인해봤어요. 다만 이 개는 흔치 않아요. 블랙메츠너라고 들어보셨어요?"

"다시 한 번 말해봐."

베아테는 다시 말해주었다. 몇 초 동안 자동차 소리만 들리더니 해리가 외쳤다. "그래! 앞뒤가 들어맞는군. 은신처를 찾는 남자. 왜

428

진작 그 생각을 못 했지?"

"뭘 생각 못 해요?"

"스탄키츠가 어디 숨어 있는지 알았어."

"어딘데요?"

"하겐 경정에게 연락해서 무장한 델타 요원 보내달라고 해."

"어디로요? 무슨 말씀을 하시는 거예요?"

"컨테이너 터미널. 스탄키츠는 컨테이너에 숨어 있어."

"그걸 어떻게 아세요?"

"오슬로에서 블랙메츠너를 먹을 수 있는 곳은 많지 않으니까. 내가 내일 아침 첫 비행기로 도착할 시간에 맞춰서 폴카이드에게 터미널을 포위하라고 해. 하지만 절대 내가 도착하기 전에 체포하면 안 돼. 알겠어?"

베아테가 전화를 끊은 후, 해리는 거리에 서서 호텔 바를 바라보았다. 싸구려 음악이 쿵쾅거리고 마시다 만 독주가 그를 기다리고 있었다.

이제 다 잡았다, 말리 스파시텔리. 필요한 건 맑은 정신과 차분한 손뿐이다. 해리는 할보르센을 생각했다. 피 속에서 익사한 심장. 술이 다 떨어진 방으로 곧장 올라가 문을 잠그고 창밖으로 방 열쇠를 던져버릴 수 있다. 아니면 호텔 바에 가서 마저 술을 마시거나. 해리는 몸을 부르르 떨고 심호흡을 한 다음, 휴대전화의 전원을 껐다. 그러고는 호텔 바로 들어갔다.

구세군 본부의 직원들은 사무실 불을 끄고 퇴근한 지 오래였지만, 마르티네의 사무실에는 아직 불이 켜져 있었다. 그녀는 해리 홀레에게 전화하는 중이었고, 머릿속에는 지난번과 같은 의문이 떠올랐다. 내가 그에게 끌리는 건 그가 나이가 많기 때문일까? 아니면 억눌린 감정이 많아 보여서? 아니면 너무 무력해 보여서? 집으로 찾아온 여자를 문전박대하는 해리를 보며 겁을 먹어야 마땅했는데 무슨 이유에서인지 오히려 더 관심이 갔다. ……난 대체 뭘 원하는 걸까? 전화기의 전원이 꺼져 있거나 전화가 수신되지 않는 지역에 있다는 안내가 흘러나오자 마르티네는 신음했다. 전화번호 안내센터에 그의 집 전화번호를 물어서 거기로 전화했다. 그의 목소리가 들리자 가슴이 두근거렸지만 알고 보니 자동응답기였다. 그의 집에 들를 수 있는 완벽한 핑계가 있는데 하필 집에 없다니! 그녀는 메시지를 남겼다. 내일부터 하루 종일 콘서트홀에서 일해야 하기 때문에 크리스마스 콘서트 티켓을 그에게 미리 줘야 한다고 말했다.

전화를 끊는 순간, 누군가 문간에서 자신을 지켜보고 있다는 걸 깨달았다.

"리카르드! 그러지 좀 마. 놀랐잖아."

"미안. 집에 가려다 남은 직원이 또 있는지 확인해봤어. 집까지 데려다줄까?"

"말은 고맙지만—"

"벌써 옷도 다 입었네. 같이 가자. 그럼 경보 장치 걱정 안 해도 되잖아." 리카르드가 스타카토로 웃었다. 지난주 마르티네는 맨 마지막으로 퇴근하다가 새로 설치한 경보 장치를 두 번이나 울렸고, 그들은 보안회사에 출동비를 지불해야 했다.

"그래. 고마워." 그녀가 말했다.

"천만에……" 리카르드가 코를 훌쩍거렸다.

그는 가슴이 두근거렸다. 이제 해리 홀레의 냄새를 맡을 수 있었다. 아주 조심스럽게 문을 열고 조명 스위치를 찾아 벽을 더듬었다. 다른 손으로는 총을 쥔 채 어둠 속에서 희미하게 보이는 침대를 겨눴다. 그는 숨을 들이쉬고, 조명을 켰다. 침실에 빛이 쏟아져 내렸다. 침구가 깔끔히 정리된 간소한 침대 하나만 덜렁 놓여 있을 뿐 아무도 없었다. 집의 나머지 공간과 마찬가지로. 다른 방은 이미 살펴봤고, 마지막으로 들어온 곳이 침실이었다. 그의 맥박이 차분해지기 시작했다. 해리 홀레는 집에 없었다.

지저분한 데님 재킷 주머니에 총을 넣자 변기 탈취제가 바스러졌다. 아까 공중전화로 해리 홀레의 전화번호를 물어본 뒤, 옆에 있는 오슬로 중앙역 화장실에 들렀을 때 가져온 것이었다.

아파트 안에 들어오는 건 생각보다 쉬웠다. 건물 출입문 초인종을 두 번 눌렀지만 대답이 없어 그냥 포기하려던 차였다. 그러다 문을 살짝 밀어봤더니 닫혀 있을 뿐 잠겨 있지는 않았다. 틀림없이 추위 때문이리라. 3층에 올라가니 마스킹 테이프 조각에 해리 홀레의 이름이 휘갈겨져 있었다. 그는 현관문에 끼워진 유리에 털모자를 대고 총으로 내려쳤다. 유리에 빠직 금이 갔다.

거실은 뒤뜰을 향하고 있었기에 위험을 무릅쓰고 스탠드를 켜보았다. 주위를 둘러봤다. 심플하고 검소했다. 깔끔했다.

하지만 트로이의 목마, 그를 온 칼센에게 인도해줄 남자는 없었다. 지금으로서는. 하지만 총이나 총알은 있을 것이다. 그는 총이 보관되어 있을 만한 장소를 뒤지기 시작했다. 서랍이나 찬장 속, 베개 밑. 아무것도 나오지 않자 이번에는 방마다 조직적으로 뒤졌지만 역시 실패했다. 나중에는 마구잡이로 뒤지기 시작했다. 그가 아주 절박한 상태이며 사실상 총을 찾기를 포기했다는 명백한 증거였다. 전화기가 놓인 테이블에 편지가 있고, 그 아래 해리 홀레의 사진이 붙은 경찰 신분증이 있었다. 그는 신분증을 주머니에 넣었다. 선반에 알파벳 순서대로 꽂힌 책과 음반 들도 다 꺼냈다. 소파 앞 테이블에는 서류 더미가 있었는데 서류를 뒤적이다 보니 눈에 익은 사진이 나왔다. 구세군 제복을 입고 죽은 남자의 사진이었다. 로베르트 칼센. 스탄키츠라는 이름이 적힌 서류도 있었다. 어떤 서류는 맨 위에 해리의 이름이 적혀 있었다. 서류를 훑어보던 그의 눈이 익숙한 단어에서 멈췄다. 스미스 앤드 웨슨, 38구경. 그리고 누군가의 거창한 서명이 있었다. 총기 허가증인가? 아니면 총기 신청서?

그는 그만 찾기로 했다. 해리 홀레가 총을 가져간 게 틀림없다.

좁지만 깨끗한 욕실로 들어가 수돗물을 틀었다. 따뜻한 물이 나오자 몸이 부르르 떨렸다. 얼굴의 검댕에 세면대가 검게 물들었다. 다음에는 찬물을 틀자 손에 굳어 있던 피가 세면대를 붉게 물들였다. 손을 닦고 세면대 위 수납장을 열어 붕대를 찾아냈다. 유리 조각에 베인 상처 위로 붕대를 감았다.

무언가가 빠져 있었다.

수도꼭지 옆에 짧고 빳빳한 털로 된 브러시가 있었다. 마치 면도를 했던 것처럼. 하지만 면도기와 면도 크림은 없었다. 칫솔, 치약, 세면 가방도. 해리 홀레가 여행을 갔나? 아니면 수사 때문에 철야 근무? 아니면 여자친구 집에서 사는지도 모른다.

부엌으로 가서 냉장고를 열어 보니 유통기한이 엿새 남은 우유 한 팩과 잼 한 병, 하얀 치즈, 랍스카우스*라고 적힌 통조림 세 개가

---

* 고기와 감자를 넣고 끓인 노르웨이 스튜.

있고, 냉동 칸에는 랩으로 포장해둔 슬라이스 호밀 빵이 있었다. 그는 우유와 호밀 빵, 통조림 두 개를 꺼낸 다음, 전기레인지를 켰다. 토스터기 옆에 오늘 자 신문이 있었다. 신선한 우유, 오늘 자 신문. 해리 홀레가 여행을 갔다는 쪽으로 마음이 기울었다.

높이 설치된 벽걸이 그릇장에서 컵을 꺼내 우유를 따르려는 순간, 깜짝 놀라 우유 팩을 바닥에 떨어뜨렸다.

전화가 울리고 있었다.

빨간색 테라코타 타일 위로 우유가 퍼져가는 동안, 복도에서 끈질기게 전화벨이 울렸다. 벨이 다섯 번 울린 후에 딸깍거리는 기계음이 세 번 나더니 여자의 목소리가 집 안을 채웠다. 활기차고 속사포 같은 말투였다. 여자는 웃더니 전화를 끊었다. 목소리가 어딘가 귀에 익었다.

통조림 두 개를 따서 달궈진 프라이팬에 통째로 올려놓았다. 예전에 포위 공격을 당했을 때부터 생긴 습관이었다. 접시가 없어서가 아니라 그래야 한 사람당 하나씩, 공평하게 나눠 먹는다는 걸 알 수 있기 때문이다. 그런 다음에 복도로 갔다. 작고 검은 자동응답기에 빨간 불이 깜빡거리며 2라는 숫자가 표시되어 있었다. 그가 재생 버튼을 누르자 테이프가 돌아갔다.

"나 라켈이야." 여자 목소리가 말했다. 아까 메시지를 남긴 여자보다 조금 더 나이가 많은 듯했다. 그녀는 몇 마디 한 후에 남자애를 바꿔주었고, 남자애는 신나게 재잘거렸다. 그 메시지가 끝나자 아까 들은 메시지가 다시 재생되었다. 그리고 귀에 익은 목소리라는 자신의 생각이 착각이 아님을 깨달았다. 수프 배급 버스에서 본 여자의 목소리였다.

메시지가 끝나자 그는 우두커니 서서 거울과 벽 사이에 찔러둔

컬러 사진 두 장을 바라보았다. 하나는 해리 홀레가 눈 속에서 갈색 머리 여자 그리고 소년과 함께 스키를 신고 앉아 실눈으로 카메라를 바라보는 사진이었다. 다른 하나는 오래전에 찍은 빛바랜 사진으로, 수영복을 입은 소년과 소녀가 있었다. 여자아이는 다운증후군 환자 같았고, 남자아이는 어린 해리 홀레였다.

그는 부엌에 앉아 느긋하게 식사하며 집 밖 계단에서 들리는 소리에 귀를 기울였다. 현관문의 깨진 유리는 전화기가 놓인 테이블 서랍에서 발견한 투명 테이프로 붙여 놓았다. 식사가 끝난 후에는 침실로 갔다. 침실은 추웠다. 침대에 앉아 부드러운 침구를 손으로 쓸어내렸다. 베개 냄새를 맡아보았다. 옷장을 열어 보니 회색 트렁크 팬티와 하얀 티셔츠가 개켜져 있었다. 티셔츠에는 팔이 여덟 개 달린 시바 신과 비슷한 그림이 인쇄되어 있고 위에는 FRELST(구원), 밑에는 JOKKE&VALENTINERNE라고 적혀 있었다.* 옷에서 비누 냄새가 났다. 그는 개켜진 옷을 펼쳐서 입고 침대에 누웠다. 눈을 감았다. 사진 속 해리 홀레와 기오르기를 생각했다. 베개 밑에 총을 놓아두었다. 기진맥진한 상태인데도 발기가 되어, 딱 달라붙지만 부드러운 팬티 안에서 페니스가 커졌다. 누가 현관문을 열면 잠이 깰 거라는 사실에 안심하며 그는 잠이 들었다.

"예상치 못한 일을 예상하라."

이는 경찰 특공대 델타의 리더, 시베르트 폴카이드의 모토였다. 폴카이드는 컨테이너 뒤쪽 산마루에 서 있었다. 손에는 무전기를 들었고, 뒤에서는 크리스마스를 가족과 함께 보내려고 집으로 가

---

* 록밴드 요케 오그 발렌티네르네가 발표한 〈Frelst〉의 앨범 재킷이다.

는 대형 버스와 택시 들이 씽씽 달리는 소리가 들렸다. 옆에는 군나르 하겐 경정이 칼라를 세운 초록색 방탄조끼를 입고 서 있었다. 폴카이드의 부하들은 산등성이 아래, 춥고 얼음으로 뒤덮인 어둠 속에 있었다. 폴카이드는 시계를 보았다. 새벽 3시, 5분 전이었다.

탐지견 셰퍼드 한 마리가 사람이 있는 빨간색 컨테이너를 찾아낸 지 19분이 지났다. 그런데도 폴카이드는 이 상황이 마음에 들지 않았다. 임무 자체는 간단해 보였다. 그 점은 마음에 들었다.

지금까지는 모든 게 순조로웠다. 하겐이 다섯 요원을 선발해 경찰청으로 보내달라고 전화한 게 불과 45분 전이다. 델타는 평균 나이 31세의 의욕적이고 잘 훈련된 요원 일흔 명으로 이뤄진 정예부대였다. 필요에 따라, 그리고 각 요원의 활동 영역에 따라 팀이 꾸려지는데 그중에는 이번 임무에 해당되는 '어려운 무장 활동'도 포함되어 있다. 델타의 다섯 요원 외에도 특수부대 FSK에서 온 요원이 하나 더 있었다. 여기서 그의 불안이 시작되었다. 군나르 하겐이 개인적으로 차출한 일급 저격수였다. 그는 자기 이름이 아론이라고 했지만 특수부대에서는 본명을 쓰지 않는다는 걸 폴카이드도 알고 있었다. 사실 이 특수부대는 1981년에 창립된 이래로 존재 자체가 비밀이었다가 아프가니스탄에서 자유 지속 작전Enduring Freedom Operation이 시행되는 동안 언론에 처음으로 정보가 유출되었는데, 폴카이드가 생각하기에는 군대라기보다 비밀 단체 같았다.

"내가 아론을 믿기 때문일세. 1994년 토르프에서 범인이 저격당한 일 기억하지?" 하겐의 설명은 그뿐이었다.

폴카이드는 토르프 공항에서 일어난 인질극을 똑똑히 기억했다. 현장에 있었기 때문이다. 실패로 끝날 것 같았던 그날의 인질 구조 작전은 한 발의 사격으로 성공했지만, 총을 쏜 사람이 누구인지는 아무도 몰랐다. 총알은 범인이 차창 앞에 걸어둔 방탄조끼의 겨드랑이를 통과해 그의 머리를 맞혔고, 머리는 늙은 호박처럼 터져버렸다. 범인이 타고 있던 최신형 볼보는 후에 자동차 딜러가 중고품 보상판매제도로 인수해 세차한 후에 다시 팔았다. 폴카이드가 거슬리는 건 그게 아니었다. 아론이 그가 본 적도 없는 라이플을 들고 있는 것도 상관없었다. 개머리판에 매르^{MÄR}라고 적혀 있든 말든 상관없었다*. 이 순간 아론은 레이저 조준기와 야간 투시 기능이 있는 고글을 쓴 채 저기 어딘가에 엎드려 있었다. 그리고 그 자리에서 컨테이너가 잘 보인다는 보고도 했다. 다만 폴카이드가 상황을 계속 보고하라고 하자 못마땅하다는 듯이 끙 소리를 냈다. 하지만 그것도 거슬리지 않았다. 폴카이드가 마음에 안 드는 것은 지금 아론이 여기 있다는 사실 자체였다. 지금은 저격수가 필요한 상황이 아니기 때문이다.

폴카이드는 잠시 머뭇거리다가 무전기를 입으로 가져갔다. "준비됐으면 손전등을 깜빡거려라, 아틀레."

빨간 컨테이너 옆에서 불빛이 꺼졌다가 켜졌다.

"전원 제 위치에 있습니다. 체포할 준비됐습니다." 폴카이드가 말했다.

하겐이 고개를 끄덕였다. "좋아. 작전을 시작하기 전에 자네도 내 의견에 동의한다는 걸 분명히 해두고 싶네. 홀레를 기다리지 않고 지금 체포하는 게 최선이라고 말이야."

폴카이드는 어깨를 으쓱였다. 여섯 시간 후 동이 트면 스탄키츠가 컨테이너에서 나올 테고, 탁 트인 곳에서 개들을 동원해 놈을

---

*《레드브레스트》에 등장하는 매르클린 라이플을 말한다.

체포할 수 있다. 사람들 말로는 군나르 하겐이 차기 총경감이라고
했다.

"그게 좋을 듯합니다, 네."

"좋아. 내 보고서에 그렇게 적겠네. 이건 우리 둘의 결정이라고.
혹시라도 내가 개인적인 공을 세우려고 체포를 앞당겼다는 비난을
받게 될 경우를 대비해서 말이야."

"그럴 일은 없을 겁니다."

"좋아."

폴카이드는 무전기의 송신 버튼을 눌렀다. "2분 후 작전 개시."

하겐과 폴카이드의 입에서 나온 하얀 입김은 하나로 합쳐져 구
름이 되더니 이내 사라졌다.

"대장님……" 아틀레가 무전기로 속삭였다. "방금 한 남자가 컨
테이너 문을 열고 나왔습니다."

"전원 대기." 폴카이드가 차분하고 단호한 목소리로 말했다. 예
상치 못한 일을 예상하라. "남자가 떠나는 건가?"

"아뇨. 그냥 가만히 서 있습니다. 아무래도……."

오슬로 피오르의 어둠을 가르고 한 발의 총성이 울렸다. 그러더
니 다시 조용해졌다.

"방금 그건 뭐지?" 하겐이 물었다.

예상치 못한 일, 폴카이드는 생각했다.

24

12월 20일, 토요일. 약속

토요일 이른 아침이었고, 그는 아직 잠들어 있었다. 해리의 아파트, 해리의 침대에서 해리의 옷을 입은 채. 그리고 해리가 꾸던 악몽을 꾸었다. 귀신들이 돌아오는 꿈. 늘 그 꿈이었다.

아주 작은 소리가 났다. 현관 밖에서 부스럭거리는 소리에 불과했지만 그걸로 충분했다. 그는 벌떡 일어나 베개 밑에 둔 총을 꺼내 순식간에 침대에서 내려왔다. 현관으로 살금살금 걸어가는 동안, 얼음장 같은 바닥에서 맨발이 얼얼했다. 현관문에 끼워진, 표면이 우둘투둘하고 불투명한 유리 너머로 누군가의 실루엣이 보였다. 어젯밤에 불을 모두 꺼놓았기 때문에 밖에서는 그가 보이지 않을 터였다. 상대는 허리를 숙인 채 꼼지락거리는 듯했다. 열쇠가 안 들어가서 저러나? 해리 홀레가 술에 취했나? 어쩌면 여행을 안 가고 밤새 술을 마셨는지도 모른다.

그는 문 바로 옆에 서서 차가운 금속 손잡이를 향해 손을 뻗었다. 숨을 죽인 채 다른 쪽 손에 쥔 권총 손잡이에서 안도감을 느꼈다. 문 밖의 상대도 숨을 죽이는 듯했다.

그는 불필요한 소동이 일어나지 않기를 바랐다. 달리 선택의 여지가 없음을 깨닫고 홀레가 순순히 그를 욘 칼센에게 안내하기를 바랐다. 상황이 여의치 않다면 칼센을 이 아파트로 데려오거나.

그는 상대가 곧바로 볼 수 있도록 총을 들어 올린 다음, 문을 휙 열었다. 문 밖에 서 있던 사람이 헉 소리를 내며 두 걸음 물러섰다.

현관문 바깥쪽 손잡이에 무언가 걸려 있었다. 종이와 셀로판으로 포장한 꽃다발, 그리고 꽃다발 안쪽에 큼지막한 봉투가 붙어 있었다.

여자는 겁에 질린 표정이었지만 그래도 그는 단번에 그녀를 알아보았다.

"안으로 들어와." 그가 나직이 말했다.

마르티네 에크호프가 머뭇거리자 그는 다시 총을 들어 올렸다. 총구로 거실 쪽을 가리키고는 그녀를 뒤따라갔다. 그녀에게 윙체어에 앉으라고 공손하게 말한 뒤, 자신은 소파에 앉았다.

마침내 마르티네는 총에서 눈을 떼고 그를 보았다.

"옷차림이 이래서 미안하군. 해리는 어디 있지?" 그가 물었다.

"원하는 게 뭐죠?" 마르티네가 영어로 물었다.

그는 마르티네의 목소리를 듣고 깜짝 놀랐다. 차분하다 못해 따뜻하게 느껴질 정도였다.

"해리 홀레를 만나는 거. 지금 어디 있지?"

"나도 몰라요. 해리를 만나서 뭐하게요?"

"질문은 내가 해. 그가 어디 있는지 말해주지 않으면 난 당신을 죽여야 해. 알겠어?"

"하지만 난 몰라요. 그러니까 날 쏴요. 그게 도움이 된다면요."

그는 마르티네의 눈에 두려움이 있는지 살폈지만 파악하기 힘들었다. 아마 눈동자 때문일 것이다. 눈동자가 어딘지 이상했다.

"여긴 왜 왔지?"

"해리에게 콘서트 티켓을 주려고요."

"꽃다발은?"

"그냥 충동적으로 샀어요."

그는 테이블에 놓인 마르티네의 가방을 집어 들어 안을 뒤졌다. 지갑과 은행카드가 나왔다. 마르티네 에크호프. 1977년 생. 주소: 오슬로, 소르겐프리 가. "당신이 스탄키츠죠? 지난번 수프 배급 버스에 왔잖아요. 그렇죠?" 그녀가 말했다.

그는 다시 마르티네를 보았다. 마르티네도 그를 바라보더니 천천히 고개를 끄덕였다.

"당신이 해리를 찾아온 건 욘 칼센에게 안내하라고 하기 위해서예요. 안 그래요? 그런데 이제 계획이 수포로 돌아갔네요."

"입 다물어." 그가 말했지만 의도한 말투는 나오지 않았다. 여자의 말이 맞기 때문이다. 모든 계획이 수포로 돌아갔다. 밖에서 동이 트는 동안, 두 사람은 말없이 어두운 거실에 앉아 있었다.

마침내 마르티네가 침묵을 깼다.

"내가 욘 칼센에게 데려다줄 수 있어요."

"뭐?" 그가 놀라서 말했다.

"욘이 어디 있는지 알아요."

"어디 있는데?"

"농장에요."

"그걸 어떻게 알지?"

"구세군에서 소유한 농장이 있고, 난 그걸 사용하는 사람들의 명단을 관리해요. 그런데 얼마 전에 경찰이 전화해서 앞으로 며칠간 그 목장을 단독으로 사용할 수 있는지 묻더군요."

"그렇군. 그런데 왜 날 데려다주겠다는 거지?"

"해리는 절대 당신에게 말하지 않을 테니까요. 그럼 당신은 해리를 죽일 거잖아요." 마르티네가 담담히 말했다.

그는 여자를 바라보았다. 그러고는 여자가 진심임을 깨닫고 고개를 천천히 끄덕였다. "농장에 몇 명이나 있지?"

"욘과 여자친구, 그리고 형사 한 명요."

형사 한 명. 그는 마음속으로 계획을 세우기 시작했다.

"여기서 농장까지 얼마나 걸리지?"

"러시아워에는 45분에서 한 시간 정도지만 오늘은 토요일이니까 더 빨리 도착할 거예요. 밖에 내 차가 있어요."

"왜 날 돕는 거야?"

"말했잖아요. 그냥 이 일을 끝내고 싶어요."

"거짓말하면 머리를 날려버릴 거야. 알지?"

마르티네는 고개를 끄덕였다.

"그럼 지금 출발하자고." 그가 말했다.

7시 14분. 해리는 자신이 살아 있다는 걸 알 수 있었다. 온몸 마디마디가 쑤시고, 배 속의 개들이 술을 더 원했기 때문이다. 한쪽 눈을 뜨고 주위를 둘러보았다. 옷이 사방에 흩어져 있지만 적어도 다른 사람은 없었다. 머리맡 테이블을 향해 손을 뻗어 더듬거렸더니 유리잔이 잡혔다. 하지만 비어 있었다. 유리잔 주위를 손가락으로 훑어 혀로 핥았다. 알코올은 모두 날아가고 달착지근한 맛만 남아 있었다.

침대에서 내려와 유리잔을 들고 욕실로 갔다. 거울을 보지 않은 채 수돗물을 받아 천천히 마셨다. 개들이 항의했지만 그는 아랑곳하지 않았다. 한 잔 더 마셨다. 비행기. 해리는 손목을 봤다. 왜 시계가 없지? 지금 대체 몇 시야? 어서 체크아웃을 하고 오슬로로 돌아가야 했다. 하지만 그전에 물 한 잔 더…… 바지를 찾아내서 입었다. 손가락은 퉁퉁 부어 무감각했다. 가방. 저기 있다. 세면도구. 신발. 근데 휴대전화는 또 어디 있는 거야? 전화가 없어졌다. 9번을 눌러 프런트에 전화했더니 직원 뒤에서 프린터가 청구서를 토해내는 소리가 들렸다. 해리는 몇 시냐고 물었고, 직원이 세 번이나 반복한 후에야 제대로 알아들었다.

해리는 다시 영어로 더듬더듬 물었는데 자기도 무슨 말을 하는지 이해하기 힘들었다.

"죄송합니다, 손님. 바는 오후 3시가 되어야 문을 엽니다. 지금 확인해달라는 말씀인가요?" 직원이 말했다.

해리는 상대가 자신을 볼 수 없다는 걸 잊은 채 고개를 끄덕이고는 항공권을 찾기 위해 침대 발치에 놓인 재킷을 뒤졌다.

"손님?"

"네." 해리는 그제야 대답하고 전화를 끊었다. 침대에 비스듬히 기댄 채 바지 주머니를 뒤졌지만 20크로네짜리 동전만 나왔다. 그걸 보자 시계가 어떻게 되었는지 기억났다. 바의 영업이 끝나고 계산해야 할 시간이 되었을 때 해리는 현찰이 3, 4쿠나 정도 모자란다는 것을 깨달았다. 그래서 지폐 위에 20크로네짜리 동전을 두고 자리를 떴다. 하지만 문까지 가기도 전에 성난 고함이 들렸고 뒤통수가 따끔했다. 아래를 내려다봤더니 20크로네짜리 동전이 바닥에서 퉁퉁 튀다가 그의 발 주위를 뱅그르르 돌았다. 해리는 다시 바테이블로 갔고, 바텐더는 툴툴거리며 잔돈 대신 해리의 손목시계를 받았다.

해리는 재킷 안주머니가 찢어졌다는 걸 깨닫고 안감 안으로 손을 넣어 더듬었다. 그 안에 항공권이 있었다. 조심스럽게 티켓을 꺼내 출발 시각을 확인했다. 그때 방문을 두드리는 소리가 들렸다. 한 번, 그러더니 다시 한 번, 더 세게.

호텔 바의 영업이 끝난 뒤의 일은 통 기억나지 않았다. 따라서 만약 저 노크 소리가 그때 일과 연관되어 있다면 좋은 소식일 리 없다. 하지만 또 한편으로는 누군가 그의 휴대전화를 찾아냈을 수도 있다. 해리는 비틀거리며 걸어가 문을 빼꼼 열었다.

"좋은 아침이에요." 문 밖에 서 있던 여자가 말했다. "아닌가요?"

해리는 억지로 미소를 지으며 문틀에 몸을 기댔다. "무슨 일이십니까?"

머리를 틀어 올린 그녀는 한층 더 영어 선생님처럼 보였다.

"거래를 하려고요."

"아. 어제는 싫다더니 왜 마음이 바뀌었죠?"

"날 만난 후에 당신이 뭘 하는지 알고 싶었으니까요. 예를 들어 혹시 크로아티아 경찰을 만나는지 아닌지."

"그래서 안 만나는 걸 확인했습니까?"

"당신은 바에서 영업이 끝날 때까지 술을 마시고는 비틀거리며 방으로 올라갔어요."

"날 감시했나요?"

"시간 낭비하지 말죠. 당신은 비행기를 타야 하잖아요."

호텔 앞에서 차 한 대가 그들을 기다리고 있었다. 운전대를 잡은 남자는 문신을 한 바텐더였다.

"성 스테판 성당으로 가, 프레드." 여자가 말했다. "빨리 좀 부탁해. 홀레 씨 비행기가 한 시간 반 뒤에 출발해."

"나에 대해 모르는 게 없군요. 난 당신에 대해 아무것도 모르는데요." 해리가 말했다.

"내 이름은 마리아예요."

웅장한 성 스테판 성당의 탑은 자그레브를 휩쓴 아침 안개에 잠겨 보이지 않았다.

마리아는 성당으로 들어가 사람이 거의 없고 널찍한 중앙 통로로 해리를 안내했다. 그들은 기도대가 딸린 성인들의 그림과 고해실을 지났다. 보이지 않는 스피커에서 나직하고 울림이 풍부한 합창 소리가 만트라처럼 흘러나왔다. 묵상을 격려하기 위해서일 테지만 해리에게는 그저 가톨릭 계열 서점에서 흘러나오는 영업용 배경 음악 같았다. 마리아는 측면 회랑으로 해리를 데려가더니 문을 열고 방으로 들어갔다. 두 개의 기도대가 있는 작은 방이었다. 아침 햇살이 스테인드글라스를 통과하며 붉은 빛과 파란 빛으로 물들었다. 십자가에 못 박힌 예수 그리스도 양쪽으로 촛불이 두 개씩 타올랐고, 정면에는 무릎을 꿇고 얼굴을 쳐든 채 간절하게 애원하며 양팔을 뻗은 밀랍 인형이 있었다.

"사도 도마, 건축업자들의 수호성인이죠." 마리아는 그렇게 설명하더니 고개를 숙이고 성호를 그었다. "도마는 예수와 함께 죽고 싶어 했어요."

의심 많은 도마, 해리는 생각했다. 마리아는 가방에서 성인의 그림이 부착된 작은 초를 한 자루 꺼낸 다음, 불을 붙여 도마 앞에 두었다.

"무릎 꿇으세요." 그녀가 말했다.

"왜요?"

"하라는 대로 하세요."

해리는 너덜너덜 해어진 빨간색 벨벳이 깔린 기도대에 마지못해 무릎을 꿇었고, 기울어진 나무 판에 팔꿈치를 댔다. 나무 판은 땀과 기름, 눈물로 검게 얼룩져 있었다. 이상하게 편안한 자세였다.

"주님의 이름으로 계약을 이행할 것을 맹세합니다."

해리는 망설이다가 고개를 숙였다.

"나는 저들이 말리 스파시텔리라고 부르는 자를 구하기 위해……" 그녀가 시작했다.

"나는 저들이 말리 스파시텔리라고 부르는 자를 구하기 위해……."

"모든 노력을 다 할 것을……."

"모든 노력을 다 할 것을……."

"구세주 주님의 이름으로 맹세합니다……."

"구세주 주님의 이름으로 맹세합니다……."

마리아는 허리를 폈다. "내가 의뢰인의 대리인을 만난 곳이 여기예요. 여기서 일을 받았어요. 하지만 밖으로 나가죠. 여긴 인간의 운명을 협상할 곳이 아니니까."

프레드는 넓고 탁 트인 토미슬라브 왕 공원으로 차를 몰았다. 그가 차 안에서 기다리는 동안, 해리와 마리아는 벤치로 가서 앉았다. 갈색으로 시든 잔디는 똑바로 서 있으려 했지만 차갑고 축축한 바람에 완전히 꺾여버렸다. 낡은 파빌리온 너머로 트램 종소리가 울렸다.

"대리인을 보지는 못했지만 목소리가 젊은 사람 같았어요." 마리아가 말했다.

"목소리요?"

"처음에는 10월에 인터내셔널 호텔로 전화가 왔죠. 난민들 일로 전화가 오면 호텔에서는 프레드에게 넘겨요. 프레드는 내게 전해 주고요. 남자는 자기가 이름을 밝힐 수 없는 누군가의 대리인이고, 오슬로에서 누군가를 죽여줬으면 한다고 했어요. 뒤에서 자동차 소리가 많이 나더군요."

"공중전화네요."

"그럴 거예요. 난 그에게 전화로는 일을 받지 않고, 이름을 밝히지 않는 사람과도 일하지 않는다고 말하고 끊었죠. 그랬더니 이틀 뒤에 다시 전화가 와서 사흘 뒤에 스테판 성당으로 가달라고 했어요. 몇 시에 어느 고해실로 가야 할지 알려주더군요."

까마귀 한 마리가 앞에 보이는 나뭇가지에 앉아 고개를 한쪽으로 기울인 채 그들을 우울하게 내려다보았다.

"그날 성당에는 관광객이 많았어요. 난 약속한 시간에 고해실로 들어갔죠. 의자에 봉해진 봉투 하나가 있더군요. 뜯어봤더니 언제, 어디서 온 칼센이 근무하는지 알려주는 정보와 달러로 지불한 선수금이 있었어요. 우리가 일반적으로 받는 선수금보다, 최종 금액보다도 훨씬 많은 액수였어요. 또 지난번에 나와 통화한 대리인이 내 대답을 듣기 위해, 내가 거래를 수락할 경우에는 최종 금액을 정하기 위해 다시 전화할 거라고 적혀 있더군요. 나는 오로지 대리인하고만 연락을 주고받아야 하며, 보안상 이유로 대리인도 의뢰한 내용을 자세히는 모른다고 했어요. 그러니 나도 더 알려 하지 말라고 적혀 있었죠. 난 봉투를 들고 고해실에서 나와 호텔로 돌아갔어요. 30분 뒤에 대리인에게 전화가 오더군요."

"오슬로에서 전화한 사람과 동일했나요?"

"자기소개는 하지 않았지만 난 전직 교사이다보니 사람들의 영어 억양을 잘 감지하죠. 이 사람은 억양이 아주 특이했어요."

"그래서 무슨 얘기를 했습니까?"

"난 세 가지 이유로 그 일을 맡지 않겠다고 했어요. 첫째로 고객이 왜 그 일을 의뢰하는지 알아야 한다는 원칙 때문이죠. 둘째로 언제, 어디서 죽일지는 보안상의 이유로 우리가 정해요. 셋째로 익명의 고객에게는 일을 받지 않고요."

"대리인이 뭐라고 하던가요?"

"돈을 지불하는 책임은 자신에게 있으니 자신의 신분을 아는 것으로 넘어가달라고 하더군요. 그리고 다른 원칙을 깨는 조건으로 얼마를 더 주면 되는지 알려달라고 했어요. 난 돈으로 해결될 문제가 아니라고 했죠. 그랬더니 그가 금액을 제시했어요. 나로서는……."

해리는 적합한 영어 단어를 생각해내려고 고심하는 그녀를 지켜보았다.

"……상상도 못한 액수였죠."

"얼마였습니까?"

"20만 달러요. 평소 우리가 받는 금액의 열다섯 배죠."

해리는 고개를 천천히 끄덕였다. "그러니까 더는 의뢰인의 동기가 중요하지 않았군요."

"당신은 이해 못 하겠지만 우리에게는 처음부터 계획이 있었어요. 돈을 모으면 일을 그만두고 부코바르에 가서 새 인생을 시작할 작정이었죠. 이번 임무가 이 일을 그만둘 수 있는 기회였어요. 마지막 임무였죠."

"그러니까 정의를 실현하려고 살인을 한다는 원칙은 저버렸군요." 담배를 찾아 주머니를 뒤지며 해리가 물었다.

"당신은 정의를 실현하려고 살인사건을 수사하나요, 홀레 씨?"

"그렇기도 하고, 아니기도 하죠. 먹고살아야 하니까."

마리아의 얼굴에 슬쩍 미소가 비쳤다. "그럼 당신도 나와 별로 다르지 않네요, 그렇죠?"

"글쎄요."

"내가 틀리지 않다면 당신도 나만큼이나 도와줄 가치가 있는 사람을 돕고 싶을 거예요. 내 말이 틀렸나요?"

"그거야 당연하죠."

"하지만 세상 일이 늘 그렇게 되진 않아요. 당신도 처음에 경찰이 됐을 때는 악에서 인류를 구원하겠다고 결심했겠지만, 죄는 흑백논리로만 판단할 수 없다는 사실을 알게 됐을 거예요. 일반적으로 인간은 악하기보다 나약하죠. 당신도 슬픈 사연 속 주인공에게서 자신의 모습을 많이 봤을 거예요. 하지만 당신이 말했듯이 우린 먹고살아야 해요. 그래서 거짓말을 하기 시작하죠. 자기 자신과 주위 사람들에게."

해리는 라이터를 찾을 수가 없었다. 빨리 담뱃불을 붙이지 않으면 폭발할 것 같았다. 비르게르 홀멘의 얼굴을 떠올리고 싶지 않았다. 지금은. 담배 필터를 세게 물자 메마른 빠드득 소리가 났다. "그 사람 이름이 뭐라고 하던가요? 그 대리인 말입니다."

"누군지 이미 알고 있는 듯한 말투군요." 마리아가 말했다.

"로베르트 칼센이겠죠." 해리가 양 손바닥으로 얼굴을 세게 문지르며 말했다. "그가 10월 12일에 스테판 성당에 봉투를 남겨뒀을 테고요."

우아하게 다듬은 그녀의 한쪽 눈썹이 올라갔다.

"그의 집에서 탑승권이 나왔습니다." 해리는 추위로 몸이 얼어붙었다. 마치 그가 유령인 듯 바람이 그를 그대로 통과했다. "로베르트는 노르웨이에 돌아온 후, 자신이 사형선고를 내린 사람과 실수로 근무를 바꿔주었습니다. 정말 포복절도할 일이죠. 안 그런가요?"

마리아는 대답하지 않았다.

"내가 이해할 수 없는 건 왜 당신 아들이 임무를 그만두지 않느냐는 겁니다. 텔레비전이나 신문을 보고 자기가 엉뚱한 사람, 그러니까 돈을 받아야 할 사람을 죽였다는 걸 알게 됐을 텐데요."

"그 애는 누가 고객인지, 죽여야 할 사람이 어떤 죄를 지었는지 전혀 몰라요. 그게 최선이죠."

"그래야 잡혔을 때 발설하지 못하니까요?"

"그래야 생각할 필요가 없으니까요. 그냥 죽이기만 하고, 올바른 판단을 내리는 책임은 내게 맡기는 거죠."

"경제적 판단뿐 아니라 도덕적인 판단까지도요?"

마리아는 어깨를 으쓱였다. "물론 이번 경우에는 고객의 이름을 알았더라면 도움이 됐겠죠. 문제는 우리 아들이 이번 일을 마친 후에 연락이 끊겼다는 거예요. 이유를 모르겠어요."

"연락할 엄두가 안 날 겁니다." 해리가 말했다.

마리아는 눈을 감았고, 긴 얼굴이 꿈틀거렸다.

"당신은 이번 거래의 조건으로 우리 애가 임무를 포기하기를 바라지만 이젠 그게 왜 불가능한지 알았을 거예요. 대신 난 우리와 계약한 사람의 이름을 말해줬어요. 당신도 계약을 이행할 건가요, 해리? 우리 애를 구해줄 거예요?"

해리는 대답하지 않았다. 갑자기 까마귀가 나뭇가지에서 날아올랐고, 앞의 자갈길에 빗방울이 떨어졌다.

"상황이 불리하다는 걸 알았다면 당신 아들은 임무를 포기했을까요?" 해리가 물었다.

마리아는 쓸쓸한 미소를 짓더니 침울하게 고개를 저었다.

"왜죠?"

"그 애는 겁이 없고 고집이 세니까요. 자기 아버지를 닮았죠."

해리는 꼿꼿하게 앉아 있는 여인을 바라보며 꼭 아버지만 닮지는 않았을 거라는 결론을 내렸다. "프레드에게 작별 인사 전해주세요. 전 택시를 타고 공항에 가야겠습니다."

마리아가 자신의 손을 내려다봤다. "하느님을 믿나요, 해리?"

"아뇨."

"하지만 당신은 하느님이 보는 앞에서 내 아들을 구하겠다고 맹세했어요."

"네." 해리가 자리에서 일어나며 말했다.

그녀는 그대로 앉은 채 고개를 들어 해리를 보았다. "당신은 약속을 지키는 사람인가요?"

"늘 지키지는 못합니다."

"하느님도 믿지 않고, 자기가 한 약속도 믿지 않는군요. 그럼 뭐가 남죠?" 그녀가 말했다.

해리는 재킷을 더 단단히 여몄다.

"당신이 뭘 믿는지 말해주세요, 해리."

"다음 약속을 믿습니다." 몸을 돌려 실눈으로 한가한 일요일 아침의 대로를 바라보며 그가 말했다. "비록 지난번 약속은 지키지 못했어도 다음 약속은 지킬 수 있습니다. 난 새로운 시작을 믿습니다. 이런 말은 한 적이 없지만……" 그는 푸른 등을 달고 다가오는 택시를 향해 손을 흔들었다. "그게 내가 이 일을 하는 이유이기도 하고요."

택시 안에서 해리는 현찰이 없다는 걸 깨달았다. 택시 기사는 플레소 공항에 비자카드로 인출할 수 있는 ATM이 있다고 알려주었다. 해리는 가는 내내 20크로네짜리 동전을 만지작거렸다. 술집 바닥에서 동전이 뱅글뱅글 돌아가던 장면과 비행기에 타면 얼른 한 잔 마셔야겠다는 생각이 번갈아 떠올랐다.

외스트고르에 들어서는 자동차 소리에 욘은 낮잠에서 깼다. 밖은 아직 환했다. 그는 누운 채 천장을 바라봤다. 간밤은 너무 길고 추워서 잠을 통 자지 못했다.

"누구지?" 몇 분 전까지만 해도 곤히 자고 있던 테아가 물었다. 욘은 그녀의 목소리에 묻어나는 불안을 느낄 수 있었다.

"아마 교대하러 온 형사일 거야." 욘이 말했다. 차의 시동이 꺼지더니 차 문이 두 번 열렸다 닫히는 소리가 났다. 그렇다면 두 사람이라는 뜻이다. 하지만 목소리는 들리지 않았다. 말없는 형사들이었다. 간밤에 보초를 선 형사가 머무는 거실 쪽에서 현관문을 두드리는 소리가 들렸다. 한 번. 두 번.

"왜 형사님이 문을 안 열어주지?" 테아가 속삭였다.

"쉿. 아마 밖에 나갔을 거야. 야외 화장실에." 욘이 말했다.

그러자 세 번째로 노크 소리가 들렸다. 크게.

"갑니다." 욘이 말했다.

"기다려!" 테아가 말했다.

"그래도 문은 열어줘야지." 욘은 테아를 넘어가 옷을 걸치며 말했다. 그러고는 거실로 이어지는 문을 열었다. 테이블 재떨이에는 아직 타고 있는 담배 한 개비가 놓여 있었고, 소파에는 지저분한 담요가 있었다. 다시 노크 소리. 욘은 창밖을 내다봤지만 자동차는 보이지 않았다. 이상한 일이었다. 그는 현관문 앞에 섰다.

"누구세요?" 욘이 외쳤다. 이젠 그도 상대가 누구인지 확신할 수 없었다.

"경찰입니다." 밖에서 목소리가 들렸다.

착각일 수도 있지만 왠지 억양이 특이하다고 욘은 생각했다.

다시 노크 소리가 들리자 욘은 깜짝 놀랐다. 떨리는 손을 뻗어 문손잡이를 잡고 심호흡을 한 뒤, 문을 열었다.

문 앞에 물의 장벽이 있는 듯 칼바람이 밀려들었고, 나지막이 걸린 태양의 강렬하고 눈부신 햇살에 욘은 실눈을 뜨고 계단에 선 두 형체를 바라보았다.

"교대하러 오셨나요?" 욘이 물었다.

"아뇨." 귀에 익은 여자 목소리가 말했다. "이제 끝났어요."

"끝났다고요?" 욘은 깜짝 놀라 물으며 손을 들어 눈가에 그늘을 만들었다. "아, 당신이군요."

"네, 짐 챙기세요. 집까지 데려다드릴게요." 그녀가 말했다.

"왜요?"

그녀는 이유를 말해주었다.

"욘!" 테아가 침실에서 외쳤다.

"잠깐만요." 욘은 문을 열어둔 채 침실에 있는 테아에게 갔다.

"누구야?" 테아가 물었다.

"지난번에 날 신문한 여자 형사, 토릴 리. 그리고 성이 같은 남자 형사. 스탄키츠가 죽었대. 간밤에 총에 맞았다는군."

밤새 그들을 지켜준 형사는 화장실에서 돌아와 소지품을 챙겨 떠났다. 10분 후에는 욘도 어깨에 가방을 둘러메고 현관문을 잠근 다음, 눈 속 깊이 파인 자신의 발자국을 되짚어 벽으로 갔다. 다섯 번째 널빤지 뒤의 고리에 열쇠를 걸고, 다른 사람들을 뒤따라 하얀 배기가스를 뿜어대며 공회전하는 빨간색 폭스바겐 골프로 달려갔다. 테아가 앉은 뒷좌석에 간신히 끼어 앉을 수 있었다. 차가 출발하자 한쪽 팔로 테아를 꼭 끌어당기고는 앞좌석 사이로 몸을 내밀었다.

"어젯밤에 컨테이너 터미널에서 무슨 일이 있었던 겁니까?"

운전석에 앉은 토릴 리가 조수석에 앉은 동료, 올라 리를 힐끗 보았다.

"스탄키츠가 무기를 향해 손을 뻗었다더군요." 올라 리가 말했다. "그러니까, 특수부대 소속 저격수는 그런 줄 알았답니다."

"정말로 무기를 향해 손을 뻗은 게 아니고요?"

"무기의 정의가 무엇인지에 달렸죠." 올라가 말하며 토릴 리를 힐끗 보았다. 토릴은 웃음이 나오는 걸 참느라 애를 먹고 있었다. "시신을 돌려봤더니 바지 지퍼가 열려 있고, 페니스가 나와 있었다더군요. 문 옆에서 소변을 보고 있었던 것 같습니다."

토릴 리가 갑자기 헛기침을 했다.

"이건 어디까지나 비공개입니다." 올라 리가 얼른 덧붙였다. "이해하시죠?"

"그래서 경찰이 갑자기 쏴버렸다고요?" 테아가 믿지 못하겠다는 듯이 외쳤다.

"우리가 쏜 게 아닙니다. 특수부대 저격수가 쐈죠." 토릴 리가 말했다.

"스탄키츠가 소리를 듣고 뒤돌아본 것 같다고 하더군요." 올라가 말했다. "왜냐하면 총알이 귀 뒤로 들어가서 코로 나왔으니까요. 그 바람에 코가 싹둑 날아갔죠. 하하."

테아는 욘을 보았다.

"분명 보통 총알이 아닐 겁니다." 올라가 생각에 잠겨 말했다. "당신도 곧 보게 될 거예요, 칼센. 얼굴을 알아볼 수 있다면 기적이겠지만."

"원래 알아보기 힘든 얼굴이라고 하지 않았나요?" 욘이 말했다.

"네, 그랬죠." 올라가 고개를 절레절레 저으며 말했다. "팬터마임 얼굴이라나 뭐라나. 다 헛소리입니다. 하지만 어디 가서 내가 그랬다고는 하지 마세요. 알았죠?"

차 안에는 한동안 정적이 흘렀다.

"죽은 남자가 범인이라는 걸 어떻게 알죠? 얼굴이 그렇게 망가졌다면서요." 테아가 말했다.

"입고 있던 점퍼로 알아봤다더군요." 올라가 말했다.

"그게 다예요?"

올라와 토릴은 시선을 교환했다.

"아뇨." 토릴이 말했다. "점퍼 안쪽에 핏자국이 있었고, 주머니에서 유리 조각이 나왔어요. 지금 점퍼에 묻은 피를 할보르센의 피와 비교하는 중이에요."

"다 끝났어, 테아." 욘은 그렇게 말하며 테아를 더 가까이 끌어당겼다. 테아는 그의 어깨에 머리를 기댔고, 욘은 그녀의 머리카락 향기를 들이마셨다. 곧 잠을 잘 것이다. 아주 오랫동안. 앞좌석 너머로 운전대를 잡은 토릴 리의 손이 보였다. 그녀가 운전대를 돌려 오른쪽에 보이는 좁은 시골길로 접어들었을 때 하얀색 전기 자동차가 지나갔다. 왕실에서 구세군에 선물한 것과 똑같은 차라고 욘은 생각했다.

25

12월 20일, 토요일. 용서

차트와 모니터 속 숫자들, 그리고 심전도 측정기의 규칙적인 삐삐 소리는 마치 그들이 환자의 상태를 통제할 수 있는 듯한 환상을 주었다.

할보르센은 입과 코를 가린 마스크를 쓰고, 머리에는 헬멧처럼 보이는 물건까지 썼는데 의사의 설명대로라면 뇌의 활동 변화를 측정하기 위해서였다. 눈꺼풀은 가느다란 혈관이 얽혀 거뭇거뭇했다. 불현듯 할보르센의 이런 모습은 처음 본다는 생각이 들었다. 눈을 감은 할보르센은 본 적이 없었다. 그의 눈은 늘 떠져 있었다. 뒤에서 문이 삐그덕 열리더니 베아테가 들어왔다.

"드디어 오셨군요." 그녀가 말했다.

"공항에서 곧바로 왔어. 잠든 제트기 조종사 같군." 해리가 속삭였다.

베아테의 굳은 미소를 보고서야 해리는 자신의 비유가 얼마나 부적절했는지 깨달았다. 머릿속이 이렇게 멍하지 않았다면 다른 비유를 했으리라. 아니면 그냥 입을 다물었거나. 그가 그나마 멀쩡해 보이는 이유는 자그레브에서 오슬로까지 겨우 한 시간 반밖에 걸리지 않았고, 스튜어디스가 기내의 다른 승객에게 모두 술을 따라준 후에야 해리가 다시 호출했음을 알았기 때문이다.

그들은 밖으로 나가 복도 끝에 있는 대기실로 갔다.

"새로운 소식 있어?" 해리가 물었다.

베아테는 한 손으로 얼굴을 쓸어내렸다. "소피아 미홀리에츠를 검사한 의사가 어젯밤 늦게 전화했어요. 이마의 멍 말고 다른 멍은 찾지 못했고, 그 멍도 소피아의 말대로 문에 부딪혀서 생긴 것일 수 있다더군요. 자기는 의사로서 환자의 비밀을 지켜야 할 의무가 있기 때문에 말하지 않으려고 했는데 자기 부인이 말해야 한다고 설득했대요. 중요한 사건 수사와 연관된 일이니까요. 그러면서 하는 말이 소피아의 혈액 검사를 했다는군요. 별 이상이 없었는데 왠지 HCG 호르몬 검사도 해야 할 것 같아서 해봤대요. 호르몬 수치를 보니 의심의 여지가 없었고요."

베아테가 아랫입술을 깨물었다.

"직감이 발달한 의사로군. 근데 난 HCG 호르몬이 뭔지 몰라." 해리가 말했다.

"소피아는 최근에 임신한 적이 있어요, 반장님."

해리는 휘파람을 불려고 했지만 입안이 너무 말라서 나오지 않았다. "자네가 만나서 얘기해보는 게 좋겠군."

"네, 지난번에 그렇게 친해졌으니까 잘도 말해주겠네요." 베아테가 빈정거렸다.

"친해질 필요 없어. 강간을 당했는지 아닌지만 알면 돼."

"강간요?"

"내 직감이야."

베아테는 한숨을 쉬었다. "알았어요. 하지만 이젠 서둘 필요 없잖아요."

"무슨 말이야?"

"어젯밤에 그렇게 됐으니까요."

"어젯밤에 무슨 일이 있었는데?"

베아테가 놀란 표정으로 그를 바라보았다. "모르세요?"

해리는 고개를 끄덕였다.

"제가 휴대전화 메시지를 네 개나 보냈잖아요."

"어제 전화기를 잃어버렸어. 무슨 일인데 그래, 말해봐."

해리는 베아테가 침을 삼키는 걸 보았다.

"젠장. 설마 내가 생각하는 일은 아니겠지?" 해리가 말했다.

"어젯밤에 경찰 특공대가 스탄키츠를 총으로 쐈어요. 스탄키츠
는 즉사했고요."

해리는 눈을 감았다. 베아테의 목소리가 멀리서 들리는 듯했다.
"스탄키츠가 갑자기 움직였대요. 보고서에 따르면 분명히 움직이
지 말라고 경고한 상태였고요."

벌써 보고서까지 썼군, 해리는 생각했다.

"유감스럽게도 스탄키츠 수중에 있던 무기는 점퍼 주머니에 든
유리 조각뿐이었어요. 거기에 피가 묻어 있었고, 검시관이 오늘 아
침까지 확인해주겠다고 약속했어요. 총은 나중에 필요할 때 쓰려
고 다른 곳에 숨겨뒀을 거예요. 총을 소지한 상태에서 잡혔으면 물
적 증거가 됐을 텐데요. 신분증도 없었고요."

"또 나온 건?" 해리는 기계적으로 물었다. 그의 마음은 다른 곳
에, 정확히 말해서 성 스테판 성당에 가 있었기 때문이다. **주님의 이
름으로 맹세합니다.**

"구석에 마약 복용을 위한 도구가 있었어요. 주사기, 스푼 같은

거요. 천장에 매달린 개도 있었고요. 블랙메츠너라고 항구 감독관
이 말해주더군요. 여기저기 살점이 떨어져 나가 있었어요."

"다행이군." 해리가 중얼거렸다.

"네?"

"아무것도 아니야."

"이걸로 토사물 속 고기가 설명이 됐어요."

"델타 요원 말고 작전에 참여한 사람이 있나?"

"보고서에 따르면 없어요."

"보고서는 누가 작성했지?"

"당연히 이번 작전 담당자죠. 시베르트 폴카이드."

"그렇겠지."

"어쨌든 이제 다 끝났어요."

"그렇지 않아!"

"왜 소리를 지르세요?"

"끝나지 않았어. 왕자가 있는 곳에는 왕이 있는 법이야."

"대체 왜 이러세요?" 베아테가 얼굴을 붉혔다. "살인 청부업자가
죽었는데 반장님은 마치…… 친구라도 잃은 사람 같아요."

할보르센, 해리는 생각했다. 베아테는 할보르센 얘기를 하려고
했다. 해리는 눈을 감고 눈꺼풀 안쪽에서 펄럭거리는 빨간 빛을 보
았다. 촛불 같군, 그는 생각했다. 성당의 촛불들. 어머니는 그가 어
릴 때 돌아가셨다. 산이 보이는 온달스네스에 묻어달라는 유언을
남긴 채. 그리하여 아버지, 쇠스, 해리는 온달스네스로 가서 우두커
니 서 있었다. 어머니를 본 적도 없는 목사의 추도사를 들으며. 왜
냐하면 아버지는 도저히 추도사를 읽을 수 없었기 때문이다. 어머
니의 죽음으로 그들은 더 이상 가족이 될 수 없음을 아마 해리는

그 나이에 이미 알았을 것이다. 그에게 큰 키를 물려준 할아버지는 허리를 숙이더니 입에서 술 냄새를 풍기며 이렇게 말했다. "이게 순리야. 원래 부모가 자식보다 먼저 죽어야 하는 법이다." 해리는 침을 삼켰다.

"스탄키츠의 보스를 만났어. 살인을 청부한 사람이 로베르트 칼센이라고 확인해주더군." 해리가 말했다.

베아테는 놀란 표정으로 해리를 바라봤다.

"하지만 그게 끝이 아냐. 로베르트는 대리인에 불과해. 배후에 다른 사람이 있어."

"누구요?"

"모르지. 살인 청부에 20만 달러를 지불할 능력이 있는 사람이라는 것만 알아."

"스탄키츠의 보스가 그걸 다 순순히 말해주던가요?"

해리는 고개를 저었다. "거래를 했어."

"무슨 거래요?"

"모르는 게 좋을 거야."

베아테는 눈을 빠르게 두 번 깜빡였다. 그러고는 고개를 끄덕였다. 해리는 목발을 짚고 절뚝절뚝 걷는 노부인을 바라보며 생각했다. 스탄키츠의 어머니와 프레드는 인터넷으로 노르웨이 신문을 계속 확인하고 있을까? 스탄키츠가 죽었다는 사실을 알고 있을까?

"할보르센의 부모님이 구내식당에서 식사 중이세요. 저도 지금 내려가보려고요. 함께 가실래요, 반장님?"

"뭐? 미안. 난 기내에서 먹었어."

"반장님을 보면 그분들도 반가워하실 거예요. 할보르센이 반장님 얘기를 많이 했대요. 친형 같다면서요."

해리는 고개를 저었다. "나중에."

베아테가 식당으로 가자 해리는 할보르센의 병실로 돌아갔다. 침대 옆에 놓인 의자 끝에 걸터앉아 베개 위의 창백한 얼굴을 내려다보았다. 가방 속에는 면세점에서 산 짐빔이 들어 있었다.

"우리 둘이서 세상과 맞서 싸우는 거야."

해리는 그렇게 속삭이며 할보르센의 이마 앞에서 손가락을 튕겨 소리를 냈다. 가운뎃손가락이 할보르센의 미간을 툭 쳤는데도 눈꺼풀은 움직이지 않았다.

"야신." 그렇게 속삭인 해리는 자신이 울먹이고 있음을 깨달았다. 재킷이 침대에 닿으며 요란하게 쿵 소리가 났다. 해리는 재킷 안쪽을 더듬었다. 안감 속에 무언가 있었다. 사라진 휴대전화였다.

베아테와 할보르센의 부모님이 병실로 돌아왔을 때는 해리가 떠난 뒤였다.

욘은 테아의 무릎을 베고 소파에 누워 있었다. 테아는 텔레비전에서 방영하는 옛날 영화를 보는 중이었고, 욘은 천장을 올려다보고 있었다. 벳 데이비스의 또랑또랑한 목소리가 그의 생각 속으로 들어왔다. 그는 이 집 천장을 자기 집 천장보다 더 잘 안다고 생각하는 중이었다. 또 천장을 열심히 들여다보면 결국에는 익숙한 무언가, 국립병원의 서늘한 지하실에서 경찰이 보여준 박살난 얼굴 말고 다른 무언가를 보게 될 거라고 생각했다. 얼굴이 박살난 이 남자가 그의 아파트로 찾아오고, 나중에는 할보르센 형사를 칼로 찌른 사람이 맞는지 경찰이 물었을 때 욘은 고개를 저었다.

"하지만 그렇다고 해서 이 사람이 범인이 아니라는 뜻은 아닙니다." 욘은 그렇게 말했고, 경찰은 고개를 끄덕이며 메모하고 그를 내보냈다.

"당신 아파트에서 못 자는 게 확실해요? 당신이 오늘 밤 여기서 자면 사람들이 쑤군댈 거예요." 테아가 말했다.

"거긴 살인 현장이야. 수사가 끝날 때까지 출입이 금지될 거라고."

벳 데이비스가 자기보다 어린 여자 쪽으로 달려갔고, 바이올린 소리가 커지면서 긴장감이 고조되었다.

"무슨 생각해요?" 테아가 물었다.

욘은 대답하지 않았다. 아까 그녀에게 이제 다 끝났다고 거짓말한 순간을 생각하고 있다고. 그가 해야 할 일을 하기 전까지는 끝나지 않을 것이다. 그리고 그가 해야 할 일은 문제에 정면으로 맞서 적을 막고, 하찮지만 용감한 병사가 되는 것이다. 왜냐하면 이제는 알기 때문이다. 할보르센 형사가 마스 길스트룹에게서 온 메시지를 들었을 때 욘은 가까이 있었던 터라 마스의 고백을 들을 수 있었다.

초인종이 울렸다. 테아는 제삼자의 등장이 반갑다는 듯 얼른 일어났다. 찾아온 사람은 리카르드였다.

"내가 방해가 됐나?" 그가 물었다.

"아냐. 가려던 참이었어." 욘이 대답했다.

욘은 세 겹의 정적 속에서 코트를 입고 집을 나섰다. 등 뒤로 현관문을 닫고는 잠시 서서 집 안에서 나는 소리를 들었다. 두 사람은 속삭이고 있었다. 왜 속삭이지? 리카르드는 화가 난 듯했다.

욘은 트램을 타고 시내로 나가 홀멘콜렌행 지하철을 탔다. 눈 내린 주말에는 대개 스키를 타러 가는 사람들로 지하철이 꽉 차는데 아무래도 오늘은 너무 추운 모양이었다. 욘은 종점에서 내렸고, 저 아래 자리 잡은 오슬로를 내려다보았다.

마스와 랑닐의 집은 언덕 위에 있었다. 욘은 그 집에 가본 적이 없었다. 정문은 꽤 좁았고, 진입로도 마찬가지였다. 집 대부분을 가린 나무들을 돌아가면 나직한 건물이 모습을 드러냈는데, 안에 들어가서 직접 돌아다니기 전까지는 얼마나 큰지 알 수 없게 지어졌다. 적어도 랑닐은 그렇게 말했다.

욘은 초인종을 눌렀다. 몇 초 후에 보이지 않는 스피커에서 목소리가 들렸다. "아니, 이게 누구야. 욘 칼센이잖아."

욘은 문 위의 카메라를 바라보았다.

"난 거실에 있어." 마스 길스트룹은 혀가 풀린 소리로 말하더니 큭큭 웃었다. "오는 길은 알지?"

현관문이 자동으로 열렸고, 욘 칼센은 자기 집만 한 현관에 들어섰다.

"계십니까?"

짧고 귀에 거슬리는 메아리가 대답으로 돌아왔다.

복도를 걸어 내려가니 거실로 짐작되는 공간이 나왔다. 알록달록한 유화가 표구도 하지 않은 채 벽에 걸려 있었다. 안으로 들어갈수록 냄새가 났다. 의자 열두 개로 둘러싸인 식탁과 조리대가 있는 부엌을 지났다. 싱크대는 접시와 유리잔, 빈 술병으로 가득했다. 상한 음식과 맥주의 역겨운 냄새가 풍겼다. 욘은 계속 걸어갔다. 복도를 따라 옷이 흩어져 있었다. 욕실 안쪽을 들여다보니 토사물 냄새가 풍겼다.

모퉁이를 돌자 오슬로와 피오르의 전경이 펼쳐졌다. 아버지와 노르마르카를 올라갔을 때 본 풍경이었다.

실내 한가운데 스크린이 있고, 그 위로 아마추어가 찍은 결혼식

비디오가 소리 없이 재생되고 있었다. 아버지가 신부를 이끌며 중앙 통로를 걸어갔고, 신부는 양쪽에 앉은 손님들에게 목례하며 미소 지었다. 프로젝터 팬이 부드럽게 웅웅 돌아가는 소리만 들렸다. 스크린 앞에는 등이 높은 검은색 안락의자가 그를 등지고 있었고, 그 옆 바닥에 빈 술병 두 개―하나는 아직 반이 남은―가 놓여 있었다.

욘은 큰 소리로 기침하며 기척을 하고는 가까이 다가갔다.

안락의자가 천천히 돌아갔다.

욘은 깜짝 놀라 걸음을 멈췄다.

의자에는 그가 아는 마스 길스트룹을 반쯤 닮은 남자가 앉아 있었다. 깨끗한 흰 셔츠와 검은 바지를 입었지만 면도하지 않은 얼굴은 부어 있었고, 눈동자에는 뿌연 회색 막이 끼어 있었다. 무릎에는 이중 총신 라이플이 놓였는데 암적색 개머리판에는 동물들이 정교하게 새겨져 있었다. 그가 앉은 자세에서는 총구가 욘을 향했다.

"사냥을 하나, 칼센?" 마스가 알코올에 흠뻑 젖은 거친 목소리로 정중하게 물었다.

욘은 라이플에서 눈을 떼지 못한 채 고개를 저었다.

"우리 집안에서는 모든 걸 사냥하지." 마스가 말을 이었다. "이 세상에는 거창한 사냥도, 사소한 사냥도 없어. 그걸 우리 집 가훈이라고 해도 좋을 거야. 아버지는 네 발 달린 짐승이라면 전부 총으로 잡아봤어. 겨울마다 아직 잡지 못한 짐승이 있는 나라로 여행을 가지. 작년에는 희귀한 퓨마가 있다는 파라과이에 갔고. 난 사냥에 별 소질이 없어. 아버지 말대로라면 그래. 뛰어난 사냥꾼이 되는 데 필요한 냉혹한 기질이 없다고 하셨어. 내가 잡은 유일한 동물은 그녀라고 말하곤 하셨지." 마스는 스크린 쪽으로 고갯짓을 했다. "사실 아버지는 그녀가 날 잡았다고 생각할 테지만."

마스는 옆에 있던 나직한 테이블에 라이플을 내려놓고 소파 쪽으로 손을 뻗었다. "앉지그래. 이번 주에 당신 상사인 다비드 에크호프와 계약을 체결할 거야. 우선 야콥 올스 가의 아파트를 양도받아야지. 이번 계약을 추진해줘서 아버지가 당신한테 고마워할 거야."

"내게 고마워할 필요 없습니다." 검은 소파에 앉으며 욘이 말했다. 가죽은 부드럽지만 얼음장 같았다. "어디까지나 이익을 따져본 결과니까요."

"오, 그래? 무슨 이익인지 들어볼까?"

욘은 침을 삼켰다. "부동산에 돈을 묶어두느냐, 아니면 그걸 팔아 우리가 하는 다른 일에 쓰느냐를 두고 어느 쪽이 이익인지 따진 거죠."

"하지만 보통은 매물을 시장에 내놓아서 훨씬 더 비싼 값에 팔지. 굳이 우리에게 팔 이유가 없잖아."

"우리도 그러고 싶습니다만 당신이 분명하게 못을 박았잖습니까. 우리 부동산 전부를 사들이는 대가로 절대 시장에 내놓으면 안 된다고."

"그래도 당신의 적극적인 추천 덕분에 계약이 성사된 거야."

"그 정도 액수라면 괜찮다고 생각했습니다."

마스 길스트룹이 미소를 지었다. "괜찮기는 개뿔. 시장에 내놓았으면 두 배는 더 받을 수 있었을 텐데."

욘은 어깨를 으쓱였다. "나눠서 팔면 돈을 좀 더 받을 수 있을지 모르지만, 길고 지난한 과정을 겪어야 합니다. 그리고 구세군 경영진에서는 당신들이 좋은 건물주가 될 거라는 사실을 높이 평가했습니다. 우린 아파트 입주자도 고려해야 하니까요. 더 부도덕한 사람에게 팔았다가 그들이 입주자에게 무슨 짓을 할지 모릅니다."

"월세를 동결하고, 현재 입주자를 18개월 동안 내쫓지 않는다는 조항 말이군."

"그 조항 때문이라기보다는 당신들을 믿은 거죠. 신뢰가 더 중요합니다."

길스트룹은 몸을 앞으로 내밀었다. "맞는 말이야, 칼센. 난 랑닐과 당신 사이를 처음부터 알았어. 랑닐은 섹스하고 나면 늘 뺨에 홍조를 띠거든. 근데 사무실에서 당신 이름이 나올 때마다 뺨이 붉어지더라고. 랑닐에게 박을 때 성경을 읽어줬나? 그랬으면 랑닐이 좋아했을 거야……" 마스 길스트룹은 콧방귀를 뀌며 다시 뒤로 털썩 기대더니 테이블에 놓인 라이플을 손으로 쓰다듬었다. "이 안에 카트리지가 두 발 들어 있어, 칼센. 카트리지를 쏘면 어떻게 되는지 본 적이 있나? 잘 조준할 필요도 없어. 그냥 방아쇠만 당기면 당신은 저 벽으로 날아가 터지는 거야. 재미있지 않아?"

"당신과 적이 되고 싶지 않다는 말을 하려고 왔습니다."

"적?" 마스 길스트룹이 웃었다. "너희 종족은 언제나 내 적이 될 거야. 너희가 우리 소유였던 외스트고르의 땅을 샀던 때 기억해? 그해 여름에 난 에크호프 사령관에게 직접 초대를 받았지. 너희는 날 불쌍하게 여겼어. 난 어린 시절 추억을 빼앗긴 불쌍한 아이였던 거야. 너희는 그런 데 민감하잖아. 맙소사, 어찌나 꼴 보기 싫던지!" 마스가 웃었다. "난 거기 서서 마치 그곳이 자기들 소유인양 마냥 즐겁게 노는 너희를 지켜봤지. 특히 네 동생, 로베르트. 로베르트는 여자아이들을 잘 다뤘어, 아무렴. 여자아이들의 호기심을 자극해서 헛간으로 끌고 간 다음에……" 마스가 다리를 바꿔서 꼬다가 툭

치는 바람에 술병이 넘어졌다. 쪽모이세공을 한 마룻바닥에 갈색 술이 콸콸 쏟아졌다. "너희는 날 보지 않았어. 어느 누구도. 마치 내가 존재하지 않는 듯이 서로에게만 집중했지. 그래서 난 생각했어. 그래, 좋아, 그렇다면 난 분명 투명인간이군. 투명인간이 뭘 할 수 있는지 보여주마."

"그래서 그런 짓을 한 겁니까?"

"나?" 마스는 웃음을 터뜨렸다. "하지만 난 결백해, 욘 칼센, 안 그래? 우리 특권층은 늘 그렇지. 당신은 알고도 남을 거야. 우리의 양심은 늘 깨끗해. 왜냐하면 다른 이들에게, 우리를 위해 더러운 일을 대신 하도록 고용된 사람들에게 돈을 주고 양심을 살 수 있으니까. 그게 자연 법칙이야."

욘은 고개를 끄덕였다. "왜 형사에게 전화해서 고백했습니까?"

마스는 어깨를 으쓱였다. "원래는 다른 형사에게 하려고 했어. 해리 홀레. 근데 그 새끼가 명함이 없어서 다른 형사에게 했지. 할보르센인지 뭔지. 뭐라고 말했는지 기억도 안 나. 술에 취해 있었거든."

"다른 사람에게도 말했습니까?" 욘이 물었다.

마스는 고개를 젓더니 바닥에서 술병을 집어 들어 벌컥벌컥 들이켰다.

"우리 아버지."

"아버지요? 아, 네, 물론 그렇겠죠." 욘이 말했다.

"물론?" 마스는 깔깔 웃었다. "당신은 아버지를 사랑하나, 욘 칼센?"

"네. 아주 많이요."

"아버지를 사랑하는 건 저주라고 생각하지 않아?" 욘이 대답하

466

지 않자 마스는 말을 이었다. "내가 형사에게 전화한 직후에 아버지가 우리 집에 오셨어. 그 일을 말씀드렸더니 아버지가 어쨌는지 알아? 스키 스틱을 집어 들고 때리더라고. 아버지는 아직도 날 세게 때릴 수 있어, 망할 영감탱이. 누군가를 미워하면 힘이 세지니까. 그 일을 또 다른 사람에게 말하면, 우리 집안 이름에 먹칠을 하면 날 죽이겠다고 하더군. 정확히 그렇게 말했어. 그리고 그거 알아?" 마스는 눈물을 글썽이더니 울먹이는 목소리로 말했다. "난 아직도 아버지를 사랑해. 그래서 아버지가 날 그렇게 미워하는 거 같아. 하나뿐인 아들이 너무 나약해서 자기를 미워하는 아버지에게 대들지도 못하니까."

마스가 술병을 바닥에 세게 내려놓자 쿵 소리가 울려 퍼졌다.

욘은 양손을 맞잡았다. "내 말 좀 들어보세요. 당신이 고백한 형사가 지금 혼수상태예요. 나나 우리 구세군을 끌어들이지 않겠다고 약속한다면, 나도 당신이 한 짓을 절대 발설하지 않겠다고 약속하죠."

마스 길스트룹은 욘의 말을 듣지 않는 듯했다. 대신 그의 시선은 행복한 부부가 그들에게 등을 돌린 채 서 있는 스크린으로 향했다. "봐, 이제 그녀가 '네'라고 말할 거야. 난 정확히 이 부분만 반복해서 보고 있어. 왜냐하면 이해가 안 가니까. 그녀는 맹세했잖아, 안 그래? 랑닐은……" 마스는 고개를 저었다. "난 그녀가 날 다시 사랑하게 할 수 있을 거라고 생각했어. 내가 이…… 범죄를 성공적으로 해내면 랑닐이 날 있는 그대로 봐줄 거라고 말이야. 범죄자는 용감하니까. 진짜 남자잖아, 안 그래? 누군가의……" 그는 코웃음을 치며 다음 말을 내뱉었다. "아들이 아니라."

욘은 자리에서 일어났다. "그만 가봐야겠습니다."

마스는 고개를 끄덕였다. "당신에게 줄 게 있어. 랑닐의……" 그는 생각에 잠겨 윗입술을 깨물었다. "작별 선물이라고 해두지."

지하철에서 욘은 의자에 앉아 마스 길스트룀에게 받은 검은 가방을 바라보았다.

날씨가 어찌나 추운지 용감하게 외출을 감행한 사람들은 고개를 숙이고, 어깨를 웅크리고, 모자와 목도리로 무장한 채 걸어 다녔다. 하지만 야콥 올스 가에 서서 미홀리에츠의 집 초인종을 누르는 베아테 뢴은 추위를 전혀 느낄 수 없었다. 병원에서 남긴 메시지를 확인한 후로 무감각한 상태였다.

"지금 심장이 문제가 아닙니다. 다른 장기도 위험합니다. 특히 신장이요." 의사는 그렇게 말했다.

미홀리에츠 부인은 현관에 서서 그녀를 기다리고 있다가 부엌으로 안내해주었다. 부엌에서는 소피아가 식탁 의자에 앉아서 머리를 만지작거리고 있었다. 미홀리에츠 부인은 주전자에 물을 받고 컵 세 개를 꺼냈다.

"소피아와 단둘이 이야기하는 게 좋을 것 같네요." 베아테가 말했다.

"내가 있으면 좋겠대요. 커피 드릴까요?" 미홀리에츠 부인이 말했다.

"아뇨, 사양할게요. 다시 병원에 가봐야 해요. 오래 있을 시간이 없어요."

"그렇군요." 미홀리에츠 부인은 주전자에 받은 물을 다시 따라버렸다.

베아테는 소피아 맞은편에 앉아, 갈라진 머리카락 끝을 유심히 바라보는 소피아와 눈을 마주치려 했다.

"정말 엄마 앞에서 얘기해도 되겠니, 소피아?"

"안 될 게 뭐예요?" 소피아가 삐딱한 말투로 말했다. 짜증 난 십대 아이들이 상대도 짜증 나게 하고 싶을 때 가장 효과적인 방법이었다.

"아주 개인적인 일이라서 그래, 소피아."

"우리 엄마라고요!"

"알았다. 너 낙태했니?" 베아테가 물었다.

소피아가 움찔하더니 얼굴을 찡그렸다. 분노와 고통이 뒤섞인 표정이었다. "무슨 소리예요?" 소피아가 놀란 기색을 완전히 감추지 못한 채 쏘아붙였다.

"아기 아빠가 누구지?" 베아테가 물었다.

소피아는 있지도 않는 머리카락 매듭을 계속 푸는 척했고, 미홀리에츠 부인은 입을 딱 벌렸다.

"자발적으로 섹스를 한 거니? 아니면 강간을 당한 거야?" 베아테가 계속 물었다.

"어떻게 우리 딸에게 그런 말을 할 수가 있죠? 얘는 아직 어려요. 마치 우리 딸이…… 창녀라도 되는 듯한 말투네요." 미홀리에츠 부인이 외쳤다.

"따님이 최근에 임신한 적이 있어요, 부인. 그 일이 지금 수사 중인 사건과 조금이라도 연관이 있는지 알아야 해요."

미홀리에츠 부인은 자신이 입을 벌리고 있음을 깨닫고 다시 다물었다. 베아테는 소피아에게 몸을 내밀었다.

"아기 아빠가 로베르트 칼센이니, 소피아? 그래?"

소피아의 아랫입술이 파르르 떨렸다.

미홀리에츠 부인이 자리에서 일어났다. "이게 다 무슨 소리니, 소피아? 사실이 아니라고 말해라."

소피아는 식탁에 이마를 대고 엎드려 양팔로 머리를 감쌌다.

"소피아!" 미홀리에츠 부인이 소리쳤다.

"네." 소피아가 흐느끼면서 속삭였다. "맞아요. 로베르트 칼센. 난 그냥…… 그런 사람인 줄…… 몰랐어요."

베아테는 자리에서 일어났다. 소피아는 계속 흐느꼈고, 미홀리에츠 부인은 누구에게 뺨이라도 맞은 듯했다. 베아테는 아무 느낌도 없었다. "로베르트를 죽인 남자가 어젯밤에 잡혔어. 경찰 특공대가 컨테이너 터미널에서 범인을 총으로 쐈고, 범인은 즉사했지."

베아테는 소피아가 어떤 반응을 보일지 기다렸지만, 소피아는 아무런 반응도 보이지 않았다.

"그만 가보겠습니다."

모녀에게는 그녀의 말이 들리지 않는 듯했고, 베아테는 혼자서 현관으로 갔다.

그는 창가에 서서 굽이치는 하얀색 시골 풍경을 바라보았다. 파도치는 우유의 바다가 그대로 얼어버린 듯했다. 몇몇 파도 마루에 집과 빨간 헛간이 언뜻언뜻 보였다. 산등성이 위로 녹초가 된 태양이 나직이 걸려 있었다.

"그들은 돌아오지 않을 거야. 가버렸어. 아니면 처음부터 없었는지도 모르고. 당신이 거짓말했을 수도 있지." 그가 말했다.

"여기 있었어요." 오븐에서 캐서롤을 꺼내며 마르티네가 말했다. "우리가 도착했을 때 집 안이 따뜻했잖아요. 눈에 찍힌 발자국을 당신도 봤고요. 틀림없이 무슨 일이 있었어요. 식사 준비됐으니까 앉아요."

그는 접시 옆에 총을 내려놓고 랍스카우스를 먹었다. 해리 홀레의 아파트에서 본 것과 똑같은 브랜드의 통조림이었다. 창틀에 놓인 낡은 푸른색 트랜지스터 라디오에서 그도 알아들을 수 있는 팝송이 나오더니 갑자기 알아들을 수 없는 노르웨이어가 흘러나왔다. 그러다 다시 예전에 영화에서 들은 적이 있는 곡, 어머니가 창문 앞에 놓인 피아노로 종종 연주하던 곡이 흘러나왔다. 아버지는 그 피아노가 '우리 집에서 유일하게 다뉴브 강이 보이는 창문'을 가린다며 어머니를 놀리곤 했다. 어머니가 그 농담에 짜증을 내면 아버지는 어쩌다 저렇게 아름답고 지적인 여자가 자기 같은 남자랑 결혼했는지 모르겠다는 말로 실랑이를 끝냈다.

"해리가 당신 애인이야?" 그가 물었다.

마르티네는 고개를 저었다.

"그럼 왜 콘서트 티켓을 줬지?"

그녀는 대답하지 않았다.

그가 미소 지었다. "해리를 사랑하는군."

마르티네는 포크를 들어 무언가 지적하려는 듯이 그를 가리켰지만 마음을 바꾸었다.

"당신은요? 고향에 여자가 있나요?"

그는 고개를 저으며 컵의 물을 마셨다.

"왜요? 일하느라 너무 바빠서?"

그는 식탁보 위로 마시던 물을 내뿜었다. 아마도 여자가 긴장해서 헛소리를 했으리라. 그는 미친듯이 웃어댔고, 마르티네도 따라 웃었다.

"아니면 혹시 게이?" 그녀가 눈물을 닦으며 말했다. "고향에 남자가 있나요?"

그는 한층 더 큰 소리로 웃었다. 그녀의 웃음이 멈춘 후로도 오랫동안.

마르티네는 두 사람 접시에 랍스카우스를 좀 더 담았다.

"해리가 그렇게 좋다니 이걸 주지." 그가 식탁에 사진 한 장을 던지며 말했다. 해리의 집에서 거울과 벽 사이에 찔려 있던 사진, 해리가 갈색 머리 여자 그리고 소년과 함께 찍은 사진이었다. 마르티네는 사진을 집어 들고 유심히 바라봤다.

"행복해 보이네요." 그녀가 말했다.

"그때는 즐거웠나 봐."

"그러게요."

창문으로 잿빛 어둠이 스며들어 집 안에 내려앉았다.

"또 행복해질 수 있을 거예요." 마르티네가 부드럽게 말했다.

"그게 가능할까?"

"다시 행복해지는 거요? 당연하죠."

그는 마르티네 뒤에 있는 라디오를 바라봤다. "왜 날 돕지?"

"말했잖아요. 해리는 당신을 돕지 않을 테니까 내가—"

"난 그 말 안 믿어. 분명 다른 이유가 있어."

마르티네는 어깨를 으쓱였다.

"이게 뭔지 말해줄 수 있어?" 그가 서류를 펼쳐 마르티네에게 건네며 말했다. 해리의 집 탁자에 쌓인 종이 더미 속에서 가져왔다.

마르티네가 서류를 읽는 동안 그는 해리의 경찰 신분증에 붙은 사진을 유심히 바라보았다. 해리는 카메라 렌즈 위쪽을 보고 있었다. 아마도 카메라가 아닌 사진사를 보고 있었을 테고, 이는 그가 어떤 사람인지 말해주는 단서였다.

"스미스 앤드 웨슨 38이라는 물건을 신청하는 서류예요." 마르티네가 말했다. "이 신청서를 경찰청 비품실에 보여주고 서명한 다음에 총을 받아 가래요."

그는 천천히 고개를 끄덕였다. "서명이 되어 있나?"

"네. 어디 보자…… 군나르 하겐…… 경정이라는 사람이 했네요."

"다시 말해, 해리는 아직 총을 받아가지 않았군. 그렇다면 위험하지 않다는 뜻이야. 지금은 비무장 상태로군."

마르티네는 눈을 빠르게 두 번 깜빡였다.

"지금 무슨 생각을 하는 거죠?"

26

12월 20일, 토요일. 마술

괴테보르그 가의 가로등에 불이 켜졌다.

"좋아, 그러니까 할보르센이 여기에 주차했다는 거지?" 해리가 베아테에게 말했다.

"네."

"그들은 차에서 내렸어. 그랬다가 스탄키츠의 공격을 받았지. 스탄키츠는 처음에는 도망치는 욘을 쐈어. 그다음에는 총을 가지러 차로 가는 할보르센을 공격했고."

"네. 할보르센은 차 옆에 누운 채로 발견됐어요. 코트 주머니와 바지 주머니, 허리춤에 피가 묻어 있었고요. 할보르센의 피는 아니니까 아마 스탄키츠의 피일 거예요. 할보르센의 몸을 뒤지고 있었던 거죠. 그러다 지갑과 휴대전화를 가져갔고요."

"음." 해리는 턱을 문질렀다. "왜 그냥 할보르센을 쏘지 않았을까? 왜 칼을 썼지? 조용히 해야 할 필요도 없었잖아. 이미 총을 쏴서 사람들의 주의를 끈 상태였으니까."

"우리도 같은 질문을 하는 중이에요."

"그리고 왜 할보르센을 찌른 다음에 그냥 달아나지 않았을까?

할보르센을 공격한 유일한 이유는 욘을 잡는 데 방해가 됐기 때문
이야. 하지만 스탄키츠는 욘을 따라가지 않았어."

"훼방꾼이 나타났기 때문이 아닐까요? 차가 다가왔잖아요."

"그렇지. 하지만 대낮에 거리에서 칼로 경찰을 찌른 놈이야. 차
한 대 지나간다고 해서 겁먹을 리가 없잖아. 게다가 이미 총을 들
고 있는데 왜 굳이 칼을 썼지?"

"네, 그렇죠."

해리는 눈을 감았다. 오랫동안. 베아테가 눈 위에서 발을 굴렀다.

"반장님. 저 그만 가볼게요. 전—"

해리는 천천히 눈을 떴다. "총알이 떨어진 거야."

"네?"

"그게 스탄키츠의 마지막 총알이었어."

베아테는 지친 한숨을 내쉬었다. "스탄키츠는 프로예요, 반장님.
반장님도 총알이 떨어진 적은 없잖아요."

"아니, 프로니까 그런 거야. 누군가를 어떻게 죽일지 계획을 세
웠으면 총알은 한 발, 많아야 두 발이면 돼. 여분의 총알을 가지고
다닐 필요가 없다고. 게다가 스탄키츠는 입국 절차를 밟아야 했어.
수하물이 전부 엑스레이를 통과해야 하는데 총알을 어디에 숨기겠
어?" 해리가 열변을 토했다.

베아테는 대답하지 않았다.

해리는 말을 이었다. "스탄키츠는 마지막 총알을 욘에게 발사했
고 그게 빗나갔어. 그래서 흉기로 할보르센을 공격한 거야. 왜냐
고? 할보르센의 총을 빼앗아 욘을 쫓아갈 작정이었으니까. 그래서
할보르센의 허리춤에 피가 묻은 거야. 허리춤을 뒤진 건 지갑이 아
니라 총을 찾기 위해서였어. 하지만 끝내 찾아내지 못했지. 총은

차에 있었으니까. 욘은 문을 잠그고 건물 안으로 들어가버렸고, 스탄키츠에게는 칼만 남았어. 그래서 욘을 포기하고 도망간 거야."

"훌륭한 가설이네요." 베아테가 하품을 하며 말했다. "스탄키츠에게 물어볼 수도 있지만 그는 죽었어요. 그러니까 어찌 됐든 상관 없다고요."

해리는 베아테를 바라보았다. 수면 부족으로 눈이 퀭하고 충혈되어 있었다. 눈치가 빠른 탓에 최근 그에게서 술 냄새가 나기 시작한다는 말은 전혀 하지 않았다. 혹은 그에게 맞서봐야 소용없다는 것을 알 정도로 현명하거나. 하지만 지금 이 순간에 그를 전혀 신뢰하고 있지도 않을 터였다.

"차에 탔던 목격자는 뭐라고 했지? 스탄키츠가 도로 왼쪽으로 달아났다고?" 해리가 물었다.

"네, 백미러로 지켜봤대요. 스탄키츠는 모퉁이를 돌다가 넘어졌고요. 감식반이 그 자리에서 크로아티아 동전을 찾아냈어요."

그는 모퉁이를 바라보았다. 지난번에 왔을 때는 거기에 수염을 기른 거지가 앉아 있었다. 거지가 뭔가를 봤을 수도 있다. 그러나 지금은 영하 22도라서 아무도 없었다.

"과학수사과로 가보지." 해리가 말했다.

두 사람은 말없이 차를 타고 토프테스 가를 올라갔고 2번 순환도로로 들어가 울레볼 병원을 지났다. 송스 가의 눈 내린 정원과 영국식 벽돌집 들을 지날 때 해리가 침묵을 깼다.

"갓길에 세워봐."

"지금요? 여기서?"

"응."

베아테는 사이드미러를 확인하고 해리의 말대로 했다.

"비상등 켜고 내 말에 집중해. 내가 가르쳐준 연상 게임 기억나?"
해리가 말했다.

"생각하기 전에 말하는 거요?"

"혹은 생각하지 말아야 한다고 생각하기도 전에 떠오르는 대로
말하는 게임. 머릿속을 비워."

베아테는 눈을 감았다. 차 옆으로 스키를 든 가족이 지나가고 있
었다.

"준비됐어? 좋아. 로베르트 칼센을 자그레브로 보낸 사람이 누
구지?"

"소피아의 엄마요."

"음. 왜 그렇게 생각하지?"

"모르겠어요." 베아테가 눈을 뜨며 말했다. "우리가 아는 한 미홀
리에츠 부인에게는 범행 동기가 없어요. 분명 그런 짓을 할 타입도
아니고요. 아마 스탄키츠와 같은 크로아티아인이라서 그럴 거예
요. 제 무의식은 단순하거든요."

"다 맞는 말일 수 있어. 자네 무의식이 단순하다는 말만 빼고. 좋
아, 내게 물어봐."

"꼭…… 소리 내서 말해야 해요?"

"응."

"왜요?"

"그냥 해. 준비 됐어." 해리가 눈을 감으며 말했다.

"로베르트 칼센을 자그레브로 보낸 사람이 누구죠?"

"닐센."

"닐센? 남매 중에서 누구요?"

해리는 다시 눈을 떴다.

맞은편에서 달려오는 차의 불빛에 그는 눈을 깜빡거렸다. 머릿속이 약간 멍했다. "리카르드일 거야."

"재미있는 게임이네요."

"이제 출발해." 해리가 말했다.

외스트고르에 어둠이 내려앉았다. 창틀의 라디오가 알아들을 수 없는 소리를 지껄여댔다.

"정말로 당신을 알아볼 수 있는 사람이 없어요?" 마르티네가 물었다.

"알아보는 사람도 있지. 하지만 내 얼굴을 익히려면 시간이 걸려. 대다수는 그럴 시간이 없고."

"그러니까 당신이 특별한 게 아니군요. 시간이 부족한 거지."

"아마도. 하지만 난 타인이 날 알아보는 걸 원치 않아. 그리고…… 마음만 먹으면 얼마든지 그렇게 할 수 있지."

"그럼 왜 도망 다니죠?"

"도망 다니지 않아. 잠입하고 침범하는 거야. 날 투명인간으로 만들어서 내가 원하는 곳에 몰래 들어가지."

"하지만 아무도 당신을 못 보는데 그게 무슨 소용이죠?"

그는 놀라서 마르티네를 바라봤다. 라디오에서 광고가 나오더니 감정이 드러나지 않은 여자 아나운서의 목소리가 들리기 시작했다.

"뭐라는 거야?" 그가 물었다.

"날씨가 더 추워질 거래요. 유치원은 휴원할 거고, 노약자는 외출을 삼가고 난방비를 아끼지 말라네요."

"하지만 당신은 날 봤어. 날 알아봤다고." 그가 말했다.

"난 사람들을 관찰하니까요. 사람들을 잘 알아보죠. 유일한 재능이에요."

"그래서 날 돕는 건가? 그래서 도망갈 생각도 안 하는 거야?"

마르티네는 그를 바라보다가 마침내 입을 열었다. "아뇨, 그 때문이 아니에요."

"그럼?"

"욘 칼센이 죽기를 바라니까요. 당신이 죽은 것보다 더 비참하게."

그는 움찔했다. 이 여자가 미쳤나?

"내가 죽었다고?"

"지난 몇 시간 동안 뉴스에서 그렇게 주장하고 있어요." 마르티네는 라디오 쪽으로 고갯짓을 했다.

그러더니 숨을 들이쉬고 아나운서 같은 근엄하고 고압적인 어조로 말했다. "에게르토르게 살인사건 용의자가 간밤에 컨테이너 터미널을 급습한 경찰 특공대의 총에 맞아 사망했습니다. 경찰 특공대 지휘관인 시베르트 폴카이드에 따르면, 용의자는 투항을 거부하고 총을 집어 들었습니다. 오슬로 강력반 책임자 군나르 하겐 경정은 SEFO가 이번 사건을 조사할 예정이라고 밝혔습니다. 이번 사건은 경찰이 한층 더 악랄해진 조직범죄를 다루고 있다는 또 다른 사례이며, 효과적인 법률 집행뿐 아니라 경찰의 안전을 위해서도 경찰이 무장할 필요가 있다고 하겐 경정은 말했습니다."

그는 눈을 두 번 깜빡였다. 두 번씩 세 번. 그제야 깨달았다. 크리스토페르. 푸른색 패딩 점퍼.

"난 죽었군. 그래서 우리가 도착하기 전에 그들이 떠난 거야. 이제 끝났다고 생각한 거지." 그는 마르티네의 손에 자신의 손을 포갰다. "당신은 욘 칼센이 죽기를 원해."

그녀는 허공을 응시했다. 무언가를 말하려는 듯 숨을 들이쉬더니 자신이 하려는 말이 정확한 표현이 아니었는지 신음하며 한숨을 내쉬었다. 그러고는 다시 시도했다. 세 번째 시도 만에 그녀가 말했다. "욘 칼센은 알고 있으니까. 그 오랜 세월 동안 알고 있었으니까. 그래서 내가 욘을 증오하는 거야. 나 자신도 증오하는 거고."

해리는 검시대 위의 벌거벗은 시신을 바라보았다. 이제는 이런 시신을 봐도 아무렇지 않았다. 완전히는 아니었지만 거의.

실내 온도는 14도 정도였고, 해리의 질문에 대답하는 여자 검시관의 말이 매끈한 시멘트 벽에 부딪혀 짧고 거칠게 울렸다.

"아뇨, 부검할 생각 없어요. 지금 부검해야 할 시신이 밀린 데다 이 경우는 사인도 꽤나 명백하고요. 안 그래요?" 검시관은 얼굴에 커다랗게 뚫린 검은색 구멍을 가리켰다. 코의 대부분과 윗입술이 날아가고 입과 윗니만 남아 있었다.

"엄청나군. MP5는 아닌 거 같은데. 보고서는 언제 볼 수 있죠?" 해리가 말했다.

"당신 보스에게 물어보세요. 곧장 자기에게 제출하라고 했으니까요."

"하겐 경정?"

"네. 그러니까 급하면 하겐 경정에게 복사본을 달라고 하세요." 해리와 베아테는 시선을 교환했다.

"저기," 검시관이 양쪽 입꼬리를 잡아당겼고, 해리는 그것이 미소임을 깨달았다. "지금 우리 부서에는 일손이 부족하고 내 할당량도 많아요. 그러니 미안하지만 그만 가줄래요?"

"물론이죠." 베아테가 말했다.

문 쪽으로 걸어가던 베아테와 검시관은 해리의 말에 걸음을 멈췄다.

"이거 알고 있었습니까?"

두 사람은 해리를 돌아보았다. 해리는 시신 위로 몸을 숙이고 있었다.

"여기 주삿바늘 자국이 있네요. 혈액약물검사는 했습니까?"

검시관은 한숨을 쉬었다. "시신이 오늘 아침에 도착해서 냉동실에 넣기도 시간이 빠듯했어요."

"혈액검사 결과는 언제쯤 받을 수 있을까요?"

"그 검사, 꼭 해야 하나요?" 해리가 머뭇거리자 검시관이 말을 이었다. "돌려서 말하지 않을게요. 그 검사를 먼저 하면 지금 우리를 괴롭히는 다른 사건들이 한층 더 늦어질 거예요. 곧 크리스마스라서 정신이 하나도 없다고요."

"음, 어쩌다 마약을 했을 수도 있죠." 해리는 어깨를 으쓱였다. "하지만 이미 죽었으니까 그렇게 중요하진 않습니다. 남자의 손목시계는 누가 가져갔나요?"

"시계요?"

"네, 지난번 ATM에서 현금을 인출할 때 보니까 세이코 SQ50을 차고 있더군요."

"시계는 처음부터 없었어요."

"음." 해리는 시계가 없는 자신의 손목을 바라보며 말했다. "잃어버렸나 보군요."

"전 중환자실에 잠깐 들렀다 갈게요." 두 사람이 밖으로 나왔을 때 베아테가 말했다.

"그래, 난 택시 타고 갈게. 자네가 신원 확인할 거야?"

"무슨 말씀이세요?"

"그래야 저기 누워 있는 사람이 스탄키츠라고 100퍼센트 확신할 수 있잖아."

"물론이죠. 그게 일반적인 절차잖아요. 시신의 혈액형은 A형이고, 할보르센의 주머니에 묻은 혈흔과 혈액형이 일치해요."

"A형은 노르웨이에서 가장 흔한 혈액형이야, 베아테."

"네, 그래서 DNA 검사도 하고 있어요. 왜요? 스탄키츠가 아닌 것 같아요?"

해리는 어깨를 으쓱였다. "그렇다기보다 해야 하는 일이니까. 검사 결과는 언제 나오지?"

"빠르면 화요일에요."

"사흘 뒤? 너무 늦는데."

"반장님……."

해리는 양손을 들어 올렸다. "알았어. 갈게. 잠이나 좀 자둬."

"솔직히 말하면 저보다 잠이 더 필요한 사람은 반장님 같아요."

해리는 그녀의 어깨에 손을 올렸고, 코트 속 그녀의 몸이 얼마나 말랐는지 깨달았다. "할보르센은 강한 친구야, 베아테. 그리고 깨어나고 싶어 한다고. 알지?"

베아테가 아랫입술을 깨물었다. 무슨 말을 하려는 듯했지만 얼른 미소를 지어 보이고 고개를 끄덕였다.

택시에 탄 해리는 휴대전화를 꺼내 할보르센의 번호로 전화했다. 예상대로 아무도 받지 않았다.

그다음에는 인터내셔널 호텔로 전화했다. 프런트 직원에게 바에서 일하는 프레드를 바꿔달라고 했다. 프레드요? 무슨 바요?

"난민들 바 말입니다." 해리가 말했다.

"나 그 형사요." 프레드가 전화를 받자 해리가 말했다. "어제 말리 스파시텔리에 대해 물었던 사람."

"그런데?"

"마리아에게 할 말이 있소."

"지금 슬픈 소식을 들어서 통화할 상황이 아냐. 끊어." 프레드가 말했다.

해리는 한동안 끊어진 신호음을 듣고 있었다. 그러다 안주머니에 휴대전화를 넣고 차창 너머로 쌀쌀한 거리를 바라보았다. 성당에서 또 다른 촛불을 밝히고 있을 그녀를 상상했다.

"슈뢰데르 레스토랑에 도착했습니다." 택시를 멈추며 기사가 말했다.

해리는 늘 앉는 자리에 앉아 반쯤 남은 맥주잔을 바라보았다. 이곳은 소위 레스토랑이었지만 실상은 술을 파는 소박하고 허름한 카페나 다름없었다. 그래도 자부심과 위엄 있는 분위기가 감돌았는데 손님들과 직원들 덕분이거나, 아니면 연기에 그은 벽에 걸린, 멋지지만 어울리지 않는 그림들 덕분이었다.

영업이 끝나갈 시간이라 손님은 많지 않았다. 하지만 새로운 손님 한 명이 들어오더니 트위드 재킷 위에 걸친 코트의 단추를 풀며 실내를 둘러보다가 재빨리 해리에게 다가갔다.

"잘 있었나, 친구. 이 코너 자리가 자네 지정석인 모양이군." 스톨레 에우네가 말했다.

"코너가 아니라 구석입니다. 코너는 바깥쪽이죠. 코너를 돌아간다고 하지 코너에 앉는다고는 안 합니다." 해리가 또렷한 발음으로 말했다.

"하지만 코너 테이블이라는 표현도 있잖나."

"그건 코너에 두는 테이블이 아니라 코너가 있는 테이블, 즉 모서리가 있는 테이블을 말하는 겁니다. 코너 소파처럼요."

에우네는 흡족한 미소를 지었다. 그는 이런 식의 말장난을 좋아했다. 주문을 받으러 온 웨이트리스는 그가 차를 시키자 수상쩍다는 표정으로 힐끗 보았다.

"자넨 어릴 때 '수치심 코너*'에도 서본 적이 없나 보군." 빨간색 바탕에 하얀 물방울무늬가 찍힌 나비넥타이를 매만지며 에우네가 말했다.

해리는 미소를 지었다. "절 상담해주고 싶으신가요, 선생님?"

"그럴 리가. 자네가 할 말이 있어서 날 부른 걸로 아는데."

"내담자에게 지금 당신이 수치심을 느낀다고 말해주는 대가로 한 시간에 얼마를 받으시나요?"

"조심하게, 해리. 술은 자네를 짜증 나게 할 뿐 아니라 짜증 나는 사람으로 만든다네. 난 자네의 자존감이나 남성성이나 맥주를 빼앗으러 온 게 아닐세. 하지만 지금 자네는 술 때문에 그 세 가지를 모두 잃을 수 있어."

"선생님 말씀은 언제나 옳습니다." 해리가 잔을 들어 올리며 말했다. "그래서 제가 서둘러 이 잔을 비우려는 거고요."

에우네는 자리에서 일어났다. "자네 음주 문제를 상의하고 싶으면 병원으로 찾아오게. 오늘 상담은 끝났네. 찻값은 자네가 내게."

"잠깐만요." 해리는 몸을 돌려 뒤의 빈 테이블에 맥주잔을 내려놓았다. "보셨죠? 이게 바로 제가 부릴 수 있는 마술입니다. 맥주

---

* skammekrok, 말 안 듣는 아이를 일정 시간 동안 방구석에 서 있게 하는 벌.

500시시를 주문해 한 시간에 걸쳐서 마십니다. 1분에 한 모금씩요. 수면제를 먹듯이. 그런 다음에 집에 가면 이튿날부터 금주를 합니다. 이런 식으로 음주를 조절하죠. 할보르센 일을 의논하고 싶어서 연락드렸습니다."

에우네는 머뭇거리다 다시 자리에 앉았다. "정말 끔찍한 일이야. 나도 들었네."

"좀 보이던가요?"

"아주 살짝 보이더군. 아주 살짝. 그것도 겨우 봤지만." 에우네는 차를 가져온 웨이트리스에게 상냥하게 고개를 끄덕여 보였다. "하지만 자네도 알다시피 난 이 분야에 있는 다른 쓸모없는 학자들보다 잘 보는 편일세. 이번 사건과 랑닐 길스트룹 살인사건 간의 유사성이 보이더군."

"자세히 말해주십시오."

"깊고 맹렬한 분노의 발산. 욕구 불만으로 인한 폭력. 자네도 알다시피 걷잡을 수 없는 분노는 경계성 인격 장애의 대표적 특징일세."

"네, 다만 이번 경우에는 범인이 분노를 잘 조절한 것 같습니다. 사건 현장에 단서가 거의 없었으니까요."

"일리 있는 지적일세. 분노에 사로잡힌 공격자, 혹은 이쪽 분야의 융통성 없는 학자들이 부르는 대로 하자면 '폭력을 행사한 사람'은 평소 차분하고 방어적이라고까지 할 수 있는 성격일 거야. 최근 〈미국 심리학 저널〉에는 '잠든 분노'를 가진 사람들에 대한 기사가 실렸네. 난 그런 사람들을 지킬 박사와 하이드 씨라고 부르지. 하이드 씨가 깨어나면……" 에우네는 차를 한 모금 마시며 왼손 검지를 흔들어댔다. "심판의 날이자 아마겟돈이 되는 걸세. 하지만 일단 분노가 발산되면 이들은 통제를 못 해."

"살인 청부업자에게는 불리한 특질 같군요."

"그렇지. 근데 왜 그렇게 생각하는 건가?"

"랑닐 길스트룹을 죽이고, 할보르센을 공격하는 사건에서 스탄 키츠의 방식이 지저분해졌습니다. 뭔가…… 감정이 들어가 있어요. 로베르트 칼센을 죽인 사건이나, 유로폴 보고서에 적힌 사건들과는 아주 달랐습니다."

"분노하고 불안정한 살인 청부업자라는 건가? 음, 세상에는 불안정한 비행기 기장도 있고, 불안정한 원자력 발전소 경영자도 있네. 알다시피 누구나 자기에게 적합한 직업을 갖는 건 아닐세."

"전적으로 동감합니다."

"자네를 염두에 두고 한 말은 아닐세. 자네에게 자아도취적 성격이 있다는 거 아나, 반장?"

해리는 미소를 지었다.

"왜 자네가 수치심을 느끼는지 말해주겠나? 할보르센이 찔린 게 자네 탓이라고 생각하나?" 에우네가 물었다.

해리는 목청을 가다듬었다. "음, 욘 칼센을 경호하라는 임무를 준 것도 저고, 경호 업무를 맡을 때는 몸에서 절대 총을 떼어놓으면 안 된다는 사실을 가르치지 않은 것도 저니까요."

에우네는 고개를 끄덕였다. "그러니까 모두 자네 탓이로군. 늘 그렇듯이."

해리는 주위를 둘러봤다. 영업 종료를 알리며 조명이 깜빡거리자 몇 안 되는 손님들은 순순히 남은 술을 다 마시고 목도리를 둘렀다. 해리는 100크로네짜리 지폐를 테이블에 올려두고, 의자 밑에 있던 가방을 발로 차서 꺼냈다. "남은 얘기는 다음에 하죠, 박사님. 자그레브에 다녀온 후에 아직 집에도 못 갔습니다. 눈 좀 붙여야겠어요."

해리는 에우네를 따라 출입문 쪽으로 가면서도 뒤쪽 테이블에 놓아둔 맥주잔을 힐끗 돌아보았다.

현관문을 열던 해리는 문에 끼워진 유리가 깨진 것을 알고 큰 소리로 욕했다. 집에 도둑이 든 것이 올해만 벌써 두 번째였다. 이번 도둑은 다른 입주자들이 눈치채지 못하도록 용케 깨진 유리를 테이프로 붙여두었다. 그런데도 텔레비전이나 오디오를 가지고 도망칠 시간은 없었던 모양이다. 하지만 이해가 갔다. 둘 다 올해 출시된 제품이 아니기 때문이다. 작년에 출시된 제품도 아니었다. 그렇다고 달리 값나가는 물건도 없었다.

커피 테이블에 쌓인 서류 더미를 만진 흔적이 있었다. 해리는 욕실로 들어갔다. 약이 엉망으로 어질러진 수납장을 보니 마약중독자가 다녀간 모양이었다.

하지만 조리대 위의 접시와 싱크대 밑 쓰레기봉투 속에 든 랍스카우스 깡통을 봤을 때는 어리둥절했다. 운 나쁜 도둑이 위로가 필요해서 저녁이라도 먹고 갔나?

침대에 누운 해리는 곧 통증이 밀려오리라는 걸 예감했지만 아직 술기운이 남아 있을 때 잠들 수 있기를 바랐다. 커튼 틈 사이로 새하얀 달빛 한 줄기가 새어 들어와 침대 옆 바닥에 떨어졌다. 그는 몸을 뒤척이며 귀신들이 오기를 기다렸다. 부스럭거리는 소리가 들리니 이제 곧 올 것이다. 알코올중독성 피해망상이라는 건 알지만 시트에서 죽음과 피의 냄새가 나는 듯했다.

27

12월 21일, 일요일. 예수의 제자

누군가 레드존 회의실 문에 크리스마스 리스를 걸어두었다.

회의실의 닫힌 문 너머로 수사팀의 마지막 미팅이 끝나가고 있었다.

해리는 몸에 꼭 끼는 검은 양복을 입고 수사팀 앞에 서서 땀을 뻘뻘 흘리고 있었다.

"살인 청부업자인 스탄키츠와 사건을 의뢰한 대리인 로베르트 칼센이 죽었으므로 이 미팅을 끝으로 현 수사팀을 해산한다." 해리가 말했다. "다시 말해, 올해는 크리스마스에 제대로 쉴 수 있다는 뜻이야. 하지만 추후 수사를 위해 몇 사람은 계속 일하게 해달라고 경정님께 부탁할 거다. 끝내기 전에 궁금한 거 있나? 그래, 토릴."

"자그레브에 있는 스탄키츠 쪽 패거리에게 로베르트 칼센이 욘의 살인을 청부했다는 사실을 확인했다고 하셨는데 누가, 어떻게 그쪽 사람들과 접촉한 거죠?"

"유감스럽지만 그 문제는 자세히 밝힐 수 없어." 베아테의 의미 심장한 눈빛을 무시하며 해리가 말했다. 등에서 땀 한 방울이 흘러 내렸다. 양복이 작아서도, 질문 때문도 아니었다. 술을 마시지 못해서였다.

"좋아. 다음 업무는 로베르트 배후에 누가 있는지 밝히는 거다. 앞으로도 이 사건을 계속 조사할 행운아들은 오늘 내로 내 연락을 받게 될 거야. 경정님이 이따 기자회견을 열고 알아서 말씀하실 거다." 해리는 손으로 나가라는 시늉을 했다. "어서 가서 일들 해."

"잠깐만요!" 의자들이 뒤로 밀리는 소리를 뚫고 스카레가 외쳤다. "축하 안 하나요?"

"음." 해리가 나직이 말했다. "정확히 뭘 축하해야 할지 모르겠군, 스카레. 세 사람이나 죽은 것? 로베르트 칼센의 배후 인물이 아직 잡히지 않은 것? 아니면 우리 동료가 아직 혼수상태인 것?"

해리는 그들을 바라보았고, 고통스러운 정적이 흐르도록 내버려두었다.

사람들이 다 떠난 후에 스카레는 해리에게 다가갔다. 해리는 그날 아침 6시에 일어나 적은 메모들을 정리하고 있었다.

"죄송합니다. 제 생각이 짧았어요." 스카레가 말했다.

"괜찮아. 좋은 뜻으로 한 말이니까."

스카레는 기침을 했다. "반장님 양복 입은 모습은 처음 보네요."

"12시에 로베르트 칼센의 장례식이 있어. 가서 누가 오는지 볼 생각이야." 고개를 들지 않은 채 해리가 말했다.

"그렇군요." 스카레는 발뒤꿈치에 체중을 실었다.

해리는 메모를 뒤적이다 말고 물었다. "또 할 말 있나, 스카레?"

"음, 네. 강력반 형사는 대부분 가정을 꾸려서 크리스마스를 고대하고 있지만 전 미혼이거든요……."

"그래서?"

"그래서 자원하고 싶습니다."

"자원?"

"이 사건을 계속 수사하고 싶다고요. 물론 반장님이 허락하신다면요." 스카레가 황급히 덧붙였다.

해리는 망누스 스카레를 유심히 바라보았다.

"저 싫어하시는 거 압니다." 스카레가 말했다.

"그래서가 아니야. 계속 수사할 사람들은 이미 정해졌어. 내가 좋아하는 사람들이 아니라 실력이 뛰어난 사람들로."

스카레는 어깨를 으쓱였고, 울대뼈가 올라갔다 내려왔다. "알겠습니다. 메리 크리스마스." 스카레는 그렇게 말하고 문 쪽으로 걸어갔다.

"그러니까," 폴더에 메모를 넣으며 해리가 말했다. "자네가 로베르트 칼센의 계좌를 조사해줬으면 해. 지난 6개월간의 입금, 인출 내역을 살펴보고 이상한 점이 있는지 찾아봐."

스카레가 걸음을 멈추고 놀란 표정으로 돌아보았다.

"알베르트와 마스 길스트룀 계좌도 마찬가지야. 알아들었어, 스카레?"

스카레는 맹렬히 고개를 끄덕였다.

"텔레노르에 연락해서 그 기간 동안 로베르트와 길스트룀 부자 간에 통화 내역이 있는지 알아봐. 그리고 스탄키츠가 할보르센의 휴대전화를 가져갔으니까 그 전화로 통화한 내역이 있는지도 살펴보고. 우리 쪽 변호사에게 연락해서 계좌 내역 조회가 불법이 아닌지 확인해."

"그럴 필요 없어요. 새로운 규정에 따르면 경찰이 언제든 조회할 수 있습니다."

"음." 해리는 진지한 표정으로 스카레를 보았다. "그래도 우리 쪽에서 지침을 확인한 사람이 한 명쯤은 있는 게 좋아."

해리는 문 밖으로 성큼성큼 걸어 나갔다.

로베르트 칼센은 사관이 아니었지만 순직했으므로 다른 사관들처럼 베스트레 공동묘지에 묻힐 자격을 얻었다. 일단 마요르스투엔에서 다른 영문들과 함께 추모 예배가 열린 후에 시신을 매장할 예정이었다.

해리가 예배당에 들어서자 테아와 함께 맨 앞줄에 앉아 있던 욘이 뒤돌아보았다. 욘의 부모님은 보이지 않았다. 욘은 해리와 눈을 마주치고 침울한 표정으로 재빨리 고개를 끄덕일 뿐이었지만 와줘서 고마워하는 기색이었다.

예배당은 예상대로 뒷줄까지 조문객으로 꽉 찼다. 대다수가 구세군 제복 차림이었다. 리카르드와 다비드 에크호프가 보였고, 그 옆에 군나르 하겐이 앉아 있었다. 먹잇감을 찾아온 기자도 몇 명 보였다. 그때 로게르 엔뎀이 해리 옆에 슬그머니 앉아 물었다.

"수상님은 온다더니 왜 안 온 겁니까?"

"그거야 수상님에게 물어봐야지." 해리는 그렇게 대답했지만, 그날 아침에 수상이 경찰청 최고위급 간부에게 은밀한 전화를 받아 로베르트 칼센이 이번 사건에서 어떤 역할을 했는지 보고받았다는 사실을 알고 있었다. 수상은 갑자기 잊고 있었던 급한 약속을 핑계 삼아 추모 예배에 불참했다.

다비드 에크호프 사령관 역시 경찰청에서 전화를 받았고, 구세군 본부는 패닉에 빠졌다. 특히나 이번 장례식 준비에서 중요한 역할을 해온 사령관의 딸 마르티네가 갑자기 아침 일찍 전화해 아파서 못 가겠다고 하는 바람에 한층 더했다.

하지만 사령관은 한 치의 의심도 없이 유죄로 밝혀지기 전까지는 누구나 무죄라고 단호하게 선언했다. 게다가 이제 와서 일정을 바꾸기에는 너무 늦었다고 덧붙였다. 쇼는 계속되어야 했다. 그리고 수상은 구세군에서 주최하는 크리스마스 콘서트에는 무슨 일이 있어도 참석하겠다고 약속한 터였다.

"다른 건요? 새로운 소식은 없습니까?" 옌뎀이 속삭였다.

"공지받았을 텐데. 기자들은 하겐 경정이나 대변인을 통해서만 정보를 얻어야 해."

"그 사람들이 말을 해줘야 말이죠."

"잘하고 있는 것 같군."

"그러지 말고 좀 도와줘요, 반장님. 무슨 일이 벌어진 게 틀림없다고요. 괴테보르그 가에서 칼에 찔린 형사 말입니다. 그 친구와 간밤에 총에 맞은 살인 청부업자와 연관이 있는 거죠?"

해리는 고개를 저었는데 "아니" 같기도 하고 "노코멘트" 같기도 했다.

그 순간 오르간 음악이 멈췄고, 사람들의 웅성거림이 조용해지더니 데뷔 앨범을 낸 여가수가 앞으로 나와 유명한 찬송가를 불렀다. 공기를 풍부하게 넣어 신음하듯 부르다가 마지막 음절에 이르자 머라이어 캐리가 울고 갈 정도로 음을 오르락내리락하는 창법을 구사했다. 그걸 듣고 있자니 해리는 술이 너무나 마시고 싶었지만 마침내 여가수는 입을 다물었고, 플래시 세례가 쏟아진다고 상상하며 슬픈 표정으로 고개를 숙였다. 그녀의 매니저가 흐뭇하게 미소 지었다. 저 매니저는 경찰청에서 전화를 받지 못한 게 분명했다.

그다음에는 에크호프가 용기와 희생을 주제로 설교했다.

해리는 설교에 집중할 수 없었다. 관을 바라보며 할보르센을 생각했다. 스탄키츠의 어머니를 생각했다. 눈을 감았더니 마르티네가 생각났다.

설교가 끝나자 여섯 명의 구세군 사관이 관을 운반했고, 욘과 리카르드가 앞장섰다.

자갈길 모퉁이를 돌아갈 때 욘은 빙판 위에서 미끄러졌다.

다른 조문객들이 여전히 묘지 주위에 모여 있을 때 해리는 자리를 떴다. 인적 없는 곳을 가로질러 프롱네르 공원 쪽으로 걸어가고 있을 때 뒤에서 뽀드득거리는 소리가 났다.

처음에는 기자가 따라오는 거라고 생각했지만 흥분해서 가쁘게 내쉬는 숨소리를 들은 순간 본능적으로 몸을 빙글 돌렸다.

뒤따라오던 리카르드가 걸음을 멈췄다.

"그녀는 어디 있지?" 리카르드가 씨근거리며 물었다.

"누구 말입니까?"

"마르티네."

"오늘 아파서 안 나왔다고 들었는데요."

"아픈 건 맞아." 리카르드의 가슴이 들썩거렸다. "하지만 집에 없어. 어젯밤에도 안 들어왔고."

"그걸 어떻게 알죠?"

"집어치워!" 리카르드의 외침은 고통스러운 비명에 가까웠고, 얼굴은 스스로 통제할 수 없다는 듯이 일그러졌다. 그는 숨을 고르더니 엄청난 자제력을 발휘해 진정하는 듯했다. "날 속일 생각은 집어치우라고." 그가 속삭였다. "난 알아. 당신은 마르티네를 속였어. 그 애를 더럽혔어. 마르티네는 당신 집에 있어, 그렇지? 하지만 당신은 절대……."

리카르드가 한 발짝 다가오자 해리는 얼른 코트 주머니에서 양손을 뺐다.

"내 말 들어요, 리카르드. 난 마르티네가 어디 있는지 모릅니다."

"거짓말!" 리카르드는 양손으로 주먹을 꼭 쥐었다. 얼른 그를 진정시킬 말을 찾아내야 한다는 걸 깨달은 해리는 급한 대로 이렇게 말했다. "지금 당신이 고려해야 할 사항이 몇 가지 있어요, 리카르드. 난 민첩하진 않지만 95킬로그램이고, 주먹으로 나무 문을 부순적도 있습니다. 그리고 형법 127절에 따르면 공무원을 폭행할 경우 최소 6개월 형의 처벌을 받게 됩니다. 당신은 지금 입원할 위험을 무릅쓰는 겁니다. 감옥에 갈 위험도요."

리카르드는 그를 노려보더니 "잘 가요, 해리 홀레"라고 태연히 말했다. 그러고는 뒤돌아 눈을 가르며 묘지들 사이를 달려갔다.

임티아즈 라힘은 기분이 좋지 않았다. 방금 계산대 뒤의 벽에 크리스마스 장식을 걸어야 하는지를 두고 동생과 실랑이를 벌였기 때문이다. 임티아즈는 이런 이교도의 풍습을 받아들여 알라를 모독할 생각이 없는 한 강림절 달력*과 돼지고기, 다른 크리스마스 용품을 파는 것으로 충분하다고 생각했다. 다른 파키스탄인 손님들이 뭐라고 하겠는가? 하지만 그의 동생은 다른 손님들도 생각해야 한다고 우겼다. 예를 들면, 괴테보르그 가 맞은편의 구세군 아파트에 사는 사람들. 크리스마스 기간 동안 가게에 기독교 분위기가 살짝 감돈다고 해서 무슨 큰일이 나겠는가. 비록 이 열띤 논쟁은 임티아즈의 승리로 끝났지만 그는 전혀 기쁘지 않았다.

* 12월 1일부터 크리스마스까지 한 장씩 뜯어내는 달력.

따라서 출입문 위에 달려 있던 종이 짜증 나게 딸랑거리자 임티아즈는 땅이 꺼지게 한숨을 내쉬었다. 키가 크고 어깨가 떡 벌어진, 검은 양복 차림의 남자가 들어오더니 계산대로 다가왔다.

"전 해리 홀레, 경찰입니다." 남자가 그렇게 말하자 순간적으로 임티아즈는 패닉에 빠졌다. 노르웨이에서는 모든 가게가 의무적으로 크리스마스 장식을 달아야 하는 건가?

"며칠 전에 이 가게 앞에 거지가 앉아 있더군요. 빨간 머리에 이런 수염을 기른 남자였습니다." 형사는 윗입술 위쪽을 손끝으로 훑어 입술 옆으로 내리며 수염 모양을 표시했다.

"네. 압니다. 우리 가게에 빈 병을 가져와 보증금을 타가죠."

"이름을 아십니까?"

"호랑이 아니면 흑표범이죠."

"네?"

임티아즈는 껄껄 웃었다. 다시 기분이 좋아졌다. "구걸을 하니까 호랑이이고, 보증금을 타가니까 흑표범이라는 겁니다.*"

해리는 고개를 끄덕였다.

임티아즈는 어깨를 으쓱였다. "우리 조카가 지어낸 농담입니다."

"음. 아주 기발하네요. 그럼……."

"아뇨, 본명은 모릅니다. 하지만 지금 어디에 있는지는 알죠."

에스펜 카스페르센은 평상시처럼 헨리크 입센 1번 가에 있는 오슬로 공립 도서관에서 책을 잔뜩 쌓아둔 채 독서 중이었다. 그때 누군가 자신을 내려다보는 것이 느껴져 고개를 들었다.

---

* 노르웨이어로 거지를 뜻하는 tigger가 호랑이tiger와 비슷하고, 흑표범을 뜻하는 panter는 보증금pant 에 사람을 나타내는 접미사 -er이 붙은 것으로 보았다.

"전 홀레라고 합니다. 경찰이죠." 남자는 그렇게 말하더니 테이블 맞은편에 앉았다. 테이블 끝에서 책을 읽고 있던 여자가 그들을 바라보았다. 안내 데스크의 새로 온 직원들은 에스펜이 나갈 때 가방 검사를 했다. 그의 악취가 너무 지독해 다른 사람들이 독서에 집중할 수 없다는 항의가 들어왔다며 나가달라는 요청도 두 번이나 받았다. 하지만 경찰이 온 적은 처음이었다. 물론 거리에서 구걸할 때는 제외하고.

"무슨 책을 읽고 있습니까?" 형사가 물었다.

에스펜은 어깨를 으쓱였다. 이 형사에게 자신의 프로젝트를 말해봤자 시간낭비일 터였다.

"쇠렌 키르케고르?" 책등을 보며 형사가 말했다. "쇼펜하우어. 니체. 철학. 당신은 철학자군요."

에스펜 카스페르센은 코웃음을 쳤다. "올바른 길을 찾으려는 것뿐입니다. 그러려면 인간이란 무엇인지 생각해야 하고요."

"그게 철학자 아닌가요?"

에스펜은 형사를 보았다. 어쩌면 이 형사를 오해했는지도 모른다.

"괴테보르그 가의 슈퍼 주인과 얘기했습니다. 당신이 매일 여기 온다고 알려주더군요. 여기 없을 때는 거리에서 구걸을 하고요." 형사가 말했다.

"그게 내가 선택한 삶의 방식입니다, 네."

형사는 수첩을 꺼내더니 에스펜 카스페르센의 이름과 성, 하게 가에 사는 그의 이모할머니 주소를 받아 적었다.

"직업은요?"

"수도승요."

형사가 군말 없이 받아 적는 모습을 에스펜은 흐뭇하게 바라봤다.

형사는 고개를 끄덕였다. "음, 에스펜, 당신은 마약중독자가 아닌데 왜 구걸을 하죠?"

"인류의 거울이 되어 어떤 행위가 위대하고, 어떤 행위가 보잘것없는지 보여주는 게 내 임무니까요."

"그래서 위대한 행위가 뭡니까?"

에스펜은 뻔한 진리를 반복하는 게 지겹다는 듯이 한숨을 내쉬었다. "자선. 나눔. 그리고 이웃을 돕는 거죠. 성경이 강조하는 건 그뿐입니다. 사실 혼전 섹스나 낙태, 동성애, 대중 앞에서 발언할 수 있는 여성의 권리는 성경의 관심사가 아닙니다. 하지만 물론 바리새인들에게는 '네가 가진 것의 절반을 아무것도 가지지 못한 자에게 주어라'라는 성경의 가장 큰 가르침을 설명하고 실천하기보다 다른 부수적인 것들을 큰 소리로 떠들어대는 게 더 쉬울 겁니다. 기독교인들이 속세의 물질을 움켜쥐고 있기 때문에 매일 수천 명의 사람들이 하느님의 말씀을 듣지 못한 채 죽어갑니다. 난 그들에게 생각해볼 기회를 주는 겁니다."

형사는 고개를 끄덕였다.

불현듯 에스펜은 무언가를 깨달았다. "그런데 내가 마약중독자가 아니라는 걸 어떻게 알았죠?"

"며칠 전 괴테보르그 가에서 당신을 봤으니까요. 당신은 구걸하는 중이었고, 난 한 청년과 걸어가고 있었습니다. 청년이 당신에게 동전을 줬는데 당신은 화를 내며 청년에게 동전을 집어던졌죠. 마약중독자는 아무리 푼돈이라도 절대 버리지 않습니다."

"기억나네요."

"그런데 이틀 전 자그레브의 술집에서 내게 똑같은 일이 벌어졌습니다. 그래서 나도 생각하게 됐죠. 하지만 이제야 그 이유를 깨달았습니다."

"내가 그 동전을 집어던진 데는 이유가 있습니다."

"나도 불현듯 그런 생각이 들더군요." 해리는 비닐봉지에 든 물건을 테이블에 올려놓았다. "이게 그 이유입니까?"

28

12월 21일, 일요일. 키스

기자회견은 4층 강당에서 열렸다. 군나르 하겐과 총경은 연단에 앉아 있었고, 크고 삭막한 실내에 그들의 목소리가 울려 퍼졌다. 기자들이 수사의 세부 사항을 질문할 경우를 대비해 해리도 참석한 터였다. 하지만 기자들은 주로 컨테이너 터미널에서 발생한 극적인 총격사건을 물었고, 하겐의 대답은 "노 코멘트하겠습니다"와 "그건 더 자세히 말씀드릴 수 없습니다" "그건 SEFO가 대답할 겁니다" 중 하나였다. 범인에게 공범이 있느냐는 질문에 하겐은 이렇게 대답했다. "현재로서는 없는 걸로 압니다만, 이 부분은 더 자세히 조사할 예정입니다."

기자회견이 끝나자 하겐은 해리를 불렀고, 사람들이 빠져나가는 동안 연단 가장자리로 다가가서 자신의 키 큰 부하를 내려다보았다. "이번 주부터 경위 이상의 직급은 총을 소지하라고 분명히 지시했네. 자네도 내가 보낸 신청서를 받았을 텐데 총은 어디 있나?"

"수사를 지휘하느라 그럴 경황이 없었습니다."

"당장 이 일부터 처리하게." 그의 말이 강당에 쩌렁쩌렁 울렸다.

해리는 천천히 끄덕였다. "또 하실 말씀 없으십니까, 보스?"

해리는 사무실 책상에 앉아 할보르센의 빈 의자를 바라보았다. 그러다 1층에 있는 여권과로 전화해 칼센이라는 성으로 여권을 발급받은 사람들의 명단을 뽑아달라고 했다. 콧소리가 섞인 여자 목소리가 농담하냐, 노르웨이에 칼센이라는 성을 쓰는 사람이 한둘인 줄 아느냐고 대꾸하자 해리는 로베르트의 주민번호를 알려주었다. 주민등록부에 조회하고, 중간 속도의 컴퓨터로 검색한 결과 곧 네 사람으로 좁혀졌다. 로베르트, 욘, 요세프, 도르테.

"부모인 요세프와 도르테는 여권을 소지하고 있고, 4년 전에 갱신했어요. 욘은 여권을 발급받은 적이 없네요. 그리고 어디 보자…… 오늘따라 컴퓨터가 좀 느리네요…… 아, 이제 나왔어요. 로베르트 칼센은 10년짜리 여권을 받았는데 곧 만료돼요. 그러니까 얼른 갱신하라고—"

"로베르트는 죽었습니다." 해리가 여자의 말을 잘랐다.

통화가 끝나자 이번에는 스카레의 내선번호로 전화해 당장 오라고 했다.

"아무것도 없어요." 우연인지, 갑자기 머리를 굴렸는지 할보르센의 의자에 앉지 않고 책상 끝에 걸터앉으며 스카레가 말했다. "길스트룹의 계좌를 조사했는데 로베르트 칼센이나 스위스 은행 계좌로 빠져나간 돈은 없어요. 유일한 특이점은 한 회사 계좌에서 500만 크로네를 달러로 인출한 거예요. 알베르트 길스트룹에게 전화해서 물어봤더니 망설이지 않고 곧바로 대답하더군요. 아들 마스가 12월에 방문한 부에노스아이레스와 마닐라, 봄베이의 항만 관리소장들에게 크리스마스 보너스를 지급한 거라고요. 그 사람들 땡잡았죠."

"로베르트 계좌는?"

"월급 입금 내역하고 소소한 인출밖에 없었어요."

"길스트룹 부자의 통화 내역은?"

"로베르트 칼센에게 전화한 적은 없었어요. 하지만 통화 내역을 조사하다가 다른 걸 발견했죠. 욘 칼센에게 수시로 전화하고 가끔은 한밤중에도 전화한 사람이 누군지 아세요?"

"랑닐 길스트룹이겠지." 해리는 그렇게 말하고 실망한 스카레의 얼굴을 바라봤다. "또 다른 건?"

"없어요. 다만 눈에 익은 번호 하나가 있더군요. 마스 길스트룹이 할보르센에게 전화했더라고요. 부재중 전화였고, 할보르센이 공격당한 날이었어요."

"계좌 하나만 더 조사해줘." 해리가 말했다.

"누구 계좌요?"

"다비드 에크호프."

"구세군 사령관요? 뭘 찾아야 하죠?"

"나도 몰라. 그냥 조사해봐."

스카레가 떠난 뒤 해리는 과학수사과에 전화했다. 여자 검시관은 해리가 부탁한 대로 지금 당장 자그레브 인터내셔널 호텔에 크리스토 스탄키츠의 시신 사진을 팩스로 보내겠다고 약속했다.

해리는 고맙다고 말한 뒤 전화를 끊고 인터내셔널 호텔로 전화했다.

"이 시신을 어떻게 처리해야 할지도 문제요." 프레드와 연결되자 해리가 말했다. "크로아티아 정부는 크리스토 스탄키츠의 존재를 모르기 때문에 시신 인도를 요청하지 않았소."

10초 후 유창한 영어를 구사하는 그녀의 목소리가 들렸다.

"다른 거래를 제안하고 싶습니다." 해리가 말했다.

텔레노르 운용센터 오슬로 지부에 근무하는 클라우스 토르킬센의 유일한 인생 목표는 누구의 방해도 받지 않는 것이다. 심한 과체중인 데다 늘 땀을 흘리고, 성격까지 못된 덕분에 그 소원은 대체로 이뤄졌다. 사람들과 어쩔 수 없이 접촉해야 하는 경우에는 반드시 최대한 거리를 두었다. 따라서 클라우스는 여남은 개의 뜨거운 기계, 냉각팬과 함께 사무실에 처박혀 많은 시간을 홀로 보냈다. 그가 정확히 무슨 일을 하는지 아는 사람은 극소수였다. 그저 회사에 없어서는 안 될 존재라는 사실만 알고 있었다. 어쩌면 그렇게 상대와 거리를 둬야 하는 필요성 때문에 5미터에서 50미터까지 떨어진 상대에게 성기 노출을 하고 가끔씩 거기서 만족감을 얻는지도 모른다. 하지만 클라우스 토르킬센의 궁극적인 목적은 평온한 삶이었다. 이번 주에는 이미 시달릴 대로 시달린 터였다. 처음에는 할보르센이 전화해 자그레브의 호텔로 전화하는 사람이 있는지 감시해달라고 하더니 그다음에는 스카레가 전화해 길스트룹 부자와 로베르트 칼센 사이의 통화 내역을 보내달라고 했다. 둘 다 클라우스 토르킬센이 지금까지도 고맙게 생각하는 해리 홀레를 언급하면서. 해리 홀레 본인에게 전화가 왔을 때 끊지 않은 이유도 그 고마움 때문이었다.

"텔레노르에 경찰 응답 서비스센터가 따로 있어요. 원칙대로라면 도움이 필요할 때 거기로 전화해야죠." 클라우스가 뚱한 목소리로 대답했다.

"알아." 해리는 그렇게만 말하고 곧바로 본론에 들어갔다. "마르티네 에크호프에게 네 번이나 전화했는데 안 받아. 구세군 사람들도 어디에 있는지 모르고. 심지어 그녀의 아버지도 몰라."

"원래 아버지는 맨 마지막에 알게 되는 법이죠." 클라우스는 이런 일에 대해 아는 게 없었지만, 영화깨나 보는 사람이라면 이 정도 지식은 저절로 얻게 된다. 그리고 클라우스 토르킬센은 엄청난 영화광이었다.

"마르티네가 휴대전화 전원을 꺼놓았을지도 모르지만 당신이 위치를 추적해줄 수 있지 않을까 해서. 적어도 시내에 있는지 아닌지 정도만 알았으면 좋겠어."

클라우스는 한숨을 내쉬었다. 괜한 허세였다. 왜냐하면 사실 그는 경찰 수사에 참여하는 것을 아주 좋아했기 때문이다. 특히나 불법적인 일일 경우에는.

"여자 전화번호를 알려주세요."

15분 뒤 클라우스는 다시 해리에게 전화해 여자의 휴대전화 유심칩이 분명 오슬로에는 없으며, E6 도로 서쪽에 있는 기지국 두 곳에서 신호가 잡힌다고 말했다. 기지국의 위치와 수신 범위를 설명해주자 홀레는 감사 인사를 하고 얼른 전화를 끊었다. 자신이 도움이 됐다는 생각에 클라우스는 흐뭇한 마음으로 아까 보고 있던 오늘의 영화 정보를 다시 살폈다.

욘은 로베르트의 아파트로 들어갔다.

벽에서는 아직도 담배 냄새가 났고, 찬장 앞 바닥에는 지저분한 티셔츠가 떨어져 있었다. 마치 방금 전까지 로베르트가 여기 있다가 담배와 커피를 사러 잠깐 나간 듯했다.

욘은 마스에게 받은 검은 가방을 침대 옆에 내려놓고 라디에이터를 틀었다. 옷을 다 벗고 샤워기 아래 서서 뜨거운 물줄기를 맞았다. 살갗이 빨갛게 익고 얼얼할 때까지. 몸을 닦고 욕실에서 나와 알몸으로 침대에 앉아 가방을 바라봤다.

가방을 열어볼 엄두가 나지 않았다. 저 안에 무엇이 들어 있을지, 두껍고 매끄러운 천 뒤에 무엇이 있을지 알고 있기 때문이다. 영원한 벌. 죽음. 벌써 썩은 내가 나는 듯했다. 욘은 눈을 감았다. 생각해야 했다.

휴대전화가 울렸다.

그가 어디에 있는지 테아가 궁금해할 것이다. 지금은 그녀와 이야기할 기분이 아니었다. 하지만 전화는 계속 울렸다. 중국식 물고문*처럼 끈질기고 피할 수 없게. 마침내 욘은 전화기를 잡아챘고, 분노에 떨리는 목소리로 말했다. "뭐야?"

하지만 아무 대답도 없었다. 액정을 봤지만 모르는 번호였다. 욘은 전화한 사람이 테아가 아님을 깨달았다.

"여보세요? 욘 칼센입니다." 그가 조심스럽게 말했다.

여전히 아무 말도 없었다.

"여보세요? 누구시죠? 여보세요? 거기 누구 있는 거 압니다. 누구……?"

공포심이 그의 척추를 슬그머니 타고 올라왔다.

"여보세요?" 욘이 이번에는 영어로 말했다. "누구야? 당신이야? 할 말이 있어. 여보세요!"

딸칵 소리가 나더니 전화가 끊겼다.

바보같이, 욘은 생각했다. 아마 잘못 걸린 전화일 것이다. 그는 침을 삼켰다. 스탄키츠는 죽었다. 로베르트도 죽었다. 랑닐도 죽었다. 다 죽었다. 형사만 아직 살아 있을 뿐이다. 그리고 자신도. 가방을 바라보던 그는 한기를 느끼고 이불을 끌어당겼다.

* 일정 간격으로 이마에 물을 한 방울씩 떨어뜨려 사람을 미치게 만드는 고문.

E6 도로에서 빠져나와 눈으로 뒤덮인 전원 풍경 속 좁은 길을 달리던 해리는 고개를 들어 반짝이는 별을 보았다.

곧 무슨 일이 일어날 것처럼 이상하게 떨렸다. 유성이 포물선을 그리며 하늘에서 떨어졌다. 이 세상에 정말로 징조가 있다면, 코앞에서 행성이 죽는 것이야말로 분명 의미가 있을 거라고 해리는 생각했다.

외스트고르 농가에는 불이 켜져 있었다.

진입로에 들어서자 전기 자동차가 보였고, 무슨 일이 일어날 것 같다는 느낌이 더욱 강해졌다.

해리는 눈에 찍힌 발자국을 바라보며 농가로 다가갔다. 문 옆에 서서 문에 귀를 대보았다. 나직한 말소리가 들렸다.

해리는 문을 노크했다. 빠르게 세 번. 목소리가 잠잠해졌다.

발소리가 나고 그녀의 부드러운 목소리가 들렸다. "누구세요?"

"나 해리예요. 홀레." 혹시라도 제삼자가 그와 마르티네 에크호프가 특별한 사이라고 오해하지 않도록 그는 성을 덧붙였다.

잠금장치를 더듬거리는 소리가 나더니 문이 열렸다.

그녀는 아름다웠다. 그게 제일 먼저 든 생각이었고, 오로지 그 생각밖에 할 수 없었다. 마르티네는 부드럽고 도톰한 하얀색 블라우스를 입었는데 맨 위의 단추가 풀려 있었고, 눈은 반짝거렸다.

"반가워요, 반장님." 마르티네가 웃으며 말했다.

"네, 나도 반가워요." 해리는 미소를 지었다.

마르티네가 두 팔로 그의 목을 끌어안았고, 해리는 그녀의 빨라진 맥박을 느꼈다.

"날 어떻게 찾아냈어요?" 마르티네가 그의 귀에 속삭였다.

"현대 과학의 힘이죠."

그녀의 몸에서 느껴지는 열기, 눈의 광채, 열광적인 환영 덕분에 해리는 비현실적일 정도로 행복했다. 당분간 깨어나고 싶지 않은 즐거운 꿈을 꾸는 듯했지만 깨어나야 했다.

"누가 또 있습니까?" 해리가 물었다.

"아, 아뇨……."

"목소리가 들리던데."

"아, 그거." 마르티네가 그의 목에서 팔을 풀며 말했다. "그냥 라디오예요. 노크 소리를 듣고 껐어요. 약간 무서웠거든요. 하지만 당신이었어요." 그녀는 해리의 팔을 토닥였다. "해리 홀레."

"지금 다들 당신의 행방을 몰라요, 마르티네."

"잘됐네요."

"걱정하는 사람도 있습니다."

"그래요?"

"특히 리카르드요."

"아, 리카르드는 신경 쓰지 말아요." 마르티네는 해리의 손을 잡고 부엌으로 이끌더니 찬장에서 파란색 커피잔을 꺼냈다. 해리는 싱크대에 쌓인 접시 두 개와 컵 두 개를 바라보았다.

"전혀 아파 보이지 않는군요." 그가 말했다.

"그냥 하루 쉬고 싶었어요." 마르티네는 커피를 따라 그에게 건넸다. "블랙, 맞죠?"

해리는 고개를 끄덕였다. 실내가 후끈해서 점퍼와 스웨터를 벗고 식탁에 앉았다.

"하지만 내일이 크리스마스 콘서트라서 돌아가야 해요." 마르티네는 한숨을 내쉬었다. "콘서트에 올 거예요?"

"음, 티켓을 준다는 약속을 받기는 했는데……."

"오세요!" 그러더니 마르티네는 아랫입술을 깨물었다. "아, 맞다. 사실 우리가 앉을 자리는 VIP석이었어요. 수상님 자리에서 세 줄 뒤요. 근데 사정이 생겨서 당신 티켓을 다른 사람에게 줬어요."

"괜찮습니다."

"어차피 당신 혼자 앉아 있었을 거예요. 난 무대 뒤에서 일해야 하거든요."

"정말 괜찮다니까요."

"아뇨!" 그녀가 웃었다. "그래도 당신이 와줬으면 좋겠어요."

마르티네가 그의 손을 잡았다. 해리는 자신의 큼직한 손을 꼭 잡고 쓰다듬는 그녀의 작은 손을 바라보았다. 주위가 고요한 탓에 귀에 폭포처럼 몰리는 혈류 소리가 들릴 정도였다.

"여기 오는 길에 유성을 봤습니다. 이상하지 않아요? 행성의 죽음을 지켜보면 행운이 온다니." 해리가 말했다.

마르티네는 말없이 고개를 끄덕이더니 그의 손을 잡은 채 자리에서 일어나 식탁을 돌아 그의 앞에 섰다. 그러고는 양 다리를 벌려 그의 무릎에 앉아 그의 목에 한 손을 올렸다.

"마르티네······" 해리가 말문을 열었다.

"쉿." 그녀는 그의 입술에 검지를 댔다.

그러고는 손가락을 떼지 않은 채 몸을 앞으로 숙여 그의 입술에 부드럽게 자신의 입술을 포갰다.

해리는 눈을 감고 기다렸다. 가슴이 무겁게, 즐겁게 두근거렸지만 꼼짝하지 않았다. 마르티네의 심장이 자신과 같은 박자로 뛰기를 바랐지만 그러려면 기다려야 했다. 그녀의 입술이 벌어지자 해리는 자기도 모르게 입을 벌렸고, 혀를 납작하게 눕혀 그녀의 혀를 받아들일 준비를 했다. 그녀의 손가락에서 나는 짜릿하고 씁쓸한 비누와 커피의 맛에 혀끝이 얼얼했다. 마르티네의 손이 그의 목을 더욱 꼭 죄었고, 이내 그녀의 혀가 들어왔다. 손가락 때문에 그녀의 혀는 가운데가 갈라진 뱀의 혀처럼 양쪽 옆면만 들어왔다. 그들은 그렇게 절반의 키스를 두 번 나눴다.

그녀가 몸을 뗐다.

"눈 뜨지 말아요." 마르티네가 그의 귀에 속삭였다.

해리는 의자에 등을 기댔고, 그녀의 허리를 잡고 싶은 충동을 억눌렀다. 몇 초가 지나자 그의 손등에 부드러운 천이 닿더니 그녀의 블라우스가 바닥으로 떨어졌다.

"이제 눈을 떠요." 마르티네가 속삭였다.

해리는 그 말대로 했다. 그리고 그녀를 보았다. 그녀의 얼굴에는 불안과 기대가 뒤섞여 있었다.

"너무 아름다워." 꽉 잠겨서 이상해진 목소리로, 또한 당혹스러운 목소리로 해리가 말했다.

마르티네는 침을 삼켰고, 얼굴에 의기양양한 미소가 번져갔다.

"팔을 들어봐요." 그녀가 명령하더니 해리의 티셔츠를 잡아 머리 위로 벗기고는 이렇게 말했다.

"그리고 당신은 못생겼어요. 멋있지만 못생겼죠."

마르티네가 그의 젖꼭지를 물자 몽롱한 통증이 퍼져갔다. 그녀의 손 하나가 등 뒤로 가서 브래지어를 풀고는 그의 다리 사이로 들어왔다. 그의 목에 닿는 그녀의 숨결이 빨라졌고, 그녀는 다른 손으로 그의 벨트를 잡았다. 해리는 마르티네의 유연한 등에 팔을 둘렀다. 그 순간 그녀가 무의식적으로 떨고 있으며, 줄곧 긴장을 감추고 있었음을 깨달았다. 한마디로 그녀는 겁에 질려 있었다.

"잠깐만요, 마르티네." 해리가 속삭이자 그녀는 동작을 멈췄다.

해리는 그녀의 귓가에 속삭였다. "정말로 이걸 원해요? 지금 당신이 뭘 하려는지 알고 있어요?"

마르티네가 숨을 헐떡이자 그의 살갗에 축축하고 가쁜 숨결이 닿았다. "아뇨. 당신은요?"

"나도 몰라요. 그러니까 우리 그만……."

마르티네는 몸을 일으켜 상처받고 절박한 눈으로 그를 보았다. "하지만 난…… 난 당신이……."

"그래요." 해리는 그녀의 머리카락을 쓰다듬으며 말했다. "난 당신을 원해요. 처음 본 순간부터 그랬죠."

"정말이에요?" 마르티네는 그의 손을 잡아 붉게 달아오른 자신의 뺨에 댔다.

해리는 미소 지었다. "적어도 두 번째 만났을 때부터는요."

"두 번째 만났을 때부터?"

"좋아요, 그럼 세 번째 만났을 때부터. 좋은 음악은 좋아지려면 시간이 좀 걸리는 법이니까요."

"내가 좋은 음악이에요?"

"사실은 처음 만났을 때부터 그랬어요. 하지만 그렇다고 해서 내가 아무에게나 그러는 건 아닙니다."

마르티네는 미소를 지었다. 그러더니 웃기 시작했다. 해리도 함께 웃었다. 그녀는 해리의 가슴에 이마를 댄 채 숨이 넘어갈 듯 깔깔대며 그의 어깨를 때렸다. 그제야 해리는 배가 축축해진 걸 느꼈고, 그녀가 울고 있음을 깨달았다.

욘은 너무 추워서 잠이 깼다. 적어도 그렇다고 생각했다. 로베르트의 아파트는 어두웠고 달리 잠이 깰 이유가 없었다. 하지만 뇌가 되감기를 시작하자 꿈의 마지막 파편인 줄 알았던 기억이 실은 꿈이 아님을 깨달았다. 분명 열쇠 구멍에 열쇠를 밀어 넣는 소리가 들렸다. 문이 열리는 소리도. 지금 누군가 집 안에서 숨 쉬고 있다.

이 악몽에서는 모든 것이 되풀이되고 있었기에 욘은 기시감을 느끼며 돌아보았다.

한 형체가 침대 옆에 서 있었다.

죽음의 공포가 그를 콱 물더니 이빨이 살 속을 파고들어 신경에까지 닿았다. 욘은 숨을 헉 들이쉬었다. 왜냐하면 이자가 자신을 죽이려 한다는 확신이 들었기 때문이다.

"Stigla sam." 검은 형체가 말했다.

욘은 크로아티아어를 잘 몰랐지만 부코바르에서 온 세입자들에게 귀동냥으로 배운 덕분에 이 말이 무슨 뜻인지 알고 있었다. "내가 왔다."

"늘 외로웠어요, 해리?"

"그랬죠."

"왜요?"

해리는 어깨를 으쓱였다. "원래 사교적인 성격이 아니었으니까요."

"그게 다예요?"

해리는 담배 연기로 원을 만들어 천장에 날렸다. 마르티네는 그의 스웨터와 목에 대고 훌쩍거렸다. 그들은 침실에 있었다. 그는 이불 위에, 그녀는 이불 속에.

"예전 상사인 비아르네 묄레르가 이런 말을 한 적이 있어요. 나 같은 사람은 늘 저항이 가장 심한 길을 선택한다고. 그걸 '저주받은 성격'이라고 했죠. 그래서 우린 결국 늘 외톨이가 돼요. 나도 모르겠어요. 난 혼자 있는 게 좋았어요. 어쩌면 외톨이라는 내 자아상을 좋아하게 됐는지도 모르죠. 당신은 어때요?"

"난 당신이 말하는 게 좋아요."

"왜요?"

"모르겠어요. 당신 이야기를 듣는 게 좋아요. 어떻게 외톨이라는 자아상을 좋아할 수가 있죠?"

해리는 담배를 깊이 빨아들여 폐 안에 연기를 담아둔 채 담배 연기가 만들어내는 모양으로 모든 걸 설명할 수 있다면 얼마나 좋을까 생각했다. 그러고는 한 번에 길게 연기를 내뱉었다.

"생존하려면 어쩔 수 없이 내게서 마음에 드는 무언가를 찾아내야만 하니까요. 혼자 있는 행동이 비사교적이고 이기적이라고 말하는 사람도 있죠. 하지만 대신 독립적이고, 추락해도 혼자 추락해요. 많은 사람들이 혼자 있는 것을 두려워하죠. 하지만 난 오히려 자유롭고 강하고 든든해진 기분이 들었어요."

"혼자 있을 때 강해진다고요?"

"네. 스토크만 박사*의 말대로 '세상에서 가장 강한 인간은 가장 고립된 인간'이죠."

"쥐스킨트에 이어서 입센까지?"

해리는 씩 웃었다. "아버지가 입버릇처럼 말하던 문장입니다." 그러더니 한숨을 쉬고 덧붙였다. "어머니가 돌아가시기 전에요."

"그런데 왜 든든한 기분이 '들었어요'라고 하죠? 지금은 아닌가요?"

* 노르웨이 극작가 헨리크 입센의 《민중의 적》주인공.

담뱃재가 그의 가슴에 떨어졌지만 해리는 그대로 두었다.

"그러다 라켈을 만났고…… 올레그도 만났습니다. 그들은 날 좋아했죠. 내 인생에 다른 사람이 존재할 수도 있다는 사실을 깨달았어요. 친구들, 나를 좋아하는 사람들. 내겐 그들이 필요했어요." 해리가 담배를 빨아들이자 담배 끝이 빨갛게 빛났다. "심지어 그들에게도 내가 필요했고요."

"그래서 이젠 자유롭지 못하군요."

"맞아요. 네, 난 이제 자유롭지 못해요."

그들은 누워서 어둠을 응시했다.

마르티네는 그의 목에 코를 묻었다. "그 모자를 정말로 좋아하는군요. 그렇죠?"

"네." 해리는 그녀를 끌어당기며 말했다. "네, 그래요."

마르티네가 잠든 후 그는 살그머니 침대를 빠져나와 이불을 더 바짝 끌어당겨 덮어주었다. 시계를 보았더니 2시 정각이었다. 현관으로 가서 워커를 신고 별이 총총한 밤하늘 아래로 나갔다. 야외 화장실 쪽으로 걸어가며 눈에 찍힌 발자국을 유심히 보았다. 토요일 아침 이후로 눈이 왔던가?

화장실에 불이 켜져 있지 않아 성냥불을 켜서 주변을 파악했다. 막 나가려는데 모나코 그레이스 공주의 빛바랜 사진 밑에 새겨진 두 글자가 눈에 들어왔다. R+M. 어둠 속에서 해리는 자기처럼 여기 앉아 저 간단한 선언을 열심히 새겼을 누군가를 생각했다.

화장실에서 나온 해리는 무언가가 헛간 모퉁이를 획 돌아가는 것을 보고 걸음을 멈추었다. 헛간 쪽으로 발자국이 나 있었다.

해리는 망설였다. 다시 그 느낌이 들었다. 어떤 사건, 그가 막을 수 없는 예정된 사건이 지금 이 순간에 일어날 거라는 느낌이. 화장실 문 안쪽에 손을 넣어 아까 본 삽을 잡았다. 그러고는 헛간으로 난 발자국을 따라갔다.

모퉁이에서 걸음을 멈추고 삽 손잡이를 꽉 잡았다. 자신의 숨소리가 천둥소리처럼 크게 들렸다. 숨을 죽였다. 지금이다. 지금 그 사건이 일어나려 하고 있다. 해리는 삽을 든 채 모퉁이를 휙 돌았다.

달빛을 받아 눈을 뜨기 힘들 정도로 새하얗게, 홀릴 듯이 빛나는 들판 한가운데에 숲을 향해 달려가는 여우 한 마리가 보였다.

해리는 헛간 문에 털썩 기대며 몸을 부르르 떨고 공기를 한껏 들이마셨다.

문을 두드리는 소리가 났고, 그는 본능적으로 물러섰다.

날 본 걸까? 문밖의 사람을 절대 집 안으로 들이면 안 된다.

그는 부주의한 행동을 한 자신에게 짜증이 났다. 보보가 봤다면 아마추어처럼 행동했다고 꾸짖었으리라.

문은 잠겨 있지만, 혹시라도 저자가 쳐들어올 경우를 대비해 쓸 만한 물건이 있는지 주위를 둘러봤다.

칼. 부엌에 방금 그가 썼던, 빵 자르는 칼이 있었다.

다시 노크 소리가 들렸다.

물론 총도 있다. 총알은 없지만 제정신인 사람을 겁주기에 충분했다. 저자가 제정신인지는 의심스러웠지만.

저자는 조금 전 차를 타고 와서 소르겐프리 가에 있는 마르티네의 아파트 앞에 주차했다. 그는 우연히 창가에 서서 인도 옆에 주차된 차들을 훑어보다가 누군가 차 안에 꼼짝하지 않고 앉아 있음을 알게 되었다. 그 사람을 더 자세히 보려고 몸을 내밀었다가 자신이 실수했음을 깨달았다. 상대에게 들킨 것이다. 창에서 물러나

30분을 기다렸다가 블라인드를 내리고 집 안의 불을 다 껐다. 마르티네는 불을 켜둬도 된다고 했다. 라디에이터는 설정해둔 온도에 따라 작동되고, 전등은 에너지의 90퍼센트가 열이기 때문에 불을 꺼서 전기를 아껴봐야 그만큼의 열 손실을 보충하려고 라디에이터가 작동된다는 것이다.

"간단한 물리학이죠." 그녀는 그렇게 설명했다. 하지만 이 남자에 대해서는 말해주지 않았다. 정신병자 스토커인가? 아니면 질투로 눈이 먼 옛 애인? 적어도 경찰은 아니었다. 왜냐하면 저자가 또 발악하듯이 고통스럽게 울부짖었기 때문이다. 등골이 오싹해지는 소리였다.

"마르-티네! 마르-티네!" 그러더니 떨리는 목소리로 노르웨이어를 몇 마디 하고는 흐느끼듯 말했다. "마르티네……."

저자가 어떻게 아파트 출입문을 통과했는지는 알 수 없었다. 다른 집의 문이 열리는 소리가 나더니 누군가 한바탕 퍼부어댔는데 그중에 그가 아는 단어도 있었다. Politi(경찰).

다시 문 닫히는 소리가 났다.

문밖의 남자는 절망에 빠져 신음했고, 손가락으로 문을 긁어댔다. 마침내 발소리가 멀어지자 그는 안도의 한숨을 내쉬었다.

힘든 하루였다. 아침에 마르티네가 외스트고르 역까지 그를 태워다주었고, 그는 역에서 기차를 타고 시내로 왔다. 우선 오슬로 중심가의 여행사에 가서 내일 저녁에 코펜하겐으로 떠나는 마지막 비행기의 티켓을 샀다. 그가 항공권에 입력할 노르웨이식 이름인 할보르센을 불러줬을 때 직원들은 아무런 반응도 하지 않았다. 그는 할보르센의 지갑에 든 현찰로 계산한 뒤, 고맙다고 말하며 여행사에서 나왔다. 코펜하겐에서 자그레브로 전화하면 프레드가 새 여권을 가지고 올 것이다. 운이 좋으면 크리스마스이브에 집에 돌아갈 수 있다.

미용실을 세 군데나 들렀지만 다들 고개를 저으며 크리스마스 전까지 이미 예약이 끝났다고 했다. 네 번째 미용실에 갔더니 구석에서 껌을 질경질경 씹고 있는 십대 소녀를 향해 고갯짓했다. 소녀의 어리둥절한 표정으로 보아 견습생인 듯했다. 그는 자신이 원하는 머리 스타일을 여러 차례 설명했지만 소녀가 알아듣지 못하자 할 수 없이 사진을 보여주었다. 소녀는 껌을 씹다 말고 마스카라 범벅이 된 눈을 들어 그를 보더니, 예전 MTV에서 쓰던 걸렁한 영어로 물었다. "정말 이렇게 해줘요, 아저씨(You sure, man)?"

그다음에는 택시를 타고 소르겐프리 가에 있는 마르티네의 집으로 가서 그녀에게 받은 열쇠로 문을 열고 들어가 기다렸다. 전화가 몇 번 울리기는 했지만 그 외에는 평화로웠다. 그가 멍청하게 불켜진 방에서 창가에 서기 전까지는.

그는 다시 거실로 돌아갔다.

그 순간 쾅 소리가 났다. 공기가 진동했고, 천장에 달린 등이 흔들렸다.

"마르-티네!"

밖에서 누군가 달려와 문을 들이받았다. 문이 집 안쪽으로 불룩 휘어졌다.

마르티네의 이름을 두 번 더 불렀고, 문을 두 번 더 들이받았다. 그러더니 계단을 내려가는 발소리가 들렸다.

그는 거실 창가로 다가가 아파트에서 뛰쳐나가는 남자를 바라봤다. 남자가 차 문을 여는 동안 가로등 불빛이 그에게 떨어져 얼굴을 볼 수 있었다.

지난번 호스텔에서 그를 도와준 남자였다. 니클라우스인지 리카르드인지 하는 남자. 굉음과 함께 차에 시동이 걸렸고, 차는 겨울 밤 속으로 쏜살같이 사라졌다.

한 시간 뒤 그는 잠이 들었고, 예전에 그가 살던 동네의 풍경이 나오는 꿈을 꿨다. 그러다 계단을 탁탁 올라오는 발소리와 집집마다 신문을 툭 던지고 가는 소리에 잠에서 깼다.

해리는 8시에 잠에서 깼다. 눈을 뜨고, 얼굴을 반쯤 덮은 모직 담요의 냄새를 맡았다. 그 냄새를 맡으니 무언가가 떠올랐다. 해리는 담요를 젖혔다. 꿈도 꾸지 않고 달게 잤으며 지금은 기분이 이상했다. 마음이 설렜다. 행복하다는 게 정확한 표현이리라.

부엌으로 가서 커피를 내리고, 싱크대에서 세수한 뒤, 짐 스토르크의 'Morning Song'을 흥얼거렸다. 동쪽의 나직한 산등성이 위로 하늘이 수줍은 아가씨의 볼처럼 붉게 물들었고, 마지막까지 남아 있는 별들은 희미해져갔다. 새롭고 신비롭고 전혀 더럽혀지지 않은 세상이 부엌 창밖에 펼쳐져 있었다. 긍정적인 가능성을 품고 지평선을 향해 굽이쳤다.

해리는 빵을 몇 조각 썰고, 냉장고에서 찾아낸 치즈를 꺼내고, 깨끗한 커피잔에 김이 모락모락 나는 커피를 따르고, 유리잔에는 물을 따른 다음, 전부 쟁반에 담아 침실로 가져갔다.

마르티네의 검은 머리카락이 이불 위에 흩어져 있었고, 그녀는 아무 소리도 내지 않았다. 해리는 쟁반을 머리맡 테이블에 내려놓고 침대 가장자리에 앉아 기다렸다.

커피 향이 방 안에 서서히 퍼져갔다.

그녀는 호흡이 점점 불규칙하게 변하더니 눈을 깜빡거리다 그를 발견했다. 얼굴을 문지르며 과장되고 부끄러운 몸짓으로 기지개를 켰다. 마치 누군가 강도를 조절하는 스위치를 작동하는 듯이 눈 속의 광채가 점점 더 강해지더니 마침내 입술에 미소가 걸렸다.

"잘 잤어요?" 해리가 말했다.

"네."

"아침 먹을래요?"

"음." 그녀의 미소가 더 환해졌다. "당신은요?"

"나중에요. 지금은 이걸로 충분해요." 해리는 담뱃갑을 꺼냈다.

"당신은 담배를 너무 많이 피워요."

"술 마신 뒤에는 꼭 피우죠. 그래야 술 생각이 안 나거든요."

마르티네는 커피를 마셨다. "그거 역설 아닌가요?"

"뭐가요?"

"자유를 잃는 게 그토록 두렵다는 사람이 알코올중독자라뇨."

"그렇군요." 그는 창문을 열고 담뱃불을 붙인 다음, 침대로 가서 그녀 옆에 누웠다.

"그래서 날 두려워하는 거예요?" 마르티네가 그에게 바싹 달라붙었다. "내가 당신에게서 자유를 빼앗을까 봐? 그래서…… 어제…… 나와 사랑을 나누지 않은 거예요?"

"아뇨, 마르티네." 해리는 담배를 한 모금 빨고는 인상을 쓰며 못마땅한 눈으로 담배를 보았다. "당신이 겁을 먹었기 때문이죠."

해리는 그녀의 몸이 경직되는 것을 느꼈다.

"내가 겁을 먹어요?" 마르티네가 놀란 목소리로 물었다.

"네. 내가 당신이었어도 그랬을 겁니다. 난 여자들이 육체적으로 자신보다 훨씬 우월한 남자들과 한 지붕 아래서 자는 게 늘 신기하다고 생각했죠." 그는 머리맡 테이블에 있던 커피잔 접시에 담배를 비벼 껐다. "반대 경우였다면, 남자들은 그럴 엄두를 내지 못했을 겁니다."

"왜 내가 겁을 먹었다고 생각하죠?"

"느낄 수 있었으니까요. 당신은 주도권을 잡고 리드하고 싶어 했어요. 내게 주도권을 빼앗겼다가 무슨 일이 생길지 두려웠던 겁니다. 난 상관없지만 당신이 무섭다면 굳이 할 필요 없어요."

"내가 하고 싶은지 아닌지는 내가 정해요! 설사 겁을 먹었다 해도요." 마르티네가 외쳤다.

해리는 그녀를 바라보았다. 갑자기 마르티네는 양팔로 해리를 껴안더니 그의 목에 얼굴을 묻었다.

"날 이상한 여자라고 생각하겠네요."

"아뇨, 전혀." 해리가 말했다.

마르티네는 그를 꼭 끌어안았다.

"평생 겁에 질려 있으면 어쩌죠? 늘 이런 상태로……" 마르티네는 그렇게 속삭이다 말끝을 흐렸다.

해리는 기다렸다.

"무슨 일이 있었어요. 그게 뭔지는 나도 모르겠어요." 그녀가 말했다.

해리는 계속 기다렸다.

"아뇨, 실은 알고 있어요. 난 강간을 당했어요. 오래전에 바로 이 농장에서요. 그때는 죽을 것만 같았죠."

숲에서 들리는 까마귀의 차가운 울음소리가 정적을 갈랐다.

"계속 얘기할래요……?" 해리가 물었다.

"아뇨, 말하기 싫어요. 어차피 할 말도 없고요. 오래전 일이고 이젠 극복했어요. 난 그냥……" 그녀는 다시 해리의 품을 파고들었다. "……좀 겁이 날 뿐이에요."

"신고했어요?"

"아뇨. 그럴 엄두가 나지 않았어요."

"힘든 일이라는 건 알지만 신고했어야 해요."

마르티네는 미소를 지었다. "네, 그래야 한다고 들었어요. 신고하지 않으면 다른 희생자가 생기니까 그런 거죠?"

"농담 아니에요, 마르티네."

"잘못했어요, 아빠."

해리는 어깨를 으쓱였다. "범죄가 무슨 이득이 되는지는 모르겠지만 반복된다는 건 확실해요."

"유전자 때문이죠?"

"글쎄요."

"입양에 대한 연구 읽어봤어요? 범죄자를 부모로 둔 아이들이 자기가 입양된 사실을 모르고 다른 아이들과 정상적인 가정에서 자랄 경우, 다른 아이들보다 범죄를 저지를 확률이 훨씬 높게 나왔어요. 그러니까 범죄 유전자가 있는 게 틀림없다고요."

"네, 나도 읽었습니다. 행동 패턴은 유전될 수도 있죠. 하지만 난 차라리 우리 모두가 각자의 방식으로 못된 거라고 믿고 싶군요."

"범죄가 습관의 산물이라고 생각해요?" 그녀는 손가락 하나를 구부려 해리의 턱 밑을 간질였다.

"난 우리가 모든 요소를 계산해서 행동한다고 생각합니다. 성욕, 두려움, 흥분, 탐욕, 그 모든 것을 전부 말입니다. 그리고 뇌는 훌륭한 계산 기관이죠. 절대 실수하지 않기 때문에 매번 똑같은 답을 유출해내는 겁니다."

마르티네는 한쪽 팔꿈치로 몸을 일으켜 해리를 내려다보았다.

"도덕성과 선택의 자유는요?"

"그것도 계산에 포함되죠."

"그러니까 당신은 범죄자가 늘—"

"아뇨, 범죄자가 늘 똑같이 행동한다면 경찰은 필요 없겠죠."

마르티네는 손끝으로 그의 이마를 훑었다. "그러니까 사람은 변할 수 있다는 거네요?"

"그러기를 바랍니다. 사람은 누구나 배울 수 있기를."

마르티네는 그의 이마에 자신의 이마를 포갰다. "당신은 뭘 배울 수 있죠?"

"사람들과 어울리는……" 마르티네의 입술이 그의 입술에 닿았다. "……법을 배울 수 있죠. 또 겁먹지 않는……" 그녀의 혀끝이 그의 아랫입술을 쓰다듬었다. "……법도 배울 수 있고요."

"키스하는 법도요?"

"네. 다만 상대가 아침에 막 일어나 혀에 백태가 낀 여자만 아니라면요……."

마르티네가 그의 뺨을 찰싹 때리더니 까르르 웃었다. 육면체 얼음이 유리잔에 떨어질 때처럼 쨍한 소리였다. 이윽고 그녀의 뜨거운 혀가 그의 혀를 찾아 들어왔다. 마르티네는 이불을 끌어 올려 그를 덮어주더니 이불 안에서 그의 스웨터와 티셔츠를 벗겼다. 따뜻하고 부드러운 그녀의 배가 그의 배에 닿았다.

해리의 손은 그녀의 블라우스 아래로 들어가 등으로 올라갔다. 살갗 아래서 움직이는 날개뼈, 그녀가 꿈틀거릴 때마다 수축되었다가 이완되는 근육이 느껴졌다.

해리는 블라우스 단추를 풀고 눈을 마주 보면서 손으로 그녀의 배를, 갈비뼈를 쓰다듬어 올라가 마침내 엄지와 약지로 딱딱하게 솟은 젖꼭지를 잡았다. 마르티네는 뜨거운 숨을 내쉬며 벌어진 입으로 그의 입을 막았고, 두 사람은 키스했다. 그녀의 손이 아래쪽으로 내려가자 해리는 이번에는 자신이 참을 수 없으리라는 것을 깨달았다. 참고 싶지도 않았고.

"울려요." 마르티네가 말했다.

"네?"

"당신 바지 주머니에서 휴대전화가 진동해요." 그녀는 웃음을 터트렸다.

"미안해요." 해리는 주머니에서 조용히 울리는 휴대전화를 꺼내 마르티네 위로 몸을 내밀어 머리맡 테이블에 내려놓았다. 하지만 옆으로 내려놓은 탓에 진동하는 액정을 마주 보게 되었다. 해리는 무시하려 했지만 너무 늦었다. 발신자인 베아테의 이름을 보고 말았다.

"젠장." 그가 중얼거렸다. "잠깐만요."

해리는 몸을 일으켜 마르티네의 얼굴을 바라보았다. 그가 통화하는 동안 마르티네는 그를 유심히 바라보았고, 그의 얼굴을 비추는 거울이 되었다. 두 사람은 마치 서로를 흉내 내는 게임을 하는 듯했다. 해리는 그녀의 얼굴에서 자신의 공포와 고통, 마침내 절망을 볼 수 있었다.

"무슨 일이에요?" 통화가 끝나자 마르티네가 물었다.

"죽었어요."

"누가요?"

"할보르센. 간밤에 죽었대요. 새벽 2시 9분에. 내가 헛간 옆에 있던 시각에."

제 **4**부   자비

제 **4**부

29

12월 22일, 월요일. 사령관

올 들어 낮이 가장 짧은 날이었지만 해리 홀레 반장에게는 해가 뜨기도 전부터 한없이 길게만 느껴졌다.

할보르센의 사망 소식을 들은 뒤 해리는 곧장 밖으로 나갔다. 깊이 쌓인 눈을 터벅터벅 걸어 숲으로 갔고, 거기 앉아 일출을 지켜보았다. 추위로 모든 감정이 얼어버리기를, 고통이 덜어지기를, 아니면 아예 무감각해지기를 바랐다.

그러고는 다시 농가로 걸어갔다. 마르티네는 질문이 가득한 눈으로 그를 보았지만 아무 말도 하지 않았다. 해리는 커피를 한 잔 마시고 그녀의 볼에 키스한 다음, 차에 올라탔다. 가슴 앞에서 팔짱을 낀 채 계단에 서 있는 마르티네가 백미러에 비쳤는데 전보다 훨씬 더 작아 보였다.

해리는 집으로 가서 샤워하고 옷을 갈아입은 뒤, 커피 테이블에 쌓인 서류를 세 번이나 뒤적이다가 마침내 포기했다. 어찌된 영문인지 알 수가 없었다. 또 시간을 확인하려고 손목을 보았다가 시계가 없는 것을 깨닫고 머리맡 테이블 서랍에서 묄레르의 시계를 꺼냈다. 시계는 아직 작동했고, 당분간은 그래야 했다. 경찰청으로 차를 몰아 주차장에 세워진 군나르 하겐의 아우디 옆에 주차했다.

7층까지 계단으로 걸어 올라가는 동안 아트리움에서 울려 퍼지는 사람들의 목소리, 발소리, 웃음소리가 들렸다. 하지만 등 뒤로 강력반 부서의 문이 닫히는 순간, 스위치를 꺼버린 듯 소음이 사라졌다. 복도에서 만난 경관은 해리를 바라보더니 말없이 고개를 절레절레 흔들고는 가버렸다.

"안녕하세요, 반장님."

해리는 뒤를 돌아보았다. 토릴 리였다. 그녀가 먼저 말을 건 적이 언제였는지 기억나지 않았다.

"괜찮으세요?" 그녀가 물었다.

해리는 대답하려 입을 벌렸지만 갑자기 목소리가 나오지 않았다.

"아침 미팅 끝나고 잠시 모여서 조의를 표할까 해요." 말문이 막힌 해리를 배려하는 듯 토릴이 재빨리 말했다.

해리는 고마워하며 말없이 고개를 끄덕였다.

"베아테에게 연락 좀 해주시겠어요?"

"그럴게."

해리는 사무실 문 앞에 섰다. 이 순간을 줄곧 두려워했다. 그는 문을 열고 안으로 들어갔다.

할보르센의 의자에 등을 기대고 앉아 있던 사람이 마치 기다리고 있었다는 듯 고개를 끄덕였다.

"좋은 아침일세, 해리." 군나르 하겐이 말했다.

해리는 아무 말 없이 옷걸이에 점퍼를 걸었다.

"미안하네. 내 인사가 틀렸군." 하겐이 말했다.

"무슨 용건이십니까?" 해리가 자리에 앉으며 말했다.

"이번 일이 유감이라는 말을 하려고 왔네. 아침 미팅에서도 말할 테지만 먼저 자네를 직접 만나 말하고 싶었네. 잭은 자네의 가장 가까운 동료였으니까. 안 그런가?"

"할보르센."

"뭐라고?"

해리는 양손에 얼굴을 묻었다. "우린 그 친구를 할보르센이라고 불렀습니다."

하겐은 고개를 끄덕였다. "할보르센. 그리고 하나 더 있네, 해리—"

"집에 총기 신청서가 있는 줄 알았는데 없어졌습니다." 해리가 손가락 사이로 말했다.

"아, 그거……" 하겐이 자세를 고쳐 앉았다. 의자가 불편한 듯했다. "총 이야기를 하려던 게 아닐세. 출장비 삭감 문제로 여행사에 지금까지 승인된 영수증을 모두 보내달라고 했네. 그걸 봤더니 자네가 자그레브에 다녀왔더군. 난 해외 출장을 승인한 기억이 없는데 말이야. 만약 노르웨이 경찰이 크로아티아에 가서 수사했다면 그건 명백한 규정 위반일세."

드디어 찾아냈군, 해리는 여전히 손에 얼굴을 묻은 채 생각했다. 그들이 그토록 기다리고 있던 해리의 실수. 알코올중독자 형사를 원래 그가 속한 곳, 미개한 민간인들에게 쫓아낼 수 있는 공식적 이유. 해리는 자신의 감정을 살펴보았으나 안도감만 느껴졌다.

"내일 사직서 제출하겠습니다, 보스."

"무슨 말을 하는지 모르겠군. 자넨 자그레브에 수사하러 간 게 아니잖나. 그랬다면 관계자 모두가 아주 당황했을 걸세." 하겐이 말했다.

해리는 고개를 들었다.

"내가 알기로는 짧게 현장 연수를 다녀왔지." 하겐이 말했다.

"현장 연수요?"

"그래, 전반적으로 둘러보고 오는 현장 연수. 여기 자네가 부탁했던 자그레브 현장 연수에 대한 내 허가서일세."

타자로 작성된 A4 용지가 책상을 가로질러 미끄러지더니 해리 앞에서 멈췄다. "그러니까 이 일은 더 이상 문제되지 않을 걸세." 하겐은 자리에서 일어나 벽에 걸린 엘렌 옐텐의 사진 앞으로 걸어갔다. "자네가 파트너를 잃은 게 두 번째로군. 그렇지?"

해리는 고개를 끄덕였다. 창문도 없이 비좁은 사무실에 정적이 흘렀다.

하겐은 기침을 했다. "자네도 내 책상에 놓인 손가락뼈 봤지? 나가사키에서 샀다네. 유명한 일본인 대대장 요시토 야스다의 새끼손가락을 본떠 만든 조각이라네." 그는 해리를 돌아봤다. "일본인은 사람이 죽으면 주로 화장하지만 미얀마에서는 매장했다네. 사상자가 너무 많은 데다 시신 하나를 태우는 데 두 시간씩 걸리니까 말이야. 그래서 대신 새끼손가락을 잘라 화장한 다음, 그 재를 고국에 있는 가족에게 보냈지. 1943년 봄, 미얀마 페구에서 벌어진 전투 이후로 일본군은 후퇴해서 정글에 숨어 있어야만 했네. 요시토 야스다는 사령관에게 그날 저녁 적군을 다시 공격해서 죽은 동료들의 손가락뼈를 가져오자고 간청했지. 사령관은 그의 요청을 거부했네. 적군의 수가 너무 많았기 때문이야. 그날 저녁, 그는 모닥불 앞에서 울며 부하들에게 이 사실을 알리네. 하지만 부하들의 절망한 표정을 보고 눈물을 닦은 다음, 나뭇등걸에 손을 올리고 총검을 꺼내 자신의 새끼손가락을 잘라 불 속에 던졌어. 부하들은 환호했지. 이 사실은 사령관의 귀에 들어갔고, 이튿날 일본군은 총력을 다해 다시 적군을 공격했네."

하겐은 할보르센의 책상으로 가서 연필깎이를 집어 들고 자세히 들여다보았다.

"여기 경정으로 부임한 처음 며칠간 난 많은 실수를 저질렀네. 어쩌면 그중에는 할보르센이 죽게 된 간접적인 원인도 있을 거야. 그러니까 내가 하고 싶은 말은⋯⋯" 하겐은 연필깎이를 내려놓고 숨을 들이쉬었다. "나도 요시토 야스다처럼 부하들을 열광하게 만들고 싶지만 그 방법을 몰라."

해리는 뭐라고 말해야 할지 몰라서 아무 말도 하지 않았다.

"그러니 이렇게 말하겠네, 해리. 이번 사건의 배후가 한 명이든, 몇 명이든 반드시 잡아주게. 내가 하고 싶은 말은 그뿐일세."

두 남자는 서로 시선을 피했다. 하겐은 손뼉을 딱 치며 정적을 깼다. "하지만 날 봐서 총은 소지하고 다녀주면 고맙겠네, 해리. 특히나 다른 사람들 앞에서는⋯⋯ 적어도 새해까지만 그렇게 해주게. 그 후에는 지침을 철회할 테니까."

"알겠습니다."

"고맙네. 새 신청서를 써주지."

해리는 고개를 끄덕였고, 하겐은 문을 향해 걸어갔다.

"어떻게 됐나요? 반격한 일본군은?" 해리가 물었다.

"아, 그거." 하겐은 한쪽 입꼬리만 들어 올리며 씩 웃었다. "전멸했네."

경찰청 지하에 있는 비품실에서 19년간 근무한 셸 아틀레 오뢰는 축구 도박권을 앞에 두고 앉아, 12월 26일에 열리는 사우샘프턴과의 원정경기에서 풀럼이 이기는 데 돈을 걸어도 될지 고민하고 있었다. 이따 점심 먹으러 나갈 때 오스헤우그에게 도박권을 주고 싶었기에 서둘러야 했다. 따라서 누군가 창구의 금속 벨을 울리자 저절로 욕이 나왔다.

그는 끙 소리를 내며 일어났다. 젊은 시절 셰이드 포트발 1부 리그에서 선수로 활약할 때도 오랫동안 부상을 당하지 않았는데 경찰 축구팀 친선 경기에서 괜히 무리하는 바람에 지금까지 10년째 오른쪽 다리를 전다는 사실이 못내 억울했다.

창구에는 금발을 짧게 깎은 남자가 서 있었다.

오뢰는 그가 내민 신청서를 받아든 다음, 갈수록 나빠지는 눈을 가늘게 뜨고 글자를 바라봤다. 지난주에 아내에게 크리스마스를 맞아 대형 텔레비전을 사고 싶다고 했더니 아내가 안과에 가보라고 했다.

"해리 홀레, 스미스 앤드 웨슨 38구경이라." 오뢰는 신음하며 다시 안쪽으로 절룩절룩 걸어가 이전 사용자가 비교적 양호하게 사용한 리볼비를 찾아냈다. 최근에 괴테보르그 가에서 갈에 맞아 죽은 형사의 리볼버도 곧 반환되겠다는 생각이 들었다. 권총집과 탄환 세 상자를 집어 들고 다시 창구로 돌아갔다.

"여기 서명하시오." 그는 신청서를 가리키며 말했다. "그리고 신분증 좀 봅시다."

남자의 신분증은 이미 창구 위에 놓여 있었다. 남자는 오뢰가 건넨 펜으로 서명했고, 오뢰는 해리 홀레의 신분증과 거기 적힌 글씨를 들여다보았다. 사우샘프턴이 루이 사아를 막을 수 있을까?

"나쁜 놈만 쏴야 한다는 거 명심하시오." 오뢰는 그렇게 말했지만 남자는 아무런 반응도 하지 않았다.

다시 축구 도박권이 있는 자리로 절룩절룩 걸어가며 오뢰는 남자의 뚱한 태도가 어쩌면 당연하다고 생각했다. 신분증을 보니 남자는 강력반 소속이었고, 최근에 죽은 형사도 바로 거기 소속이었으니 말이다.

해리는 회비코덴에 있는 헤니 온스타 아트센터 옆에 주차한 뒤, 아름다운 벽돌건물에서 피오르로 이어지는 완만한 경사면을 내려갔다. 스나뢰야 반도를 향해 뻗은 빙판에 홀로 앉아 있는 검은 형체가 보였다.

해리가 시험 삼아 기슭에서 가까운 빙판에 한 발을 올렸더니 쩍 소리가 나며 갈라졌다. 다비드 에크호프의 이름을 큰 소리로 불렀지만 빙판 위의 형체는 꿈쩍도 하지 않았다.

해리는 나직이 욕을 내뱉었다가 사령관은 95킬로그램인 자신보다 훨씬 더 가벼울 것임을 깨달았다. 일단 표류하는 얼음 조각에서 균형을 잡은 다음, 눈이 쌓여 한결 위험해 보이는 빙판에 조심스럽게 두 발을 올렸다. 빙판은 깨지지 않고 버텨주었다. 해리는 잰걸음으로 빙판을 가로질러갔다. 빙판 위의 형체는 생각보다 육지에서 멀리 떨어져 있었다. 여우털 코트를 입고, 접이식 의자에 앉아 빙판에 뚫린 구멍 위로 허리를 숙인 채 엄지장갑을 낀 손으로 낚싯대를 잡은 사람이 정말로 구세군 사령관임을 확인할 수 있을 정도로 가까이 다가갔을 때는 왜 그가 자신을 부르는 소리를 못 들었는지 알 수 있었다.

"이 빙판이 안전하다고 생각하십니까, 사령관님?"

다비드 에크호프는 고개를 돌려 제일 먼저 해리의 워커를 내려다보았다.

"12월에 얼어붙은 오슬로 피오르는 절대 안전하지 않소." 그가 입에서 새하얀 입김을 뿜으며 말했다. "그래서 늘 혼자 낚시한다오. 하지만 이걸 꼭 착용하지." 그는 신고 있는 스키를 가리켰다. "이걸 신으면 무게가 분산되거든."

해리는 천천히 고개를 끄덕였다. 발밑에서 빙판에 금이 가는 소리가 들리는 듯했다. "본부에 갔더니 여기 계실 거라고 하더군요."

"유일하게 생각을 정리할 수 있는 곳이라오." 에크호프가 낚싯대를 잡아당기며 말했다.

구멍 옆에 오늘 자 신문이 펼쳐졌고, 그 위에 미끼 상자와 칼이 놓여 있었다. 신문 1면에는 크리스마스부터 추위가 풀릴 거라고 적혀 있었다. 할보르센의 사망 기사는 없었다. 분명 할보르센이 죽기 전에 인쇄되었으리라.

"생각할 게 많으신가요?" 해리가 물었다.

"음. 오늘 저녁에 열리는 콘서트에서 우리 부부는 수상님을 모셔야 하오. 그다음 주에는 길스트룹 가와 계약도 해야 되고. 그렇소, 생각할 게 몇 가지 있소."

"물어볼 게 있습니다." 해리가 양쪽 발에 골고루 무게를 분산하는 데 집중하며 말했다.

"뭐요?"

"우리 직원인 스카레가 사령관님과 로베르트 칼센 사이에 금전 거래가 있는지 조사했는데 그런 내역은 없더군요. 하지만 다른 사람이 사령관님에게 정기적으로 송금해왔다는 걸 알게 됐습니다. 요세프 칼센 말입니다."

다비드 에크호프는 눈 하나 깜짝하지 않고 빙판에 뚫린 구멍 속 검은 물을 바라보았다.

"제가 궁금한 건 왜 욘과 로베르트의 아버지인 요세프 칼센이 지난 12년간 4개월마다 8000크로네씩 사령관님께 보냈느냐는 겁니다." 해리가 에크호프를 바라보며 물었다.

에크호프는 대어라도 걸린 듯이 낚싯대를 잡아당겼다.

"네?" 해리가 다그쳤다.

"그 일이 중요하오?"

"그렇습니다."

"그렇다면 우리 둘 사이의 비밀로 해주시오."

"그건 약속드릴 수 없습니다."

"그럼 나도 말할 수 없소."

"그렇다면 경찰청으로 모셔가서 진술을 받아야겠군요."

사령관은 한쪽 눈만 뜬 채 고개를 들어 해리를 뚫어지게 바라보며 잠재적 적수의 힘이 어느 정도인지 측정했다. "날 경찰청으로 끌고 가는 걸 군나르 하겐이 허락할 거 같소?"

"두고 보죠."

에크호프는 무슨 말인가 하려다가 해리의 태도가 심상치 않음을 눈치챘는지 입을 다물었다. 해리는 이 남자가 구세군의 지도자가 된 것은 완력으로 밀어붙여서가 아니라 상황을 정확히 파악하는 능력이 있기 때문이라고 생각했다.

"좋소. 하지만 이야기가 길어질 거요."

"전 시간이 많습니다." 해리는 거짓말을 하며 발밑에서 올라오는 한기를 느꼈다.

"욘과 로베르트의 아버지인 요세프 칼센은 내 단짝이었소." 에크호프가 스나뢰야의 한 지점에 시선을 고정한 채 말했다. "우리는 함께 공부하고, 함께 일했고, 둘 다 야심 있고 전도유망했지. 하지만 중요한 건 지상에서 하나님의 뜻을 펼치는 강력한 구세군을 꿈꿨다는 점이오. 그게 우리를 하나로 만들어줬지. 이해하겠소?"

해리는 고개를 끄덕였다.

"우리는 승진도 함께 했소." 에크호프는 말을 이었다. "그렇소, 우린 이 사령관 자리를 두고 경쟁했소. 난 어떤 직책을 맡는지는 중요하지 않다고 생각했소. 우리의 원동력이 되는 비전이 중요하다고 생각했지. 하지만 내가 사령관에 선출되자 요세프는 그 사실을 받아들이지 못했소. 정신이 나간 듯하더군. 요세프가 선출되었으면 나도 그랬을지 모르지. 우린 서로를 속속들이 알지 못했으니까. 어쨌든 요세프는 행정 국장에 임명되었고, 가족 간에도 계속 연락하며 지냈지만 예전처럼……" 에크호프는 적당한 말을 찾아내려했다. "……속내를 공유하지는 않았소. 무언가가 요세프를 압박하고 있었소. 무언가 불쾌한 일이. 그러다 1991년 가을에 리카르드와 테아의 아버지인 경리 부장 프랑크 닐센과 나는 놀라운 사실을 알게 됐소. 요세프가 공금을 횡령하고 있다는 걸."

"그래서 어떻게 하셨나요?"

"우리는 이런 일을 다뤄본 경험이 없었소. 그래서 어떻게 할지 결정할 때까지 비밀로 하기로 했지. 물론 난 요세프에게 실망했지만 동시에 내게도 약간의 책임이 있다는 걸 깨달았소. 내가 사령관으로 선출되었을 때 요세프를 좀 더…… 배려했더라면 좋았을 거요. 하지만 당시 구세군은 심각한 인력난을 겪었고, 지금처럼 대중에게 인기가 있지도 않았소. 어떤 추문도 용납되지 않는 상황이었지. 내게는 부모님께 유산으로 받은 쇠를란데트의 여름 별장이 있었는데 거의 사용하지 않는 데다 어차피 구세군은 외스트고르에서 여름 휴가를 보낼 예정이었소. 그래서 그 사실이 알려지기 전에 급히 별장을 팔아 부족한 돈을 막았지."

"네? 사령관님의 개인 재산으로 요세프 칼센의 횡령금을 메꿨다고요?" 해리가 말했다.

에크호프는 어깨를 으쓱였다. "다른 방도가 없었소."

"회사에서 흔히 있는 일은 아니죠. 상사가—"

"맞소, 하지만 우린 흔한 회사가 아니오, 홀레 반장. 우린 하나님의 뜻을 펼치는 일을 하지. 그러니 여기서 일어나는 일을 나 몰라라 할 수는 없소."

해리는 천천히 고개를 끄덕였다. 하겐의 책상에 놓인 손가락뼈를 생각했다. "그래서 요세프는 짐을 싸서 아내와 노르웨이를 떠난 겁니까? 그 사실은 아무도 모르고요?"

"난 요세프에게 낮은 직급의 일자리를 주었소. 물론 요세프는 받아들이지 않았지. 그랬다가는 온갖 억측이 난무했을 테니까. 두 사람은 태국에 사는 걸로 알고 있소. 방콕 근처에서."

"그러니까 중국 농부가 뱀에 물린 이야기는 지어내신 거군요."

에크호프는 미소를 지으며 고개를 저었다. "아니오. 요세프는 정말로 의심이 많소. 그리고 그 이야기에 큰 감명을 받았지. 우리는 가끔씩 의심하지만 요세프는 늘 의심했소."

"사령관님도 의심하실 때가 있나요?"

"물론이오. 의심은 믿음의 그림자요. 의심하지 않고서는 믿을 수 없지. 두려움이 없는 자는 용감해질 수 없는 것처럼 말이오."

"돈은 어떻게 됐습니까?"

"요세프는 내게 돈을 갚겠다고 고집을 부렸소. 상황을 바로잡기 위해서는 아니었소. 그 일은 수습된 데다 태국에 살면서 내게 진 빚을 갚을 정도로 돈을 버는 건 불가능하니까. 아마 요세프는 속죄하며 사는 게 자신에게도 좋다고 생각한 것 같소. 내가 그것까지

막을 필요는 없잖소."

해리는 천천히 고개를 끄덕였다. "로베르트와 욘도 이 사실을 알고 있습니까?"

"모르겠소. 내 입으로는 한 번도 말한 적이 없소. 다만 아버지 때문에 자식들이 구세군에서 일하는 데 피해를 입지 않도록 무던히 노력했소. 특히 욘. 욘은 지금 우리 구세군에서 아주 중요한 인재요. 이번에 맺은 부동산 계약만 해도 그렇소. 우선 야콥 올스 가에 있는 아파트를 팔지만, 시간이 지나면 다른 부동산도 모두 팔 거요. 길스트룹 가에서 외스트고르도 다시 사들이고 싶어 할지 모를 일이오. 만약 10년 전에 이런 계약이 성사되었다면, 우리는 온갖 전문가를 고용해야 했을 거요. 하지만 욘처럼 유능한 인재들이 있으니 이젠 자체적으로 해결할 수 있지."

"욘이 그 계약을 성사시켰습니까?"

"아니, 전혀 아니오. 계약은 임원진 승낙하에 이뤄졌소. 하지만 욘의 준비와 설득력 있는 결론이 아니었다면 우린 감히 그럴 엄두를 못 냈을 거요. 욘은 우리의 미래요. 뿐만 아니라 우리의 현재이기도 하고. 그의 아버지가 자식의 앞길에 방해가 되지 않는 것을 보여주는 가장 확실한 증거는 오늘 밤 욘이 테아 닐센과 함께 VIP석에서 수상님 옆에 앉는다는 사실이오." 에크호프는 얼굴을 찡그렸다. "그런데 오늘 욘에게 여러 번 전화했는데 도무지 전화를 받질 않는군. 혹시 욘과 통화했소?"

"못 했습니다. 만약 욘이 없었다면……."

"그게 무슨 말이오?"

"만약 애초에 살인 청부업자의 의도대로 욘이 죽었다면 그 자리는 누가 차지했을까요?"

다비드 에크호프는 한쪽이 아닌 양쪽 눈썹을 치켜세웠다. "오늘 밤 콘서트에서 말이오?"

"아뇨, 차기 사령관 자리 말입니다."

"아, 그거. 음, 딱히 비밀도 아니니 얼마든지 말해주겠소. 리카르드 닐센이오." 에크호프는 큭큭 웃었다. "사람들은 욘과 리카르드가 오래전 요세프와 나를 보는 듯하다고 쑤군대더군."

"똑같은 경쟁 구도인가요?"

"사람이 있는 곳이라면 어디든 경쟁이 있기 마련이오. 구세군도 마찬가지고. 그저 힘겨루기가 진행되는 동안 올바른 인재가 뽑혀 최선을 다해 일하고, 공동의 대의를 위해 봉사하기를 바랄 수밖에. 자, 자." 사령관은 낚싯줄을 끌어 올렸다. "질문의 답이 되었기를 바라오, 해리. 원한다면 프랑크 닐센에게 내 얘기를 확인해보시오. 그렇지만 내가 왜 이 이야기를 비밀로 하고 싶어 하는지 이해해주시오."

"구세군 비밀을 파헤친 김에 마지막으로 하나만 더 묻겠습니다."

"그러시오." 사령관이 조급해하며 낚시 장비를 가방에 넣었다.

"12년 전, 외스트고르에서 벌어진 강간사건을 아십니까?"

에크호프 같은 사람은 좀처럼 놀란 내색을 하지 않을 거라고 해리는 짐작했다. 따라서 놀라움을 금치 못하는 저 표정은 그가 이 얘기를 처음 들었다는 증거였다.

"그럴 리가 없소, 반장. 만약 정말 그런 일이 있었다면 끔찍하군. 연루된 사람이 누구요?"

해리는 자신의 얼굴에 아무것도 드러나지 않았기를 바랐다. "저는 경찰로서 침묵을 지켜야 할 의무가 있습니다."

에크호프는 엄지장갑을 낀 손으로 턱을 긁었다. "물론이오. 하지만…… 그 일은 공소시효가 지나지 않았소?"

"어떻게 보느냐에 달렸죠." 해리는 기슭을 훑어보며 말했다. "가실까요?"

"따로따로 가는 게 좋겠소. 무게가……."

해리는 침을 삼키고 고개를 끄덕였다.

물에 빠지지 않고 무사히 해안가에 도착한 해리는 뒤를 돌아보았다. 빙판에 쌓여 있던 눈이 바람에 휘날려 연막을 피운 듯했고, 에크호프는 구름 위를 걷는 듯했다.

주차장에 도착해보니 자동차 차창에는 이미 하얀색 서리가 곱게 내려앉아 있었다. 해리는 차에 올라타 시동을 걸고 히터를 최고로 세게 틀었다. 뜨거운 공기가 차가운 차창에 부딪혀 위로 올라갔다. 앞 유리가 깨끗해지기를 기다리는 동안 해리는 스카레에게 들은 말이 생각났다. 마스 길스트룹이 할보르센에게 전화했다고 했다. 아직 주머니에 들어 있던 마스의 명함을 꺼내 전화해봤지만 받지 않았다. 휴대전화를 다시 주머니에 넣자 전화가 울렸다. 번호를 보니 인터내셔널 호텔이었다.

"잘 지냈어요?" 여자가 딱 부러지는 영어로 물었다.

"그저 그렇습니다. 사진은……?"

"네, 받았어요."

해리는 숨을 깊이 들이쉬었다. "아드님이 맞나요?"

"네, 우리 아들이에요." 그녀가 한숨을 내쉬었다.

"확실합니까? 그러니까 그런 상태에서 신원을 확인하기가 쉽지—"

"해리?"

"네?"

"확실해요."

해리는 이 영어 선생의 억양과 강세에서 그 말이 진심임을, 더 나아가 100퍼센트 확신한다는 뜻임을 느낄 수 있었다.

"알겠습니다." 해리는 그렇게 말하고 전화를 끊었다. 그녀의 말이 맞기를 진심으로 바랐다. 왜냐하면 이제 시작이기 때문이다.

정말로 그랬다.

해리가 와이퍼를 켜고, 와이퍼가 녹아내리는 서리를 좌우로 밀어내는 동안 휴대전화가 두 번째로 울렸다.

"해리 홀레입니다."

"저 미홀리에츠 부인이에요. 소피아 엄마요. 무슨 일이 생기면 이 번호로 전화하라고 하셔서……."

"말씀하세요."

"소피아에게 일이 생겼어요."

30
12월 22일, 월요일. 정적

올 들어 낮이 가장 짧은 날.

해리가 앉아 있는 응급의료센터 대기실 테이블에 놓인 〈아프텐 포스텐〉 1면 기사였다. 해리는 벽에 걸린 시계를 봤다가 자신에게 도 손목시계가 있음을 깨달았다.

"이제 들어가시면 돼요, 홀레 씨." 창구에서 여자 간호사가 외쳤 다. 조금 전 저 간호사에게 오늘 소피아 미흘리에츠를 진료한 의사 를 만나고 싶다고 설명한 터였다.

"복도를 내려가서 오른쪽 세 번째 진료실이에요." 여자 간호사가 다시 외쳤다.

해리는 벌떡 일어나 대기실에서 말없이 축 처져 있는 사람들 사 이를 빠져나갔다.

오른쪽에서 세 번째. 물론 소피아는 왼쪽에서 두 번째 진료실로 갔을 수도 있다. 혹은 왼쪽에서 세 번째 진료실이나. 하지만 하필 오른쪽에서 세 번째 진료실이었다.

"안녕하세요. 오셨다고 들었습니다." 마티아스 룬 헬게센이 미소 지으며 일어나 손을 내밀었다. "이번에는 뭘 도와드릴까요?"

539

"오늘 아침 당신에게 진료받은 환자 때문입니다. 소피아 미홀리에츠요."

"아, 그래요? 일단 앉으시죠."

해리는 친한 척하는 마티아스의 말투에 짜증을 내지는 않았지만, 거기에 동조할 수는 없었다. 자존심이 강해서가 아니라 이제 곧 둘 다 얼굴을 붉히는 상황이 벌어질 터였기 때문이다.

"미홀리에츠 부인이 전화해서 오늘 아침 소피아가 방에서 우는 소리 때문에 잠에서 깼다고 하더군요." 해리가 말했다. "방에 들어가봤더니 딸이 온 몸에 멍이 든 채 피를 흘리고 있었답니다. 소피아는 어젯밤에 친구들을 만나러 갔다가 돌아오는 길에 빙판에서 넘어졌다고 했고요. 미홀리에츠 부인은 남편을 깨웠고, 남편이 소피아를 여기로 데려왔습니다."

"그 말이 사실일 수도 있어요." 마티아스가 말했다. 마치 이 이야기가 얼마나 재미있어질지 지켜보겠다는 듯이 양쪽 팔꿈치를 책상에 올리고 몸을 앞으로 내밀고 있었다.

"하지만 미홀리에츠 부인은 소피아의 말이 거짓이라고 했습니다. 소피아가 병원에 간 뒤에 침대를 봤더니 베개뿐 아니라 시트에도 피가 묻어 있었다더군요. 부인 말대로라면 '아래쪽'이요." 해리가 말했다.

"아하." 마티아스가 낸 소리는 부정도 긍정도 아니었다. 의사들이 심리학을 공부할 때 연습하는 소리였다. 마지막 음절을 올려서 환자로 하여금 계속 말하라고 격려하는 소리. 마티아스의 억양도 뒤쪽이 올라갔다.

"지금 소피아는 방문을 잠근 채 틀어박혀 있습니다. 울면서 아무 말도 하지 않는다는군요. 미홀리에츠 부인 말대로라면 아마 끝내 말하지 않을 겁니다. 부인이 소피아 친구들에게 전화해봤는데 어제 소피아를 만난 아이는 아무도 없었어요." 해리가 말했다.

"그렇군요." 마티아스는 손가락으로 콧등을 집었다. "그러니까 지금 당신을 위해 환자의 비밀을 지켜야 하는 서약을 무시하라는 겁니까?"

"아뇨." 해리가 말했다.

"네?"

"날 위해서가 아닙니다. 그들을 위해서죠. 소피아와 그 애의 부모. 그리고 범인이 강간했거나 앞으로 강간할 다른 소녀들을 위해서."

"표현이 너무 과격하군요." 마티아스는 미소를 지었지만 미소는 침묵과 함께 엷어졌다. 그는 기침을 했다. "당신도 이해하겠지만 먼저 생각해볼 시간이 필요해요, 해리."

"소피아가 어젯밤에 강간을 당했습니까, 아닙니까?"

마티아스는 한숨을 쉬었다. "해리, 의사는 환자의 비밀을—"

"압니다." 해리가 그의 말을 잘랐다. "내게도 똑같은 의무가 있어요. 그런데도 내가 말해달라는 건 그 의무를 가볍게 여겨서가 아니라, 이번 범죄가 악랄하고 재발할 위험이 있기 때문입니다. 그러니 나와 내 판단을 믿어주면 고맙겠군요. 안 그러면 당신은 평생 그 책임을 지고 살아야 합니다."

비슷한 상황에서 해리가 숱하게 써먹은 표현이었다.

마티아스는 눈을 깜빡였다.

"고개를 끄덕이거나 흔드는 것만으로도 충분합니다." 해리가 말했다.

마티아스 룬 헬게센은 고개를 끄덕였다.

이번에도 먹혔다.

"고맙습니다." 해리는 자리에서 일어났다. "라켈, 올레그와는 잘 지냅니까?"

마티아스는 희미한 미소를 지으며 고개를 끄덕였다. 해리는 몸을 숙여 의사의 어깨에 한 손을 올렸다. "메리 크리스마스, 마티아스."

뺨이라도 맞은 사람처럼 어깨를 축 늘어뜨린 채 의자에 앉아 있는 마티아스 룬 헬게센을 뒤로하고 해리는 진료실을 나섰다.

그날의 마지막 햇살이 오렌지색 구름들 사이로 새어나와 노르웨이에서 가장 큰 공동묘지 서쪽의 가문비나무 우듬지와 지붕들 위로 퍼져갔다. 해리는 유고슬라비아 내전 사망자를 기리는 석조 기념비, 노르웨이 노동당 묘역, 전직 수상인 아이나르 게르하르드센과 트뤼그베 브라텔리의 묘지를 지나 구세군 묘역으로 갔다. 예상대로 가장 최근에 생긴 묘지 옆에 소피아가 있었다. 큼직한 패딩 점퍼로 몸을 감싼 채 허리를 꼿꼿이 세우고 눈 위에 앉아 있었다.

"안녕." 해리가 소피아 옆에 앉으며 말했다.

담뱃불을 붙이고 칼바람 속으로 담배 연기를 내뿜자 바람에 푸른 연기가 날아가버렸다.

"방금 전에 네가 나갔다고 어머니가 그러시더구나. 아버지가 사다준 꽃을 들고 말이야. 여기 있을 거라고 생각했지."

소피아는 대답하지 않았다.

"로베르트는 너의 좋은 친구였어, 그렇지? 네가 의지할 수 있는 사람. 비밀을 털어놓을 수 있는 사람. 널 강간한 사람이 아니라."

"로베르트가 한 짓이에요." 소피아가 무기력하게 속삭였다.

"넌 로베르트의 무덤에 꽃을 가져왔어, 소피아. 널 강간한 사람은 따로 있어. 어젯밤에도 그랬고. 아마 한두 번이 아니었겠지."

"날 좀 내버려둬요!" 소피아가 소리를 지르며 비틀비틀 일어났다. "당신네 경찰들은 사람 말을 뭘로 듣는 거죠?"

해리는 한 손으로 담배를 들고, 다른 손으로 소피아의 팔을 세게 끌어당겨 다시 눈 위에 앉혔다.

"이 사람은 죽었어, 소피아. 넌 살아 있고. 알아들었니? 넌 살아 있다고. 앞으로도 계속 살 작정이라면 지금 놈을 잡는 게 좋아. 아니면 놈이 계속할 테니까. 네가 처음도 아니고, 마지막도 아닐 거야. 날 봐. 날 보라고 했잖아!"

해리가 버럭 소리를 지르자 소피아는 움찔하며 그 말에 따랐다.

"무섭다는 거 알아, 소피아. 하지만 약속할게. 난 반드시 놈을 잡을 거야. 무슨 일이 있어도. 맹세할 수 있어."

해리는 소피아의 눈에서 무언가 꿈틀대는 것을 보았다. 만약 그의 짐작이 맞다면 희망일 것이다. 해리는 기다렸다. 그러자 소피아가 들릴 듯 말 듯하게 무언가 중얼거렸다.

"뭐라고?" 해리가 몸을 내밀었다.

"누가 날 믿어줄까요? 이제 와서 누가 날…… 로베르트도 죽었는데요."

해리는 소피아의 어깨에 조심스럽게 손을 올렸다. "내게 기회를 다오. 그럼 곧 알게 될 거야."

오렌지색 구름이 붉게 변하기 시작했다.

"하라는 대로 하지 않으면 모두 **빼앗아버리겠다**고 했어요. 우리 가족을 그 아파트에서 쫓아내고, 다시 크로아티아로 돌아가게 하겠대요. 하지만 우리에겐 돌아갈 곳이 없어요. 그리고 설사 내가 사실대로 말했다 해도 누가 내 얘길 믿어줬겠어요? 누가……?"

소피아가 말을 멈췄다.

"로베르트만 제외하고." 해리는 그렇게 말하고 기다렸다.

해리는 명함에서 마스 길스트룸의 주소를 확인했다. 그의 집으로 찾아갈 참이었다. 무엇보다 왜 할보르센에게 전화했는지 묻고 싶었다. 주소를 보니 역시 홀멘콜렌에 사는 라켈과 올레그의 집을 지나가야만 했다.

라켈의 집을 지날 때 해리는 속도를 줄이지 않았지만 진입로를 힐끗 올려다보았다. 지난번에는 차고 앞에 지프 체로키가 주차되어 있었다. 아마 그 '의사 선생' 차였을 것이다. 하지만 지금은 라켈의 차만 있었다. 올레그의 방에는 불이 켜져 있었다.

오슬로에서 가장 비싼 저택들 사이를 구불구불 돌아 나오자 도로가 직선으로 뻗어 있었다. 그 길을 따라 더 위로 올라가 이 도시의 백색 오벨리스크인 홀멘콜렌 스키 점프대를 지났다. 저 아래 눈쌓인 섬들 사이로 옅은 빙무가 떠 있는 피오르와 도심이 내려다보였다. 정말로 해가 떴다가 눈 깜짝할 사이에 져버린 날, 낮이 가장 짧은 날이었고 저 아래 도심에는 벌써 불이 켜져 있었다. 크리스마스를 앞두고 매주 하나씩 밝히는 강림절 촛불처럼.

이제 퍼즐 조각이 거의 다 맞춰졌다.

해리는 길스트룸의 집 초인종을 네 번이나 눌렀다. 아무 대답이 없자 포기하고 차로 걸어가는데 옆집에서 남자가 나왔다. 조깅하러 나온 남자는 해리에게 마스 길스트룸의 친구냐고 물었다. 남의 사생활에 관여하고 싶지는 않지만 오늘 아침에 그 집에서 큰 총성이 들렸습니다. 최근에 그 집 부인이 죽었잖아요. 경찰에 연락해야 하지 않을까요? 해리는 다시 집으로 올라가 현관문에 끼워진 유리를 부수고 문을 열었다. 경보음이 울리기 시작했다.

귀에 거슬리는 두 개의 가락이 반복해서 울부짖는 동안 해리는 거실로 갔다. 나중에 작성할 보고서를 위해 손목시계로 시간을 확인하고 묄레르가 앞당겨놓은 2분을 뺐다. 15시 37분.

마스 길스트룹은 벌거벗은 채 스크린 앞에 옆으로 누워 있었다.

뒤통수는 사라지고 없었는데 암적색 개머리판이 달린 라이플이 그의 입에서 자라 뒤통수를 뚫고 나온 듯했다. 총열이 아주 길어서 해리가 보기에는 엄지발가락으로 방아쇠를 당긴 듯했다. 그러려면 운동신경도 필요하지만 죽겠다는 강한 의지가 있어야 했다.

알람이 멈추자 프로젝터가 윙윙 돌아가는 소리가 들렸다. 프로젝터는 복도를 걸어 내려가는 신랑 신부의 모습이 클로즈업으로 정지된 장면을 스크린에 비췄고, 하얀 이를 드러낸 채 웃는 얼굴과 하얀 웨딩드레스 위로 튄 피는 굳어 있었다.

빈 코냑 병 아래 유서가 끼워져 있었다. 내용은 간단했다.

용서하세요, 아버지. 마스.

31

12월 22일, 월요일. 부활

그는 거울에 비친 자신의 얼굴을 바라보았다. 언젠가, 어쩌면 내년에 부코바르에 정착해 아침마다 밖으로 나가면 이웃들이 이 얼굴을 보며 미소 짓고 인사를 건네줄까? 익숙하고 안전한 얼굴, 선량한 얼굴을 볼 때 그러듯이?

"완벽하네요." 그의 뒤에 서 있던 여자가 말했다.

그가 입은 턱시도를 두고 하는 말일 것이다. 그는 지금 양복을 대여해주고 드라이클리닝도 해주는 가게의 거울 앞에 서 있었다.

"얼마죠?"

그는 턱시도 대여료를 지불하고 내일 정오까지 반납하겠다고 약속했다.

그러고는 가게에서 나와 잿빛 황혼 속으로 걸어갔다. 적당한 가격에 커피와 음식을 먹을 수 있는 카페를 미리 봐두었다. 이제는 기다리기만 하면 된다. 그는 손목시계를 보았다.

올 들어 가장 긴 밤이 시작되었다. 해리가 홀멘콜렌을 떠날 때 주택과 언덕이 잿빛으로 변했는데 그뢴란에 도착하기도 전에 공원

마다 어둠이 내려앉아 있었다.

해리는 떠나기 전에 마스 길스트룹의 집에서 지구대로 전화해 순찰차를 보내달라고 한 다음, 현장에 전혀 손대지 않고 나왔다.

경찰청 K3 주차장에 차를 세운 뒤, 사무실로 올라가 클라우스 토르킬센에게 전화했다.

"할보르센의 휴대전화가 사라졌는데 마스 길스트룹이 할보르센에게 남긴 메시지가 있는지 확인해야겠어."

"있으면 어쩔 건데요?"

"들어야지."

"그건 도청이라서 난 못 합니다." 클라우스가 한숨을 쉬었다. "경찰 응답 서비스센터로 전화하라니까요."

"그러려면 영장이 필요한데 난 시간이 없어. 다른 방법 없을까?"

클라우스는 생각했다. "할보르센에게 컴퓨터가 있나요?"

"지금 내 옆에 있어."

"아니에요, 못 들은 걸로 하세요."

"뭔데 그래?"

"텔레노르 모바일 홈페이지에서 휴대전화에 남아 있는 메시지를 전부 들을 수 있어요. 하지만 그러려면 당연히 패스워드를 알아야 하죠."

"사용자가 지정한 패스워드야?"

"네, 하지만 패스워드를 알아내려면 운이 아주—"

"한번 해볼게. 홈페이지 주소가 어떻게 돼?" 해리가 물었다.

"운이 아주 좋아야 한다니까요." 살면서 운이 별로 따르지 않았던 사람의 말투로 토르킬센이 말했다.

"왠지 알 수 있을 것 같아." 해리가 말했다.

모니터에 홈페이지가 뜨자 해리는 패스워드를 입력했다. 레프 야신. 하지만 잘못된 패스워드라고 나왔다. 이번에는 줄여서 그냥 '야신'이라고만 쳤다. 그러자 메시지 목록이 떴다. 총 여덟 개였다. 여섯 개는 발신인이 베아테였고, 하나는 트뢴델라그 지역의 전화번호, 나머지 하나는 지금 해리가 들고 있는 명함 속 휴대전화 번호였다. 마스 길스트룹의 휴대전화.

해리가 재생 버튼을 클릭하자 컴퓨터에 연결된 플라스틱 스피커에서 왱왱거리는 금속음으로 남자의 목소리가 흘러나왔다. 채 한 시간도 되기 전에 해리 앞에 죽어서 누워 있던 남자였다.

재생이 끝나자 퍼즐의 마지막 조각이 맞춰졌다.

"욘 칼센이 어디 있는지 아는 사람 있나?" 해리가 경찰청사 계단을 내려가면서 휴대전화로 스카레에게 말했다. "로베르트 아파트에 가봤어?"

해리는 비품실 문을 밀치고 들어가 카운터에 놓인 금속 벨을 찰싹 쳤다.

"거기도 전화해봤는데 아무도 안 받아요." 스카레가 말했다.

"그럼 직접 가서 살펴봐. 문을 열어주는 사람이 없으면 그냥 들어가. 알았어?"

"그 집 열쇠는 과학수사과에서 보관 중인데 지금 4시가 넘었어요. 뢴 과장님이 대개 늦게까지 근무하지만 오늘은 할보르센 때문에—"

"열쇠는 관두고 장도리나 가져가." 해리가 말했다.

발을 질질 끄는 소리가 나더니 푸른색 가운을 걸친 남자가 나타났다. 얼굴은 주름투성이였고, 코끝에서 안경이 흔들거렸다. 그는 해리에게 눈길도 주지 않은 채 해리가 카운터에 올려놓은 총기 신청서를 집어 들었다.

"그럼 법원 명령을 받아야 하지 않나요?" 스카레가 물었다.

"필요 없어. 지난번에 받은 명령이 아직 유효해." 해리는 거짓말했다.

"그래요?"

"누가 묻거든 내 명령이라고 해. 알겠어?"

"알겠습니다."

푸른 가운을 입은 남자가 끙 소리를 내더니 고개를 절레절레 저었다. 그러고는 신청서를 다시 카운터에 내려놓고 해리 쪽으로 밀었다.

"나중에 전화할게, 스카레. 여기 문제가 생긴 거 같아⋯⋯."

해리는 휴대전화를 주머니에 집어넣고 놀란 표정으로 남자를 보았다.

"같은 총을 두 번이나 가져갈 수는 없소, 홀레." 그가 말했다.

해리는 셸 아틀레 오뢰의 말이 무슨 뜻인지 이해할 수 없었지만 목덜미가 뜨거워지면서 따끔거렸다. 전에도 이런 적이 있었고, 이게 무슨 뜻인지 알고 있었다. 악몽은 아직 끝나지 않았다. 사실 이제 막 시작되었다.

군나르 하겐의 아내는 드레스 주름을 펴며 욕실에서 나왔다. 복도에 걸린 거울 앞에서 남편이 턱시도에 어울리는 검은 나비넥타이를 매는 중이었다. 그녀는 제자리에 서서 기다렸다. 곧 남편이 짜증을 내며 도와달라고 할 게 뻔했기 때문이다.

그날 아침 잭 할보르센이 죽었다는 전화를 받은 남편은 오늘 저녁에 열리는 콘서트에 가고 싶어 하지 않았고, 갈 수도 없을 것 같다고 했다. 이 일로 남편이 일주일쯤 힘들어하리라는 걸 그녀는 알고 있었다. 그가 이런 사건에 얼마나 큰 타격을 받는지 자기 외에는 아무도 모를 거라는 생각이 가끔씩 들었다. 하지만 회사에 출근한 남편은 총경에게 콘서트에 꼭 참석하라는 요청을 받았다. 구세군 측에서 콘서트 시작 전에 잭 할보르센의 죽음을 기리며 1분간 묵념할 예정이므로 경찰을 대표해 할보르센의 상관이 당연히 참석해야 한다는 것이다. 하지만 남편은 여전히 가고 싶지 않은 듯했다. 그의 눈썹이 시종일관 심각한 표정을 지었기 때문이다.

군나르는 신음하더니 나비넥타이를 풀어버렸다. "리세!"

"여기 있어요." 그녀는 차분히 말하며 남편 뒤에 서서 앞으로 팔을 내밀었다. "내가 할 테니 주세요."

거울 아래 놓인 전화기가 울렸다. 군나르는 몸을 내밀어 전화기를 집어 들었다. "하겐입니다."

리세의 귀에 전화기 너머에서 흘러나오는 목소리가 들렸다.

"아, 해리." 군나르가 말했다. "아니, 집일세. 오늘 밤 콘서트에 부부 동반으로 참석할 예정이라 일찍 퇴근했네. 무슨 일 있나?"

리세 하겐은 남편이 침묵을 지키며 상대의 말을 듣는 동안 눈썹이 한층 더 심각한 표정을 짓는 것을 지켜보았다.

"알겠네." 마침내 그가 입을 열었다. "경찰서에 전화해서 모두 경계 태세에 돌입하라고 하지. 이번 수색 작전에 가능한 한 모든 인력을 투입하겠네. 난 곧 콘서트에 가서 두 시간 동안 자리를 지킬걸세. 휴대전화를 진동 모드로 해놓을 테니 전화하게."

군나르는 전화를 끊었다.

"무슨 일이에요?" 리세가 물었다.

"부하 직원인 해리 홀레가 비품실에서 전화했어. 내가 오늘 다시 작성해준 신청서를 들고 총을 받으려고 비품실로 갔다는군. 예전에 내가 써준 신청서는 집에 강도가 든 후에 없어졌거든. 그런데 오늘 아침 일찍, 누가 예전 신청서를 들고 와서 총과 총알을 가져갔다는 거야."

"세상에. 어떻게 그런—"리세가 말했다.

"유감스럽지만 그게 다가 아니야." 군나르 하겐은 한숨을 쉬었다. "불행히도 더 나쁜 일이 있어. 해리 말로는 누가 그랬는지 알 것 같다는 거야. 그래서 과학수사과에 전화해서 확인했는데 역시나 그 친구의 예감이 맞았대."

리세는 남편의 얼굴이 창백하게 변하는 것을 보았다. 마치 그녀에게 말하는 동안 해리가 전해준 소식을 점점 더 실감하게 되었다는 듯이. "컨테이너 터미널에서 우리가 쏜 남자의 혈액 샘플이 할보르센 옆에서 토한 남자와 일치하지 않았다는군. 그가 입고 있던 점퍼에 묻은 피하고도, 호스텔 베개에서 나온 머리카락과도 일치하지 않았대. 한마디로 우리가 쏜 남자는 크리스토 스탄키츠가 아니야. 해리의 말이 맞다면 그자는 아직 살아 있어. 거기다 총까지 가졌고."

"그럼…… 여전히 그 불쌍한 남자를 쫓고 있겠네요. 그 사람 이름이 뭐랬죠?"

"욘 칼센. 응. 그래서 지금 경찰서에 전화해서 가능한 한 모든 인원을 투입해 욘 칼센과 크리스토 스탄키츠를 찾아내려는 거야." 그는 손등으로 두 눈을 눌렀다. 그곳이 모든 고통의 근원이라는 듯이. "그리고 또 다른 형사가 욘을 찾으려고 로베르트 칼센의 집에 무단으로 들어갔다는군."

"그런데요?"

"거기에서 몸싸움이 있었던 것 같대. 침대 시트에…… 피가 묻어 있었다는군. 욘 칼센의 흔적은 없고, 침대 밑에 잭나이프가 떨어져 있는데 칼날에 검게 굳은 피가 묻어 있었대."

군나르 하겐은 얼굴에서 손을 뗐다. 거울에 비친 그의 눈은 충혈되어 있었다.

"상황이 좋지 않아, 리세."

"알아요, 군나르. 하지만…… 그럼 그날 컨테이너 터미널에서 총에 맞은 사람은 누구죠?"

하겐은 침을 꿀꺽 삼킨 뒤에 입을 열었다. "모르겠어, 리세. 컨테이너 터미널에 살던 헤로인 중독자라는 것밖에."

"맙소사, 군나르……."

리세는 남편의 어깨를 꽉 잡으며 거울 속에서 그와 눈을 마주치려 했다.

"사흘째 되는 날에 부활했지." 하겐이 속삭였다.

"네?"

"예수님 말이야. 우린 그자를 금요일 밤에 죽였고, 오늘은 월요일이야. 사흘째 되는 날이라고."

마르티네 에크호프의 아름다운 모습에 해리는 숨이 멎었다.

"어머, 당신이에요?" 필뤼세에서 그녀를 처음 만났을 때처럼 굵은 저음으로 마르티네가 말했다. 당시에는 구세군 제복 차림이었지만 지금은 우아하고 심플한 검은색 민소매 드레스를 입었는데 그녀의 머리카락처럼 윤기가 흘렀다. 눈은 평소보다 더 크고 눈동자 색깔도 더 진했으며 피부는 투명할 정도로 새하얬다.

"한창 꾸미는 중이었어요. 어때요?" 그녀가 웃으며 한없이 유연한 몸짓으로 한 손을 들어 올렸다. 마치 우아한 춤의 한 동작 같았다. 손에 든 눈물 모양의 하얀색 진주 귀걸이가 현관 옆 층계참의 흐릿한 불빛을 받아 반짝거렸다. 다른 쪽 귀걸이는 귀에 걸려 있었다.

"들어오세요." 마르티네가 뒤로 한 발짝 물러서며 문에서 손을 뗐다.

해리는 문지방을 넘어가 그녀의 품에 안겼다. "당신이 와서 너무 좋아요." 그의 얼굴을 끌어 내려 귀에 뜨거운 숨결을 불어 넣으며 마르티네가 속삭였다. "계속 당신 생각을 했어요."

해리는 눈을 감고 그녀를 꼭 껴안으며 작고 고양이 같은 몸에서 뿜어져 나오는 온기를 느꼈다. 그녀를 마지막으로 껴안은 지 채 24시간이 지나지 않았지만 놓아주고 싶지 않았다. 이번이 마지막임을 알기 때문이다.

진주 귀걸이가 그의 한쪽 눈 아래에 닿았다. 얼어붙은 눈물처럼.

해리는 그녀를 놓아주었다.

"무슨 일 있어요?" 마르티네가 물었다.

"먼저 자리에 앉죠. 할 말이 있어요."

두 사람은 거실로 갔고, 그녀는 소파에 앉았다. 해리는 창가에 서서 거리를 내려다보았다.

"누가 차 안에서 이 집을 올려다보고 있군요." 그가 말했다.

마르티네는 한숨을 쉬었다. "리카르드예요. 날 기다리고 있어요. 콘서트홀까지 데려다주기로 했거든요."

"음. 욘이 어디 있는지 알아요, 마르티네?" 해리는 창유리에 비친 그녀의 얼굴을 유심히 바라보았다.

"아뇨." 그의 눈을 마주 보며 마르티네가 말했다. "내가 알 거라고 생각하는 특별한 이유라도 있나요? 당신 말투가 꼭 그러네요." 그녀의 목소리에서 조금 전의 상냥함은 사라지고 없었다.

"방금 전에 다른 형사가 로베르트의 집에 다녀왔습니다. 욘이 거기 있을 줄 알았거든요. 하지만 피 묻은 침대뿐이었죠." 해리가 말했다.

"몰랐네요." 마르티네가 정말 놀란 말투로 말했다.

"그랬겠죠. 지금 과학수사과에서 그 피의 혈액형을 조사하고 있어요. 아마 벌써 알아냈을 겁니다. 그리고 난 그게 누구의 피일지 알고 있어요."

"욘의 피인가요?" 마르티네가 숨을 죽인 채 물었다.

"아뇨. 하지만 아마 당신은 그러길 바라겠죠."

"왜 그런 말을 하죠?"

"왜냐하면 욘이 당신을 강간했으니까요."

집 안이 고요해졌다. 해리는 숨을 죽였다. 마르티네가 숨을 헉 들이쉬었다가 허파로 들어간 공기가 다시 씨근거리며 나오는 소리가 들렸다.

"왜 그렇게 생각하죠?" 마르티네가 아주 살짝 떨리는 목소리로 말했다.

"왜냐하면 그 일은 외스트고르에서 벌어졌고, 용의자는 많지 않으니까요. 욘 칼센의 짓입니다. 로베르트 침대에 묻은 피는 소피아 미홀리에츠라는 소녀의 피예요. 소피아는 간밤에 로베르트의 아파트에 갔습니다. 왜냐하면 욘 칼센이 오라고 했으니까요. 미리 약속한 대로 소피아는 예전에 로베르트에게 받은 열쇠로 문을 열고 들어갔습니다. 욘은 그 애를 강간한 후에 때렸고요. 전에도 종종 그랬다고 하더군요."

"종종?"

"소피아의 말에 의하면 욘은 작년 여름 어느 오후에 처음으로 그 애를 강간했습니다. 미홀리에츠 씨의 집에서 부모님이 나간 사이에 벌어진 일이었죠. 욘은 집을 살펴본다는 핑계로 거기에 갔습니다. 어쨌거나 그게 욘의 일이니까요. 그 아파트에서 누가 계속 살지 정하는 게 그의 일이듯이요."

"그 말은…… 욘이 그 애를 협박했다는 뜻인가요?"

해리는 고개를 끄덕였다. "소피아가 그의 말을 따르고, 비밀을 지키지 않으면 가족을 전부 쫓아낼 거라고 했습니다. 미홀리에츠 가족의 운명은 욘의 재량에 달려 있었어요. 그리고 소피아의 순종에도요. 가여운 소녀는 달리 아무것도 할 수 없었습니다. 그러다 임신하게 되자 도와줄 사람을 찾아야 했죠. 믿을 수 있는 친구, 너무 꼬치꼬치 캐묻지 않으면서 중절수술을 알아봐줄 어른 말입니다."

"로베르트였군요. 맙소사. 소피아는 로베르트에게 갔어요." 마르티네가 말했다.

"네. 소피아가 아무 말 하지 않았는데도 로베르트는 그게 욘의 짓임을 알고 있었던 것 같습니다. 욘이 전에도 강간한 적이 있다는 걸 로베르트도 알지 않았을까요?"

마르티네는 대답하지 않았다. 대신 두 다리를 끌어당겨 소파 위에서 몸을 웅크리고, 두 팔로 맨 어깨를 감쌌다. 춥다는 듯이, 혹은 자기 안으로 들어가 사라지고 싶다는 듯이.

마침내 마르티네가 말문을 열었을 때는 어찌나 나직한 목소리로 말하는지 뮐레르가 준 시계의 재깍 소리가 여전히 들릴 정도였다.

"난 열네 살이었어요. 강간당하는 동안, 정신을 집중하면 지붕 너머로 별을 볼 수 있을 거라고 생각했죠."

해리는 말없이 그녀의 이야기를 들었다. 외스트고르의 무더웠던 어느 날 그녀에게 장난을 친 로베르트, 질투심에 불타 그들을 꾸짖은 욘. 그리고 야외 화장실 문이 열렸을 때 동생의 잭나이프를 들고 서 있던 욘. 강간이 끝나고 욘이 숙소로 돌아가는 동안 그녀가 울면서 느낀 고통. 믿을 수 없게도 곧 아무 일 없었다는 듯이 새가 지저귀기 시작한 일.

"하지만 가장 괴로운 건 강간 그 자체가 아니었어요." 마르티네는 울먹이는 목소리로 말했지만 눈물은 흘리지 않았다. "내게 이 일을 말하지 말라고 협박할 필요조차 없다는 걸 욘은 알고 있었어요. 내가 찍소리도 하지 않으리라는 걸. 그게 가장 괴로웠어요. 설사 내가 찢어진 옷을 보여주면서 사실을 말한다 해도, 사람들이 늘 마음 한구석으로 나를 의심하리라는 걸 욘은 알고 있었어요. 그리고 이건 구세군에 얼마나 충성할 것인가의 문제이기도 했고요. 사령관의 딸인 내가 우리 부모님과 구세군 전체를 이런 파괴적인 추문에 끌어들일 수는 없었죠. 지금까지도 욘의 눈은 이렇게 말해요. '난 알아. 그 일이 있은 후 네가 겁에 질려서 아무도 듣지 못하도록 숨죽여 울었다는 걸. 난 매일 네가 비겁하게 침묵하는 모습을 봤어.'" 처음으로 그녀의 눈에서 눈물이 흘러내렸다. "그래서 내가 욘을 그토록 증오하는 거예요. 날 강간해서가 아니에요. 그건 용서할 수 있어요. 하지만 늘 내 곁에서 내 약점을 상기시킨 건 용서할 수 없어요."

해리는 부엌으로 가서 키친타월을 뜯어와 그녀 옆에 앉았다.

"화장 지워져요." 키친타월을 건네며 그가 말했다. "수상님을 생각해야죠."

마르티네는 조심스럽게 눈물을 닦아냈다.

"스탄키츠는 외스트고르에 있었어요. 당신이 데려갔죠?" 해리가
물었다.

"무슨 소릴 하는 거예요?"

"분명 거기 있었어요."

"왜 그렇게 생각하죠?"

"냄새 때문에요."

"냄새?"

해리는 고개를 끄덕였다. "달콤하면서 향수 같은 냄새. 스탄키츠
가 욘의 아파트로 찾아왔을 때 처음 그 냄새를 맡았습니다. 두 번
째는 호스텔에서 그가 묵은 방 앞에 서 있었을 때 맡았고요. 그리
고 세 번째로 오늘 아침 외스트고르에서 잠에서 깼을 때 그 냄새를
맡았죠. 담요에 배어 있더군요." 그는 마르티네의 열쇠 구멍 모양
눈동자를 바라보았다. "스탄키츠 어디 있죠, 마르티네?"

마르티네가 일어났다. "이제 그만 가보세요."

"대답부터 해줘요."

"내가 모르는 걸 어떻게 말해요?"

마르티네가 거실을 나가자 해리가 뒤따라가 그녀를 가로막고 어
깨를 잡았다. "마르티네……."

"콘서트에 가야 해요."

"그자는 내 가장 친한 친구를 죽였어요, 마르티네."

그녀는 딱딱하게 굳은 표정으로 대답했다. "그러니까 방해하지
말았어야죠."

해리는 불에 덴 것처럼 그녀의 어깨에서 손을 뗐다. "욘 칼센이
그냥 죽게 내버려둘 셈인가요? 용서는 어쩌고요? 그게 당신이 몸
담은 구세군의 본질적인 가치 아닌가요?"

"당신은 사람이 변할 수 있다고 믿지만 난 아니에요. 그리고 스탄키츠가 어디 있는지 정말 몰라요." 마르티네가 말했다.

해리는 그녀를 붙잡지 않았고, 마르티네는 욕실로 들어가 문을 닫았다. 해리는 우두커니 서 있었다.

"그리고 당신이 잘못 알고 있는 게 있어요." 욕실 문 너머로 마르티네가 외쳤다. "구세군의 본질적인 가치는 용서가 아니에요. 우리도 다른 사람들과 같은 걸 팔죠. 구원요."

추운 날씨인데도 리카르드는 차에서 내려 팔짱을 낀 채 보닛에 기대서 있었다. 그러고는 지나가는 해리가 고개를 끄덕여 인사해도 답하지 않았다.

32

12월 22일, 월요일. 엑소더스

저녁 6시 반이 넘은 시각이었지만 강력반은 매우 부산했다.

해리는 팩시밀리 옆에 서 있는 올라 리를 발견했다. 그는 인터폴에서 보낸 서류를 뒤적이고 있었다.

"무슨 일이지, 올라?"

"하겐 경정님이 전화해서 발칵 뒤집어놨어요. 지금 한 명도 빠짐없이 다 나와 있습니다. 할보르센을 죽인 놈을 잡으러 가야죠."

리의 말투는 단호했고, 해리는 본능적으로 지금 강력반의 분위기가 어떤지 알 수 있었다.

해리는 사무실로 갔다. 스카레가 책상 뒤에 서서 전화기에 대고 큰 소리로 빠르게 말하고 있었다.

"생각하는 것 이상으로 너와 네 부하들을 곤란하게 만들 수 있어, 아피. 빨리 똘마니들 거리에 풀어서 우릴 돕지 않으면 너희 조직을 수배자 명단 맨 위에 올려놓을 거라고. 내 말 알아들어? 그러니까 잘 들어. 찾아야 할 사람은 크로아티아인이고 중키에—"

"금발 스포츠머리." 해리가 끼어들었다.

스카레는 고개를 들고 해리를 바라보며 고개를 끄덕였다. "금발 스포츠머리야. 찾아내면 전화해."

스카레는 전화기를 내려놓았다. "완전히 비상사태예요. 두 발 달린 건 다 동원될 판이죠. 이런 수색 작전은 처음 봤어요."

"음. 아직 욘 칼센은 찾지 못했나?"

"네. 여자친구인 테아 말로는 오늘 저녁에 콘서트홀에서 만나기로 했대요. 두 사람은 VIP석에 앉을 예정이고요."

해리는 손목시계를 보았다. "그렇다면 스탄키츠가 임무를 완수할 때까지 한 시간 반이 남은 셈이군."

"어떻게 그런 계산이 나오죠?"

"콘서트홀에 전화해봤어. 티켓은 4주 전에 매진됐고, 티켓이 없는 사람은 입장할 수 없대. 로비에도 들어갈 수 없다는군. 다시 말해서, 일단 콘서트홀로 들어가면 욘은 안전해. 텔레노르에 전화해서 클라우스 토르킬센이 퇴근했는지 알아봐. 퇴근 전이면 욘 칼센의 휴대전화 위치를 추적해달라고 해. 아, 그리고 콘서트홀 앞에 인력을 충분히 배치하는 것도 잊지 마. 전원 무장하고, 스탄키츠의 인상착의를 숙지하도록. 그런 다음 수상님 사무실로 전화해서 보안에 각별히 신경 쓰라고 알려줘."

"제가요? 제가…… 수상님 사무실에 전화를요?"

"그래. 이젠 자네도 그럴 위치야."

해리는 전화기를 든 다음, 외우고 있는 여섯 개의 전화번호 중 하나를 눌렀다.

나머지 다섯 개는 여동생의 휴대전화, 옵살에 있는 부모님 집, 할보르센의 휴대전화, 전화번호부에 실리지 않은 비아르네 묄레르의 개인전화, 지금은 끊긴 엘렌 옐텐의 휴대전화 번호였다.

"라켈입니다."

"나야." 라켈이 숨을 혁 들이쉬었다.

"그럴 줄 알았어."

"왜?"

"당신 생각을 하고 있었으니까. 큭큭. 늘 그렇잖아. 안 그래?"

해리는 눈을 감았다. "내일 올레그를 만날까 생각 중이야. 지난번에 말한 대로."

"잘됐다! 올레그도 좋아할 거야. 와서 데려갈래?" 해리가 선뜻 대답하지 않자 라켈이 덧붙였다. "우리 둘뿐이야."

해리는 그 말이 무슨 뜻인지 묻고 싶으면서도 묻고 싶지 않았다. "6시쯤 갈게."

클라우스 토르킬센에 따르면 욘 칼센의 휴대전화는 오슬로 동쪽, 헤우게루드나 회위브로텐에 있다고 했다.

"별 도움이 안 되는 정보로군." 해리가 말했다.

한 시간 동안 위아래 층을 오르락내리락하며 사무실마다 일이 어떻게 진행되는지 확인한 후, 해리는 점피를 입고 콘서트홀로 출발했다.

빅토리아 테라세 근처의 출입 금지 구역에 주차한 뒤, 외무부 관저를 지나 루셀뢰크 가를 성큼성큼 내려가 우회전해 콘서트홀로 갔다.

유리로 만들어진 외벽 앞, 넓고 탁 트인 광장에서 격식을 갖춰 차려입은 사람들이 살을 에는 추위를 뚫고 서둘러 입장하고 있었다. 출입문 옆에는 어깨가 떡 벌어진 남자 둘이 검은 코트를 입고 이어폰을 낀 채 서 있었다. 제복 차림 경찰관 여섯 명은 간격을 둔 채 건물 앞에 서서 콘서트장으로 향하는 관객의 호기심 어린 시선을 받왔다. 오슬로에서 기관총을 든 경찰은 흔히 볼 수 없기 때문이다.

해리는 제복을 입은 경찰들 중에서 시베르트 폴카이드를 발견하고 그에게 다가갔다.

"델타도 투입된 줄 몰랐네요."

"투입되지 않았어. 내가 전화해서 돕고 싶다고 했지. 자네 파트너였잖아, 안 그래?" 폴카이드가 말했다.

해리는 고개를 끄덕이며 점퍼 안주머니에서 담뱃갑을 꺼내 폴카이드에게 건넸다. 그는 고개를 저었다.

"욘 칼센은 아직 안 나타났죠?" 해리가 물었다.

"응. 그리고 수상님이 도착하시면 다른 사람은 VIP석에 들이지 않을 작정이야." 그 순간 검은 차 두 대가 방향을 틀어 광장에 들어섰다. "호랑이도 제 말하면 온다더니."

차에서 내린 수상은 안내를 받아 재빨리 건물 안으로 들어갔다. 출입문이 열렸을 때 수상을 맞이하는 사람들이 얼핏 보였다. 환하게 웃는 다비드 에크호프와 그다지 표정이 밝지 않은 테아 닐센이었는데 둘 다 구세군 제복을 입고 있었다.

해리는 담뱃불을 붙였다.

"젠장, 진짜 춥군." 폴카이드가 말했다. "다리와 머리 절반이 무감각해."

부럽군요, 해리는 생각했다.

담배를 반쯤 피웠을 때 해리가 큰 소리로 말했다. "놈은 오지 않을 겁니다."

"그럴 것 같군. 스탄키츠가 아직 욘 칼센을 찾아내지 못했기를 바랄 수밖에."

"전 욘 칼센을 말한 겁니다. 게임이 끝났다는 걸 알았나 봅니다."

폴카이드는 한때, 그러니까 알코올중독자에 성격이 제멋대로라는 소문을 듣기 전까지는 델타에서 일할 재목이라고 생각했던 장신의 형사를 바라보며 물었다. "무슨 게임?"

"말하자면 깁니다. 저는 들어갑니다. 욘 칼센이 나타나면 체포하세요."

"칼센?" 폴카이드는 어리둥절한 표정이었다. "스탄키츠는 어쩌고?"

해리가 버린 담배는 그의 발치에 쌓인 눈 속으로 떨어지며 치지직 소리를 냈다.

"그러게요." 혼잣말을 하듯 해리가 중얼거렸다. "스탄키츠는 어쩌죠?"

그는 어둠 속에 앉아 무릎에 펼쳐놓은 코트를 만지작거렸다. 나직한 하프 음악이 스피커에서 흘러나왔다. 천장에 달린 스포트라이트의 작은 원추형 불빛이 객석을 쓸어내렸다. 아마도 곧 무대에서 진행될 공연의 기대감을 높이기 위해서일 것이다.

열 명 정도의 일행이 들어오자 그의 앞에 앉아 있던 관객들이 웅성거렸다. 서너 명이 자리에서 일어나려는 시늉을 했으나 속닥거리고 중얼거리다 다시 자리에 앉았다. 이 나라에서는 정치인에게 딱히 존경심을 보이지 않는 듯했다. 일행은 그의 자리에서 세 줄 앞에 앉았다. 그가 앉아서 기다린 30분 내내 비어 있던 자리였다.

양복을 차려입고 한쪽 귀에 무전기 이어폰을 낀 남자들은 있었지만, 제복을 입은 경찰은 없었다. 콘서트홀 앞에 경찰이 있기는 해도 놀랄 정도로 많지는 않았다. 그는 사실 훨씬 더 많은 인력이 배치될 줄 알았다. 마르티네에게 수상이 올 거라고 들었기 때문이다. 하지만 경찰이 많든 적든 무슨 차이가 있겠는가? 어차피 그는 투명인간인데. 오늘은 평소보다 더욱 그랬다. 그는 흐뭇한 마음으로 객석을 둘러보았다. 수백 명의 남자들이 그와 똑같은 턱시도를 입고 있었다. 곧 펼쳐질 아수라장이 눈에 선했다. 그는 간단하면서도 효과적인 도주 과정을 상상했다. 어제 이곳에 들러 어떻게 도망칠지 미리 정해두었다. 아까 관람석에 입장하기 전에 마지막으로 남자 화장실에 가서 창문이 잠기지 않은 것을 확인했다. 성에가 낀 평범한 창문은 밀어서 여는 형태였고, 큼직한 데다 낮기까지 해서 손쉽게 통과해 밑틀에 올라설 수 있다. 거기서 아래쪽 주차장에 세워진 자동차 지붕까지는 3미터에 불과해 쉽게 뛰어내릴 수 있다. 그런 다음 코트를 입고 사람들로 붐비는 호콘 7세 가로 가서 빨리 걸으면 2분 40초 뒤에는 국립극장 지하철역에 도착하는데 거기서 공항 급행열차가 20분에 한 대씩 있다. 그는 20시 19분에 출발하는 열차를 탈 예정이었다. 화장실에서 나가기 전에 변기 탈취제 두 개를 턱시도 재킷 주머니에 집어넣었다.

관람석에 들어가기 전에 또다시 티켓을 보여줘야 했다. 여자 안내원이 그의 코트를 가리키며 노르웨이어로 무언가 말하자 그는 웃으며 고개를 저었다. 안내원은 티켓을 꼼꼼히 검사하고 VIP석을 가리켰다. VIP석이라고는 해도 그저 객석 중앙의 평범한 네 줄에 불과했고, 주위에 임시로 빨간 줄을 둘러놓았을 뿐이었다. 그는 마르티네에게 욘 칼센과 그의 여자친구 테아가 앉을 자리가 어디인지 이미 들은 터였다.

마침내 그들이 무대에 나타났다. 그는 손목시계를 힐끗 보았다. 8시 6분. 콘서트홀은 어둠침침한 반면 무대는 너무 환해서 그들의 얼굴을 제대로 볼 수가 없었다. 갑자기 한 얼굴에 작은 스포트라이트가 떨어졌다. 창백하고 핼쑥한 얼굴은 이내 사라졌지만 의심의 여지가 없었다. 지난번 괴테보르그 가에서 욘 칼센과 함께 자동차 뒷좌석에 앉아 있던 여자였다.

앞쪽에서 좌석번호를 잘못 찾아 잠시 소란이 벌어진 듯했으나 상황은 곧 해결되었고 일렬로 서 있던 사람들은 다시 자리에 앉았다. 그는 코트 안쪽으로 손을 넣어 리볼버의 손잡이를 꼭 쥐었다. 총알은 여섯 발이 들어 있었다. 라마 미니맥스보다 방아쇠가 뻑뻑해서 익숙하지 않았지만 오늘 하루 종일 연습했고, 어느 정도 당겨야 총알이 발사되는지도 알아냈다.

그 순간 마치 보이지 않는 신호라도 내려진 듯이 객석에 침묵이 내려앉았다.

제복을 입은 남자가 무대에 나와 관객을 환영했고—어디까지나 그의 짐작이었지만— 그의 말에 사람들이 일제히 일어났다. 그도 자리에서 일어나 주위 사람들이 말없이 고개를 숙이는 모습을 지켜보았다. 누군가 죽은 게 틀림없다. 무대에 선 남자가 뭐라고 말하자 관객은 다시 자리에 앉았다.

그리고 마침내 막이 올랐다.

해리는 어둠에 잠긴 무대 끝에 서서 막이 오르는 것을 지켜보았다. 바닥에 설치된 조명 때문에 객석이 보이지 않았지만 그의 존재를 느낄 수 있었다. 숨 쉬고 있는 거대한 짐승을 느끼듯이.

지휘자가 지휘봉을 들어 올리자 오슬로 제3영문 성가대가 노래하기 시작했다. 예전에 해리가 시타델에서 들은 곡이었다.

"구원의 깃발을 드높이 휘날려라,

이제 성전을 일으키자!"

"실례합니다." 해리는 누군가의 목소리에 뒤를 돌아보았다. 안경과 헤드셋을 쓴 젊은 여자가 서 있었다. "여기서 뭐 하시죠?" 여자가 물었다.

"경찰입니다." 해리가 말했다.

"전 무대 감독이에요. 여기 서 계시면 안 됩니다."

"마르티네 에크호프를 찾고 있습니다. 여기 있다고 들었는데요." 해리가 말했다.

"마르티네는 저기 있어요." 무대 감독이 성가대를 가리키며 말했다. 해리는 마르티네를 찾아냈다. 맨 뒷줄, 제일 높은 단에서 진지하다 못해 고통스러워 보이는 표정으로 노래하고 있었다. 성전과 승리가 아니라 잃어버린 사랑에 대해 노래하는 사람처럼.

그녀 옆에는 리카르드가 있었다. 그는 마르티네와 달리 더없이 행복한 미소를 짓고 있었다. 노래를 부르니 완전히 다른 사람 같았다. 평소의 딱딱하고 억눌린 표정은 사라지고 없었다. 하나님을 위해, 연민과 자비라는 대의를 위해 세상을 정복하리라는 가사를 진심으로 믿는 듯이 눈에서 광채가 났다.

놀랍게도 해리는 저 멜로디와 가사에 설득력이 있음을 깨달았다.

노래가 끝나자 박수가 쏟아졌고, 성가대는 무대 한쪽으로 빠졌다. 리카르드는 해리를 보고 깜짝 놀랐지만 아무 말도 하지 않았다. 해리를 본 마르티네는 눈을 깔고 피하려 했다. 하지만 해리는 재빨리 걸어가 그녀를 막아섰다.

"마지막 기회를 줄게요, 마르티네. 제발 그 기회를 버리지 말아요."

그녀는 요란하게 한숨을 내쉬었다. "난 그 사람이 어디 있는지 몰라요. 말했잖아요."

해리는 그녀의 어깨를 잡고 갈라지는 목소리로 속삭였다. "이건 살인 방조라고요. 그자를 기쁘게 해주고 싶어요?"

"기쁘게 해요?" 마르티네는 지친 미소를 지었다. "그 사람이 이 일에서 얻게 될 기쁨 따위는 없어요."

"그럼 방금 당신이 부른 노래는 뭔가요? '늘 연민을 베푸는 사람이 죄인의 진정한 친구'라면서요. 이 가사는 당신에게 아무 의미도 없나요? 그저 말에 불과한가요?"

마르티네는 대답하지 않았다.

"필뤼세에서 당신이 우월감을 느끼며 베푸는 싸구려 용서보다 이게 훨씬 힘들다는 거 압니다. 자신의 욕구를 충족하려고 돈을 훔치는 무력한 약쟁이들이 당신과 무슨 상관인가요? 그런 사람들보다는 정말로 당신의 용서를 필요로 하는 사람을 용서하는 게 어때요? 지옥으로 떨어지고 있는 진짜 죄인 말입니다."

"그만해요." 마르티네는 흐느끼며 힘없이 해리를 밀어냈다.

"당신은 아직 욘을 구할 수 있어요, 마르티네. 그럼 욘은 또 다른 기회를 갖게 될 겁니다. 당신도 그렇게 될 거고요."

"이 사람이 괴롭혀?" 리카르드였다.

해리는 돌아보지 않은 채 오른손으로 주먹을 쥐고 싸울 준비를 하며 눈물에 젖은 마르티네의 눈을 바라보았다.

"아냐, 리카르드. 괜찮아." 그녀가 말했다.

리카르드의 발소리가 멀어지는 동안 해리는 마르티네를 바라보았다. 무대 위에서 누군가 기타를 치기 시작했다. 이내 피아노가 끼어들었다. 해리도 아는 노래였다. 에게르토르게의 밤. 그리고 외스트고르의 라디오에서 흘러나오던 음악. 'Morning Song'. 아득히 먼 옛일 같았다.

"지금 막지 않으면 둘 다 죽을 겁니다." 해리가 말했다.

"무슨 말이죠?"

"욘은 경계성 인격 장애고, 분노를 통제하지 못하니까요. 반면 스탄키츠는 두려움이 없고요."

"지금 그들을 구하기라도 하겠다는 건가요? 그게 당신 일이니까?"

"네. 그리고 스탄키츠의 어머니와도 약속했습니다."

"어머니요? 어머니를 만났단 말이에요?"

"아들을 구해주겠다고 맹세했어요. 지금 스탄키츠를 막지 못하면 결국 그는 총에 맞아 죽을 겁니다. 컨테이너 터미널에서 일어난 사건처럼요. 내 말 믿어요."

해리는 마르티네를 바라보다가 포기하고 돌아섰다. 계단을 내려가려는데 뒤에서 그녀의 목소리가 들렸다.

"여기 있어요."

해리는 걸음을 멈췄다. "뭐라고요?"

"당신 티켓을 스탄키츠에게 줬어요."

그 순간 무대 조명이 모두 켜졌다.

폭포수처럼 하얗게 일렁이는 빛을 배경으로 그의 앞에 앉은 사람들의 실루엣이 또렷해졌다. 그는 의자에 더 깊이 몸을 묻으며 손을 천천히 들어 올려 짧은 총열을 바로 앞좌석 등받이에 댔다. 턱시도를 입고 테아 왼쪽에 앉은 사람을 똑바로 겨냥하는 사선을 확보하기 위해서였다. 두 번 쏠 것이다. 필요하면 일어나서 한 번 더 쏠 작정이었지만 군이 그럴 필요는 없으리라.

방아쇠가 전보다 덜 빽빽하게 느껴졌다. 아드레날린 때문일 것이다. 그래도 이젠 두렵지 않았다. 그는 방아쇠를 점점 더 잡아당겼고 더는 저항이 느껴지지 않았다. 총알이 발사되기 직전, 이젠 돌이킬 수 없으니 총의 작동 원리에 따른 불가피한 법칙과 예상 밖의 변화를 따를 수밖에 없는 지점, 그냥 긴장을 풀고 방아쇠를 당겨야 하는 지점에 이른 것이다.

곧 총알이 박히게 될 남자가 테아 쪽을 돌아보며 그녀에게 무언가 말했다.

그 순간 그는 두 가지 사실을 알아차렸다. 이상하게도 욘 칼센이 구세군 제복이 아닌 턱시도를 입고 있었다. 그리고 나란히 앉은 테아와 욘이 붙어 있지 않는 것도 납득되지 않았다. 음악이 시끄럽게 연주되는 콘서트홀에서는 연인이 서로에게 몸을 기대는 법이다.

그의 뇌는 이미 시동이 걸린 일련의 행동을 절박하게 되돌리려 했고, 방아쇠에 감긴 손가락이 긴장했다.

순간 요란한 굉음이 들렸다.

소리가 어찌나 요란한지 무대 옆에 서 있던 해리는 귀가 먹먹할 지경이었다.

"뭐라고요?" 갑작스러운 크래시 심벌즈 소리를 뚫고 해리가 마르티네에게 외쳤다. 심벌즈 때문에 일시적으로 아무 소리도 들리지 않았다.

"스탄키츠는 19열에 앉아 있다고요. 욘과 수상님 자리에서 세 줄 뒤에요. 25번 좌석. 정중앙이죠." 마르티네는 미소 지으려고 했지만 입술이 심하게 떨렸다. "난 여기서 제일 좋은 자리에 당신을 앉히고 싶었어요, 해리."

해리는 그녀를 바라보았다. 그러고는 달리기 시작했다.

욘 칼센은 빠르게 내려치는 드럼 스틱처럼 다리를 빨리 움직이려고 애썼지만 원래 달리기에 소질이 없었다. 그가 오슬로 중앙역 플랫폼에 도착한 순간, 반짝이는 은색 공항 급행열차의 자동문이 긴 한숨을 내쉬더니 다시 닫혔다. 욘은 신음하며 슈트케이스를 내려놓았다. 메고 있던 작은 배낭을 벗은 다음, 벤치에 털썩 앉았다. 마스 길스트룹에게 받은 검은 가방은 무릎에 올려놓았다. 다음 열차는 10분 후에 있었다. 괜찮다. 시간은 충분하다. 충분하다 못해 좀 덜어내고 싶을 정도였다. 그는 다음 열차가 나타날 터널을 바라보았다. 간밤에 소피아가 떠나고 동이 틀 무렵에야 잠이 들었다. 꿈을 꾸었는데 랑닐의 눈이 그를 뚫어지게 바라보는 악몽이었다.

손목시계를 보았다.

콘서트가 시작했을 시각이다. 불쌍한 테아는 아무것도 모른 채 혼자 앉아 있을 것이다. 따지고 보면 다른 사람들도 모르기는 마찬가지지만. 욘은 손에 입김을 불었지만 추운 날씨 탓에 축축한 공기가 금세 식어 손은 더 차가워졌다. 오슬로를 떠나는 것 말고는 달리 방법이 없다. 모든 일이 걷잡을 수 없이 폭주했고, 더는 위험을 무릅쓸 수 없었다.

자업자득이었다. 간밤에 소피아가 왔을 때 이성을 잃고 말았다. 내면의 불안이 모두 쏟아져 나오리라는 것을 예상했어야 했다. 아무 말 없이, 소리 한 번 내지 않고 모든 것을 순순히 받아들이는 소피아를 보니 너무 화가 났다. 소피아는 마음의 문을 닫고 아무런 감정도 실리지 않은 눈으로 그저 그를 바라볼 뿐이었다. 멍청한 희생양처럼. 그래서 욘은 주먹으로 그 애의 얼굴을 때렸다. 손가락 관절의 피부가 까졌고, 그는 다시 때렸다. 멍청한 짓이었다. 소피아의 얼굴이 보기 싫어 벽 쪽으로 돌렸고, 사정을 한 후에야 겨우 마음이 진정되었다. 하지만 이미 너무 늦었다. 떠나는 소피아를 바라보며 이번에는 걷다가 문에 부딪혔다거나 빙판에서 넘어졌다는 변명으로 넘어갈 수 없으리라는 것을 깨달았다.

도망가야만 하는 두 번째 이유는 어제 걸려온 침묵의 전화 때문이었다. 발신자가 누군지 확인했더니 자그레브의 호텔이었다. 인터내셔널 호텔. 그들이 그의 휴대전화 번호를 어떻게 알아냈는지 의문이었다. 어디에도 등록되지 않은 번호였기 때문이다. 상대는 아무 말도 하지 않았지만 그 전화가 무슨 의미인지 알고 있었다. 비록 로베르트는 죽었어도 아직 그들의 거래는 끝나지 않았다는 뜻이다. 이는 그의 계획에 어긋나는 일이었고, 이해할 수 없는 일이었다. 어쩌면 그들이 오슬로로 다른 사람을 보낼 수도 있다. 어떻게든 여기를 벗어나야 했다.

그래서 암스테르담을 경유해 방콕으로 가는 항공권을 급하게 구입했다. 10월에 자그레브행 항공권을 구매했을 때처럼 이번에도 로베르트 칼센의 이름으로. 그때처럼 지금도 안주머니에 로베르트의 10년짜리 여권이 들어 있었다. 그의 얼굴이 여권 사진과 다르다고 생각할 사람은 없을 것이다. 10년이 흐르면 젊은 청년의 얼굴이 어떻게 변하는지 출입국 심사관들은 알고 있다.

항공권을 구입한 후에는 괴테보르그 가의 아파트로 가서 짐을 꾸렸다. 비행기 출발까지 아직 열 시간이 남았으므로 숨어 있어야 했다. 그래서 열쇠를 가지고 있는 구세군 소유의 다른 아파트로 갔다. 헤우게루드에 있는 그 아파트는 2년간 비어 있었는데 가구가 제대로 갖춰져 있지 않았다. 습기 때문에 곰팡이가 피었고, 소파와 안락의자 등받이에서 충전재가 흘러나왔으며 침대 매트리스는 얼룩져 있었다. 그가 매주 금요일 6시에 소피아를 만난 곳도 바로 거기였다. 얼룩의 일부는 소피아의 것이었고, 나머지는 그가 자위하다 생긴 것이었다. 자위할 때는 늘 마르티네를 생각했다. 그것은 딱 한 번 충족된 갈망과 같았고, 그 후로 계속 그런 만족감을 찾아다녔다. 그러다 마침내 열다섯 살 크로아티아 소녀에게서 찾아냈다.

그런데 어느 가을날 로베르트가 찾아와 화를 내며 소피아에게 다 들었다고 했다. 욘은 너무나 화가 치밀어서 하마터면 통제력을 상실할 뻔했다.

너무나…… 치욕적이었다. 열세 살 때 어머니에게 침대 시트의 정액 자국을 들켜 아버지에게 벨트로 맞았을 때처럼.

로베르트는 만약 그가 소피아 쪽을 다시 쳐다보기만 해도 구세군 상부에 다 알리겠다고 협박했다. 욘은 한 가지 해결책밖에 없음을 깨달았다. 소피아를 그만 만나는 것은 불가능했다. 로베르트도 랑닐도 테아도 이해하지 못했다. 그는 소피아를 가져야만 했다. 그것만이 구원받고 진정한 만족을 얻을 수 있는 길이었다. 몇 년 만 지나면 소피아는 훌쩍 자랄 것이고 그러면 또 다른 소녀를 찾아야 했다. 하지만 그때까지는 소피아가 그의 어린 공주, 영혼의 빛, 사타구니의 불꽃이 되어줄 터였다. 외스트고르에서 처음으로 마법이 일어났을 때 마르티네가 그랬듯이.

더 많은 사람들이 플랫폼에 모여들었다. 어쩌면 아무 일도 일어나지 않을지 모른다. 어쩌면 몇 주 기다렸다가 돌아올 수 있을지 모른다. 테아에게로. 그는 휴대전화를 꺼내 테아에게 문자를 보냈다. **아버지가 편찮으셔. 오늘 밤 비행기로 방콕에 가. 내일 전화할게.**

욘은 전송 버튼을 누르고 검은 가방을 토닥였다. 이 안에 달러로 500만 크로네가 들어 있었다. 마침내 빚을 다 갚을 수 있게 되었다는 사실을 알면 아버지도 아주 기뻐하시리라. 난 다른 이들의 죄를 짊어지고 있어. 내가 그들을 자유롭게 할 거야.

욘은 그렇게 생각하며 터널을, 검은 눈구멍을 들여다보았다. 8시 18분이었다. 열차는 어디에 있을까?

욘 칼센은 어디 있지?

그는 앞쪽에 앉은 사람들의 뒤통수를 훑어보며 천천히 리볼버를 내렸다. 손가락은 그의 말을 따랐고, 방아쇠의 압력이 느슨해졌다. 일촉즉발의 상황이었지만 욘 칼센은 여기 없었다. 오지 않은 것이다. 아까 자리를 두고 소란이 벌어진 이유도 그 때문이다.

브러시가 드럼을 스치고, 기타 연주 속도가 느려지면서 음악이 잔잔해졌다.

욘 칼센의 여자친구가 고개를 숙이더니 가방 속에서 무언가를 찾는 사람처럼 어깨를 움직였다. 그리고는 고개를 숙인 채 몇 초 동안 가만히 있다가 벌떡 일어섰다. 그는 눈으로 계속 여자를 주시했다. 여자의 몸동작은 초조하고 급했으며, 자리를 비켜주려고 일어선 사람들 사이를 춤추듯 빠져나갔다. 그는 어떻게 해야 할지 알고 있었다.

"실례합니다." 역시 자리에서 일어나며 그가 말했다. 힘든 척 한숨을 내쉬며 일어나는 사람들의 따가운 눈빛은 신경 쓸 겨를이 없었다. 욘 칼센을 찾아낼 수 있는 마지막 기회가 객석을 빠져나가고 있었다.

문을 밀치고 로비로 나간 다음, 걸음을 멈췄다. 등 뒤로 객석의 방음문이 닫히자 전원이 꺼진 듯 음악 소리가 순식간에 사라졌다. 여자는 멀리 가지 않았다. 로비 정중앙에 있는 기둥 옆에 서서 문자 메시지를 보내고 있었다. 객석으로 들어가는 또 다른 출입문 옆에 양복 차림의 경호원 둘이 서서 이야기를 나누고 있었다. 외투 보관소를 지키는 두 직원은 카운터 뒤에 앉아 멍하니 허공을 바라보고 있었다. 그가 팔에 걸친 코트로 리볼버가 잘 가려졌는지 확인하고 여자에게 다가가려는 찰나, 오른쪽에서 누군가 달려오는 소리가 들렸다. 뒤를 돌아봤더니 상기된 볼에 광기 어린 눈빛을 한 장신의 남자가 그를 향해 돌진해 오고 있었다. 해리 홀레였다. 리볼버는 코트에 가려져 있었기 때문에 지금 들어 올려 쏜다고 해도 너무 늦었다. 그가 비틀거리며 벽으로 물러서자 형사가 그의 어깨를 밀치고 달려가더니 객석 출입문을 열어젖히고 안으로 들어갔다.

그는 벽에 등을 기댄 채 눈을 꼭 감았다가 천천히 몸을 폈다. 욘의 여자친구가 귀에 전화를 댄 채 절박한 표정으로 서성이고 있었다. 그는 여자 쪽으로 걸어갔다. 그녀를 마주 보고 서서 여자가 리볼버를 볼 수 있도록 코트를 한쪽으로 잡아당긴 다음, 느릿하면서도 또렷하게 말했다. "나와 함께 가줘야겠어. 아니면 당신을 죽여야 해."

겁에 질린 여자의 동공이 확장되며 눈이 검어졌고, 그녀는 들고 있던 휴대전화를 떨어뜨렸다.

휴대전화가 툭 소리를 내며 선로에 떨어졌다. 욘은 계속 울리는 전화기를 바라보았다. 발신자가 테아라는 것을 보기 전에는 잠시 간밤의 그 말없던 사람이 다시 전화한 줄 알았다. 상대는 말을 한마디도 하지 않았지만 여자가 분명했다. 이제야 확신할 수 있었다.

그녀다. 랑닐. 그만! 왜 이러지? 내가 미쳐가고 있는 걸까? 그는 호흡에 집중했다. 지금 통제력을 상실하면 안 된다.

열차가 역으로 미끄러져 들어오자 그는 검은 가방을 꼭 쥐었다.

공기를 훅 뿜어내며 열차의 문이 열렸다. 그는 열차에 올라타 슈트케이스와 배낭을 짐칸에 넣고 빈자리에 앉았다.

이가 빠진 것처럼 좌석이 군데군데 비어 있었다. 해리는 빈 좌석 양쪽에 앉은 사람들의 얼굴을 유심히 봤지만 너무 늙거나, 너무 어리거나, 여자였다. 19열 첫 번째 좌석으로 달려가 거기 앉은 백발 노인 옆에 쪼그리고 앉았다.

"경찰입니다. 지금—"

"뭐라고?" 노인이 귀 뒤로 손을 가져가며 큰 소리로 외쳤다.

"경찰입니다." 이번에는 더 큰 소리로 해리가 말했다. 귀에 이어폰을 꽂은 채 조금 앞쪽 줄에 앉아 있던 남자가 소매에 부착된 마이크에 대고 말하는 모습이 보였다.

"이 줄 중앙에 앉아 있던 남자를 찾는 중인데 혹시 누가 나가거나—"

"뭐라고?"

노인의 동행으로 보이는 노부인이 해리에게 몸을 내밀었다. "방금 전에 나갔어요. 공연이 끝나지도 않았는데 말이죠." 말투로 봐서 그녀는 경찰이 남자를 찾는 이유가 그 때문이라고 생각하는 듯했다.

해리는 통로를 뛰어가 문을 밀치고 로비를 가로질러 정문으로 가는 계단을 내려갔다. 정문 밖에 제복을 입은 경관들이 서 있는 것을 보고 소리를 질렀다. "폴카이드!"

시베르트 폴카이드가 뒤를 돌아보았다.

"방금 여기서 나온 남자 있었나요?"

폴카이드가 고개를 저었다.

"스탄키츠가 건물 안에 있습니다. 알람을 울리세요." 해리가 말했다.

폴카이드는 고개를 끄덕이고 마이크가 부착된 소매를 들어 올렸다.

해리는 다시 로비로 달려갔고, 바닥에 떨어진 작고 빨간 휴대전화를 보았다. 외투 보관소를 지키는 여직원들에게 여기서 나간 사람이 있는지 물었다. 그들은 서로 얼굴을 마주 보더니 동시에 못봤다고 대답했다. 해리는 정문으로 내려가는 계단 말고 다른 출구가 있는지 물었다.

"비상구가 있기는 해요." 한 직원이 대답했다.

"네, 하지만 그 문은 닫힐 때 시끄러워서 거기로 나갔다면 소리가 났을 거예요." 또 다른 직원이 대답했다.

해리는 객석 출입문 옆에 서서 왼쪽에서 오른쪽으로 로비를 훑어보며 스탄키츠가 어디로 도망쳤을지 생각했다. 그가 정말로 여기 있었을까? 이번에는 마르티네가 진실을 말했을까? 그 순간 해리는 그렇다는 것을 깨달았다. 어디선가 그 달콤한 냄새가 났기 때문이다. 아까 해리가 객석을 향해 달려갈 때 앞을 가로막았던 남자. 해리는 그가 어디로 도망쳤을지 깨달았다.

남자 화장실 문을 열어젖히고 들어갔더니 저쪽 열린 창문에서 차가운 돌풍이 밀려들었다. 창가로 다가가 밑틀과 그 아래 주차장을 내려다보고는 주먹으로 창틀을 내려쳤다. "젠장, 젠장, 젠장."

대변기 칸에서 소리가 들렸다.

"거기 누구 있습니까?" 해리가 외쳤다.

대답 대신 성난 쉬익 소리와 함께 물 내려가는 소리만 들렸다.

그러더니 다시 소리가 들렸다. 흐느끼는 듯한 소리였다. 해리는 칸마다 잠금장치를 훑어보았고 빨간색으로 표시된 문 하나를 발견했다. 바닥에 엎드렸더니 문 아래로 다리와 구두가 보였다.

"경찰입니다. 다치셨습니까?" 해리가 외쳤다.

흐느끼는 소리가 더욱 커졌다. "그 사람은 갔나요?" 떨리는 여자 목소리가 물었다.

"누구요?"

"그 남자가 15분간 여기 있으라고 했어요."

"갔습니다."

문이 열리더니 변기와 벽 사이의 바닥에 앉아 있는 테아 닐센이 모습을 드러냈다. 얼굴에서 화장이 흘러내리고 있었다.

"욘이 어디 있는지 말하지 않으면 날 죽일 거라고 했어요." 마치 사과하듯 그녀가 흐느끼면서 말했다.

"그래서 뭐라고 했습니까?" 해리가 그녀를 부축해 변기 뚜껑에 앉히며 물었다.

테아는 눈을 두 번 깜빡였다.

"테아, 그에게 뭐라고 했죠?"

"욘이 문자를 보냈어요." 초점 없는 눈으로 화장실 벽을 응시하며 그녀가 말했다. "아버지가 편찮으시대요. 그래서 오늘 밤에 방콕으로 간다고 했어요. 생각해보세요. 하고많은 날 중에 하필 오늘 밤이라니."

"방콕이라고요? 스탄키츠에게 말해줬습니까?"

"우린 오늘 저녁에 수상님을 접대하기로 했어요." 한 줄기 눈물이 테아의 볼을 타고 흘러내렸다. "그리고 내 전화는 받지도 않았어요. 그……."

"테아! 스탄키즈에게 욘이 오늘 저녁 비행기를 탈 거라고 말했나요?"

그녀는 몽유병자처럼, 이 모든 일이 자기와 상관없다는 듯이 고개를 끄덕였다.

해리는 일어나서 로비로 성큼성큼 걸어갔다. 로비에서는 마르티네와 리카르드가 어떤 남자와 이야기하고 있었는데 수상의 경호원이었다.

"알람을 끄세요. 스탄키즈는 이 건물을 빠져나갔습니다." 해리가 외쳤다.

세 사람이 그를 돌아보았다.

"리카르드, 당신 동생이 저 화장실에 있어요. 가서 좀 봐줘요. 그리고 마르티네, 당신은 나와 함께 가줘야겠어요."

해리는 대답을 기다리지도 않은 채 그녀의 팔을 잡았고, 마르티네는 그를 따라가기 위해 계단을 뛰어 내려가야만 했다.

"어디 가는 거예요?" 그녀가 물었다.

"가르데모엔 공항으로 가야 합니다."

"나는 왜 가야 하는 거죠?"

"내 눈이 돼줘요, 마르티네. 당신이 나 대신 그 투명인간을 찾아내야 합니다."

그는 열차 창문에 비친 자신의 얼굴을 가만히 뜯어보았다. 이마, 코, 볼, 입, 턱, 눈. 이 얼굴의 정체가 무엇이고, 어디에 비밀이 있는지 알아내려 했다. 하지만 목에 두른 빨간 네커치프 위의 얼굴은 아주 평범했다. 오슬로 중앙역과 릴레스트룀 역 사이의 터널 벽을 배경으로 밤처럼 검은 눈동자와 머리카락, 무표정한 얼굴이 있을 뿐이었다.

33
12월 22일, 월요일. 낮이 가장 짧은 날

해리와 마르티네가 콘서트홀에서 국립극장 지하철역 플랫폼에 도착할 때까지 정확히 2분 38초가 걸렸다. 2분 뒤, 두 사람은 오슬로 중앙역과 릴레함메르를 거쳐 가르데모엔 공항으로 가는 열차에 올라탔다. 급행열차보다는 오래 걸렸지만 다음 급행열차를 기다렸다 타는 것보다 빨랐다. 객차는 크리스마스 휴가를 맞아 집으로 떠나는 군인들과 산타클로스 모자를 쓰고 와인 상자를 든 대학생 무리로 꽉 찼고, 그들은 딱 두 개 남은 빈자리에 앉았다.

"어떻게 된 거예요?" 마르티네가 물었다.

"욘이 도망치고 있어요." 해리가 말했다.

"스탄키츠가 살아 있다는 걸 욘도 아나요?"

"스탄키츠 때문에 도망치는 게 아닙니다. 경찰을 피해 도망치는 거죠. 자신의 정체가 탄로 났다는 걸 아니까요."

마르티네의 눈이 커졌다. "무슨 말이죠?"

"어디서부터 얘기해야 할지 모르겠군요."

기차가 오슬로 중앙역으로 들어섰다. 해리는 플랫폼에 늘어선 사람들을 훑어봤지만 욘 칼센은 보이지 않았다.

"모든 것은 랑닐 길스트룹의 제안에서 시작됩니다. 길스트룹 투자회사가 구세군 소유의 부동산을 매입할 수 있도록 도와주면 200만 크로네를 주겠다고 욘에게 제안했죠." 해리가 말했다. "욘은 제안을 거절했어요. 랑닐이 비밀을 지킬 수 있을 정도로 꼼꼼한 성격이 아니라고 생각했기 때문입니다. 그래서 그녀 몰래 알베르트와 마스 길스트룹을 만나 500만 크로네를 요구하죠. 랑닐에게는 이 일을 비밀로 해달라는 조건하에요. 그들은 욘의 요구를 들어줍니다."

마르티네는 입을 딱 벌렸다. "그걸 어떻게 알았어요?"

"랑닐이 죽은 뒤 마스 길스트룹은 크게 상심했죠. 그래서 그 일을 자백하기로 마음먹고 경찰에게 연락합니다. 할보르센의 명함에 있던 번호로요. 할보르센이 전화를 받지 않자 음성 메시지를 남겼어요. 몇 시간 전에 내가 그 메시지를 확인했고요. 특히나 욘이 서면 동의서를 요구했다고 하더군요."

"욘은 뭐든 깔끔하게 처리하기를 좋아하죠." 마르티네가 중얼거렸다. 열치는 중앙역을 출발해 빌라 발레 역을 지나 오슬로 동쪽의 잿빛 풍경 속으로 들어갔다. 뒷마당에 놓인 찌그러진 자전거와 빨랫줄, 검은 때가 낀 창문이 보였다.

"하지만 그게 스탄키츠와 무슨 상관이죠? 누가 그에게 살인을 청부했는데요? 마스 길스트룹?"

"아뇨."

그들은 터널의 검은 공간으로 빨려 들어갔고, 어둠 속에서 기차가 선로를 덜컹덜컹 달리는 소리를 뚫고 간신히 그녀의 목소리가 들렸다. "그럼 리카르드인가요? 설마 리카르드가……."

"왜 리카르드라고 생각하죠?"

"욘이 날 강간하고 떠난 뒤에 리카르드가 화장실에 왔다가 날 봤어요. 난 어두워서 넘어졌다고 했지만 리카르드는 내 말을 믿지 않았죠. 아무도 깨우지 않고 날 숙소까지 데려다줬어요. 리카르드는 한 마디도 안 했지만 왠지 다 알고 있는 듯한 느낌이 들었죠."

"음. 그래서 리카르드가 그렇게 당신을 보호하려 했군요. 진심으로 당신을 좋아하는 것 같았어요."

마르티네는 고개를 끄덕였다. "그래서 나도……" 그녀는 말문을 열었다가 이내 입을 다물었다.

"나도 뭐요?"

"그래서 나도 리카르드가 아니길 바란다고요."

"그렇다면 당신의 소원은 이뤄졌어요." 해리가 손목시계를 봤다. 공항 도착까지 15분 남았다.

마르티네가 놀란 표정으로 물었다. "설마……."

"왜요?"

"아버지가 강간사건을 아는 건 아니겠죠? 그래서 아버지가……."

"아뇨, 아버님은 그 일과 무관합니다. 욘 칼센의 살인을 청부한 사람은……."

열차가 터널을 빠져나왔다. 눈이 쌓여 희뿌연 들판 위로 별이 총총한 검은 하늘이 걸려 있었다.

"……욘 칼센입니다."

스칸디나비아 항공 유니폼을 입은 여직원이 새하얀 이를 드러내고 미소를 지으며 욘이 예약한 항공권을 건네주고는 앞에 있는 버튼을 눌렀다. 딩동 소리가 나자 다음 손님이 번호표를 칼처럼 휘둘러대며 카운터로 달려왔다.

욘은 몸을 돌려 방대한 출국장에 들어섰다. 전에도 와본 적이 있었지만 지금처럼 사람이 많지는 않았다. 교회 첨탑처럼 높은 아치형 천장에 사람들의 말소리, 발소리, 안내방송이 울려 퍼졌다. 그가 이해할 수 없는 말과 의견의 조각들이 뒤섞여 흥분한 불협화음을 이루었다. 크리스마스를 맞아 집으로 가는 사람들. 크리스마스를 맞아 외국으로 떠나는 사람들. 체크인 카운터 앞의 정체된 줄은 뚱뚱한 보아뱀처럼 똬리를 틀고 있었다.

심호흡하자. 욘은 그렇게 생각했다. 시간은 충분하고 그들은 아무것도 모른다. 아직은. 어쩌면 영원히 모를 수도 있다. 줄이 앞으로 20센티미터 움직이자 욘은 앞에 서 있던 노부인의 슈트케이스를 옮겨주었다. 노부인이 감사의 미소를 지으며 그를 돌아보자 얇은 납빛 천 같은 피부가 앙상한 두개골 위로 팽팽하게 당겨졌다.

욘도 미소를 지어 보였고, 노부인은 한참 후에야 고개를 돌렸다. 하지만 살아 있는 사람들의 소음 속에서도 랑닐의 비명이 들렸다. 그 지긋지긋하고 끈질긴 비명은 모터 소리보다 더 크게 울리려고 인간힘을 썼다.

병실에 입원했을 당시 욘은 경찰이 자신의 아파트를 수색하고 있다는 사실을 알게 되었다. 그렇다면 책상 서랍에 넣어둔 동의서가 발각될지도 모를 일이었다. 만약 구세군 경영진이 부동산 매각에 동의할 경우, 욘에게 500만 크로네를 주겠다는 내용의 동의서로 알베르트와 마스 길스트룀의 서명이 있었다. 경찰이 그를 로베르트의 아파트로 데려다준 후, 욘은 그 동의서를 가지러 자신의 집으로 갔다. 하지만 집에는 이미 다른 사람이 있었다. 랑닐. 진공청소기 때문에 랑닐은 그의 발소리를 듣지 못한 채 의자에 앉아 동의서를 읽고 있었다. 그녀는 욘의 죄를 보았다. 그의 어머니가 침대에 묻은 정액 자국을 보았듯이. 그리고 어머니처럼 랑닐도 그를 모욕하고, 파멸시키고, 모두에게 말할 것이다. 그의 아버지에게 말할 것이다. 그녀는 절대 봐서는 안 될 것을 보았다. 눈을 뽑아버렸으니까 괜찮아. 욘은 그렇게 생각했지만 그녀는 계속 비명을 질렀다.

"돈을 마다하는 거지는 없죠." 해리가 말했다. "그게 세상 순리입니다. 자그레브에 있을 때 그 사실이 머리를 스쳤어요. 말 그대로예요. 20크로네짜리 동전이 내 머리를 스쳤죠. 바닥에 떨어져 빙빙 돌아가는 동전을 보고 있자니 현장 감식반이 괴테보르그 가 모퉁이에서 찾아냈다는 크로아티아 동전이 떠올랐습니다. 감식반은 그걸 보고 당연히 스탄키츠가 도망가다가 흘렸다고 생각했죠. 나는 원래 신을 믿지 않지만, 자그레브에서 그 동전을 봤을 때 마치 높은 차원의 무언가가 내게 알려주고 싶어 하는 듯했습니다. 욘을 처음 만났을 때 일이 떠오르더군요. 욘이 거지에게 동전을 주었는데 거지가 그걸 욘에게 던져버렸죠. 내가 그 일을 기억하는 이유는 돈을 마다하는 거지가 있다는 사실에 깜짝 놀랐기 때문입니다. 어제 공립 도서관으로 그 거지를 찾아가 감식반에서 찾아낸 동전을 보여줬습니다. 그는 자기가 동전을 던진 이유는 욘이 외국 동전을 줬기 때문이고, 내가 보여준 동전이 바로 그 동전일 수 있다고 했어요. 네, 바로 그 동전이라고요."

"욘이 예전에 크로아티아에 다녀왔을 수도 있잖아요. 그건 불법도 아니고요."

"물론이죠. 하지만 욘은 내게 평생 외국이라고는 가본 적이 없다고 했습니다. 덴마크와 스웨덴만 제외하고요. 여권과로 전화해서 확인해봤더니 욘 칼센의 이름으로 발행된 여권은 없더군요. 하지만 거의 10년 전에 로베르트 칼센의 이름으로 발행된 여권은 있었습니다."

"욘이 로베르트에게 동전을 받았을 수도 있죠."

"맞습니다. 동전만으로는 아무것도 증명할 수 없습니다. 하지만 덕분에 내 느린 뇌가 생각하기 시작했죠. 만약 로베르트가 자그레브에 간 적이 없다면? 로베르트가 아니라 욘이 갔다면? 욘은 로베르트의 아파트를 포함해 구세군에서 소유한 모든 건물의 열쇠를 가지고 있습니다. 만약 욘이 로베르트의 여권을 들고 자그레브로 가서 로베르트 칼센 행세를 하며 자신의 살인을 청부했다면? 그리고 애초에 로베르트를 죽이는 게 목적이었다면?"

마르티네는 골똘히 생각에 잠겨 손톱을 물어뜯었다. "하지만 로베르트를 죽이고 싶었는데 왜 자기를 죽여달라고 한 거죠?"

"완벽한 알리바이를 만들기 위해서죠. 설사 스탄키츠가 체포되어 자백한다고 해도 욘은 절대 의심받지 않을 테니까요. 그저 예정된 희생자였을 뿐이죠. 하필 그날 로베르트가 욘을 대신해 근무한 것은 운명의 장난으로 보였을 겁니다. 스탄키츠는 시령을 따랐을 뿐이니까요. 나중에 스탄키츠가 엉뚱한 사람을 죽였다는 걸 알게 됐어도 굳이 계약을 끝까지 이행해서 욘을 죽일 이유는 없습니다. 돈을 줄 사람이 사라져버렸으니까요. 사실 그게 이 계획의 천재적인 면이죠. 욘은 그들에게 일이 끝난 후 원하는 만큼 준다고 약속할 수 있었습니다. 어차피 그들이 돈을 청구할 사람은 사라질 테니까요. 그리고 로베르트가 그날 자그레브에 있었다는 사실을 반박하거나, 살인을 청부한 날 오슬로에 있었다고 증명할 수 있는 유일한 사람, 다시 말해 로베르트는 죽고 없습니다. 이 계획은 순환논리이자 자기 꼬리를 먹는 뱀이기도 하고, 일이 끝난 후에 아무것도 남지 않고 모든 게 완벽히 맞아떨어지는 자기 파괴적인 창조죠."

"주도면밀한 성격의 윤답네요."

두 남학생이 술자리에서 부르는 노래를 하기 시작했다. 두 사람의 목소리는 화음을 이루었고, 잠든 군인이 요란하게 코를 골며 반주를 넣었다.

"하지만 왜요? 왜 윤은 로베르트를 죽이려 했죠?" 마르티네가 물었다.

"루에 정교의 말에 의하면 로베르트가 윤을 협박했으니까요. 또다시 어떤 여자에게 접근하면 가만두지 않겠다고 윤에게 말한 모양이더군요. 그 얘기를 듣고 맨 먼저 떠오른 사람은 테아였죠. 하지만 당신 말대로 로베르트는 테아에게 아무 감정도 없었어요. 윤은 로베르트가 테아에게 집착한다고 거짓말해서 마치 로베르트에게 자신을 죽일 동기가 있는 것처럼 꾸몄습니다. 하지만 사실 로베르트의 협박 속 주인공은 소피아 미홀리에츠였죠. 열다섯 살의 크로아티아 소녀. 소피아가 내게 다 털어놓았습니다. 윤이 자신과 정기적으로 관계를 갖도록 강요했고, 반항하거나 다른 사람에게 알리면 그 애의 가족을 구세군 아파트에서 쫓아내겠다고 했다고요. 임신을 하게 된 소피아는 로베르트를 찾아갔고, 로베르트는 그애를 도와주기로 약속했습니다. 하지만 불행히도 그는 곧장 경찰에 가거나 구세군 상부에 알리지 않았습니다. 가정사라고 생각하고 혼자서 해결하려고 했죠. 아무래도 그게 구세군 전통인 듯하더군요."

마르티네는 눈으로 뒤덮이고 밤으로 물든 채 물결처럼 넘실거리며 창밖으로 지나가는 언덕을 내다보았다.

"그러니까 그게 윤의 계획이었군요. 그런데 왜 틀어졌죠?" 그녀가 물었다.

"세상에는 늘 틀어지는 게 하나 있죠. 날씨."

"날씨요?"

"만약 그날 밤 자그레브행 비행기가 폭설로 취소되지 않았다면, 스탄키츠는 집으로 돌아갔을 테고 실수로 대리인을 죽였다는 사실을 알게 됐을 겁니다. 그걸로 이야기는 끝났겠죠. 하지만 스탄키츠는 오슬로에서 하룻밤을 보냈고, 자신이 엉뚱한 사람을 죽였다는 걸 알게 됩니다. 하지만 로베르트 칼센이 대리인이라는 건 몰랐어요. 그러니 사냥을 계속했죠."

스피커에서 안내 방송이 흘러나왔다. "가르데모엔 공항, 가르데모엔. 내리실 승객은 오른쪽으로 하차하시기 바랍니다."

"그리고 이제 당신은 스탄키츠를 잡을 생각이군요."

"그게 내 일이니까요."

"스탄키츠를 죽일 건가요?"

해리는 그녀를 바라봤다.

"당신 동료를 죽였잖아요." 마르티네가 말했다.

"스탄키츠가 그러던가요?"

"내가 알고 싶지 않다고 했더니 아무 말도 안 했어요."

"난 경찰이에요, 마르티네. 우린 그저 범인을 체포할 뿐이고, 법정에서는 형을 선고하죠."

"그래요? 그럼 왜 대대적인 수배령을 내리지 않죠? 왜 공항 경찰에 연락하지 않았어요? 지금쯤 경찰 특공대가 사이렌을 요란하게 울리면서 따라와야 하지 않나요? 왜 당신 혼자 가죠?"

해리는 대답하지 않았다.

"방금 내게 한 얘기를 다른 사람에게는 말하지도 않았죠?"

창밖 너머로 가르데모엔 공항의 매끈한 회색 시멘트 플랫폼이 점점 다가왔다.

"내립시다." 해리가 말했다.

34

12월 22일, 월요일. 십자가에 못 박히다

탑승 수속 카운터 앞에서 바로 다음 차례가 된 욘이 직원의 호출을 기다리고 있을 때 그 냄새가 풍겼다. 달콤한 비누 냄새. 그 냄새를 맡으니 어렴풋이 무언가가 떠올랐다. 그리 멀지 않은 과거에 있었던 일이다. 욘은 눈을 감고 그 일을 생각해내려 했다.

"다음 손님!"

욘은 발을 끌며 앞으로 갔다. 슈트케이스와 배낭을 컨베이어 벨트에 올리고 항공권과 여권을 카운터에 올려놓았다. 카운터 뒤에는 햇볕에 그을린 남자 직원이 스칸디나비아 항공사의 흰색 반팔 셔츠를 입고 있었다.

"로베르트 칼센 씨?" 남자 직원이 욘을 바라보며 묻자, 욘은 고개를 끄덕였다. "수하물은 두 개고, 그건 기내로 들고 가실 거죠?" 그는 고갯짓으로 검은 가방을 가리켰다.

"네."

남자 직원이 서류를 뒤적이며 컴퓨터에 무언가 입력하자 프린트기가 지익지익 소리를 내며 수하물에 붙일 꼬리표를 뱉어냈다. 그제야 욘은 그 냄새가 기억났다. 자신의 집 현관에 서 있던 순간,

그의 인생에서 마지막으로 안전하다고 생각했던 순간에 맡은 냄새였다. 집 앞에 서 있던 남자는 영어로 그에게 전할 말이 있다고 하더니 검은 권총을 들어 올렸다. 그는 돌아보고 싶었지만 꾹 참았다.

"즐거운 여행 되세요, 칼센 씨." 남자 직원이 재빨리 미소를 지으며 탑승권과 여권을 건넸다.

욘은 지체하지 않고 보안 검색대 앞에 늘어선 줄 쪽으로 걸어갔다. 탑승권을 안주머니에 넣으며 어깨 너머를 힐끗 훔쳐보았다.

욘이 그를 똑바로 바라봤다. 순간적으로 그는 욘 칼센이 자신을 알아봤나 싶어 가슴이 철렁했지만, 욘의 시선은 그대로 지나갔다. 그래도 겁에 질린 듯한 욘의 표정이 마음에 걸렸다.

그는 탑승 수속 전에 욘을 붙잡으려고 했지만 간발의 차이로 놓쳤다. 욘이 벌써 보안 검색대 앞에 줄을 섰으니 서둘러야 했다. 검색대에서는 누구나 몸수색과 짐 검사를 받기 때문에 리볼버를 숨기는 것은 불가능하다. 보안 검색대로 넘어가기 전에 붙잡아야만 한다.

그는 숨을 들이쉬고, 코트 안에서 리볼버 손잡이를 꽉 쥐었다가 놓았다.

지금까지 늘 그랬듯 목표물을 보는 즉시 쏴버리고 싶었다. 하지만 설사 그가 군중 속으로 금방 사라질 수 있다 해도, 경찰이 공항을 봉쇄하고 모든 사람의 신분증을 검사할 것이다. 그렇게 되면 45분 뒤에 떠나는 코펜하겐행 비행기를 놓칠 뿐 아니라 앞으로 20년간의 자유도 빼앗길 것이다.

그는 욘 칼센의 등을 향해 걸어갔다. 신속하면서도 단호하게 행동해야 한다. 욘에게 다가가 갈비뼈에 총을 들이밀고 간단명료하게 최후통첩을 할 것이다. 그런 다음, 그를 끌고 사람들로 붐비는 출국장을 차분히 가로질러 주차장 건물로 간다. 차 뒤에서 그의 머리를 쏘고, 시신은 차 밑에 밀어 넣는다. 총을 버리고 보안 검색대를 통과해 32번 게이트에서 코펜하겐행 비행기를 탄다.

욘 칼센을 두 걸음 앞에 두고 총을 반쯤 꺼냈을 때 갑자기 욘이 줄에서 빠져나와 출국장 반대편으로 성큼성큼 걸어갔다. 젠장! 그는 방향을 틀어 욘을 따라갔고, 뛰고 싶은 걸 꾹 참았다. 저자가 날 알아봤을 리 없어, 그는 계속 그렇게 중얼거렸다.

욘은 뛰지 말자고 다짐했다. 뛰었다가는 그를 알아봤다고 광고하는 꼴이 된다. 얼굴은 알아보지 못했지만 굳이 그럴 필요도 없었다. 남자가 빨간 네커치프를 맸기 때문이다. 입국장으로 가는 계단을 내려가는 동안 몸에서 땀이 나기 시작했다. 계단을 다 내려간 후에는 뒤를 돌아봤다. 계단을 내려오는 사람들에게 가려진 틈을 타서 거드랑이에 가방을 끼고 달리기 시작했다. 앞에 있던 얼굴들은 랑닐처럼 눈알이 빠진 채 계속 비명을 지르며 그를 스쳐 갔다. 욘은 다시 다른 계단을 내려갔고, 이제는 주위에 아무도 없었다. 그저 차갑고 축축한 공기와 널찍한 내리막 복도에 울려 퍼지는 자신의 발소리와 숨소리뿐이었다. 그는 이 길이 주차장으로 가는 복도임을 깨닫고 잠시 머뭇거리다 CCTV의 검은 눈을 바라보았다. 마치 거기에 해답이 있다는 듯이. 저 멀리 불 켜진 표시등 속에 자신과 똑같이 무력하게 서 있는 남자가 있었다. 남자 화장실 표시였다. 은신처. 대변기 칸에 들어가 문을 잠그고, 비행기 출발 직전까지 기다릴 수 있을 것이다.

다급한 발소리가 점점 가까워졌다. 욘은 화장실로 달려가 문을 열고 안으로 들어갔다. 그에게 반사되는 새하얀 빛은 평소 죽어가는 사람의 눈앞에 펼쳐지리라 생각했던 천국의 모습과 비슷했다. 외떨어진 화장실치고는 터무니없이 넓었다. 한쪽 벽에는 사용자가 아무도 없는 하얀 소변기가 늘어서 있었고, 반대편에는 똑같은 하얀색 대변기 칸이 늘어서 있었다. 뒤에서 화장실 문이 열렸다가 딸칵 닫히는 소리가 들렸다.

가르데모엔 공항의 좁은 모니터실은 후텁지근하고 건조했다.

"저기예요." 마르티네가 손으로 가리키며 말했다.

의자에 앉아 있던 두 보안 요원과 해리는 그녀를 보았다가 이내 그녀의 손가락이 향한 곳으로 눈을 돌렸다. 한쪽 벽면이 여러 대의 모니터로 뒤덮여 있었다.

"어떤 거요?" 해리가 물었다.

"저거요." 마르티네는 아무도 없는 복도를 비추는 모니터를 가리켰다. "그가 지나가는 걸 봤어요. 분명 그 사람이에요."

"저건 주차장으로 가는 복도입니다." 보안 요원이 말했다.

"고맙소. 여기서부턴 내가 처리하죠." 해리가 말했다.

"잠깐만요." 보안 요원이 말했다. "여긴 국제공항입니다. 설사 당신이 경찰이라고 해도 공식 허가를—"

보안 요원은 말을 멈췄다. 해리가 허리춤에서 리볼버를 꺼내 들었기 때문이다. "추후 공지가 있을 때까지는 이걸 공식 허가라고 합시다."

해리는 대답을 기다리지 않았다.

대변기 칸 안에 문을 잠그고 앉아 있던 욘은 누군가 화장실에 들어오는 소리를 들었다. 하지만 지금은 눈물 모양의 하얀색 소변기에서 물이 내려가는 소리만 들렸다.

욘은 변기 뚜껑에 앉아 있었다. 칸막이는 위쪽이 트여 있지만 바닥이 막혀 있어서 발을 들어 올릴 필요가 없었다.

물 내려가는 소리가 멈추더니 오줌 싸는 소리가 들렸다.

처음에는 스탄키츠일 리 없다고 욘은 생각했다. 살인을 저지르기 전에 태평하게 오줌을 쌀 수 있을 정도의 냉혈한은 없다. 하지만 이내 소피아의 아버지 말이 맞을지도 모른다는 생각이 들었다. 자그레브의 인터내셔널 호텔에서 푼돈으로 고용할 수 있는 어린 구세주는 겁이 없다는 말.

바지 지퍼를 올리는 소리가 똑똑히 들리더니 하얀 소변기 오케스트라가 다시 물의 음악을 연주하기 시작했다.

지휘자의 명령을 따르듯 물소리가 뚝 그치고, 세면대에서 수돗물 흐르는 소리가 났다. 남자가 손을 씻고 있었다. 꼼꼼하게 구석구석. 수도꼭지를 잠그는 소리. 발소리. 문이 끼익 열렸다가 딸각 닫히는 소리가 났다.

욘은 안도하며 무릎에 둔 가방 위로 몸을 수그렸다.

그때 누군가 그가 있는 칸의 문을 두드렸다.

가볍게 세 번, 하지만 손이 아닌 단단한 물건으로 두드리는 소리였다. 강철 같은 물건.

뇌에 피가 안 통하는 듯한 기분이었다. 욘은 꼼짝하지 않고 눈을 감은 채 숨을 죽였다. 하지만 심장이 두근거렸다. 어디선가 포식동물은 겁에 질린 희생양의 심장 소리를 들을 수 있고, 사실상 그 소리로 희생양을 찾아낸다고 읽은 적이 있다. 그의 심장 박동 소리를 제외하면 화장실은 완벽하게 고요했다. 욘은 눈을 꼭 감은 채 정신을 집중하면 지붕 너머를 볼 수 있을 거라고 생각했다. 차갑고 맑고 별이 총총한 하늘과 눈에 보이지 않지만 위안이 되는 이 세상의 계획과 논리, 삼라만상의 의미를 볼 수 있을 거라고.

그러자 예상대로 굉음이 들렸다.

욘은 얼굴을 스치는 바람을 느꼈고, 순간적으로 그것이 총을 쐈기 때문이라고 믿었다. 조심스럽게 눈을 떴더니 잠금장치가 부서진 채 문이 비스듬히 매달려 있었다.

앞에 서 있는 남자의 벌어진 코트 사이로 턱시도와 화장실 벽처럼 눈부시게 새하얀 셔츠가 보였다. 목에는 빨간 네커치프가 둘러져 있었다.

파티에 가는 복장이로군, 욘은 생각했다.

그는 오줌과 자유의 냄새를 들이마시며 몸을 웅크리고 앉아 있는 남자를 바라보았다. 볼품없는 청년이 겁에 질린 채 부들부들 떨며 죽음을 기다리고 있었다. 평소였다면 탁한 푸른색 눈의 이 남자가 무슨 잘못을 저질렀는지 궁금했을 것이다. 하지만 이번에는 그 답을 알고 있었다. 덕분에 달리에서 기오르기의 아버지를 죽인 후 처음으로 이번 임무에 개인적인 만족감을 느꼈다. 그리고 더는 아무것도 두렵지 않았다.

그는 리볼버를 내리지 않은 채 시계를 봤다. 비행기 출발 시간까지 35분 남았다. 아까 화장실 밖에 CCTV가 있는 것을 보았다. 그러니 아마 주차장에도 있을 것이다. 그렇다면 여기서 해치워야 한다는 뜻이다. 저자를 끌어내 옆 칸에 밀어 넣고 총을 쏜 다음, 안에서 문을 잠그고 위로 빠져나가야 한다. 욘 칼센의 시신이 발견됐을 때는 그가 탄 비행기가 이미 출발한 후이리라.

"나와!" 그가 말했다.

칼센은 넋이 나간 듯했고 움직이지 않았다. 그가 총을 겨누자 칼센이 안에서 기어 나왔다. 그러더니 멈칫하고는 입을 딱 벌렸다.

"경찰이다. 총 내려놔."

해리는 양손으로 리볼버를 들어 빨간 네커치프를 두른 남자의 등을 겨눴다. 그의 뒤에서 화장실 문이 딸칵 닫혔다.

남자는 총을 내려놓지 않고 대신 욘 칼센의 머리에 총구를 대더니 해리가 알아들을 수 있는 영어로 말했다. "안녕, 해리. 날 제대로 맞출 수 있을 거 같나?"

"물론. 뒤통수를 정통으로 맞혀주지. 총 내려놓으라고 했어."

"네가 총을 들고 있는지 아닌지 내가 어떻게 알겠어, 해리? 네 총은 내가 들고 있는데. 안 그래?"

"내가 들고 있는 건 내 파트너의 총이야." 해리는 방아쇠를 잡아당겼다. "잭 할보르센. 네가 괴테보르그 가에서 칼로 찌른 남자."

남자가 움찔했다.

"잭 할보르센." 스탄키츠가 따라 말했다. "왜 내가 찔렀다고 생각하지?"

"토사물에서 네 DNA가 나왔어. 할보르센의 코트에 네 피가 묻어 있었고. 네 앞에 목격자도 있잖아."

스탄키츠는 고개를 천천히 끄덕였다. "그렇군. 내가 네 동료를 죽였군. 그렇게 믿고 있는데 왜 날 진작 쏘지 않았지?"

"난 너와 다르니까. 난 살인자가 아니라 경찰이야. 그러니까 리볼버를 내려놓으면 네 남은 목숨의 절반만 가져가지. 20년 정도만.

네가 선택해, 스탄키츠." 해리는 벌써 팔이 쑤시기 시작했다.

"말해!"

스탄키츠가 욘에게 소리를 지르자 욘이 움찔했다.

"말하라고!"

욘의 울대뼈가 낚시찌처럼 올라갔다 내려왔다. 그러더니 욘이 고개를 저었다.

"욘?" 해리가 말했다.

"무슨 말인지……."

"저자가 당신을 쏠 기예요, 욘. 그러니까 말해요."

"대체 무슨 말을 하라는—"

"잘 들어요, 욘." 해리는 스탄키츠에게서 눈을 떼지 않은 채 말했다. "총으로 협박받는 상태에서 한 말은 법정에서 불리하게 사용될 수 없습니다. 알겠어요? 지금 말해도 손해 볼 게 없어요."

턱시도를 입은 남자가 리볼버의 공이치기를 당기자, 화장실의 딱딱하고 매끈한 벽 때문에 금속 부품이 움직이는 소리와 용수철이 팽팽히 당겨지는 소리가 유달리 크고 또렷하게 들렸다.

"잠깐만요! 다 말할게요." 욘이 두 팔을 앞으로 내밀었다.

스탄키츠의 어깨 너머로 형사의 눈을 본 욘은 깨달았다. 형사가 이미 알고 있음을. 아마 오래전부터 알았으리라. 형사의 말이 맞았다. 지금 말한다고 해서 손해 볼 게 없다. 그가 한 말은 절대 그에게 불리하게 이용되지 않을 것이다. 그리고 이상하게도 다 털어놓고 싶었다. 사실은 누가 강요하지 않아도 그러고 싶었다.

"우린 테아가 나오길 기다리며 차 옆에 서 있었습니다. 그 젊은 형사는 휴대전화로 음성 메시지를 듣고 있었죠. 마스 길스트룹의 목소리더군요. 젊은 형사는 그게 누군가의 고백이고, 당신에게 보고할 거라고 했습니다. 그때 알았죠. 다 들통났다는 걸. 마침 수중에 로베르트의 잭나이프가 있어서 본능적으로 행동했어요."

욘은 마음속으로 그때 장면을 떠올렸다. 그는 형사의 양팔을 등 뒤로 돌리려고 안간힘을 썼지만 형사는 끝내 한 팔을 빼내더니 자신의 목을 노린 칼날을 손등으로 막았다. 경동맥을 찌를 수 없게 된 욘은 칼로 형사의 손등을 마구 그었다. 그러다 화가 나서 형사를 헝겊 인형처럼 좌우로 흔들어대며 가슴을 계속 찔렀고, 마침내 칼날이 그의 심장 속으로 들어갔다. 형사의 몸에서 한숨이 새어나오는 듯하더니 사지에서 힘이 빠졌다. 욘은 바닥에 떨어진 형사의 휴대전화를 집어 들어 주머니에 넣었다. 이제 최후의 일격만 가하면 끝이었다.

"하지만 스탄키츠가 끼어들었지, 안 그래?" 해리가 물었다.

욘이 의식을 잃은 형사의 목을 찌르려고 잭나이프를 들어 올렸을 때 누군가 외국어로 뭐라고 외쳤다. 고개를 들어보니 푸른색 패딩 점퍼를 입은 남자가 달려오고 있었다.

"저자가 총을 들고 있었기 때문에 난 도망쳐야 했어요." 욘은 고백을 통해 마음이 정화되고 가벼워지는 것을 느꼈다. 그리고 고개를 끄덕이는 해리가 보였다. 저 장신의 금발 형사는 그를 이해했다. 그리고 용서했다. 욘은 너무 감격해서 감정이 북받쳤고 목이 멨다. "내가 아파트 안으로 달려가는 동안 저자가 총을 쐈습니다. 하마터면 맞을 뻔했죠. 저자는 날 죽이려고 했어요, 해리. 미친 살인마예요. 당장 저자를 쏘세요. 우리가 저자를 제거해야 합니다. 당신과 내가…… 우리가……."

해리가 리볼버를 내리더니 허리춤에 찔러 넣었다.

"지금…… 뭐 하는 거예요, 해리?"

장신의 형사는 코트 단추를 채웠다. "난 크리스마스 휴가를 떠날 겁니다, 욘. 자백해줘서 고마워요."

"뭐라고요? 잠깐만요……" 곧 자신에게 닥칠 미래를 깨닫자 욘은 목구멍과 입안이 바싹 말랐고, 마른 점막에서 말을 짜내야 했다. "돈을 나눠 가져요, 해리. 우리 셋이 나눠 가집시다. 아무도 모를 거예요."

하지만 해리는 이미 스탄키츠를 돌아보며 영어로 말하고 있었다. "저 안에 든 돈이면 여남은 명이 부코바르에서 살 수 있는 집을 지을 겁니다. 어머니가 성 스테판 성당에 기부할 수도 있고요."

"해리!" 죽어가는 사람의 신음처럼 목 쉰 소리로 욘이 외쳤다. "누구나 용서받을 기회는 줘야 해요, 해리!"

해리는 문손잡이에 한 손을 올린 채 걸음을 멈췄다.

"마음 깊은 곳을 들여다봐요, 해리. 거기에 용서하는 마음이 있을 겁니다!"

"문제는 말이야……" 해리는 턱을 문질렀다. "경찰이 하는 일은 용서가 아니라는 거야."

"네?" 욘이 놀라서 외쳤다.

"구원이지, 욘. 구원. 내 관심사는 그거야. 내게 필요한 것도 그거고."

해리의 등 뒤로 문이 딸칵 닫히자 턱시도를 입은 남자가 총을 들어 올렸다. 욘은 총구의 검은 눈을 바라보면서 공포심이 몸의 통증으로 변하는 것을 느꼈다. 지금 들리는 이 비명이 랑닐의 것인지, 자기 자신이나 다른 사람의 것인지도 알 수 없었다. 하지만 총알에 이마가 박살나기 전에 욘 칼센은 몇 년간의 의심과 수치심, 절박한 기도를 통해 부화된 한 가지 깨달음을 얻었다. 그의 비명이나 기도를 들어줄 사람은 아무도 없다는 것을.

제 5 부   에필로그

35
죄책감

해리는 에게르토르게 지하에서 지상으로 올라왔다. 크리스마스 이브 전날이었고, 사람들은 막바지 선물을 사러 서둘러 그를 지나쳤다. 그래도 크리스마스 무렵의 평온함이 도시 전체에 내려앉아 있었다. 크리스마스 준비를 마친 만족스러운 미소나 지친 체념의 미소를 지은 사람들의 얼굴에서 그걸 볼 수 있었다. 머리부터 발끝까지 패딩 점프슈트로 무장한 남자가 우주비행사처럼 천천히 뒤뚱거리며 지나갔다. 통통한 뺨이 핑크빛으로 상기된 남자는 씩 웃으며 새하얀 입김을 뿜어댔다. 하지만 절박한 표정의 얼굴 하나가 해리의 눈에 들어왔다. 팔꿈치에 구멍이 뚫린 얇은 검정 가죽 재킷을 입은 파리한 여자로 시계방 옆에 서서 한 발씩 번갈아 들어 올리고 있었다.

시계공은 해리를 보자 얼굴이 환해지더니 다른 손님과 하던 얘기를 서둘러 마치고는 뒷방으로 쏙 들어갔다. 이윽고 해리가 할아버지에게 물려받은 시계를 들고 나와 자랑스러운 표정으로 카운터에 올려놓았다.

"작동하는군요." 해리가 감탄하며 말했다.

"세상에 고칠 수 없는 건 없죠. 태엽을 너무 많이 감지만 마세요. 그러면 부품이 마모되니까요. 한번 해보세요. 제가 알려드리죠."

시계태엽을 감아보니 금속 부품 간의 거친 마찰과 용수철의 저항이 느껴졌다. 해리는 시계공이 홀린 듯한 표정으로 뚫어지게 바라보고 있음을 알아차렸다.

"실례지만 이 시계는 어디서 구하셨는지 물어봐도 될까요?" 젊은 시계공이 물었다.

"외할아버지에게 물려받았습니다." 느닷없이 경외감에 넘치는 시계공의 목소리에 해리는 깜짝 놀라 대답했다.

"그거 말고, 이거요." 시계공은 해리의 손목을 가리켰다.

"아, 이건 예전 상사가 퇴직할 때 선물로 주셨습니다."

"맙소사." 시계공은 해리의 왼손으로 몸을 내밀고 조심스럽게 시곗줄을 만져보았다. "의심의 여지가 없는 진품이군요. 상사분이 아주 너그러우시네요."

"그래요? 특별한 시계인가요?"

시계공은 어떻게 모를 수가 있느냐는 표정으로 해리를 바라보았다. "이게 어떤 시계인지 모르십니까?"

해리는 고개를 끄덕였다.

"랑에 운트 죄네에서 만든 랑에 원 투르비용^{Lange 1 Tourbillon}입니다. 뒷면의 제품번호를 보면 그 모델이 몇 개나 만들어졌는지 알 수 있죠. 제 기억이 정확하다면 150개일 겁니다. 지금 손님께서는 인류 역사상 가장 아름다운 시계를 차고 계십니다. 사실 그 시계를 차고 다니는 게 과연 현명한 일일지 생각해봐야 합니다. 지금의 시장 가격을 생각하면 차라리 은행 금고에 넣어두는 게 나을 겁니다."

"은행 금고요?" 해리는 며칠 전 욕실 창밖으로 내던졌던, 별 특징 없는 시계를 바라봤다. "그다지 특별해 보이지 않는데요."

"하지만 특별한 시계인걸요. 평범한 검은색 가죽 시곗줄과 회색 다이얼로 되어 있고, 다이아몬드나 금은 전혀 사용되지 않았습니다. 그냥 스테인리스 스틸과 백금으로 만들어진 것처럼 보이는데 사실이 그렇습니다. 하지만 이 시계의 가치는 예술의 경지에 오른 장인의 솜씨에 있습니다."

"그렇군요. 가치가 어느 정도나 됩니까?"

"모르겠습니다. 집에 희귀한 시계들의 경매 가격이 적힌 카탈로그가 있기는 합니다. 나중에 보여드리죠."

"어림잡아서 어느 정도인가요?"

"어림잡아서요?"

"대략만이라도요."

시계공은 아랫입술을 내밀고는 머리를 좌우로 움직였다. 해리는 기다렸다.

"음, 저라면 40만 이하로는 안 팔겠습니다."

"40만 크로네요?" 해리가 외쳤다.

"아뇨, 아뇨. 40만 달러요."

금은방에서 나온 해리는 더 이상 추위가 느껴지지 않았다. 열두 시간의 숙면 후 몸에 남아 있던 나른한 기운도 완전히 사라졌다. 퀭한 눈에 얇은 가죽 재킷을 입고, 약쟁이의 멍한 눈빛을 한 여자가 그에게 다가오는 것도 알아차리지 못했다.

"며칠 전에 나랑 얘기한 경찰 맞지? 우리 아들에 대해 아는 거 있어? 나흘 동안 그 애를 본 사람이 없어." 여자가 물었다.

"아들이 마지막으로 목격된 데가 어디지?" 해리가 기계적으로 물었다.

"어디겠어? 플라타지, 당연히." 여자가 말했다.

"아들 이름이 뭐야?"

"크리스토페르. 크리스토페르 외르겐센. 이봐! 내 얘기 듣고 있어?"

"뭐라고?"

"넋이 나간 거 같네, 아저씨."

"미안. 아들 사진을 가지고 경찰청 1층으로 가서 실종 신고해."

"사진?" 여자가 날카로운 고음으로 웃어댔다. "일곱 살 때 사진은 가지고 있어. 그걸로 될까?"

"좀 더 최근 사진은 없어?"

"누가 우리 사진을 찍어주겠어?"

해리는 마르티네를 만나러 필뤼세에 갔다. 카페는 문이 닫혀 있었지만 호스텔 안내 데스크 직원이 뒷문으로 들어가게 해주었다.

마르티네는 그에게 등을 돌린 채 세탁실에서 세탁기 속 빨래를 꺼내고 있었다. 해리는 그녀가 놀라지 않도록 나직이 기침했다.

뒤돌아보는 그녀의 어깨뼈와 목 근육을 바라보며 해리는 저 유연함이 어디에서 왔는지, 태어날 때부터 저랬는지 생각했다. 마르티네는 일어나서 고개를 갸웃하고는 얼굴에 달라붙어 있던 머리카락을 뒤로 넘기며 미소 지었다.

"안녕, 해리."

마르티네는 양팔을 옆으로 내린 채 그에게서 한 발짝 떨어져 있었다. 덕분에 해리는 그녀를 제대로 볼 수 있었다. 여전히 이상한 홍조를 띤 창백한 피부, 예민하게 벌름거리는 콧구멍, 동공이 흘러

넘쳐 부분적으로 월식이 일어난 달처럼 보이는 특이한 눈동자. 그리고 입술. 그녀는 입술을 무의식적으로 안으로 말아 침을 묻힌 다음, 꼭 붙였다. 부드럽고 촉촉하게. 마치 자기 자신에게 키스하듯. 회전식 건조기의 통이 덜컹거렸다.

세탁실에는 두 사람뿐이었다. 마르티네는 숨을 깊이 들이쉬고는 머리를 뒤로 살짝 젖혔다. 여전히 해리에게서 한 걸음 떨어져 있었다.

"잘 지냈어요?" 해리가 그대로 서서 말했다.

마르티네는 빠르게 눈을 두 번 깜빡였다. 그러고는 민망한듯 슬쩍 미소를 짓더니 작업대로 몸을 돌려 빨래를 개기 시작했다.

"곧 끝나요. 기다릴래요?"

"얼른 가서 보고서를 써야 합니다. 크리스마스 휴가가 시작되기 전에."

"내일 여기서 크리스마스 만찬이 열려요." 그녀가 몸을 반쯤 돌린 채 말했다. "와서 도와줄래요?"

해리는 고개를 저었다.

"다른 계획이라도 있어요?" 그녀 옆에는 오늘 자 〈아프텐포스텐〉이 펼쳐져 있었다. 〈아프텐포스텐〉은 한 면 전체를 할애해 어젯밤 가르데모엔 공항 화장실에서 주검으로 발견된 구세군 병사의 소식을 전했다. 기사에 인용된 바에 따르면 군나르 하겐 총경은 이번 사건의 범인과 살해 동기가 아직 밝혀지지 않았지만, 이 사건이 지난주 에게르토르게에서 일어난 살인사건과 연관이 있을 것이라고 말했다.

피해자 두 사람이 형제간이고, 신분이 밝혀지지 않은 크로아티아인이 유력한 용의자이다 보니 여러 신문에서는 집안 간의 원한 때문에 벌어진 일이 아닐까 추정하기 시작했다. 〈베르덴스 강〉은 오래전 칼센 집안이 크로아티아로 여행을 간 적이 있고, 크로아티아에는 친족이 복수를 행하는 전통이 있으므로 그럴 가능성이 충분하다고 주장했다. 〈다그블라데〉는 크로아티아인을 세르비아, 그리고 코소보 알바니아의 범죄 행위와 연관시키는 편견에 사로잡혀서는 안 된다고 경고했다.

"라켈과 올레그에게 초대받았습니다. 방금 올레그에게 선물을 주려고 갔더니 그들이 초대하더군요." 해리가 말했다.

"그들?"

"라켈요."

마르티네는 고개를 끄덕이며 계속 옷을 갰다. 방금 그가 한 말을 곰곰이 생각해야 한다는 듯이.

"그럼 이제 두 사람은……?"

"아뇨. 그렇진 않습니다." 해리가 말했다.

"그럼 라켈은 아직 그 남자랑 사귀는 건가요? 그 의사랑?"

"내가 알기로는 그래요."

"그것도 안 물어봤어요?" 해리는 그녀의 목소리에서 상처받은 분노를 느낄 수 있었다.

"나와는 상관없는 일입니다. 그 남자는 크리스마스를 부모님과 함께 보낸다고만 들었어요. 당신은 여기 있을 건가요?"

마르티네는 말없이 고개만 끄덕이더니 계속 빨래를 갰다.

"작별 인사를 하려고 왔습니다." 해리가 말했다.

마르티네는 고개를 끄덕였지만 돌아보지 않았다.

"잘 있어요." 해리가 말했다.

빨래를 개던 마르티네의 손이 멈췄다. 그녀의 어깨가 들썩였다.

"언젠가 알게 될 겁니다. 지금은 모를 수도 있지만 어차피 우린 결국…… 이렇게 됐을 거예요." 해리가 말했다.

마르티네가 돌아보았다. 눈가가 붉게 물들어 있었다. "나도 알아요, 해리. 하지만 그래도 난 당신과 함께하고 싶었어요. 한동안은. 그게 무리한 요구인가요?"

"아뇨." 해리가 씁쓸한 미소를 지었다. "한동안은 행복했을 겁니다. 하지만 상처받을 때까지 기다리기보다는 지금 헤어지는 게 나아요."

"하지만 지금도 상처받기는 마찬가지라고요." 눈물이 흘러내렸다.

해리가 마르티네 에크호프를 잘 몰랐다면, 저렇게 어린 아가씨가 상처받는다는 것이 무엇인지 제대로 알 리 없다고 생각했으리라. 대신 해리는 어머니가 병원에 입원했을 때 했던 말을 떠올렸다. 사랑이 없는 삶보다 공허한 것은 고통이 없는 삶뿐이라는 말.

"이제 그만 갈게요, 마르티네."

해리는 카페를 나와 인도 옆에 주차된 차로 다가가 운전석 창문을 탕 쳤다. 차창이 아래로 내려갔다.

"마르티네는 이제 성인입니다." 해리가 말했다. "그러니 이렇게 일거수일투족을 감시할 필요 없어요. 내가 뭐라고 하든 당신은 계속하겠지만 그래도 말해주고 싶었습니다. 메리 크리스마스, 그리고 행운을 빌어요."

리카르드는 무언가를 말하려는 듯했지만 그냥 고개만 끄덕였다.

해리는 아케르셸바 강 쪽으로 걷기 시작했다. 벌써부터 날씨가 풀린 게 느껴졌다.

할보르센의 장례식은 12월 27일에 치러졌다. 그날은 비가 내렸다. 녹은 눈은 빠르게 흐르는 냇물이 되어 거리를 따라 내려갔고, 공동묘지의 눈은 잿빛이 되었다.

해리는 관을 운반했다. 할보르센의 남동생이 그의 앞에서 관을 졌는데 걸음걸이가 형과 똑같았다.

장례식이 끝난 후, 조문객들은 발키리엔으로 갔다. '발카'라는 이름으로 더 잘 알려진 인기 있는 술집이었다.

"이리 좀 와 보세요." 베아테가 사람들 속에서 해리를 끌어내 구석에 있는 테이블로 데려가며 말했다. "다 모였네요."

해리는 고개를 끄덕였다. 마음속으로 비아르네 묄레르는 없다고 생각했지만 말하지 않았다. 그의 소식을 들은 사람조차 없었다.

"꼭 알고 싶은 게 있어요, 반장님. 특히나 이제 이 사건은 미결로 남을 테니까요."

해리는 그녀를 바라보았다. 얼굴은 창백했고, 슬픔이 서려 있었다. 평소 가끔씩 술을 마셨는데도 그녀의 잔에는 파리스 생수가 담겨 있었다. 이상한 일이었다. 감당할 수만 있다면 해리는 무엇이든 손에 잡히는 대로 마셔서 무감각해지고 싶은 심정이었다.

"아직 수사가 종결되지 않았어, 베아테."

"절 바보로 아세요, 반장님? 이 사건은 한 머저리와 무능한 크리포스 직원에게 넘어갔어요. 그 사람들은 서류를 뒤적이면서 돌대가리나 긁어대겠죠."

해리는 어깨를 으쓱였다.

"하지만 반장님은 사건을 해결했어요, 그렇죠? 무슨 일이 생겼는지 알고 있다고요. 다만 아무에게도 말하지 않을 뿐이죠."

해리는 커피를 한 모금 마셨다.

"왜죠, 반장님? 왜 아무에게도 말하지 않는 거죠?"

"자네에겐 말해줄 작정이었어. 시간이 조금 흐른 뒤에. 자그레브에 가서 살인을 청부한 사람은 로베르트가 아니라 욘이야."

"욘?" 베아테는 놀라서 입을 딱 벌렸다.

해리는 길에서 발견된 동전과 에스펜 카스페르센을 만난 이야기를 해주었다.

"하지만 확실히 하기 위해서 살인을 청부한 사람의 목소리를 유일하게 아는 사람과 거래했지. 스탄키츠의 어머니에게 욘의 휴대전화 번호를 알려줬어. 욘이 소피아를 강간한 날 저녁에 그녀가 욘에게 전화했어. 처음에는 욘이 노르웨이어로 말했지만 그녀가 아무 말도 안 했더니 영어로 '당신이야?'라고 물었다는군. 전화한 상대가 어린 구세주라고 생각한 거지. 살인을 청부한 사람과 같은 목소리라고 그녀가 말했어."

"확실하대요?"

해리는 고개를 끄덕였다. "틀림없다고 했어. 그 여자 말에 따르면 욘의 영어 억양이 아주 독특하다는군."

"그 대가로 반장님은 뭘 해주기로 했죠?"

"그녀의 아들이 경찰에게 살해되지 않도록 해주겠다고 했지."

베아테는 파리스 생수를 벌컥벌컥 들이켰다. 마치 그 사실을 씻어내고 싶다는 듯이.

"그래서 약속하셨어요?"

"응. 그리고 그 일에 대해 자네에게 해줄 말이 있어. 할보르센을 죽인 건 스탄키츠가 아냐. 욘 칼센이야."

베아테는 입을 벌린 채 그를 바라봤다. 눈에 눈물이 글썽이더니 비통한 목소리로 속삭였다. "정말이에요, 반장님? 아니면 절 위로하려고 하는 거짓말인가요? 할보르센을 죽인 범인이 잡히지 않았다고 생각하면 전 평생 괴로울 테니까요."

"음, 로베르트의 집에서 욘이 소피아를 강간한 다음 날, 침대 밑에서 잭나이프가 나왔어. 거기 묻은 피가 할보르센의 DNA와 일치하는지 몰래 알아봐. 마음의 평화를 얻을 수 있을 거야."

베아테는 잔 속을 들여다보았다. "보고서에는 반장님이 화장실에서 아무도 못 봤다고 적혀 있더군요. 하지만 제 생각은 달라요. 반장님은 거기서 스탄키츠를 봤고, 그를 말리지 않았어요."

해리는 대답하지 않았다.

"반장님은 스탄키츠가 임무를 끝까지 수행해서 욘을 죽이기를 바랐어요. 그래서 욘이 범인이라는 사실을 아무에게도 말하지 않은 거죠. 혹시라도 누가 스탄키츠를 방해할까 봐요." 베아테의 목소리가 분노로 떨렸다. "하지만 그렇다고 내가 반장님께 고마워할 거라고 생각한다면 틀렸어요."

베아테가 유리잔을 테이블에 쾅 내려놓자, 몇몇 사람이 그들을 돌아보았다. 해리는 아무 말도 하지 않은 채 기다렸다.

"우린 경찰이에요, 반장님. 법과 질서를 유지하려고 노력할 뿐이지 죄를 판단하지 않아요. 그리고 반장님은 염병할 구세주도 아니라고요. 아셨어요?"

베아테가 씩씩거리며 흐르는 눈물을 손등으로 닦았다.

"다 끝났어?" 해리가 물었다.

"네." 그녀가 고집스럽게 노려보며 말했다.

"나도 내가 왜 그랬는지 잘 모르겠어. 너는 이상한 기관이야. 자네 말이 옳을지도 몰라. 어쩌면 내가 그런 결말을 노리고 일부러 그렇게 했는지도 몰라. 하지만 정말로 그랬다면 자네를 구원하기 위해서는 아니야, 베아테." 해리는 남은 커피를 다 마시고 자리에서 일어났다. "내가 구원받기 위해서지."

크리스마스와 12월 31일 사이에는 빗줄기가 거리를 쓸어내렸고, 눈은 완전히 자취를 감추었다. 새해 첫날에는 기온이 영하로 떨어지더니 솜털 같은 눈이 내리며 겨울이 새롭게 시작되는 듯했다. 올레그는 크리스마스 선물로 슬라롬 스키를 받았고, 해리는 올레그를 빌레르의 내리막 경사지로 데려가 플루크보겐*부터 가르쳤다. 사흘째 되던 날 집으로 가는 차 안에서 올레그는 빨리 기문**을 지그재그로 통과하고 싶다고 말했다.

해리는 차고 앞에 주차된 마티아스의 차를 보고 올레그를 진입로 초입에 내려준 다음, 집으로 갔다. 집에 도착해서는 소파에 누워 천장을 바라보며 음악을 들었다. 옛날 음악을.

1월 둘째 주에 베아테는 임신 사실을 발표했다. 다가오는 여름에 할보르센과의 사이에서 생긴 아기가 태어날 거라고 했다. 해리는 지난 일을 회상하며 왜 진작 눈치채지 못했는지 의아해했다.

1월에는 오슬로 인구의 일부가 서로를 죽이는 일을 잠시 쉬기로 결심한 터라 해리는 생각할 시간이 많았다. 그리하여 스카레를 705호 사무실, 어음교환소로 불러들일지 고민했다. 그리고 여생을 어떻게 보내야 할지 생각했다. 살아 있는 동안 자신이 과연 올바른 결정을 내렸음을 알게 될 수 있을지도.

2월 말이 되어서야 해리는 베르겐으로 가는 항공권을 샀다.

일곱 개의 산이 있는 도시는 여전히 가을 날씨였고, 눈은 찾아볼 수 없었다. 플뢰옌 산에 올랐더니 지난번과 똑같은 구름이 정상을

---

* 스키를 A자로 유지한 채 방향을 바꾸는 기술.
** 알파인 스키 회전 경기에서 코스를 설정하기 위해 세운 기.

감싸고 있는 듯한 느낌이 들었다. 해리는 플뢰엔 폴케레스토랑에서 그를 찾아냈다.

"요즘에는 여기로 출근하신다고 들었습니다." 해리가 말했다.

"기다리고 있었네." 비아르네 묄레르가 잔에 담긴 술을 비우며 말했다. "오래 걸렸군."

두 사람은 밖으로 나가 전망대 난간 옆에 섰다. 묄레르는 지난번보다 더 창백하고 마른 듯했다. 눈동자는 맑았지만 얼굴은 부었고 손을 떨고 있었다. 술보다는 약 때문일 거라고 해리는 짐작했다.

"처음에는 잘 몰랐습니다. 돈을 따라가라는 게 무슨 말인지." 해리가 말했다.

"내 말이 맞았지?"

"네. 그 말대로였습니다. 하지만 전 그게 사건을 두고 하신 말인 줄 알았습니다. 보스에게 해당되는 이야기인 줄은 몰랐죠."

"세상 모든 사건을 두고 한 말일세, 해리." 바람에 묄레르의 머리카락이 얼굴에 붙었다가 떨어졌다. "그건 그렇고, 군나르 하겐이 이번 사건의 결과에 만족하던가? 정확히 말하면, 사건이 제대로 해결되지 않은 것에 말이야."

해리는 어깨를 으쓱였다. "다비드 에크호프와 구세군은 자신들의 명성에 누를 끼칠 수 있는 추문이 폭로되는 걸 막았습니다. 알베르트 길스트룹은 외아들과 며느리를 잃었고, 큰돈을 벌어들일 뻔한 계약이 취소됐습니다. 소피아 미홀리에츠와 그 애의 가족은 부코바르로 돌아갈 겁니다. 부코바르에 집을 지어주는 자선 단체가 새로 설립됐는데 그 단체의 도움을 받기로 했으니까요. 마르티네 에크호프는 리카르드 닐센과 사귀고 있습니다. 한마디로 세상은 계속 돌아가고 있죠."

"자네는? 라켈을 만나고 있나?"

"가끔씩요."

"그 의사 양반은 어쩌고?"

"안 물어봤습니다. 두 사람 문제는 두 사람이 알아서 해야죠."

"라켈이 자네에게 돌아오고 싶어 하나?"

"아마 제가 그 의사 친구처럼 살기를 바랄 겁니다." 해리는 코트의 칼라를 올리고, 발아래 도심을 내려다봤다. "가끔은 저도 그랬으면 좋겠다는 생각이 듭니다."

침묵이 흘렀다.

"톰 볼레르의 시계를 젊은 시계공에게 봐달라고 했습니다. 예전에 제가 악몽을 꾼다고 했던 말 기억하십니까? 볼레르의 절단된 팔에서 롤렉스 시계가 계속 재깍거리는 꿈이었죠."

묄레르는 고개를 끄덕였다.

"이제야 그 답을 얻었습니다. 세상에서 가장 비싼 시계에는 한 시간에 2만 8000번 진동하는 투르비용*이 장착되어 있습니다. 덕분에 초침이 끊기지 않고 계속 돌아가는 것처럼 보이죠. 다른 시계보다 재깍거리는 소리가 훨씬 또렷한 기계식 탈진기가 부착되어 있고요."

"훌륭한 시계지, 롤렉스는."

"사실 그 시계는 롤렉스가 아니었습니다. 롤렉스 로고는 시계공이 위조해서 넣은 겁니다. 원래는 세상에 150개밖에 없는 랑에 원 투르비용이었죠. 제가 보스에게 받은 것과 같은 시계요. 마지막으로 경매장에 등장했을 때 300만 크로네가 조금 안 되는 가격에 팔

---

* 지구 중력으로 생기는 시간 오차를 보정하는 부품. 100여 명의 시계 기술자만 제작할 수 있을 정도로 고도의 기술력을 요한다.

렸습니다."

묄레르는 슬쩍 미소를 지으며 고개를 끄덕였다.

"300만 크로네짜리 시계로 보수를 받으신 겁니까?"

묄레르는 코트 단추를 다 채우고 칼라를 세웠다. "차보다는 가치가 더 안정되어 있고, 눈에 덜 띄니까. 값비싼 예술품보다 덜 화려하고, 현금보다 밀수하기 쉽고 세탁할 필요도 없지."

"또 선물로 자주 주기도 하고요."

"물론."

"어떻게 된 겁니까?"

"말하자면 길다네, 해리. 그리고 많은 비극이 그렇듯 이것도 선의에서 출발했어. 우린 일을 제대로 하고 싶은 사람들끼리 모인 소모임이었네. 법의 지배를 받는 사회에서 어쩔 수 없이 존재하는 불의를 바로잡고 싶었지."

묄레르는 검은 장갑을 꼈다.

"많은 범죄자가 제대로 처벌받지 않는 것은 법망이 성기기 때문이라고 주장하는 사람들도 있어. 하지만 그건 완전히 잘못된 생각일세. 우리의 법망은 얇고 촘촘해서 잔챙이들은 잡을 수 있지만, 큰 고기는 찢고 나가버리지. 그래서 우리는 법망 뒤에 또 다른 그물을 치고 싶었네. 상어도 잡아 올릴 수 있을 정도의 그물 말이야. 우리 모임에는 경찰뿐 아니라 변호사, 정치가, 공무원도 있었네. 우린 이 사회의 구조와 법적 시스템으로는 국경이 무너진 요즘 시대에 노르웨이를 침범하는 조직화된 국제범죄를 처단하기에 역부족이라고 생각했어. 경찰은 범죄자들과 같은 법칙으로 싸울 수 없네. 법적인 뒷받침이 있기 전까지는. 그래서 우리는 암암리에 활동하기로 했지."

묄레르는 안개 속을 응시하며 고개를 저었다.

"하지만 폐쇄되고 은밀하고 환기되지 않는 곳은 부패되기 마련이야. 경찰 내부에 박테리아가 번식하기 시작했고, 그들은 적이 사용하는 무기에 대항할 수 있도록 우리도 무기를 밀수해야 한다고 주장했네. 그러더니 조직의 자금을 마련하기 위해 그 무기를 팔아야 한다고 했지. 괴상한 역설이었지만 우리 조직은 이미 박테리아에게 점령당한 뒤였어. 그다음에는 선물 공세가 시작됐지. 처음에는 사소한 것이었네. 그들 말대로 하자면 우리에게 격려가 될 만한 것들이었어. 따라서 선물을 거부하는 건 곧 결속을 거부하는 행위였지. 하지만 실은 그저 부패로 가는 다음 단계에 불과했네. 우리는 어느새 그 부패에 동화되었고, 쓰레기가 목까지 차오른 후에야 자신이 쓰레기 속에 앉아 있다는 걸 깨달았지. 그리고 빠져나갈 수도 없었네. 그들은 우리의 비리를 너무 많이 알고 있었거든. 설상가상으로 우린 그들의 정체도 몰랐고. 이건 점조직이라서 우린 비밀을 지키겠노라고 맹세한 연락책을 통해서만 소통했지. 난 톰 볼레르가 우리 모임의 일원이라는 것도, 그가 무기 밀매 조직을 만든 장본인이라는 것도, 프린스라는 암호명으로 통하는 사람이 있다는 것도 몰랐네. 자네와 엘렌 옐텐이 밝혀내기 전까지는 말이야. 그제야 난 깨달았지. 우리가 진짜 목표를 잃어버렸다는 것을. 주머니를 불리는 것 외의 다른 목표는 사라진 지 오래라는 것을. 내가 타락한 경찰이라는 것을. 그리고 내가……" 묄레르는 숨을 깊이 들이쉬었다. "……엘렌 옐텐 같은 경관들이 살해된 데 책임이 있다는 것을."

마치 플뢰옌 산이 날고 있는 듯 구름 몇 가닥이 그들을 빙 돌아갔다.

"난 더 이상 참을 수 없었고, 그래서 빠지겠다고 말했네. 그들은 대안을 알려줬는데 아주 간단했지. 내가 어떻게 되는 건 전혀 두렵지 않았어. 다만 그들이 내 가족을 해칠까 두려웠네."

"그래서 도망치신 겁니까?"

비아르네 묄레르는 고개를 끄덕였다.

해리는 한숨을 쉬었다. "그래서 그 일을 끝내려고 제게 이 시계를 주셨군요."

"자네밖에 없네, 해리. 다른 사람은 안 돼."

해리는 고개를 끄덕였다. 목이 메었다. 지난번에 여기 서 있었을 때 묄레르가 했던 말이 생각났다. 노르웨이에서 둘째로 큰 도시의 중심에서 케이블카를 타면 6분 만에 올라오는 산에서 아직도 길을 잃고 죽는 사람들이 있다는 게 웃기지 않느냐고 했던 말. 자신이 정의의 사도라고 생각했는데 느닷없이 방향 감각을 잃었고, 정신을 차려보니 지금까지 싸워온 바로 그 적이 되어 있었다. 해리는 지금까지 했던 모든 계산, 가르데모엔 공항 화장실에서의 마지막 순간에 이르기까지 내렸던 크고 작은 결정들을 생각했다.

"저도 보스와 별로 다르지 않다면 어쩌실 건가요? 제가 지금 보스와 같은 위치에 처했다고 한다면요?"

묄레르는 어깨를 으쓱였다. "영웅과 악당을 가르는 건 종이 한 장 차이라네. 늘 그랬어. 올바른 행동은 게으르고 비전 없는 사람들의 미덕이지. 범법자와 반항아 들이 없었다면 우린 여전히 봉건 사회에 살고 있을 걸세. 난 길을 잃었네, 해리. 간단해. 한때 신념이 있었지만 눈이 멀었고, 시력을 되찾았을 때는 타락해 있었지. 늘 있는 일이야."

해리는 바람에 몸을 떨며 할 말을 찾았다. 마침내 할 말이 생각나자 낯설고 고통스러운 목소리가 흘러나왔다. "미안하지만 전 보스를 체포할 수 없습니다."

"괜찮네, 해리. 여기서부터는 내가 해결하겠네." 묄레르의 목소리는 차분했다. 마치 해리를 위로하는 듯했다. "난 그저 자네가 모든 걸 보기를 바랐네. 보고, 이해하고, 어쩌면 배울 수 있기를. 더 바라는 건 없네."

해리는 한 치 앞도 보이지 않는 안개 속을 응시하며 친구이자 상사의 말대로 '모든 것을 보려고' 노력했지만 실패했다. 눈물이 흐를 때까지 계속 눈을 부릅뜨고 있었다. 돌아봤더니 비아르네 묄레르는 사라지고 없었다. 해리는 안개 속에서 그의 이름을 외쳤다. 소용없는 짓임을 알고 있었지만 그래도 누군가는 그의 이름을 불러야 할 것 같았다.

리디머

1판 1쇄 발행 2018년 4월 10일 **1판 4쇄 발행** 2020년 10월 26일

지은이 요 네스뵈 **옮긴이** 노진선
펴낸이 고세규
편집 박정선 **디자인** 윤석진

발행처 김영사
주소 경기도 파주시 문발로 197(문발동) 우편번호 10881
등록 1979년 5월 17일 (제406-2003-036호)
구입 문의 전화 031)955-3100 **팩스** 031)955-3111
편집부 전화 02)3668-3291 **팩스** 02)745-4827 **전자우편** literature@gimmyoung.com
비채 카페 cafe.naver.com/vichebooks **인스타그램** @drviche
트위터 @vichebook **페이스북** facebook.com/vichebook
ISBN 978-89-349-8094-0 03890 책값은 뒤표지에 있습니다.

비채는 김영사의 문학 브랜드입니다.
이 도서의 국립중앙도서관 출판시도서목록(CIP)은 서지정보유통지원시스템 홈페이지(http://seoji.
nl.go.kr)와 국가자료공동목록시스템(http://www.nl.go.kr/kolisnet)에서 이용하실 수 있습니다.
(CIP제어번호: CIP2018009053)